Einaudi Tascabili. Letteratura
388

In preparazione

Racconti della guerra franco-prussiana
Racconti di caccia e pesca

Guy de Maupassant
Racconti di vita parigina

A cura di Guido Davico Bonino

Einaudi

Traduzioni di Viviana Cento, Ornella Galdenzi,
Clara Lusignoli, Gioia Zannino Angiolillo

ISBN 88-06-14232-1

In una lettera alla madre del 6 ottobre 1875, Guy de Maupassant, allora venticinquenne, malamente impiegato al Ministero della Marina, svela il proposito di scrivere «una serie di novelle intitolata: *Grandi Miserie della piccola gente*. Ho già sei soggetti che ritengo molto buoni...»

È il nocciolo duro, piú atroce e crudele, della presente raccolta, che ha per vasto e multiforme scenario la Parigi di fine secolo, ricreata con una singolare puntigliosità topografica e toponomastica (non c'è quartiere socialmente, e dunque narrativamente, significativo che non vi faccia la sua comparsa), ma che ha poi il suo epicentro, quanto a protagonisti, nei «petites gens», divisi equamente in due grandi «gruppi», come li definirebbe una Josephine Klein, i piccoli negozianti (nel lessico del Nostro, i *boutiquiers*) e gli impiegati pubblici.

Gli uni e gli altri – lo ha osservato Albert-Marie Schmidt – sono «murati nella loro condizione subalterna dalla mediocrità dei propri mezzi di sussistenza», e da tale condizione «tentano d'evadere»: fallendo tragicamente, siamo portati subito ad aggiungere.

Si leggano, magari in stretta sequenza (una silloge tematica consente simili libertà) *In famiglia*, *Un milione*, *I gioielli*, *La collana*: storie assai diverse tra loro (la prima è, comunque, un capolavoro nella direzione del grottesco piú spietato), ma tutte assate verso quel disperato (e disperante) miraggio d'un diverso agio dell'esistenza, che solo sembrerebbe poter garantire una rassicurante misura di felicità e di libertà.

Le donne, per il Maupaussant misogino (che smaniasse di possederle a ripetizione, di sottometterle al proprio ossessivo piacere carnale non smentisce, ma conferma questo sentimento, fortemente radicato in lui) sono, in questa corsa al miglioramento del loro tenore di vita, le piú follemente ostinate: capaci di sottrarre questo o quel bottino a una parente che «re-

suscita», a mettere a repentaglio il proprio decoro per un gruz-
zolo di denaro, a sdoppiarsi in prostitute clandestine nel sogno
d'una fastosa opulenza.

Un destino beffardo sembra tendere a queste sciagurate, e
ai loro pavidi compagni, i piú malfidi tranelli: come quello gio-
cato a Hector de Gribelin (anche se qui siamo nelle mansarde
di Saint-Germain, dove s'annidano i nobilucci decaduti) in un'altra splendida novella, tipica di questa struttura «a scacco fatale», *A cavallo*. Proprio questo racconto di una «partie de plai-
sir», che si tramuta – inopinatamente per i protagonisti – in
una condanna a vita, ci induce a muoverci dai quartieri urbani
verso la periferia della capitale: un altro «scenario mobile», che
la fantasia di Maupassant ricrea e ripercorre inesausta. Hector
e la povera moglie e i due figli avuti in quattro anni «evado-
no» verso il bosco di Vésinet: ma il paesaggio prediletto da Guy,
e qui rianimato in pagine di raro fascino, è quello dei «bords
de la Seine», che lui e i suoi gaudenti sodali esplorano, a ogni
fine settimana, come lupi in caccia della preda: il rustico para-
diso delle umide sponde e dei folti anfratti tra Bezons e Sartrouville, in cui una giovane bohème nautica sfoga la sua febbre dei sensi. Anche i piccoli borghesi di questi racconti tentano la loro evasione impossibile in quella natura incontamina-
ta, nel suo inestricabile intrico di liane, fogliame e cespugli:
ma si legga *Una scampagnata*, e la morale della favola balzerà
sin troppo evidente: alle angustie dell'esistenza non ci si sot-
trae, neppure «immolando» il proprio decoro di consorte matura o di verginea adolescente.

Dinnanzi a una storia come questa Maupassant è al *diapa-
son* della sua felicità narrativa, un perfetto equilibrio tra mal-
celata complicità e lucido straniamento. Se c'è, infatti, un *leit-
motiv*, che collega l'uno all'altro un bel numero di codesti racconti, è quello della *chair*, della carnalità rapace e inesausta.
Per Maupassant (che aveva ribaldamente scritto: «La tentazione
esiste perché vi si ceda» e che pagherà a caro prezzo, con una
malattia e una morte atroci, la propria coerenza in tal senso)
Parigi è anche la personificazione d'un'allegoria tutta e soltanto femminile, quella della Sconosciuta, profondamente sensuale,
la quale – attraverso i mille abbracci carnali, che le sue notti
tentacolari sublimano in un solo, convulso abbraccio – celebra
la propria disincantata e disperata intelligenza: giacché «è necessario essere intelligenti per far dono a un proprio simile del
vertice del godimento». Anche qui, saremmo tentati di pro-

fonderci in suggerimenti di lettura: ci limitiamo – senza abbandonarci a troppo pressanti motivazioni critiche, proprio per non attenuare il gusto della scoperta – a indicare tre racconti-capolavoro, in cui la *chair* ispira a Maupassant pagine conturbanti, sempre sul filo della tenerezza e del fastidio, dell'abbandono e del distacco: *Mosca, Un saggio* e *Alexandre*.

GUIDO DAVICO BONINO

Università degli Studi di Torino, giugno 1996.

Henri-René-Albert-Guy de Maupassant nasce il 5 agosto 1850 da Gustave, allora ventinovenne, e da Laure Le Poittevin, sua coetanea, forse nella casa materna di rue Sous-le-bois a Fécamp.

Quando ha quattro anni, la famiglia si installa nel castello di Grainville-Ymauville, nella regione dello Havre. Qui il piccolo Guy prende ad assistere ai dissidi e alle liti spesso furenti tra il padre, pittore dilettante e seduttore «professionale» delle bellezze dei dintorni, e la madre, colta e ipersensibile (suo fratello Alfred, poeta precoce, diverrà il migliore amico di Gustave Flaubert). Quando ha sei anni, gli nasce un fratello, Hervé, non molto intelligente, spavaldo e intemperante («un bravo piccolo contadino», secondo la madre), che Guy proteggerà sempre.

A tredici anni assiste, addolorato, alla separazione dei genitori: ma non nutre verso il padre aspri risentimenti. Andrà, in ogni caso, a vivere con la madre ed Hervé a Etretat, nella villa Les Verguies. Laure lo soffoca d'attenzioni, sfogando in tal modo su di lui la propria instabilità nervosa: ma non gli vieta di prendere parte, spettatore precoce e privilegiato, alla vita della comunità contadina, che rispettosamente li circonda.

Nel 1863, a seguito di un sovrassalto di scrupolo materno, Guy è iscritto al seminario d'Yvetot e vive quasi cinque anni di scolarizzazione «carceraria», sfogandosi in grandi letture di romanzi (*La Nouvelle Héloïse* letta durante la Settimana Santa) e in ribalderie studentesche (la spoliazione della cantina del padre superiore, con conseguente ubriacatura). Sole soste di refrigerio, le vacanze, quando sulla spiaggia di Etretat si gode lo spettacolo del mare e delle sue bagnanti seminude: e comincia a vagheggiare di comprare, un giorno, un piccolo scafo personale.

Una mattina dell'estate 1864, nella piccola baia Porte d'Amont, soccorre con altri un nuotatore che rischia di annegare a causa dell'ubriachezza in cui versa. È un magro, tremante letterato di ventisette anni, il londinese Algernon-Charles Swinburne. Ospite di un grasso gallese, G. E. J. Powell, in uno chalet misterioso e solitario, la Chaumière Dolmancé, Swinburne riceve Guy nella bassa casa normanna, arredata di quadri bizzarri, con ossa umane sulle *consolles*: lui e il suo ospite fanno al quattordicenne l'effetto di due «visionari malati, ebbri di poesia perversa e magica» (c'è anche una grossa scimmia, che sgambetta tra le poltrone e colpisce Guy alla nuca). Il ragazzo non tornerà mai piú in quella casa sinistra, dove gli hanno fatto bere «liquori forti»: ma saprà accaparrarsi uno dei pezzi piú macabri della singolare collezione Powell-Swinburne: «l'orribile mano d'uno scorticato», con «la pelle rinsecchita, i neri muscoli messi a nudo e, sull'osso bianco come la neve, antiche tracce di sangue» (Maupassant non se ne separerà mai, la chiamerà «la mano di Shakespeare» e ne trarrà ispirazione per tre racconti almeno).

Laure de Maupassant decide dapprima di far terminare a Guy gli studi di liceo a Le Havre, poi lo iscrive come interno a quello di Rouen, dove viene accolto nella primavera 1868 e dove nel luglio 1869 conseguirà il corrispettivo della nostra maturità. I suoi giorni liberi li trascorre frequentando assiduamente Louis Bouilhet (1822-1869), direttore della biblioteca municipale di Rouen, discreto poeta e drammaturgo, che gli dispensa graziosi consigli, incitandolo soprattutto all'«apprendistato perpetuo», nel corso del quale dovrà impadronirsi di tutti i problemi e di tutte le tecniche della scrittura letteraria. Dotato di una «memoria prodigiosa», rapida e precisa, Guy legge e ricorda: Hugo, Sainte-Beuve, Gautier, il Mérimée di *Carmen*, l'adorato Laclos delle *Liaisons dangereuses*. Bouilhet è, tra l'altro, amico intimo di Flaubert: e un giorno i due conducono Guy alla fiera Saint-Romain, e qui sfogano la loro vitalità estrosa in una parodia coniugale in dialetto normanno.

Louis Bouilhet muore purtroppo il 18 luglio 1869. A ottobre-novembre Guy si trasferisce a Parigi, dove s'iscrive alla facoltà di giurisprudenza. Ma la dichiarazione della guerra franco-prussiana lo mobilita: cosí partecipa, nell'amministrazione, alla campagna militare, soffrendo, come francese, di fronte al succedersi delle disfatte, maledicendo la guerra e i soldati, «che hanno per missione quella di spandere sangue umano», nutrendo un odio profondo per i politici, che badano esclusivamente al loro interesse personale e trascurano sfacciatamente gli interessi del popolo. Eppure è la gente del popolo – come i contadini e pescatori di Etretat gli testimoniano, quando accorre a fare visita a sua madre – che con maggior accanimento, con una quasi disperata ostinazione, resta fedele alla patria e si batte per lei. Persino le donne, persino le ragazze contadine sanno servirsi d'ogni strumento, seduzione compresa, per umiliare e sconfiggere il nemico.

Congedato nel 1871, dopo aver profittato per alcuni mesi delle rendite paterne, Maupassant, tra gennaio e marzo del 1872, fa domanda per entrare nel ministero della Marina e delle Colonie. Nell'ottobre di quell'anno vi è ammesso in qualità di soprannumerario non retribuito. Solo dal 1° febbraio 1873 è pagato (centoventicinque franchi al mese e un premio annuale di centocinquanta franchi). Lavora macchinalmente, si sente prigioniero di un ambiente senza luce («Il mio ufficio è un inferno»), e la sua melanconia non accenna a svanire, perché ha ben chiaro che il suo soggiorno in quel palazzo buio è destinato a durare a lungo: finché la letteratura non lo renderà economicamente autonomo.

Buon camminatore, si prova in lunghe passeggiate: ma sono soprattutto le nuotate e il canottaggio lungo la Senna a sfogare la sua vitalità. Le sue riviere predilette si situano tra Bezons e Sartrouville: il ristorante Fournaise, a Chatou, è il punto di ritrovo abituale della «giovane bohème nautica». Il piccolo bosco di Champioux, presso Bezons, l'Ile-aux-Anglais, l'isola di Croissy, il monte Valérien, la collina di Louveciennes: questi alcuni dei punti cardinali di un piccolo universo paradisiaco, che Maupassant ricorderà, anni dopo, incantato: «La mia grande, la mia sola assorbente passione, per dieci anni, fu la Senna». Canottieri e canottiere sono i suoi interlocutori: i primi sono funzionari, impiegati di banca, commercianti, borghesi delle professioni; le seconde sono le loro amanti o sono, spesso, giovani prostitute, il rapporto con le quali può, talvolta, rivelarsi pericoloso.

Ricordandosi delle proprie ribalderie adolescenziali da collegio, Guy si pone al centro di quella microsocietà dai costumi facili e dall'eloquio piuttosto triviale e la tramuta in una specie di congrega di beffatori perpetui. Dal nome del piccolo dio latino Crepitus, di cui Flaubert favoleggia nella *Tentation de Saint Antoine*, la compagnia si chiamerà dei Crépitiens e Maupassant vi prenderà il nome iniziatico di Joseph Prunier (il susino, ovviamente, richiama l'organo sessuale femminile). Petit-Bleu, Tomahawk, La Tôque sono altri nomi di iniziati, che spesso si improvvisano attori, recitando una «commedia assolutamente lubrica» come *A la feuille de rose, maison turque* scritta da Maupassant stesso: *pochade* pseudo-pornografica su due giovani sposi, che scambiano per una pensione famigliare una sauna-bordello.

Andata in scena il 19 aprile 1875 nell'atelier del pittore Maurice Leloir, sul quai Voltaire, la commediola è tra i primi parti letterari del venticinquenne Maupassant, insieme al dramma storico in versi *La Trahison de la comtesse de Rhune* e al racconto *La main d'écorché*. Da un anno ormai Guy è assiduo alle domeniche in casa Flaubert, in rue Murillo. Il «maestro» ha preso ad osservarlo con attenzione, poi ha cominciato a fargli intendere gradualmente quali componenti della sua personalità potranno rivelarsi feconde per la futura carriera di scrittore. La prima è la nettezza e profondità dello sguardo, grazie al quale egli sente di poter «mangiare il mondo». Flaubert lo ritiene «affascinante, intelligente, un bravo ragazzo, pieno di buon senso e di spirito». Ma stigmatizza il fatto che sia «un poco perdigiorno e scarsamente determinato a lavorare». Gli ricorda spesso che «il talento – secondo le parole di Chateaubriand – non è altro che una lunga pazienza». Per questo lo incita spesso a sviluppare «un modo individuale di vedere e sentire», lo stimola a lavorare con assoluta regolarità. Se da un lato il suo allievo dovrà allenarsi «a mutare, in qualunque momento, il movimento, il colore, il suono dello stile, a seconda delle cose ch'egli intende esprimere», d'altro lato dovrà abituarsi ad aguzzare la propria attenzione «per scoprire quegli aspetti delle cose che non sono stati visti né detti da nessuno». In cambio dei suoi consigli, Flaubert chiede a Guy di aiutarlo, talvolta, in quei minuziosi lavori di ricerca che confluiranno nella grande *summa* della stupidità umana, *Bouvard et Pécuchet*. Cosí Maupassant prende a frequentare le redazioni dei giornali, ammirato della «curiosità professionale» e al tempo stesso dell'«assoluta indifferenza» dei cronisti, protesi alla ricerca delle «cause profonde, segrete» dei fatti. Lascia intendere al maestro che li vuole imitare: e alla madre, nel 1875, annuncia: «Scriverò, insieme ai miei racconti di canottaggio, una serie di racconti intitolati *Grandi miserie della piccola gente*. Ho già in mente sei soggetti, che mi sembrano piuttosto buoni». Riconoscente degli sforzi dell'allievo, che arriva, nelle ricerche per lui, ad astenersi «da qualunque descrizione immaginaria» per non turbarne il lavoro, Flaubert lo mette a parte, con virile tenerezza, di certe decisioni molto personali, quasi intime: per esempio, lo prega di assistere, una notte, all'incenerimento di un importante pacco di lettere private, di cui non desidera restino tracce. «Dalla gran parte dei suoi contemporanei è stato considerato una sorta di misantropo feroce»: e, invece, nel rapporto diretto con Guy, Flaubert dimostrava «una vivace freschezza di impressioni e di emozioni, che la vita non riuscí mai ad attenuare». Nelle riunioni domenicali in casa del maestro, Maupassant avrà occasione, nel corso di alcuni anni, di incontrare e di conoscere, tra gli altri, Daudet, Hérédia, Huysmans, Goncourt, Turgenev, Zola. In casa Zola Guy conosce, a sua volta, Cézanne, Taine, Renan. Il teatro Le Vaudeville gli rifiuta, nel 1876, una commedia, *Une répétition*: «I direttori di teatro trovano, è vero, le nostre commedie affascinanti, ma non le mettono in scena: per me, preferirei le trovassero brutte, ma le facessero rappresentare». Demoralizzato, compie il primo di una serie di traslochi, in case sempre molto modeste, andando ad abitare, in affitto, al 17 di rue Clauzel, dove resterà quattro anni. Sul fare del 1877, cominciano ad apparire, sotto forma di alopecia, i primi segni della sifilide, che ha contratto chissà quando: «Ho la sifilide, quella di cui è morto Francesco I» scrive il 2 marzo ad un amico. Il 16 aprile partecipa alla cena considerata di fondazione del Naturalismo, al ristorante Trapp (all'angolo del passage du Havre e della rue Saint-Lazare), sedendo al fianco di Flaubert, Edmond de Goncourt, Zola, con altri giovani esordienti, come Huysmans e Mirbeau. In agosto ottiene dal ministero un congedo per malattia e lo trascorre curandosi alle acque termali di Louèche, nel Valais. È sul finire di quest'anno, doloroso e infelice, che comincia a pensare, nonostante tutto, ad un vero e proprio romanzo, che si intitolerà *Une vie*.

Vi continuerà a lavorare per tutto l'anno seguente. Essere assorbito da un impegno di tal fatta lo distrae dalla cupezza del lavoro ministeriale, che non migliora anche dopo il passaggio (dicembre 1878) al ministero della Pubblica Istruzione, grazie alle pressioni di Flaubert. Le sue pubblicazioni sono ancora rade. Nell'ottobre '79, dopo un viaggio in Bretagna e a Jersey, esce sulla «République des Lettres» un articolo su Gustave Flaubert, a novembre sulla «Révue Moderne et Naturaliste» la poesia *Une fille*. Il tribunale di Etampes apre un'inchiesta su lui, a seguito di questa lirica. Il 14 febbraio 1880 subisce un lungo interrogatorio da parte di un giudice istruttore, che, educatamente, non gli nasconde il suo dissenso («Ella fissò su me il suo sguardo sfrontato, | si slacciò la camicia, e il suo seno rigonfio | sorse, doppio e lucente, in piena libertà...») Per sua fortuna, il 26 febbraio, il procuratore generale invita il procuratore della repubblica a siglare il non luogo a procedere. Nel marzo, il suo stato di salute (disturbi oculari e cardiaci, oltre all'alopecia) lo obbliga a mettersi in aspettativa. L'8 maggio muore Flaubert ed è per lui un dolore terribile: «Io non so veramente dirvi come io pensi a Flaubert – scrive all'indomani della scomparsa a Zola – egli mi ossessiona e mi perseguita. I suoi pensieri mi tornano in mente senza sosta, ascolto la sua voce, ritrovo i suoi gesti, ad ogni istante lo vedo in piedi dinnanzi a me, nel suo gran vestito scuro, a braccia alzate, mentre parla...» Soltanto nell'autunno-inverno riacquista energie e prende a lavorare alla *Maison Tellier*. Ma il lutto per la scomparsa di Flaubert non gli ha permesso di assaporare, come meritava, l'esordio di *Boule de suif*, il 16 aprile, nella raccolta oggi celebre, *Les soirées de Médan*. In questo manifesto di un nuovo e ambizioso gruppo di scrittori (in tali termini ne parla, ammirata, la stampa), *Boule de suif* spicca per «originalità di concezione (...) ed eccellenza stilistica», come Flaubert aveva presagito. Guy, in una lettera aperta al «Gaulois», rifiuta d'appartenere ad una scuola e precisa che ha voluto semplicemente far risuonare «una nota giusta sulla terra», essere non «antipatriottico, ma semplicemente vero». La notorietà, un certo agio economico, a trent'anni, cominciano a lambirlo. Si trasferisce in un nuovo alloggio d'affitto, all'83 di rue Dulong. Nonostante le atroci nevralgie di cui soffre, consapevole d'aver ultimato la sua formazione letteraria, certo della propria vocazione, scrive ormai di gran lena racconti su racconti. Nel maggio 1881 esce da Havard *La maison Tellier*; nel giugno, come inviato speciale del «Gaulois», visita l'Algeria; a novembre riprende a lavorare a *Une vie*.

Com'era inevitabile, il ministero della Pubblica Istruzione nel 1882 lo radia dai suoi quadri. Ma intanto, a maggio, esce da Kistemaeckers a Bruxelles *Mademoiselle Fifi*, e a luglio, in una pausa dei suoi malanni, può concedersi un viaggio in Bretagna, seguendo a bella posta l'itinerario di Flaubert e del suo amico Maxime du Camp. A febbraio dell'83 affida al «Gil Blas», perché lo pubblichi a puntate, a guisa di *feuilleton*, *Une vie*, che l'editore Havard raccoglierà in volume nell'aprile. Nonostante la crescente gravità, la malattia che lo assedia non si palesa per vistosi segni esteriori (c'è, per esempio, nel giugno – il mese della pubblicazione dei *Contes de la Bécasse* da Rouveyre et Blond – una dilatazione della pupilla). Di taglia media, la fronte spaziosa, la testa squadrata, viene soprannominato da Taine «il toro triste», mentre il maligno de Goncourt ravvisa in lui «un giovane sensale di cavalli normanno». Quando soggiorna a La Guillette, il suo eremitaggio a Etretat, anche per compensare i disturbi da cui è afflitto, conduce un'esistenza di esemplare misura: sveglia alle otto, leggera prima colazione, lavoro al tavolino sino alle undici, bagno in una tinozza d'acqua fredda, puntigliosa toilette, colazione sobria, e poi una lunga passeggiata verso il mare. Se si spinge a frequentare a Cannes la cosiddetta buona società, le grandi famiglie dei Luynes, dei Sagan, degli Orleans, è perché ciò gli serve, in vista di un romanzo, per la schedatura tipologica «di maschi e femmine». Ma non ha nessuna stima

per i «bei signori cretini» e «le belle signore sgualdrine». Alle loro
civetterie, alle loro spiritosaggini imbelli preferisce «la vera farsa,
la buona farsa, la farsa gioiosa, sana e semplice, dei nostri padri».
Di toni farseschi egli talvolta si serve per accreditare presso altre
donne la leggenda della propria virilità eccezionale, di amatore in-
defesso, capace di giungere, in piccanti serate collettive, ai confini
della follia o dello sfinimento mortale.

La sua alacrità letteraria non è ormai inferiore a quella amato-
ria: e le raccolte di novelle si succedono ad un ritmo sempre piú
spedito. Ai primi del 1884 vede la luce, sempre da Havard, *Au so-
leil*, a maggio *Miss Harriet*, a luglio *Les sœurs Rondoli*, a ottobre
Yvette, che aveva preso ad uscire, sotto forma di singoli racconti,
sul «Figaro», ad agosto. Dall'alloggio in affitto di rue Dulong
Maupassant ora si trasferisce al pianterreno di un palazzo privato,
costruito da un cugino, al 10 di rue Montchanin: è il primo alloggio
elegante che gli capita di abitare, è il segno del successo letterario
ed economico. A marzo dell'85 escono da Marpon et Flammarion i
Contes du jour et de la nuit. Nell'aprile con i pittori Henri Gervex e
Louis Legrand si concede un viaggio in Italia: a maggio sono a Palermo, la visita prolungata della cripta dei Cappuccini li impressio-
na profondamente: Guy, vecchio frequentatore di cimiteri e ossa-
ri, è abbacinato dalle migliaia di corpi mummificati, «dalle cuffie
di pizzo e dai nastri d'un biancore di neve», e nota stupefatto «le
calze vuote che circondano le ossa delle gambe» delle donne se-
polte. A maggio esce da Havard *Bel Ami*, già comparso a puntate
nei due mesi precedenti su «Gil Blas». Tra luglio e agosto torna a
Châtelguyon, dove è già stato a curarsi nell'estate di due anni prima: «Ho appena fatto delle meravigliose escursioni in Auvergne, è
davvero un paese superbo e suscita impressioni molto intense: le
metterò a frutto in un romanzo che ho avviato». Il romanzo, a cui
realmente prende a lavorare nel soggiorno estivo, è *Mont-Oriol*.

Intanto, a dicembre 1885, esce *Monsieur Parent* da Ollendorff e
da Charpentier una prima raccolta di racconti scelti, *Contes et
Nouvelles*. A gennaio dell'86 è ad Antibes – il suo stato di salute lo
obbliga a soggiorni sempre piú frequenti in località dal clima mite
e tonificante – mentre a Parigi vede la luce, da Marpon et Flammarion, *Toine*, seguito a maggio, presso il fido Havard, da *La petite
Roque*. A luglio è daccapo a Châtelguyon, sempre piú minato nel
fisico: nella prima quindicina di agosto è ospite del barone Ferdi-
nand de Rotschild nel castello di Waderden, da cui trascorre a Ox-
ford e, come per una visita d'obbligo, a Londra, dove tuttavia si li-
mita a curiosare nel museo Tussaud e nel Savoy Theatre. *Mont-*

Oriol vede la luce nel gennaio 1887 presso Havard, mentre da Ollendorff uscirà nel maggio *L'Horla*, in cui, come noterà un amico e fedele lettore, si sente alitare « il terrifico soffio delle scienze occulte ». Tra giugno e luglio è chiuso a La Guillette, a Etretat, e lavora a fondo a *Pierre et Jean* e all'*Etude sur le roman*, che vuole preporre al libro. Nonostante la salute vada sempre piú palesemente declinando, compie tra ottobre e fine anno un lungo viaggio in Africa del Nord (i viaggi – confessa agli intimi – gli servono anche a sottrarsi all'ansietà logorante del malato cronico). Visita l'Algeria e la Tunisia: osserva partecipe le infelici condizioni di vita degli indigeni, denuncia coraggiosamente la rapacità dei coloni.

Nel gennaio 1888 è in libreria *Pierre et Jean*: Guy, in un'intervista, gli predice « un successo letterario, ma non un successo di vendite »: e proclama beffardamente che ormai può permettersi di scrivere i propri libri a piacer suo, senza minimamente preoccuparsi di ciò che capiterà loro. A giugno vede la luce *Sur l'eau* da Marpon et Flammarion, a ottobre presso Quentin *Le Rosier de Mme Husson*. Il mal di testa si è fatto per lui una tortura perenne: lo perseguita tenacemente tra settembre e ottobre durante un soggiorno di cura a Aix-les-Bains, tra novembre e dicembre nel corso di un secondo viaggio in Africa del Nord. L'uscita di *La main gauche*, da Ollendorff, a fine febbraio del 1889, quella di *Fort comme la mort*, presso lo stesso editore, nel maggio sembrano lasciarlo indifferente: anche se i migliori critici si affrettano a sottolineare la novità del romanzo, che vede Maupassant impegnato per la prima volta a indagare, con estrema ricchezza di particolari e rigorosa obiettività, il comportamento di un protagonista delle classi alte. Ma Guy ha altre inquietudini: il fratello Hervé, agronomo in quel d'Antibes, sposato da tempo e padre d'una sola figlia, ha dato indubitabili segni di instabilità mentale e tocca a suo fratello condurlo nell'ospedale psichiatrico di Lyon-Bron (Rhône) e sentirsi echeggiare nelle orecchie, come un funesto presagio, l'urlo di lui, rinchiuso a forza: « Sei tu il pazzo, sei tu il pazzo! » Quell'urlo gli guasterà la crociera, che compie sul suo battello a vela *Bel Ami*, tra agosto e ottobre, in compagnia di due mozzi e del suo domestico, François Tassart. Ha sempre considerato l'acqua come un eccezionale sedativo, ma questa volta deve ammettere che non riesce piú a trarne i preziosi benefici di un tempo: anzi, mentre si destreggia come un consumato uomo di mare tra sartie e alberi, serpeggia in lui l'idea del suicidio.

Se è vero, come sembra, che è stato colpito dalla sifilide tra il 1873 e il 1876, sono, all'incirca, quindici anni che è perseguitato dalla malattia. Nel 1876 ha sofferto di disturbi respiratori e di un herpes che gli guasta la pelle; nel '78 è aggredito dai reumatismi, nel '79 si palesano seri disturbi circolatori, nell'80, come si è detto, soffre di una temporanea, parziale cecità all'occhio destro. A partire da questa data e sino alla morte, nonostante la tempra d'eccezionale robustezza, è di continuo aggredito da nuovi disturbi: coliche dolorose, varici di tessuti interni della gola, emorragie con febbre altissima, come per un'intera settimana, a Firenze, nel 1889. È stato, per un quindicennio, nella comprensibile irritazione («Esser malati è, in ogni caso, maledettamente seccante»), un paziente modello: ha ingurgitato, in successione – come ha notato un suo biografo, Albert-Marie Schmidt – «bromuro di potassio, ioduro di potassio, arsenico, tintura di colchico, granuli omeopatici, tisane amare, sciroppi, acque minerali, percloruro di ferro». Per sfuggire ai suoi terribili mal di testa, a partire dal 1880, ha cercato, a piú riprese, sollievo nell'etere, piombando talvolta, come nel 1888, in uno stato molto vicino «alla follia assoluta». Ma nessun rimedio riesce piú ad arrestare l'evidente degrado del suo stato fisico. I medici piú qualificati che si succedono al suo fianco disperano ormai di salvarlo.

Il 1890 è un anno ancora di buon lavoro: escono presso Ollendorff *La vie errante* a marzo, e presso Havard, ad aprile, *L'inutile beauté*. A giugno, sempre da Ollendorff, *Notre cœur*, che sarà l'ultimo suo romanzo: un ritratto speculare di due anime «mondane», Mariolle e Michèle de Burne, delineato con suprema e raffinata minuziosità, e giudicato subito dalla critica come il massimo risultato conseguito da Maupassant nella sua ricerca di un romanzo il piú possibile «oggettivo». Ma ormai il succedersi delle consultazioni mediche, sempre piú inutili, testimonia della gravità e dell'inarrestabilità del suo male. Cerca di scrivere un romanzo, *L'Angélus*, ma non riesce a procedere e non lo terminerà mai. A giugno parte per Divonne, per curarsi a quelle acque termali, ma quando è sul posto, agogna di recarsi a Champel, nei pressi di Ginevra, dove pensa di guarire rapidamente. Nell'autunno-inverno è vicino a perdere l'autocontrollo e, non a caso, decide di intentare varie cause legali contro giornali e editori per i motivi piú pretestuosi. Qualche giorno prima di Natale, in uno chalet nei pressi di Cannes, redige il proprio testamento. Passata la veglia di Capodanno con la madre in uno stato di tensione estrema, rientra a Cannes e nella notte tra il 1° e il 2 gennaio tenta di tagliarsi la gola. L'8 gennaio entra nella casa di salute del dottor Blanche a Passy. Nella sua stanza immagina di avere davanti a sé «interlocutori influenti» e dialoga con loro in un'affabulazione priva di senso. D'altro canto, rinnega le donne, un tempo predilette: rifiuta di toccare dei grappoli d'uva, che una di loro gli ha inviato in omaggio, sostenendo che sono «di cuoio». Lentamente, ma inesorabilmente, scivola in uno stato di atonia generale, rotto da sempre piú radi istanti di lucidità.

Sopravviverà a se stesso per quasi un anno e mezzo. Muore, infatti, il 6 luglio 1893. Ha chiesto per iscritto che non lo si chiuda in una bara. L'amministrazione delle pompe funebri respinge la domanda[1].

G. D. B.

[1] Per questo scritto ho tenuto conto delle ricerche di René Dumesnil, Armand Lanoux, Edouard Maynial, Albert-Marie Schmidt.

BIBLIOGRAFIA ESSENZIALE

EDIZIONI IN FRANCESE:

Opere complete:

Œuvres complètes illustrées de Guy de Maupassant, Ollendorff, Paris 1899-1904 e 1912, 29 voll. Questa edizione è stata riedita da Albin Michel.
Œuvres complètes de Guy de Maupassant, con uno studio di Pol Neveux, Conard, Paris 1907-10, 29 voll.
Œuvres complètes illustrées de Guy de Maupassant, prefazione, notizie e note di René Dumesnil, Librairie de France, Paris 1934-38, 15 voll.
Œuvres complètes, presentazione e testo a cura di Gilbert Sigaux, Rencontre, Lausanne 1961-62, 16 voll.
Œuvres complètes, premessa, avvertenza e prefazioni di Pascal Pia, cronologia e bibliografia di Gilbert Sigaux, Le Cercle du Bibliophile, Evreux 1969-71, 17 voll. A questa edizione si aggiungono 3 voll. di *Correspondance*, a cura di Jacques Suffel, 1973.

Racconti e novelle:

Contes et Nouvelles, testi presentati, curati, classificati e arricchiti di pagine inedite da Albert-Marie Schmidt, con la collaborazione di Gérard Delaisement, Albin Michel, Paris 1964-67, 2 voll.
Contes et Nouvelles, prefazione Armand Lanoux, introduzione, cronologia, testo curato e annotato da Louis Forestier, Bibliothèque de la Pléiade, Gallimard, Paris 1974-79, 2 voll.

BIBLIOGRAFIE (in ordine cronologico):

ARTINIAN, ARTINE, *Maupassant Criticism in France, 1880-1940, with an Inquiry into his Present Fame and a Bibliography*, Russel and Russel, New York 1941 (1969²).
TALVART e PLACE, *Bibliographie des auteurs modernes de langue française*, La Chronique des Lettres françaises, Paris 1956, tomo XIII, pp. 247-325.
DELAISEMENT, GÉRARD, *Maupassant journaliste et chroniqueur, suivi d'une*

bibliographie générale de l'œuvre de Maupassant, Albin Michel, Paris 1956.

ANON, *Index to the Short Stories of Guy de Maupassant*, G. K. Hall, Boston 1960.

MONTENS, FRANS, *Bibliographie van geschriften over Guy de Maupassant*, Bange Duivel, Leiden 1976.

FORESTIER, LOUIS, «Bibliographie» in Maupassant, *Contes et Nouvelles* cit., tomo II.

STUDI GENERALI, BIOGRAFICI E CRITICI (in ordine alfabetico d'autore):

ARTINIAN, ARTINE, *Pour et contre Maupassant, enquête internationale. 147 témoignages inédits*, Nizet, Paris 1955.

BESNARD-COURSODON, MICHELINE, *Etude thématique et structurale de l'œuvre de Maupassant: le piège*, Nizet, Paris 1973.

BONNEFIS, PHILIPPE, *Comme Maupassant*, Presses Universitaires de Lille, Lille 1981.

CASTELLA, CHARLES, *Structures romanesques et vision sociale chez Maupassant*, L'Age d'homme, Lausanne 1972.

COGNY, PIERRE, *Maupassant l'homme sans Dieu*, La Renaissance du Livre, Bruxelles 1958.

Colloque de Cerisy, *Le Naturalisme*, Union Générale d'Edition, «10-18», Paris 1978.

Colloque de Cerisy, *Maupassant miroir de la nouvelle*, Presses Universitaires de Vincennes, Saint-Denis 1988.

DUMESNIL, RENÉ, *Guy de Maupassant*, Armand Colin, Paris 1933; Tallandier, Paris 1947.

«Europe», edizione speciale *Guy de Maupassant*, giugno 1969.

GREIMAS, ALGRIDAS JULIEN, *Maupassant. La sémiotique du texte: exercices pratiques*, Seuil, Paris 1976.

LANOUX, ARMAND, *Maupassant le Bel-Ami*, Fayard, Paris 1967.

LEMOINE, FERNAND, *Guy de Maupassant*, Editions Universitaires, Paris 1957.

MAYNIAL, EDOUARD, *La Vie et l'Œuvre de Guy de Maupassant*, Mercure de France, Paris 1906.

MORAND, PAUL, *La vie de Guy de Maupassant*, Flammarion, Paris 1941 (nuova ed. 1958).

PARIS, JEAN, *Maupassant et le contre-récit*, in *Le Point aveugle. Univers parallèles II. Poésie, Roman*, Seuil, Paris 1975.

SCHMIDT, ALBERT-MARIE, *Maupassant par lui-même*, Seuil, Paris 1962.

STEEGMÜLLER, FRANCIS, *Maupassant*, Collins, London 1950.

TASSART, FRANÇOIS, *Souvenirs sur Guy de Maupassant par François, son valet de chambre*, Plon-Nourrit, Paris 1911.

– *Nouveaux souvenirs intimes sur Guy de Maupassant* (inediti), testo curato, annotato e presentato da Pierre Cogny, Nizet, Paris 1962.

THORAVAL, JEAN, *L'Art de Maupassant d'après ses variantes*, Imprimerie Nationale, Paris 1950.

TOGEBY, KNUD, *L'Œuvre de Maupassant*, Danish Science Press, Copenhagen; Presses Universitaires de France, Paris 1954.
VIAL, ANDRÉ, *Guy de Maupassant et l'art du roman*, Nizet, Paris 1954.
– *Faits et significations*, Nizet, Paris 1973.
WILLI, KURT, *Déterminisme et liberté chez Guy de Maupassant*, Juris, Zurich 1972.

TRADUZIONI IN ITALIANO:

Integrali:

Racconti e novelle, saggio introduttivo di Henry James, trad. di Viviana Cento, Ornella Galdenzi, Clara Lusignoli, Gioia Zannino Angiolillo, Einaudi, Torino 1968 (1986⁴), 3 voll.
Tutte le novelle, a cura di M. Picchi, Casa del Libro, La Spezia 1989, 3 voll.
Tutti i romanzi, a cura di M. Picchi, Casa del Libro, La Spezia 1989, 2 voll.

Di opere singole e di antologie:

Pierre e Jean, introduzione di Italo Calvino, trad. di Gioia Zannino Angiolillo, Einaudi, Torino 1971 (1982²).
Una vita, trad. di M. Picchi, Garzanti, Milano 1974.
Racconti della guerra franco-prussiana, trad. di Gioia Zannino Angiolillo, Einaudi, Torino 1975.
Bel-Ami, trad. di M. P. Tosti Croce, Nuova Eri, Torino 1979.
Una vita, introduzione di Emilio Faccioli, trad. di Fanny Mallè, Einaudi, Torino 1976 (1982²).
Il petalo di rosa. Casa turca, trad. di R. Jotti, Savelli, Milano 1982.
Bel-Ami, trad. di G. Caproni, a cura di M. Picchi, Garzanti, Milano 1983.
L'Horlà, trad. di M. Di Maio, Euroma, Roma 1983.
Verso i cieli d'oro. Sicilia 1885, trad. di P. Thomas, Novecento, Palermo 1984.
Una vita, trad. di M. Moretti, introduzione di G. Bogliolo, Mondadori, Milano 1984.
Racconti fantastici, trad. di E. Bianchetti, introduzione di G. Finzi, Mondadori, Milano 1985.
Bel-Ami, trad. di A. Fiorillo, Mursia, Milano 1986.
Racconti del reale e dell'immaginario, trad. di G. Bertoni del Guercio, Esbmo, Milano 1987.
Per Flaubert, trad. di M. Picchi, Lucarini, Roma 1988.
Forte come la morte, trad. di A. Cremonese, Garzanti, Milano 1988.
Pierre e Jean, trad. di G. di Belsito, Garzanti, Milano 1988.
Racconti e novelle, trad. di M. Picchi, Garzanti, Milano 1988.
Una vita, trad. di M. Picchi, Garzanti, Milano 1988.
La vita errante, trad. di G. Grasso, Lucarini, Roma 1988.
L'eredità, trad. di M. Mila, Einaudi, Torino 1989.
Il nostro cuore, trad. di E. Defacez, Mursia, Milano 1989.
Boule de suif. La maison Tellier, trad. e nota di M. Fortunato, Einaudi, Torino 1992.

Racconti di vita parigina

LE DOMENICHE DI UN BORGHESE DI PARIGI

I.

Preparativi di viaggio.

Monsieur Patissot, nato a Parigi, dopo aver compiuto mediocremente, come tanti altri, gli studi al collegio Henri IV, era entrato in un ministero grazie alla protezione di una zia, che gestiva una tabaccheria dove si serviva un capo divisione.

Faceva carriera molto lentamente e forse sarebbe rimasto un impiegatuccio di quarta categoria fino alla morte, senza il paterno intervento del caso che dirige talvolta i nostri destini.

Oggi ha cinquantadue anni, e soltanto ora ha cominciato a girovagare per diporto in quella parte della Francia che si estende dalle fortificazioni alla provincia.

La storia della sua carriera può essere utile a molti impiegati, come il racconto delle sue gite servirà indubbiamente a molti parigini che le potranno scegliere come itinerari delle loro escursioni, e avranno modo, grazie al suo esempio, di evitare le disavventure che gli sono capitate.

Sino al 1854, Monsieur Patissot guadagnava soltanto milleottocento franchi. Per il suo singolare carattere riusciva sgradito a tutti i superiori, che lo lasciavano languire nell'eterna e disperata attesa dell'aumento, l'ideale dell'impiegato.

Pure lavorava; ma non sapeva farsi valere; e poi era troppo fiero, diceva lui. La sua fierezza consisteva nel non salutare mai i superiori in modo vile o ossequioso, come facevano, a suo avviso, alcuni colleghi che preferiva non nominare. Aggiungeva poi che la sua franchezza metteva in imbarazzo molta gente, perché lui, come tutti del resto, si levava contro i soprusi, le ingiustizie, contro i favori concessi a sconosciuti, gente estranea alla burocrazia. Ma la sua voce indignata non oltrepassava mai la porta dello scompartimento nel quale sgobbava, secondo il suo motto: Io sgobbo... ma senza riconoscimenti.

Prima come impiegato, poi come francese, come uomo d'ordine infine, aderiva, per principio, ad ogni governo stabilito, poiché era un fanatico del potere... eccezion fatta per quello dei superiori.

Ogni volta che gli si presentava l'occasione, andava a mettersi proprio dove passava l'imperatore per avere l'onore di scappellarsi davanti a lui: e se ne tornava tutto orgoglioso di aver salutato il capo dello Stato.

A forza di contemplare il sovrano, fece come tanti altri: si tagliò la barba come lui, lo imitò nella pettinatura, nella foggia dei vestiti, nel modo di camminare, nei gesti – quanti uomini in ogni paese sembrano il ritratto del loro principe! – Aveva forse una vaga rassomiglianza con Napoleone III, ma aveva i capelli neri – se li tinse. – Allora la somiglianza diventò assoluta; e, quando incontrava per la strada un altro signore che pareva anche lui il ritratto dell'imperatore, si ingelosiva e lo guardava sdegnosamente. Questo suo bisogno di imitazione si trasformò ben presto in un'idea fissa e, dopo aver sentito un usciere delle Tuileries imitare la voce dell'imperatore, finí col prenderne anche lui le intonazioni e la calcolata lentezza nel parlare.

In tal modo finí col diventare talmente simile al modello che li si sarebbe potuti confondere, e degli impiegati del ministero, certi alti funzionari, cominciarono a mormorare, trovando la cosa sconveniente, grossolana addirittura; e ne parlarono al ministro che volle vedere questo impiegato. Ma, vistolo, scoppiò a ridere e ripeté due o tre volte: – È buffo, è proprio buffo! – La notizia si diffuse, e il giorno seguente il diretto superiore di Patissot propose il suo subordinato per un aumento di trecento franchi, che gli furono immediatamente concessi.

Da allora, grazie a questa facoltà scimmiesca di imitazione, fece carriera regolarmente. Una vaga inquietudine, come il presentimento di un alto destino sospeso sul suo capo, si era impadronita dei suoi superiori che gli parlavano con deferenza.

Ma quando venne la Repubblica, per lui fu un disastro. Si sentí sommerso, finito, e, persa la testa, smise di tingersi, si rasò completamente la barba e si fece tagliare i capelli corti, assumendo cosí un aspetto paterno e dolce per nulla compromettente.

Allora i superiori si vendicarono della lunga intimidazione che aveva esercitato su di loro e, diventati tutti repubblicani per istinto di conservazione, cominciarono a perseguitarlo nelle gratifiche e a ostacolarne la carriera. Anche lui cambiò opinione; ma la Repubblica non era un personaggio palpabile e vivo al quale si possa rassomigliare, e poiché i presidenti si succedevano rapidamente, egli piombò nel piú crudele imbarazzo, in un tremendo sconforto, dopo l'insuccesso che pose freno a tutti i suoi slanci di imitazione, nei confronti del suo ultimo ideale: Thiers.

Ma aveva bisogno di manifestare in modo nuovo la sua personalità. Ci pensò a lungo; poi, una mattina, si presentò in ufficio con un cappello nuovo che portava a mo' di coccarda, sulla parte destra, una piccolissima rosetta tricolore. I colleghi ne furono stupiti; ne risero tutta la giornata e il giorno seguente ancora, e per tutta la settimana, per tutto il mese. Ma la serietà del suo comportamento li sconcertò; e i suoi superiori, ancora una volta, si sentirono inquieti. Quale mistero nascondeva quella scimmia? Era una semplice affermazione di patriottismo? – o forse la testimonianza della sua adesione alla Repubblica? – o forse il simbolo segreto di una potente affiliazione? – Ma allora, per portarla con tanta ostinazione, doveva essere ben sicuro di una protezione occulta e formidabile. In ogni caso era consigliabile tenersi sulla difensiva, tanto piú che il suo imperturbabile sangue freddo di fronte a tutte le punzecchiature accresceva le inquietudini. Cominciarono di nuovo ad usargli dei riguardi, e il suo coraggio alla Bertoldo lo salvò: infatti il 1º gennaio 1880 fu nominato archivista.

Aveva sempre condotto una vita sedentaria. Scapolo per amore di pace e tranquillità, detestava il movimento e il rumore. Generalmente passava le domeniche a leggere qualche romanzo d'avventura e a rigare accuratamente dei fogli trasparenti, che regalava poi ai suoi colleghi come falserighe. In tutta la sua vita aveva preso soltanto tre congedi di otto giorni ciascuno, per cambiare casa. Ma qualche volta, nelle grandi ricorrenze, partiva con un treno turistico alla volta di Dieppe o di Le Havre, per nobilitare la sua anima dinanzi allo spettacolo imponente del mare.

Era pieno di quel buon senso che rasenta la stupidità. Da tanti anni viveva tranquillo, parsimonioso, temperante per prudenza, casto d'altro canto per natura, quando un bel giorno fu assalito da un'orribile paura. Una sera per la strada, fu colto ad un tratto da uno stordimento che gli fece temere un attacco. Trascinatosi da un medico ne ottenne, dietro pagamento di cinque franchi, la seguente ricetta:

«Sig. X... cinquantadue anni, celibe, impiegato. Natura sanguigna, minaccia di congestione. Bagnature di acqua fredda, vitto moderato, molto moto.

Firmato, dottor Montellier».

Patissot ne fu sconvolto, e per un mese intero, in ufficio, tenne per tutto il giorno, avvolto a mo' di turbante intorno alla testa, un

asciugamano umido che gli sgocciolava continuamente sulle pratiche, tanto che doveva rifarle. Rileggeva ogni momento la ricetta,
probabilmente con la speranza di trovarvi un significato nascosto,
di penetrare il recondito pensiero del medico e di scoprire come
mettersi al sicuro dall'attacco apoplettico.

Si consultò con gli amici, mostrando il funesto foglietto. Uno
di essi gli consigliò il pugilato. Si mise subito alla ricerca di un maestro e, fin dal primo giorno, ricevette un tal pugno sul naso che
gli levò per sempre la voglia di quello svago salutare. La pertica
gli mozzò il respiro e la scherma gli indolenzì talmente i muscoli
che non poté dormire per due notti. Allora ebbe un lampo di genio. Ogni domenica avrebbe visitato a piedi i dintorni di Parigi ed
anche le zone della capitale che non conosceva.

Il pensiero dell'equipaggiamento per questi viaggi occupò la
sua mente per tutta la settimana, e la domenica, trentesimo giorno
di maggio, iniziò i preparativi.

Dopo aver letto tutti i piú strampalati avvisi pubblicitari, che
certi poveri diavoli, guerci o zoppi, distribuiscono con insistenza
molesta agli angoli delle strade, cominciò a girare per i magazzini,
con la semplice intenzione di guardare, riservandosi di comprare
in seguito.

Prima di tutto, entrò nel negozio di un calzolaio sedicente americano e chiese che gli mostrassero delle scarpe robuste, da viaggio. Gli fecero vedere certi apparecchi blindati di rame come navi
da guerra, irti di punte come un erpice di ferro, sostenendo che erano fabbricati con cuoio di bisonte delle Montagne Rocciose. Si en-
tusiasmò talmente che ne avrebbe volentieri comprato due paia.
Però uno solo gli bastava. Si contentò; e se ne andò, stringendoselo
sotto il braccio, che fu ben presto tutto indolenzito.

Comprò un paio di pantaloni da fatica di velluto a coste, come
quelli dei carpentieri, poi delle ghette di tela da vela indurite nel-
l'olio, che gli arrivavano fino alle ginocchia.

Gli ci volle ancora uno zaino da soldato per le provviste, un
cannocchiale da marina per riconoscere i paesetti lontani, appesi
sui fianchi delle colline; infine una mappa dello Stato Maggiore,
che gli avrebbe permesso di orientarsi senza chiedere la strada ai
contadini curvi in mezzo ai campi.

Poi, per sopportare piú facilmente il caldo, decise di acquistare
una giacchetta di alpaca, che la celebre ditta Raminau vendeva, di
prima qualità, cosí diceva l'annuncio, per la modica somma di sei
franchi e cinquanta centesimi.

Vi andò e un giovanotto alto e distinto, coi capelli alla Capoul [1], le unghie rosate come quelle delle signore e un amabile sorriso sulle labbra, gli fece vedere la giacchetta desiderata. Non corrispondeva alla vantata magnificenza. Patissot chiese esitante: — Ma insomma, signore, ne vale la pena? — L'altro distolse gli occhi, con imbarazzo ben simulato, come una persona onesta che non vuole ingannare la fiducia del cliente e, abbassando la voce con fare esitante: — Mio Dio, signore; capite che per sei franchi e cinquanta non possiamo darvi un capo come questo, per esempio... — E prese una giacca assai migliore della prima. Dopo averla esaminata, Patissot chiese il prezzo. — Dodici franchi e cinquanta —. Era allettante. Ma, prima di decidersi, interrogò nuovamente il giovanotto, che lo osservava attentamente, studiandolo. — E... è proprio buona, questa. Lo garantite? — Oh! certamente, signore, è eccellente, e sentite che morbidezza! S'intende che non deve prendere acqua. Oh! per essere buona, è buona! ma capirete che c'è roba e roba! Per il suo prezzo è perfetta. Pensate, dodici franchi e cinquanta, non è nulla. Certo che una giacchetta di venticinque franchi vale di piú. Per venticinque franchi potete avere quanto c'è di meglio: forte come il panno ed anche piú resistente. Se prende la pioggia, con un colpo di ferro ritorna come nuova. Non perde mai il colore, non arrossa al sole. È piú leggera e al tempo stesso piú calda —. E spiegava la merce, faceva brillare la stoffa, la gualciva, la scuoteva, la tendeva, per mostrarne l'eccellente qualità. Parlava senza interrompersi con convinzione, dissipando l'esitazione coi gesti e con la retorica.

Patissot si convinse e comprò. Il cortese commesso legò il pacchetto, continuando a parlare, e davanti alla cassa, accanto alla porta, seguitava a vantare con enfasi il valore dell'acquisto. Appena Patissot ebbe pagato, tacque di colpo; salutò con un — Arrivederla, signore... —, accompagnato da un sorriso di uomo superiore, e tenendo aperto il battente, guardava allontanarsi il cliente, che si sforzava invano di salutarlo con le mani cariche di pacchetti.

Tornato a casa, Monsieur Patissot studiò con cura il suo primo itinerario e volle provare le scarpe che, con tutte quelle guarnizioni di ferro, sembravano una specie di pattini. Scivolò sul pavimento, cadde e si ripromise di stare piú attento. Poi sciorinò sulle sedie tutti i suoi acquisti e li contemplò a lungo; e si addormentò con questo pensiero: «È strano che non mi sia mai venuta prima l'idea di fare qualche gita in campagna».

---

[1] [Pettinatura con la riga in mezzo e due ciuffetti ricadenti nel centro della fronte, messa in voga dal cantante Joseph-Amedée-Victor Capoul (1839-1924)].

II.

Prima gita.

Per tutta la settimana Monsieur Patissot lavorò di malavoglia al ministero. Pensava alla gita progettata per la domenica seguente e si sentiva d'un tratto preso da un gran desiderio della campagna, dal bisogno di intenerirsi davanti agli alberi, da quella sete dell'ideale campestre che perseguita i parigini in primavera.

Il sabato andò a letto di buon'ora e fu in piedi all'alba.

La sua finestra dava su un cortiletto angusto e buio, una specie di canna di camino, da cui salivano senza tregua tutti i fetori delle cucine dei poveri. Alzò subito gli occhi verso il piccolo quadratino di cielo che appariva tra i tetti, e vide un pezzetto di azzurro già pieno di sole, attraversato incessantemente da voli di rondini, che si potevano seguire soltanto per un attimo. Si disse che, di lassú, esse dovevano scoprire la campagna lontana, il verde delle colline boscose, tutto un dispiegarsi di orizzonti.

Allora fu preso dalla frenesia di sperdersi nella frescura delle foglie. Si vestí in fretta, calzò le sue formidabili scarpe e perse molto tempo a stringere i lacci delle ghette alle quali non era abituato. Dopo essersi caricato sul dorso, lo zaino pieno di carne, di formaggi e di bottiglie di vino (perché il moto gli avrebbe certamente fatto venire una gran fame), partí col suo bastone in mano.

Prese un passo di marcia ben ritmato (quello dei cacciatori, pensava), fischiettando certe ariette allegre che rendevano piú leggera la sua andatura. La gente si voltava a guardarlo, un cane guaí, un vetturino, passando, gli gridò: – Buon viaggio, Monsieur Dumolet! [1] – Ma lui se ne infischiava decisamente e camminava senza voltarsi, sempre piú in fretta, facendo mulinare il suo bastone con aria spavalda.

La città si destava allegra, nel calore e nella luce di una bella giornata di primavera. Le facciate delle case rilucevano, i canarini cantavano nelle gabbie, e l'allegria inondava le strade, rischiarava i volti, risvegliava ovunque un sorriso, come se una sorta di felicità si sprigionasse da tutte le cose sotto il limpido sole nascente.

Aveva raggiunto la Senna per prendere l'*Hirondelle*, il vaporino che lo avrebbe portato a Saint-Cloud, e, tra lo sbalordimento

---

[1] [È, leggermente modificato, il titolo di una famosa canzone di Marc-Antoine-Madeleine Désangiers, *Bon voyage, cher Dumollet* (1809)].

dei passanti, percorse la rue de la Chaussée-d'Antin, il boulevard, la rue Royale, paragonandosi mentalmente all'Ebreo errante. Salendo su un marciapiede, le ferree armature delle sue scarpe scivolarono ancora una volta sul granito, ed egli si abbatté pesantemente, con un tremendo rumore nello zaino. Alcuni passanti lo tirarono su, ed egli riprese la marcia piú adagio fino alla Senna, dove si mise ad aspettare un vaporino.

Lontano, lontanissimo, sotto i ponti, lo vide comparire, dapprima piccolissimo, poi piú grande, sempre piú grande, fino a prendere ai suoi occhi le dimensioni di un piroscafo, come se egli si accingesse a partire per un lungo viaggio, a valicare mari, vedere altri popoli e cose sconosciute. Il vaporino accostò e lui salí. C'era già della gente vestita a festa, con abiti vistosi, cappellini con nastri sgargianti e faccioni scarlatti. Patissot andò a piazzarsi proprio a prua, in piedi, con le gambe divaricate, come i marinai, per far credere che aveva navigato molto. Ma, siccome temeva il dondolio del vaporino, si inarcava, appoggiandosi alla canna, per mantenersi in equilibrio.

Dopo la fermata del Point-du-Jour, il fiume si allargava, tranquillo sotto la luce abbagliante; poi, dopo essere passato tra due isole, il battello costeggiò la curva di una collina piena di case bianche in mezzo al verde. Una voce annunciò Bas-Meudon, poi Sèvres, infine Saint-Cloud, e Patissot scese.

Appena fu sulla banchina, spiegò la mappa dello Stato Maggiore, per non commettere errori.

Era, del resto, molto chiaro. Quella strada lo avrebbe condotto a Celle, svoltando a sinistra e piegando un po' a destra, avrebbe raggiunto Versailles, e ne avrebbe visitato il parco prima di pranzo.

La strada era in salita e Patissot ansimava, schiacciato dallo zaino, con le gambe indolenzite dalle ghette e strascicava nella polvere le sue scarpone, piú pesanti di palle di cannone. Si fermò di colpo, con un gesto di disperazione. Nella precipitazione della partenza, aveva dimenticato il cannocchiale di marina.

Finalmente, ecco il bosco. Allora, malgrado il caldo insopportabile, malgrado il sudore che gli colava dalla fronte e il peso della bardatura, e i sobbalzi dello zaino, si mise a correre o piuttosto a trotterellare verso il verde, con piccoli balzi, saltellando, come un vecchio cavallo asmatico.

S'inoltrò sotto gli alberi, in una deliziosa frescura, e fu preso dalla commozione nel vedere una moltitudine di fiorellini tutti diversi, gialli, rossi, turchini, violetti, esili, graziosi, attaccati a lunghi steli, sbocciati lungo i fossati. Insetti di ogni colore, di ogni forma, tozzi, allungati, di straordinaria fattura, mostri spaventosi e microscopici si arrampicavano faticosamente sui fili d'erba, che si curvavano sotto il loro peso. E Patissot ammirò sinceramente il creato. Ma, poiché era estenuato, si mise a sedere.

Pensò di mangiare. Rimase di stucco davanti al contenuto del suo zaino. Una bottiglia si era rotta, certo quando era caduto, e il liquido, trattenuto dalla tela cerata impermeabile, aveva formato con le sue provviste una zuppa al vino.

Mangiò lo stesso una fetta di carne, dopo averla asciugata per bene, un pezzo di prosciutto e qualche fetta di pane ammollata e rossastra, dissetandosi con del bordò fermentato, coperto da una schiumetta rossa non troppo piacevole a vedersi.

Si riposò per parecchie ore e, dopo aver di nuovo consultato la mappa, si rimise in cammino.

Dopo qualche tempo, si trovò ad un incrocio che non era previsto. Guardò il sole, cercò di orientarsi, rifletté, studiò a lungo tutte le lineette intersecantisi che, sulla mappa, rappresentavano le strade, e alla fine si convinse di essersi proprio smarrito.

Davanti a lui si apriva un magnifico viale e, attraverso il fogliame un po' rado, piovevano ovunque, per terra, gocce di luce che illuminavano le margherite bianche nascoste tra l'erba. Era interminabilmente lungo, deserto e calmo. Soltanto un grosso calabrone solitario lo percorreva ronzando, si fermava talvolta su un fiore, facendolo curvare, e ripartiva quasi subito per andare a posarsi un po' piú lontano. Il suo corpo enorme pareva di velluto bruno striato di giallo, sorretto da ali trasparenti e smisuratamente piccole. Patissot lo osservava con profondo interesse quando sentí che qualcosa si muoveva sotto i suoi piedi. Ebbe paura e fece un balzo di lato, poi, chinandosi con precauzione, vide una ranocchietta grossa come una nocciola, che faceva dei salti enormi.

Si chinò per prenderla, ma gli sgusciò tra le mani. Allora, con precauzioni infinite, si trascinò fino a lei, ginocchioni, avanzando adagio adagio: lo zaino sulla schiena sembrava un'enorme corazza e lo faceva somigliare a una grossa tartaruga in cammino. Quando fu vicino al punto dove la bestiola si era fermata, prese le misure, allungò le mani avanti, cadde col muso per terra, si rialzò, stringendo nei pugni un po' di terra e niente ranocchia. Per quanto cercasse, non la trovò piú.

Appena si fu rimesso in piedi, vide in lontananza due persone che venivano verso di lui, facendo dei cenni: una donna, che agitava l'ombrellino, e un uomo, in maniche di camicia, con la giacca sul braccio. La donna si mise a correre, chiamando: – Signore! signore! – Lui si asciugò la fronte e rispose: – Signora! – Signore ci siamo perduti, proprio perduti! – Un certo pudore gli impedí di fare la stessa confessione, e affermò con serietà: – Siete sulla strada di Versailles.

– Come! sulla strada di Versailles? Ma noi si andava a Rueil! – Restò un po' confuso, ma rispose sfrontatamente: – Vi mostrerò, signora, sulla mappa dello Stato Maggiore che siete proprio sulla strada di Versailles –. Il marito si avvicinava. Pareva fuori di sé, disperato. La donna, giovane e graziosa, un'energica brunetta, disse con rabbia, appena egli le fu vicino: – Vieni a vedere cosa hai combinato, siamo a Versailles ora! Tieni, guarda la mappa dello Stato Maggiore che questo signore avrà la bontà di mostrarti. Saprai leggere per lo meno? Mio Dio, mio Dio!... Quanto si può essere stupidi! Ti avevo pur detto di svoltare a destra, ma tu non hai voluto, credi sempre di saper tutto! – Il povero giovane pareva avvilito. Rispose: – Ma tesoro, sei stata tu... – Lei non lo lasciò finire e gli rimproverò tutta la sua vita, dal giorno del matrimonio fino a quel momento. Lui volgeva gli occhi pietosamente verso la boscaglia e, di tanto in tanto, come in un accesso di follia, lanciava un grido acuto, qualcosa come: «tiiiit...» che lasciava imperturbabile la moglie, mentre Patissot era esterrefatto.

All'improvviso, la giovane donna, volgendosi verso l'impiegato disse con un sorriso: – Se il signore lo permettesse, faremmo la strada con lui, per non perderci di nuovo e correre il rischio di passare la notte nel bosco –. Non potendo rifiutare, Patissot si inchinò, torturato dall'inquietudine, poiché non sapeva dove li avrebbe condotti.

Camminarono per un pezzo; l'uomo continuava a gridare «tiiiit...»; e scese la sera. Il velo di nebbia che copre la campagna al crepuscolo si stendeva lentamente, e alitava un'aria di poesia, suscitata da quella singolare e affascinante sensazione di frescura che riempie i boschi all'avvicinarsi della notte. La donnina aveva preso il braccio a Patissot e continuava, con quella sua boccuccia rosa, a sputar rimproveri contro il marito, che non le rispondeva e urlava senza tregua «tiiiit...», sempre piú forte. Il grosso impiegato finí col chiedergli: – Perché gridate a questo modo? – L'altro gli rispose con le lacrime agli occhi: – Ho perduto il mio povero cane. – Come! Avete perduto il cane? – Sí, l'avevamo allevato a Parigi; non era mai stato in campagna, e quando ha visto il verde è stato cosí felice che si è messo a correre come un pazzo. Si è ficcato nel bosco, e per quanto lo abbia chiamato, non è ritornato. Morirà di fame lí dentro... tiiit... – La donna scrollava le spalle: – Quando uno è bestia come te, non tiene un cane! – Ma l'uomo si fermò, tastandosi febbrilmente il corpo. Lei lo guardava: – Be', che c'è ancora! – – Non mi sono accorto che avevo la giacca sul braccio. Ho perduto il portafogli... C'erano dentro tutti i soldi –. Questa volta, lei parve soffocare per la collera: – E allora, muoviti, vallo a cercare! – Lui rispose con dolcezza: – Sí, tesoro, e dove vi ritrovo? – Ma a Versailles! – rispose ardito Patissot. E poiché aveva sentito parlare dell'Hôtel des Réservoirs, lo nominò. Il marito si voltò, e chino verso il suolo, scrutandolo con occhi ansiosi, si allontanò, gridando ad ogni passo «tiiit...» – Tardò molto a scomparire; l'ombra infittita lo avvolse, e la sua voce, da molto lontano, lanciava ancora il suo «tiiit...» lamentoso, sempre piú stridulo mano a mano che la notte si faceva piú buia e che le sue speranze si spegnevano.

Patissot si sentí deliziosamente turbato, quando si trovò solo, tra le ombre fitte del bosco, nell'ora languida del crepuscolo, con quella donnina sconosciuta che si appoggiava al suo braccio. E per la prima volta nella sua vita di egoista, intuí il fascino di poetici amori, la dolcezza degli abbandoni e la partecipazione carezzevole della natura ai nostri affetti. Cercava, senza per altro trovarne, qualche frase galante. Ma ecco che videro una strada maestra, e sulla destra apparvero delle case; passò un uomo. Patissot, tremante, chiese il nome del paese. – Bougival. – Come! Bougival? ne siete sicuro? – Perbacco! sono del posto!

La donna rideva come una piccola pazza. – L'idea di aver perso il marito la faceva star male dal ridere. – Cenarono in una trattoria in riva al fiume. Lei fu affascinante, piena di brio, raccontò mille storielle buffe, che facevano girare un po' la testa al suo compagno. – Poi, quando furono per andar via, lei esclamò: – Ma, ora che ci penso, io non ho un soldo, visto che mio marito ha perso il portafogli –. Patissot si affrettò ad aprire premurosamente il borsellino, offrí di prestarle quanto le occorreva, e tirò fuori un luigi, pensando che non avrebbe potuto dare di meno. Lei non diceva nulla, ma tese la mano, prese il denaro, e pronunciò «grazie» con molta serietà, facendolo subito seguire da un sorriso, si annodò con grazia civettuola i nastri del cappellino davanti allo specchio, non volle essere accompagnata, ora che sapeva dove andare, e si allontanò infine, come un uccellino che vola via, mentre Patissot, assai cupo, faceva mentalmente il conto delle spese della giornata.

Il giorno dopo aveva un mal di capo tanto forte che non andò in ufficio.

III.

A casa di un amico.

Per tutta la settimana Patissot raccontò la sua avventura, dipingendo poeticamente i luoghi percorsi, e indignandosi per il poco entusiasmo che suscitava. Soltanto un vecchio spedizioniere, sempre taciturno, Monsieur Boivin, soprannominato Boileau, gli prestava una profonda attenzione. Anche lui abitava in campagna e aveva un giardinetto che coltivava con cura da solo; si contentava di poco e si diceva che fosse completamente felice. Patissot, ora, capiva i suoi gusti e la concordanza delle loro aspirazioni li fece diventare immediatamente amici. Il vecchio Boivin, per cementare quella nascente simpatia, lo invitò a pranzo per la domenica successiva nella sua casetta di Colombes.

Patissot prese il treno delle otto e, dopo molte ricerche, scoprí, proprio nel centro della cittadina, una stradina buia, una cloaca fangosa tra due alti muri, e, proprio in fondo, una porta fradicia, chiusa con uno spago attorcigliato a due chiodi. Aprí e si trovò faccia a faccia con un essere innominabile, che tuttavia doveva essere una donna. Il suo petto pareva avvolto in stracci sporchi, una sottana a brandelli le pendeva dai fianchi, e, nei capelli arruffati, volteggiavano alcune penne di piccione. Guardava il visitatore con un'espressione rabbiosa nei suoi occhietti grigi; poi, dopo un istante di silenzio, chiese:

— Cosa volete?

— Monsieur Boivin.

— È qui. Cosa volete da Monsieur Boivin?

Patissot, turbato, esitava:

— Ma, mi aspetta.

L'espressione della donna si fece ancora piú rabbiosa ed ella riprese:

— Ah! sicché siete voi che venite per mangiare?

Lui balbettò un «sí» tremante. Allora, volgendosi verso la casa, la donna gridò con voce rabbiosa:

— Boivin, è arrivato il tuo uomo!

Il piccolo Boivin comparve subito sulla soglia di una specie di baracca di gesso, coperta di zinco, con il solo pianterreno, e che pareva una stufetta. Portava un paio di calzoni di cotone bianco macchiati di caffè e, in capo, un panama bisunto. Dopo aver stretto le mani di Patissot, lo guidò in quel luogo che egli chiamava il suo giardino: era, in fondo ad un altro corridoio fangoso, un quadratino di terra grande quanto un fazzoletto e circondato da case cosí alte che il sole vi penetrava soltanto per due o tre ore al giorno. Viole del pensiero, garofani, ravanelli, qualche rosaio, agonizzavano in fondo a quel pozzo senz'aria e riscaldato come un forno dal riverbero dei tetti.

— Non ci sono alberi, — diceva Boivin, — ma i muri dei vicini li sostituiscono, e c'è ombra come in un bosco.

Poi, prendendo Patissot per un bottone:

— Mi farete un piacere. Avete visto la padrona: non è molto trattabile! Ma non avete visto tutto, aspettate il pranzo! Figuratevi che, per impedirmi di uscire, non mi dà i vestiti dell'ufficio e mi lascia soltanto degli stracci, troppo logori perché possa andare in città. Oggi, ho addosso roba pulita, perché le ho detto che avremmo pranzato insieme. Siamo d'accordo. Ma non posso mettermi a innaffiare, perché ho paura di sporcarmi i pantaloni. Se li macchio, è finita! Ho fatto affidamento su di voi, volete?

Patissot acconsentí, si levò la giacca, si rimboccò le maniche e si mise a spingere con tutte le forze una specie di pompa che fischiava, soffiava, per lasciare uscire un filino d'acqua simile a quello di una fontana Wallace [1]. Ci vollero dieci minuti per riempire un innaffiatoio. Patissot era in un bagno di sudore. Boivin lo guidava:

— Qui, su questa piantina... ancora un po'... Basta! Quest'altra...

Ma l'annaffiatoio, bucato, perdeva acqua, lasciandone cadere piú sui piedi di Patissot che sui fiori; l'orlo dei pantaloni, fradicio, si impregnava di fango. Ricominciò per venti volte di seguito, e si bagnò ancora i piedi, e sudò ancora, facendo gemere il volano della pompa; e quando, estenuato, voleva fermarsi, Boivin, supplichevole, lo tirava per un braccio:

— Un altro annaffiatoio, uno soltanto, e abbiamo finito.

Per ringraziarlo gli fece dono di una rosa, ma di una rosa talmente spampanata che, al contatto con la giacca di Patissot, si sfogliò completamente, lasciandogli all'occhiello una specie di perina verdastra che lo fece rimanere stupito. Non osò dire nulla, per discrezione. Boivin fece finta di non essersene accorto.

Ma la voce lontana di Madame Boivin si fece sentire:

— Insomma, vi decidete a venire? Quando vi si dice che è pronto!

---

[1] [Cosí si chiamarono le cento fontane donate alla città di Parigi nel 1872 dal filantropo inglese Richard Wallace].

Si diressero verso la stufetta, tremando come colpevoli.

Se il giardino era in ombra, la casa, in compenso, era in pieno sole, e il calore di nessuna stufa eguagliava quello delle sue stanze. Tre piatti, con accanto le posate di stagno mal lavate, erano appiccicati sul vecchio untume di una tavola d'abete, al centro della quale un recipiente di terra conteneva dei filamenti di lesso del giorno prima, riscaldati in un liquido qualsiasi, dove navigavano delle patate macchiate. Si sedettero. Mangiarono.

Una grossa caraffa piena d'acqua appena tinta di rosso attirava lo sguardo di Patissot. Boivin, un po' confuso, disse alla moglie:

— Senti, mia cara, per l'occasione non potresti darci un po' di vino puro?

Lei lo guardò furente:

— Perché vi possiate ubriacare tutti e due, vero, e starmi a urlare per casa tutta la giornata? Grazie per l'occasione!

Boivin tacque. Dopo la carne, la donna portò un altro piatto di patate cucinate con un po' di lardo completamente rancido. Quando ebbero smaltito anche questa pietanza, sempre in silenzio, la donna dichiarò:

— Non c'è altro. Ora filate.

Boivin la guardava, sbalordito.

— Ma il piccione? il piccione che stavi spennando stamattina?

Lei si mise i pugni sui fianchi:

— Non vi è bastato forse? Perché tu porti in casa della gente, non è un buon motivo per divorare tutto quello che c'è in casa. E cosa mangerò io stasera per cena, caro il mio signore?

I due uomini si alzarono, uscirono sull'uscio e il piccolo Boivin, detto Boileau, sussurrò all'orecchio di Patissot:

— Aspettatemi un momento e ce la filiamo.

Poi passò nella stanza accanto, per finire di vestirsi; allora Patissot sentí questo dialogo:

— Mi dài venti soldi, tesoro?

— Che ci vuoi fare con venti soldi?

— Ma non si sa mai cosa può accadere; è sempre bene avere qualche soldo in tasca.

Lei urlò, per farsi sentire dal di fuori:

— No, signore, non te li do! Visto che questo signore ha mangiato a casa tua, il meno che possa fare è pagarti le spesucce della giornata!

Boivin raggiunse Patissot; ma questi, volendo essere corretto, s'inchinò davanti alla padrona di casa e balbettò:

— Signora... ringraziamenti... gentile accoglienza...

La donna rispose:

— Bene, bene, ma non me lo riportate ubriaco, perché fareste i conti con me, sappiatelo!

Se ne andarono.

Raggiunsero le rive della Senna, di fronte a un isolotto alberato di pioppi. Boivin, che guardava il fiume con tenerezza, strinse il braccio del compagno:

— Eh! tra otto giorni ci saremo, Monsieur Patissot.

— Dove saremo, Monsieur Boivin?

— Ma... a pesca: si apre il quindici!

Patissot ebbe un leggero fremito, come la prima volta che si incontra la donna che sconvolgerà il vostro cuore. Rispose:

— Ah!... siete pescatore, Monsieur Boivin?

— Se sono pescatore, signore! Ma è la mia passione, la pesca!

Allora Patissot lo interrogò con molto interesse: Boivin gli disse il nome di tutti i pesci che folleggiavano sotto quell'acqua nerastra... E Patissot credeva di vederli. Boivin elencò gli ami, le esche, i luoghi, i tempi piú adatti per ciascuna specie... E Patissot si sentiva diventare piú pescatore dello stesso Boivin. Decisero che la domenica seguente, giorno dell'apertura, sarebbero andati insieme, per istruzione di Patissot, che si rallegrava di aver trovato un iniziatore tanto esperto.

Si fermarono a cenare in una specie di bugigattolo oscuro, frequentato dai barcaioli e dalla teppaglia dei dintorni. Davanti alla porta, Boivin ebbe cura di dire:

— Non si direbbe, ma ci si sta benone.

Si misero a tavola. Dopo il secondo bicchiere di Argenteuil, Patissot capí perché Madame Boivin serviva al marito soltanto vino molto allungato: il bravo ometto non capiva piú nulla; faceva concioni, si alzò, volle esibirsi in prove di forza, si mise a fare il paciere tra due ubriachi che si stavano picchiando; e sarebbe stato ridotto a mal partito, insieme a Patissot, senza l'intervento del proprietario della bettola. Arrivati al caffè, era talmente ubriaco da non poter piú camminare, malgrado gli sforzi dell'amico per impedirgli di bere; e, quando uscirono, Patissot fu costretto a tenerlo per le ascelle.

Sprofondarono nel buio attraverso la pianura, persero la strada, girovagarono a lungo; poi, d'un tratto, si ritrovarono in mezzo a una foresta di paletti, che arrivavano all'altezza del loro naso. Era una vigna con i suoi pali di sostegno. Vi gironzolarono per un bel pezzo, vacillanti, impauriti, ritornando sempre sui loro passi, senza riuscire a trovare la via d'uscita. Alla fine il piccolo Boivin, detto Boileau, finí col cadere su un bastone, che gli ferí il viso, e, senza preoccuparsene troppo, rimase seduto per terra, lanciando a gola spiegata, con una ostinazione da ubriaco degli «Ahi! Ahi!» prolungati e sonori, mentre Patissot, smarrito, gridava ai quattro venti:

– Ehi, qualcuno! Ehi, qualcuno!

Un contadino, che tornava a casa in ritardo, venne loro in soccorso e li rimise sulla strada giusta.

Ma, man mano che si avvicinava alla casa di Boivin, Patissot si impauriva. Alla fine arrivarono alla porta, che si aprí bruscamente e, simile alle antiche furie, Madame Boivin comparve con una candela in mano. Appena vide suo marito, si buttò contro Patissot, urlando:

– Ah! canaglia! Lo sapevo che me lo avreste fatto ubriacare!

Il pover'uomo ebbe una paura matta, abbandonò l'amico che si accasciò nel fango viscido della stradina, e se la diede a gambe levate fino alla stazione.

IV.

Pesca con l'amo.

La vigilia del giorno in cui, per la prima volta in vita sua, doveva buttare un amo nel fiume, Monsieur Patissot si procurò, con la spesa di ottanta centesimi, il manuale del *Perfetto pescatore con l'amo*. Imparò, in quest'opera, mille cose utili, ma fu particolarmente colpito dallo stile e ritenne il brano che segue:

«In una parola, volete, senza fastidi, senza apparati, senza precetti, riuscire a pescare a destra, a sinistra, davanti o dietro di voi con successo, con la corrente e controcorrente, con quella sicurezza della conquista che non ammette ostacoli? Ebbene, pescate prima, durante e dopo il temporale, quando il cielo si chiude, zebrato di strisce di fuoco, quando la terra è turbata dai brontolii prolungati del tuono: allora sia per avidità, sia per terrore, tutti i pesci, agitati, turbolenti, confondono le loro abitudini, abbandonandosi ad una specie di gincana universale.

«In questa confusione, che seguiate o dimentichiate tutti i pronostici di probabilità favorevoli, se andate a pesca, correte alla vittoria!»

Poi, per poter catturare contemporaneamente pesci di ogni grandezza, comprò tre strumenti perfezionati, bastoni per la città, canne sul fiume, che si allungavano smisuratamente con una semplice scossa. Per il ghiozzo, prese degli ami numero quindici, il numero dodici per le reine, e contava, col numero sette, di riempire il suo paniere di carpe e di barbi. Non comprò lombrichi che era sicuro di trovare ovunque, ma fece provvista di bacherozzoli. Ne aveva un grosso vaso tutto pieno; e, la sera, si mise a contemplarli. Le disgustose bestie puzzavano maledettamente e brulicavano nel loro bagno di crusca, come fanno nella carne putrefatta; Patissot volle esercitarsi in anticipo ad infilzarli sugli ami. Ne prese uno con ripugnanza; ma appena l'ebbe posato sull'aguzza punta di acciaio ricurvo, quello scoppiò e si vuotò completamente. Ricominciò venti volte di seguito, senza avere maggior successo ed avrebbe continuato forse tutta la notte se non avesse temuto di esaurire tutta la provvista.

Partí col primo treno. La stazione era piena di gente armata di canne da pesca. Alcune, come quelle di Patissot, parevano semplici bastoncini di bambú; ma altre, tutte di un pezzo, si drizzavano verso il cielo assottigliandosi. Era come una foresta di esili bacchette che si urtavano ad ogni momento, s'impigliavano, parevano battersi tra loro come spade o dondolarsi come alberi di nave al di sopra di un oceano di cappelli di paglia a tesa larga.

Quando la locomotiva si mise in moto, se ne vedevano spuntare da tutti gli sportelli, e gli imperiali, da un capo all'altro del convoglio, ne erano irti, cosí che il treno pareva un lungo bruco che strisciasse per la pianura.

Scesero a Courbevoie e la diligenza di Bezons fu presa d'assalto. Un mucchio di pescatori si sistemò sul tetto e, poiché tenevano le canne in mano, il carrozzone si trasformò d'un tratto in un grosso porcospino.

Lungo tutta la strada si vedevano uomini diretti nella stessa direzione, come per un immenso pellegrinaggio verso una Gerusalemme sconosciuta. Portavano i lunghi bastoni acuminati, che ricordavano quelli degli antichi fedeli reduci dalla Palestina, e una scatola di latta ballonzolava sulla loro schiena. Avevano fretta.

A Bezons, apparve il fiume. Sulle due rive, file di persone, uomini in giacchetta, altri in maniche di camicia ed altri ancora in giubbotto, donne e bambini e perfino ragazze da marito, stavano pescando.

Patissot si diresse verso la diga, dove lo stava aspettando l'amico Boivin. Questi lo accolse freddamente. Aveva fatto conoscenza con un grosso signore di una cinquantina d'anni, che pareva molto in gamba, e che aveva il volto scurito dal sole. Tutti e tre presero a nolo una grossa barca e andarono a fermarsi quasi sotto la cascata della chiusa, tra i mulinelli dove è piú facile prendere i pesci.

Boivin fu subito pronto e, dopo aver messo l'esca, lanciò l'amo, poi rimase immobile, fissando il piccolo galleggiante con straordinaria attenzione. Di tanto in tanto, tirava fuori il filo dall'acqua, per gettarlo un po' piú lontano. Il grosso signore, quando ebbe buttato nel fiume i suoi ami ben preparati, posò la canna al suo fianco, caricò la pipa, la accese, incrociò le braccia, e, senza dare nemmeno un'occhiata al sughero, si mise a guardare l'acqua che scorreva. Patissot ricominciò a far scoppiare i suoi bacherozzi. Dopo cinque minuti, chiamò Boivin: — Monsieur Boivin, volete essere tanto cortese da sistemarmi queste bestie sull'amo? Ho voglia di provare, non ci riesco, io —. Boivin alzò il capo: — Vi sarei grato se non mi disturbaste, Monsieur Patissot, non siamo qui per divertirci —. Tuttavia, mise l'esca all'amo, e Patissot lo lanciò, imitando con cura tutti i movimenti dell'amico.

La barca, proprio sotto la cascata, ballava maledettamente; ondate la scuotevano, bruschi risucchi della corrente la facevano girare come una trottola, nonostante fosse attaccata per le due estremità; e Patissot, tutto assorbito dalla pesca, sentiva un vago malessere, una pesantezza di capo, uno strano stordimento.

Non prendevano nulla però: il piccolo Boivin, nervosissimo, faceva gesti bruschi, scoteva il capo preoccupato; Patissot ne soffriva come di una catastrofe; soltanto il grosso signore, sempre immobile, continuava a fumare tranquillamente, senza curarsi della sua canna. Alla fine Patissot, accorato, si volse verso di lui e gli disse con voce triste:

— Abboccano?

L'altro rispose semplicemente:

— Perbacco!

Patissot, stupito, lo osservò:

— Qualche volta ne prendete parecchi?

— Mai!

— Come, mai?

L'omone, continuando a fumare come la ciminiera di una fabbrica, lanciò queste parole, che sconvolsero il suo vicino:

— Mi seccherebbe molto, se abboccassero. Io non vengo per pescare, io vengo perché qui si sta molto bene: si dondola come in mare; se porto una canna, è per fare come gli altri.

Monsieur Patissot, invece, non ci stava bene per nulla. Il suo malessere, prima vago, aumentava sempre di piú, pigliava forma infine. La barca ballava proprio come in mare, ed egli soffriva il mal di mare.

Quando il primo attacco si fu un po' calmato, Patissot propose di andar via, ma Boivin, furioso, per poco non gli saltò addosso. Ma l'omone, impietosito, portò indietro la barca senza sentir ragioni, e, quando i capogiri di Patissot cessarono, pensarono al desinare.

C'era da scegliere tra due trattorie.

Una, piccolissima, aveva piuttosto l'aspetto di un'osteria ed era frequentata dai pescatori piú modesti. L'altra, che portava il nome di «Chalet des Tilleuls», sembrava una villa borghese, e aveva come clientela l'aristocrazia dell'amo. I due padroni, nemici dalla nascita, si guardavano in cagnesco dalle due estremità di un grande spiazzo di terreno che li separava, dove si trovavano la casetta bianca del guardiapesca e del guardiano della chiusa. Queste due autorità, a loro volta, parteggiavano l'una per l'osteria, l'altra per la villa, e i dissensi interni di queste tre case isolate riproducevano la storia dell'intera umanità.

Boivin, che conosceva l'osteria, ci voleva andare: — Servono molto bene e non è caro, vedrete. Del resto, Monsieur Patissot, non sperate di farmi ubriacare come avete fatto domenica scorsa; mia moglie era furente, sapete, e ha giurato che non vi perdonerà mai.

Il grosso signore dichiarò che avrebbe mangiato soltanto ai «Tilleuls»; perché era, secondo lui, un posto eccellente, con una cucina paragonabile a quella dei migliori ristoranti parigini. — Fate come volete, — dichiarò Boivin, — io vado dove sono abituato —. E se ne andò. Patissot, disapprovando l'amico, seguí il grosso signore.

Mangiarono da soli, loro due, si scambiarono le loro opinioni e riconobbero che erano fatti per intendersi.

Dopo mangiato tutti tornarono a pescare, ma i due nuovi amici andarono insieme lungo la riva, si fermarono accanto al ponte della ferrovia e gettarono gli ami in acqua, continuando a chiacchierare. I pesci continuavano a non abboccare, ma Patissot ora ci si era abituato.

Si avvicinò una famigliola. Il padre, con dei favoriti da magistrato, portava una canna smisurata; tre bambini maschi, di differente statura, avevano tre canne di lunghezza diversa, secondo l'età, e la madre, molto formosa, manovrava con grazia una bellissima canna da pesca, con l'impugnatura ornata da un fiocco di seta. Il padre salutò: – Il posto è buono, signori? – Patissot stava per parlare, quando il suo vicino rispose: – Eccellente! – Tutta la famiglia sorrise e si sistemò accanto ai due pescatori. Allora Patissot fu preso dalla voglia matta di prendere un pesce, uno solo, un pesce qualsiasi, anche grosso come una mosca, per suscitare la stima di tutta quella gente; e si mise a manovrare la canna come aveva visto fare a Boivin in mattinata. Lasciava che il galleggiante seguisse la corrente per tutta la lunghezza del filo, dava una scossa, tirava gli ami fuori dall'acqua; poi, facendo descrivere alla lenza un ampio cerchio in aria, la ributtava in acqua, qualche metro piú lontano. Era anche convinto di avere acquistato una certa disinvoltura per fare quel movimento con eleganza, quando l'amo, che aveva tirato fuori con un rapido colpetto di polso, fu trattenuto da qualche parte dietro di lui. Fece uno sforzo; un urlo esplose alle sue spalle, e Patissot vide, appeso all'amo che descriveva nel cielo una curva di meteora, un magnifico cappellino da donna, carico di fiori, che egli depose, sempre appeso all'estremità del filo, proprio nel bel mezzo del fiume.

Si voltò spaventato, lasciando andare la canna che seguí il cappello trascinato dalla corrente, mentre il grosso signore, il suo nuovo amico, rovesciato per terra sul dorso, rideva a crepapelle. La signora, spettinata e sbalordita, soffocava di rabbia; il marito andò in collera e pretese che gli si rimborsasse il prezzo del cappello, che Patissot pagò almeno il triplo del suo valore.

Poi la famiglia se ne andò dignitosamente.

Patissot prese un'altra canna e, fino a sera, fece fare il bagno ai suoi bacherozzi. Il suo vicino dormiva tranquillamente sull'erba. Si svegliò verso le sette.

– Andiamocene! – disse.

Allora Patissot tirò fuori l'amo, lanciò un grido, cadde seduto all'indietro per lo stupore. All'estremità del filo, dondolava un pesciolino piccolissimo. Quando lo guardarono da vicino, videro che era stato infilzato in mezzo alla pancia: un amo, uscendo dall'acqua, l'aveva acchiappato al passaggio.

Fu un trionfo, una gioia smisurata. Patissot volle che glielo friggessero, per lui solo.

Durante la cena, l'intimità aumentò tra i due nuovi amici. Patissot seppe che quel signore abitava ad Argenteuil e che andava in barca da trent'anni infaticabilmente, e accettò l'invito a pranzo che questi gli fece per la domenica seguente, con la promessa di una bella gita in mare sul *Plongeon*, la grossa barca a vela dell'amico.

La conversazione lo aveva talmente preso che finí col dimenticarsi della pesca.

Se ne ricordò soltanto dopo il caffè e volle che gliela servissero. C'era, in mezzo al piatto, una specie di fiammifero giallastro e contorto. Lo mangiò lo stesso e la sera, sull'omnibus, raccontava ai suoi vicini che aveva preso quattordici libbre di frittura.

v.

Due uomini celebri.

Monsieur Patissot aveva promesso all'amico canottiere che avrebbe trascorso con lui la domenica successiva. Una circostanza imprevista mandò a monte i suoi progetti. Una sera incontrò sul boulevard un cugino, che vedeva molto di rado. Era un giornalista simpatico, assai noto in tutti gli ambienti, il quale offrí a Patissot il suo aiuto per fargli conoscere una quantità di cose interessanti.

— Cosa fate domenica, per esempio?

— Vado in barca ad Argenteuil...

— Ma via, la barca è avvilente; è roba che non cambia mai. Su, vi porto con me. Vi farò conoscere due uomini illustri e vi farò visitare due case d'artisti!

— Ma il medico mi ha ordinato di andare in campagna!

— Ed è proprio in campagna che andremo! Strada facendo, andrò a fare una visitina a Meissonnier, nella sua proprietà di Poissy, poi, andremo a piedi fino a Médan, dove abita Zola, al quale ho l'incarico di chiedere il suo prossimo romanzo per il mio giornale.

Patissot, delirante di gioia, accettò.

Per presentarsi decorosamente, comprò persino una giacchetta nuova, perché la sua era un po' lisa, e aveva una gran paura di dire sciocchezze, sia al pittore, sia al letterato, come tutte le persone che devono parlare di cose che non conoscono.

Comunicò i suoi timori al cugino che, mettendosi a ridere, gli rispose: — Via, fate soltanto dei complimenti, nient'altro che complimenti, sempre complimenti; fanno perdonare tutte le sciocchezze che si possono dire. Conoscete i quadri di Meissonnier?

— Certo.

— Avete letto i *Rougon-Macquart*?

– Da cima a fondo.

– È piú che sufficiente. Dite di tanto in tanto il titolo di un quadro, citate ora un romanzo ora un altro, e aggiungete: Superbo!!! Straordinario!!! Di perfetta fattura!!! Stranamente potente!!! ecc. A questo modo ci si tira sempre d'impiccio. So bene che quei due uomini là sono indifferenti a tutto questo; ma, vedete, le lodi fanno sempre piacere a un artista.

La domenica mattina partirono per Poissy.

A pochi passi dalla stazione, in fondo alla piazza della chiesa, trovarono la proprietà di Meissonnier. Dopo essere passati sotto una porta bassa, dipinta di rosso, oltre la quale si stendeva un magnifico pergolato di viti, il giornalista si fermò e, volgendosi verso il suo compagno:

– Come ve lo immaginate Meissonnier?

Patissot esitava. Alla fine si decise: – Un ometto piccino, molto curato, ben rasato, di modi militareschi –. L'altro sorrise: – Bene, venite –. Sulla sinistra, si vedeva una costruzione che pareva un piccolo villino, molto bizzarro; e sulla destra, quasi di fronte, ma un po' piú in basso, il fabbricato principale. Era una strana costruzione in cui c'era di tutto: palazzo, fortezza gotica, maniero, villa, capanna, cattedrale, moschea, piramide, torta di zucchero filato, oriente e occidente. Uno stile complicato al massimo, che avrebbe fatto impazzire un architetto classico, qualcosa di fantastico e di grazioso al tempo stesso, inventato dal pittore ed eseguito sotto la sua direzione.

Entrarono in un salottino ingombro di valige. Comparve un uomo, piccolo e con indosso una giubba corta. Ma quel che colpiva in lui era la barba, una barba da profeta, inverosimile, un fiume, una cascata, un Niagara di barba. Salutò il giornalista: – Vi chiedo scusa, caro signore; sono arrivato appena ieri e a casa è ancora tutto sottosopra. Accomodatevi –. L'altro rifiutò, scusandosi: – Caro maestro, mi trovavo soltanto a passare, e ho voluto presentarvi i miei omaggi –. Patissot, molto turbato, si inchinava ad ogni parola dell'amico, con un movimento automatico, e mormorò, balbettando un tantino: – Che ma-ma-magnifica proprietà! – Il pittore sorrise lusingato e li invitò a visitarla.

Prima li condusse in un piccolo padiglione d'aspetto feudale, dove si trovava una volta il suo studio, e che dava su una terrazza. Poi attraversarono un salotto, una sala da pranzo, un vestibolo pieno di meravigliose opere d'arte, di bellissimi arazzi di Beauvais, dei Gobelins e delle Fiandre. Il lusso bizzarro delle decorazioni dell'esterno diventava, all'interno, un lusso di scalinate prodigiose: un magnifico scalone d'onore, una scala segreta in una torre, una scala di servizio in un'altra, scale ovunque! Patissot apre per caso una porta e indietreggia sbalordito. Era un tempio, quel luogo di cui la gente perbene non pronunzia il nome se non in inglese, un santuario originale e affascinante, di gusto squisito, ornato come una pagoda, la cui decorazione era sicuramente costata grandi e laboriose ricerche.

Poi visitarono il parco, complicato, movimentato, torturato, pieno di vecchie piante. Ma il giornalista volle assolutamente prender congedo e, con molti ringraziamenti, lasciò il maestro. Uscendo, incontrarono un giardiniere; Patissot gli chiese: – Monsieur Meissonnier possiede questo posto da molto tempo? – Il brav'uomo rispose: – Oh, signore, ci vorrebbe una spiegazione. Ha comprato il terreno nel 1846, ma la casa!!! l'ha demolita e ricostruita già cinque o sei volte da allora... Sono sicuro che ci sono due milioni là dentro, signore!

Patissot, andandosene, provò un'enorme considerazione per quell'uomo, non tanto per i suoi grandi successi, la sua fama e il suo ingegno, ma perché era capace di spendere tanto denaro per un capriccio, mentre i normali borghesi si privano di ogni capriccio per ammucchiare denaro!

Dopo aver attraversato Poissy, si diressero a piedi verso Médan. Dapprima la strada costeggia la Senna, popolata in quel tratto di isole deliziose, poi risale per attraversare il grazioso borgo di Villennes, ridiscende un po' e si inoltra infine nel paese abitato dall'autore dei *Rougon-Macquart*.

Una chiesa antica e civettuola fiancheggiata da due torrette apparve per prima sulla sinistra. Fatti altri pochi passi, un contadino che passava di lí indicò loro la porta del romanziere.

Prima di entrare, osservarono la casa. Una grossa costruzione quadrata, nuova e altissima, sembrava aver partorito, come la montagna della favola, una piccolissima casetta bianca, raggomitolata ai suoi piedi. Quest'ultima, la primitiva dimora, era stata costruita dal vecchio proprietario; la torre fu edificata da Zola.

Suonarono. Un cane enorme, un incrocio di pastore e di Terranova, si mise a ringhiare con tanta ferocia che Patissot provò un vago desiderio di ritornare sui suoi passi. Ma accorse un domestico, che calmò *Bertrand*, aprí la porta e prese il biglietto da visita del giornalista per portarlo al padrone.

– Ammesso che voglia riceverci, – mormorava Patissot, – mi
seccherebbe molto essere venuto fin qui senza poterlo vedere.

Il suo compagno sorrideva:

– Non temete; so io come fare per entrare.

Ma il domestico tornò e li pregò semplicemente di seguirlo.

Entrarono nella costruzione nuova e Patissot, molto turbato,
ansimava salendo una scala di foggia antica che li condusse al secondo piano.

Intanto cercava di raffigurarsi l'uomo il cui nome famoso e sonoro risuona ora in ogni angolo del mondo, tra l'odio esasperato
di taluni, l'indignazione vera o simulata della gente elegante, il disprezzo invidioso di qualche collega, il rispetto di una gran folla di
lettori, e la frenetica ammirazione di moltissimi; e si aspettava di
veder comparire una specie di gigante barbuto, di aspetto terribile,
con una voce rimbombante, e dai modi poco incoraggianti.

La porta si aprí su una stanza smisuratamente vasta e alta, illuminata da una vetrata che dava sulla pianura e la rischiarava tutta. Arazzi antichi ricoprivano le pareti; a sinistra, un monumentale camino fiancheggiato da due cariatidi di pietra avrebbe potuto
bruciare in una giornata una quercia centenaria; e una tavola immensa, sovraccarica di libri, di carte e di giornali, occupava il centro di quel salone cosí vasto e grandioso che, sulle prime, accapar-
rava completamente l'attenzione, che solo in un secondo momento
si rivolgeva all'uomo disteso, quando essi entrarono, su un divano
orientale sul quale avrebbero potuto dormire venti persone.

Egli fece qualche passo verso di loro, salutò, indicò con la mano due sedie e si rimise sul divano, con una gamba piegata sotto il
corpo. Al suo fianco c'era un libro ed egli giocherellava con la mano destra con un tagliacarte d'avorio, e ogni tanto ne fissava la
punta con un occhio solo, tenendo chiuso l'altro con un'ostinazione da miope.

Mentre il giornalista spiegava lo scopo della visita e lo scrittore
ascoltava senza ancora rispondere, guardandolo fisso di tanto in
tanto, Patissot, sempre piú intimidito, osservava quella celebrità.

Appena quarantenne, era di statura media, piuttosto grosso, e
di aspetto bonario. La testa (molto simile a quelle che si vedono
nei quadri italiani del XVI secolo), senza essere bella nel senso pla-
stico della parola, rivelava una profonda impronta di potenza e di
intelligenza. I capelli corti si drizzavano su una fronte molto ampia. Un naso dritto finiva come se fosse stato tagliato nettamente
da una forbiciata troppo brusca, al di sopra del labbro superiore
ombreggiato da baffi neri piuttosto folti, e tutto il mento era coper-

to dalla barba tagliata a fior di pelle. Gli occhi neri, spesso ironici, erano penetranti e si sentiva che lí dietro il pensiero sempre attivo lavorava, scrutando i volti delle persone, interpretandone le parole, analizzando i gesti, mettendo a nudo il cuore. Quella testa tonda e forte era proprio adatta al suo nome rapido e breve, con due sillabe saltellanti nella sonorità delle due vocali.

Quando il giornalista ebbe finito il suo discorsetto, lo scrittore rispose che non voleva impegnarsi; che tuttavia ci avrebbe ripensato piú tardi, che il piano stesso dell'opera non era ancora sufficientemente precisato. Era un congedo, e i due uomini un po' confusi si alzarono. Patissot fu invaso da un desiderio: voleva che quel personaggio cosí famoso gli dicesse una parola, una parola qualsiasi, che egli potesse ripetere ai suoi colleghi; e, facendosi coraggio, balbettò: – Oh! signore se sapeste quanto ammiro le vostre opere! – L'altro si inchinò ma non rispose nulla. Patissot divenne temerario, e aggiunse: – È un onore veramente grande per me, potervi parlare oggi –. Lo scrittore si inchinò ancora, ma con aria altera e spazientita, Patissot se ne accorse e, perdendo la testa, aggiunse ritirandosi: – Che sple-e-e-endida proprietà!

Allora nel cuore del letterato indifferente si risvegliò il proprietario che, sorridendo, aprí la vetrata per mostrare l'ampiezza del panorama. Un orizzonte smisurato si stendeva da ogni parte: Triel, Pisse-Fontaine, Chanteloup, tutte le alture della Hautie, e la Senna, a perdita d'occhio. I visitatori incantati si congratulavano, e la casa fu loro aperta. Videro tutto, perfino l'elegante cucina, le cui pareti e anche il soffitto, rivestiti di maiolica a disegni azzurri, suscitano lo stupore dei contadini.

– Come avete comprato questa casa? – chiese il giornalista. E il romanziere raccontò che, cercando una bicocca da fittare per l'estate, aveva trovato la casetta a ridosso della nuova, in vendita per qualche migliaio di franchi, un'inezia, quasi nulla. L'acquistò seduta stante.

– Ma tutto quel che avete aggiunto dopo, deve esservi costato molto?

Lo scrittore sorrise: – Sí, non c'è male!

E i due uomini se ne andarono.

Il giornalista, al braccio di Patissot, filosofava con voce lenta: – Ogni generale ha la sua Waterloo, – diceva, – ogni Balzac ha le sue Jardies, e ogni artista che abita in campagna ha un cuore di proprietario.

Presero il treno alla stazione di Villennes, e nel vagone Patissot si mise a pronunciare a voce alta i nomi dell'illustre pittore e del grande romanziere, come se fossero amici suoi. Si sforzava persino di far credere che era stato a pranzo da uno e a cena dall'altro.

VI.

Prima della festa.

La festa si avvicina e le strade sono già percorse da un fremito, come la superficie delle onde quando si avvicina una tempesta. Le botteghe sono tutte imbandierate e le loro porte sono allegre come quelle delle tintorie, e i merciai rubacchiano sui tre colori come i droghieri sulle candele. I cuori a poco a poco si esaltano; dopo cena tutti parlano della festa sul marciapiede, scambiandosi le proprie idee:

— Che festa amici miei, che festa sarà!

— Non lo sapete? Tutti i sovrani verranno in incognito, in borghese, per vederla.

— Pare che l'imperatore di Russia sia arrivato; ha intenzione di andare in giro dappertutto insieme al principe di Galles.

— Oh! come festa, sarà una di quelle feste!

Sarà una festa; quel che Monsieur Patissot, borghese di Parigi, chiama una festa: uno di quegli inqualificabili pigia pigia che, per quindici ore, trascinano da un capo all'altro della città tutte le bruttezze fisiche rivestite di orpelli, una marea di corpi sudati, in cui saranno sballottati accanto alla pesante comare tutta agghindata di nastri tricolori, ingrassata dietro il banco di una bottega e gemente per l'affanno, l'impiegato rachitico, che si trascina dietro la moglie e il figlio, l'operaio che si porta il suo a cavalluccio sulle spalle, il provinciale intontito con una faccia di cretino esterrefatto, il palafreniere mal rasato che puzza ancora di scuderia. E gli stranieri travestiti da scimmie, inglesi simili a giraffe, e l'acquaiolo ripulito e l'innumerevole schiera dei piccoli borghesi, innocui possidenti, che si divertono con qualsiasi cosa. Oh! spintoni, spossatezze, sudori e polvere, strilli, gorghi di carne umana, strazio dei calli, ottenebramento del pensiero, odori nauseabondi, inutili agitazioni, fiato delle moltitudini, zaffate all'aglio, offrite a Monsieur Patissot tutta la gioia di cui è capace il suo cuore.

Ha fatto dei preparativi dopo aver letto sulle mura del suo quartiere il proclama del sindaco.

Quella prosa diceva: «Richiamo la vostra attenzione soprattutto sui contributi particolari. Imbandierate le case, illuminate le finestre. Riunitevi, pagate un tanto ciascuno per dare alle vostre case, alla vostra strada una fisionomia piú brillante, piú artistica di quella delle case e delle strade vicine».

Allora Monsieur Patissot cercò laboriosamente quale artistica fisionomia avrebbe potuto dare alla sua abitazione.

Si presentava un grave ostacolo. La sua unica finestra dava su un cortile, un cortile buio, stretto e profondo, dove soltanto i topi avrebbero potuto vedere i suoi tre lampioncini veneziani.

Gli occorreva un'apertura sulla strada. La trovò. Al primo piano del suo casamento, abitava un ricco signore nobile e monarchico, il cui cocchiere, anche lui reazionario, occupava, al sesto piano una soffitta che dava sulla strada. Monsieur Patissot pensò che, a prezzo adeguato, si può comprare qualsiasi coscienza e offrí cento soldi al cittadino della frusta per farsi cedere la sua camera, da mezzogiorno a mezzanotte. L'offerta fu immediatamente accettata.

Cominciò allora a preoccuparsi della decorazione.

Tre bandiere, quattro lampioncini, sarebbero stati sufficienti per dare a quell'abbaino una fisionomia artistica?... per esprimere tutta l'esaltazione della sua anima?... Certamente no! Ma, malgrado lunghe ricerche e meditazioni notturne, Monsieur Patissot non riuscí ad escogitare nient'altro. Chiese consiglio ai vicini, che furono stupiti delle sue domande, interrogò i colleghi... tutti avevano comprato lampioncini e bandiere, aggiungendovi, per il giorno, festoni tricolori.

Allora si mise alla ricerca di un'idea originale. Si mise a frequentare i caffè, interrogando i clienti: mancavano di immaginazione. Una mattina salí sull'imperiale di un omnibus. Al suo fianco un signore d'aspetto rispettabile fumava il sigaro; un operaio, piú in là, fumava la sua pipa capovolta; e due giovinastri scherzavano vicino al cocchiere; impiegati di ogni categoria andavano al lavoro, mediante il pagamento di tre soldi.

Davanti alle botteghe, fasci di bandiere risplendevano sotto il sole nascente. Patissot si rivolse al vicino.

— Sarà una bella festa, — disse.

Il signore gli lanciò un'occhiata di traverso e, con aria burbera:

— Per quel che me ne importa!

— Come, non vi parteciperete? – chiese l'impiegato sbalordito.

L'altro scosse sdegnosamente il capo e dichiarò:

— Mi fanno pena con la loro festa! La festa di cosa?... È del governo?... Io, signore, il governo non lo conosco!

Ma Patissot, impiegato dello Stato, lo guardò dall'alto in basso, e, con voce decisa:

– Il governo, signore, è la Repubblica!

Il suo vicino non si scompose, e, mettendosi tranquillamente le mani in tasca:

– E con questo?... Non mi oppongo. La Repubblica o altro, me ne infischio. Ma quel che voglio io è conoscere il mio governo! Ho visto Carlo X e ho aderito; ho visto Luigi Filippo e ho aderito, signore; ho visto Napoleone e ho aderito; ma la Repubblica non l'ho mai vista.

Patissot, sempre serio, replicò:

– Essa è rappresentata dal suo presidente.

L'altro brontolò:

– Allora, che me lo facciano vedere.

Patissot alzò le spalle:

– Tutti lo possono vedere; non è mica chiuso in un armadio.

Ma, tutt'a un tratto, il grosso signore si arrabbiò.

– Vi chiedo scusa, signore, ma non è vero che si può vedere. Io, signore, mi sono appostato nei pressi dell'Elysée piú di cento volte: non è uscito. Un passante mi assicurò che stava giocando a biliardo nel caffè di fronte; sono stato nel caffè di fronte: non c'era. Mi avevano detto che sarebbe andato a Melun per le gare: sono andato a Melun, e non l'ho visto. Sono stanco, ormai. Non sono riuscito a vedere neanche Monsieur Gambetta e non conosco nemmeno un deputato.

Si riscaldava.

– Un governo, signore, deve farsi vedere; è fatto per questo e non per altro. Bisogna che si sappia: il tale giorno, alla tale ora, il governo passerà dalla tale strada. A questo modo uno ci va e rimane soddisfatto.

Patissot, placato, apprezzava quelle obiezioni.

– È vero, – disse, – che farebbe piacere conoscere coloro che ci governano.

Il signore assunse un tono piú dolce:

– Volete sapere, come la capirei la festa? Ebbene, caro signore, farei un corteo di carri dorati, come le carrozze dell'incoronazione del re; e ci porterei a spasso i membri del governo, dal presidente fino ai deputati, attraverso Parigi, per tutta la giornata. Cosí, almeno, ognuno conoscerebbe la persona dello Stato.

Ma uno dei giovinastri, accanto al cocchiere, si voltò:

– E il bue grasso, dove lo mettereste? – disse.

Una risata corse per i due sedili. Patissot capí l'obiezione e mormorò:

— Forse non sarebbe una cosa dignitosa.

Il signore, dopo aver riflettuto un po', ne convenne.

— Allora, — disse, — li farei mettere in vista in qualche posto, perché tutti li possano vedere comodamente; sopra l'Arc de Triomphe dell'Etoile, per esempio, e ci farei sfilare davanti tutta la popolazione. Avrebbe un gran successo.

Ma il giovinastro si voltò un'altra volta:

— Ci vorrebbero dei telescopi per vedere le loro capocce.

Il signore non rispose e continuò:

— È come la distribuzione delle bandiere! Ci vorrebbe un pretesto, bisognerebbe organizzare qualcosa, una piccola guerra, per esempio; e poi si consegnerebbero gli stendardi alle truppe come ricompensa. Avevo un'idea, che ho comunicato al ministro; ma non si è degnato di rispondere. Dato che hanno scelto la data della presa della Bastiglia, bisognava organizzare un simulacro di quell'avvenimento: si sarebbe fatta una Bastiglia di cartone, dipinta da uno scenografo teatrale, che nascondesse tra le mura la Colonna di Luglio. Allora le truppe l'avrebbero presa d'assalto. Sarebbe stato un bello spettacolo, istruttivo anche, vedere l'esercito che abbatte i baluardi della tirannide. Poi quella Bastiglia sarebbe stata incendiata; e in mezzo alle fiamme sarebbe apparsa la colonna, col genio della libertà, simbolo di un ordine nuovo e dell'affrancamento dei popoli.

Questa volta sull'imperiale lo ascoltavano tutti, trovando la sua idea ottima. Un vecchio dichiarò:

— È una gran trovata, che vi fa onore. È un vero peccato che il governo non l'abbia adottata.

Un giovanotto dichiarò che bisognava far recitare per le strade i *Jambes* di Barbier[1], da attori, per insegnare contemporaneamente al popolo l'arte e la libertà.

Questi discorsi suscitarono entusiasmo. Tutti volevano parlare; i cervelli si infiammavano. Un organino, passando, accennò dalla strada le note della *Marsigliese*; l'operaio intonò le parole e tutti, in coro, urlarono il ritornello. L'andatura esaltata del canto e il suo ritmo indiavolato eccitarono il cocchiere che frustò i cavalli, spingendoli al galoppo. Monsieur Patissot strillava a squarciagola, battendosi grandi manate sulle cosce, e i viaggiatori dell'interno, spaventati, si chiedevano quale uragano fosse scoppiato sulle loro teste.

---

[1] [Henri-Auguste Barbier (1805-82) aveva pubblicato nel 1831 i suoi *Jambes*].

Finalmente si fermarono, e Monsieur Patissot, giudicando il vicino una persona piena di iniziativa, lo consultò sui preparativi che contava fare:

– Lampioncini e bandiere, va benone, – diceva, – ma vorrei qualcosa di meglio.

L'altro rifletté a lungo, ma non trovò nulla. Allora Monsieur Patissot, perduta ogni speranza, comprò tre bandiere e quattro lampioncini.

VII.
Una triste storia.

Per riposarsi delle fatiche della festa, Monsieur Patissot progettò di passare tranquillamente la domenica successiva, seduto in un posticino al cospetto della natura.

Poiché desiderava poter ammirare un vasto orizzonte, scelse la terrazza di Saint-Germain. Si mise in cammino soltanto dopo pranzo, e quand'ebbe visitato il museo preistorico per scrupolo di coscienza, perché non ci capí assolutamente nulla, fu preso dall'ammirazione di fronte a quella passeggiata smisurata, dalla quale si scopre, in lontananza, Parigi e tutta la regione circostante; le pianure, i borghi, i boschi, gli stagni, persino delle città, e quel gran serpente azzurrino dalle infinite ondulazioni, quel fiume adorabile e dolce che attraversa il cuore della Francia: LA SENNA.

Nelle lontananze, che leggeri vapori tingevano d'azzurro, a una distanza incalcolabile, distingueva dei paesini, come macchie bianche sui versanti delle verdi colline. E pensando che laggiú, in quei puntini quasi invisibili, degli uomini come lui vivevano, soffrivano, lavoravano, gli accadde, per la prima volta in vita sua, di pensare alla piccolezza del mondo. Si disse che, nello spazio, altri punti ancora piú impercettibili, e tuttavia universi piú grandi del nostro, dovevano essere popolati da razze piú perfette! Ma tutta quell'immensità gli diede il capogiro e smise di pensare a quelle cose che gli sconvolgevano la mente. Allora percorse la terrazza a passi lenti, in tutta la sua larghezza, un po' illanguidito, come fiaccato dalle troppo gravi riflessioni.

Quando fu arrivato in fondo, sedette su una panchina. C'era già un signore, con le mani intrecciate sul bastone e il mento poggiato sulle mani, in atteggiamento di profonda meditazione. Ma Patissot apparteneva a quella razza di uomini che non possono stare tre secondi accanto ad un loro simile senza rivolgergli la parola. Dapprima osservò il vicino, tossicchiò, poi all'improvviso:

— Potreste, signore, dirmi il nome del paesino che vedo laggiú?

Il signore alzò il capo e, con voce triste:

— È Sartrouville.

Poi tacque. Allora Patissot, contemplando l'immensa prospettiva che si scorgeva dalla terrazza ombreggiata da alberi secolari, sentendosi nei polmoni il gran respiro della foresta che stormiva dietro di lui, ringiovanito dagli effluvi primaverili dei boschi e della vasta campagna, fece una risatina scoppiettante e con l'occhio vispo:

— Ecco un posticino pieno d'ombra per gli innamorati.

Il suo vicino si voltò verso di lui con una faccia disperata:

— Se io fossi innamorato, signore, mi butterei nel fiume.

Patissot, che non condivideva la sua idea, protestò:

— Eh! Eh! Voi parlate a modo vostro; ma perché dite questo?

— Perché mi è già costato abbastanza caro per ricominciare.

L'impiegato fece una smorfia di gioia e rispose:

— Certo, se avete fatto delle pazzie vi saranno costate care!

Ma l'altro sospirò con malinconia:

— No, signore, non ne ho fatte, ma gli avvenimenti mi sono stati contrari, ecco tutto.

Patissot, che fiutava una bella storia, continuò:

— Ma non possiamo vivere come monaci, sarebbe contro natura.

Allora il brav'uomo alzò gli occhi al cielo lamentosamente.

— È vero, signore, ma se i preti fossero uomini come gli altri, non mi sarebbero capitate tante disgrazie. Io, signore, sono nemico del celibato ecclesiastico, e ho le mie buone ragioni per esserlo.

Patissot, vivamente interessato, insisté:

— Sarei indiscreto se vi chiedessi...?

— Mio Dio! no. Ecco la mia storia: sono normanno. Mio padre era mugnaio a Darnétal, vicino Rouen; quando morí, rimanemmo io e mio fratello, piccini, a carico di mio zio, un bravo pretone normanno del paese di Caux. Ci allevò, ci dette un'istruzione, poi ci mandò tutti e due a Parigi per trovare una sistemazione decorosa.

Mio fratello aveva ventun anni, e io ne compivo ventidue. Per economia abitavamo nello stesso alloggio e vivevamo tranquilli, quando ci capitò l'avventura che sto per raccontarvi.

Una sera, mentre rincasavo, incontrai per la strada una donna che mi piacque molto. Rispondeva ai miei gusti: un po' formosa, con l'aria di una buona figliola. Non osai rivolgerle la parola, beninteso, ma le lanciai un'occhiata significativa. Il giorno dopo, la ritrovai allo stesso posto; allora, poiché ero timido, le feci soltanto un saluto, lei rispose con un sorrisetto; e il giorno seguente, le parlai.

Si chiamava Victorine e lavorava di cucito in una bottega di confezioni. Capii subito che mi aveva preso il cuore.

Le dissi: — Signorina, mi sembra che non potrei vivere lontano da voi.

Lei abbassò gli occhi, senza rispondere, allora le afferrai la mano e sentii che anche lei stringeva la mia. Ero cotto, ma non sapevo cosa fare, per via di mio fratello. In fede mia, stavo per dirgli tutto, quando mi prevenne. Era innamorato anche lui. Allora decidemmo che avrebbe preso un altro alloggio, senza dir nulla al nostro buon zio, che avrebbe continuato a spedire le lettere al mio domicilio. Cosí fu fatto e, Victorine, otto giorni dopo, inaugurava il suo nuovo alloggio a casa mia. Facemmo una cenetta alla quale mio fratello condusse la sua conoscente, e la sera, quando la mia amica ebbe messo tutto a posto, prendemmo definitivamente possesso della nostra casa.

Dormivamo forse da un'ora, quando fui svegliato da una violenta scampanellata. Guardo la sveglia: le tre del mattino. Mi infilo i pantaloni e mi precipito alla porta, dicendo tra me: «È una disgrazia, certamente...» Era lo zio... Aveva il soprabito imbottito da viaggio e la valigia in mano:

— Sí, sono io, figliuolo; vengo a farti una sorpresina e a passare qualche giorno a Parigi. Monsignore mi ha concesso una licenza.

Mi bacia sulle guance, entra, chiude la porta. Ero piú morto che vivo, signore, ma dato che stava per entrare nella mia camera, gli saltai quasi al collo:

— No, non di là, zio mio, di qui, di qui.

E lo feci entrare nella sala da pranzo. Capite la mia situazione? Che fare?... Mi chiede:

— E tuo fratello? dorme? Vallo a svegliare.

Balbettai:

— No, zio; è stato costretto a fare la nottata al magazzino per un'ordinazione urgente.

Lo zio si fregò le mani:

— Allora, va bene il lavoro?

Mi venne un'idea:

— Dovete aver fame zio, dopo questo viaggio?

— In verità, sí! Mangerei volentieri qualcosina.

Mi precipito verso la credenza, dove c'erano gli avanzi della cena. Mio zio era una buona forchetta, un vero prete normanno, capace di mangiare per dodici ore di seguito. Tiro fuori un pezzo di lesso, per far durare piú a lungo la cosa: sapevo bene che non gli piaceva troppo; poi, quando ne ebbe mangiato abbastanza, portai i resti di un pollo, uno sformato quasi intero, un'insalata di patate, tre tazzine di crema, e del buon vinello che avevo messo da parte per il giorno dopo. Ah! signore, rimase di stucco!

— Perdinci! Che po' po' di riserva!...

E io lo rimpinzo, lo rimpinzo! D'altronde non mi opponeva alcuna resistenza (al paese dicevano che avrebbe inghiottito una mandria di buoi).

Quando ebbe divorato tutto, erano le cinque del mattino! Mi sentivo sui carboni ardenti. Riuscii a tirare avanti ancora per un'ora con il caffè e vari bicchierini di liquore; ma, alla fine, si alzò:

— Vediamo il tuo alloggio, — disse.

Mi sentii perduto e lo seguii, pensando di buttarmi dalla finestra... Entrato in camera mia, stavo per svenire, aspettandomi nondimeno non so quale miracolo, una suprema speranza mi fece balzare il cuore in gola. La brava figliola aveva chiuso le cortine del letto. Ah! Se potesse non aprirle? Ohimè! signore, vi si avvicina immediatamente, con la candela in mano, e, d'un sol colpo, le scosta... Faceva caldo: avevamo tolto le coperte ed era rimasto soltanto il lenzuolo, che lei si teneva tirato sulla testa; ma si vedevano, signore, si vedevano certe forme. Io tremavo tutto, con la gola stretta, e mi sentivo soffocare. Lo zio si voltò verso di me, ridendo a crepapelle; tanto che io non sapevo cosa pensare, sbalordito:

— Ah! Ah! burlone!, — disse, — non hai voluto svegliare tuo fratello, ma ti faccio vedere come lo sveglio io!

Vidi alzarsi la sua manona di contadino; e, mentre egli scoppiava dal ridere, la vidi ricadere come un fulmine su... su... quelle forme che si vedevano.

Un grido terribile uscí dal letto e poi ci fu una tempesta sotto il lenzuolo! Si agitava, si agitava; non riusciva a liberarsi. Alla fine apparve, quasi tutta in una volta, con gli occhi sbarrati come lanterne; e guardava mio zio, che si allontanava indietreggiando, a bocca aperta, ansimante, come se stesse per sentirsi male!

Allora io persi completamente la testa e scappai... Vagabondai per sei giorni, senza avere il coraggio di tornare a casa mia. Alla fine, quando osai ritornarvi, non ci trovai piú nessuno.

Patissot, scosso da una grande risata, si lasciò sfuggire un: — Lo credo bene! — che fece ammutolire il vicino.

Ma, dopo qualche istante, il brav'uomo riprese:

– Non ho mai piú rivisto mio zio, che mi ha diseredato, convinto che io profittassi delle assenze di mio fratello per spassarmela.

Non ho mai piú rivisto Victorine. Tutta la mia famiglia mi ha voltato le spalle, ed anche mio fratello, che ha profittato della situazione e ha intascato centomila franchi alla morte di mio zio, pare che mi consideri un vecchio libertino. E invece, signore, vi giuro che da allora mai piú... mai piú... mai! Ci sono, vedete, dei momenti che non si dimenticano.

– E cosa fate qui? – chiese Patissot.

L'altro lanciò un'occhiata intorno, percorrendo l'intero orizzonte, come se temesse di essere udito da qualche orecchio sconosciuto, poi mormorò, con una specie di terrore nella voce:

– Fuggo le donne, signore!

VIII.
Tentativi d'amore.

Molti poeti pensano che la natura non sia completa senza la donna, e da questa opinione provengono senza dubbio tutti i paragoni fioriti, che nei loro canti fanno di volta in volta della nostra compagna una rosa, una viola, un tulipano ecc., ecc. Il bisogno di affetto che ci prende al crepuscolo, quando le ombre della sera cominciano a ondeggiare sui pendii delle colline, e quando tutti i profumi della terra ci inebriano, questo bisogno trova uno sfogo imperfetto in liriche invocazioni; e Monsieur Patissot, come tanti altri, fu preso da una febbre di affetto, di dolci baci scambiati lungo i sentieri dove filtra il sole, di mani che si cercano, di vite ben tornite, che cedono sotto le strette.

Cominciava a intravedere l'amore come un godimento senza fine, e nelle sue ore di fantasticherie ringraziava il grande Sconosciuto per aver dato tanto fascino alle carezze umane. Ma aveva bisogno di una compagna, e non sapeva dove trovarla. Dietro consiglio di un amico, andò alle Folies-Bergère. Ne vide un assortimento completo, ma fu molto imbarazzato nella scelta, poiché i desideri del suo cuore erano fatti soprattutto di slanci poetici, e la poesia non sembrava essere il forte delle signorine dagli occhi bistrati che gli lanciavano conturbanti sorrisi, scoprendo lo smalto dei loro denti finti.

Alla fine, la sua scelta cade su una giovane principiante, di aspetto povero e timido, il cui sguardo triste lasciava sperare in una natura abbastanza facilmente poetizzabile.

Le diede un appuntamento per il giorno dopo alle nove, alla stazione di Saint-Lazare.

La ragazza non ci andò, ma ebbe la delicatezza di mandare un'amica al suo posto.

Era una ragazzona rossa, vestita patriotticamente di tre colori, e coperta da un immenso cappello a galleria, di cui la testa occupava il centro. Monsieur Patissot ci rimase un po' male, ma accettò lo stesso la sostituta. Presero il treno per Maisons-Laffitte, dove c'erano le regate e una grande festa veneziana.

Appena furono nel vagone, occupato già da due signori decorati e da tre signore che, a giudicare dalla dignità che ostentavano, dovevano essere almeno delle marchese, la rossa che rispondeva al nome di Octavie, annunciò a Patissot, con una vocetta da pappagallo, che lei era una gran brava figliola, allegra, e che adorava la campagna, perché ci si colgono i fiori e si mangia la frittura: e rideva, con una risatina cosí acuta, da spaccare i vetri, chiamando familiarmente il suo compagno «Lupacchiotto mio».

Ma Patissot, al quale la sua posizione di impiegato dello Stato imponeva una certa riservatezza, si sentiva morire dalla vergogna. Ma Octavie tacque, sbirciando le sue vicine, presa dal desiderio smodato che perseguita tutte le donnine allegre di far conoscenza con delle signore perbene. Dopo cinque minuti, credette di aver trovato un pretesto, e, cavatosi di tasca il «Gil-Blas», lo offrí gentilmente a una delle signore, che, sbalordita, lo rifiutò con un cenno del capo. Allora la rossa, offesa, cominciò a lanciare frasi a doppio senso, parlando delle donne che fanno le schifiltose e poi valgono quanto le altre; diceva persino delle parolacce, che fecero l'effetto di un petardo che non scoppia tra la glaciale dignità dei viaggiatori.

Finalmente arrivarono. Patissot volle immediatamente raggiungere i recessi ombrosi del parco, sperando che la melanconia dei boschi calmasse l'irritazione della sua compagna. Ma ne ottenne un diverso risultato. Non appena costei si trovò tra il verde ed ebbe visto l'erba, si mise a cantare a squarciagola certi brani d'opera rimasti impressi nel suo cervellino, passando da *Robert le Diable* alla *Muette*[1], gorgheggiando e mostrando una particolare predile-

---

[1] [*Robert le Diable* (1831) di Meyerbeer e *La Muette de Portici* (1828) di Auber].

zione per una certa poesia sentimentale della quale tubava gli ultimi versi con acuti penetranti come succhielli.

Poi, di colpo, le venne fame e volle tornare indietro. Patissot,
che aspettava l'intenerimento tanto sperato, cercò invano di trattenerla. Allora lei si arrabbiò:

— Non sono mica venuta qui per annoiarmi, non è vero?

E bisognò andare al ristorante Petit-Havre, vicinissimo al posto dove si sarebbero svolte le regate.

Octavie ordinò un pranzo che non finiva piú, una sfilza di piatti che avrebbero sfamato un reggimento. Ma non ce la faceva ad
aspettare ed ordinò degli antipasti. Le portarono una scatola di
sardine e lei ci si buttò sopra, in modo da far pensare che avrebbe
ingoiato anche la latta della scatola; ma, quando ebbe mangiato
due o tre di quei pesciolini oleosi, dichiarò che non aveva piú fame
e volle andare a vedere i preparativi delle regate.

Patissot, disperato e preso a sua volta da una fame da lupo, rifiutò di alzarsi da tavola. Lei se ne andò sola, promettendo che sarebbe ritornata per la frutta; e lui cominciò a mangiare, silenzioso
e solitario, non sapendo come realizzare il suo sogno con quella
creatura ribelle.

Siccome non tornava, andò a cercarla.

Aveva trovato degli amici, un gruppo di canottieri seminudi,
rossi fino alle orecchie, che gesticolavano e vociavano davanti alla
casa del costruttore Fournaise, stabilendo i particolari del concorso.

Due signori di aspetto rispettabile, i giudici senza dubbio, li
ascoltavano attentamente. Appena vide Patissot, Octavie, appesa
al braccio abbronzato di un colosso, che possedeva certamente piú
bicipiti che cervello, gli disse qualcosa nell'orecchio. L'altro rispose:

— D'accordo.

E la ragazza tornò dall'impiegato tutta allegra, lo sguardo vivace, quasi carezzevole.

— Voglio fare un giretto in barca, — disse.

Felice di vederla cosí carina, Patissot acconsentí a questo nuovo desiderio e si procurò un'imbarcazione.

Ma lei rifiutò ostinatamente di assistere alle regate, nonostante
il desiderio di Patissot.

— Preferisco stare sola con te, lupacchiotto.

Si sentí fremere... Finalmente!...

Si levò la giacca e si mise a remare con furia.

Un vecchio monumentale mulino con le ruote tarlate che pendevano sull'acqua, stava a cavallo con le sue due arcate su uno

strettissimo braccio del fiume. Vi passarono sotto lentamente e, quando furono dall'altra parte, si videro davanti un delizioso tratto di fiume, ombreggiato da grandi alberi, che formavano al di sopra una specie di volta. Il piccolo braccio si snodava, girava, zigzagava a sinistra e a destra, scoprendo di continuo nuovi orizzonti, da una parte vaste praterie, e dall'altra una collina popolata di villini. Passarono davanti a uno stabilimento di bagni, quasi sepolto nel verde, un affascinante angolo campestre, dove signori inguantati accanto a dame inghirlandate, mostravano tutta la ridicola goffaggine delle eleganze cittadine in campagna.

Octavie lanciò un grido di gioia.

— Dopo, faremo il bagno lí!

Poi, un po' piú in là, volle fermarsi in una specie di insenatura:

— Vieni qui, tesorone mio, vicino vicino a me.

Gli passò un braccio intorno al collo, poggiò la testa sulla spalla di Patissot e mormorò:

— Com'è bello! Come si sta bene qui, vicino all'acqua!...

E infatti Patissot nuotava nella felicità e pensava a quegli stupidi canottieri che, senza mai provare il fascino penetrante delle rive e la fragile grazia dei canneti, non fanno che andare, ansimanti, grondanti sudore, abbrutiti dallo sforzo, dalla bettola dove pranzano alla bettola dove cenano.

Ma a furia di star bene, si addormentò. Quando si svegliò era solo. Chiamò; nessuno rispose. Inquieto, salí sulla riva, temendo già che fosse capitata una disgrazia.

Da lontano vide un canotto lungo e leggero, che veniva nella sua direzione. Quattro vogatori, che parevano negri, lo facevano filare come una freccia. Si avvicinava, correndo sull'acqua: una donna stava al timone... Cielo!... si sarebbe detto... Era lei!... Per regolare il ritmo dei remi, cantava con la sua vocetta stridula una canzone di canottieri che interruppe un istante quando passò davanti a Patissot. E, buttandogli un bacio sulla punta delle dita, gli gridò:

— Addio, grosso merlo!

IX.

Un pranzo e alcune idee.

In occasione della festa nazionale Monsieur Perdrix (Antoine), capufficio di Monsieur Patissot, fu nominato cavaliere della Legion d'onore. Contava trent'anni di servizio sotto i precedenti regimi, e dieci anni di adesione all'attuale governo. I suoi impiegati, pur brontolando di essere ricompensati nella persona del loro capo, pensarono che fosse opportuno offrirgli una croce, abbellita da falsi brillanti; e il neocavaliere, per non esser da meno, li invitò a cena per la domenica seguente, nella sua proprietà di Asnières.

La casa, ornata da decorazioni moresche, pareva un caffè concerto, ma la posizione in cui si trovava le conferiva valore, perché la linea ferroviaria, che tagliava il giardino in tutta la sua larghezza, passava a venti metri dalla scalinata d'ingresso. Nel centro del rituale praticello tondo, una vasca di cemento romano ospitava dei pesci rossi e uno zampillo d'acqua, simile allo spruzzo di una siringa, lanciava ogni tanto in aria dei microscopici arcobaleni, ammiratissimi dai visitatori.

L'alimentazione di quell'irrigatore era la costante preoccupazione di Monsieur Perdrix, che talvolta si alzava alle cinque del mattino per riempire il serbatoio. Pompava allora con accanimento, in maniche di camicia, con la panciona che gli traboccava dalla cintola, per avere, al ritorno dall'ufficio, la soddisfazione di aprire le «grandi acque» e di immaginare che una gradevole frescura si diffondesse nel giardino.

La sera della cena ufficiale, tutti gli invitati, uno dopo l'altro ammirarono incantati la posizione della tenuta e, ogni volta che si sentiva arrivare un treno da lontano, Monsieur Perdrix ne annunciava la destinazione: Saint-Germain, Le Havre, Cherbourg o Dieppe e, per scherzare, tutti salutavano i viaggiatori affacciati ai finestrini.

C'era l'ufficio al completo. In testa Monsieur Capitaine, sottocapo; Monsieur Patissot, primo commesso; poi Messieurs di Sombreterre e Vallin, giovani impiegati eleganti, che venivano in ufficio a loro comodo; infine Monsieur Rade, celebre in tutto il ministero per le insensate dottrine che professava, e il copista Monsieur Boivin.

Monsieur Rade era considerato un tipo originale. Alcuni lo trattavano da *utopista* o da *ideologo*, altri da *rivoluzionario*; tutti erano d'accordo nel dire che era un maldestro. Già vecchio, magro e piccolo, con lo sguardo vivace e i lunghi capelli bianchi, aveva professato per tutta la sua vita il piú profondo disprezzo per il lavoro burocratico. Topo di biblioteca e lettore accanito, naturalmente in eterna ribellione contro tutto, ricercatore della verità e spregiatore dei pregiudizi correnti, aveva una maniera netta e paradossale di esprimere le sue opinioni, che chiudeva la bocca agli

imbecilli soddisfatti e agli scontenti senza motivo. Di lui si diceva
«Quel vecchio pazzo di Rade», oppure «Quello scervellato di Rade» e la lentezza della sua carriera pareva dar ragione ai mediocri
arrivati. La sua libertà di parola faceva tremare molto spesso i suoi
colleghi, che si chiedevano con terrore come avesse fatto a conservare l'impiego. Appena si furono messi a tavola Monsieur Perdrix,
con un discorsetto molto sentito, ringraziò i suoi «collaboratori»,
promise loro la sua protezione, tanto piú efficace quanto piú aumentava la sua autorità, e terminò con una commossa perorazione,
in cui ringraziava e glorificava il governo liberale e giusto, che sapeva cercare il merito tra gli umili.

Monsieur Capitaine, sottocapo, rispose a nome dell'ufficio, si
rallegrò, si congratulò, salutò, esaltò, cantò le lodi di tutti e applausi frenetici accolsero questi due brani di eloquenza. Dopo di
che cominciarono molto gravemente a mangiare.

Tutto andò bene fino alla frutta, la miseria degli argomenti non
era di fastidio a nessuno. Ma, al caffè, si accese una discussione, che
scatenò all'improvviso Monsieur Rade, che cominciò a oltrepassa-
re i limiti.

Si parlava d'amore naturalmente, e poiché quella riunione di
burocrati era inebriata da un soffio di spirito cavalleresco, tutti
esaltavano la bellezza superiore della donna, la sua delicatezza d'a-
nimo, la sua naturale disposizione per le cose raffinate, la sicurezza dei suoi giudizi e la finezza dei suoi sentimenti. Monsieur Rade
si mise a protestare, negando con energia al sesso cosí detto «bello» tutte le qualità che gli si attribuivano e, fra l'indignazione generale, cominciò a citare:

— Schopenhauer, signori, Schopenhauer, un grande filosofo che
la Germania venera, ecco cosa dice: «L'intelligenza dell'uomo doveva essere completamente ottenebrata dall'amore, perché potesse definire bello questo sesso, basso di statura, con le spalle strette, i fianchi larghi e le gambe storte. Tutta la sua bellezza, difatti,
risiede nell'istinto dell'amore. Invece di chiamarlo bello, sarebbe
stato piú giusto chiamarlo *inestetico*. Le donne non sentono, né capiscono la musica, e tanto meno la poesia o le arti plastiche; in esse
non c'è altro che puro scimmiottamento, pretesti o affettazione,
sfruttati dal loro desiderio di piacere».

— L'uomo che ha affermato simili cose è un imbecille, — dichiarò Monsieur de Sombreterre.

Monsieur Rade continuò, sorridendo:

— E Rousseau, signore? Ecco la sua opinione: «Le donne, in

genere, non amano le arti, non ne capiscono niente e non hanno genialità alcuna».

Monsieur de Sombreterre alzò sdegnosamente le spalle:

— Rousseau è bestia quanto l'altro, ecco tutto.

Monsieur Rade continuava a sorridere:

— E Lord Byron, al quale le donne piacevano tanto, ecco cosa dice: «Si dovrebbe ben nutrirle e ben vestirle, ma non mescolarle alla vita sociale. Dovrebbero anche ricevere un'istruzione religiosa, ma ignorare la poesia e la politica, dovrebbero leggere soltanto libri di devozione e di cucina».

Monsieur Rade continuò:

— Eppure, signori, si sa, tutte studiano la pittura o la musica. Ma non ce n'è una che abbia fatto un bel quadro o un'opera notevole! Perché, signori? Perché sono il *sexus sequior*, il sesso secondo da ogni punto di vista, fatto per starsene in disparte e in secondo piano.

Monsieur Patissot si arrabbiava:

— E Madame Sand, signore?

— Un'eccezione, signore, un'eccezione. Vi citerò ancora un brano di un altro grande filosofo, inglese questa volta: Herbert Spencer. Ecco: «Ogni sesso è capace, sotto l'influenza di determinati stimolanti, di manifestare facoltà ordinariamente riservate all'altro. Cosí, per citare un caso limite, una speciale eccitazione può far affluire il latte alle mammelle degli uomini; si sono visti, durante delle carestie, dei bambini privati della madre salvati in questo modo. Non elencheremo comunque la facoltà di allattare tra gli attributi del maschio. Egualmente, l'intelligenza femminile, che in certi casi può dare prodotti superiori, deve essere esclusa nella valutazione della natura femminile, e in quanto fattore sociale...»

Monsieur Patissot, profondamente ferito nei suoi innati istinti cavallereschi, dichiarò:

— Voi non siete francese, signore, la galanteria francese è una forma di patriottismo.

Monsieur Rade rispose per le rime:

— Ho pochissimo patriottismo, signore, il meno possibile.

Si diffuse un senso di gelo, ma lui continuò tranquillamente:

— Riconoscete con me che la guerra è una cosa mostruosa; che l'abitudine di sgozzarsi dei popoli costituisce uno stato di barbarie; che è odioso, quando il solo vero bene è la *vita*, vedere i governi, il cui dovere dovrebbe essere quello di proteggere l'esistenza dei sudditi, cercare ostinatamente nuovi mezzi di distruzione? Non è vero? Ebbene, se la guerra è una cosa orribile, il patriottismo non ne è forse l'idea generatrice che la rende possibile? Quando un assassino uccide, ha uno scopo, quello di rubare. Quando un brav'uomo uccide a colpi di baionetta un altro brav'uomo, padre di famiglia o grande artista magari, a quale ideale obbedisce?...

Tutti si sentivano profondamente feriti.

— Anche se si pensano cose simili, non si dicono in pubblico.

Monsieur Patissot riprese:

— Ci sono tuttavia, signore, dei principî che tutte le persone oneste riconoscono.

Monsieur Rade chiese:

— Quali?

Allora Monsieur Patissot pronunciò con solennità: — La morale, signore.

Monsieur Rade, raggiante, esclamò:

— Un solo esempio, signori, un piccolissimo esempio. Che cosa pensate voi dei gentiluomini col berretto di seta che, sui viali esterni, esercitano il grazioso mestiere che sapete, e ci campano?

Una smorfia di disgusto percorse la tavolata:

— Ebbene! Signori, soltanto un secolo fa, quando un elegante gentiluomo, molto suscettibile sul capitolo dell'onore, aveva per... amica... una «bellissima e onesta dama di alto lignaggio», era di moda vivere a sue spese, signori, ed anche rovinarla completamente. E quel gioco era considerato affascinante. Dunque i principî morali non sono stabili... e allora...

Monsieur Perdrix, visibilmente a disagio, lo interruppe:

— Voi scalzate le basi della società, Monsieur Rade; bisogna sempre avere dei *principî*. Ad esempio, in politica, Monsieur de Sombreterre è legittimista, Monsieur Vallin orleanista, Monsieur Patissot ed io repubblicani; abbiamo principî diversissimi, è vero, eppure ci intendiamo perfettamente proprio perché ne abbiamo.

Monsieur Rade esclamò:

— Ma anche io ne ho, signori, e molto saldi!

Monsieur Patissot alzò il capo, e, freddamente:

— Sarei davvero felice di conoscerli, signore.

Monsieur Rade non si fece pregare:

— Eccoli, signore.

1° principio.   Il governo di uno solo è una mostruosità.
2° principio.   Il suffragio limitato è un'ingiustizia.
3° principio.   Il suffragio universale è una stupidaggine.

LE DOMENICHE DI UN BORGHESE DI PARIGI   43

Infatti abbandonare milioni di uomini, intelligenze superiori, scienziati, geni persino, al capriccio, all'arbitrio di un essere, che in un momento di allegria, di follia, di ebbrezza o di amore, non esiterà a sacrificare qualsiasi cosa alla sua fantasia esaltata, dissiperà l'opulenza del paese, penosamente ammassata da tutti, farà trucidare migliaia di uomini sui campi di battaglia, ecc... sembra a me, modesto ragionatore, una mostruosa aberrazione.

Ma ammettendo che il paese debba governarsi da sé, escludere con un pretesto sempre discutibile una parte dei cittadini dall'amministrazione degli affari, mi sembra un'ingiustizia cosí flagrante che è inutile insistervi.

Rimane il suffragio universale. Riconoscete con me che gli uomini di genio sono rari, non è vero? Per abbondare, ammettiamo che ce ne siano cinque in Francia, in questo momento. Aggiungiamo, sempre per abbondare, duecento uomini di grande ingegno, mille uomini dotati di talenti diversi e diecimila uomini superiori in un modo o nell'altro. Ecco uno stato maggiore di undicimila duecentocinque unità. Dopo di che, vi trovate davanti all'esercito dei mediocri, seguito dalla moltitudine degli imbecilli. Dato che i mediocri e gli imbecilli costituiscono sempre l'immensa maggioranza, è inammissibile che possano eleggere un governo intelligente.

Per esser giusto aggiungo che, a lume di logica, il suffragio universale mi sembra il solo principio ammissibile, ma che è inapplicabile, ed ecco perché.

Fare partecipare al governo tutte le forze vive del paese, rappresentare tutti gli interessi, tener conto di tutti i diritti è un sogno ideale, ma poco pratico, perché la sola forza che si possa misurare è proprio quella che dovrebbe essere meno considerata, la forza bruta: il numero. Col vostro metodo, il numero senza intelligenza conta piú dell'ingegno, della sapienza, di tutte le conoscenze acquisite, della ricchezza, dell'industria, ecc. Quando potrete dare a un membro dell'Accademia diecimila voti contro uno del cenciaiolo, cento voti al grande proprietario contro i dieci del suo fattore, avrete stabilito un certo equilibrio tra le forze e ottenuto una rappresentanza nazionale che veramente rappresenterà tutte le forze della nazione. Ma vi sfido a farlo.

Ecco le mie conclusioni:

In altri tempi, quando non si poteva esercitare nessun'altra professione, si faceva il fotografo; oggi si diventa deputati. Una classe dirigente cosí composta sarà sempre deplorevolmente incapace, ma incapace di fare del male quanto di fare del bene. Un tiranno, al contrario, se è stupido, può fare molto male e, se è intelligente (cosa molto rara) può fare molto bene.

Tra queste forme di governo non mi pronuncio; mi dichiaro anarchico, cioè partigiano del potere piú lieve, piú insensibile, piú liberale nel senso lato della parola, e rivoluzionario al tempo stesso, cioè eterno nemico di quello stesso potere, che sarà sempre, comunque, difettoso. Ecco tutto.

Grida di indignazione si levarono dalla tavola, e tutti, legittimisti, orleanisti, repubblicani per necessità, andarono su tutte le furie. Monsieur Patissot in particolare era rimasto senza fiato e, rivolto a Monsieur Rade:

– Allora, signore, voi non credete a nulla?

L'altro rispose con semplicità:

– No, signore.

L'indignazione che si sollevò tra tutti gli invitati impedí a Monsieur Rade di continuare e Monsieur Perdrix, ridiventato il superiore, chiuse la discussione:

– Basta, signori, ve ne prego. Ognuno di noi ha la sua opinione, e non è disposto a cambiarla.

Queste giuste parole furono approvate. Ma Monsieur Rade, sempre ribelle, volle avere l'ultima parola:

– Eppure io ho una morale, – disse, – è molto semplice e sempre applicabile; basta una sola frase per esprimerla, eccola: *Non fate agli altri ciò che non vorreste fosse fatto a voi*. Vi sfido a dimostrarne la falsità, mentre con tre argomentazioni mi impegno a demolire il piú sacro dei vostri principî.

Questa volta nessuno rispose. Ma quando, la sera, se ne andarono a due a due, ognuno diceva al suo compagno:

– Veramente Monsieur Rade esagera. È un po' tocco, non c'è dubbio. Dovrebbero nominarlo sottocapo al manicomio di Charenton.

x.
Manifestazione pubblica.

Ai due lati di una porta sulla quale la scritta «Ballo» faceva bella mostra in caratteri vistosi, dei grandi manifesti di un rosso violento annunciavano che, per quella domenica, quel luogo di svago popolare avrebbe avuto una diversa destinazione.

Monsieur Patissot che andava a spasso da buon borghese per digerire il suo pranzo, e si incamminava pian pianino verso la stazione, si fermò attirato da quel colore scarlatto, e lesse:

ASSOCIAZIONE GENERALE INTERNAZIONALE
PER LA RIVENDICAZIONE DEI DIRITTI DELLA DONNA

COMITATO CENTRALE CON SEDE A PARIGI

GRANDE MANIFESTAZIONE PUBBLICA

Sotto la presidenza della cittadina libera pensatrice Zoé Lamour e della cittadina nichilista russa Eva Schourine, con il concorso di una delegazione di cittadine del circolo libero del Pensiero indipendente, e di un gruppo di cittadini simpatizzanti.

La cittadina Césarine Brau e il cittadino Sapience Cornut, reduce dall'esilio, prenderanno la parola.

INGRESSO: 1 franco.

Una vecchia signora con gli occhiali, seduta ad una tavola coperta da un tappeto, faceva da cassiera. Monsieur Patissot entrò.

Nella sala, già quasi piena, aleggiava quell'odore di cane bagnato che diffondono sempre le gonnelle delle zitelle, con qualcosa dei profumi sospetti dei balli pubblici.

Monsieur Patissot guardandosi bene attorno, scoprí un posto libero in seconda fila, tra un vecchio signore decorato e una donnina vestita da operaia, con lo sguardo esaltato, che aveva una guancia deformata da una voglia.

La riunione era al completo.

La cittadina Zoé Lamour, una graziosa brunetta, grassottella, con dei fiori rossi tra i capelli, divideva la presidenza con una magra biondina, la cittadina nichilista russa Eva Schourine.

Proprio sotto di loro, l'illustre cittadina Césarine Brau, soprannominata «La strage degli uomini», bella ragazza anche lei, era seduta accanto al cittadino Sapience Cornut, reduce dall'esilio. Questi, un vecchio massiccio, con i capelli lunghi e arruffati, di aspetto feroce, guardava la sala come un gatto che punti una gabbia di uccelli, con i pugni chiusi poggiati sulle ginocchia.

A destra, una delegazione di annose cittadine senza marito, rinsecchite nel celibato e esasperate dall'attesa, stava di fronte a un gruppo di cittadini riformatori dell'umanità, che non si erano mai tagliati né la barba né i capelli, per mostrare senza dubbio l'immensità delle loro aspirazioni.

Il pubblico era misto.

Le donne appartenevano per la maggior parte alla categoria delle portiere e delle bottegaie che chiudono bottega la domenica. Dovunque le zitelle inconsolabili (chiamate le vedove bianche) spuntavano tra le facce rosse delle borghesi. Tre collegiali, venuti per stare in mezzo alle donne, parlavano a bassa voce in un angolo. Delle famigliole erano entrate per curiosità. In prima fila un negro vestito di traliccio giallo, un negro ricciuto, magnifico, guardava fisso il gruppo intorno al tavolo, ridendo da un orecchio all'altro, in una risata silenziosa, trattenuta, che faceva scintillare i suoi denti bianchi nel viso scuro. Rideva, senza fare un solo movimento, come una persona rapita, estatica. Perché si trovava lí? Mistero. Aveva creduto che ci fosse uno spettacolo? Oppure si diceva nella sua capoccia ricciuta di africano: «È proprio vero, sono divertenti quei buffoni là, nemmeno al di sotto dell'Equatore se ne possono trovare di simili».

La cittadina Zoé Lamour aprí la seduta con un breve discorsetto.

Ricordò la servitú della donna, fin dalle origini del mondo, il suo compito oscuro, sempre eroico, la sua costante devozione a tutte le grandi idee. La paragonò al popolo di un tempo, al popolo dei re e dell'aristocrazia, chiamandola «l'eterna martire», per la quale ogni uomo è un *padrone*; e, in un grande slancio lirico, esclamò:

— Il popolo ha avuto il suo '89, tocca a noi ora; l'uomo oppresso ha fatto la *Rivoluzione*; il prigioniero ha spezzato le catene; lo schiavo indignato si è ribellato. Donne, imitiamo i nostri despoti. Ribelliamoci; spezziamo l'antica catena del matrimonio e della schiavitú; marciamo alla conquista dei nostri diritti; facciamo anche noi la nostra rivoluzione.

Si sedette tra un uragano di applausi; il negro, delirante di gioia, si batteva la fronte contro le ginocchia, lanciando grida acute.

La cittadina nichilista russa Eva Schourine si alzò e, con voce penetrante e feroce:

— Sono russa, — disse. — Ho innalzato lo stendardo della rivolta; questa mano ha colpito gli oppressori della mia patria e io dico a voi, donne francesi che mi ascoltate, io sono pronta, sotto tutte le latitudini, in qualsiasi parte dell'universo, a colpire la tirannia dell'uomo, a vendicare ovunque la donna odiosamente oppressa.

Ci fu un gran tumulto di approvazione e lo stesso cittadino Sapience Cornut, alzatosi, stropicciò la sua barba giallastra contro quella mano vendicatrice.

Fu allora che la cerimonia prese un carattere veramente internazionale. Le cittadine delegate delle potenze straniere si alzarono una dopo l'altra per testimoniare l'adesione dei loro paesi. Per prima parlò una tedesca. Grassa, con una vegetazione giallastra sul capo, farfugliava con voce impastata:

– Foglio tirfi tutta la cioia che appiamo profata nella fecchia Cermania, quanto appiamo zaputo tel grante mofimento telle tonne paricine. I nostri petti, – (e si batté il suo, che non resisté al colpo), – i nostri petti hanno zuzzultato, i nostri... io non parlo molto pene, ma noi ziamo con foi.

Un'italiana, una spagnola, una svedese dissero altrettanto, in linguaggi insospettati; e per finire, un'inglese lunghissima, con i denti che parevano rastrelli da giardinaggio, si espresse in questi termini:

– Io volere anche io apportare la partescipascion della libera Hangleterra alla manifestascion cosí... cosí... pittoresca della popolascion femminile di Franscia, per emanscipescion di questa pacie femminile. Hip! Hip! Hip! Hurrah!

Stavolta il negro si mise a lanciare tali grida di entusiasmo, con gesti di soddisfazione cosí smodati (buttando le gambe sulle spalliere delle sedie e battendosi con furore sulle cosce) che due guardie di servizio alla manifestazione furono costrette a calmarlo.

Il vicino di Patissot mormorò:

– Isteriche, tutte isteriche!

Patissot, credendo che parlasse con lui, si voltò:

– Prego?

Il signore si scusò:

– Non ci badate, non parlavo con voi. Dicevo soltanto che tutte queste pazze sono isteriche!

Monsieur Patissot, sbalorditissimo, gli chiese:

– Le conoscete, dunque?

– Un po', signore. Zoé Lamour ha fatto il noviziato, perché voleva farsi suora. È una. Eva Schourine è stata processata come incendiaria e riconosciuta demente. Césarine Brau è soltanto una intrigante, che vuol far parlare di sé. Ne vedo altre tre laggiú, che sono passate per il mio reparto all'ospedale di X... Quanto alle vecchie befane che ci circondano, è inutile parlarne.

Ma da ogni parte, si sentiva zittire. Il cittadino Sapience Cornut, reduce dall'esilio, si era alzato. Stralunò dapprima i suoi occhi terribili, poi, con voce cavernosa, che pareva il muggito del vento in una grotta, cominciò:

— Esistono parole grandi come principi, luminose come soli, rimbombanti come tuoni: Libertà! Eguaglianza! Fraternità! Sono i vessilli dei popoli. Sotto la loro ombra abbiamo marciato all'assalto della tirannide. Tocca a voi, ora, donne, di brandirle come armi, per marciare alla conquista dell'indipendenza. Siate libere, libere nell'Amore, in casa, in patria. Diventate eguali a noi, soprattutto in politica e di fronte alla legge. Fraternità! Siate le nostre sorelle, le confidenti dei nostri grandiosi progetti, le nostre valide compagne. Siate, diventate davvero una metà dell'umanità, invece di esserne una particella.

E si lanciò nella politica trascendentale, sviluppando progetti vasti come il mondo, parlando dell'anima della società, preconizzando una Repubblica universale, edificata su queste tre basi inamovibili: libertà, eguaglianza, fraternità.

Quand'ebbe finito, pareva che il soffitto dovesse venir giú per gli applausi. Monsieur Patissot, stupefatto, si voltò verso il suo vicino:

— Non vi pare che sia un po' matto?

Il vecchio signore rispose:

— No, signore, ce ne sono milioni cosí. È il risultato dell'istruzione.

Patissot non capiva:

— Dell'istruzione?

— Sí, ora che sanno leggere e scrivere, la stupidaggine latente è venuta fuori.

— Allora, signore, voi credete che l'istruzione?...

— Prego, signore, sono liberale. Voglio dire solamente questo: voi avete un orologio, non è vero? Ebbene, rompetene una molla e andate a portarlo a quel cittadino Cornut, pregandolo di aggiustarvelo. Vi risponderà, bestemmiando, che non fa l'orologiaio. Ma se qualcosa non funziona in quella macchina infinitamente complicata, che si chiama la Francia, egli si riterrà il piú capace e qualificato degli uomini per rimetterla a posto seduta stante. E quarantamila chiacchieroni della sua specie la pensano come lui, e lo proclamano senza tregua. Voglio dire, signore, che finora manchiamo di nuove classi dirigenti, cioè di uomini nati da padri che abbiano maneggiato il potere, che siano stati istruiti a questo fine, educati a ciò in particolar modo come si istruiscono i giovani che si avviano al Politecnico.

Numerosi zittii lo interruppero ancora una volta. Un giovane dall'aria melanconica era salito sulla tribuna. Cominciò:

— Signore, ho chiesto la parola per combattere le vostre teorie. Reclamare per la donna diritti civili eguali a quelli degli uomini, equivale a reclamare la fine del vostro potere. Il solo aspetto esteriore della donna rivela che essa non è destinata né ai pesanti lavori manuali, né ai lunghi sforzi intellettuali. Il suo compito è diverso, ma non meno bello. Ella porta un soffio di poesia nella vita. In virtú della forza della sua grazia, del fulgore dei suoi occhi, dell'incanto del suo sorriso, domina l'uomo, che, a sua volta, domina il mondo. L'uomo ha la forza, che voi non potete togliergli, ma voi avete la seduzione, che incatena la forza. Di cosa vi lamentate? Dacché esiste il mondo, voi siete le sovrane e le dominatrici. Nulla si fa senza di voi. È per voi che si compie ogni opera bella.

Ma dal giorno in cui diventerete nostre eguali, civilmente e politicamente, diventerete nostre rivali. State attente allora a non perdere quel fascino che costituisce tutta la vostra forza. Allora, dato che noi siamo incontestabilmente piú vigorosi e meglio dotati per le scienze e per le arti, la vostra inferiorità sarà evidente e voi diventerete veramente delle oppresse.

Avete la parte piú bella, signore, perché rappresentate per noi l'incanto della vita, l'illusione senza fine, l'eterna ricompensa ai nostri sforzi. Non cercate, dunque, di cambiare le cose. Non ci riuscireste, d'altra parte.

Ma fu interrotto da fischi e scese dalla tribuna.

Il vicino di Patissot, alzandosi, disse:

— Un po' romantico il giovanotto, ma sensato almeno. Vi posso offrire un boccale di birra?

— Con piacere.

E andarono via, mentre la cittadina Césarine Brau si apprestava a rispondere.

31 maggio - 18 agosto 1880.

IN FAMIGLIA

Il tram di Neuilly aveva appena superato la porta Maillot e correva ora lungo il vialone che porta alla Senna. La piccola macchina, attaccata al suo vagone, fischiava per evitare gli ostacoli, sputava vapore, ansimava come chi corra trafelato; e gli stantuffi facevano un rumore precipitoso come gambe di ferro in movimento. La pesante calura estiva di fine giornata gravava sulla strada, dalla quale si levava, sebbene non soffiasse nemmeno un alito di vento, un polverone bianco, gessoso, opaco, soffocante e caldo, che si appiccicava sulla pelle sudaticcia, riempiva gli occhi, penetrava nei polmoni.

La gente usciva sull'uscio in cerca di un po' d'aria.

I vetri della carrozza erano abbassati, e le tendine sventolavano agitate dalla rapida corsa. Dentro c'erano soltanto poche persone (perché in queste giornate calde, tutti preferiscono l'imperiale o le piattaforme). Erano grosse signore buffamente vestite, borghesi di periferia che sostituiscono la distinzione, che non possiedono, con una intempestiva dignità; uomini stanchi dell'ufficio, con il volto ingiallito, la schiena ricurva, una spalla un po' piú alta dell'altra, per via dei lunghi lavori al tavolino. I loro volti inquieti e tristi rivelavano anche le preoccupazioni domestiche, l'incessante bisogno di denaro, le antiche speranze definitivamente deluse; tutti appartenevano, infatti, a quell'esercito di poveri diavoli spelacchiati, che vegetano stentatamente in una misera casetta di gesso, dove un'aiuola fa da giardino, in mezzo ai terreni di scarico che circondano Parigi.

Proprio accanto allo sportello, un ometto tarchiato e tozzo, col viso pieno, il ventre che gli ricadeva tra le gambe divaricate, tutto vestito di nero e decorato, parlava con un uomo alto e magro, dall'aspetto trasandato, con un vestito di tela bianca molto sporco, un vecchio panama in testa. Il primo parlava adagio, con delle esitazioni che facevano pensare che fosse balbuziente; era Monsieur Caravan, archivista al ministero della Marina. L'altro, ex ufficiale sanitario a bordo di un mercantile, aveva finito con lo stabilirsi nella frazione di Courbevoie, dove applicava sulla misera popolazione del luogo le vaghe cognizioni mediche che gli restavano dopo la sua vita avventurosa. Si chiamava Chenet e si faceva chiamare dottore. Correvano voci sulla sua moralità.

Monsieur Caravan aveva sempre condotto la solita esistenza dei burocrati. Da trent'anni, andava invariabilmente in ufficio, passando per la stessa strada, incontrando, ogni mattina, alla stessa ora, negli stessi posti, le stesse facce, le stesse persone che andavano al lavoro; e tornava a casa, ogni sera, rifacendo la stessa strada, incontrando di nuovo le stesse facce che aveva visto invecchiare.

Ogni giorno, dopo aver comprato il suo giornale da un soldo all'angolo del faubourg Saint-Honoré, andava a comprarsi un paio di panini, poi entrava nel ministero, come un colpevole che vada a costituirsi prigioniero; raggiungeva in fretta il suo ufficio, pieno di inquietudine, aspettandosi sempre un rimprovero per una qualsiasi negligenza che poteva aver commesso.

Nulla era mai intervenuto a modificare la monotona regolarità della sua esistenza; perché, all'infuori del lavoro d'ufficio, delle promozioni o delle gratifiche, non c'era avvenimento che lo interessasse. Sia al ministero, sia in famiglia (aveva sposato, senza dote, la figlia di un collega), parlava soltanto di servizio. Mai la sua mente, atrofizzata dal lavoro bestiale e quotidiano, pensava ad altro; non aveva altre speranze; altri sogni se non quelli relativi al ministero. Ma le sue soddisfazioni di impiegato erano rovinate, inquinate da un'amarezza: l'ammissione dei commissari di marina, i lattonieri, come erano chiamati per via dei loro gradi d'argento, ai posti di sottocapo e di capo; e ogni sera, a cena, discuteva animatamente con la moglie, che ne condivideva gli odi, per provare che è ingiusto, da qualunque punto di vista, concedere posti a Parigi a persone destinate alla navigazione.

Era vecchio, ora, ma non si era accorto che la vita era trascorsa, perché alla scuola era seguito, senza transizione, l'ufficio, e gli istitutori, che in passato lo facevano tremare, erano stati sostituiti dai capi che egli temeva maledettamente. La porta di quei despoti da camera lo faceva fremere dalla testa ai piedi; e questo continuo timore faceva sí che egli avesse una maniera goffa e impacciata di presentarsi, un atteggiamento umile e una specie di balbuzie nervosa.

Non conosceva Parigi nemmeno quanto la può conoscere un cieco, guidato ogni sera dal suo cane alla stessa porta; e se gli capitava di leggere nel suo giornale da un soldo avvenimenti o scandali, li considerava come racconti fantastici inventati apposta per distrarre gli impiegatucci. Uomo d'ordine, reazionario, senza partito, ma nemico delle *novità*, saltava le notizie politiche, che, d'altronde, la sua gazzetta travisava sempre a beneficio di altrui interessi ben pagati; e quando risaliva tutte le sere l'avenue degli Champs-Elysées, osservava la folla fluttuante dei passanti e l'onda incessante delle carrozze come un viaggiatore forestiero che attraversi lontane contrade.

Poiché proprio quell'anno aveva compiuto i trenta anni di servizio obbligatorio, gli avevano conferito, il primo gennaio, la croce della Legion d'onore, con la quale viene ricompensata, in quelle amministrazioni militarizzate, la lunga e miserabile servitú – (si dice: *leali servigi*) – dei tristi forzati incollati alle scartoffie. L'inattesa onorificenza gli diede un nuovo e piú alto concetto delle proprie capacità, tanto che finí col cambiare abitudini. Da quel momento eliminò i calzoni colorati e le giacche fantasia, e portò soltanto calzoni neri e lunghe finanziere, sulle quali il suo *nastrino*, assai largo, spiccava di piú; e si faceva la barba ogni mattina, si puliva le unghie con maggior cura, si cambiava la biancheria un giorno sí e un giorno no: per un legittimo sentimento di decoro e per il rispetto dell'*Ordine* nazionale di cui faceva parte, era diventato, da un giorno all'altro, un nuovo Caravan, ripulito, maestoso e condiscendente.

In casa diceva «la mia croce» ad ogni proposito. Gli era venuto un tale orgoglio, che non riusciva piú nemmeno a sopportare che altri avessero all'occhiello nastrini di qualsiasi specie. Si irritava soprattutto alla vista delle decorazioni straniere – «che non dovrebbero permettere di portare in Francia» –, e ce l'aveva in particolare col dottor Chenet che ritrovava ogni sera sul tram con una decorazione diversa, bianca, azzurra, arancione o verde.

Del resto, la conversazione dei due uomini, dall'Arc de Triomphe fino a Neuilly, era sempre la stessa; e, quel giorno come i precedenti, parlarono prima dei vari abusi locali, che li disgustavano entrambi, poiché il sindaco di Neuilly faceva il comodo suo. Poi, come infallibilmente capita se si è in compagnia di un medico, Caravan avviò il discorso sulle malattie, sperando in tal modo di scroccare qualche piccolo consiglio gratuito o, addirittura, un parere, sapendoci fare, senza mostrare troppo la corda. Infatti era da qualche tempo preoccupato per sua madre. La vecchia aveva sincopi frequenti e prolungate e, sebbene avesse novant'anni, non voleva saperne di curarsi.

La sua età veneranda inteneriva Caravan, che ripeteva continuamente al *dottor* Chenet: – Ne vedete tanti arrivare a quell'età?

– E si fregava le mani con soddisfazione; non che ci tenesse molto a vedere la brava donna eternarsi su questa terra, ma perché la lunga durata della vita materna era come una promessa per lui.

– E sí, – continuò, – nella mia famiglia si va lontano; e cosí, sono sicuro, salvo incidenti, di morire molto vecchio –. L'ufficiale sanitario gli lanciò un'occhiata di compatimento; considerò per un attimo il viso rubicondo del suo vicino, il collo adiposo, il ventre cascante tra due gambe flaccide e grasse, tutta la sua rotondità apoplettica di vecchio impiegato rammollito; e, sollevando con un colpetto della mano il panama grigiastro che gli copriva il capo, rispose con un sogghigno: – Non siatene poi tanto sicuro, vecchio mio, vostra madre è uno stecco e voi non siete che una botte –. Caravan, turbato, tacque.

Il tram era arrivato alla stazione. I due compagni scesero e Monsieur Chenet offrí il vermut al caffè del Globo, lí di fronte, che l'uno e l'altro erano soliti frequentare. Il padrone, un amico, tese loro due dita che essi strinsero al di sopra delle bottiglie del banco; poi andarono a raggiungere tre appassionati di domino, che stavano seduti lí a giocare da mezzogiorno. Si scambiarono cordiali saluti, con il «Niente di nuovo» di prammatica. Poi i giocatori si rituffarono nella loro partita. Chenet e Caravan augurarono loro la buonasera. Gli altri tesero le mani, senza alzare la testa; e i due rientrarono alle rispettive case per la cena.

Caravan abitava vicino all'incrocio di Courbevoie, in una casetta a due piani, il cui pianterreno era occupato da un barbiere.

Due camere, una stanza da pranzo e una cucina, dove delle sedie sgangherate erravano di stanza in stanza, secondo le necessità, costituivano tutto l'appartamento. Madame Caravan passava tutte le giornate a lustrarlo, mentre la figlia Marie-Louise, di dodici anni e il figlio Philippe-Auguste, di nove, sgroppavano tra i rigagnoli della strada, insieme a tutti gli altri monelli del quartiere.

Al piano superiore, Caravan aveva sistemato sua madre, famosa nei dintorni per la sua avarizia, e tanto magra, che si diceva che il *Buon Dio* aveva applicato su di lei i suoi stessi princípî di parsimonia. Sempre di cattivo umore, non passava un giorno senza arrabbiarsi furiosamente e senza litigare. Inveiva dalla finestra, contro i vicini, che se ne stavano sugli usci, gli erbivendoli, gli spazzini e i monelli che, per vendicarsi, la seguivano di lontano, quando usciva, gridandole dietro: – Befana!

Una servetta normanna, incredibilmente stordita, sbrigava le faccende di casa e dormiva al secondo piano accanto alla vecchia, per timore di qualche incidente.

Quando Caravan rincasò, sua moglie, che soffriva della malattia cronica della pulizia, stava tirando a lucido con uno straccio di flanella le sedie di acajú sperdute nella solitudine della stanza. Portava sempre dei guanti di filo, e ornava la sua testa con una cuffietta a nastri multicolori, sempre di traverso su un orecchio, e ripeteva, ogni volta che la si sorprendeva a passar la cera, spazzolare, lucidare o lavare: – Non sono ricca, a casa mia tutto è modesto, ma la pulizia è il mio lusso e, alla fin fine, è un lusso come un altro.

Dotata di un caparbio buon senso, era di guida a suo marito in ogni cosa. Ogni sera, a tavola e poi a letto, discutevano a lungo delle faccende d'ufficio, e benché avesse vent'anni meno di lui, il marito le si affidava come a un direttore spirituale e seguiva in tutto e per tutto i suoi consigli.

Non era mai stata bella; ora era brutta, piccola e magrolina. La sua incapacità a vestirsi aveva sempre fatto passare inosservati i suoi scarsi attributi femminili che avrebbero dovuto essere messi in risalto con arte e con abiti ben studiati. Pareva che avesse sempre le sottane di sghimbescio; e si grattava spesso, dovunque, indifferente alla presenza di estranei, per una specie di mania che era quasi un tic. Il solo ornamento che si permettesse era una profusione di nastri di seta, intrecciati sulle cuffiette pretenziose che aveva l'abitudine di portare in casa.

Appena vide il marito, si alzò, e, baciandolo sui favoriti: – Caro, ti sei ricordato di Potin? – (Era per una commissione che lui aveva promesso di farle). Ma Caravan si lasciò cadere accasciato su una sedia; se n'era dimenticato per la quarta volta. – È una fatalità, – diceva, – è una fatalità; ho voglia di pensarci tutta la giornata, quando viene la sera me ne dimentico sempre –. Ma pareva tanto avvilito, che la moglie lo consolò: – Non importa, ci penserai domani. Niente di nuovo al ministero?

– Sí una notizia importante: un altro lattoniere nominato sottocapo.

Lei si fece seria:

– In quale ufficio?

– Nell'ufficio degli acquisti all'estero.

Lei si arrabbiò:

– Al posto di Ramon, allora, proprio quello che volevo per te; e lui, Ramon? A riposo?

Egli balbettò: – A riposo –. La donna si infuentí e la cuffietta le cadde sulla spalla:

– È finita, vedi, partita chiusa quella, capisci? Là dentro non

c'è piú niente da fare ora. E come si chiama, questo commissario?
– Bonassot.

Lei prese l'«Annuario della Marina», che teneva sempre a portata di mano, e cercò: – «Bonassot. Tolone. Nato nel 1851. Allievo commissario nel 1871, vicecommissario nel 1875». Ha mai navigato, costui?

A questa domanda, Caravan si rasserenò. Venne preso da un accesso di allegria che gli fece ballonzolare il ventre: – Come Balin, proprio come Balin, il suo capo –. E aggiunse, ridendo ancora piú forte, una vecchia spiritosaggine, che tutto il ministero trovava deliziosa: – Certo, bisognerà stare attenti a non mandarli in vaporino alla stazione navale del Point-du-Jour, si sentirebbero male durante il tragitto.

Ma lei rimaneva seria, come se non avesse sentito, poi mormorò, grattandosi lentamente il mento: – Se solo avessimo un deputato dalla nostra parte. Se alla Camera venissero a sapere quel che succede là dentro, il ministro salterebbe subito per il colpo...

Delle grida che risuonarono nelle scale le interruppero la frase. Marie-Louise e Philippe-Auguste, di ritorno dalla strada, si affibbiavano schiaffi e calci ad ogni scalino. La madre accorse furiosa e, prendendoli ognuno per un braccio, li spinse in casa con energici strattoni.

Appena videro il padre, si precipitarono su di lui, ed egli li abbracciò teneramente, a lungo; poi si sedette, se li prese sulle ginocchia e fece una chiacchieratina con loro.

Philippe-Auguste era un brutto bambino, spettinato, sudicio dalla testa ai piedi, con una faccia da cretino. Marie-Louise rassomigliava alla madre, parlava come lei, ripeteva le sue parole, la imitava persino nei gesti. Anche lei disse: – Niente di nuovo al ministero? – Il padre le rispose allegramente: – Il tuo amico Ramon, che viene qui a cena ogni mese, sta per lasciarci, pupetta. C'è un nuovo sottocapo al suo posto –. Lei alzò gli occhi sul padre e, con una commiserazione da bambina precoce: – Ancora un altro che ti ha fatto lo sgambetto, allora.

Caravan smise di ridere e non rispose; poi, per cambiare discorso, si rivolse alla moglie, che ora stava pulendo i vetri: – La mamma, di sopra, sta bene?

Madame Caravan smise di strofinare, si voltò, rimise a posto la cuffia che le era andata a finire sulla schiena, e, con le labbra tremanti: – Ah! sí, parliamone di tua madre! Me ne ha fatta una proprio bella! Figurati che, poco fa, Madame Lebaudin, la moglie del barbiere, è salita a chiedere in prestito un pacchetto di amido e, dato che io ero uscita, tua madre l'ha cacciata fuori, trattandola da «mendicante». Allora gliene ho dette quattro alla vecchia. Ha fatto finta di non sentire, come sempre quando le si dice il fatto suo, ma è sorda quanto me; sono finzioni; e la prova è che è risalita subito in camera sua, senza dire una parola.

Caravan, confuso, taceva, quando la servetta si precipitò nella stanza per annunciare la cena. Allora, per avvertire la madre, prese un manico di scopa che tenevano sempre poggiato in un angolo e picchiò tre volte contro il soffitto. Poi passarono in sala da pranzo, e Madame Caravan scodellò la minestra, mentre aspettavano la vecchia. Ma costei non scendeva, e la minestra si raffreddava. Allora cominciarono a mangiare piano piano, poi, quando le scodelle furono vuote, aspettarono ancora un po'. Madame Caravan, fuori di sé, se la prendeva con il marito: — Lo fa apposta, sai? E tu che la difendi sempre —. Caravan, molto perplesso e combattuto, mandò Marie-Louise a chiamare la nonna e rimase immobile, con gli occhi bassi, mentre sua moglie picchiava rabbiosamente con la punta del coltello il fondo del bicchiere.

All'improvviso la porta si aprí, e la bambina ricomparve sola, tutta affannata e pallidissima; disse precipitosamente: — La nonna è caduta per terra.

Caravan, con un balzo, fu in piedi e, buttando il tovagliolo sulla tavola, si slanciò su per le scale, dalle quali si sentí risuonare il suo passo pesante e precipitoso, mentre la moglie, credendo che si trattasse di un maligno stratagemma della suocera, lo seguiva adagio, scrollando le spalle con disprezzo.

La vecchia giaceva distesa bocconi per terra in mezzo alla stanza e, quando il figlio la ebbe rivoltata, apparve immobile e secca, con la pelle ingiallita, rugosa, incartapecorita, gli occhi chiusi, i denti stretti, e tutto il magro corpo irrigidito.

Caravan, in ginocchio accanto a lei, gemeva: — Povera mamma, povera mamma mia! — Ma l'altra Madame Caravan, dopo averle dato una rapida occhiata, dichiarò: — Bah! Ha avuto un'altra sincope, ecco tutto! Tanto per impedirci di cenare, stai sicuro!

Distesero il corpo sul letto, lo spogliarono completamente; e tutti, Caravan, la moglie, la domestica, si misero a farle delle frizioni. Allora mandarono Rosalie a chiamare il *dottor* Chenet, che abitava sul lungosenna, verso Suresnes. Era lontano, e l'attesa fu lunga. Alla fine il dottore arrivò e, dopo aver visitato, palpato, auscultato la vecchia, disse: — È finita.

Caravan si lasciò cadere sul corpo, scosso da singhiozzi convulsi; e baciava freneticamente il volto rigido della madre, piangendo tanto che i suoi lacrimoni cadevano come gocce d'acqua sul viso della morta.

Madame Caravan giovane ebbe una conveniente crisi di dolore e, ritta dietro il marito, gemeva piano piano, stropicciandosi gli occhi con ostinazione.

Caravan, con il viso gonfio, i radi capelli scarruffati, bruttissimo nel suo dolore sincero, si rialzò di colpo: — Ma siete... sicuro dottore... siete proprio sicuro...? — L'ufficiale sanitario si avvicinò rapidamente, e palpando il cadavere con abilità professionale, come un negoziante che metta in valore la sua merce: — Ecco, mio caro, guardate l'occhio —. Sollevò la palpebra, e riapparve, immutato, lo sguardo della vecchia, forse con la pupilla un po' ingrandita. Caravan sentí una stretta al cuore e un brivido di spavento gli percorse le ossa. Chenet afferrò il braccio rattrappito, fece forza sulle dita per aprirle, e, irritato, come di fronte a qualcuno che lo contraddicesse: — Ma guardate un po' questa mano, non mi sbaglio mai io, state tranquillo.

Caravan ricadde sul letto contorcendosi, quasi muggendo; mentre la moglie, continuando a piagnucolare, cominciava a fare le operazioni necessarie. Avvicinò il comodino, sul quale stese una tovaglietta, vi posò sopra quattro candele e le accese, prese un ramoscello di bosso infilato dietro lo specchio del camino, e lo mise tra le candele in un piattino che riempí di acqua fresca, in mancanza di quella benedetta. Ma, dopo un momento di rapida riflessione, buttò in quell'acqua un pizzico di sale, pensando probabilmente di fare cosí una specie di consacrazione.

Quando ebbe terminato la figurazione che deve accompagnare la Morte, rimase in piedi, immobile. Allora, l'ufficiale sanitario che l'aveva aiutata a disporre gli oggetti, le disse a voce bassa: — Bisogna portar via Caravan —. La donna fece un cenno d'assenso e, avvicinandosi al marito, che singhiozzava, sempre inginocchiato, lo prese per un braccio, mentre Monsieur Chenet lo prendeva per l'altro.

Lo fecero sedere su una sedia e la moglie, baciandolo sulla fronte, gli fece un predicozzo. L'ufficiale sanitario sosteneva i ragionamenti della donna, consigliava fermezza, coraggio e rassegnazione, tutto quel che non si può conservare in simili fulminee sciagure. Poi, tutti e due lo presero sotto il braccio e lo portarono via.

Piangeva come un grosso bambino, con dei singhiozzi convulsi, accasciato, con le braccia penzoloni e le gambe fiacche; e scese la scala senza saper quel che faceva, muovendo i piedi meccanicamente.

Lo misero nella poltrona in cui si sedeva sempre a tavola, davanti a una scodella quasi vuota, dove era rimasto il suo cucchiaio con un resto di zuppa. Rimase lí, senza fare un movimento, con lo sguardo fisso sul bicchiere, talmente inebetito che non pensava a nulla.

Madame Caravan, in un angolo, parlava con il dottore, si informava sulle formalità, sulle cose pratiche da farsi. Alla fine Chenet, che pareva aspettare qualcosa, prese il cappello e, dichiarando che non aveva ancora cenato, salutò e fece per andarsene. La donna esclamò:

– Come, non avete cenato? Ma restate, dottore, restate allora! Vi daremo quel che c'è; perché capite che noi, noi non mangeremo gran che.

Egli rifiutò, scusandosi; lei insisteva:

– Ma via, restate! In simili momenti si è felici di avere degli amici accanto; e poi, forse, riuscirete a convincere mio marito a prendere qualcosa: ha tanto bisogno di tenersi su.

Il dottore si inchinò, e posando il cappello su un mobile: – In questo caso accetto, signora.

La donna diede degli ordini alla spaurita Rosalie, poi si mise anche lei a tavola, per far finta di mangiare, – diceva, – e far compagnia al *dottore*.

Fu servita di nuovo la minestra fredda. Chenet ne prese due scodelle. Poi comparve un vassoio di trippa alla lionese che diffuse un odore di cipolle, e Madame Caravan si decise ad assaggiarla. – Eccellente, – disse il dottore. Lei sorrise: – Vero? – Poi, rivolta al marito:

– Prendine un po', mio povero Alfred, soltanto per metterti qualcosa nello stomaco, pensa che dovrai fare la nottata in bianco!

Caravan tese docilmente il piatto, cosí come si sarebbe messo a letto, se glielo avessero ordinato, obbedendo a tutto senza resistere, né riflettere. E mangiò.

Il dottore si serviva da solo, e per tre volte attinse nel vassoio, mentre Madame Caravan infilzava, di tanto in tanto, un pezzetto di trippa con la punta della forchetta e lo mandava giú con una specie di studiata disattenzione.

Quando apparve una zuppiera piena di maccheroni, il dottore esclamò: – Perbacco! Che buona roba! – E Madame Caravan, questa volta, servì tutti. Riempí anche le scodelle in cui intrugliavano i bambini, che, non sorvegliati, bevevano vino puro e avevano cominciato a prendersi a calci sotto la tavola.

Chenet ricordò quanto quel piatto italiano piacesse a Rossini;

poi, all'improvviso: — Ma guarda! fa anche rima; potrebbe essere l'inizio di un poemetto:

Il maestro Rossini,
Molto buoni,
Giudicava i maccheroni...

Nessuno lo ascoltava. Madame Caravan, fattasi d'un tratto pensierosa, meditava su tutte le possibili conseguenze dell'accaduto; suo marito stava facendo delle palline di mollica di pane che disponeva poi sulla tovaglia, guardandole fisso, con aria idiota. Poiché una sete ardente gli bruciava la gola, portava continuamente alle labbra il bicchiere colmo di vino e la sua mente, già sconvolta dal colpo subito e dal dolore, era oscillante, gli pareva che ballasse nello stordimento improvviso della difficile digestione che era cominciata.

Il dottore, dal canto suo, beveva come una spugna e si ubriacava visibilmente; anche Madame Caravan subiva la reazione che segue ogni scossa nervosa, era agitata, turbata anche lei, nonostante bevesse soltanto acqua, e si sentiva la testa un po' annebbiata.

Chenet si era messo a raccontare delle storie di decessi che gli sembravano buffe. Poiché in quella periferia parigina, abitata da una popolazione di provincia, si ritrova la stessa indifferenza del contadino nei riguardi del morto, anche se si tratta della madre o del padre, quella mancanza di rispetto, quella ferocia inconsapevole, così comuni nelle campagne e così rare a Parigi. Stava dicendo: — Sentite, la settimana scorsa mi chiamarono d'urgenza in rue de Puteaux; io accorro, trovo un malato morto e, accanto al letto, la famiglia che si stava scolando tranquillamente una bottiglia di anisetta comprata la sera precedente per soddisfare un capriccio del moribondo.

Ma Madame Caravan non lo ascoltava, continuando a pensare all'eredità; e Caravan, svanito, non capiva nulla.

Venne servito il caffè, che era stato fatto molto forte per sostenere il morale. Ogni tazzina, innaffiata di cognac, fece salire un improvviso rossore alle guance, e confuse le poche idee rimaste in quei cervelli già vacillanti.

Tutt'a un tratto il *dottore* si impadronì della bottiglia di acquavite e versò a tutti l'*ammazzacaffè*. Senza parlare, intorpiditi dal dolce calore della digestione, colti loro malgrado dal benessere animale prodotto dall'alcool dopo cena, sorseggiavano lentamente il cognac zuccherato, che formava uno sciroppo giallastro in fondo alle tazzine.

Rosalie portò a letto i bambini, che si erano addormentati.

Caravan, obbedendo meccanicamente al bisogno di stordirsi che si prova nelle sciagure, bevve parecchie volte; e gli occhi inebetiti gli luccicavano.

Finalmente il *dottore* si alzò per andarsene; e, prendendo l'amico per un braccio:

— Su, venite con me, — disse, — un po' d'aria vi farà bene; quando si soffre non bisogna restar fermi.

L'altro obbedí docilmente, si mise il cappello, prese il bastone e uscí; e tutti e due, tenendosi a braccetto, scesero verso la Senna, sotto le limpide stelle.

Nella notte calda aleggiavano delle folate odorose, poiché in quella stagione tutti i giardini lí intorno erano pieni di fiori, i cui aromi, addormentati durante il giorno, parevano risvegliarsi all'avvicinarsi della sera e diffondersi intorno, mescolandosi alle brezze leggere che passavano nell'oscurità.

L'ampio viale era deserto e silenzioso, fiancheggiato da due file di lampioni a gas che arrivavano fino all'Arc de Triomphe. E laggiú, Parigi rumoreggiava tra vapori rossastri. Era una specie di brontolio continuo, al quale pareva che rispondesse, talvolta, nella pianura, il fischio di un treno che si avvicinava a tutto vapore, oppure si allontanava, attraverso la provincia, verso l'oceano.

L'aria aperta sorprese dapprima i due uomini, colpendoli in viso, sconvolse l'equilibrio del dottore e aumentò le vertigini di Caravan, che lo avevano preso subito dopo cena. Camminava come in un sogno, con la mente intorpidita, paralizzata, senza provare un profondo dolore, preso da una sorta di torpore morale che non lo faceva soffrire, provando persino un certo sollievo, accresciuto dalle tiepide esalazioni diffuse nella notte.

Giunti al ponte, svoltarono a destra e furono investiti dalla fresca brezza del fiume. La Senna scorreva melanconica e tranquilla davanti ad una cortina di alti pioppi; e le stelle parevano navigare sull'acqua, mosse dalla corrente. Una nebbiolina sottile e biancastra ondeggiava sulla riva dalla parte opposta portando umidi effluvi ai polmoni. Caravan si fermò bruscamente, colpito da quell'odore di fiume che gli rimescolava nel cuore ricordi vecchissimi.

E rivide d'un tratto la madre, nei tempi della sua infanzia, curva e inginocchiata davanti alla loro porta, laggiú in Picardia, intenta a lavare nel ruscelletto che attraversava il giardino i panni ammucchiati accanto a lei. Sentiva, nel silenzio tranquillo della campagna, i tonfi della sua mestola e la sua voce che gridava: «Alfred, portami il sapone!» E sentiva quell'odore di acqua che scorre, di nebbia che scaturisce dalla terra grondante, quel leggero vapore di acquitrino, il cui sapore era rimasto dentro di lui e che ritrovava, indimenticabile, la sera stessa della morte della madre.

Si fermò, irrigidito, ripreso da uno slancio di disperazione, come se un lampo avesse rischiarato di un sol colpo tutta la vastità della sua disgrazia; e il ritrovare quell'odore di fiume lo sprofondò nel nero abisso dei dolori irrimediabili. Si sentí il cuore straziato al pensiero di quella separazione senza fine. La sua vita era spezzata in due; e tutta la sua giovinezza spariva inghiottita da quella morte. Tutto il passato, l'*una volta*, era finito; tutti i ricordi dell'adolescenza svanivano; nessuno avrebbe piú potuto parlargli delle vecchie cose, delle persone che aveva conosciuto una volta, del suo paese, di lui stesso, dei suoi affetti passati, una parte del suo essere aveva finito di esistere; all'altra toccava ora di morire.

E cominciò la rievocazione dei ricordi. Rivedeva la «mamma» piú giovane, coi vestiti che le si erano logorati addosso, portati per tanto tempo che sembravano inseparabili dalla sua persona; la ritrovava in mille circostanze dimenticate: con certe espressioni ormai cancellate, i suoi gesti, il tono della voce, le abitudini, le manie, le collere, le rughe del volto, i movimenti delle dita magre, tutti gli atteggiamenti familiari, che ora non avrebbe avuto piú.

Gemeva, aggrappandosi al dottore, le gambe flaccide gli tremavano, tutto il suo grosso corpo era squassato dai singhiozzi, e balbettava: — La mia povera mamma, la mia povera mamma, la mia povera mamma...

Ma il suo compagno, ancora brillo, e desideroso di finire la serata in uno di quei luoghi che frequentava segretamente, spazientito da quell'acuta crisi di dolore, lo fece sedere per terra sull'erba della riva e, quasi subito, lo lasciò col pretesto di una visita a un malato.

Caravan pianse a lungo; poi quando non ebbe piú lacrime, quando tutta la sua sofferenza fu per cosí dire versata, provò di nuovo un improvviso senso di sollievo, di riposo, di tranquillità.

La luna si era levata e bagnava l'orizzonte con la sua placida luce. Gli alti pioppi si drizzavano con riflessi d'argento e la nebbia, sulla pianura, pareva neve che galleggiasse; il fiume, nel quale non nuotavano piú le stelle, pareva ora coperto di madreperla e continuava a scorrere, corrugato da brividi di luce. L'aria era dolce e la brezza odorosa. C'era una specie di abbandono nel sonno della terra, e Caravan beveva la dolcezza della notte, respirava profondamente e credeva di sentir penetrare sino all'estremità delle sue membra, una freschezza, una pace, una consolazione sovrumana.

Ma cercava di lottare contro questo benessere che lo invadeva, ripetendosi: «Mamma mia, povera mamma mia!», sforzandosi di piangere, per una specie di dovere di uomo per bene; ma non ci riusciva, non sentiva piú nessuna tristezza ai pensieri che, poco prima, lo avevano fatto singhiozzare cosí forte.

Allora si alzò per tornare a casa, camminando a passettini, avvolto dalla tranquilla indifferenza della natura serena, con il cuore placato, suo malgrado.

Quando arrivò sul ponte, vide il fanale dell'ultimo tram pronto a partire e, dietro, i vetri illuminati del caffè del Globo.

Provò allora il bisogno di raccontare a qualcuno la sua disgrazia, di suscitare compassione, di rendersi interessante. Assunse un'espressione pietosa, spinse la porta del caffè e andò verso il banco dove il padrone troneggiava in permanenza. Sperava di far colpo: tutti si sarebbero alzati e gli sarebbero andati incontro con la mano tesa: «Ma che c'è, cosa avete?» Ma nessuno notò la desolazione del suo viso. Allora si appoggiò al banco e, prendendosi la fronte fra le mani, mormorò: – Mio Dio, mio Dio!

Il padrone lo guardò: – Vi sentite male, Monsieur Caravan? – Egli rispose: – No, mio buon amico, ma mia madre è morta poco fa –. L'altro fece un «Ah» distratto; e poiché un avventore dal fondo del locale gridava: – Una birra, per favore! – rispose immediatamente, con voce tonante: – Ecco, buum!... sono a voi! – e corse a servirlo, lasciando Caravan sbalordito.

Allo stesso tavolo di prima, assorti e immobili, i tre appassionati di domino stavano ancora giocando. Caravan si avvicinò a loro, in cerca di commiserazione. Poiché sembrava che non lo avessero visto, Caravan si decise a parlare: – Da quando ci siamo lasciati, – disse, – mi è capitata una disgrazia.

Tutti e tre alzarono un po' la testa, contemporaneamente, ma continuando a tenere lo sguardo fisso sul gioco che avevano in mano. – Ah sí! e cosa è successo? – Mia madre è morta! – Uno di loro mormorò: – Ah! perbacco! – con quel tono di falso dolore di chi è completamente indifferente. Un altro, non sapendo cosa dire, scosse il capo ed emise una specie di sibilo triste. Il terzo si rimise a giocare, come se avesse pensato: «E questo è tutto?»

Caravan si aspettava una di quelle frasi che si dicono «venute dal cuore». Vedendosi accolto in quel modo, si allontanò indignato dalla loro flemma davanti al dolore di un amico, sebbene il suo dolore, proprio in quel momento, si fosse talmente assopito che quasi non lo sentiva piú.

Uscí.

Sua moglie lo stava aspettando in camicia da notte, seduta su di una panchetta accanto alla finestra aperta, e continuando a pensare all'eredità.

– Spogliati, – gli disse, – parleremo un po' quando saremo a letto.

Lui alzò il capo e, indicando il soffitto con gli occhi: – Ma... di sopra... non c'è nessuno. – Chiedo scusa, c'è Rosalie con lei, tu andrai a sostituirla alle tre del mattino, dopo aver dormito un po'.

Caravan restò lo stesso in mutande, per essere pronto ad ogni evenienza, si annodò un fazzoletto attorno al capo, poi raggiunse la moglie che si era già infilata sotto le lenzuola.

Rimasero per un po' seduti fianco a fianco. La donna era immersa nei suoi pensieri.

La sua cuffia, anche a quell'ora, era adorna di un fiocco rosa e un po' inclinata sull'orecchio, come per una invincibile abitudine di tutte le cuffie che portava.

All'improvviso, voltando la testa verso il marito, gli chiese: – Sai se tua madre ha fatto testamento? – Lui esitò: – Io... io... non credo... no, senza dubbio, non l'ha fatto –. Madame Caravan guardò suo marito fisso negli occhi e, con voce bassa e rabbiosa: – È una cosa indegna, ecco; perché, alla fin fine, sono dieci anni che ci ammazziamo a curarla, che le diamo da dormire, da mangiare! Tua sorella non avrebbe certo fatto altrettanto, e neanche io, se avessi saputo come sarei stata ricompensata! Sí, è proprio una vergogna per la sua memoria! Mi dirai che ci pagava la pensione: è vero! Ma le cure dei propri figli, non è col denaro che si pagano, si devono riconoscere nel testamento, dopo la morte. È cosí che fa la gente per bene! E cosí, io ho buttato a vuoto fatiche e cure! Ah! bella roba, bella roba davvero!

Caravan, smarrito, ripeteva: – Mia cara, mia cara, ti prego, ti scongiuro.

Alla fine lei si calmò e, riprendendo il suo solito tono, continuò: – Domattina bisognerà avvertire tua sorella.

Caravan trasalí: – È vero, non ci avevo pensato; appena sarà giorno, manderò un telegramma –. Ma lei lo interruppe, da donna che ha pensato a tutto. – No, mandalo tra le dieci e le undici. Da Charenton a qui ci vorranno due ore al massimo. Diremo che hai perso la testa. Avvertendola in mattinata, non ci compromettiamo mica!

Ma Caravan si batté la fronte e, col tono timido che assumeva sempre quando parlava del suo superiore, il cui solo pensiero lo faceva tremare: – Bisognerà anche che avverta il ministero, – disse. Lei rispose: – E perché avvertire? In occasioni simili, una dimenticanza è sempre scusata. Non stare ad avvertire, dammi retta; il tuo superiore non potrà dire nulla e lo metterai in un bell'impiccio. – Oh! quanto a questo sí! E diventerà furioso come una belva, quando non mi vedrà arrivare. Sí, hai ragione, è una magnifica idea. Quando gli dirò che mi è morta mia madre sarà costretto a stare zitto.

E l'impiegato, entusiasta del bello scherzo, si fregava le mani, pensando alla faccia del capo, mentre di sopra il corpo della vecchia giaceva accanto alla serva addormentata.

Madame Caravan era pensosa, come ossessionata da una preoccupazione che non riusciva a esprimere. Alla fine si decise: – Tua madre non ti aveva regalato la pendola, quella con la ragazza e il misirizzi? – Egli cercò nella sua memoria e rispose: – Sí, sí; mi ha detto (ma molto tempo fa, quando è venuta a stare qui), mi ha detto: «La pendola sarà tua, se avrai cura di me».

Madame Caravan si rasserenò, tranquillizzata: – Allora, senti, bisognerà andare a prenderla, perché, se aspettiamo che arrivi tua sorella, ce lo impedirà –. Lui esitava: – Tu credi?... – Lei si arrabbiò: – Certo che lo credo. Una volta in casa nostra, né visti né conosciuti: ci appartiene. E lo stesso per il canterano di camera sua, quello col marmo: me l'ha regalato, a me, un giorno che era di buon umore. Lo porteremo giú insieme alla pendola.

Caravan sembrava incredulo: – Ma mia cara, è un grossa responsabilità! – Lei si voltò verso di lui furente: – Ah! davvero! Ma non cambierai mai? Tu lasceresti i tuoi figlioli morire di fame, piuttosto che muovere un dito. Visto che me l'ha regalato, quel canterano, è nostro, non ti pare? E se tua sorella non è contenta, verrà a dirlo a me! Io me ne infischio proprio di tua sorella! Su, alzati, portiamo subito giú ciò che tua madre ci ha regalato!

Tremante e vinto, Caravan si alzò, ma mentre stava per infilarsi i pantaloni, la moglie glielo impedí: – Non val la pena di vestirti, su, resta in mutande, anche io vengo come mi trovo.

E tutti e due, nel loro abbigliamento notturno, si misero in cammino, salirono la scala senza far rumore, aprirono la porta con precauzione e entrarono nella camera dove le quattro candele accese intorno al piattino col bosso benedetto, sembrava vegliassero da sole il riposo rigido della vecchia, poiché Rosalie, sdraiata nella poltrona, con le gambe distese e le mani incrociate in grembo, la testa reclinata, immobile e con la bocca aperta, dormiva russando un po'.

Caravan prese la pendola. Era uno di quegli oggetti grotteschi, come ne produsse tanti l'arte dell'Impero. Una giovinetta di bronzo dorato, col capo adorno di fiori diversi teneva in mano un misirizzi che con la sua palla faceva da bilanciere. – Questo dàllo a me, – gli disse la moglie, – tu prendi il marmo del canterano.

Lui obbedí, ansimando, e si sistemò il marmo sulla spalla con uno sforzo considerevole.

La coppia tornò giú. Caravan dovette piegarsi sotto la porta, e si mise a scendere la scala traballando; mentre la moglie camminava all'indietro e gli faceva luce con la mano libera, portando il pendolo sotto l'altro braccio.

Quando furono a casa loro, lei mandò un gran sospiro: – Il piú è fatto, – disse, – andiamo a prendere il resto.

Ma i cassetti del canterano erano pieni degli stracci della vecchia. Bisognava nasconderli in qualche posto.

Madame Caravan ebbe un'idea: – Va' a prendere il cassone della legna che è nell'ingresso, è di abete e non vale quaranta soldi, possiamo pure metterlo qui –. E quando il cassone fu arrivato, cominciarono il trasferimento.

Tiravan fuori, uno dopo l'altro, i polsini, le gorgerine, le camicie, le cuffiette, tutti i poveri stracci della donna distesa lí, dietro di loro, e li disponevano con metodo nel cassone della legna, in modo da ingannare Madame Braux, l'altra figlia della defunta, che sarebbe arrivata l'indomani.

Quando ebbero finito, portarono giú prima i cassetti, poi il mobile, reggendolo ognuno da una parte; e insieme studiarono a lungo dove sarebbe stato meglio. Decisero di metterlo nella loro camera, di fronte al letto, tra le due finestre.

Dopo aver messo a posto il canterano, Madame Caravan lo riempí con i suoi panni. La pendola fu sistemata sul piano del camino, nella sala da pranzo, e i due coniugi si misero a guardare l'effetto ottenuto. Ne furono entusiasti. – Sta molto bene, – disse lei. – Sí, molto bene, – rispose lui. Poi tornarono a letto. Lei spense la candela e, poco dopo, nei due piani della casa tutti dormivano.

Quando Caravan riaprí gli occhi, era già giorno fatto. Si svegliò con la mente confusa e si ricordò dell'accaduto soltanto dopo qualche minuto. A quel ricordo, si sentí una grande stretta al cuore; e saltò giú dal letto, di nuovo molto commosso, sul punto di piangere.

Salí in fretta nella camera di sopra, dove Rosalie stava ancora dormendo, nella stessa posizione della sera precedente, poiché aveva fatto tutto un sonno. Caravan la rimandò alle sue faccende, sostituí le candele che si erano consumate, poi osservò a lungo la madre, rimuginando nel suo cervello quelle parvenze di pensieri profondi, quelle banalità religiose e filosofiche che tormentano gli intelletti mediocri al cospetto della morte.

Ma poiché sua moglie lo chiamava, scese. La donna aveva preparato un elenco delle cose che bisognava fare nella mattinata, e gli consegnò quel promemoria che lo spaventò.

Lesse: 1) fare la dichiarazione al municipio;
2) chiamare il medico dei morti;
3) ordinare la bara;
4) passare in chiesa;
5) alle pompe funebri;
6) alla tipografia per le partecipazioni;
7) dal notaio;
8) al telegrafo per avvertire i parenti.

Piú un'infinità di piccole commissioni. Allora lui prese il cappello e uscí.

La notizia si era diffusa, e i vicini cominciavano ad arrivare e chiedevano di vedere la morta.

A questo proposito, dal barbiere al pianterreno, si era svolta una scenetta tra moglie e marito, mentre questi faceva la barba ad un cliente.

La donna, che stava sferruzzando una calza, mormorò: – Un'altra di meno, e un'avara, questa, come non ce n'erano molte. Non mi era simpatica, è vero; ma bisogna che vada a vederla lo stesso.

Il marito brontolò, continuando a insaponare il cliente: – Ma che fantasia! Ci sono soltanto le donne per questo! Non sono contente di seccarvi per tutta la vita, non riescono a lasciarvi in pace neanche dopo morte –. Ma la moglie continuò senza scomporsi: – È piú forte di me; bisogna che ci vada. Ci sto pensando da stamattina. Se non andassi a vederla, sento che starei a pensarci tutta la vita. Ma quando l'avrò ben guardata per imprimermi bene negli occhi la sua faccia, sarò soddisfatta.

L'uomo dal rasoio scrollò le spalle e confidò al cliente del quale stava raschiando la guancia: – Mi domando e dico che razza di idee possono venire a queste benedette donne! Io non sono proprio il tipo che mi divertirei a vedere un morto! – La moglie, che l'aveva sentito, rispose senza scomporsi: – È cosí, è proprio come ti dico –. Poi posò il lavoro a maglia sulla cassa e salí al primo piano.

Erano già arrivate altre due vicine e stavano parlando dell'accaduto con Madame Caravan, che raccontava loro i particolari.

Andarono verso la camera ardente. Le quattro donne entrarono in punta di piedi, aspersero le coperte con l'acqua salata, una

dopo l'altra, si inginocchiarono, si fecero il segno della croce bia-
sciando una preghiera, poi, rialzatesi, con gli occhi spalancati e
la bocca semiaperta, osservarono a lungo il cadavere, mentre la
nuora della morta, tenendosi un fazzoletto sul viso, simulava un
singhiozzo disperato.

Quando si alzò per uscire vide, in piedi vicino alla porta, Marie-Louise e Philippe-Auguste, tutti e due in camicia, che guardavano incuriositi. Allora, dimenticando il suo finto dolore, piombò
su di loro con la mano alzata, urlando rabbiosa: – Filate, maledetti
monellacci!

Risalí dieci minuti piú tardi con un'altra infornata di vicini; dopo aver di nuovo scosso il bosso sul letto della suocera, pregato,
lacrimato, compiuto tutti i suoi doveri, ritrovò i due bambini, ritornati dentro insieme a lei. Li prese di nuovo a scappellotti, per
scarico di coscienza; ma, la volta dopo, non ci fece piú caso e, ad
ogni nuovo gruppo di visitatori, i due marmocchi la seguivano, si
inginocchiavano in un angolo, e rifacevano pari pari tutto quel che
vedevano fare alla madre.

Nel primo pomeriggio la folla dei curiosi diminuí. Dopo un po'
non venne piú nessuno. Madame Caravan, tornata nel suo appartamento, aveva cominciato ad occuparsi dei preparativi per la cerimonia funebre; la morta rimase sola.

La finestra della camera era aperta. Un calore torrido entrava
insieme a folate di polvere; le fiammelle delle quattro candele si
agitavano vicino al corpo immobile; e sul lenzuolo, sul volto con
gli occhi chiusi, sulle mani distese, delle mosche andavano, venivano, si arrampicavano, passeggiavano senza posa, facevano visita
alla vecchia in attesa della loro ora.

Marie-Louise e Philippe-Auguste erano tornati a vagabondare
per la strada. Furono subito circondati dai compagni, bambine soprattutto, piú sveglie e piú pronte ad intuire i misteri della vita.
Esse facevano domande, come le persone grandi: – È morta tua
nonna? – Sí, ieri sera. – Com'è un morto? – E Marie-Louise spiegava, descriveva le candele, il bosso, il volto. Allora nei fanciulli si
risvegliò una grande curiosità; ed anche loro chiesero di salire dalla morta.

Marie-Louise organizzò immediatamente un primo gruppo di
cinque bambine e due ragazzi: i piú grandi e i piú arditi. Li costrinse a levarsi le scarpe, per non essere scoperti: il gruppetto si intru-
folò in casa e salirono lestamente, come un branco di topi.

Una volta nella camera la ragazzina, imitando la madre, svolse
regolarmente il cerimoniale. Guidò con solennità i compagni, si

inginocchiò, si fece il segno della croce, mosse le labbra, si rialzò, asperse il letto e, mentre i ragazzi, in gruppo serrato, si avvicinavano alla morta, spaventati e affascinati, per contemplarne il volto e le mani, lei finse tutt'a un tratto di singhiozzare, nascondendosi gli occhi col fazzolettino. Si consolò subito, pensando agli altri che aspettavano davanti all'uscio, e trascinò via di corsa tutti i visitatori, per condurne subito dopo un altro gruppo, poi un altro ancora, poiché tutti i monelli della borgata, perfino i piccoli straccioni che chiedevano l'elemosina, erano accorsi a questo nuovo divertimento; e lei rifaceva ogni volta le smorfie materne, con assoluta perfezione.

Alla lunga finí con lo stancarsi. I monelli furono trascinati via da altri giochi e la nonna rimase sola, dimenticata da tutti.

Il buio riempí la stanza e, sul suo volto rinsecchito e rugoso, la fiamma tremolante delle candele gettava chiarori danzanti.

Verso le otto, Caravan salí di sopra, chiuse la finestra e cambiò le candele. Entrava ora tranquillamente, ormai abituato alla vista del cadavere, come se fosse là da mesi. Constatò anche che non si era ancora manifestata la decomposizione e lo fece notare alla moglie mentre si mettevano a tavola per la cena. Lei rispose: — Ma guarda, lo sai che è di legno, si conserverebbe un anno.

Mangiarono la minestra, senza dire una parola. I bambini, lasciati liberi tutto il giorno, estenuati per la stanchezza, sonnecchiavano sulle sedie, nessuno parlava.

Ad un tratto la luce della lampada diminuí.

Madame Caravan girò subito la chiave; ma l'apparecchio fece un rumore cavernoso, come un raschio prolungato, e la luce si spense. Si erano dimenticati di comprare l'olio. Andare dal droghiere significava ritardare la cena; cercarono delle candele, ma erano rimaste soltanto quelle accese sul comodino di sopra.

Madame Caravan, pronta nelle sue decisioni, mandò subito Marie-Louise a prenderne due; e l'aspettarono al buio.

Si sentivano distintamente i passi della ragazzina che saliva la scala. Seguirono pochi istanti di silenzio, e la bambina ridiscese precipitosamente. Aprí la porta, atterrita, piú sconvolta ancora della sera prima quando aveva annunziato la catastrofe, e mormorò senza fiato: — Oh! papà, la nonna si sta vestendo!

Caravan si alzò con un tale scatto che mandò la sedia a sbattere contro il muro. — Cosa dici?... — balbettò. — Cosa vai dicendo?...

Ma Marie-Louise, strozzata dall'emozione, ripeté: — Nonna... nonna... nonna... si sta vestendo... sta per scendere.

Caravan si slanciò come un pazzo per le scale, seguito dalla moglie sbalordita, ma davanti alla porta del secondo piano si fermò, tremante di paura, senza avere il coraggio di entrare. Cosa avrebbe visto? Madame Caravan, piú ardita, girò la maniglia e entrò nella camera.

La stanza pareva essere diventata piú buia; nel mezzo, una grande ombra magra si muoveva. La vecchia era in piedi; e svegliatasi dal suo sonno letargico, prima ancora di aver ripreso conoscenza, si era girata su di un fianco e, appoggiandosi sul gomito, aveva spento tre delle quattro candele, che ardevano accanto al letto funebre. Poi, riprendendo le forze, si era alzata per cercare i suoi panni. Si era dapprima stupita per la sparizione del suo canterano, ma, a poco a poco, aveva ritrovato le sue cose in fondo al cassone della legna, e si era tranquillamente vestita. Dopo aver vuotato il piattino pieno d'acqua, rimesso il bosso dietro la specchiera e le sedie al loro posto, era pronta per scendere, quando le comparvero davanti il figlio e la nuora.

Caravan si precipitò verso di lei, le afferrò le mani, la baciò, con le lacrime agli occhi; mentre sua moglie, alle sue spalle, ripeteva con aria ipocrita: – Che felicità! Oh! che felicità!

Ma la vecchia non si commosse, aveva persino l'aria di non capire e, rigida come una statua, con lo sguardo gelido, chiese soltanto: – Ci manca molto per la cena? – Caravan balbettò, perdendo la testa: – Ma sí, mamma, ti stavamo aspettando –. E, con insolita premura, la prese sotto il braccio, mentre Madame Caravan giovane afferrava la candela e faceva luce, scendendo davanti a loro, all'indietro, uno scalino alla volta, come aveva fatto la notte stessa, davanti al marito che portava il marmo.

Arrivata al primo piano, per poco non urtò contro della gente che stava salendo: erano i parenti di Charenton, Madame Braux, seguita dal marito.

La donna, alta e grossa, con una pancia da idropico che le rigettava il busto all'indietro, spalancò gli occhi inorridita, pronta a scappare. Il marito, un calzolaio socialista, un ometto peloso fino al naso, del tutto simile ad una scimmia, mormorò senza scomporsi: – E allora? È resuscitata?

Madame Caravan, appena li ebbe riconosciuti, si mise a far cenni disperati; poi, ad alta voce: – Ma guarda! come?... siete qui? ma che bella sorpresa!...

Ma Madame Braux, sbalordita, non capiva e rispose a mezza voce: – Ma siamo venuti per via del vostro telegramma, credevamo che fosse tutto finito...

Suo marito, dietro di lei, le dava dei pizzicotti per farla tacere. E, con un sorriso maligno nascosto dalla folta barba, aggiunse: – Molto gentile da parte vostra averci invitati. Siamo venuti subito..., – alludendo cosí all'ostilità che c'era da tempo tra le due famiglie. Poi, quando la vecchia fu agli ultimi scalini, andò rapidamente verso di lei, le strofinò sulle guance il pelo che gli ricopriva la faccia e le gridò nell'orecchio, per via della sordità: – Come va, mamma, sempre in gamba, vero?

Madame Braux, nel suo stupore di trovare viva e vegeta colei che si aspettava di vedere morta, non aveva nemmeno il coraggio di abbracciarla; e, col suo ventre enorme, ingombrava tutto il pianerottolo, impedendo agli altri di andare avanti.

La vecchia, inquieta e sospettosa, ma senza dire una parola, guardava tutta quella gente che le stava attorno e i suoi occhietti grigi, scrutatori e duri, fissavano ora l'uno ora l'altro, pieni di visibili pensieri, che mettevano in imbarazzo i figli.

Caravan disse, per spiegare: – Si è sentita poco bene, ma ora sta bene, benone, vero mamma?

Allora la vecchia, rimettendosi in cammino, rispose con la sua voce tremolante, come lontana: – È stata una sincope, vi ho sentito tutto il tempo.

Seguí un silenzio imbarazzato. Entrarono nella stanza, e si sedettero davanti a una cena improvvisata in pochi minuti.

Soltanto Braux aveva conservato il controllo. La sua faccia di gorilla cattivo era tutta una smorfia; e diceva frasi a doppio senso, che mettevano tutti in un visibile imbarazzo.

Ma il campanello d'ingresso suonava continuamente e Rosalie, smarrita, veniva a chiamare Caravan che si alzava in fretta, buttando via il tovagliolo. Il cognato gli chiese addirittura se era il suo giorno di ricevimento. Lui balbettò: – No, soltanto delle commissioni, niente di importante.

Poi portarono un pacchetto, egli lo aprí distrattamente e ne vennero fuori delle lettere di partecipazione, listate di nero. Allora, arrossendo fino alle orecchie, richiuse la busta e la fece sparire nel panciotto.

Sua madre non l'aveva visto; lei continuava a guardare con ostinazione la sua pendola, col misirizzi dorato che oscillava sul camino. L'imbarazzo aumentava in un silenzio glaciale.

Allora la vecchia, volgendo verso la figlia il suo viso rugoso di strega, ebbe un lampo di malizia negli occhi e disse: – Lunedí mi porterai la tua piccola, la voglio vedere –. Madame Braux, con volto raggiante, gridò: — Sí, mamma, — mentre Madame Caravan giovane, impallidita, si sentiva venir meno dall'angoscia.

Frattanto i due uomini, a poco a poco, avevano cominciato a discutere; e, a proposito di un nonnulla, intavolarono una discussione di politica. Braux che professava le dottrine rivoluzionarie e comuniste, si dimenava, con gli occhi accesi nel viso peloso, e gridava: — La proprietà, signore, è un furto per il lavoratore, la terra è di tutti, il diritto di eredità è un'infamia e una vergogna... — Ma si fermò di colpo, confuso, come chi si accorge di aver detto una bestialità; poi, con tono piú dolce, aggiunse: — Non è il momento di discutere di queste cose.

La porta si aprí; comparve il *dottor* Chenet. Ebbe un attimo di turbamento, poi si riprese, e, avvicinandosi alla vecchia: — Ah! ah! la mamma! sta bene oggi. Oh! ne ero sicuro, vedete, dicevo a me stesso poco fa, salendo le scale: «Scommetto che la nonna sarà in piedi» —. E battendole un colpetto sulla schiena: — È solida come il Pont-Neuf; ci sotterrerà tutti, vedrete.

Si sedette, accettò il caffè che gli veniva offerto e si intromise nella conversazione dei due uomini, approvando Braux, perché anche lui si era compromesso ai tempi della Comune.

La vecchia si sentí stanca e volle andarsene. Caravan si precipitò. Allora lei lo guardò dritto negli occhi, e gli disse: — Tu, riportami subito su il canterano e la pendola —. Poi mentre lui balbettava: — Sí mamma... — prese il braccio della figlia e se ne andò con lei.

I due Caravan erano spaventati, ammutoliti, sprofondati in una paurosa rovina, mentre Braux si fregava le mani, sorseggiando il caffè.

D'un tratto Madame Caravan, fuori di sé dalla collera, si gettò su di lui, urlando: — Siete un ladro, un mascalzone, una canaglia... Vi sputo in faccia... vi... vi... — Non sapeva piú cosa dire, soffocata; ma lui rideva, continuando a bere.

Proprio in quel momento ritornava la cognata, e lei le si scagliò contro; e tutte e due, l'una enorme, col suo pancione minaccioso, l'altra epilettica e secca, con la voce alterata e le mani tremanti, si gettarono addosso, a pieni polmoni, un torrente di ingiurie.

Chenet e Braux si interposero, e quest'ultimo, spingendo la sua metà per le spalle, la buttò fuori, gridando: — Cammina, ciuca, ragli troppo!...

Si sentí ancora che si accapigliavano per la strada, mentre si allontanavano.

Chenet si congedò.

I Caravan si ritrovarono faccia a faccia, soli.

Allora l'uomo ricadde sulla sedia e, mentre un sudore freddo gli si formava alle tempie, mormorò: — Cosa racconterò mai al capufficio?

15 febbraio 1881.

UNA SCAMPAGNATA

Da cinque mesi avevano progettato di andare a mangiare nei dintorni di Parigi il giorno della festa di Madame Dufour, che si chiamava Pétronille. Cosí, quella mattina, dopo aver aspettato la scampagnata per tanto tempo, tutti si erano alzati prestissimo.

Monsieur Dufour si era fatto prestare la vettura del lattaio e la guidava lui stesso. La carretta, a due ruote, era molto decorosa; aveva un tetto sostenuto da quattro montanti di ferro ai quali erano appese delle tendine, che erano state tirate su per poter ammirare il paesaggio. Soltanto quella di dietro ondeggiava al vento, come una bandiera. La moglie, seduta accanto al marito, si spampanava in uno straordinario vestito di seta color ciliegia. Dietro, su due sedie, c'erano la vecchia nonna e una ragazza. Si scorgevano ancora i capelli gialli di un giovanotto, che, in mancanza di sedile, si era sdraiato sul fondo, di modo che si vedeva soltanto la testa.

Dopo aver attraversato l'avenue des Champs-Elysées e oltrepassato le fortificazioni della Porte Maillot, si misero a contemplare il paesaggio.

Arrivati al ponte di Neuilly, Dufour aveva detto: — Finalmente, ecco la campagna! — e sua moglie, a questo segnale, si era commossa davanti allo spettacolo della natura.

All'incrocio di Courbevoie rimasero incantati dinanzi all'ampliarsi degli orizzonti. A destra, laggiú, c'era Argenteuil, col suo campanile che si drizzava verso il cielo; piú su, si vedevano le alture di Sannois e il mulino di Orgemont. A sinistra, si disegnava nel chiaro cielo mattutino l'acquedotto di Marly, e, lontana, si poteva vedere anche la terrazza di Saint-Germain; mentre di fronte, all'estremità di una catena di colline, il terreno smosso indicava il nuovo forte di Corneilles. E, in fondo in fondo, in una lontananza insondabile, al di sopra delle pianure e dei villaggi, s'intravedeva un cupo verdeggiare di foreste.

Il sole cominciava a bruciare i volti; la polvere riempiva di continuo gli occhi e, ai due lati della strada, si stendeva una campagna interminabilmente spoglia, sporca e maleodorante. Pareva che una epidemia l'avesse devastata e avesse corroso persino le case, poiché si vedevano scheletri di costruzioni, sfondate e abbandonate per mancato pagamento ai costruttori, che protendevano le loro quattro mura senza tetto.

Di tanto in tanto, spuntavano dal terreno sterile i lunghi camini delle fabbriche, unica vegetazione di quei campi putridi, sui quali il venticello primaverile portava un odore di petrolio e di schisti, misto ad un altro odore ancor meno gradevole.

Poi avevano attraversato la Senna per la seconda volta: sul ponte era stato un incanto. Il fiume sfolgorava di luce, una nebbiolina si alzava, come succhiata dal sole, e si provava una dolce quiete, un benefico refrigerio nel respirare infine un'aria piú pura, non inquinata dal fumo nero delle officine e dai miasmi dei depositi.

Un passante aveva detto loro il nome del paese: Bezons.

La carrozza si fermò e Monsieur Dufour si mise a leggere l'insegna invitante di una trattoria: – *Restaurant Poulin: zuppe alla marinara e fritture, sale da banchetti, pergolati, altalene.* Allora, signora Dufour, ti va? Vuoi finalmente deciderti?

La donna lesse a sua volta: – *Restaurant Poulin, zuppe alla marinara e fritture, sale da banchetto, pergolati e altalene...* – Poi guardò ben bene la casa.

Era una locanda di campagna, bianca, piantata proprio al margine della strada. Dalla porta aperta si vedeva lo zinco lucido del banco davanti al quale se ne stavano due operai vestiti a festa.

Finalmente Madame Dufour si decise: – Sí, va bene, – disse, – e poi c'è una bella vista –. La carrozza entrò in un ampio spiazzo, circondato da alti alberi, che si stendeva dietro la locanda, separato dalla Senna soltanto dalla strada alzaia.

Allora scesero a terra. Il marito saltò giú per primo, poi aprí le braccia per accogliere la moglie. Il predellino, sorretto da due sbarre di ferro, era molto distante, di modo che, per arrivarci, Madame Dufour dovette mettere in mostra l'inizio del polpaccio la cui primitiva sottigliezza scompariva sotto un'invasione di grasso che scendeva dalle cosce.

Monsieur Dufour già ringalluzzito dalla campagna, le pizzicò forte il polpaccio, poi, prendendola sotto le ascelle, la depose pesantemente a terra come un enorme fagotto.

Lei scosse con la mano il vestito di seta per farne cadere la polvere, poi si guardò intorno.

Era una donna di trentasei anni circa, molto bene in carne, rigogliosa e piacente. Respirava con affanno, strozzata violentemente dalla stretta del busto troppo serrato; e la pressione di quell'arnese sospingeva fino al doppio mento la massa fluttuante del suo petto sovrabbondante.

Poi la ragazza, poggiando la mano sulla spalla del padre, saltò giú da sola con leggerezza. Il ragazzo dai capelli gialli era sceso posando un piede sulla ruota e aiutò Monsieur Dufour a scaricare la nonna.

Poi il cavallo fu staccato e legato ad un albero; e la carretta cadde in avanti, con le due stanghe a terra. Gli uomini, dopo essersi tolta la finanziera, si lavarono le mani in un secchio d'acqua e raggiunsero le loro donne, già sistemate sulle altalene.

Mademoiselle Dufour, in piedi sull'altalena, cercava di dondolarsi da sola senza riuscire a darsi uno slancio sufficiente. Era una bella ragazza di diciotto o vent'anni, una di quelle donne che, a incontrarla per la strada, ci si sente frustati da un improvviso desiderio, e che per tutta la giornata vi lascia una vaga inquietudine e un eccitamento dei sensi. Alta, con la vita sottile e i fianchi larghi, aveva la pelle scurissima, gli occhi grandissimi e i capelli nerissimi. Il vestito le disegnava nettamente la ferma pienezza delle carni, accentuata ancora di piú dai movimenti delle reni che faceva per darsi lo slancio. Le sue braccia tese tenevano le corde sopra il capo, di modo che, ad ogni slancio, il seno le si sollevava senza un tremolio. Il suo cappello, portato via da un colpo di vento, era caduto dietro di lei; e l'altalena, a poco a poco, si metteva in movimento e ad ogni ritorno, si potevano vedere fino al ginocchio le sue gambe sottili, mentre sul viso dei due uomini che la guardavano ridendo arrivava il vento delle sue sottane, piú inebriante dei vapori del vino.

Seduta sull'altra altalena, Madame Dufour gemeva di continuo, con voce monotona: – Cyprien, vieni a spingermi; Cyprien, su, vieni a spingermi! – Alla fine il marito si decise, e dopo essersi rimboccate le maniche della camicia, come si fa prima di cominciare un lavoro, riuscí, con infinita fatica, a mettere in movimento la moglie.

Aggrappata alle corde, la donna teneva le gambe tese, per non urtare contro il suolo, e godeva dello stordimento provocato dall'andirivieni dell'altalena. Le sue carni, scosse, tremolavano di continuo, come la gelatina su un piatto. Ma poiché gli slanci diventavano sempre piú forti, fu presa dalle vertigini e dalla paura. Ogni volta che veniva giú, lanciava un gridolino penetrante, che faceva accorrere tutti i monelli del paese; e in basso, davanti a lei, oltre la siepe del giardino, scorgeva confusamente una fioritura di teste sguaiate, sghignazzanti con smorfie diverse.

Venne una domestica e ordinarono il pranzo.

– Una frittura di pesciolini della Senna, spezzatino di coniglio, insalata e dolce, – scandí Madame Dufour con aria d'importanza. – Porterete anche due litri e una bottiglia di bordò, – aggiunse il marito. – Mangeremo sull'erba, – aggiunse la ragazza.

La nonna si era intenerita alla vista del gatto della casa, e lo stava seguendo da dieci minuti, prodigandogli inutilmente i piú dolci appellativi. L'animale, senza dubbio internamente lusingato da tanta attenzione, si teneva sempre a portata di mano della buona vecchia, senza però lasciarsi acchiappare; girava tranquillamente attorno agli alberi, vi si strusciava contro con la coda ritta, con delle fusa di piacere.

– Ma guarda, – esclamò improvvisamente il giovanotto dai capelli gialli, che stava esplorando intorno, – queste sí che sono belle barche! – Andarono a vedere. Sotto una piccola tettoia di legno erano sospese due magnifiche iole da regata, fini e lavorate come mobili di lusso. Riposavano fianco a fianco, simili nella loro snella e risplendente lunghezza a due belle ragazze alte e slanciate, e facevano venir voglia di correre sull'acqua nelle belle serate dolci o nelle limpide mattinate estive, di sfiorare le rive fiorite, dove file di alberi bagnano i rami nell'acqua, dove tremola l'eterno brivido delle canne, dalle quali si levano in volo, come lampi azzurri, i veloci martin pescatori.

Tutta la famiglia le contemplava con rispetto. – Oh! queste sí che sono belle! – ripeté con gravità Monsieur Dufour. E le descriveva minuziosamente, da competente. Anche lui, diceva, in gioventú, aveva praticato il canottaggio; e anzi, con quelli in mano – e faceva il gesto di far forza sui remi –, se ne infischiava di tutti. Aveva battuto alle corse di Joinville piú di un inglese, un tempo; e scherzò sulla parola *signore*, come vengono chiamati i due scalmi che sostengono i remi, dicendo che i canottieri, e a ragion veduta, non escono mai senza le loro *signore*. Si scaldava, cosí concionando, e si ostinava a scommettere che, con una imbarcazione come quella, avrebbe fatto ventiquattro chilometri all'ora, senza correre troppo.

– È pronto, – disse la serva, affacciandosi sull'ingresso. Si precipitarono; ma ecco che il posto migliore, che Madame Dufour aveva scelto fra sé e sé per il desinare, era già occupato da due giovanotti intenti a mangiare. Erano probabilmente i proprietari delle canoe, perché erano vestiti da canottieri.

Erano stesi sulle sedie, quasi sdraiati. Avevano il volto scurito dal sole e il petto coperto soltanto da una sottile magliettina di cotone bianco, che lasciava scoperte le braccia nude, robuste come quelle dei fabbri. Erano due bei pezzi d'uomini, forse un po' troppo fieri della loro prestanza, ma che rivelavano in ogni movimento quella grazia elastica delle membra che si acquista con l'esercizio, tanto diversa dalla deformazione che provoca lo sforzo penoso e sempre uguale dell'operaio.

Nel vedere la madre si scambiarono un rapido sorriso, e uno sguardo nello scorgere la figlia. – Cediamo il nostro posto, – disse uno, – cosí faremo conoscenza –. L'altro si alzò subito e, tenendo in mano il berretto rosso e nero, offrí cavallerescamente alle signore il solo angolo del giardino in cui non batteva il sole. Accettarono, profondendosi in scuse; e per accentuare l'atmosfera campestre, la famiglia si sistemò per terra sull'erba, senza tavoli né sedie.

I due giovanotti portarono le loro cose pochi passi piú in là e si rimisero a mangiare. Le loro braccia nude, che mettevano continuamente in mostra, imbarazzavano un po' la ragazza, che fingeva persino di volgere il capo e di non vederle, mentre Madame Dufour, piú audace, stimolata da una curiosità femminile che era forse desiderio, le guardava di continuo, paragonandole probabilmente con rammarico alle segrete bruttezze del marito.

Si era lasciata crollare sull'erba con le gambe piegate, come i sarti, e si dimenava continuamente col pretesto delle formiche che le erano entrate in qualche posto. Dufour, accigliato per la presenza e la gentilezza dei due estranei, cercava una posizione comoda, senza riuscire a trovarla, e il giovanotto coi capelli gialli mangiava in silenzio come un orco.

– È una giornata magnifica, – disse la donnona a uno dei canottieri. Voleva essere gentile, per via del posto che avevano ceduto. – Sí, signora, davvero, – rispose il giovanotto; – venite spesso in campagna?

– Oh! soltanto una volta o due all'anno, per prendere un po' d'aria. E voi, signore?

– Io ci vengo a dormire tutte le sere.

– Ah! deve essere veramente bello!

– Sí, certo, signora.

E raccontò poeticamente la sua vita di ogni giorno, in modo da far vibrare nel cuore di quei borghesi privati dell'erba e affamati di passeggiate nei campi, quello stupido amore della natura che li ossessiona tutto l'anno dietro il banco della loro bottega.

La ragazza, commossa, alzò gli occhi e guardò il canottiere.

Monsieur Dufour aprí bocca per la prima volta: — Eh, questa sí che è vita! — e aggiunse: — Ancora un po' di coniglio mia cara? — No, grazie, amico mio.

Il donnone si voltò di nuovo verso i due giovanotti e, indicando le loro braccia, disse: — Non sentite mai freddo a star cosí?

Si misero a ridere entrambi, e spaventarono la famiglia col racconto delle loro prodigiose fatiche, i bagni di sudore, le corse tra le nebbie notturne e si picchiarono violentemente il petto, per far sentire che rumore faceva. — Oh! certo, avete un aspetto robusto! — disse il marito, che non parlava piú del tempo in cui faceva mangiar la polvere agli inglesi.

La ragazza, ora, li guardava di sottecchi e il giovanotto coi capelli gialli, che aveva bevuto di traverso, tossí violentemente, annaffiando il vestito di seta color ciliegia della padrona, che stizzita, fece portare un po' d'acqua per lavar le macchie.

Intanto, il caldo era diventato insopportabile. Il fiume scintillante sembrava un focolare di calore, e i fumi del vino annebbiavano i cervelli.

Monsieur Dufour, scosso da un violento singhiozzo, si era sbottonato il panciotto e i calzoni; mentre la moglie, mezza soffocata, si slacciava a poco a poco il vestito. L'apprendista dondolava con aria allegra la sua testona di capelli di stoppa e si versava un bicchiere dopo l'altro. La nonna, sentendosi brilla, se ne stava rigida e dignitosa. Quanto alla ragazza, non lasciava scorgere nulla; soltanto gli occhi le brillavano vagamente, e la sua pelle scurissima si colorava di rosa alle gote.

Il caffè diede loro il colpo di grazia. Fu lanciata l'idea di cantare, e ciascuno canticchiò la sua strofa, che gli altri applaudirono freneticamente. Poi si alzarono con difficoltà, e mentre le due donne, stordite, respiravano con forza, i due uomini, completamente ubriachi, facevano della ginnastica. Pesanti, flaccidi, col volto paonazzo, si attaccavano goffamente agli anelli senza riuscire a tirarsi su, e le loro camicie minacciavano continuamente di abbandonare i calzoni, per sventolare libere come bandiere.

Frattanto i canottieri avevano messo le canoe in acqua, e vennero gentilmente a proporre alle due donne una passeggiata sul fiume.

— Monsieur Dufour, ti dispiace? Te ne prego! — gridò la moglie. Lui la guardò con uno sguardo da ubriaco, senza capire. Allora un canottiere si avvicinò con due canne da pesca in mano. La speranza di prendere qualche ghiozzo, quest'ideale dei bottegai, fece brillare gli occhi istupiditi del brav'uomo, che permise tutto quel che si voleva, e si sistemò all'ombra, sotto il ponte, con i piedi penzoloni sull'acqua, accanto al giovanotto coi capelli gialli che si addormentò al suo fianco.

Uno dei canottieri si sacrificò: prese la madre. – Al boschetto dell'isola degli inglesi! – gridò allontanandosi.

L'altra canoa si mosse piú lentamente. Il vogatore guardava la sua compagna con tale intensità che non riusciva a pensare ad altro, preso da un turbamento che paralizzava il suo vigore.

La ragazza, seduta al posto del timoniere, si abbandonava alla dolcezza di essere sull'acqua. Si sentiva presa da una rinunzia al pensiero, da un completo rilassamento delle membra, in un abbandono totale di se stessa, come invasa da una profonda ebbrezza. Era diventata molto rossa e aveva il respiro affannoso. Lo stordimento del vino, accresciuto dal calore torrenziale che scorreva intorno a lei, faceva inchinare al suo passaggio tutti gli alberi della riva. Un vago bisogno di godimento, un ribollire del sangue, percorrevano la sua carne eccitata dagli ardori di quella giornata, ed era anche turbata da quell'intimità sull'acqua, in mezzo a quel paese spopolato dall'incendio del cielo, con quel giovane che la trovava bella, il cui sguardo le baciava la pelle e il cui desiderio era penetrante come il sole.

L'incapacità di parlare accresceva il loro turbamento e si guardavano intorno. Allora, facendo uno sforzo, egli le chiese come si chiamasse: – Henriette, – rispose la ragazza. – Ma guarda, – riprese lui, – io mi chiamo Henri!

Si erano calmati al suono delle loro voci; e rivolsero la loro attenzione alla riva. L'altra canoa si era fermata e pareva che li stesse aspettando. Il giovane che la portava gridò: – Vi raggiungeremo nel bosco. Andiamo fino a Robinson, perché la signora ha sete! – Si piegò sui remi e si allontanarono con tale rapidità che ben presto non li videro piú.

Un brontolio continuo, che prima si sentiva vagamente, si andava avvicinando rapidamente. Il fiume stesso sembrava fremere, come se il sordo rumore salisse dalle sue profondità.

– Cos'è questo rumore, che si sente? – chiese la ragazza. Era la cascata dello sbarramento, che, all'estremità dell'isola, tagliava il fiume in due. Il giovanotto si stava sprofondando in una spiegazione, quando, tra il rumoreggiare della cascata, sentirono il canto di un uccello, che sembrava venire da molto lontano. – Sente, – disse lui, – gli usignoli cantano di giorno: vuol dire che le femmine sono alla cova.

Un usignolo! Lei non ne aveva mai sentiti, e il pensiero di poterne ascoltare uno destò nel suo cuore visioni di poetici affetti. Un usignolo! Cioè l'invisibile testimone degli incontri amorosi che invocava Giulietta dal suo balcone; quella musica del cielo concessa ai baci degli uomini; l'eterno ispiratore di tutte le languide romanze che schiudono azzurri ideali ai poveri cuoricini delle fanciulle commosse!

Stava dunque per udire un usignolo.

– Non facciamo rumore, – disse il suo compagno, – potremo scendere nel bosco e sederci proprio vicino a lui.

La canoa sembrava scivolare. Spuntarono alcuni alberi dell'isola che aveva la riva cosí bassa che gli occhi si perdevano nel fitto del bosco. Si fermarono; legarono la barca, e si inoltrarono tra i rami, Henriette, appoggiata al braccio di Henri. – Chinatevi, – le disse. Lei si chinò e penetrarono in un inestricabile groviglio di liane, di foglie e di canne, un rifugio introvabile che bisognava conoscere, e che il giovane chiamava ridendo il suo «salotto riservato».

Proprio sulle loro teste, appollaiato su uno degli alberi che li coprivano, l'uccello continuava a sgolarsi. Lanciava trilli e gorgheggi, poi emetteva dei suoni prolungati e vibranti, che riempivano l'aria e sembravano disperdersi all'orizzonte, dispiegandosi lungo il corso del fiume, e volando via sopra le pianure, attraverso il silenzio infuocato che appesantiva la campagna.

Non parlavano, temendo di farlo scappare. Erano seduti l'uno accanto all'altra e, piano piano, il braccio di Henri cinse la vita di Henriette e l'avvolse in una dolce stretta. La ragazza prese tranquillamente la mano audace e continuò ad allontanarla ogni volta che egli la riavvicinava, senza provare del resto imbarazzo alcuno a quelle carezze, come se fosse stata una cosa naturalissima, che ella respingeva con altrettanta naturalezza.

Stava ascoltando l'uccello, come smarrita in un'estasi. Si sentiva attraversata da infiniti desideri di felicità, da bruschi slanci di affetto, da rivelazioni di poesia sovrumana, e provava una tale snervatezza e un tale intenerimento del cuore che piangeva senza sapere perché. Ora il giovane la stringeva contro di lui, lei non lo respingeva piú, non ci pensava nemmeno.

All'improvviso l'usignolo tacque. Una voce gridò da lontano: – Henriette!

– Non rispondete, – disse lui, – fareste volar via l'uccello.

Lei non ci pensava nemmeno a rispondere.

Rimasero cosí seduti per un po'. Madame Dufour doveva essersi seduta da qualche parte, perché si sentivano di tanto in tanto i gridolini della donnona, senza dubbio stuzzicata dall'altro canottiere.

La ragazza continuava a piangere, attraversata da dolcissime sensazioni, con la pelle calda e trafitta ovunque da strani brividi. Henri teneva il capo poggiato sulla sua spalla, e bruscamente la baciò sulle labbra. Lei si voltò furente e, per evitarlo, si gettò indietro sulla schiena. Ma il giovane si abbatté su di lei, coprendola con il suo corpo. Inseguí a lungo quella bocca che gli sfuggiva e, raggiuntala, vi incollò la sua. Allora, trascinata da un fortissimo desiderio, lei gli restituí il bacio, stringendoselo al petto, e la sua resistenza crollò, come schiacciata da un peso troppo grave.

Tutto, intorno, era calmo. L'uccello ricominciò a cantare, lanciò prima tre note penetranti, che sembravano un richiamo d'amore, poi, dopo una breve pausa, cominciò con un canto piú debole modulazioni lentissime.

Scivolò un lieve soffio di vento, suscitando un mormorio di foglie, e tra la profondità dei rami passavano due ardenti sospiri che si fusero col canto dell'usignolo e col respiro leggero del bosco.

L'uccello era invaso da un'ebbrezza e il suo canto, aumentando a poco a poco, come un incendio che divampa, o una passione che ingigantisce, sembrava accompagnare un crepitio di baci sotto l'albero. Poi il delirio della sua gola si scatenò perdutamente. Aveva dei deliqui prolungati su una sola nota, e lunghi spasimi melodiosi.

Talvolta si riposava un po', emettendo solamente due o tre suoni leggeri che si interrompevano bruscamente con una nota acutissima. Oppure si lanciava in una corsa folle, fra uno zampillare di toni diversi, di fremiti, di sussulti, come un canto d'amore impetuoso, seguito da grida trionfali.

Ma tacque, sentendo sotto di sé un gemito cosí profondo da sembrare l'addio di un'anima. Il rumore si prolungò un poco e finí in un singhiozzo.

Erano molto pallidi tutti e due, quando lasciarono il loro letto di foglie. Il cielo turchino apparve loro oscurato; il sole ardente era spento per i loro occhi; si accorgevano della solitudine e del silenzio. Camminavano rapidamente fianco a fianco, senza parlarsi, senza toccarsi, perché pareva che fossero diventati nemici irriconciliabili, come se un disgusto si fosse levato tra i loro corpi, un odio tra le loro anime.

Ogni tanto, Henriette gridava: – Mamma!

Si sentí un tramestio dietro un cespuglio. Henri credette di vedere una sottana bianca abbassarsi, rapida, su un grosso polpaccio; e apparve l'enorme donnona, un po' confusa e ancor piú rossa, con gli occhi lucidissimi e il petto tempestoso, troppo vicina, forse, al suo compagno. Questi doveva aver visto qualcosa di veramente buffo, poiché il suo viso era attraversato, suo malgrado, da improvvise risate.

Madame Dufour lo prese a braccetto con aria tenera, e raggiunsero i canotti. Henri, che camminava avanti, sempre silenzioso accanto alla ragazza, credette di udire ad un tratto il rumore soffocato di un grosso bacio.

Finalmente ritornarono a Bezons.

Monsieur Dufour, tornato sobrio, era impaziente. Il ragazzo dai capelli gialli stava mangiando un boccone prima di lasciare la locanda. La carretta era attaccata nel cortile e la nonna, già montata, si stava disperando perché i dintorni di Parigi non erano sicuri e temeva che l'oscurità li sorprendesse per la strada.

Furono scambiate delle strette di mano e la famiglia Dufour se ne andò.

— Arrivederci, — gridavano i canottieri. Risposero un sospiro e una lacrima.

Due mesi dopo, passando per rue des Martyrs, Henri lesse su di una porta: *Dufour chincagliere.*

Entrò.

Il donnone traboccava dalla cassa. Si riconobbero subito e, dopo uno scambio di cortesie, il giovane chiese notizie:

— E Mademoiselle Henriette, come sta?

— Benissimo, grazie, si è sposata.

— Ah!...

Si sentí soffocato dall'emozione e aggiunse:

— E con chi?...

— Ma col giovanotto che ci accompagnava, ve lo ricordate, no? È lui che prenderà la successione della ditta.

— Ho capito.

Fece per andarsene molto triste, senza nemmeno sapere bene perché. Madame Dufour lo richiamò:

— E il vostro amico? — chiese timidamente.

— Ma, sta bene.

— Fategli i nostri saluti, intesi? e quando passerà da queste parti, ditegli di venirci a trovare...

Diventò molto rossa, poi aggiunse:

— Ditegli che mi farà molto piacere.

— Non mancherò. Addio!

— No... a presto!

L'anno dopo, una domenica che faceva molto caldo, i particolari di quell'avventura, che Henri non aveva mai dimenticato, gli tornarono in mente talmente chiari e desiderabili, che riandò solo nella loro camera nel bosco.

Entrando, rimase di stucco. Lei era là, seduta sull'erba con aria triste, mentre al suo fianco c'era il marito, il giovanotto coi capelli gialli, sempre in maniche di camicia, che dormiva coscienziosamente come una bestia.

Nel vedere Henri, la ragazza diventò cosí pallida che parve sul punto di svenire. Poi si misero a chiacchierare con naturalezza, proprio come se non ci fosse stato niente tra loro.

Ma, mentre lui le diceva che era molto affezionato a quel posto e che ci andava spesso a riposarsi, la domenica, rievocando tanti ricordi, la donna lo guardò a lungo negli occhi.

— Io ci penso tutte le sere, — disse.

— Su cara, — disse il marito sbadigliando, — credo che sia ora di andarcene.

2-9 aprile 1881.

Erano appena suonate le undici e gli impiegati, temendo l'arrivo del capo, si affrettavano a raggiungere i loro tavoli.

Ognuno gettava una rapida occhiata sulle carte portate durante la sua assenza poi, dopo aver cambiato la giacca o la redingote colla vecchia giacchetta da lavoro, se ne andava a trovare il suo vicino.

Ben presto furono in cinque nell'ufficio di Bonnenfant, archivista, e cominciarono la solita conversazione di ogni giorno. Monsieur Perdrix, commesso d'ordine, cercava degli incartamenti smarriti, mentre l'aspirante sottocapo, Monsieur Piston, ufficiale d'Accademia, fumava una sigaretta riscaldandosi le cosce con le mani. Il vecchio spedizioniere, compare Grappe, offriva in giro la solita presa di tabacco, e Monsieur Rade, giornalista burocrate, scettico, ironico e ribelle, con una vocetta da grillo, lo sguardo maligno, i gesti bruschi, si divertiva a scandalizzare i colleghi.

— Che c'è di nuovo stamane? — chiese Bonnenfant.

— In fede mia, niente davvero, — rispose Monsieur Piston; — i giornali sono sempre pieni di notizie sulla Russia e sull'assassinio dello zar.

Il commesso d'ordine, Monsieur Perdrix, alzò il capo e affermò in tono convinto:

— Auguro ogni bene al suo successore, ma non scambierei il mio posto con il suo.

Rade si mise a ridere:

— Neppure lui! — disse.

Il vecchio Grappe prese la parola e chiese con voce lamentosa:

— Come andrà a finire questa storia?

Rade lo interruppe:

— Ma non finirà mai, caro Grappe. Siamo soltanto noi che finiamo. Da quando ci sono i re, ci sono dei regicidi.

Allora Bonnenfant intervenne:

— Spiegatemi, dunque, Monsieur Rade perché son presi di mira sempre i buoni piuttosto che i cattivi. Enrico IV il Grande fu assassinato, mentre Luigi XV morí nel suo letto. Il nostro re Luigi Filippo è stato il bersaglio degli attentatori per tutta la vita, e, a quanto si dice, lo zar Alessandro era un brav'uomo. Non è stato lui che ha emancipato i servi della gleba?

Rade alzò le spalle e disse:

— E, ultimamente, non hanno ammazzato un capufficio?

Il vecchio Grappe, che dimenticava le cose da un giorno all'altro, esclamò:

— Hanno ammazzato un capufficio?

L'aspirante sottocapo, Piston, disse:

— Ma sí, lo sapete, per la faccenda delle ostriche.

Ma compare Grappe se ne era dimenticato:

— No, non mi ricordo.

Rade gli ricordò i fatti:

— Su, papà Grappe, non vi ricordate che un impiegato, che del resto fu assolto, volle un giorno andare a comprare delle ostriche per il desinare? Il capo glielo proibí; l'impiegato insisté, il capo gli ordinò di tacere e di non uscire; l'impiegato si ribellò e prese il cappello; il capo si buttò su di lui e l'impiegato, dibattendosi, ficcò nel petto del suo superiore le forbici regolamentari. Una vera fine da burocrate, perdinci!

— Ci sarebbe da discutere, — sentenziò Bonnenfant. — L'autorità ha dei limiti; un superiore non ha il diritto di regolare il mio pranzo e di presiedere al mio appetito. Il mio lavoro gli appartiene, ma non il mio stomaco. Il caso è doloroso, è vero, ma ci sarebbe da discutere.

L'aspirante sottocapo, Piston, esasperato, esclamò:

— Io sostengo che un capo deve essere padrone nel suo ufficio, come un capitano a bordo della sua nave; l'autorità è indivisibile, senza di che, non è possibile il servizio. L'autorità del capufficio viene dal governo: egli rappresenta lo Stato nell'ufficio e il suo diritto di comandare è assoluto e indiscutibile.

Bonnenfant si accalorava anche lui. Rade li calmò:

— Ecco quel che mi aspettavo, — disse. — Una parola di piú e Bonnenfant avrebbe affondato il tagliacarte nel ventre di Piston. Succede la stessa cosa con i re. I principi hanno un concetto della autorità che non è quello dei popoli. È sempre la faccenda delle ostriche «Io voglio mangiare delle ostriche!» «Tu non ne mangerai!» «Sí». «No!» «Sí!» «No!» E questo basta, a volte, a provocare la morte di un uomo o la morte di un re.

Ma Perdrix ritornò alla sua idea:

— Dite quel che volete, – disse, – ma il mestiere di sovrano non

è piacevole, al giorno d'oggi. Vero è che il nostro non è molto meglio. E, del resto, anche essere pompiere non è una cosa allegra!

Piston, calmatosi, riprese:

— I pompieri francesi sono una delle glorie del paese!

Rade approvò:

— I pompieri, sí, ma le pompe no.

Piston difese le pompe e l'organizzazione, aggiungendo:

— D'altronde, si sta studiando il problema; l'attenzione è stata
risvegliata; uomini competenti se ne stanno occupando; tra poco
avremo mezzi adeguati alle necessità.

Ma Rade scuoteva il capo.

— Voi credete? Ah! Voi credete? Ebbene vi sbagliate, signore,
nulla cambierà. In Francia i sistemi non si cambiano. Il sistema
americano consiste nell'avere acqua, molta acqua, fiumi d'acqua;
ma guarda che bravura, arrestare gli incendi con l'oceano a disposizione! In Francia, invece, si lascia tutto all'iniziativa, all'intelligenza, all'invenzione; niente acqua, niente pompe, soltanto dei
pompieri, e il sistema francese consiste nel fare arrostire i pompieri. Quei poveri diavoli, che sono degli eroi, spengono gli incendi a colpi d'ascia! Pensate dunque, quale superiorità sull'America!... Poi, quando se ne è lasciato arrostire qualcuno, se ne parla
al consiglio municipale, parla il colonnello, parlano i deputati, si
discute sui due sistemi: quello dell'acqua e quello dell'iniziativa.
E una personalità qualunque pronunzia sulla tomba delle vittime:

Non addio, pompieri, ma arrivederci (bis).

— Ecco, signore, come si agisce in Francia.

Ma il vecchio Grappe, che dimenticava i discorsi mano a mano
che la conversazione procedeva, chiese:

— Ma dove ho letto quel verso che avete detto:

Non addio, pompieri, ma arrivederci...

— In Béranger, — rispose con gravità Rade.

Bonnenfant, perduto nelle sue riflessioni, sospirò:

— Però che catastrofe l'incendio del Printemps!

Rade riprese:

— Ora che se ne può parlare freddamente (senza far dello spirito), abbiamo il diritto, penso, di criticare un po' l'eloquenza del
direttore di quello stabilimento. Un uomo di cuore, dicono, non ne
dubito; abile commerciante, è evidente; ma oratore, lo escludo.

— Perché? — chiese Perdrix.

— Perché se lo spaventoso disastro che lo ha colpito non avesse attirato su di lui la commiserazione di tutti, ci sarebbe stato davvero da ridere di quel discorso lapalissiano col quale calmò i timori dei suoi dipendenti: «Signori», disse loro piú o meno, «voi non sapete come farete a mangiare domani? Neanche io! Oh! io sono davvero da compiangere, credetemi. Fortunatamente ho degli amici. Ce n'è uno che mi ha prestato dieci centesimi per comprare un sigaro (in simili casi non si fumano gli Avana), un altro ha messo a mia disposizione un franco e settantacinque per prendere una carrozza, un terzo, piú ricco, mi ha prestato venticinque franchi per comprarmi una giacca alla Belle Jardinière.

— «Sí, io, il direttore del Printemps, sono andato alla Belle Jardinière! Ho potuto avere da un altro quindici centesimi per un'altra cosa, e, dato che non avevo piú nemmeno un ombrello, ne ho comprato uno da pioggia e da sole in alpagà da cinque franchi e venticinque, grazie ad un quinto prestito. Poi siccome mi s'era bruciato anche il cappello, e non volevo fare piú debiti, ho raccolto il casco di un pompiere... eccolo là, guardate. Seguite il mio esempio, se avete degli amici, rivolgetevi alla loro benevolenza... Quanto a me, lo vedete, poveri ragazzi miei, sono indebitato fino al collo!»

— Ora uno dei suoi impiegati avrebbe potuto rispondergli:

— «Cosa dimostrate con tutto questo, padrone? Tre cose: 1) che non avevate denaro in tasca. Mi capita la stessa cosa, quando dimentico il portafogli. Non prova però che non abbiate palazzi, valori, proprietà, assicurazioni; 2) prova che avete credito presso i vostri amici: tanto meglio, approfittatene; 3) prova, infine, che siete molto sfortunato. Eh! perbacco, lo sappiamo, e ce ne dispiace sinceramente. Ma questo non migliora affatto la nostra situazione. Ce la raccontate davvero bella con quel vostro abbigliamento da quattro soldi!»

Stavolta nell'ufficio tutti furono d'accordo. Bonnenfant aggiunse in tono scherzoso:

— Avrei voluto vederle tutte le ragazze del magazzino scappare in camicia.

Rade continuò:

— Non mi fido di questi dormitori di vestali che stavano per finire arrostite (come l'anno passato i cavalli della Compagnia delle Corriere, nelle scuderie). Se proprio si volesse rinchiudere qualcuno, sono gli addetti alle lampade che andrebbero tenuti sotto chiave; ma le povere ragazze del reparto biancheria, no davvero! Un direttore, che diamine! non può essere responsabile di tutti i capitali che si trovano sotto il suo tetto! È vero che quelli degli impiegati hanno preso fuoco insieme alla cassa: speriamo che almeno quelli delle ragazze siano salvi! Ma quel che piú mi ha colpito è il corno per chiamare gli impiegati! Oh! che quinto atto! Ve li immaginate, quei lunghi corridoi pieni di fumo con il lampeggiare delle fiamme, il tumulto della fuga, il terrore di tutti, mentre, ritto sul pianerottolo centrale, in ciabatte e mutandoni, a pieni polmoni suona un moderno Hernani, un Orlando all'ultima moda!

Allora l'impiegato d'ordine Perdrix sentenziò d'un tratto:

– Certo è che viviamo in uno strano secolo, un'epoca tormentata – anche quella storia di rue Duphot...

Ma l'usciere socchiuse all'improvviso la porta:

– È arrivato il direttore, signori.

Allora, in un attimo, tutti scapparono, filarono, disparvero, come se anche il ministero stesse andando a fuoco.

21 marzo 1881.

STORIA D'UN CANE

Tutta la stampa ha risposto ultimamente all'appello della Società protettrice degli animali, che vuole fondare un *Asilo* per le bestie. Si tratterebbe d'una specie d'ospizio, d'un rifugio dove i poveri cani senza padrone troverebbero vitto e alloggio, invece del nodo scorsoio che l'amministrazione riserva loro.

I giornali, a questo proposito, hanno ricordato la fedeltà delle bestie, la loro intelligenza, la loro devozione. Hanno citato esempi di sagacia straordinari. Anch'io, a mia volta, voglio raccontare la storia d'un cane randagio, proprio d'un cane comune, brutto, di modi sgraziati. Questa storia, semplicissima, è vera dal principio alla fine.

Nella periferia di Parigi, sulle rive della Senna, vive una famiglia di ricchi borghesi. Hanno un palazzo elegante, un gran giardino, cavalli e carrozze, e numerosi domestici. Il cocchiere si chiama François. È un ragazzone di campagna, mezzo scemo, un po' rozzo, grossolano, ottuso, ma buon figliuolo.

Una sera, ritornando verso la casa dei padroni, un cane si mise a seguirlo. Sul principio non vi badò, ma l'insistenza della bestia nel seguirlo passo passo lo fece volgere indietro. Guardò il cane per vedere se per caso lo conoscesse: ma no, non l'aveva mai visto.

Era una cagna d'una magrezza spaventosa, con grandi mammelle penzolanti. Gli trotterellava dietro con aria lamentosa e affamata, con la coda stretta fra le zampe, le orecchie incollate alla testa; e si fermava quando lui si fermava, ripartiva quando lui ripartiva.

François volle scacciare quell'animale scheletrico, e gridò: – Vattene, scappa, uh! uh! – La cagna s'allontanò di due o tre passi, e si accucciò sul sedere aspettando; poi, non appena il cocchiere riprese a camminare, ricominciò a seguirlo.

Il ragazzo fece le viste di raccoglier dei sassi. L'animale fuggí un po' piú lontano sballottando le mammelle flaccide; ma come l'uomo volse le spalle tornò a seguirlo. Il cocchiere allora lo chiamò. La cagna s'avvicinò timidamente, con la schiena curva ad arco e la pelle tesa sopra le costole. L'uomo accarezzò quelle ossa sporgenti, e mosso a pietà di quella misera bestia disse: — Andiamo, vieni! — Subito la cagna scodinzolò, sentendosi accolta, adottata, e invece di restare alle calcagna del padrone che si era scelto, cominciò a corrergli davanti.

François le fece posto sulla paglia della stalla, poi corse in cucina a cercare un po' di pane. Quando ebbe mangiato a sazietà, la cagna s'addormentò acciambellata.

L'indomani i padroni, avvertiti dal cocchiere, gli permisero di tenersi l'animale. Tuttavia la presenza di quella bestia in casa divenne ben presto causa di fastidi incessanti. Era certamente la piú svergognata delle cagne; e dal principio alla fine dell'anno, i pretendenti a quattro zampe assediavano la sua dimora. Vagavano per la strada, davanti alla porta, s'introducevano in tutte le fessure della siepe che circondava il giardino, devastavano le aiuole, strappavano i fiori, scavavano buche nei cespugli, esasperavano il giardiniere. Giorno e notte era un concerto di urli e di battaglie senza fine.

Perfino sulle scale i padroni incontravano o piccoli bastardi dalla coda impennacchiata, cani gialli, vagabondi delle strade che vivono di rifiuti, o enormi terranova dal pelo riccio, o barboncini baffuti, insomma tutti gli esemplari della razza canina.

La cagna, che François, senza malizia, aveva chiamato «Cocote» (e meritava quel nome), riceveva imparzialmente tutti gli omaggi, e con una fecondità veramente fenomenale dava alla luce una moltitudine di cagnolini d'ogni razza conosciuta. Ogni quattro mesi il cocchiere andava al fiume ad annegare una mezza dozzina di quegli esseri brulicanti, che già pigolavano e assomigliavano a tanti rospi.

Ora Cocote era diventata enorme. Quanto era stata magra prima, tanto ora s'era fatta obesa, con un ventre gonfio sotto cui pendevano sempre le lunghe mammelle ciondolanti. Era ingrassata di colpo, in pochi giorni; e camminava a fatica, con le zampe divaricate, come le persone troppo grosse, la bocca aperta per ansare, e subito estenuata dopo dieci minuti di cammino.

Il cocchiere François diceva di lei: — È una buona bestia, non c'è che dire; ma certo è sregolata.

Il giardiniere si lamentava ogni giorno. La cuoca fece altrettanto. Trovava cani nel forno, sotto le sedie, nel ripostiglio del carbone, pronti a rubare tutto ciò che trovavano.

Il padrone ordinò a François di sbarazzarsi di Cocote. Il dome-stico disperato pianse, ma dovette obbedire. Offrí la cagna a tutti. Nessuno la volle. Cercò di perderla, ma la bestia tornò. Un viag-giatore di commercio la mise nel baule della sua vettura per ab-bandonarla in una città lontana. La cagna ritrovò la strada, e nono-stante il ventre cadente, certo senza aver mai mangiato, il giorno dopo fu di ritorno; e andò tranquilla ad accucciarsi nella sua scu-deria.

Questa volta il padrone s'arrabbiò, e, chiamato François, gli gridò con collera: — Se non scaraventate in acqua quella bestia prima di domani, vi metto alla porta, capito?

L'uomo rimase sconvolto; adorava Cocote. Risalí in camera sua, sedette sul letto, poi preparò la valigia per andarsene. Ma pensò che gli sarebbe stato impossibile trovare un altro posto, per-ché nessuno avrebbe voluto saperne di lui se si trascinava dietro quella cagna, sempre seguita da un reggimento di cani. Dunque, doveva disfarsene. Non poteva darla a nessuno; non riusciva a smarrirla; il fiume era il solo mezzo. Pensò allora di dare venti sol-di a qualcuno perché s'occupasse dell'esecuzione. Ma, a quel pen-siero, provò un dolore acuto; gli venne in mente che un altro forse l'avrebbe fatta soffrire, l'avrebbe picchiata durante il tragitto, le avrebbe resi duri gli ultimi istanti, le avrebbe lasciato capire di vo-lerla ammazzare, perché capiva tutto, quella bestia! E decise di fare da sé.

Non chiuse occhio. S'alzò all'alba, e munito d'una robusta cor-da andò a cercare Cocote. Essa s'alzò svelta, si scrollò, si stirò le membra e andò a fare le feste al padrone.

Allora François sedette, la prese sulle ginocchia e l'accarezzò a lungo baciandola sul muso; poi, alzandosi, le disse: — Vieni —. La bestia scodinzolò, comprendendo che stavano per uscire.

Raggiunsero la sponda del fiume, ed egli scelse il punto in cui l'acqua pareva profonda.

Allora legò un capo della corda al collo della bestia, raccolse una grossa pietra e la legò all'altro capo. Quindi prese in braccio la cagna e la baciò furiosamente, come una persona che si è sul punto d'abbandonare. Se la stringeva al petto, la cullava; e quella si lasciava fare, mugolando di soddisfazione.

Dieci volte provò a gettarla; ogni volta gliene mancò la forza. Ma all'improvviso si decise, e la gettò con tutte le sue forze il piú lontano possibile. La bestia restò a galla un istante, dibattendosi, cercando di nuotare come usava quando le facevano fare il bagno: ma la pietra la trascinava al fondo; ebbe uno sguardo d'angoscia, la testa scomparve per prima mentre le zampe posteriori, fuori dell'acqua, s'agitavano ancora. Poi, alcune bolle d'aria apparvero in superficie. A François pareva di vedere la sua cagna torcersi nella melma del fiume.

Fu sul punto di perdere la ragione, e stette malato un mese, ossessionato dal ricordo di Cocote che gli sembrava di sentire continuamente abbaiare.

L'aveva annegata verso la fine d'aprile. Solo molto tempo dopo egli ritrovò la sua tranquillità. Alla fine non ci pensava quasi piú, quando, verso la metà di giugno, i padroni partirono e lo condussero nei dintorni di Rouen dove andavano a trascorrere l'estate.

Un mattino che faceva un gran caldo François uscí per fare un bagno nella Senna. Mentre entrava in acqua, un odore nauseabondo gli fece dare un'occhiata attorno, e fra i canneti scorse una carogna, il corpo d'un cane in putrefazione. S'avvicinò, sorpreso dal colore del pelo. Una corda marcita gli stringeva ancora il collo. Era la sua cagna, Cocote, che la corrente aveva trasportato a sessanta leghe da Parigi.

Rimase lí impalato, con l'acqua fino alle ginocchia, smarrito, sconvolto come davanti a un miracolo, come di fronte a un'apparizione vendicatrice. Si rivestí in fretta, e in preda a una folle paura si mise a camminare a caso, davanti a sé, con la testa stordita. Errò cosí tutto il giorno, e la sera dovette chiedere la strada, che non ritrovava piú. Da allora non ha piú osato toccare un cane.

Questa storia ha un solo merito: è vera, interamente vera. Senza lo strano incontro col cane morto, dopo sei settimane, e a sessanta leghe di distanza, non l'avrei certamente ricordata: se ne vedono tante, tutti i giorni, di queste povere bestie senza dimora!

Se il progetto della Società protettrice degli animali sarà realizzato, forse incontreremo meno cadaveri a quattro zampe arenati sulle sponde del fiume.

2 giugno 1881.

Esiste sentimento piú acuto della curiosità nella donna? Oh! Sapere, conoscere, toccare quel che ha sognato! Cosa non farebbe per questo? Quando la sua impaziente curiosità si ridesta, una donna commette tutte le follie, qualsiasi imprudenza, non indietreggia davanti a nessun pericolo. Parlo di donne veramente donne, dotate di quell'animo a triplo fondo che sembra, in superficie, ragionevole e freddo, ma i cui tre scompartimenti segreti sono pieni: il primo, di femminile inquietudine sempre in fermento; il secondo, di astuzia travestita da buona fede, un'astuzia da bigotti, sofistica e perniciosa; l'ultimo, d'incantevole sfrontatezza, di falsità squisita, di deliziosa perfidia, di tutte quelle qualità perverse che spingono al suicidio gli amanti stupidamente creduli, ma affascinano gli altri.

Quella di cui voglio narrarvi l'avventura era una piccola provinciale, rimasta fino allora insulsamente onesta. La sua vita, in apparenza calma, trascorreva in casa, tra un marito occupatissimo e due figli che allevava da donna irreprensibile. Ma il suo cuore, assetato d'ignoto, fremeva di curiosità insoddisfatte. Col pensiero rivolto senza tregua a Parigi, si nutriva avidamente di cronache mondane. I racconti delle feste, delle tolette, dei divertimenti facevano turbinare i suoi desideri; ma soprattutto la turbavano misteriosamente quegli echi colmi di sottintesi, quei veli sollevati a mezzo da frasi abili, che le lasciavano intravedere orizzonti di gioie colpevoli e devastatrici.

Di laggiú, scorgeva Parigi in un'apoteosi di lusso magnifico e corrotto.

E durante le lunghe notti di sogno, cullata dal russare monotono del marito che le dormiva al fianco, supino, con un fazzoletto intorno al cranio, pensava a quegli uomini celebri, i cui nomi apparivano nella prima pagina dei giornali come grandi stelle in un cielo cupo; e si figurava la loro vita turbinosa, tra continui stravizi, antiche orgie spaventosamente voluttuose, e complicate sensualità tanto raffinate da non riuscire nemmeno a immaginarsele.

I boulevards le apparivano come voragini di passioni umane; e certo ogni loro casa nascondeva i misteri di un prodigioso amore.

Intanto si sentiva invecchiare. Stava invecchiando senza aver conosciuto niente della vita, se non quelle occupazioni monotone e banali, in cui consistono, dicono, le gioie del focolare. Era ancora carina, conservata in quella esistenza tranquilla come un frutto d'inverno in un armadio chiuso, ma rosa, devastata, sconvolta da segreti ardori. Si domandava se sarebbe morta senza aver conosciuto quelle ebbrezze infernali, senza essersi tuffata una volta, una volta sola, nel gorgo delle voluttà parigine.

Con lunga perseveranza, preparò un viaggio a Parigi, inventò un pretesto, si fece invitare da certi parenti e, poiché il marito non poteva accompagnarla, partí sola.

Appena arrivata, seppe inventare altre scuse che le permettessero all'occorrenza di assentarsi due giorni o piuttosto due notti, se necessario: aveva incontrato, disse, certi amici che abitavano in campagna, nei dintorni.

E si mise in cerca. Percorse i boulevards senza scoprire nulla, se non il vizio girovago e schedato. Sondò con lo sguardo i grandi caffè, lesse attentamente la piccola posta del «Figaro», che le risuonava dentro ogni mattina come una campana a stormo, come un richiamo d'amore.

Ma niente la metteva sulle tracce di quelle grandi orge di artisti e di attrici; nulla le rivelava quei templi d'ogni depravazione che immaginava chiusi da una parola magica, come la caverna delle *Mille e una notte*, e le catacombe di Roma dove si celebravano segretamente i misteri d'una religione perseguitata.

I suoi parenti, piccoli borghesi, non erano in grado di farle conoscere nessuno di quegli uomini in vista, i cui nomi le ronzavano nel cervello; e, disperata, già pensava di tornarsene a casa, quando il caso le venne in aiuto.

Un giorno, mentre percorreva rue de la Chaussée-d'Antin, si fermò ad ammirare la vetrina di un negozio pieno di quei gingilli giapponesi cosí colorati da comunicare agli occhi una specie di allegria. Stava guardando attentamente i piccoli avori grotteschi, i grandi vasi dagli smalti fiammanti, i bronzi bizzarri, quando udí, nell'interno della bottega, il padrone che, con infinite riverenze, mostrava a un ometto grosso, calvo, e dal mento grigio, un enorme idolo panciuto di porcellana cinese, un pezzo unico, diceva.

E, a ogni frase del negoziante, il nome del collezionista, un nome celebre, risuonava come uno squillo di tromba. Gli altri clienti,

donne giovani, signori eleganti, contemplavano, con sguardi furti-
vi e rapidi, sguardi beneducati e manifestamente rispettosi, lo scrittore di grido che, quanto a lui, guardava con passione l'idolo di
porcellana. Erano, l'uno e l'altro, ugualmente brutti, brutti come
due fratelli usciti dallo stesso ventre.

Il mercante diceva: – Per voi, Monsieur Jean Varin, lo lascio
a mille franchi: proprio quanto mi costa. Sarebbero millecinquecento per chiunque altro; ma tengo alla mia clientela di artisti e le
faccio prezzi speciali. Vengono tutti da me, Monsieur Varin. Ieri,
Monsieur Busnach mi ha comprato una grande coppa antica. L'altro giorno, ho venduto una coppia di candelieri uguali a questi
(belli, che ve ne pare?) a Monsieur Alexandre Dumas. Ecco: quel
pezzo che avete in mano, se lo vedesse Monsieur Zola, sarebbe bel-
l'e venduto, Monsieur Varin.

Molto perplesso, lo scrittore esitava, invogliato dall'oggetto,
ma preoccupato dal prezzo, e non si curava delle occhiate altrui,
come se fosse stato solo in mezzo a un deserto.

La provinciale era entrata tremante, fissandolo sfrontatamente
e senza nemmeno chiedersi se fosse bello, elegante o giovane. Era
Jean Varin in carne e ossa, Jean Varin!

Dopo una lunga lotta con se stesso, una dolorosa esitazione, lo
scrittore tornò a posare l'oggetto sul banco, dicendo: – No, è troppo caro.

Il venditore raddoppiava l'eloquenza. – Che dite mai, Monsieur Jean Varin! Troppo caro? Ma, come niente, vale duemila
franchi.

– Non lo nego; ma è troppo caro per me, – replicò tristemente
il letterato, continuando a fissare il pupazzo dagli occhi di smalto.

Allora lei, presa da folle audacia, si fece avanti: – Quanto costa, per me, questo fantoccio?

Sorpreso, il mercante replicò:
– Millecinquecento, signora.
– Lo prendo.

Lo scrittore, che fino a quel momento non l'aveva nemmeno veduta, si voltò bruscamente e la guardò dalla testa ai piedi, osser-
vandola bene, con gli occhi un po' socchiusi. Poi, da conoscitore,
ne esaminò i particolari.

Era deliziosa, così animata, illuminata all'improvviso da quella
fiamma che, fino a poco prima, dormiva in lei. E poi, una donna
che acquista un soprammobile da millecinquecento franchi non è
la prima venuta.

Lei ebbe allora un gesto di squisita delicatezza; e volgendosi verso di lui: – Perdonate, signore, – disse con voce tremante, – sono stata certo un po' precipitosa; forse non avevate detta l'ultima parola.

E lui, inchinandosi: – L'avevo detta, signora.

Ma lei, tutta emozionata: – In ogni modo, signore, se oggi o domani doveste cambiar parere, quest'oggetto è vostro. Non l'ho comprato che perché vi è piaciuto.

Visibilmente lusingato, sorrise: – Come mai mi conoscevate? – domandò.

Allora ella gli disse quanto lo ammirava, gli citò le sue opere, fu addirittura eloquente.

Per parlare con lei, Varin si era appoggiato col gomito a un mobile e, frugandola con occhi acuti, cercava d'indovinare che tipo di donna fosse.

Di tanto in tanto, il mercante, felice di avere là quella réclame vivente, essendo entrati nuovi avventori, gridava dall'altro capo del negozio: – Ecco, guardate un po' questo, Monsieur Jean Varin: non è bello? – Allora tutte le teste si voltavano e lei rabbrividiva dal piacere di essere vista cosí, mentre chiacchierava intimamente con una celebrità.

Infine, inebriata, ebbe un'audacia suprema, come i prodi che vanno all'assalto. – Signore, – disse, – fatemi un grande, un immenso favore. Permettetemi di offrirvi questo idolo come ricordo di una donna che vi ammira con passione e che avrete vista per dieci minuti.

Rifiutò. E lei a insistere. Varin resistette, divertendosi un mondo, ridendo di cuore.

E lei, ostinata: – Ebbene! Lo porterò subito a casa vostra; dove abitate?

Rifiutò di darle il suo indirizzo; ma lei lo domandò al negoziante e, saputolo, pagò l'acquisto e scappò a prendere una vettura di piazza. Lo scrittore, non volendo esporsi ad accettare un regalo di cui non sapeva nemmeno chi ringraziare, le corse dietro. La raggiunse mentre saltava in carrozza, prese lo slancio e, traballando perché la vettura già si metteva in moto, le cascò quasi addosso. Poi, molto seccato, sedette al fianco di lei.

Ebbe un bel pregarla; la donna non sentiva ragioni ma, mentre arrivavano davanti alla porta, venne finalmente a patti: – Acconsentirò, – disse, – a non lasciarvi l'oggetto, se eseguirete quest'oggi tutte le mie volontà.

La cosa gli sembrò tanto buffa che accettò.

Lei domandò: – Cosa fate di solito a quest'ora?

E lui, dopo un po' di esitazione: – Vado a passeggio, – rispose.

Allora lei con voce risoluta comandò: – Al Bois!

La carrozza si avviò verso il Bois de Boulogne.

Gli toccò dirle il nome di tutte le donne note, specialmente di quelle «impure», con tutti i particolari intimi sulla loro persona, la loro vita, le abitudini, la casa, i vizi.

Scendeva la sera: – Che cosa fate tutti i giorni a quest'ora?

Le rispose ridendo: – Prendo un assenzio.

Allora lei gravemente: – Quand'è cosí, signore, andiamo a prendere un assenzio.

Andarono in un grande caffè sul boulevard, un caffè ch'egli era solito frequentare e dove incontrò altri scrittori. Glieli presentò tutti. La donna era pazza di gioia. E senza tregua le risuonava in mente una parola: – Finalmente, finalmente!

Il tempo passava e lei domandò: – È ora di pranzo, per voi?

Rispose: – Sí, signora.

– Allora, andiamo a pranzo.

Uscendo dal caffè Bignon: – E di sera che fate? – gli domandò.

La guardò insistentemente: – Dipende; a volte vado a teatro.

– Ebbene, andiamo a teatro.

Grazie a lui, entrarono al Vaudeville con ingresso di favore e, gloria suprema, la donna fu vista da tutto il teatro, in poltrona di proscenio, al suo fianco.

Finito lo spettacolo, lo scrittore le baciò galantemente la mano:

– Signora, non mi resta che ringraziarvi della deliziosa giornata...

– Lo interruppe: – A quest'ora, che fate tutte le notti?

– Ma... ma... torno a casa.

E lei, con un trepido riso:

– Ebbene... andiamo a casa.

Non parlarono piú. Di tanto in tanto la donna rabbrividiva, tutta scossa dalla testa ai piedi, con una gran voglia di fuggire e una gran voglia di restare, ma soprattutto, proprio in fondo al cuore, la ferma volontà di andare fino in fondo.

Salí le scale aggrappandosi alla ringhiera, tanto si sentiva turbata; e lui la precedeva, ansimando, accendendo un grosso cerino dietro l'altro.

Appena fu nella camera, la donna, spogliatasi in fretta, s'infilò nel letto senza pronunciar parola; e attese, accucciata contro la parete.

Ma era semplice, lei, come può esserlo la legittima sposa di un notaio di provincia, e lui, piú esigente di un pascià a tre code. Non s'intesero, non s'intesero affatto.

Allora lui si addormentò. La notte trascorse turbata solo dal ticchettio dell'orologio a pendolo, e lei, immobile, pensava alle notti coniugali; e, alla luce giallastra di una lanterna cinese, guardava desolata, al suo fianco, quell'ometto supino, tutto tondo, il cui pancione sporgente sollevava il lenzuolo come un pallone gonfiato d'aria. Russava con un frastuono da canne d'organo, bofonchii prolungati, comici strangolamenti. I suoi venti capelli approfittavano di quel riposo per arruffarsi a modo loro, stanchi d'essere rimasti appiccicati a lungo su quel cranio nudo a velarne la devastazione. E un filo di saliva colava dall'angolo della bocca semiaperta.

Finalmente l'aurora fece filtrare un po' di luce tra le tende chiuse. La donna si alzò, si vestí senza rumore, e già stava aprendo la porta, quando la serratura stridette e lui si svegliò stropicciandosi gli occhi.

Restò qualche secondo senza riprendere completamente i sensi, poi, quando gli fu tornata in mente tutta l'avventura, balbettò:
– E cosí, ve ne andate?

Ritta in piedi, confusa, la donna balbettò: – Ma sí, è mattina.

Allora lui, seduto nel letto: – Ebbene, – disse, – anch'io ho da chiedervi una cosa.

Non udendo risposta, riprese: – È da ieri che mi fate cascar dalle nuvole. Siate franca, confessatemi il perché di tutto questo; non ci capisco nulla.

Ella si avvicinò lentamente, arrossendo come una vergine. – Ho voluto conoscere... il... il vizio... ebbene... ebbene, non è mica divertente.

E scappò, scese le scale, si precipitò nella via.

L'armata degli scopini spazzava. Spazzavano i marciapiedi, il selciato, spingendo nel rigagnolo tutte le immondizie. Con lo stesso movimento regolare, quello dei falciatori in un prato, respingevano il fango, a semicerchio davanti a loro. E di strada in strada, la donna li ritrovava come fantocci meccanici, che camminavano automaticamente, mossi da una eguale molla.

E le sembrava che anche dentro di lei avessero spazzato via qualche cosa, da spingere nel rigagnolo, nella fogna: i suoi sogni esaltati.

Tornò a casa ansimante, gelata, serbando in mente solo la sensazione di quel movimento di scope che ripulivano Parigi al mattino.

E appena si trovò nella sua camera, scoppiò in singhiozzi.

22 dicembre 1881.

I.

Andavano là, ogni sera, verso le undici, come al caffè: né piú né meno.

Si ritrovavano in cinque o sei, sempre gli stessi, non gente che fa baldoria, ma persone onorate, commercianti, giovanotti della città; centellinavano un bicchierino di chertreuse molestando un tantino quelle donne, oppure chiacchieravano seriamente con *Madame*, rispettata da tutti.

Poi se ne tornavano a casa, per coricarsi prima di mezzanotte. A volte, i giovanotti restavano.

Era una casa come tutte le altre, molto piccola, dipinta di giallo, sull'angolo di una via dietro la chiesa di Saint-Etienne; e, dalle finestre, si scorgeva il bacino, pieno di navi che deponevano il carico, la grande salina detta «la Retenue» e, dietro a questa, la costa della Vergine con la vecchia cappella tutta grigia.

Madame, nata da una buona famiglia contadina del dipartimento dell'Eure, aveva accettato quella professione proprio come si sarebbe messa a fare la modista o camiciaia. Il pregiudizio che collega il disonore alla prostituzione, cosí vivo e radicato nelle città, non esiste nella campagna normanna. – È un buon mestiere, – dice il contadino: e manda la figliuola a far la tenutaria d'un harem di donnine allegre come la manderebbe a dirigere un convitto per signorine.

Questa casa, del resto, rappresentava l'eredità di un vecchio zio che ne era stato proprietario. *Monsieur* e *Madame*, un tempo albergatori nei pressi d'Yvetot, giudicando assai piú vantaggiosa per loro l'azienda di Fécamp, avevano liquidato immediatamente la locanda: e una bella mattina erano arrivati per prendere la direzione dell'impresa che andava in malora per mancanza di padroni.

Erano brava gente e subito si acquistarono l'affetto del personale e dei vicini.

Due anni dopo, Monsieur morí d'un colpo: costretto alla vita comoda e all'immobilità dalla nuova professione, era diventato assai grasso e la troppa salute lo aveva soffocato.

Madame, da quando era rimasta vedova, veniva corteggiata invano da tutti i clienti abituali della casa; ma aveva fama di donna assolutamente seria e perfino le sue pensionanti non erano mai riuscite a dire nulla contro di lei.

Era alta, bene in carne, belloccia. La sua carnagione resa pallida dall'oscurità di quella dimora sempre chiusa, riluceva come sotto una patina di grasso. Una sottile frangia di lievi riccioletti finti le circondava la fronte, dandole un tono giovanile in contrasto con le sue forme mature. Invariabilmente gaia e di viso aperto, scherzava volentieri, con una sfumatura di ritegno che le nuove occupazioni non erano ancora riuscite a farle perdere. Le parolacce la scandalizzavano sempre un poco; e quando qualche ragazzo maleducato chiamava col suo nome esatto lo stabilimento diretto da lei, si ribellava, disgustata. Aveva insomma un animo delicato, e pur trattando da amiche le sue donne, ripeteva volentieri che «non erano della stessa pasta».

A volte, durante la settimana, partiva in carrozza da nolo con una parte della brigata; andavano a folleggiare sull'erba lungo la riva del fiumicello che scorre in fondo al Valmont. Erano gite da fanciulle scappate di collegio, corse folli, giochi infantili, tutta una gioia da recluse inebriate dall'aria aperta. Sedute sul prato, mangiavano affettato, innaffiandolo con sidro, e tornavano al cader della notte deliziosamente stanche, pervase di dolce tenerezza; e in carrozza abbracciavano Madame come un'ottima madre, tutta mansuetudine e condiscendenza.

La casa aveva due entrate. Sull'angolo, si apriva, la sera, un caffeuccio equivoco per la gente del popolo e i marinai. Due delle persone incaricate del commercio speciale del luogo erano particolarmente addette ai bisogni di quella parte della clientela. Aiutate dal garzone, di nome Frédéric, un biondino imberbe ma forte come un bue, servivano mezzi litri di vino o boccali di birra sui tavolini di marmo zoppicanti e, con le braccia attorno al collo dei bevitori, sedute di traverso sulle loro ginocchia, li incitavano a prendere altre consumazioni.

Le altre tre dame (erano cinque in tutto) formavano una specie di aristocrazia, riservata ai frequentatori del primo piano, a meno tuttavia che giú ci fosse bisogno di loro e mancassero clienti al primo.

La sala di Giove, dove si riunivano i borghesi del luogo, era tappezzata di carta azzurra e adorna di un grande disegno raffigurante Leda distesa sotto un cigno. Vi si giungeva per una scala a chiocciola chiusa in basso da una porticina, d'umile aspetto, che

dava sulla strada, e su questa brillava tutta la notte, dietro una grata, un lanternino simile a quelli che in certe città accendono ancora
sotto le nicchie delle madonne.

Il casamento, umido e vecchio, odorava lievemente di muffa.
Di tanto in tanto, una zaffata d'acqua di Colonia passava pei corridoi, oppure una porta lasciata aperta in basso faceva esplodere in
tutta la casa, come uno scoppio di tuono, gli urlacci plebei degli
uomini seduti davanti ai tavolini del pianterreno, mentre sulle facce dei signori del primo spuntava una smorfia di disagio e di disgusto.

Madame, alla mano coi clienti suoi amici, non lasciava mai il
salotto e s'interessava ai pettegolezzi della città che le arrivavano
per mezzo loro. La sua conversazione posata era un diversivo dalle
chiacchiere sconclusionate delle tre donne, e quasi un riposo dopo
gli scherzi sboccati dei signori panciuti che si abbandonavano ogni
sera all'orgia onesta e mediocre di bere un bicchierino di liquore
in compagnia di quelle ragazze di tutti.

Le tre dame del primo piano si chiamavano Fernande, Raphaële e Rosa la Rosse.

Data la scarsità del personale, si era cercato che ognuna di loro
fosse come un campione, il riassunto di un tipo femminile, in modo che ogni consumatore potesse trovare realizzato in quel luogo,
almeno a un dipresso, il suo ideale.

Fernande rappresentava la *bella bionda*, opulenta quasi obesa,
molliccia: venuta dalla campagna, le lentiggini che le chiazzavano
la faccia si rifiutavano di scomparire, e la sua chioma stoppacciosa,
tagliata corta, chiara e scolorita, simile a canapa cardata, stentava
a coprirle il cranio.

Raphaële, una marsigliese, avanzo dei porti di mare, aveva l'indispensabile ruolo della *bella Ebrea*: magra, con gli zigomi sporgenti impiastricciati di rossetto. I capelli neri, lustrati con midollo
di bue, le formavano due tirabaci sulle tempie. Gli occhi sarebbero sembrati belli se una macchia non le avesse deturpato quello destro. Il naso arcuato ricadeva sulla mascella pronunciata in cui due
denti finti, in alto, spiccavano al confronto di quelli inferiori che,
invecchiando, avevano preso una tinta scura da legno antico.

Rosa la Rosse, una pallottola di carne tutta pancia su due gambette minuscole, cantava dalla mattina alla sera, alternando stro-
fette sboccate a canzoni sentimentali, faceva racconti interminabili
e insulsi, smetteva di parlare solo per mangiare e di mangiare solo
per parlare, sempre in moto e svelta come uno scoiattolo a dispetto del grasso e delle zampette sottili; e il suo riso, una cascatella

di gridi acuti, scoppiava senza posa, di qua, di là, in una camera, in soffitta, nel caffè, dovunque, a proposito di tutto e di niente.

Le due donne del pianterreno, Louise soprannominata Cocote, e Flora detta Balançoire [1] perché zoppicava un poco, l'una sempre travestita da *Libertà*, con una sciarpa tricolore, l'altra piú o meno da spagnola con zecchini di rame che le ballonzolavano tra i capelli color carota a ognuno dei suoi passi ineguali, rassomigliavano a due sguattere mascherate per carnevale. Simili a tutte le ragazze del popolo, non piú brutte di loro né piú belle, vere serve d'osteria, erano note nel porto col nomignolo di «due Pompe».

Tra queste cinque donne, regnava una pace gelosa, ma raramente turbata, grazie al conciliante saper fare di Madame e al suo inesauribile buonumore.

Lo stabilimento, l'unico della cittadina, era frequentato assiduamente. Madame aveva saputo imprimergli un tono cosí corretto, lei stessa si mostrava cosí cortese, cosí premurosa con tutti e il suo buon cuore era cosí noto, che la circondava una specie di rispetto. I clienti abituali facevano per lei sfoggio di cortesia, trionfavano se ottenevano da lei segni piú chiari di amicizia; e quando s'incontravano di giorno per i loro affari, si dicevano l'un l'altro: – A questa sera, dove sapete, – come avrebbero detto: – Al caffè, vero? dopo cena.

Insomma la casa Tellier rappresentava una vera risorsa ed era raro che qualcuno mancasse all'appuntamento quotidiano.

Ebbene: una sera, verso la fine di maggio, il primo arrivato, Monsieur Poulin, commerciante in legname ed ex sindaco, trovò chiusa la porta. Dietro la grata, non brillava il solito lanternino; nessun rumore usciva da quella dimora che sembrava morta. Bussò, prima piano, discretamente, poi piú forte; nessuno rispose. Allora, risalí la strada a brevi passi e, mentre sbucava sulla place du Marché, incontrò Monsieur Duvert, l'armatore, che si stava recando nel medesimo luogo; vi tornarono insieme senza miglior successo. Ma all'improvviso udirono scoppiare vicinissimo a loro un gran fracasso e, girato l'angolo, videro un assembramento di marinai inglesi e francesi che battevano i pugni contro gli sportelli chiusi del caffè.

I due bravi borghesi se la svignarono subito per non restare compromessi; ma li fermò un lieve «pss't pss't»: era Monsieur Tourneveau, il commerciante di baccalà che, avendoli riconosciuti, li chiamava. Lo informarono della novità e quello se ne addolorò

---

[1] [Altalena].

ancora di piú perché, ammogliato, padre di famiglia e sorvegliatissimo, non ci veniva che il sabato, *securitatis causa*, diceva lui, alludendo a una misura di polizia sanitaria di cui gli aveva rivelato il ripetersi periodico il suo amico, dottor Borde. Capitava proprio la sua sera e gli toccava restare a digiuno tutta la settimana.

I tre uomini, nel fare un ampio giro fino al porto, incontrarono lungo la strada il giovane Monsieur Philippe, figlio del banchiere, un frequentatore abituale, e Monsieur Pimpesse, esattore delle imposte. Allora tornarono tutti insieme per la strada «degli Ebrei», per tentare ancora una volta. Ma i marinai esasperati assediavano la casa, scagliando pietre, sbraitando; e i cinque clienti del primo piano, fatto dietro-front il piú presto possibile, presero a girellare per le vie.

Incontrarono anche Monsieur Dupuis, l'agente assicurativo, poi Monsieur Vasse, giudice del tribunale di commercio: e cominciò una lunga passeggiata che li condusse dapprima sulla gettata davanti al molo. Si misero a sedere là in fila sul parapetto di granito a guardare l'accavallarsi delle onde. Sulla loro cresta la spuma metteva nell'ombra bianchi bagliori, spenti appena comparsi, e il rumore monotono del mare che rompeva contro gli scogli si prolungava nella notte lungo tutta l'alta sponda rocciosa. Quando i melanconici passeggiatori furono rimasti là un po' di tempo, Monsieur Tourneveau dichiarò: – Non è mica allegro. – Certo che no, – soggiunse Monsieur Pimpesse; e ripresero lentamente il cammino.

Percorsa la via che domina la costa e viene chiamata «Sous-le-Bois», attraversando il ponte di tavole tornarono verso la Retenue, poi passarono accanto alla strada ferrata e sbucarono di nuovo sulla place du Marché, dove all'improvviso sorse un'accesa discussione tra l'esattore, Monsieur Pimpesse e il commerciante di pesce salato, Monsieur Tourneveau, a proposito di un fungo mangereccio che uno dei due affermava di aver trovato nei dintorni.

Avevano l'animo tanto inasprito dalla noia che forse, se non si fossero interposti gli altri, sarebbero venuti alle mani. Monsieur Pimpesse si allontanò furibondo; ecco nascere un nuovo alterco tra l'ex sindaco, Monsieur Poulin, e l'agente assicurativo, Monsieur Dupuis, a proposito dello stipendio dell'esattore e dei guadagni extra che poteva procurarsi. Piovevano frasi ingiuriose d'ambo le parti, quando si scatenò una tremenda tempesta di grida e la truppa dei marinai, stanchi di aspettare invano davanti a una porta chiusa, sbucò sulla piazza. Tenendosi a braccetto due per due in lunga processione, vociferavano furiosi. Il gruppo dei borghesi si nascose sotto un portico e l'orda scomparve urlando in direzione dell'abbazia. Ancora a lungo si udí il frastuono scemare come un uragano che si va allontanando; e tornò il silenzio.

Monsieur Poulin e Monsieur Dupuis, rabbiosi l'uno contro l'altro, se ne andarono ciascuno dalla sua parte, senza salutarsi.

Gli altri quattro si rimisero in cammino, dirigendosi istintivamente verso la casa Tellier. Era ancora chiusa, muta, impenetrabile. Tranquillo e ostinato, un ubriaco batteva piccoli colpi contro lo sportello del caffè, poi si fermava per chiamare a mezza voce il giovane Frédéric. Visto che non gli rispondeva nessuno, decise di sedersi sul gradino della porta ad aspettare gli eventi.

I borghesi stavano per ritirarsi, quando in fondo alla via riapparve la banda tumultuosa dei marinai, quelli francesi sbraitando la *Marsigliese*, gl'inglesi il *Rule Britannia*. Si scagliarono in massa contro i muri della casa, poi il flutto dei bruti riprese il suo corso verso la banchina dove scoppiò una battaglia tra i marinai delle due nazioni. Nella rissa, un inglese si ruppe un braccio e un francese il naso.

L'ubriaco, rimasto davanti alla porta, piangeva adesso come piangono appunto gli ubriaconi o i bambini contrariati.

Finalmente, i borghesi si dispersero.

A poco a poco, sulla città turbata tornò la calma. Qua e là, si alzava ancora a tratti un rumore di voci, poi si spegneva in lontananza.

Solo un uomo continuava a vagabondare: Monsieur Tourneveau, desolato di dovere aspettare fino al sabato prossimo; chi sa in quale combinazione sperava, non comprendendo, esasperato, come mai la polizia lasciasse chiudere cosí un locale di pubblica utilità, autorizzato e sorvegliato proprio da lei.

Vi ritornò, fiutando i muri, in cerca di una spiegazione, e si accorse di un cartello incollato alla piccola tettoia. Accese in tutta fretta un grosso cerino e lesse queste parole tracciate con una grande scrittura diseguale: *Chiuso per prima comunione*.

Allora si allontanò, persuaso che non c'era piú da sperare.

Adesso l'ubriaco dormiva, lungo disteso attraverso la porta inospitale.

E l'indomani, uno dopo l'altro, tutti i clienti trovarono il modo di passare per quella via, portando carte sotto il braccio per darsi un contegno; e ciascuno, con un'occhiata furtiva, leggeva l'avviso misterioso: *Chiuso per prima comunione*.

II.

Ecco com'era andata: Madame aveva un fratello che faceva il falegname nel paese natale, Virville, nell'Eure. Era ancora proprietaria d'albergo a Yvetot, quando tenne a battesimo la figlia di questo fratello dandole il nome di Constance, Constance Rivet; ed era anch'essa una Rivet da parte del padre. Il falegname sapendo la sorella in buone condizioni economiche, non la perdeva di vista, sebbene, trattenuti tutti e due dalle rispettive occupazioni e abitando anche lontano uno dall'altra, non s'incontrassero spesso. Ma giacché la figlioccia stava per compiere dodici anni e faceva, quell'anno, la prima comunione, il falegname colse quest'occasione per rivedere la sorella, e le scrisse che contava su lei per la cerimonia. Non essendoci piú i vecchi, non poteva rifiutare. Madame non aveva figli, e il fratello, di nome Joseph, sperava che, a forza di premure, sarebbe riuscito a ottenere da lei un testamento a favore della piccina.

La professione della sorella non lo metteva in imbarazzo né gli dava ombra e, del resto, in paese, nessuno ne sapeva niente. Parlando di lei dicevano soltanto: – Madame Tellier fa la signora a Fécamp, – il che lasciava supporre che vivesse di rendita. Tra Fécamp e Virville ci sono almeno venti leghe; e per un contadino venti leghe di terra son piú difficili da attraversare che l'oceano per chi sia nato in città. E quelli di Virville non erano mai arrivati piú in là di Rouen; nulla attirava quelli di Fécamp in un villaggio di cinquecento famiglie sperduto in mezzo ai campi, e incluso in un altro dipartimento. Basta: nessuno ne sapeva niente.

Ma, all'avvicinarsi della data, Madame si vide in un grave impiccio. Non avendo chi la sostituisse, non se la sentiva affatto di lasciare la casa, neppure per un giorno. Tutte le rivalità tra le dame del piano di sopra e quelle del piano di sotto sarebbero scoppiate immancabilmente; inoltre, Frédéric avrebbe certo preso una sbornia e quello lí, quand'era ubriaco, accoppava la gente per un sí o per un no. Decise infine di condurre con sé tutta la banda, salvo il garzone cui diede congedo fino alla sera di due giorni dopo.

Consultato da lei, il fratello non fece difficoltà, anzi si offerse di ospitare l'intera compagnia per una notte. E cosí, il sabato mattina, il diretto delle otto portò via Madame e compagne in un vagone di seconda classe.

Fino a Beuzeville, rimasero sole schiamazzando come gazze. Ma a questa stazione salí una coppia. L'uomo, un vecchio contadino vestito d'un camiciotto turchino, col collo pieghettato, le maniche larghe strette al polso e ornate di un ricamino bianco, con in capo un antico cappello a cilindro dal pelo strinato e quasi irsuto, stringeva in una mano un immenso ombrello verde, e reggeva con l'altra un ampio paniere da cui sbucavano le teste spaventate di tre anatre. La donna, impettita nella rustica veste, aveva un aspetto da gallina, con un naso puntuto come un becco. Si sedette di fronte al marito e rimase là senza muoversi, colpita di trovarsi in cosí scelta compagnia.

E in verità quel vagone risplendeva tutto di colori smaglianti. Madame, tutta di turchino, seta turchina dalla testa ai piedi, portava su quel vestito uno scialle di falso cachemire francese, rosso, abbagliante, sfolgorante. Fernande respirava a fatica in un abito scozzese il cui corsetto, allacciato a tutta forza dalle compagne, le sollevava il seno crollante in due rigonfi sempre agitati che sotto la stoffa sembravano pieni d'acqua.

Raphaële, con un cappellino impennacchiato simile a un nido pieno di uccelli, portava una toilette lilla adorna di lustrini d'oro, qualcosa di orientale che si addiceva molto alla sua fisionomia da ebrea. Rosa la Rosse, in gonna rosa a larghi falpalà, aveva l'aria di una bambina troppo grassa, di una nana obesa, e le due Pompe sembravano essersi ritagliati strani abbigliamenti in vecchie tende da finestra, quelle antiche cortine a fiorami del tempo della Restaurazione.

Appena non furono piú sole nello scompartimento, quelle signore assunsero un contegno grave e presero a parlare di argomenti elevati per far buona impressione. Ma a Bolbec comparve un signore con favoriti biondi, anelli alle dita e una catena d'oro, che depose nella reticella molti pacchi avvolti in tela cerata. Aveva un'aria da burlone e da bonaccione. Salutò, sorrise e domandò disinvolto: – Queste belle signore cambiano di guarnigione? – Tale domanda gettò nel gruppo una confusione piena d'imbarazzo. Infine Madame si riprese e rispose seccamente, per vendicare l'onore del corpo: – Potreste anche essere piú educato! – E l'altro scusandosi: – Perdonate, volevo dire di convento –. Madame, non trovando cosa rispondere o forse giudicando sufficiente la rettifica, fece un saluto dignitoso a labbra strette.

Allora quel signore, che stava seduto tra il vecchio contadino e Rosa la Rosse, cominciò a fare l'occhietto alle tre anatre, le cui teste sbucavano dal grande paniere; poi, sentendo già di accattivarsi il pubblico, prese a solleticare quegli animali sotto il becco, rivolgendogli buffi discorsi per rallegrare la società: – Abbiamo lasciato il nostro pa-pantanuccio! quà! quà! quà! – per fare conoscenza con uno spieduccio – quà! quà! quà! – Le povere bestie giravano il collo per evitare quelle carezze facendo terribili sforzi per uscire dalla prigione di vimini, poi, all'improvviso, tutte e tre insieme, lanciarono un grido angoscioso d'imminente pericolo: – Quà! quà! quà! – Avvenne allora tra le donne un'esplosione di risa. Si sporgevano, si prendevano a spintoni per vedere, interessandosi pazzamente delle misere anatre. E quel signore a raddoppiare gli sforzi per esser grazioso, spiritoso, stuzzicante.

Intervenne Rosa e sporgendosi sulle gambe del vicino, baciò le tre bestie sul naso, subito imitata da tutte le altre donne; e quel signore metteva a sedere le dame sulle sue ginocchia, le faceva saltellare, le pizzicava; di punto in bianco prese a trattarle col tu.

I due contadini, ancora piú sgomenti dei loro paperi, sbarravano occhi da ossessi senza osare un gesto, e su quelle vecchie facce rugose, non un sorriso né un sussulto.

Allora quel tipo, ch'era un commesso viaggiatore, offerse per burla un paio di bretelle alle signore e, tirato giú uno dei pacchi, lo aperse. Era un'astuzia: il pacco conteneva giarrettiere.

Ce n'erano di seta celeste, di seta rosa, di seta rossa, di seta viola, di seta color malva, di seta rosso vivo, con fibbie di metallo fatte di due amorini dorati che si tenevano per le braccia. Le ragazze lanciarono grida di gioia, poi esaminarono i campioni, riprese dalla gravità naturale in ogni donna che brancichi oggetti di toilette. Si consultavano con gli occhi o sussurrando una parola, si rispondevano nello stesso modo, e Madame maneggiava vogliosa un paio di giarrettiere arancione, piú larghe, e imponenti delle altre: vere giarrettiere da padrona.

Il commesso viaggiatore andava maturando un'idea: – Coraggio, gattine, bisogna provarle –. Si scatenò una tempesta di grida; tutte si stringevano le gonne tra le gambe, come se avessero paura di venir violentate. Lui, tranquillo, aspettava la sua ora. Dichiarò: – Non volete? Le metto via –. Poi astutamente: – Offrirò un paio a scelta a chi se le proverà –. Ma quelle non volevano, dignitosissime, ben dritte sulla vita. Tuttavia le due Pompe sembravano tanto infelici che quegli rinnovò la proposta. Flora Balançoire, soprattutto, tormentata dal desiderio, esitava visibilmente. La incitò: – Forza, ragazza mia, un po' di coraggio; guarda, il paio color lilla ti andrà proprio bene col vestito –. Allora la donna si decise e, sollevando la gonna, mise in mostra una gamba da guardiana di vacche, inguainata malamente in una calza da poco prezzo. L'uomo, inchinandosi, le agganciò la giarrettiera, prima sotto il ginocchio, poi sopra; e intanto la solleticava lievemente facendole lanciare gridolini tra sobbalzi improvvisi. Quand'ebbe finito, regalò il paio lilla e domandò: — A chi tocca? — Gridarono tutte insieme: — A me! a me! — Cominciò da Rosa la Rosse, che tirò fuori una cosa informe, tutta tonda, senza caviglia, un «vero salsicciotto», come diceva Raphaële. Fernande fu complimentata dal commesso viaggiatore, entusiasmato da quelle colonne possenti. I magri stinchi della bella Ebrea ebbero meno successo. Louise Cocote, per gioco, incappucciò la testa del signore con la gonnella; e Madame fu costretta a intervenire per metter fine a quello scherzo sconveniente. Infine, Madame tese anch'essa la gamba, una bella gamba normanna, grassa e muscolosa: e il viaggiatore, sorpreso e rapito, si tolse galantemente il cappello per salutare da vero cavaliere francese quel polpaccio principe.

I due contadini, pietrificati dallo sbalordimento, guardavano di lato con un occhio solo, e somigliavano a polli in modo tale che il commesso dai favoriti biondi, alzandosi, gli fece sul naso un «Chicchirichí» che scatenò un nuovo uragano di risa.

I vecchi scesero a Motteville, con il loro paniere, le anatre, l'ombrellone; mentre si allontanavano, fu udita la moglie dire al suo uomo: — Sono donnacce che se ne tornano a quella dannata Parigi.

A Rouen scese pure lo scherzoso commesso viaggiatore, dopo essersi mostrato tanto volgare che Madame s'era vista costretta a rimetterlo a posto senza complimenti. In guisa di morale, soggiunse: — Cosí impareremo ad attaccar discorso col primo venuto.

A Oissel cambiarono treno e dopo poche stazioni trovarono Monsieur Joseph Rivet che le aspettava con un gran carretto pieno di sedie, tirato da un cavallo bianco.

Il falegname abbracciò tutte le dame e le aiutò galantemente a salire sul carretto. Tre sedettero sulle tre sedie in fondo; Raphaële, Madame e il fratello sulle tre sedie davanti, e Rosa, rimasta senza posto, si accomodò alla meglio sulle ginocchia accoglienti di Fernande; poi l'equipaggio imboccò la strada. Ma ben presto il trotto a strattoni del ronzino scosse cosí terribilmente la vettura che le sedie cominciarono a ballare buttando in aria le viaggiatrici, a destra, a sinistra, con gesti da fantocci, smorfie di spavento, grida di terrore interrotte a mezzo da uno scossone piú forte. Si aggrappavano alle sponde del carretto, mentre i cappellini ricadevano sulla schiena, sul naso o sulle spalle; e il cavallo bianco continuava la corsa, sporgendo la testa, rizzando la coda, un codino da topo spelacchiato, con cui ogni tanto si frustava le natiche. Joseph Rivet, con un piede puntato sulla stanga, l'altra gamba piegata sotto di sé, i gomiti tenuti alti, reggeva le briglie, lasciandosi sfuggire ogni momento dalla gola una specie di schiocco che faceva rizzare le orecchie al ronzino, e ne accelerava l'andatura.

Ai due lati della strada si svolgeva la campagna verde. I campi di colza in fiore stendevano qua e là una grande distesa gialla e ondeggiante donde saliva possente un odore sano, un odore penetrante e dolce che il vento portava lontano. Tra la segala già alta i fiordalisi mostravano le testoline azzurre che le donne volevano cogliere; ma Monsieur Rivet si rifiutò di fermare. Poi, a volte, un intero campo sembrava innaffiato di sangue, tanto lo avevano invaso i papaveri. E in mezzo a quella pianura cosí colorata dai fiori della terra, il carretto che sembrava portare anch'esso un mazzo di fiori dalle tinte ancora piú accese, passava al trotto del cavallo bianco, scompariva dietro gli alti alberi di una fattoria, per riapparire in fondo al fogliame, trasportando attraverso le messi gialle e verdi punteggiate di rosso o di azzurro quella carrettata sfolgorante di donne in fuga sotto il sole.

Suonava l'una, quando arrivarono davanti alla porta del falegname.

Erano rotte dalla stanchezza e pallide di fame, perché non avevano inghiottito niente per tutto il viaggio. Madame Rivet, corsa fuori a precipizio, le aiutò a scendere una dopo l'altra, abbracciandole appena a terra; e non la finiva piú di sbaciucchiare la cognata di cui voleva accaparrarsi i favori. Mangiarono nel laboratorio, già sgombro dei panconi per il pranzo del giorno dopo.

Un'ottima frittata cui tenne dietro un cotechino arrosto, innaffiato di buon sidro asprigno restituí a tutti l'allegria. Rivet aveva sempre pronto il bicchiere per trincare, mentre la moglie serviva a tavola, cucinava, portava i piatti, li toglieva, sussurrando all'orecchio di ciascuna: – Ne avete preso abbastanza? – Dalle numerose tavole schierate contro le pareti, dalle montagne di trucioli respinti negli angoli saliva un profumo di legno piallato, un odore di falegnameria, quel soffio resinoso che penetra in fondo ai polmoni.

Tutte volevano vedere la piccina, ma era in chiesa e non sarebbe tornata fino a sera.

Allora l'intera comitiva uscí per fare un giro in paese.

Era un piccolo villaggio attraversato dalla strada maestra. In una decina di case allineate lungo quest'unica via, abitavano i negozianti del luogo, il macellaio, il droghiere, il falegname, il ciabattino e il fornaio. In fondo sorgeva la chiesa, circondata da un piccolo cimitero; e quattro tigli smisurati, davanti al portale, la ombreggiavano per intero. Era costruita con blocchi di silice squadrati, senza nessuno stile, e sulla cima portava un campanile col tetto di ardesia. Al di là della chiesa ricominciavano i campi, interrotti qua e là da gruppi d'alberi che nascondevano i casali.

Rivet, cerimonioso sebbene vestito da lavoro, aveva preso sotto braccio la sorella e la portava a spasso maestosamente. La moglie, tutta entusiasta dell'abito a pagliuzze d'oro di Raphaële, si era messa tra questa e Fernande. Quella pallottola di Rosa trotterellava dietro di loro, con Louise Cocote e Flora Balançoire, che zoppicava sfinita.

Gli abitanti si facevano sulle porte, i bambini interrompevano i giochi, una tendina si sollevava lasciando intravedere una testa con una cuffia di cotonina; una vecchia con le stampelle e quasi cieca si segnò come davanti a una processione; e ognuno seguiva a lungo con lo sguardo quelle belle dame di città, venute cosí da lontano per la prima comunione della figliuola di Joseph Rivet. Ne scaturiva sul falegname un'immensa considerazione.

Passando davanti alla chiesa, udirono cantare i bambini: un inno gridato verso il cielo da vocine acute; Madame impedí a tutte di entrare per non turbare quei cherubini.

Dopo un giro per la campagna durante il quale vennero valutati i poderi piú importanti, il rendimento della terra, i capi di bestiame, Joseph Rivet ricondusse il suo gregge di donne e le sistemò nella casa.

Essendo questa assai ristretta, le distribuirono a due a due nelle stanze.

Rivet, per quella volta, avrebbe dormito in bottega, sui trucioli; sua moglie avrebbe diviso il letto con la cognata, mentre la camera vicina era destinata al riposo di Fernande e di Raphaële. Louise e Flora furono collocate in cucina, su di un materasso steso al suolo; e Rosa occupava da sola uno stanzino nero in cima alle scale di fronte alla porta di una piccola soffitta dove, per quella notte, avrebbe dormito la comunicanda.

Appena la bambina tornò a casa, fu coperta da una pioggia di baci; tutte le donne volevano accarezzarla, per quel bisogno di tenere espansioni, quell'abitudine professionale alle moine che, in treno, le aveva spinte a baciare le anatre. Ognuna se la prese sulle ginocchia, le lisciò i sottili capelli biondi, stringendola tra le braccia in uno slancio di affetto violento e spontaneo. Buona buona, la bimba, tutta pervasa di pietà, come sigillata dall'assoluzione, lasciava fare, paziente e raccolta.

La giornata era stata faticosa per tutti e, dopo aver pranzato, andarono presto a letto. Quel silenzio sconfinato dei campi che sembra quasi religioso, avvolgeva il villaggio, un silenzio tranquillo, penetrante, largo fino alle stelle. Le donne, avvezze alle serate tumultuose della casa pubblica, erano tutte commosse dal muto riposo della campagna addormentata. Si sentivano correre brividi per la pelle, non brividi di freddo, ma di solitudine, venuti dal cuore inquieto e turbato.

Appena furono a letto, a due a due, si strinsero l'una all'altra come per difendersi, sopraffatte dal sonno calmo e profondo della terra. Ma Rosa la Rosse, sola nello stanzino scuro e poco avvezza a dormire con le braccia vuote, si sentí afferrare da una inquietudine vaga e penosa. Si rivoltolava sul lettuccio senza riuscire ad addormentarsi, quando udí, dietro il tramezzo di legno e quasi contro il suo capo, fievoli singhiozzi simili a quelli di un bimbo che piange. Spaventata, chiamò piano piano e le rispose una vocina esitante. Era la bambina che, abituata a dormire con la mamma, aveva paura in quello sgabuzzino.

Come in estasi, Rosa si alzò e, senza far rumore per non svegliare nessuno, andò a prendere la piccina. Se la portò nel suo letto ben caldo, se la strinse al petto baciandola, la carezzò, l'avvolse in una tenerezza dalle manifestazioni esagerate, poi, ormai calma anche lei, prese sonno. E fino a giorno la comunicanda posò la fronte sul seno nudo della prostituta.

Fin dalle cinque, l'ora dell'*Angelus*, la campana della chiesetta, suonando a distesa, svegliò quelle dame che di solito dormivano tutta la mattinata, solo riposo delle fatiche notturne. I contadini del villaggio erano già in piedi. Le donne del paese andavano affaccendate di porta in porta, parlando animatamente, portando con precauzione vestitini di batista duri come cartone a forza d'amido, o ceri smisurati, con un fiocco di seta a frange d'oro nel centro, e intacchi nella cera a indicare il posto della mano. Il sole già alto splendeva in un cielo tutto azzurro che conservava all'orizzonte una tinta un po' rosea, quasi una traccia sbiadita dell'aurora. Famiglie di galline passeggiavano davanti ai pollai, mentre qua e là un gallo nero dal collo lucente rizzava la testa incoronata di porpora, battendo le ali e gettando al vento il suo grido di bronzo, ripetuto dagli altri galli.

Arrivando dai comuni vicini, i carretti scaricavano sulla soglia delle porte le alte donne normanne vestite di scuro, col fazzoletto incrociato sul seno e trattenuto da un antichissimo fermaglio d'argento. Gli uomini si erano infilato il camiciotto da lavoro sulla redingote nuova o sulla vecchia marsina di panno verde di cui sporgevano le falde.

Quando i cavalli furono a riposare nelle scuderie, lungo tutta la strada maestra rimase una doppia fila di rustici equipaggi, carrette, calessini, tilburys, barocci: vetture d'ogni forma e d'ogni età, inclinate col naso a terra o sul posteriore, con le stanghe verso il cielo.

Nella casa del falegname ferveva un'attività d'alveare. In copribusto e sottana, quelle signore, coi capelli sparsi sulle spalle, capelli aridi e corti che sembravano stinti e corrosi dall'uso, si affaccendano per vestire la bimba.

In piedi su un tavolo, la piccola non si muoveva, mentre Madame Tellier dirigeva le operazioni della sua squadra volante. Le lavarono il viso, la pettinarono, l'acconciarono, la vestirono e, con l'aiuto d'una quantità di spilli, assestarono le pieghe della gonna, ripresero la vita troppo larga, organizzarono l'eleganza di quella toilette. Poi, quand'ebbero finito, misero a sedere la paziente raccomandandole di non muoversi affatto; e tutte agitate corsero ad agghindarsi alla loro volta.

La chiesetta ricominciava a suonare. Il debole tintinnio della campana poverella saliva perdendosi attraverso il cielo, come una voce troppo fragile, rapidamente sommersa nell'immensità azzurra.

I comunicandi, uscivano dalle porte dirigendosi verso la casa comunale che, situata a un capo del paese, includeva le due scuole e il Municipio, mentre all'altro capo sorgeva la «casa di Dio».

Vestiti a festa, i genitori, con quell'aspetto goffo e i movimenti impacciati dei corpi sempre curvi sul lavoro, seguivano i loro marmocchi. Le bambine scomparivano in una nuvola di candido tulle che pareva panna montata, mentre i maschietti, simili a camerieri di caffè in miniatura, coi capelli impomatati, camminavano a gambe larghe per non sporcarsi i calzoncini neri.

Era una gloria, per una famiglia, quando una numerosa parentela venuta di lontano, circondava il bambino: quindi il trionfo del falegname fu completo. Il reggimento Tellier, con la generalessa in testa, seguiva Constance; e il padre dando il braccio alla sorella, la madre a fianco di Raphaële, Fernande con Rosa, le due Pompe insieme, tutta la truppa, insomma, si spiegava maestosa come uno stato maggiore in alta uniforme.

L'effetto prodotto sul villaggio fu folgorante.

Nella scuola, le bambine si riunirono sotto la cornetta della buona suora, e i ragazzini sotto il cappello del maestro, un bell'uomo che faceva la sua figura; e si avviarono attaccando un cantico.

In testa al corteo, i fanciulli si allungavano in due schiere tra le due file dei carretti a riposo; venivano poi le bambine nello stesso ordine; e poiché tutti gli abitanti avevano ceduto rispettosamente il passo alle signore di città, queste seguivano immediatamente le piccole, prolungando ancora la lunga riga della processione, tre a sinistra e tre a destra, nelle vesti smaglianti come una sparata di fuochi artificiali.

Il loro ingresso nella chiesa mandò in visibilio la popolazione. Tutti si affollavano, si voltavano, si spingevano per vederle. E le devote parlavano quasi a voce alta, stupefatte da quelle dame piú gallonate delle pianete dei preti. Il sindaco offerse il suo banco, il primo a destra subito dopo il coro, e Madame Tellier vi prese posto con la cognata, Fernande e Raphaële. Rosa la Rosse e le due Pompe occuparono il secondo banco in compagnia del falegname.

Il coro della chiesa era pieno di bambini in ginocchio, le bimbe da una parte e i maschietti dall'altra, mentre i lunghi ceri che tenevano in mano sembravano lance inclinate in ogni senso.

In piedi davanti all'alto leggio, tre uomini cantavano a voce spiegata. Prolungavano all'infinito le sillabe del sonoro latino, eternizzando gli *Amen* con un *a-a* che il trombone accompagnava con una lunga nota monotona, muggita dall'ampia bocca dello strumento di ottone. Rispondeva la voce acuta di un bambino e, ogni tanto, un prete seduto in uno stallo con un tocco quadrato sulla testa, si alzava in piedi, barbugliava qualcosa, e si rimetteva a sedere, mentre i tre uomini ricominciavano a cantare, con gli occhi fissi sul librone del canto fermo, aperto davanti a loro e sorretto dalle ali di un'aquila di legno, adattata su un pernio.

Poi venne il silenzio. Tutti i presenti, con un gesto solo, s'inginocchiarono, e apparve l'ufficiante, vecchio, venerabile, coi capelli bianchi, chino sul calice che portava con la sinistra. Davanti a lui camminavano due chierici nella lunga veste rossa, e lo seguiva una folla di cantori dalle scarpe grosse, che si schierarono sui due lati del coro.

In mezzo al grande silenzio, tintinnò una campanella. Cominciava il divino uffizio. Il prete passava e ripassava lentamente davanti al tabernacolo d'oro, si genufletteva, salmodiava con voce rotta, tremolante, da vecchio, le preghiere preparatorie. Non appena taceva, tutte le voci e lo strumento scoppiavano all'unisono, e nella chiesa cantavano anche alcuni dei presenti, con voce meno forte, piú umile, come deve cantare la folla dei fedeli.

All'improvviso il *Kyrie eleison* zampillò verso il cielo, spinto da tutti i petti e da tutti i cuori. Granelli di polvere e frammenti di legno tarlato scesero anzi dall'antica volta, scossa da quell'esplosione di grida. Il sole che picchiava sulle lastre di ardesia del tetto rendeva quella chiesetta una fornace; e una grande commozione, un'attesa ansiosa stringevano il cuore dei bambini, opprimevano il petto delle madri, all'avvicinarsi dell'ineffabile mistero.

Il prete, rimasto seduto per qualche momento, risalí verso l'altare e, a testa nuda, velata solo dai capelli d'argento, con gesti tremanti, si preparò all'atto soprannaturale.

Rivolto ai fedeli, tendendo verso di loro le mani, pronunciò: «Orate, fratres», «pregate, fratelli». Pregavano tutti. Il vecchio curato balbettava adesso sotto voce le parole misteriose e supreme; la campanella tintinnò piú volte di seguito; la folla prosternata chiamava Dio; i bambini quasi venivano meno per l'eccessiva ansietà.

Fu allora che Rosa, con la fronte tra le mani, ricordò a un tratto sua madre, la chiesa del suo villaggio, la sua prima comunione. Le parve di essere tornata a quel giorno, quando era tanto piccola, tutta infagottata nel vestito bianco, e si mise a piangere. In principio piangeva sotto voce: le lacrime le scendevano lente dalle palpebre; poi, coi ricordi, si accrebbe la sua commozione, e col collo gonfio, il petto ansimante, singhiozzò. Aveva preso di tasca il fazzoletto, si asciugava gli occhi, si tamponava il naso e la bocca, per non gridare: invano; le uscí dalla gola una specie di rantolo, cui risposero due altri sospiri profondi, strazianti; anche le sue vicine, Louise e Flora, prostrate a terra accanto a lei, oppresse dalle stesse rimembranze lontane, gemevano, versando torrenti di lacrime.

Ma poiché le lacrime sono contagiose, anche Madame, poco dopo, si sentí inumidire le palpebre e, voltandosi verso la cognata, si accorse che tutto il suo banco piangeva.

Il prete generava il corpo di Dio. Proni sul pavimento, in una specie di paura devota, i bambini non avevano alcun pensiero; e nella chiesa, ora qua ora là, una donna, una madre, una sorella, presa dalla strana simpatia delle sensazioni commoventi, sconvolta fors'anche dalla vista di quelle belle signore scosse da brividi e da singhiozzi, inzuppava di pianto il fazzoletto di cotone a quadri e, con la sinistra, si comprimeva forte il cuore che le balzava in petto.

Come una favilla che sparge il fuoco in un campo maturo, le lacrime di Rosa e delle compagne si propagarono in un istante a tutta la folla. Uomini, donne, vecchi, giovanottini col camiciotto nuovo, in breve singhiozzarono tutti, e sui loro capi sembrava librarsi qualcosa di sovrumano, un'anima effusa, il soffio arcano di un essere invisibile e onnipotente.

Allora, nel coro della chiesa risuonò un colpetto secco; la suora, battendo sul libro da messa, dava il segnale della comunione; e i fanciulli, rabbrividendo di mistica febbre, si avvicinarono alla sacra mensa.

Tutta una fila di bambini s'inginocchiava. E il vecchio curato, reggendo in mano il ciborio d'argento dorato, passava davanti a loro, porgendo tra due dita l'ostia consacrata, il corpo di Cristo, la redenzione del mondo. Aprivano la bocca con smorfie e contrazioni nervose, chiudendo gli occhi, pallidi in volto; e la lunga tovaglia stesa sotto i loro menti fremeva come acqua che scorra.

All'improvviso corse per la chiesa una specie di follia, un rumore di folla in delirio, una tempesta di singhiozzi e di grida soffocate. Passò come quelle ventate che curvano le foreste; e il sacerdote restava in piedi, immobile, con un'ostia in mano, paralizzato dalla commozione, dicendo tra sé: «È Dio, è Dio che è qui tra noi, e palesa cosí la sua presenza, e scende al mio richiamo sul suo popolo inginocchiato». E balbettava preghiere confuse, senza trovare le parole, preghiere dell'anima, in uno slancio affannoso verso il cielo.

Terminò di dare la comunione in un tale impeto di fede smisurata, che gli si piegavano le gambe e quando ebbe bevuto lui stesso il sangue del suo Signore, si sprofondò in un atto di ringraziamento appassionato.

Dietro a lui il popolo si andava calmando lentamente. I cantori, di nuovo in piedi nella dignità della cotta bianca, tornavano a innalzare la voce, una voce meno sicura, ancora umida; e il trombone sembrava arrochito anch'esso, come se perfino lo strumento avesse pianto.

Allora il prete, levando le mani, fece segno di tacere e passando tra le due siepi dei fanciulli smarriti in un'estasi di felicità, si avvicinò fino alla cancellata del coro.

La folla dei fedeli si era seduta con gran rumore di sedie, e adesso tutti si soffiavano il naso con forza. Appena scorsero il curato, fecero tutti silenzio, e il sacerdote cominciò a parlare con voce assai bassa, esitante, velata. — Cari fratelli, care sorelle, vi ringrazio dal profondo del cuore: mi avete dato ora la piú gran gioia della mia vita. Ho sentito Dio scendere su di noi alla mia chiamata. Egli è venuto, era qui, presente, e riempiva le vostre anime, faceva traboccare i vostri occhi. Sono il prete piú vecchio della diocesi e ne sono, oggi, anche il piú felice. È avvenuto tra noi un miracolo, un vero, un grande un sublime miracolo. Mentre Gesú Cristo penetrava per la prima volta nel corpo di questi fanciulli, lo Spirito Santo, la colomba celeste, il soffio di Dio, è calato su di voi, si è impadronito di voi, vi ha afferrati, curvandovi come un canneto sotto il vento.

Poi, con voce piú chiara, rivolgendosi verso i due banchi dove si trovavano le invitate del falegname: – Ringrazio particolarmente voi, care sorelle, venute cosí da lontano, la cui presenza tra noi, la cui visibile fede, la cui vivissima pietà sono state per tutti un esempio salutare. Siete l'edificazione della mia parrocchia; la vostra commozione ha scaldato i cuori; senza di voi, forse, questo gran giorno non avrebbe avuto tale carattere veramente divino. Basta talvolta una pecorella di elezione per decidere il Signore a discendere sul gregge.

Gli veniva meno la voce. Soggiunse: – Invoco su di voi la grazia. E cosí sia –. E risalí verso l'altare per terminare la sacra funzione.

Adesso, tutti avevano fretta di andarsene. Anche i bambini si agitavano, stanchi di una tensione di spirito cosí lunga. Avevano fame, d'altra parte, e vedevano i parenti andarsene pian pianino, senza aspettare l'ultimo vangelo, per completare i preparativi del pranzo.

Sulla porta fu un pigia pigia, una calca rumorosa, un baccano di voci stridule in cui cantava l'accento normanno. Poi la gente si dispose su due siepi e, appena apparvero i bambini, ogni famiglia si precipitò sul suo.

Constance si vide afferrata, circondata, abbracciata da tutta quella nidiata di donne. Soprattutto Rosa non si stancava di stringerla a sé. Finalmente la prese per una mano e Madame Tellier s'impadroní dell'altra; Raphaële e Fernande sollevarono la lunga gonna di batista, perché non strisciasse nella polvere; Louise e Flora chiudevano il corteo, in compagnia di Madame Rivet; e la bambina, raccolta, tutta pervasa dal Dio che portava in sé, s'incamminò in mezzo a questa scorta d'onore.

Il festino fu servito nel laboratorio, su lunghe tavole sostenute da cavalletti.

Dalla porta spalancata sulla via penetrava tutta la gioia del villaggio. Banchettavano dovunque. Attraverso ogni finestra era dato scorgere tavolate di gente vestita a festa, e da tutte le case dove regnava la baldoria uscivano grida. I contadini, in maniche di camicia, bevevano a garganella sidro non annacquato, e in mezzo a ogni compagnia, due fanciulli, qui due bambine, là due ragazzetti, pranzavano con una delle due famiglie.

Di tanto in tanto, sotto il caldo pesante di mezzogiorno, attraversava il paese un carro al trotto zoppicante d'un vecchio ronzino, e l'uomo in camiciotto che lo seguiva lanciava uno sguardo invidioso su quel ben di Dio esposto agli occhi di tutti.

Nella casa del falegname, l'allegria conservava un certo tono di riserbo, un resto della commozione del mattino. Solo Rivet si sentiva in vena e beveva oltre misura. Madame Tellier guardava ogni momento l'orologio, giacché, per non scioperare due giorni di seguito, dovevano prendere il treno delle tre e cinquantacinque che le avrebbe sbarcate a Fécamp verso sera.

Il falegname faceva ogni sforzo per sviarne l'attenzione e trattenere fino a sera tutta la compagnia; ma Madame non si lasciava distrarre; non scherzava mai, lei, quando ci andavano di mezzo gli affari.

Appena preso il caffè, ordinò alle ragazze di prepararsi in tutta fretta, poi, rivolta al fratello: — Va' subito ad attaccare il cavallo, tu —; e andò anche lei a completare gli ultimi preparativi.

Quando ridiscese, l'aspettava la cognata per parlarle della piccina; ed ebbe luogo una lunga discussione in cui non fu risolto niente. La contadina giocava d'astuzia, falsamente intenerita, e Madame Tellier che teneva la bimba sulle ginocchia, non s'impegnava a nulla facendo promesse vaghe: si sarebbe occupata di lei, c'era tempo d'altronde, e chi non muore si rivede.

Frattanto la carrozza non arrivava, e le donne non scendevano. Anzi dal piano di sopra si sentiva un gran ridere, un grande scompiglio, e urletti e battimani. Allora, mentre la moglie del falegname si dirigeva verso la scuderia per vedere se era pronta la vettura, Madame si decise a salire.

Rivet, completamente in cimbali e quasi svestito, tentava, ma invano, di violentare Rosa che moriva dal ridere. Le due Pompe lo trattenevano per le braccia, cercando di calmarlo, scandalizzate da quella scena, dopo la cerimonia del mattino; ma Raphaële e Fernande lo aizzavano, contorcendosi dalle risate, tenendosi le costole; e a ogni inutile sforzo dell'ubriacone, lanciavano acute strida. L'uomo inferocito, con la faccia rossa, tutto sciamannato, scuotendo violentemente le due donne aggrappate a lui, tirava a sé a tutta forza la gonnella di Rosa, farfugliando: — Non vuoi, sudiciona? — Allora Madame si slanciò indignata e, afferrato il fratello per le spalle, lo buttò fuori con tale violenza da mandarlo a sbattere contro il muro.

Un minuto dopo, lo udirono in cortile pomparsi dal pozzo acqua sul capo. E quando ricomparve sul carretto, era completamente calmo.

Ripresero la strada del giorno prima, e il cavalluccio bianco si avviò con la solita andatura vivace e ballonzolante.

Sotto il sole ardente, esplose la gioia rimasta assopita durante il pranzo. Ora le donne si divertivano a ogni scossone del rozzo

equipaggio, anzi spingevano le sedie delle vicine, scoppiavano a ridere ogni momento, messe anche in allegria dai vani tentativi di
Rivet.

Una luce pazza inondava i campi, una luce che abbagliava gli
occhi, e le ruote sollevavano due nuvoloni di polvere che volteggiavano a lungo sulla strada maestra.

A un certo punto Fernande, cui piaceva la musica, supplicò Rosa di cantare; e questa attaccò allegramente il *Gros Curé de Meudon*. Ma subito Madame la fece tacere, trovando fuori posto in
quel giorno una simile canzone. Soggiunse: — Cantaci piuttosto
qualcosa di Béranger. Allora Rosa, decisa la scelta dopo qualche secondo di esitazione, cominciò con logora voce la *Grand'Mère*:

> Ma grand'mère, un soir à sa fête,
> De vin pur ayant bu deux doigts,
> Nous disait, en branlant la tête:
> Que d'amoureux j'eus autrefois!
> Combien je regrette
> Mon bras si dodu,
> Ma jambe bien faite,
> Et le temps perdu!

E il coro delle donne, diretto da Madame in persona, riprese:

> Combien je regrette
> Mon bras si dodu,
> Ma jambe bien faite,
> Et le temps perdu!

— Questa sí che è una canzone coi fiocchi! — dichiarò Rivet tutto ringalluzzito da quel motivo; e Rosa riprese subito:

> Quoi, maman, vous n'étiez pas sage?
> — Non, vraiment! et de mes appas,
> Seule, à quinze ans, j'appris l'usage,
> Car, la nuit, je ne dormais pas [1].

Urlarono tutte insieme il ritornello; e Rivet picchiando col piede contro la stanga, batteva il tempo con le redini sulla schiena del
cavalluccio bianco che, trascinato anche lui dalla foga del ritmo,
prese il galoppo, un galoppo tempestoso, facendo ruzzolare quelle
dame tutte in un mucchio, una addosso all'altra, in fondo al carretto.

---

[1] [«Mia nonna, la sera della sua festa, | Avendo bevuto due dita di vino schietto, | Ci
diceva scuotendo la testa: | Quanti innamorati ebbi un tempo! | Come rimpiango il mio braccio grassotto, | La gamba ben fatta, | E il tempo perduto! | Come, mamma, non eravate saggia? | No davvero! e delle mie bellezze | Ne appresi l'uso da sola, a quindici anni, | Perché
di notte non riuscivo a dormire»].

Si rialzarono ridendo come matte. E la canzone continuò, sbraitata a squarciagola attraverso la campagna, sotto il cielo rovente, in mezzo ai raccolti quasi maturi, sul ritmo rabbioso del cavallino che adesso s'imbizzarriva a ogni ripetersi del ritornello e attaccava ogni volta i suoi bravi cento metri di galoppo, con gran gioia dei viaggiatori.

Di tanto in tanto, qualche spaccapietre, si rialzava a guardare attraverso la maschera di fil di ferro quel carretto impazzito e urlante trascinato nel polverone.

Quando scesero tutti davanti alla stazione, il falegname si commosse: — Peccato che partiate, ce la saremmo passata bene in compagnia.

Madame gli rispose piena di senno: — Ogni cosa a suo tempo, non ci si può divertire sempre —. Allora la mente di Rivet fu illuminata da un'idea: — Ecco, il prossimo mese verrò a Fécamp —. E guardò Rosa con aria furba, con occhi lucidi e pieni di sottintesi. — Suvvia, — concluse Madame, — devi fare il bravo; vieni pure, se vuoi, ma senza fare sciocchezze.

Il fratello non rispose, ma, sentendo fischiare il treno, si mise immediatamente ad abbracciarle tutte. Quando fu il turno di Rosa, si accaní a trovarle la bocca che questa, ridendo dietro le labbra serrate, gli sottraeva ogni volta spostando velocemente il capo. La stringeva tra le braccia, ma non riusciva a venirne a capo, impacciato dalla gran frusta che ancora teneva in mano e che, nello sforzo, agitava disperatamente dietro la schiena della donna.

— I viaggiatori per Rouen, in carrozza! — gridò il capostazione. Salirono tutte.

Si udí un lieve fischietto, subito ripetuto dal fischio possente della locomotiva che buttò fuori rumorosamente una prima nuvola di fumo, mentre le ruote cominciavano a girare lente, con visibile sforzo.

Rivet, uscito dall'interno della stazione, si precipitò al passaggio a livello per vedere Rosa ancora una volta; e mentre il vagone carico di quella merce umana gli passava davanti, prese a fare schioccare la frusta, saltando e cantando a squarciagola:

> Combien je regrette
> Mon bras si dodu,
> Ma jambe bien faite,
> Et le temps perdu!

Poi guardò agitarsi un fazzoletto bianco che si allontanava.

III.

Dormirono fino all'arrivo, col sonno pacifico delle coscienze soddisfatte; e appena si ritrovarono in casa, fresche, riposate, pronte al lavoro di ogni sera, Madame non poté fare a meno di dire: — Eppure, già avevo nostalgia della mia casa.

Cenarono in fretta, poi, quando ognuna ebbe ripreso la sua tenuta di combattimento, attesero i clienti abituali; e il lanternino acceso, il lanternino da madonna, indicava ai passanti che il gregge era tornato all'ovile.

La notizia si sparse in un batter d'occhio, non si sa come né attraverso chi. Monsieur Philippe, il figlio del banchiere spinse la cortesia fino ad avvertire con un espresso Monsieur Tourneveau, prigioniero tra le pareti domestiche.

Questi, per l'appunto, aveva a pranzo ogni domenica numerosi cugini e stavano prendendo il caffè quando si presentò un fattorino con una lettera in mano. Monsieur Tourneveau, tutto agitato, strappò la busta e impallidí: aveva letto queste poche parole scritte a matita: «Carico di baccalà[1] recuperato; bastimento entrato in porto; buon affare per voi. Venite presto».

Si frugò in tasca, diede venti centesimi al latore, e, arrossendo all'improvviso fino agli orecchi: — Devo uscire subito, — disse, porgendo alla moglie il biglietto laconico e misterioso. Suonò il campanello e come comparve la serva: — Presto, presto, cappello e cappotto —. Appena fuori, si mise a correre zufolando un motivetto e la strada gli parve piú lunga il doppio, tanto era viva la sua impazienza.

Casa Tellier aveva un'aria di festa. A pianterreno le voci rumorose degli uomini del porto facevano un baccano assordante. Louise e Flora non sapevano piú a chi dar retta, bevevano con questo, bevevano con quello, meritandosi piú che mai il nomignolo di «due Pompe». Le chiamavano da ogni parte, e già non riuscivano a contentare tutti, mentre si annunciava per loro una nottata di fatiche.

Verso le nove di sera, il cenacolo del primo piano fu al completo. Monsieur Vasse, giudice del tribunale di commercio, lo spasimante ufficiale ma platonico di Madame, parlottava con lei in un angoletto; e si sorridevano come fossero prossimi a raggiungere un accordo. Monsieur Vasse, l'ex sindaco, si teneva Rosa a cavalcioni sulle gambe, e lei, strofinandogli il naso col suo, lasciava va-

---

[1] [In francese la parola *morue* ha il doppio senso di *baccalà* e *donnaccia*].

gare le sue manotte corte nei favoriti bianchi del brav'uomo. Al di là della gonna di seta gialla rimboccata, un pezzo di gamba nuda spiccava sul panno nero dei pantaloni, e le calze rosse erano trattenute dalle giarrettiere turchine, dono del commesso viaggiatore.

La grande Fernande, sdraiata sul sofà, si appoggiava coi piedi alla pancia di Monsieur Pimpesse l'esattore, e col torso al gilè del giovane Monsieur Philippe, agganciandogli il collo con la destra, mentre con la sinistra teneva una sigaretta.

Raphaële aveva aperti i preliminari con Monsieur Dupuis, l'agente assicurativo, e concluse la conversazione con queste parole: – Sí, tesoro, stasera proprio mi va –. Poi, facendo da sola un rapido giro di valzer attraverso il salotto: – Tutto quel che vorrete, stasera! – gridò.

In quella, si aperse bruscamente la porta e comparve Monsieur Tourneveau. Scoppiarono grida entusiaste: – Viva Tourneveau! – E Raphaële che continuava a roteare andò a cadergli sul petto. Con uno slancio formidabile, questi l'afferrò e, senza una parola, sollevandola da terra come una piuma, attraversò il salotto, raggiunse la porta in fondo, e scomparve per la scaletta delle camere col suo fardello vivo, in mezzo agli applausi.

Rosa, che si stava lavorando l'ex sindaco, appioppandogli un bacio dietro l'altro e tirando a sé i due favoriti per tenergli dritta la testa, approfittò dell'esempio: – Coraggio, fa' come lui, – disse. Allora quel brav'uomo si alzò e rassettandosi il gilè, seguí la donna, frugando nella tasca dove dormiva il suo denaro.

Rimaste sole Fernande e Madame con gli altri quattro, Monsieur Philippe esclamò: – Pago lo champagne: Madame Tellier, mandate a prendere tre bottiglie –. Allora Fernande abbracciandolo gli sussurrò all'orecchio: – Di', facci ballare, vuoi? – Monsieur Philippe si alzò e, sedutosi davanti alla secolare spinetta addormentata in un angolo, trasse un valzer, un valzer arrochito, lamentoso, dal ventre scricchiolante dell'ingranaggio. La grande Fernande si strinse all'esattore, Madame si abbandonò tra le braccia di Monsieur Vasse; e le due coppie presero a girare scambiandosi baci. Monsieur Vasse, che un tempo aveva ballato in società, faceva ogni sorta di moine, e Madame lo ammirava con uno sguardo affascinato, quello sguardo che risponde «sí», un «sí» piú discreto e piú delizioso di una parola!

Frédéric portò lo champagne. Saltato il primo tappo, Monsieur Philippe trasse dal pianino l'introduzione di una quadriglia.

I quattro ballerini l'eseguirono come nel gran mondo, elegantemente, dignitosamente, con mille smancerie, inchini e saluti.

Dopo di che si misero a bere. Allora ricomparve Monsieur Tourneveau, soddisfatto, alleggerito, raggiante. Esclamò: — Non so cos'ha, Raphaële, ma questa sera è perfetta —. Ogni tanto, una coppia si fermava accanto al caminetto per scolare una coppa di spumante; e il ballo già minacciava di durare in eterno, quando Rosa socchiuse la porta con una candela in mano. Era scarmigliata, in camicia e ciabatte, tutta rossa e animata: — Voglio ballare anch'io! — gridò. Raphaële le chiese: — E il tuo vecchio? — Rosa scoppiò a ridere: — Quello? già dorme, si addormenta subito, lui —. S'impadronì di Monsieur Dupuis, rimasto disoccupato sul divano, e la polca riprese.

Ma le bottiglie erano vuote: — Ne pago una, — dichiarò Monsieur Tourneveau. — Anch'io, — annunciò Monsieur Vasse. — E un'altra io, — concluse Monsieur Dupuis. Applaudirono tutti.

La festa si andava organizzando, diventava un vero ballo. Ogni tanto salivano in fretta anche Louise e Flora, per un rapido giro di valzer, mentre a pianterreno i loro clienti perdevano la pazienza; poi tornavano di corsa nel caffeuccio, col cuore gonfio di rimpianti.

A mezzanotte, ballavano ancora. Ogni tanto scompariva una delle ragazze, e quando la cercavano per una quadriglia, si accorgevano all'improvviso che mancava anche uno dei cavalieri.

— Di dove venite? — domandò scherzoso Monsieur Philippe quando Monsieur Pimpesse tornò giú con Fernande. — Da veder dormire Monsieur Poulin, — rispose l'esattore. Questa spiritosaggine ebbe enorme successo; e tutti, a turno, salivano a veder dormire Monsieur Poulin, accompagnati da questa o quella delle signorine che si mostrarono, quella sera, d'un'arrendevolezza inconcepibile. Madame chiudeva un occhio; ed aveva, negli angoli, lunghi colloqui con Monsieur Vasse, come per regolare gli ultimi particolari d'una faccenda già conclusa.

Finalmente, all'una di notte, i due uomini ammogliati, Monsieur Tourneveau e Monsieur Pimpesse, dichiararono di doversene andare e chiesero di regolare il conto. Fu calcolato solo lo champagne, e anzi a sei franchi la bottiglia, invece di dieci, il prezzo consueto. E poiché tutti si stupivano di tanta generosità, Madame rispose raggiante: — Non tutti i giorni è festa.

1881.

Dirò che si chiamava Madame Anserre, perché non scopriate il suo vero nome.

Era una di quelle comete parigine che si lasciano dietro come una coda di fuoco. Scriveva versi e novelle, aveva un cuore poetico ed era di una bellezza incantevole. Riceveva poco, solo individui fuori classe, di quelli che vengono detti comunemente «principi» di qualche cosa. Essere ricevuto a casa sua costituiva un titolo, un vero titolo d'intelligenza; tali, per lo meno, erano considerati i suoi inviti.

Il marito rappresentava la parte del satellite oscuro. Non è comodo essere lo sposo di un astro. Questo qui tuttavia aveva avuto un'idea grandiosa, l'idea di creare uno Stato nello Stato, di farsi un merito personale, merito di second'ordine, è vero; ma almeno, cosí, nei giorni di ricevimento della moglie, riceveva anche lui; aveva un suo pubblico speciale che lo apprezzava, lo ascoltava, gli prestava piú attenzione che non alla brillante compagna.

Si era dedicato all'agricoltura; all'agricoltura da camera. Abbiamo allo stesso modo generali da camera – non sono tali tutti quelli che nascono, vivono e muoiono sulle poltrone del ministero della Guerra? – marinai da camera, e cioè addetti al ministero della Marina, colonizzatori da camera, ecc., ecc. Costui aveva dunque studiato agricoltura, ma l'aveva studiata a fondo, nei suoi rapporti con le altre scienze, con l'economia politica, con le arti, la mettono in tutte le salse, l'arte, dal momento che chiamano «opere d'arte» perfino gli orribili ponti delle ferrovie. Infine, era arrivato a far dire di sé: – È un uomo in gamba –. Lo citavano nelle riviste tecniche; e sua moglie gli aveva ottenuto la nomina a membro di una commissione nel ministero dell'Agricoltura.

Tale gloria modesta gli bastava.

Col pretesto di diminuire le spese, invitava i suoi amici nel giorno in cui la moglie riceveva i suoi, di modo che si mescolavano, o meglio no, formavano due gruppi. La signora, con la sua scorta di artisti, accademici, ministri, occupava una specie di galleria ar-

redata e decorata, in stile Impero. Il marito si ritirava coi suoi
«contadini» in una stanza piú piccola, il fumoir, che Madame Anserre chiamava ironicamente il salone dell'Agricoltura.

Il taglio tra i due campi era netto. Il marito, d'altronde senza
gelosia, penetrava a volte nell'Accademia, a scambiare qualche
cordiale stretta di mano; ma l'Accademia nutriva un infinito disdegno per il salone dell'Agricoltura ed avveniva di rado che un principe della scienza, del pensiero o di qualcosa d'altro si unisse ai
contadini.

Non erano ricevimenti molto costosi: una tazza di tè, una fetta
di torta, punto e basta. Nei primi tempi, il marito aveva preteso
due torte, una per l'Accademia, l'altra per i contadini; ma avendo
la moglie osservato giustamente che tal modo di agire avrebbe ac-
centuato la divisione tra due campi, due ricevimenti, due partiti,
il marito si era astenuto dall'insistere; e cosí veniva servita un'u-
nica torta, di cui prima Madame Anserre faceva gli onori all'Accademia e che poi passava nel salone dell'Agricoltura.

Orbene, questa torta divenne presto, per l'Accademia, argomento di osservazioni tra le piú curiose. Madame Anserre non la
tagliava mai di persona, e l'incarico spettava sempre a questo o a
quello tra gl'illustri invitati. Per ciascuno di loro, questa speciale
funzione, particolarmente onorifica e ambita, durava piú o meno
a lungo: a volte tre mesi, raramente di piú; e fu notato che il privilegio di «tagliare la torta» sembrava portare con sé una folla di
altre superiorità, una specie di regalità, o di viceregalità molto accentuata.

Il tagliatore in carica parlava imperiosamente, con spiccato tono di comando; e tutti i favori della padrona di casa erano per lui,
proprio tutti.

Quei fortunati erano chiamati nell'intimità, a mezza voce, nel
vano della finestra, i «favoriti della torta», e ogni cambiamento di
favorito portava nell'Accademia una specie di rivoluzione. Il coltello era uno scettro, il dolce un emblema; tutti si rallegravano con
l'eletto. I contadini non tagliavano mai la torta. Perfino Monsieur
Anserre ne era escluso, benché ne mangiasse una fetta.

La torta venne tagliata successivamente da poeti, pittori e romanzieri. Per qualche tempo misurò le porzioni un grande musici-
sta, gli succedette un ambasciatore. Talvolta, un personaggio meno noto, ma elegante e ricercato, uno di quelli che, secondo le epo-
che, vengon chiamati veri gentlemen, o perfetti cavalieri, o dan-
dies, o in altro modo, si assise a turno davanti alla torta simbolica.
Durante l'effimero regno, ognuno di loro manifestava allo sposo

una maggiore considerazione; poi, venuta l'ora della sua caduta,
passava il coltello a un altro e si confondeva di nuovo nella folla
dei seguaci e ammiratori della «bella Madame Anserre».

Questo stato di cose durò a lungo, molto a lungo. Ma le comete
non brillano sempre con lo stesso splendore. Tutto invecchia al
mondo. Si sarebbe detto che, a poco a poco, lo zelo dei tagliatori
s'indebolisse; a volte, vedendosi porgere il piatto, sembravano esitare; quella carica, tanto invidiata un tempo, si faceva meno richiesta; veniva occupata per meno tempo; e chi l'otteneva se ne mostrava meno fiero. Madame Anserre prodigava i sorrisi e le amabi-
lità; ahi! nessuno tagliava volentieri. I nuovi venuti sembravano
rifiutarsi. Gli «antichi favoriti» ricomparvero a uno a uno come
principi detronizzati rimessi per un istante al potere. Poi, gli eletti
divennero rari, veramente rari. Per un mese, oh prodigio! Monsieur Anserre tagliò la torta; poi ebbe l'aria di esserne stanco; e
una sera fu vista Madame Anserre, la bella Madame Anserre, ta-
gliarla da sola.

Ma pareva le seccasse molto; e l'indomani insisté tanto con un
invitato, che questi non osò rifiutare.

Tuttavia il simbolo era ormai troppo noto; tutti si guardavano
di sottecchi con espressione sgomenta, angosciata. Non era niente
tagliare una torta, ma i privilegi cui sempre aveva dato diritto quel
favore adesso spaventavano; perciò, all'apparire del vassoio, gli
accademici passavano alla rinfusa nel salone dell'Agricoltura come
per mettersi al riparo dietro lo sposo che sorrideva sempre. E
quando Madame Anserre, ansiosa, si mostrava sulla porta reggendo con una mano la torta e con l'altra il coltello, tutti sembravano
rifugiarsi intorno al marito come per chiedergli protezione.

Ancora trascorsero anni. Nessuno tagliava piú; ma per un'abitudine inveterata, colei che continuavano a chiamare galantemente
la «bella Madame Anserre», cercava con gli occhi, a ogni ricevimento, un devoto che prendesse il coltello, e ogni volta le si pro-
duceva attorno lo stesso fuggi fuggi: era una fuga generale, abile,
piena di manovre combinate e sapienti, per evitare l'offerta che le
vedevano spuntare sulle labbra.

Ma ecco che una sera si presentò un uomo giovanissimo, un innocente, un ignorante. Non conosceva il mistero della torta; perciò, quando apparve il dolce, quando scapparono tutti, quando
Madame Anserre prese il vassoio dalle mani del domestico, quello
là rimase tranquillamente accanto a lei.

Ed essa forse credette che «sapesse»; gli sorrise e con voce
commossa:

— Volete esser tanto cortese, caro signore, da tagliare questa torta?

Quello si tolse i guanti con premura, felice dell'onore.

— Ma certo, signora, con grande piacere.

Da lontano, dagli angoli della galleria, dal vano della porta spalancata sul salone dell'Agricoltura, teste stupefatte stavano a guardare. Poi, quando il nuovo venuto fu visto tagliare senza esitazione, tutti si riaccostarono in fretta.

Un vecchio poeta burlone batté la spalla del neofita:

— Evviva, giovanotto! — gli disse all'orecchio.

Lo guardavano tutti con curiosità. Anche lo sposo sembrò sorpreso. Quanto a quel giovane, si meravigliava dell'importanza che tutti sembravano dargli all'improvviso e soprattutto non capiva affatto le particolari cortesie, il favore evidente e quella specie di muta riconoscenza che sembrava avere per lui la padrona di casa.

Pare che tuttavia finí col capire.

In qual momento, in qual luogo avvenne la rivelazione? Lo ignoriamo; ma quando ricomparve la volta seguente, aveva un'aria preoccupata, quasi vergognosa, e si guardava attorno con inquietudine. Suonò l'ora del tè. Apparve il domestico. Madame Anserre, sorridente, prese il piatto, cercò con gli occhi il suo giovane amico; ma quello era scappato cosí in fretta che lei non lo vide piú. Allora si mise a cercarlo e presto lo ritrovò proprio in fondo al salone dei «contadini». Col braccio infilato sotto il braccio del marito, lo consultava angosciosamente sui mezzi in uso per distruggere la fillossera.

— Caro signore, — gli disse, — volete essere tanto gentile da tagliarmi questa torta?

Lui arrossí fino agli occhi, balbettò, perse la testa. Allora Monsieur Anserre ne ebbe pietà e, rivolgendosi alla moglie:

— Dovresti essere tanto cortese, cara amica, da non disturbarci: stiamo parlando di agricoltura. Fattela tagliare da Baptiste, quella torta.

E da quel giorno nessuno tagliò mai piú la torta di Madame Anserre.

19 gennaio 1882.

LA SORPRESA

Siamo stati allevati, mio fratello e io, dallo zio don Loisel, «il parroco Loisel», come dicevamo noi. Essendo morti i nostri genitori quand'eravamo piccolissimi, lo zio ci prese nel presbiterio e ci tenne con sé.

Serviva da diciotto anni il comune di Join-le-Sault, non lontano da Yvetot. Era un villaggetto piantato nel bel mezzo del pianoro intorno a Caux, disseminato di fattorie che qua e là ergono il loro ciuffo d'alberi in mezzo ai campi.

Il comune, a parte le capanne sparse per la piana, contava solo sei case, in fila ai due lati della strada maestra, con la chiesa a un'estremità del villaggio e il Municipio nuovo all'altra estremità.

Abbiamo passato l'infanzia, mio fratello e io, a giocare nel cimitero. Siccome era riparato dal vento, lo zio ci faceva lezione lí, tutti e tre seduti sull'unica tomba di pietra, quella del parroco precedente, sepolto con gran pompa per volontà della sua ricca famiglia.

Don Loisel, per tenerci in esercizio la memoria, ci faceva mandare a mente i nomi dei morti dipinti sulle croci di legno nero; e perché si esercitasse nello stesso tempo il nostro discernimento, ci faceva iniziare quell'insolito esercizio ora da un'estremità del campo funebre, ora dall'altra, ora dal centro, indicando a un tratto una determinata tomba: – Vediamo, quella in terza fila, con la croce che pende a sinistra –. Quando c'era un funerale, avevamo fretta di sapere che cosa sarebbe stato dipinto sul simbolo di legno, e spesso andavamo perfino dal falegname per leggere l'epitaffio, prima ancora che fosse messo sulla tomba. Lo zio chiedeva: – Avete imparato quello nuovo? – Noi rispondevamo a una voce: – Sí, zio, – e ci mettevamo subito a farfugliare: – Qui riposa Joséphine, Rosalie, Gertrude Malaudain, vedova di Théodore Maglorie Césaire, deceduta all'età di sessantadue anni, rimpianta dalla famiglia, buona figlia, buona sposa e buona madre. La sua anima è nel regno dei cieli.

Lo zio era un parroco alto e ossuto, e le sue idee erano, come il suo corpo, tagliate con l'accetta. Perfino la sua anima sembrava dura e precisa come una risposta del catechismo. Ci parlava spesso di Dio con voce tonante; pronunciava questa parola con violenza, come una schioppettata. Del resto, il suo Dio non era «il buon Dio», ma «Dio» e basta. Doveva pensare a lui come un ladruncolo pensa al gendarme, o un prigioniero al giudice istruttore.

Ci educò duramente, mio fratello e me, insegnandoci piú a tremare che ad amare.

Quando compimmo rispettivamente quattordici e quindici anni, ci mise in collegio, a prezzo ridotto, nell'istituto religioso di Yvetot. Era una grande costruzione triste, popolata da preti e da allievi per lo piú destinati al sacerdozio. Ancora oggi non posso pensarci senza che mi vengano dei brividi di tristezza. Si fiutava la preghiera, là dentro, come si fiuta il pesce al mercato, nei giorni di marea. Oh, quel triste collegio, con le sue eterne cerimonie religiose, la messa fredda ogni mattino, le meditazioni, la recitazione del Vangelo, le letture edificanti durante i pasti! Oh, quel tempo vecchio e triste trascorso tra le mura conventuali, dove non si sentiva parlare che di *Dio*, del Dio esplosivo caro allo zio.

Vivevamo lí in una pietà limitata, ruminante e forzata, e anche in una sporcizia davvero meritoria, perché ricordo che facevano lavare i piedi ai ragazzi solo tre volte l'anno, prima delle vacanze. Quanto al bagno, era del tutto ignorato, cosí come il nome di Victor Hugo. I nostri maestri dovevano averli in gran disprezzo.

Uscii di lí con la licenza liceale, lo stesso anno di mio fratello, e tutti e due, muniti di qualche soldo, ci svegliammo un bel mattino a Parigi, impiegati con milleottocento franchi di stipendio nell'amministrazione pubblica, grazie alla protezione del vescovo di Rouen.

Per un po' di tempo rimanemmo buoni buoni, mio fratello e io, abitando insieme nel piccolo appartamento che avevamo affittato, simili a uccelli notturni tratti fuori dal loro buco e gettati in pieno sole, storditi, stralunati.

Ma pian piano l'aria di Parigi, i compagni, i teatri ci smaliziarono un po'. Desideri nuovi, estranei alle gioie celesti, cominciarono a penetrare in noi, e caspita, una sera, la stessa sera per tutti e due, dopo lunghe esitazioni, grandi preoccupazioni e paure da soldati alla prima battaglia, ci siamo lasciati... come dire... lasciati sedurre da due piccole vicine, due amiche impiegate nello stesso negozio, che abitavano insieme.

Or avvenne che ben presto ci fu uno scambio tra le due case, una divisione. Mio fratello prese l'appartamento delle due bambine e si tenne una di loro. Io m'impadronii dell'altra, che venne ad abitare da me. La mia si chiamava Louise; poteva avere ventidue anni. Era una brava ragazza fresca, allegra, rotonda dappertutto, e in qualche punto anche molto rotonda. Si installò da me, da brava donnina che prende possesso di un uomo e di tutto quel che lo riguarda. Organizzò, riordinò, cucinò, regolò oculatamente il bilancio, facendomi inoltre gustare molti piaceri che mi erano sconosciuti.

Dal canto suo, anche mio fratello era molto contento. Pranzavamo tutti e quattro insieme un giorno dall'uno e un giorno dall'altro, senza una nuvola nell'anima o una preoccupazione nel cuore.

Ogni tanto ricevevo una lettera dallo zio che mi credeva sempre con mio fratello, e che mi dava notizie del paese, della domestica, delle morti recenti, della terra, del raccolto, frammiste a molti consigli sui pericoli della vita e le turpitudini del mondo.

Queste lettere arrivavano la mattina con la distribuzione delle otto. La portiera le faceva scivolare sotto la porta e batteva contro il muro con la scopa per avvertire. Louise si alzava, andava a raccogliere la busta azzurra, e si sedeva sull'orlo del letto per leggermi le «epistole del parroco Loisel», come diceva pure lei.

Per sei mesi fummo felici.

Or avvenne che una notte, verso l'una, una violenta scampanellata ci fece fare un salto nello stesso momento, perché non dormivamo, ma proprio per niente. Louise disse: – Che cosa può essere? – Risposi: – Non lo so. Hanno sbagliato piano, di sicuro –. E non ci muovemmo piú, benché... insomma, rimanemmo stretti l'uno contro l'altra, orecchio teso, molto nervosi.

E a un tratto, una seconda scampanellata, poi una terza, poi una quarta riempirono di fracasso l'appartamentino, ci fecero rizzare a sedere contemporaneamente, sul letto. Non sbagliavano; era proprio con noi che ce l'avevano. Infilai alla svelta un paio di pantaloni, misi le ciabatte e corsi alla porta d'ingresso, temendo una disgrazia. Ma prima di aprire chiesi: – Chi c'è? Che volete?

Una voce, una voce grossa, quella dello zio, rispose: – Sono io,

Jean, apri svelto, perbaccolina, non ho voglia di dormire per le scale.

Mi sentii impazzire. Ma che fare? Corsi in camera e con voce ansimante dissi a Louise: — È mio zio, nasconditi —. Poi tornai indietro e aprii la porta d'ingresso; poco ci mancò che don Loisel non mi facesse andar per terra, con la sua valigia di tappeto.

Gridò: — Che facevi, birbone, che non mi aprivi?

Risposi balbettando: — Stavo dormendo, zio.

Lui riprese: — Stavi dormendo, va bene, ma dopo, quando mi hai parlato da dietro la porta.

Farfugliai: — Avevo lasciato la chiave nella tasca dei pantaloni, zio —. Poi, per evitare altre spiegazioni, gli saltai al collo e lo abbracciai con violenza.

Si addolcí, spiegò: — Sono qui per quattro giorni, ragazzaccio. Ho voluto dare un'occhiata a questo inferno di Parigi per farmi un'idea dell'altro inferno —. E rise con una risata temporalesca, poi riprese:

— Sistemami dove vuoi. Toglieremo un materasso dal tuo letto. Ma dov'è tuo fratello? Dorme? E vallo a svegliare.

Stavo perdendo la testa; finalmente mormorai: — Jacques non è tornato a casa: hanno molto lavoro straordinario, stanotte, in ufficio.

Mio zio, senza nessuna diffidenza, si fregò le mani e chiese: — Allora va bene, il lavoro?

E si diresse verso la porta della mia camera. Per poco non lo presi per il bavero. — No... no..., di qua, zio —. Un'idea mi aveva illuminato; aggiunsi: — Dovete aver fame, dopo questo viaggio, venite a mangiare un boccone.

Sorrise.

— Per questo, è vero che ho fame. Uno spuntino lo farei volentieri —. E lo spinsi in sala da pranzo.

Avevamo appunto pranzato tutti da noi, quel giorno, l'armadio era bello pieno. Ne estrassi prima di tutto un pezzo di manzo stufato che il curato attaccò vigorosamente. Lo spingevo a mangiare, versandogli da bere, richiamandogli ricordi di buoni pranzi normandi per stimolare il suo appetito.

Quando ebbe finito, spinse il piatto davanti a sé affermando: — Ecco fatto, sto a posto, — ma io avevo delle riserve; conoscevo il debole del brav'uomo, e portai ancora un pasticcio di pollo, un'insalata di patate, un barattolo di panna, e vino pregiato che non avevamo finito.

Poco ci mancò che non cadesse all'indietro, esclamò: – Perbaccolina, che dispensa!

E si riprese il piatto, riavvicinandosi alla tavola. La notte procedeva, lui mangiava sempre; e io cercavo un sistema per cavarmela, senza trovarne neanche uno che mi sembrasse buono.

Finalmente, lo zio si alzò. Mi sentivo svenire. Volli trattenerlo ancora: – Andiamo, zio, un bicchiere di acquavite; è di quella vecchia, è buona –. Ma lui affermò: – No, stavolta sono a posto. Vediamo il tuo appartamento.

Non si resisteva allo zio, lo sapevo; e i brividi mi correvano lungo la schiena! Che sarebbe successo? Una scenata? Uno scandalo? Delle violenze, forse?

Lo seguivo con una voglia matta di aprire la finestra e di gettarmi di sotto. Lo seguivo stupidamente senza osar dire una parola per trattenerlo; lo seguivo sentendomi perduto, pronto a svenire per l'angoscia, e tuttavia sperando in non so quale imprevisto.

Entrò nella mia camera. Una suprema speranza mi fece balzare il cuore in petto. Quella brava ragazza aveva tirato le cortine del letto; e in giro non c'era neppure un indumento femminile. I vestiti, i colletti, i polsini, le calze sottili, gli stivaletti, i guanti, la spilla, gli anelli, era scomparso tutto.

Balbettai: – Non andremo a letto adesso, zio, è già l'alba.

Il parroco Loisel rispose: – Bravo te, per me dormirò volentieri un'ora o due.

E si avvicinò al letto, con la candela in mano. Io aspettavo, col fiato sospeso, sbigottito. D'un sol colpo, aprí le cortine!... Faceva caldo (si era a giugno); avevamo tolto tutte le coperte e rimaneva solo il lenzuolo che Louise, persa la bussola, si era tirato sulla testa. Certo per nascondersi meglio si era raggomitolata, e si vedeva... si vedeva... il suo contorno incollato alla tela.

Sentii che stavo per cadere all'indietro.

Lo zio si voltò verso di me con una risata che gli arrivava alle orecchie, lasciandomi quasi di stucco.

Esclamò: – Ah, ah, burlone, non hai voluto svegliare tuo fratello. Be', adesso vedi come lo sveglio, io.

E io vidi la sua mano, la sua grossa mano di contadino che si alzava; e mentre lui scoppiava dal ridere, la vidi ricadere con un rumore terribile sul... sul contorno esposto davanti a lui.

Un grido tremendo risuonò nel letto; e poi ci fu una tempesta furibonda sotto il lenzuolo. Qualcosa che si muoveva, si muoveva, si agitava, si dimenava. Louise non poteva piú liberarsi, avvolta com'era nel lenzuolo.

Alla fine, da una parte apparve una gamba, dall'altra un braccio, poi la testa, poi tutto il petto, nudo e tremolante; e Louise, furibonda, si sedette guardandoci con occhi che brillavano come fanali.

Lo zio, muto, si allontanava indietreggiando, con la bocca spalancata come se avesse visto il diavolo, e ansimando come un bue.

Reputai la situazione troppo seria per affrontarla, e scappai come un pazzo.

Non ritornai che due giorni dopo. Louise se n'era andata, lasciando la chiave al portiere. Non l'ho mai piú rivista.

E lo zio? Mi ha diseredato a beneficio di mio fratello il quale, avvertito dalla mia amica, gli ha giurato di essersi separato da me a causa delle mie sregolatezze, di cui non poteva continuare a essere testimone.

Non mi sposerò mai, le donne sono troppo pericolose.

15 maggio 1882.

IL PALETTO

A Raoul Denisane

I quattro bicchieri davanti ai quattro seduti a pranzo restavano pieni a metà, il che sta generalmente ad indicare che i commensali lo sono del tutto. Già parlavano senza ascoltare le risposte, occupandosi ognuno solo di quello che accadeva dentro di sé; e le voci divenivano clamorose, i gesti esuberanti, gli occhi lustri.

Era un pranzo di scapoli, di vecchi scapoli inveterati. Avevano fondato quel convegno a scadenza fissa circa vent'anni prima, battezzandolo «Il Celibato». Erano allora in quattordici ben decisi a non prendere moglie. Ora restavano in quattro. Tre erano morti e gli altri sette ammogliati.

Quei quattro lí tenevano duro; e osservavano scrupolosamente, per quanto stava in loro, le regole stabilite fin dall'inizio di quella strana associazione. Si erano giurato, stringendosi ambo le mani, di sviare dal cosí detto cammino della virtú quante mogli potevano, di preferenza quelle degli amici piú intimi. E perciò, non appena uno di loro lasciava la società per fondare una famiglia, aveva cura di romper l'amicizia in modo definitivo con tutti gli antichi compagni.

Dovevano inoltre, durante ogni pranzo, fare una reciproca confessione, raccontando ognuno, con nomi, particolari e indicazioni precise, la sua ultima avventura. Cosa che aveva reso familiare tra loro l'espressione: «Mentire come uno scapolo».

Professavano, inoltre, il piú completo disprezzo per la Donna, che giudicavano un «Animale da piacere». Citavano ogni momento Schopenhauer, il loro dio; reclamavano che fossero ristabiliti gli harem e le torri, avevano fatto ricamare sulle tovaglie che usavano per il pranzo del Celibato, l'antico precetto: «*Mulier, perpetuus infans*» e, sotto, il verso di Alfred de Vigny:

La femme, enfant malade et douze fois impure [1]!

[1] [«La donna, bambina malata e dodici volte impura!»]

E cosí, a forza di disprezzare le donne, non pensavano che a loro, non vivevano che per loro, e dedicavano a loro ogni sforzo, ogni desiderio.

I soci che avevano preso moglie li chiamavano vecchi farfalloni, li prendevano in giro e li temevano.

Al pranzo del Celibato, le confidenze dovevano avere inizio al momento di sturare lo champagne.

Il giorno di cui parliamo, quei vecchi, perché erano vecchi, or- mai, e piú invecchiavano piú raccontavano sorprendenti avventure galanti, quei vecchi furono inesauribili. In un mese, ognuno dei quattro aveva sedotto almeno una donna al giorno; e che donne! le piú giovani, le piú nobili, le piú ricche, le piú belle!

Quando tutti i racconti furono esauriti, uno dei quattro, quello che avendo parlato per primo aveva poi dovuto ascoltare gli altri, si alzò. — Adesso che abbiamo finito di raccontar balle, permettetemi di narrarvi, non la mia ultima, ma la mia prima avventura, cioè la prima avventura della mia vita, la mia prima caduta (perché è una caduta) nelle braccia di una donna. Oh! non starò a descrivervi il mio... come dire?... il mio primissimo inizio, no. Il primo fosso che saltiamo (dico fosso in senso figurato) non ha nulla d'interes- sante. Generalmente è fangoso e ce ne rialziamo con una dolce il- lusione di meno, e con un vago disgusto, una punta di tristezza. La prima volta che la tocchiamo, ci ripugna un po', la realtà dell'a- more; la sognavamo completamente diversa, piú delicata, piú fine. Ce ne resta un'impressione morale e fisica di nausea, come quando per caso mettiamo una mano in qualche cosa di appiccicoso e non abbiamo acqua per lavarci. Inutile stropicciare: rimane lí.

— Sí, ma come ci abituiamo facilmente, e presto! Ci si fa l'abi- tudine, ve lo dico io! Eppure... eppure, da parte mia, mi sono sem- pre rammaricato di non aver potuto dare qualche consiglio al Crea- tore nel momento in cui ha organizzato quella faccenda. Che cosa avrei inventato? Non lo so esattamente; ma credo che avrei siste- mato le cose in altro modo. Avrei cercato una combinazione meno sconveniente, e piú poetica, sí, piú poetica.

— Trovo che il buon Dio si è mostrato davvero troppo... trop- po... naturalista. Nella sua invenzione, ha mancato di poesia.

— Dunque, quel che vi voglio raccontare è la mia prima donna della buona società, la prima che ho sedotta. Scusate, volevo dire la prima che mi ha sedotto. Perché, in principio, siamo noi uomini che ci lasciamo prendere, mentre in seguito... è la stessa cosa.

Era un'amica di mia madre, una donna incantevole, del resto. Quei tipi là, quando sono casti, lo sono generalmente per stupidaggine, e quando s'innamorano, diventano come furie. E ci accusano di corromperle! Be'!... Con loro, è sempre il coniglio a cominciare; mai il cacciatore. Oh! hanno l'aria di non saperne nulla, ma sanno tutto, eccome! Senza parere, fanno di noi quello che vogliono; e poi ci accusano di averle rovinate, disonorate, avvilite, e che so io.

Quella di cui parlo, nutriva certo una voglia furiosa di farsi avvilire da me. Aveva forse trentacinque anni; io, appena ventidue. Non pensavo a sedurla piú di quanto pensassi a farmi trappista. Bene, un giorno, mentre, facendole visita, guardavo con stupore com'era vestita – una vestaglia abbondantemente aperta, aperta come la porta di una chiesa quando suona la messa – mi prese una mano, la strinse, sapete, la strinse come riescono a stringere in quei momenti, e sospirando come se stesse per venir meno – uno di quei sospiri che vengono dal fondo – mi disse: – Oh! non mi guardate cosí, bimbo mio.

Piú rosso d'un pomodoro e, manco a dirlo, piú timido del solito, avevo una gran voglia di andarmene, ma lei mi tratteneva la mano, e forte. Se la posò sul petto, un petto ben nutrito, dicendomi: – Ecco, sentite come mi batte il cuore –. Certo, batteva. Io cominciavo a capire, ma non sapevo come cavarmela, né di dove cominciare. In seguito, ho migliorato.

Mentre stavo lí immobile, con una mano appoggiata sulla grassa ricopertura del suo cuore, e il cappello nell'altra mano, continuando a guardarla con un sorriso confuso, un sorriso sciocco, un sorriso di paura, ecco che lei si alza all'improvviso e con voce irata: – Ah, questo poi! Che fate, giovanotto, siete indecente e maleducato –. Ritirando velocemente la mano, smisi di sorridere, e balbettai delle scuse, mi alzai, e me ne andai sbalordito, rintontito.

Ma ero preso al laccio, non sognavo che lei. La trovavo affascinante, adorabile; mi figuravo di amarla, di averla sempre amata, e risolsi di essere intraprendente, anzi temerario!

Quando la rividi, mi fece un sorrisetto appena accennato. Oh! quel sorrisetto, come mi turbò! E la sua stretta di mano fu lunga, piena d'insistenza significativa.

A partire da quel giorno, le feci la corte, a quanto pare. Per lo meno, ella sostenne che l'avevo sedotta, conquistata, disonorata, con raro machiavellismo, abilità consumata, perseveranza da matematico, e astuzie degne di un guerriero indiano.

Ma una cosa mi turbava stranamente. In quale luogo completare il mio trionfo? Abitavo in famiglia, e, su quel punto, la mia famiglia non transigeva. Mi mancava l'audacia di varcare, con una donna sotto braccio, la porta di un albergo in pieno giorno; né sapevo a chi chiedere consiglio.

Ma, la signora, chiacchierando con me di cose futili, sostenne che ogni giovanotto deve avere una camera fuori casa. Abitavamo a Parigi. Fu una luce improvvisa; presi una camera; ci venne.

Ci venne un giorno di novembre. Questa visita, che avrei preferito differire, mi turbava molto perché non potevo accendere il fuoco. E non potevo accenderlo perché il caminetto non tirava bene. Proprio il giorno prima avevo fatto una scenata al proprietario, un vecchio negoziante, e questi mi aveva promesso di venire di persona col fumista a esaminare attentamente i lavori da eseguire.

Appena fu entrata, le dichiarai: — Non ho fuoco, perché il caminetto fuma —. Non ebbe l'aria di sentire e balbettò: — Non fa niente, ne ho io... — E mentre la guardavo sorpreso, s'interruppe tutta confusa; poi riprese: — Non so piú quello che dico... sono pazza... perdo la testa... Cosa faccio, mio Dio! perché sono venuta, povera me! Oh! che vergogna!... — E singhiozzando mi piombò tra le braccia.

Credendo ai suoi rimorsi, le giurai che l'avrei rispettata. Allora crollò ai miei ginocchi gemendo: — Ma non vedi, dunque, che t'amo, che mi hai vinta, che mi hai fatta impazzire!

Credetti subito opportuno cominciare gli approcci. Ma lei trasalí, si rialzò e corse a nascondersi in un armadio, gridando: — Oh! non guardarmi, no, no! Questa luce mi fa vergognare. Almeno tu non mi vedessi, fossimo al buio, di notte, tutti e due. Ci pensi? Che sogno! Oh! questa luce!

Mi precipitai verso la finestra, chiusi le imposte, incrociai le tende, appesi il pastrano su un filo di luce che passava ancora; poi, con le mani tese per non inciampare nelle sedie, col cuore palpitante, la cercai, la trovai.

Fu un nuovo viaggio, a due, a tentoni, con le labbra unite, verso l'angolo opposto dove si trovava l'alcova. Credo che non camminavamo diritto, perché prima incontrai il caminetto, poi il cassettone, e finalmente quello che cercavamo.

Allora dimenticai tutto in un'estasi frenetica. Fu un'ora di follia, di furore, di gioia sovrumana; poi, invasi da una deliziosa stanchezza, ci addormentammo l'uno nelle braccia dell'altro.

E sognai. Ma ecco che nel sogno mi sembrò che mi chiamassero, che invocassero aiuto; poi ricevetti un colpo violento; apersi gli occhi!...

Oh!... Il sole al tramonto, rosso, magnifico, entrando tutto intero per la finestra spalancata, sembrava guardarci dall'estremo orizzonte, illuminava di una luce d'apoteosi il mio letto sconvolto, e, coricata lí sopra, una donna disperata che urlava, si dibatteva, si contorceva, agitava i piedi e le mani per afferrare un pezzo di lenzuolo, un angolo di cortina, qualsiasi cosa, mentre, in piedi in mezzo alla camera, sgomenti, uno accanto all'altro, ci contemplavano con stupidi occhi il padrone di casa in redingote, il portiere e un fumista nero come il diavolo.

Mi alzai furibondo, pronto a prenderli per il collo, gridando: – Che fate a casa mia, per Dio!

Il fumista, preso da un riso irresistibile, lasciò cadere la piastra di bandone che aveva in mano. Il portiere sembrava diventato matto; e il padron di casa balbettò: – Ma, signore, era... era... pel caminetto... il caminetto... – Urlai: – Fuori dai piedi, per Dio!

Allora si tolse il cappello con aria confusa e cortese e, uscendo a ritroso, mormorava: – Perdonate signore, chiedo scusa, ma se avessi creduto disturbare, non sarei venuto. Il portiere mi aveva assicurato che non c'era nessuno. Chiedo scusa –. E se ne andarono.

Da quel tempo, vedete, non chiudo mai le finestre; ma il paletto lo spingo sempre.

25 luglio 1882.

IL PERDONO

Era stata allevata in una di quelle famiglie che vivono chiuse in se stesse e sembrano sempre lontane da tutto. Benché se ne discorra a tavola, ignorano gli avvenimenti politici; ma i cambiamenti di governo avvengono cosí lontano, cosí lontano, che se ne parla come di un fatto storico, come della morte di Luigi XIV o dello sbarco di Napoleone.

I costumi si modificano, le mode succedono alle mode. Non se ne accorge nessuno nella imperturbabile famiglia, dove tutti continuano a seguire le tradizioni. E se avviene nei dintorni qualche vicenda scabrosa, lo scandalo viene a morire sulla soglia di casa. Solo il padre e la madre, una sera, scambiano poche parole sull'argomento, ma a mezza voce, per via delle pareti che hanno orecchie dovunque. E, discretamente, il padre dice:

– Hai saputo di quella faccenda terribile in casa Rivoil?

E la madre:

– Chi l'avrebbe mai creduta, una cosa simile? È spaventoso.

I figli non dubitano di nulla, e arrivano all'età di vivere alla loro volta, con una benda sugli occhi e sulla mente, senza sospettare ciò che avviene dietro le quinte, senza sapere che la gente non pensa come parla, e non parla affatto come agisce; senza pensare che bisogna vivere in guerra con tutti, o per lo meno in una pace armata; senza immaginare che chi è ingenuo è sempre truffato, chi è sincero, schernito, maltrattato chi è buono.

Certi arrivano al dí della morte, restando probi, leali, onorati fino all'accecamento: tanto integri che nulla può aprir loro gli occhi.

Altri, ingannati senza comprenderlo bene, barcollano sperduti, disperati, e muoiono credendosi trastulli di una fatalità eccezionale, misere vittime di eventi funesti o di uomini particolarmente criminali.

I Savignol maritarono la loro Berthe quando aveva diciott'anni. Sposò un giovanotto di Parigi, Georges Baron, che faceva affari in Borsa. Era un bel ragazzo, parlava bene, né gli mancava quell'apparenza di probità che è necessaria; ma, in fondo al cuore, rideva un poco dei suoceri alquanto arretrati e, con gli amici, li chiamava «i miei cari fossili».

Apparteneva a una buona famiglia; e la ragazza era ricca. La portò a vivere a Parigi.

Berthe diventò una di quelle provinciali di Parigi la cui razza è cosí numerosa. Continuò a ignorare tutto della grande città, del suo mondo elegante, dei suoi piaceri, delle sue usanze, come continuò a ignorare la vita, le sue perfidie e i suoi misteri.

Tutta presa dalle faccende domestiche, non conosceva che la via dove abitava, e quando si avventurava in un altro quartiere, le sembrava di fare un lontano viaggio in una città straniera e sconosciuta. Diceva a sera:

– Quest'oggi, ho attraversato i boulevards.

Due o tre volte l'anno, il marito la conduceva a teatro. Erano feste il cui ricordo non si spegneva mai e di cui riparlava senza posa.

Qualche volta, a tavola, mettendosi a ridere all'improvviso, esclamava:

– Ti ricordi di quell'attore vestito da generale, che imitava la voce del gallo?

Tutte le sue relazioni si limitavano a due famiglie di congiunti che, per lei, rappresentavano l'umanità. Li indicava facendone precedere il nome dall'articolo «i» – i Martinet e i Michelint.

Il marito viveva a modo suo, tornava a casa quando voleva, a volte – col pretesto di affari – perfino all'alba, senza preoccuparsi affatto di lei, sicuro che mai un sospetto avrebbe sfiorato quell'anima candida.

Ma una mattina arrivò a Berthe una lettera anonima.

Rimase smarrita, avendo un cuore troppo retto per capire l'infamia delle denunce, e per disprezzare quella lettera il cui autore si diceva ispirato da interesse per la sua felicità, odio del male e amore della verità.

Lo scritto rivelava che il marito aveva, già da due anni, un'amante, una giovane vedova, Madame Rosset, nel cui appartamento trascorreva tutte le sere.

Berthe non seppe né fingere, né dissimulare, né spiare, né giocare di astuzia. Quando lui tornò a casa per la colazione, gli gettò singhiozzando quella lettera e fuggí in camera sua.

Il marito, preso tempo per capire e per preparare una risposta, andò a bussare alla porta della moglie. Questa aprí subito, senza osare guardarlo. Lui sorrideva; si mise a sedere, la prese sulle ginocchia; e con voce dolce, un po' scherzosa:

— Piccola cara, Madame Rosset è davvero mia amica, la conosco da dieci anni e le voglio un gran bene; posso anche dire di conoscere altre venti famiglie di cui non ti ho mai parlato, sapendo che non vai in cerca di gente, di feste, e di nuove relazioni. Ma, per finirla una volta per tutte con queste denunce infami, ti prego di vestirti, dopo colazione, e di venire con me a far visita a questa signora che diventerà, ne son certo, un'amica anche per te.

Berthe abbracciò il marito con tutta l'anima; e, per una di quelle curiosità femminili che, una volta destate, non si addormentano piú, non rifiutò di andare a trovare quella sconosciuta di cui, pur non volendo, sospettava ancora un pochino. Sentiva, per istinto, che un pericolo conosciuto è quasi evitato.

Entrò in un piccolo appartamento, civettuolo, pieno di ninnoli, arredato con gusto, al quarto piano di una bella casa. Dopo cinque minuti di attesa in un salotto lasciato in penombra da cortine, portiere, tendaggi drappeggiati con grazia, si aperse una porta e apparve una giovane signora, molto bruna, non alta, un po' grassa, dall'aria stupita e sorridente.

Georges fece le presentazioni.

— Mia moglie, Madame Julie Rosset.

La vedovella mandò un lieve grido di stupore e di gioia, e si slanciò tendendo le mani. Non sperava affatto, diceva, di avere quella gioia, sapendo che Madame Baron preferiva non vedere nessuno; ma era felice, tanto felice! Voleva un tal bene a Georges! (diceva semplicemente Georges, con fraterna familiarità), e aveva una voglia matta di conoscerne la giovane sposa e di voler bene anche a lei.

In capo a un mese, le due nuove amiche non si lasciavano piú. Si vedevano ogni giorno, spesso due volte al giorno, e pranzavano insieme tutte le sere, ora a casa dell'una, ora dell'altra. Adesso Georges non usciva piú, non portava a pretesto gli affari, e diceva di adorare il suo angoletto accanto al fuoco.

Alla fine, essendo rimasto libero un appartamento nella casa dove abitava Madame Rosset, Madame Baron si affrettò ad occuparlo per stare piú vicine e unirsi ancora di piú.

Per due anni interi, fu un'amicizia senza nubi, un'amicizia di cuore e d'anima, assoluta, tenera, devota, deliziosa. Berthe non era piú capace di parlare senza pronunciare il nome di Julie, che per lei rappresentava la perfezione.

Era beata, di una felicità perfetta, piena di dolcezza e di calma.

Ma ecco che Madame Rosset si ammalò. Berthe non la lasciò piú. Passava la notte accanto al suo letto, si desolava; anche il marito era disperato.

Una mattina, il medico, dopo aver visitato l'ammalata, presi in disparte Georges e la moglie, annunciò che trovava assai grave lo stato della loro amica.

Appena fu uscito, tutti e due, costernati, si sedettero uno di fronte all'altra; poi all'improvviso, scoppiarono a piangere. A notte, la vegliarono insieme; e Berthe, ad ogni istante, abbracciava teneramente l'inferma, mentre Georges, ritto ai piedi del letto, la contemplava in silenzio, con una persistenza ostinata.

Il giorno dopo, l'ammalata stava ancora peggio.

Finalmente, verso sera, dichiarò di sentirsi meglio e costrinse gli amici a scendere per il pranzo nel loro appartamento.

Sedevano tristemente nel salotto, senza mangiare affatto, quando la domestica consegnò una busta a Georges. L'aperse, lesse, si fece livido, e, balzando in piedi, disse alla moglie in tono strano:

– Aspettami, devo andar via un momento, sarò di ritorno tra dieci minuti. Soprattutto, non uscir di casa.

E corse in camera per prendere il cappello.

Berthe restò ad aspettarlo, tormentata da un'inquietudine nuova. Ma, docile in tutto, non voleva salire dall'amica prima che lui fosse tornato. Non vedendolo ricomparire, le venne l'idea di andare nella camera di lui per sapere se aveva preso i guanti; ciò avrebbe dimostrato che si era dovuto recare in qualche luogo.

Li vide alla prima occhiata. Accanto a quelli, buttato là, un foglietto sgualcito.

Lo riconobbe subito, era la lettera che avevano consegnata a Georges.

E fu presa da una tentazione cocente, la prima da quando era al mondo, di leggere, di sapere. La coscienza lottava ribellandosi, ma il prurito di una curiosità sferzante e dolorosa le spingeva la mano. Afferrò il foglio, lo aperse, riconobbe subito la scrittura di Julie, una scrittura tremante, a matita. Lesse: «Vieni tu solo ad abbracciarmi, povero amico mio; sto per morire».

Sulle prime, non capí, e rimaneva là sbalordita, colpita soprattutto dall'idea della morte. Poi, all'improvviso, quel «tu» s'impadroní della sua mente; e fu come un lampo che illuminasse la loro esistenza, mostrandole tutta l'infame verità, il tradimento, la perfidia. Comprese la lunga astuzia, certi sguardi, la sua buona fede derisa, la fiducia ingannata. Li rivide uno accanto all'altro, la sera, sotto l'abat-jour, mentre leggevano lo stesso libro, interrogandosi con gli occhi alla fine di ogni pagina.

E, col cuore nauseato dall'indignazione, amareggiato dalla sofferenza, sprofondò in una disperazione infinita.

Risuonarono passi; scappò a chiudersi nella sua camera.

Poco dopo, la chiamò il marito.

— Vieni, fa' presto! Madame Rosset sta per morire.

Berthe comparve sulla soglia e, con labbra tremanti:

— Ritornate da solo accanto a lei, non ha bisogno di me.

Lui la guardò come un pazzo, abbrutito dal dolore, e riprese:

— Presto, vieni presto, muore.

E Berthe:

— Preferireste che fossi io, a morire.

Forse allora egli comprese e se ne andò per ritornare presso l'agonizzante.

La pianse senza nascondersi, senza pudore, indifferente al dolore della moglie che non gli parlava piú, non lo guardava piú, viveva sola, murata nel disgusto, in una collera piena d'indignazione, pregando Dio dalla mattina alla sera.

Tuttavia abitavano insieme, mangiavano uno di fronte all'altra, muti e disperati.

A poco a poco lui si calmò; ma lei non lo perdonava.

Rimasero cosí per un anno, estranei tra loro come se non si fossero mai conosciuti. Berthe fu sul punto d'impazzire.

Poi una mattina, uscita prima dell'aurora, tornò a casa verso le otto stringendo tra le mani un enorme fascio di rose, rose bianche, tutte bianche.

E fece dire al marito che desiderava parlargli.

Entrò inquieto, turbato.

— Usciamo insieme, — gli disse; — prendete questi fiori, sono troppo pesanti per me.

Lui li prese e seguí la moglie. Li aspettava una carrozza che si avviò appena vi furono saliti.

Si fermò al cancello del cimitero. Allora Berthe, con gli occhi pieni di lacrime, disse a Georges:

— Guidatemi alla sua tomba.

Egli tremava senza comprendere e prese a camminare precedendo la moglie e sempre portando i fiori tra le braccia. Finalmente si fermò davanti a una lapide bianca e l'indicò senza una parola.

Allora lei prese il fascio di rose e, inginocchiandosi, lo depose

ai piedi della tomba. Poi s'isolò in una preghiera silenziosa e supplichevole.

In piedi dietro di lei, il marito, oppresso dai ricordi, piangeva.
Ella si rialzò e, porgendogli le mani:

— Se vorrai, saremo amici, — gli disse.

16 ottobre 1882.

LA RELIQUIA

Al reverendo abate Louis d'Ennemare Soissons

Mio caro abate,

Ecco che è andato a monte il mio matrimonio con tua cugina, e nel modo piú stupido, per uno scherzo idiota che ho fatto quasi involontariamente alla mia fidanzata.

Nell'imbarazzo in cui mi trovo, ricorro a te, vecchio compagno; perché solo tu puoi cavarmi d'impiccio. Te ne sarò riconoscente finché avrò vita.

Conosci Gilberte, o piuttosto credi di conoscerla; ma chi arriva a conoscere le donne? Tutte le loro opinioni, le loro credenze, le loro idee sono a sorpresa. Tutta la loro mente è piena di svolte, di ritorni improvvisi, di ragionamenti inafferrabili, di logica a rovescio, di ostinazioni che sembrano definitive e cedono perché un uccellino si è venuto a posare sul davanzale d'una finestra.

Non ho bisogno di dirti che tua cugina è estremamente religiosa, educata dalle Dame bianche o nere di Nancy.

Questo, lo sai meglio di me. Ma è esaltata in tutto come in devozione, e questo probabilmente lo ignori. La sua testolina prende il volo come una foglia che caprioleggia al vento; ed è donna, o piuttosto fanciulla, piú di qualsiasi altra, pronta a intenerirsi o ad arrabbiarsi, e a partir di galoppo verso l'affetto come verso l'odio, ma anche a tornare indietro nello stesso modo; e carina... come sai; e affascinante piú di quanto non riesca a dirti... e come tu non saprai mai.

Dunque, eravamo fidanzati; l'adoravo e cosí l'adoro anche adesso. Lei sembrava amarmi.

Una sera ricevei un telegramma che mi chiamava a Colonia per un'operazione grave e difficile. Dovendo partire l'indomani, corsi a salutare Gilberte e a dirle la ragione per cui non avrei pranzato dai futuri suoceri quel mercoledí, ma solo venerdí sera, appena tornato. Oh! guardati dai venerdí; ti assicuro che sono funesti!

Quando le dissi che dovevo partire, vidi brillare una lacrima nei suoi occhi; ma appena annunciai il prossimo ritorno, si mise a batter le mani gridando: — Che gioia! mi porterete un regalino;

una cosa da nulla, un semplice ricordo, ma un ricordo scelto per me. Dovete scoprire cosa mi farà piú piacere, capite? Vedrò se avete un po' d'immaginazione.

Rifletté qualche secondo, poi soggiunse: – Vi proibisco di spendere piú di venti franchi. Voglio essere commossa dall'intenzione, dall'invenzione, non dal prezzo –. E dopo un nuovo silenzio, disse a mezza voce, abbassando gli occhi: – Se non vi costerà denaro, e troverete qualcosa d'ingegnoso, di delicato, vi... vi darò un bacio.

Il giorno dopo, ero a Colonia. Si trattava di uno spaventoso incidente che aveva immerso nella disperazione una intera famiglia. Urgeva un'amputazione. Mi ospitarono in casa e quasi mi ci rinchiusero; tutti erano in lacrime e piangevano assordandomi; operai un moribondo che rischiò di spirare tra le mie mani; rimasi due giorni accanto a lui; poi, constatata una speranza di salvezza, mi feci riaccompagnare alla stazione.

Ma mi ero sbagliato d'orario; avevo un'ora da perdere. Gironzolavo per le vie, pensando ancora al mio povero paziente, quando mi fermò un individuo.

Non so il tedesco e quel tipo ignorava il francese; finalmente compresi che mi proponeva di acquistare certe reliquie. Il ricordo di Gilberte mi trapassò il cuore; conoscevo la sua fanatica religione. Ecco trovato il regalo! Seguii l'uomo in un negozietto di oggetti sacri, e comprai un «Piccolo pezzo ti osso telle unticimila fercini».

La pretesa reliquia era racchiusa in un grazioso scatolino d'argento antico e fu questo a decidere la mia scelta.

Intascai il piccolo oggetto e salii in treno.

Appena a casa volli rivedere l'acquisto. Lo presi... Lo scatolino si era aperto, la reliquia perduta! Ebbi un bel frugarmi in tasca, rovesciarne la fodera; l'ossicino, non piú grosso della metà d'una capocchia di spillo, era scomparso.

Lo sai, caro abate, non ho che una fede mediocre; tu hai tanta grandezza d'animo e mi sei tanto amico da tollerare la mia freddezza, e da lasciarmi libero, sperando nell'avvenire, dici; ma sono totalmente incredulo quanto alle reliquie offerte da rivenduglioli di simili oggetti; e anche tu, ne sono certo, condividi i miei dubbi assoluti a tale proposito. Quindi, la perdita di quel frammento di carcassa di montone non mi desolò affatto; e mi procurai senza troppa fatica un ossicino analogo che incollai accuratamente nell'interno del gioiello.

Mi recai in casa della fidanzata.

Appena mi vide entrare, mi si slanciò incontro, ansiosa e sorridente: – Che mi avete portato? – Feci finta di essermene dimenticato; non mi credette. Mi lasciai pregare, supplicare, perfino; e quando la sentii pazza di curiosità, le presentai il santo medaglione. Rimase come istupidita dalla gioia. – Una reliquia! Oh! una reliquia! – E baciava appassionatamente lo scatolino. Mi vergognai dell'inganno.

Ma la sfiorò un'inquietudine che diventò presto un'orribile paura; e, fissandomi nel fondo degli occhi:

– Siete ben sicuro che sia autentica?

– Assolutamente certo.

– E come?

C'ero cascato. Confessare che avevo comprato quell'ossicino da un venditore ambulante, significava perdermi. Che dire? Mi attraversò la mente un'idea pazza; risposi a voce bassa, con tono di mistero:

– L'ho rubata per voi.

Mi contemplò con quegli occhioni meravigliati e felici. – Oh! L'avete rubata. E dove?

– Nella cattedrale, proprio dall'urna delle undicimila vergini –. Le batteva il cuore; si sentiva mancare dalla felicità; sussurrò:

– Oh! Avete fatto questo... per me. Raccontate, ditemi tutto!

Ormai era fatta, non potevo tornare indietro. Inventai una storia fantastica con particolari precisi e sorprendenti. Avevo dato cento franchi al custode della cattedrale per visitarla da solo; l'urna era in riparazione; ma ero capitato proprio nell'ora in cui operai e clero facevano colazione; togliendo un pannello, poi riapplicato accuratamente, avevo potuto impadronirmi di un ossicino (oh! cosí piccolo) in mezzo a una quantità di altri frammenti (dissi «quantità» pensando al mucchio che dovevano formare i resti di undicimila scheletri di vergini). Poi, recatomi da un orafo, avevo acquistato un gioiello degno della reliquia.

Non mi dispiacque di farle sapere che il medaglione m'era costato cinquecento franchi.

Ma lei non pensava a questo; mi ascoltava fremente, in estasi. Mormorava: – Come vi amo! – e mi si lasciò cadere tra le braccia.

Ti prego notare: avevo commesso per lei un sacrilegio; avevo rubato; rubato in una chiesa, violando un'urna; violato e rubato reliquie sacre. Lei mi adorava per questo; mi trovava tenero, perfetto, divino. Le donne sono fatte cosí, caro abate, tutte le donne.

Per due mesi, fui il piú ammirevole dei fidanzati. Gilberte aveva organizzato nella sua camera una specie di magnifica cappella per situarvi quel briciolo di cotoletta che mi aveva fatto compiere, credeva, un divino delitto d'amore; e andava in estasi là davanti sera e mattina.

L'avevo pregata di non rivelare il segreto; altrimenti, cosí le avevo detto, potevo venir arrestato, condannato, consegnato alla Germania. Mantenne la parola.

Ma ecco che, all'inizio dell'estate, le venne un folle desiderio di vedere il luogo della mia impresa. E tanto pregò suo padre (senza confessargli la ragione segreta), che questi la condusse a Colonia, nascondendomi, per desiderio della figlia, la meta del viaggio.

Non ho bisogno di dirti che non ho mai visto l'interno di quella cattedrale. Ignoro dove sia il sepolcro (se c'è un sepolcro?) delle undicimila vergini. Pare che questo sia inaccessibile, ahimè!

Otto giorni dopo, ricevetti da lei dieci righe che mi scioglieva-no dal fidanzamento; ed ebbi anche una lettera esplicativa del pa-dre, confidente tardivo.

Dall'aspetto dell'urna, ella aveva compreso il mio inganno, la mia menzogna e, nello stesso tempo, la mia reale innocenza. Aven-do domandato al custode delle reliquie se non era stato commesso nessun furto: il brav'uomo si era messo a ridere dimostrando l'im-possibilità di un simile attentato.

Ma dal momento che non avevo infranto un'urna sacra, e tuf-fata una mano profana tra resti venerabili, non ero piú degno della mia bionda e tenera fidanzata.

Mi fu proibito di recarmi in casa. Inutile ogni preghiera, ogni supplica; nulla riuscí a commuovere la bella devota.

Mi ammalai dal dolore.

Orbene, la settimana scorsa una sua cugina, che è anche cugina tua, Madame d'Arville, m'invitò ad andarla a trovare.

Ed ecco a quali condizioni sarò perdonato. Devo portarle una reliquia – una reliquia vera, autentica, con tanto di attestato del Nostro Santo Padre il Papa – di una qualsiasi vergine e martire.

L'imbarazzo e la preoccupazione mi fanno impazzire.

Andrò a Roma, se sarà necessario. Ma non posso presentarmi al papa di punto in bianco per raccontargli la mia sciocca avventu-ra. E poi, dubito che affidino a un privato una vera reliquia.

Non mi potresti raccomandare a qualche monsignore, o magari soltanto a un prelato francese, proprietario di frammenti d'una santa? Tu stesso, non avresti nelle tue collezioni il prezioso ogget-to che mi viene reclamato?

Salvami, caro abate, ti prometto di convertirmi dieci anni prima!

Madame d'Arville, che prende sul serio questa storia, mi ha detto: — Quella povera Gilberte non si mariterà mai.

Mio buon amico, lascerai tua cugina morire vittima di una fantasia stupida? Ti supplico, fa che non sia l'undicimillunesima.

Perdonami, non son degno; ma ti abbraccio e ti voglio bene con tutto il cuore.

Il tuo vecchio amico   Henri Pontal.

17 ottobre 1882.

UN MILIONE

Era una modesta famigliola di impiegati. Il marito, impiegato al ministero, corretto e meticoloso, eseguiva rigorosamente il suo dovere. Si chiamava Léopold Bonnin. Era un giovane ometto che pensava sempre quanto si doveva pensare. Era stato educato con principî religiosi, ma era diventato meno credente da quando la Repubblica tendeva a separare la Chiesa dallo Stato. Proclamava a voce alta nei corridoi del ministero: – Sono religioso, religiosissimo anzi, ma religioso nei confronti di Dio, non sono certo clericale –. Pretendeva innanzi tutto di essere una persona onesta, e lo proclamava battendosi il petto. Era, infatti, una persona onesta nel significato piú terra terra della parola. Arrivava in orario, andava via in orario, non bighellonava, e si mostrava sempre molto rigido sulle «questioni di denaro». Aveva sposato la figliola di un suo collega povero, la sorella del quale possedeva però un milione, acquistato con un matrimonio d'amore. Costei non aveva avuto figli, con sua grande desolazione, e perciò avrebbe potuto lasciare il patrimonio soltanto alla nipote.

Questa eredità era la costante preoccupazione della famiglia. Gravava sulla casa, gravava sull'intero ministero; tutti sapevano che «i Bonnin avrebbero ereditato un milione».

Nemmeno i due giovani coniugi avevano figlioli, ma non ci tenevano, contenti di vivere nella loro limitata e placida onestà. Il loro appartamento era pulito, ordinato, tranquillo, sonnolento, perché essi erano calmi e moderati in tutto; e pensavano che un bambino avrebbe turbato la loro vita, la loro intimità e la loro tranquillità.

Non avrebbero fatto nulla per rimanere senza discendenza, ma poiché il cielo non aveva mandato loro figlioli, tanto meglio.

La zia del milione si rammaricava della loro sterilità e dava loro infiniti consigli per farla cessare. A suo tempo, anche lei aveva tentato, senza successo, con mille sistemi suggeriti da amici o da chiromanti e, da quando aveva superato l'età di procreare, le erano stati indicati altri mille sistemi che riteneva infallibili, e lei si rammaricava di non poterne fare una personale esperienza e si accaniva a rivelarli ai nipoti, ripetendo loro continuamente: — E allora, avete provato quel che vi ho raccomandato l'altro giorno?

Morí. I due giovani ne furono felici, di quella gioia nascosta, che si vela a sé e agli altri con il lutto. La coscienza si drappeggia di nero, ma l'anima freme di allegria.

Seppero che un testamento era stato depositato presso un notaio: vi si precipitarono appena usciti dalla chiesa.

La zia, fedele all'idea fissa di tutta la sua vita, aveva lasciato il milione al loro primo figliolo, con l'usufrutto ai genitori fino alla loro morte. Se i giovani coniugi non avessero avuti eredi entro tre anni, l'eredità sarebbe andata ai poveri.

Rimasero annientati, atterriti. Il marito si ammalò e, per otto giorni, non andò in ufficio. Poi, quando si fu ristabilito, si ripromise energicamente di diventare padre.

Per sei mesi, vi si accaní tanto da diventare l'ombra di se stesso. Si ricordava, ora, di tutti i suggerimenti della zia, e cominciò a metterli in pratica coscienziosamente, ma invano. La sua disperata volontà gli dava una forza fittizia, che rischiò di riuscirgli fatale.

Era minato dall'anemia; si temeva la tisi. Un medico che aveva consultato lo spaventò e lo fece rientrare nella sua pacifica esistenza, piú tranquilla persino di una volta, con una dieta ricostituente.

Allegre voci correvano per il ministero, dove tutti sapevano della delusione del testamento, e in tutti gli uffici si scherzava sul famoso «colpo del milione». Alcuni davano a Bonnin consigli scherzosi; altri, impertinenti, si offrivano di adempiere la scoraggiante clausola. C'era un giovanottone soprattutto, che aveva fama di essere un inveterato donnaiolo, famoso per i suoi successi con le donne in tutti gli uffici, che lo punzecchiava con continue allusioni, con frasi piccanti, vantandosi di poterlo fare ereditare in venti minuti.

Un giorno, Léopold Bonnin si offese e, alzandosi di scatto con la penna dietro l'orecchio, gli lanciò questa ingiuria: — Signore, siete un infame, se non avessi rispetto di me stesso vi sputerei in faccia.

Si scambiarono i testimoni, cosa che mise il ministero sottosopra per tre giorni. Nei corridoi non si vedevano che costoro, intenti a scambiarsi processi verbali e opinioni sull'affare. Finalmente, i quattro delegati adottarono all'unanimità una certa stesura a chiusura dell'incidente, e i due interessati l'accettarono, si salutarono con gravità davanti al capufficio e si strinsero la mano, balbettando parole di scusa.

Durante il mese seguente, si salutarono con studiata cerimonia, con premura di persone ben educate, come avversari che si fossero trovati faccia a faccia. Poi, un giorno, essendosi scontrati all'angolo di un corridoio, Bonnin chiese con nobile sollecitudine: – Non vi ho mica fatto male? – L'altro rispose: – Per niente, signore.

Da allora, credettero conveniente scambiare qualche parola, incontrandosi. A poco a poco, entrarono in maggiore confidenza, si abituarono l'uno all'altro, si capirono, cominciarono a stimarsi, come persone che prima non si erano ben capite e finirono col diventare inseparabili.

Ma Léopold era infelice in casa. Sua moglie lo punzecchiava con sgradevoli allusioni, lo torturava con continui sottintesi. E il tempo passava; era già trascorso un anno dalla morte della zia. L'eredità pareva perduta.

Madame Bonnin ogni volta che si metteva a tavola diceva: – Non c'è gran che per cena, certo non sarebbe cosí se fossimo ricchi.

Quando Léopold usciva per recarsi in ufficio, Madame Bonnin diceva, porgendogli il bastone: – Se avessimo cinquantamila lire di rendita non avresti bisogno di andare a sgobbare laggiú, signor scribacchino.

Quando Madame Bonnin doveva uscire, nei giorni di pioggia, mormorava: – Se avessimo una carrozza non sarei costretta ad inzaccherarmi con un tempo simile.

Insomma, ad ogni momento, in ogni occasione, sembrava rimproverare al marito qualcosa di vergognoso, addossando a lui tutta la colpa, facendolo solo responsabile della perdita di quel patrimonio.

Esasperato, Léopold la condusse da un celebre medico che, dopo una lunga visita, non si pronunciò, dichiarando che non vedeva nulla di anormale; che era un caso piuttosto frequente; che accade ai corpi come ai caratteri; che dopo aver visto tante coppie separarsi per incompatibilità di carattere, non c'era da stupirsi nel vederne altre sterili per incompatibilità fisica. La visita costò quaranta franchi.

Passò un anno, tra i due coniugi era guerra dichiarata, una guerra senza quartiere, accanita, una specie di terribile odio. E Madame Bonnin non faceva che ripetere: – È veramente una grossa disgrazia perdere un patrimonio per aver sposato un imbecille! – oppure: – E dire che se mi fosse capitato un altro uomo, a quest'ora avrei cinquantamila lire di rendita! – oppure: – C'è della gente che è sempre molesta nella vita e che rovina tutto.

Le cene, le serate soprattutto erano intollerabili. Non sapendo cosa fare, Léopold, una sera, temendo che a casa lo aspettasse una tremenda scenata, si portò dietro l'amico Frédéric Morel, quello col quale aveva rischiato di battersi in duello. In breve Morel diventò l'amico di casa, il consigliere ascoltato dei due sposi.

Mancavano soltanto sei mesi allo scadere dell'ultimo termine, dopo il quale il milione sarebbe andato ai poveri; e, a poco a poco, Léopold cambiava di modi con la moglie e diventava a sua volta aggressivo, la punzecchiava spesso con oscure insinuazioni, parlava misteriosamente di mogli di impiegati che avevano saputo creare la posizione dei loro mariti.

Raccontava, ogni tanto, storie di sorprendenti promozioni, concesse inaspettatamente ad impiegatucci. — Ravinot, per esempio, che cinque anni fa era ancora impiegato fuori ruolo è stato nominato sottocapo —. Madame Bonnin commentava: — Certo, tu non sapresti fare altrettanto.

Allora Léopold scrollava le spalle: — Non ha certo piú meriti di un altro. Ha soltanto una moglie intelligente, che è riuscita a piacere al capodivisione, e ne ottiene tutto quel che vuole. Nella vita, bisogna sapersi arrangiare, per non essere gabbati dalle circostanze.

Cosa voleva dire esattamente? Che cosa capí lei? Che cosa accadde? Ognuno di loro aveva un calendario sul quale segnavano i giorni che li separavano dalla fatale scadenza; e, ad ogni settimana, si sentivano invadere dalla follia, da una rabbia cieca, da una esasperazione, mista ad una tale disperazione che sarebbero stati capaci di commettere un delitto, se fosse stato necessario.

Ma ecco che una mattina, Madame Bonnin, con gli occhi lucidi e il volto radioso posò le mani sulle spalle del marito e, guardandolo profondamente, con uno sguardo fisso e felice, gli disse sottovoce: — Credo di essere incinta —. Léopold ebbe un tale tuffo al cuore che per poco non cadde all'indietro; poi afferrò bruscamente la moglie tra le braccia, la baciò con furia, se la fece sedere sulle ginocchia, la strinse ancora come una creatura adorata e, vinto dalla commozione, pianse e singhiozzò.

Dopo due mesi, non c'erano piú dubbi. Léopold la portò da un medico per fare constatare le sue condizioni, e portò il certificato ottenuto dal notaio depositario del testamento.

Il legale dichiarò che dal momento che il bambino, nato o nascituro, esisteva, avrebbe soprassieduto all'esecuzione testamentaria fino alla fine della gravidanza.

Nacque un maschietto, che chiamarono Dieudonné, in ricordo di quel che si faceva nelle case reali.

Diventarono ricchi.

Ora, una sera, mentre Bonnin stava entrando in casa, dove doveva venire a cena l'amico Frédéric Morel, la moglie gli disse con semplicità: — Proprio ora ho pregato il nostro amico Frédéric di non rimettere piú piede in casa: si è comportato male con me —. Léopold la guardò per un attimo con un sorriso riconoscente che gli brillava negli occhi, poi aprí le braccia; lei vi si gettò, e rimasero abbracciati per parecchio tempo, come due bravi sposini molto affettuosi, molto uniti, molto onesti.

E bisogna sentire Madame Bonnin quando parla delle donne che hanno mancato per amore, e di quelle che un grande slancio del cuore ha gettato nell'adulterio.

2 novembre 1882.

MINUETTO

A Paul Bourget

Le grandi disgrazie non mi rattristano, – disse Jean Bridelle, un vecchio scapolo che passava per scettico. – Ho visto la guerra molto da vicino: scavalcavo i corpi dei morti senza impietosirmi. Le violente brutalità della natura o degli uomini possono strapparci grida d'orrore o d'indignazione, ma non ci provocano quello stringimento di cuore, quel brivido che ci corre per la schiena alla vista di certe piccole cose strazianti.

Il dolore piú violento che si possa provare è, certo, la perdita d'un figlio per una madre, e la perdita della madre per un uomo. È un dolore violento, terribile, che sconvolge e strazia; ma da queste catastrofi si guarisce come dalle profonde ferite sanguinanti. Certi incontri, invece, certe cose appena intraviste, indovinate, certi dolori segreti, certe crudeltà della sorte, che sollevano in noi tutto un mondo di pensieri dolorosi, che ci schiudono davanti, all'improvviso, la porta misteriosa delle sofferenze morali, complicate, insanabili, tanto piú profonde in quanto sembrano benigne, tanto piú cocenti in quanto sembrano quasi inafferrabili, tanto piú tenaci in quanto sembrano fittizie, ci lasciano nell'animo come uno strascico di tristezza, un sapore amaro, una sensazione di disinganno di cui siamo lenti a liberarci.

Ho sempre davanti agli occhi due o tre fatti che altri sicuramente non avrebbero nemmeno notato, e che sono penetrati in me come lunghe e sottili punture inguaribili.

Forse non comprenderete l'emozione che m'è rimasta di quelle rapide impressioni. Ve ne racconterò una sola. È di molto tempo fa, ma viva come se fosse di ieri. Può darsi che sia solo la fantasia ad aver fatto le spese della commozione.

Ho cinquant'anni. A quel tempo ero giovane e studiavo legge. Un po' triste, un po' sognatore, imbevuto d'una malinconia filosofica, non amavo i caffè rumorosi, né i compagni chiassosi, né le donnine stupide. Mi alzavo presto; e uno dei miei piaceri preferiti era passeggiare solo, verso le otto del mattino, nel vivaio del Luxembourg.

L'avete conosciuto voi quel vivaio? Era come un giardino dimenticato del secolo scorso, un giardino grazioso come un dolce
sorriso di vecchia. Siepi folte dividevano i viali stretti e regolari,
viali tranquilli fra due spalliere di fogliame tagliate con regolarità.
Le grandi cesoie del giardiniere pareggiavano senza posa quei re-
cinti di fronde; e di tanto in tanto si incontravano aiuole fiorite,
gruppi di alberi allineati come tanti collegiali a passeggio, ciuffi di
splendidi rosai o file di alberi da frutta.

Un intero angolo di quel delizioso boschetto era abitato dalle
api. Le loro casette di paglia, abilmente distanziate su delle assi,
aprivano al sole le porte grandi quanto il vano d'un ditale; lungo i
sentieri s'incontravano le api ronzanti e dorate, vere padrone di
quel luogo di pace, avere abitatrici di quei tranquilli viali simili a
corridoi.

Andavo là quasi tutte le mattine. Mi sedevo su una panchina e
leggevo. Talvolta lasciavo ricadere il libro sulle ginocchia per sognare, per ascoltare attorno a me la vita di Parigi, e godere dell'infinito riposo di quelle alberete alla moda antica.

Ma ben presto m'avvidi di non essere il solo a frequentare quel
luogo fin dall'apertura dei cancelli; a volte m'incontravo a faccia a
faccia, all'angolo d'un cespuglio, con uno strano vecchietto.

Portava scarpe con le fibbie d'argento, calzoni al ginocchio,
una redingote tabacco di Spagna, una trina a guisa di cravatta e un
inverosimile cappello grigio a larghe falde e a pelo lungo, che faceva pensare al diluvio.

Era magro, magrissimo, angoloso, smorfioso e sorridente. I suoi
occhi vivi palpitavano, s'agitavano sotto il movimento continuo
delle palpebre; e teneva sempre in mano un superbo bastone dal
pomo d'oro che doveva essere per lui un ricordo magnifico.

Dapprima il brav'uomo mi stupí, poi m'interessò oltre misura.
Lo spiavo attraverso le spalliere del fogliame, lo seguivo di lontano, fermandomi agli angoli dei boschetti per non essere visto.

Ed ecco che un mattino, credendosi solo, si mise a fare dei movimenti curiosi: prima qualche saltello, poi una riverenza; poi in-
trecciò le deboli gambe con una mossa ancora agile, poi cominciò a
piroettare galantemente, saltellando, dimenandosi in modo buffo,
sorridendo come davanti a un pubblico, facendo moine, curvando
le braccia, torcendo il suo povero corpo da marionetta, accennando
nel vuoto dei lievi saluti commoventi e ridicoli. Danzava!

Rimasi pietrificato dallo stupore, chiedendomi chi dei due fosse matto, lui, o io.

Ma di colpo si fermò, si fece avanti come fanno gli attori sulla scena, poi s'inchinò indietreggiando con graziosi sorrisi e baci da commediante che mandava con mani tremanti a due file di alberi mozzati.

E riprese gravemente la sua passeggiata.

A partire da quel giorno non lo persi piú di vista; e ogni mattina ricominciava il suo inverosimile esercizio.

Mi venne una voglia matta di parlargli. Mi arrischiai, e, dopo averlo salutato, gli dissi:

— Bel tempo oggi.

S'inchinò.

— Sí, proprio il tempo d'una volta.

Otto giorni dopo eravamo amici, e seppi la sua storia. Era stato maestro di ballo all'Opéra, ai tempi di Luigi XV. Il suo bel bastone era un regalo del conte di Clermont. E quando gli parlavo di danza non avrebbe piú smesso di chiacchierare.

Un giorno mi confidò:

— Ho sposato la Castris. Ve la presenterò, se lo desiderate, ma lei viene qui piú tardi. Questo giardino, vedete, è la nostra gioia e la nostra vita. È tutto quello che ci resta del passato. Ci sembra che non potremmo vivere, se non l'avessimo piú. È vecchio e distinto, vero? Mi pare di respirarci la stessa aria della mia giovinezza. Mia moglie ed io vi passiamo tutti i pomeriggi. Ma io ci vengo fin dal mattino, perché mi alzo di buon'ora.

Appena finito di pranzare tornai al Luxembourg, e poco dopo scorsi il mio amico che dava cerimoniosamente il braccio a una vecchietta vestita di nero, a cui venni presentato. Era la Castris, la grande ballerina amata dai principi, amata dal re, amata da tutto quel secolo galante che sembra aver lasciato al mondo un profumo d'amore.

Ci sedemmo su una panchina di pietra. Era il mese di maggio. Un profumo di fiori aleggiava per i nitidi viali; un caldo sole penetrava tra il fogliame e seminava sopra di noi chiazze di luce. La veste nera della Castris pareva impregnata di chiarore.

Il giardino era vuoto. In lontananza si udivano correre le carrozze di piazza.

— Dite un po', — chiesi al vecchio ballerino, — che cos'era il minuetto?

Trasalí.

— Il minuetto, signore, è la regina delle danze e la danza delle regine, mi capite? Da quando non ci sono piú re, non c'è piú il minuetto.

E con stile pomposo cominciò un lungo elogio ditirambico di cui non capii nulla. Volli farmi descrivere i passi, i movimenti, le mosse. S'ingarbugliava, si spazientiva della sua impotenza, era nervoso e desolato.

E ad un tratto, volgendosi verso la sua vecchia compagna, sempre silenziosa e grave:

– Elise, – disse, – vuoi essere cosí gentile, vuoi che mostriamo al signore che cos'era?

Ella girò intorno gli occhi inquieti, poi s'alzò senza dire una parola e andò a mettersi di fronte a lui.

Allora vidi una cosa indimenticabile.

Andavano e venivano con delle moine infantili, si sorridevano, si dondolavano, s'inchinavano, saltellavano come due vecchie bambole mosse da un meccanismo antiquato, un po' guasto, costruito in passato da un esperto operaio, secondo la maniera del tempo.

E io li guardavo, col cuore turbato da straordinarie sensazioni, l'animo commosso da un'indicibile malinconia. Mi sembrava di vedere un'apparizione dolorosa e comica, l'ombra antiquata del secolo passato. Avevo voglia di ridere e bisogno di piangere.

Improvvisamente si fermarono; avevano terminato le figure della danza. Rimasero qualche istante in piedi l'uno di fronte all'altra, con una smorfia indescrivibile; poi s'abbracciarono singhiozzando.

Tre giorni dopo partivo per la provincia. Non li ho piú rivisti. Quando tornai a Parigi, due anni dopo, il vivaio era stato distrutto. Che ne sarà stato di loro senza il caro giardino d'un tempo, coi suoi labirinti, il suo profumo del passato e i graziosi sentieri serpeggianti nelle alberete?

Sono morti? Errano per le strade moderne come esuli senza speranza? Danzano, spettri bizzarri, un fantastico minuetto fra i cipressi d'un cimitero, lungo i sentieri fra le tombe, al chiaro di luna?

Il loro ricordo mi perseguita, m'ossessiona, mi tormenta, persiste in me come una ferita. Perché? Non lo so.

Forse trovate che è ridicolo, vero?

20 novembre 1882.

ASTUZIA

— Le donne?

— Ebbene, cosa? Le donne?

— Ebbene, non esistono prestigiatori piú astuti per metterci nel sacco a ogni proposito, con o senza ragione, spesso per il solo piacere d'imbrogliare. E imbrogliano con una semplicità sorprendente, un'astuzia invincibile. Imbrogliano dalla mattina alla sera: tutte, anche le piú oneste, le piú rette, le piú sensate.

— C'è da aggiungere che a volte vi sono quasi costrette. L'uomo ha, senza tregua, ostinazioni da imbecille, desideri da tiranno. Un marito, in casa, impone a ogni istante volontà ridicole. È pieno di manie; la moglie lo accontenta, ingannandolo. Gli fa credere che una cosa è stata pagata una certa cifra, perché lui griderebbe se costasse di piú. E si cava sempre d'impiccio destramente, con mezzi cosí facili e cosí furbi che, quando per caso ce ne avvediamo, ci sentiamo cader le braccia. Allora diciamo stupefatti: «Come mai non ce n'eravamo accorti?»

L'uomo che stava parlando era un vecchio ministro dell'Impero, il conte di L..., un donnaiolo dicevano, e un'intelligenza superiore.

Lo ascoltava un gruppo di giovani.

Riprese:

Fui imbrogliato, una volta, da un'umile borghesuccia, in maniera comica e magistrale. Vi racconterò questa storia per istruirvi.

Ero allora ministro degli Esteri e, ogni mattina, avevo l'abitudine di fare una lunga passeggiata a piedi per gli Champs-Elysées. Era maggio. Camminavo respirando avidamente quel buon odore delle prime foglie.

Presto mi accorsi d'incontrare ogni giorno una donnina adorabile, una di quelle straordinarie e graziose creature che portano l'etichetta di Parigi. Bella? Sí e no. Ben fatta? No, qualcosa di meglio. La vita era troppo sottile, troppo strette le spalle, il seno troppo sporgente, lo ammetto; ma preferisco queste squisite bambole dalla carne rotondetta a quella grande carcassa della Venere di Milo.

E trotterellano, poi, in modo incomparabile; e basta il fremito della loro linea a farci correre brividi di desiderio fino nelle midolla. Aveva l'aria di guardarmi di sfuggita; ma quelle donne hanno sempre l'aria di tutto; e non si sa mai...

Un mattino la vidi seduta su una panchina, con un libro aperto tra le mani. Mi affrettai a sedermi accanto a lei. Dopo cinque minuti, eravamo amici. Cosí, ogni giorno, dopo il sorridente saluto: – Buongiorno, Signora. – Buongiorno, Signore, – chiacchieravamo. Mi raccontò di essere moglie di un impiegato, di avere una vita triste, con rari piaceri e frequenti preoccupazioni, e mille altre cose.

Gli dissi chi ero, per caso e forse anche per vanità; simulò benissimo lo stupore.

Il giorno dopo, veniva a trovarmi al ministero, e ci tornò cosí spesso che gli uscieri, avendo imparato a conoscerla, si passavano sottovoce l'un l'altro, scorgendola, il nomignolo che le avevano affibbiato: «Madame Léon». Tale è il mio nome di battesimo.

Per tre mesi, la vidi ogni mattina, senza stancarmi di lei nemmeno un secondo, tanto sapeva variare di continuo e condire col pepe le sue tenerezze. Ma un giorno mi accorsi che aveva gli occhi pesti e lucenti di lacrime rattenute, e che parlava a stento, tutta assorta in preoccupazioni segrete.

La pregai, la supplicai di dirmi che pena aveva in cuore; e lei finí col balbettare tremante: – Sono... sono incinta –. E cominciò a singhiozzare. Oh! feci un'orribile smorfia e certo impallidii come succede quando si ricevono notizie del genere. Non potete immaginare che colpo vi dia in mezzo al petto l'annuncio di una paternità inattesa. Ma prima o poi lo saprete. Balbettai a mia volta: – Ma... ma... hai marito, no?

Rispose: – Sí, ma mio marito è in Italia da due mesi e non tornerà ancora per molto tempo.

Mi premeva sciogliermi a tutti i costi da quella responsabilità. Dissi: – Devi raggiungerlo subito –. Arrossí fino alle tempie e, con gli occhi bassi: – Sí... ma... – Non osò e non volle dire di piú.

Avevo capito e le consegnai discretamente una busta contenente le spese del viaggio.

Otto giorni dopo, mi mandava una lettera da Genova. La settimana seguente, ne ricevetti una da Firenze. Poi ne arrivarono da Livorno, da Roma, da Napoli. Mi scriveva: «Sto bene, amore mio

caro, ma sono orribile. Non voglio lasciarmi vedere da te prima
che sia finito; non mi ameresti piú. Poiché la sua missione lo trattiene ancora a lungo in questo paese, non tornerò in Francia che
dopo il parto».

E, in capo a circa otto mesi, ricevetti da Venezia queste sole
parole: «È maschio».

Qualche tempo dopo, entrò all'improvviso, una mattina, nel
mio studio al ministero, piú fresca e piú carina che mai, e mi si gettò tra le braccia.

I nostri teneri rapporti ricominciarono.

Quando ebbi lasciato l'incarico, veniva a trovarmi nel mio palazzetto di rue de Grenelle. Spesso mi parlava del bambino, ma
non l'ascoltavo affatto; non mi riguardava la cosa. Le consegnavo
di tanto in tanto una somma rotondetta, dicendole semplicemente: — Mettila da parte per lui.

Passarono altri due anni; e, sempre piú, insisteva a darmi notizie del bimbo, «di Léon». A volte piangeva: — Tu non gli vuoi
bene; non vuoi nemmeno vederlo; sapessi che dolore mi dài!

Basta, mi tormentò tanto che un giorno le promisi di andare
l'indomani ai Champs-Elysées, nell'ora in cui ve lo portava a passeggio.

Ma, sul momento di uscir di casa, mi fermò un timore. L'uomo è
debole e stupido; chissà che sarebbe avvenuto nel mio cuore? E se
mi mettevo a volergli bene a quell'esserino nato da me? Mio figlio!

Avevo già il cappello in testa, i guanti in mano. Gettai i guanti
sulla scrivania, il cappello su una sedia: «No, assolutamente, non
andrò, è piú ragionevole».

Si aperse la porta; entrò mio fratello. Mi tese una lettera anonima ricevuta quella mattina: «Avvisate il conte di L..., vostro
fratello, che la donnina di rue Cassette si burla di lui spudorata-
mente. Prenda informazioni».

Non avevo mai parlato a nessuno di quella vecchia relazione.
Stupefatto, raccontai tutto a mio fratello, dal principio alla fine.
Soggiunsi: — Di persona, non me ne voglio occupare; ma mi faresti
un grande favore se cercassi di saperne qualcosa.

Mio fratello uscí, e io a domandarmi: «In che modo mi può
ingannare? Ha altri amanti? Che m'importa! È giovane, fresca,
graziosa; non le chiedo di piú. Ha l'aria di amarmi e, tutto sommato, non mi costa troppo caro. Non capisco davvero».

Mio fratello fu presto di ritorno. Alla polizia, gli avevano dato
ottime informazioni sul marito: — Impiegato al ministero dell'Interno, corretto, quotato, ben pensante, ma coniugato con una bella

donna le cui spese sembrano un po' esagerate, data la modesta situazione –. Ecco tutto.

Ma mio fratello, essendo andato a cercarla a domicilio e avendo saputo che era uscita, aveva fatto chiacchierare la portiera, a peso d'oro: – Madame D..., una bravissima donna, e suo marito un bravissimo uomo, non superbi, non ricchi, ma generosi.

Tanto per dire qualcosa, mio fratello domandò:

– Quanti anni ha, adesso, il bambino?

– Ma non ha bambini, signore!

– Come? E il piccolo Léon?

– No, signore, vi sbagliate.

– Ma quello che ha avuto durante il viaggio in Italia, due anni fa?

– Non è mai stata in Italia, signore: da cinque anni che abita qui, non ha lasciato mai questa casa.

Sorpreso, mio fratello aveva interrogato di nuovo, sondato, spinto piú oltre l'investigazione. Nessun bambino, nessun viaggio.

Cadevo dalle nuvole, ma senza capire fino in fondo il significato di tutta quella commedia.

– Voglio venirne in chiaro, – dissi. – La pregherò di trovarsi qui domani. La riceverai tu in vece mia; se mi ha canzonato, le darai questi diecimila franchi, e non la rivedrò piú. In realtà, comincio ad averne abbastanza.

Lo credereste? il giorno prima ero desolato di avere un bambino di quella donna, ed ecco che mi sentivo irritato, umiliato, ferito di non averlo piú. Mi ritrovavo libero, sbarazzato da ogni obbligo, da ogni preoccupazione; e ne ero furioso.

L'indomani, mio fratello l'attese nello studio. Entrò svelta svelta come sempre, correndo verso di lui a braccia aperte, ma vedendolo si fermò di scatto.

Lui s'inchinò, scusandosi.

– Vi chiedo perdono, signora, di trovarmi qui al posto di mio fratello; ma mi ha incaricato di chiedervi certe spiegazioni che gli sarebbe stato penoso ottenere di persona.

Poi, fissandola negli occhi, disse bruscamente:

– Sappiamo che non avete avuto un figlio da lui.

Dopo un primo momento di stupore, la donna aveva ripreso la calma, si era messa a sedere, e guardava sorridendo quel giudice. Rispose semplicemente:

– No, non ho figli.

– Sappiamo che non siete mai stata in Italia.

Questa volta, scoppiò in una risata:

— No, mai stata in Italia!

Mio fratello riprese sbalordito:

— Il conte mi ha incaricato di consegnarvi questo denaro e d'informarvi che tutto è finito tra voi.

Ridiventò seria e, intascato tranquillamente il denaro, domandò ingenuamente:

— Allora... non rivedrò piú il conte?

— No, signora.

Sembrò contrariata e soggiunse con tono calmo:

— Peccato; gli volevo bene.

Vedendola rassegnarsi cosí facilmente, mio fratello, sorridendo anche lui, le domandò:

— Suvvia, ditemi ora perché avete inventato questa lunga e complicata burla del viaggio e del bambino.

Guardando mio fratello sbalordita, come se le avessero fatto una domanda stupida, rispose:

— Che furbo! Credete che una povera borghesuccia da nulla come me, avrebbe trattenuto per tre anni il conte di L..., ministro, gran signore, uomo alla moda, ricco e seducente, se non gli avesse offerto di che rifarsi gli occhi? Ormai è finita. Peccato. Non poteva durare in eterno. Ma almeno ci sono riuscita per tre anni. Salutatelo tanto da parte mia.

E si alzò. Mio fratello riprese:

— Ma... e il bambino? Ne avevate uno da mostrargli?

— Certo: il figlio di mia sorella. Me lo prestava. Scommetto che è stata lei ad avvertirvi?

— Bah! E tutte quelle lettere dall'Italia?

Tornò a sedersi per ridere a suo agio.

— Oh! quelle lettere... è tutto un romanzo a parte. Non per nulla il conte era ministro degli Esteri.

— Ma... insomma?

— Insomma, è un segreto mio. Non voglio compromettere nessuno.

E salutando con un sorriso un po' canzonatorio, uscí senza mostrarsi turbata, come un'attrice che ha finito di recitare la sua parte.

E il conte di L... soggiunse, a morale della favola:

— Fidatevene di quegli uccellini!

12 dicembre 1882.

La contessa Samoris.

— Quella signora in nero, laggiú?

— Sí, quella, porta il lutto della figliola che lei stessa ha ammazzato.

— Andiamo, via! Che mi racconta?

— Una storia semplicissima, senza delitti e senza violenze.

— Di che si tratta, allora?

— Ah, nulla. Si dice che molte cortigiane siano nate per essere delle donne oneste; e molte donne considerate oneste per fare le cortigiane, non è vero? Ora, Madame Samoris, nata cortigiana, aveva una figlia nata per essere onesta, ecco tutto.

— Non capisco bene.

— Mi spiego:

La contessa Samoris è una di quelle straniere piene di lustrini come ne calano a centinaia a Parigi, ogni anno. Contessa ungherese o valacca, o non so cosa, fece la sua comparsa un inverno in un appartamento degli Champs-Elysées, il quartiere degli avventurieri, e aprí i suoi salotti a chi capitava.

Ci andai. Perché? Non lo so mica. Ci andai come ci andiamo tutti, perché lí si gioca, perché le donne sono facili e gli uomini disonesti. Conoscete quel mondo di filibustieri insigniti delle piú svariate decorazioni, tutti nobili, tutti titolati, tutti sconosciuti alle loro ambasciate, ad eccezione delle spie. Tutti parlano di onore a sproposito, citano i loro antenati, raccontano la loro vita, millantatori, bugiardi, bari, pericolosi come le loro carte, ingannatori come i loro nomi, l'aristocrazia della galera, insomma.

Mi piacciono moltissimo. Sono interessanti da studiare, da conoscere, divertenti da ascoltare, spesso spiritosi, mai insulsi come i pubblici funzionari. Le loro donne sono sempre belle, con un non so che di furfanteria straniera, con il mistero della loro esistenza trascorsa forse per metà in una casa di correzione. Hanno in genere occhi meravigliosi e capelli incredibili. Anche loro mi piacciono.

Madame Samoris è il prototipo di queste avventuriere, elegante, matura e ancora bella, seducente e felina; si sente che è viziosa fino alle midolla. A casa sua ci si divertiva molto, si giocava, si ballava, si mangiava... insomma si faceva tutto quel che costituisce i piaceri della vita mondana.

E aveva una figliuola, una ragazza alta, magnifica, sempre allegra, sempre pronta a divertirsi, che rideva sempre di un bel riso pieno, sempre pronta ad abbandonarsi alle danze piú sfrenate. Una vera figlia di avventuriera. Ma un'innocente, un'ignorante, un'ingenua che non vedeva, non sapeva, non capiva, non indovinava nulla di quel che accadeva nella casa materna.

— E voi come fate a saperlo?

— Come faccio a saperlo? È questa la cosa piú strana. Una mattina, suonano a casa mia, e il cameriere viene a dirmi che un certo Joseph Bonenthal vuole parlarmi. Dico subito:

— Chi è questo signore?

Il mio servitore risponde:

— Non saprei, signore, forse un domestico.

Difatti era un domestico che voleva entrare al mio servizio.

— Da dove venite?

— Dalla casa della signora contessa Samoris.

— Ah! Ma la mia casa non somiglia per nulla alla sua.

— Lo so bene, signore, è proprio per questo che vorrei venire qui; ne ho abbastanza di quella gente; son posti quelli dove si passa, non ci si rimane.

Io avevo proprio bisogno di un domestico, assunsi quello.

Un mese dopo, Mademoiselle Yveline Samoris moriva misteriosamente; ed ecco i particolari di quella morte come me li ha raccontati Joseph, che li aveva saputi a sua volta dalla cameriera della contessa, amica sua.

Una sera, durante una festa, c'erano due nuovi ospiti che chiacchieravano dietro un uscio. Yveline, che aveva finito un ballo, si appoggiò a quella porta, per ripigliar fiato. Quei due non la videro avvicinarsi, e lei sentí tutto. Dicevano:

— Ma chi è il padre della ragazza?

— Pare che sia un russo, il conte Ruvaloff. Ma ora non hanno piú rapporti.

— E il principe regnante, oggi, chi è?

— Quel principe inglese che sta ritto vicino alla finestra. La contessa è pazza di lui, ma le sue pazzie non durano piú di un mese o di sei settimane. Del resto, potete vedere da voi come gli amici che le girano intorno siano numerosi; tutti sono chiamati, e quasi tutti sono eletti... Costa un po' caro; ma... insomma!

— E il nome di Samoris, dove l'ha preso?

— Dal solo uomo che forse abbia amato, un banchiere ebreo di Berlino, che si chiamava Samuel Morris.

— Benissimo vi ringrazio. Ora che so tutto, so anche come muovermi. E non farò complimenti.

Quale tempesta si scatenò nell'anima della giovane dotata di tutti gl'istinti della donna onesta? Quale disperazione sconvolse quel cuore semplice? Quali torture spensero quell'allegria continua, quel riso delizioso, quella trionfante gioia di vivere? Quale lotta si scatenò in quell'essere cosí giovane, fino a che l'ultimo invitato fu andato via? Questo, Joseph non poteva dirmelo. Ma quella stessa sera Yveline entrò improvvisamente nella camera di sua madre, mentre stava per andare a letto, fece uscire la cameriera che restò ad ascoltare dietro la porta, e ritta, pallida, con gli occhi sbarrati disse:

— Mamma, ecco quel che ho sentito dire in sala stasera...

E riferí, parola per parola, quel che già sapete.

Sulle prime, la contessa, stupita, non sapeva cosa rispondere. Poi negò tutto energicamente, inventò una storia qualunque, giurò, invocò Iddio a testimone.

La ragazza si ritirò, smarrita ma incredula. E cominciò a spiare. Ricordo perfettamente il suo strano mutamento. Era sempre seria e triste; e ci fissava con i suoi occhioni come per leggerci nel profondo dell'anima. Noi non sapevamo cosa pensare, e corse voce che stesse cercando un marito, temporaneo o definitivo.

Una sera, non ebbe piú dubbi: sorprese sua madre. Allora, freddamente, come un uomo d'affari che stabilisce le condizioni di un contratto, le disse:

— Ecco, mamma, quel che ho deciso. Andremo tutte e due a vivere in una piccola città oppure in campagna; faremo una vita modesta come potremo. I tuoi gioielli, da soli, valgono un patrimonio. Se troverai da sposarti con qualche brav'uomo, tanto meglio; se trovo anch'io, meglio ancora. E se tu non accetti la mia proposta, mi ammazzerò.

Questa volta la contessa mandò sua figlia a letto e le proibí di ricominciare la ramanzina, cosa fuor di proposito sulla sua bocca.

Yveline rispose:

— Ti do un mese per pensarci. Se tra un mese non avremo cambiato vita, mi ammazzerò, perché per me non c'è altra soluzione onorevole.

E se ne andò.

Dopo un mese, in casa Samoris si continuava a ballare e a divertirsi.

Yveline, allora, con la scusa di un mal di denti, fece comprare da un farmacista vicino alcune gocce di cloroformio. Il giorno dopo fece la stessa cosa; e probabilmente, ogni volta che usciva, dovette comprarne lei stessa piccolissime dosi. Riuscí a riempirne una bottiglia.

La trovarono una mattina a letto, già fredda, col viso coperto da una maschera di cotone.

La sua bara fu coperta di fiori, la chiesa parata di bianco. Una moltitudine intervenne alla cerimonia funebre.

Ebbene, se l'avessi saputo, – ma come si fa a sapere, – forse avrei sposato quella ragazza. Era veramente bellissima.

– E la madre che ha fatto?

– Oh! ha pianto molto. Sono appena otto giorni che ha ripreso a ricevere, gli intimi soltanto.

– Cosa è stato detto per spiegare quella morte?

– Si è parlato di un nuovo tipo di stufa, il cui meccanismo si era guastato. Ci sono stati altri incidenti provocati da simili arnesi, se ne era molto parlato, non c'era niente di inverosimile nell'accaduto.

20 dicembre 1882.

NOTTE DI NATALE

— Il cenone; il cenone! Ah! no, nessun cenone, per me!

Cosí diceva il grosso Henri Templier, furibondo come se gli avessero proposto un'infamia.

Gli altri esclamarono ridendo: — Perché ti arrabbi tanto?

— Perché il cenone mi ha fatto il piú brutto scherzo del mondo, lasciandomi un orrore invincibile per quella stupida notte di allegra imbecillità.

— Ma come?

— Come? Lo volete sapere? Ebbene, ascoltate:

Ricordate quanto faceva freddo, due anni fa, in questi giorni? un freddo da ammazzare i poveri per la strada. Si era gelata la Senna, i marciapiedi ghiacciavano i piedi attraverso le suole delle scarpe, tutti sembravano sul punto di crepare.

A quell'epoca, avendo da ultimare un importante lavoro, rifiutai ogni invito per il cenone, preferendo passare la notte a tavolino. Pranzai solo; poi mi rimisi all'opera. Ma ecco che, verso le dieci, il pensiero dell'allegria che correva per le vie di Parigi, il rumore che, pur non volendo, sentivo arrivare dalla strada, i preparativi della cena in casa dei vicini uditi attraverso le pareti, mi misero in agitazione. Non sapevo piú quel che facevo; scrivevo sciocchezze; e compresi di dovere rinunciare, per quella notte, alla speranza di scrivere qualcosa di buono.

Passeggiai un poco su e giú per la stanza. Mi sedetti, mi rialzai di nuovo. Certo subivo la misteriosa influenza della gioia degli altri, e mi rassegnai.

Chiamai la domestica e le dissi: — Angèle, andatemi a comprare di che cenare in due: ostriche, una pernice fredda, gamberi, prosciutto, dolci; prendete in cantina due bottiglie di champagne; apparecchiate la tavola e coricatevi.

Obbedí, un po' sorpresa. Quando tutto fu pronto, m'infilai il pastrano ed uscii.

Mi restava da risolvere una questione importante: con chi avrei consumato il cenone? Le mie amiche erano tutte invitate altrove. Per averne una, avrei dovuto pensarci prima. E cosí, pensai di fare nello stesso tempo una buon'azione. Mi dissi: «Parigi è piena di ragazze povere e belle che non hanno un pranzo in vista e girano in cerca di un uomo generoso. Voglio essere la provvidenza per una di queste sventurate.

«Me ne andrò gironzolando, entrerò nei luoghi di piacere, domanderò, darò la caccia, sceglierò a mio piacere».

E presi a percorrere la città.

Ne incontrai certo molte di povere ragazze in cerca d'avventura, ma brutte da farti venire un'indigestione, o magre da trasformarsi in statue di ghiaccio, solo che si fossero fermate.

Ho un debole, lo sapete: mi piacciono le donne ben pasciute. Piú sono in carne, meglio mi vanno. Per una donna-cannone, non ragionerei piú.

D'un tratto, davanti al théâtre des Variétés, scorsi un profilo di mio gusto. Una testa, poi, sul davanti, due prominenze, quella del petto, bellissima, quella piú in basso addirittura sorprendente: un ventre da oca ingrassata. Con un fremito, mormorai: – Diavolo, che bella donna! – Mi restava da chiarire un punto: la faccia.

La faccia è il dessert; il resto è... l'arrosto.

Affrettai il passo, raggiunsi la passeggiatrice e, sotto un lampione a gas, mi voltai all'improvviso. Era magnifica, giovanissima, bruna, con due grandi occhi neri.

Alla mia proposta, acconsentí senza esitare.

Un quarto d'ora dopo, eravamo a tavola nel mio appartamento. Mi disse entrando: – Ah! Si sta bene, qui.

E si guardò intorno con la visibile soddisfazione di aver trovato una tavola apparecchiata e un rifugio, in quella notte glaciale. Era stupenda, bella da farmi rintontire e grassa da rapirmi il cuore per sempre.

Toltosi il cappotto e il cappello, si sedette e cominciò a mangiare; ma non mi pareva in vena; e di tanto in tanto le si contraeva il volto un po' pallido, come se avesse sofferto di una pena nascosta.

Le domandai: – Hai qualche guaio?

Rispose: – Bah! Dimentichiamo tutto.

E si mise a bere. Vuotava in una sorsata il suo bicchiere di champagne, tornava a riempirlo e lo vuotava di nuovo, senza fermarsi.

Presto le si colorirono un poco le guance; e cominciò a ridere.

Io, già in adorazione, la coprivo di baci, accorgendomi che non era stupida, né ordinaria, né volgare come sono spesso quelle che battono il marciapiede. Le domandai qualche particolare sulla sua vita. Rispose: – Bimbo mio, non ti riguarda!

Venne infine il momento di andare a letto, e, mentre scansavo la tavola, apparecchiata davanti al caminetto, quella, spogliatasi in fretta, si cacciò sotto le coperte.

I vicini facevano un baccano spaventoso, ridendo e cantando come matti; e io pensavo: «Ho avuto proprio ragione andando a cercare questa bella ragazza; non sarei mai riuscito a lavorare».

Un profondo gemito mi fece voltare. Domandai: – Che hai, gattina? – Non rispose, ma continuava a mandare sospiri dolorosi, come se avesse sofferto orribilmente.

Ripresi: – Non ti senti bene?

E all'improvviso udii un grido, un grido straziante. Accorsi con una candela in mano.

Con la faccia sformata dal dolore, si torceva le mani, ansimante, e dal fondo del petto esalava quella specie di gemiti sordi che somigliano a rantoli e fanno mancare il cuore.

Chiedevo disperato: – Ma che hai? dimmi, che hai?

Non rispose e si mise a urlare.

Improvvisamente i vicini tacquero, ascoltando quel che avveniva in casa mia.

E io a ripetere: – Dove soffri, dimmelo, dove hai male?

Balbettò: – Oh la pancia! la pancia!

Sollevai con un sol gesto la coperta, e scorsi...

Stava partorendo, amici.

Allora, persi la testa; mi precipitai verso la parete e cominciai a battere i pugni, con tutta la forza, gridando a squarciagola: – Aiuto, aiuto!

La porta si aprí; irruppe in casa una folla: uomini in frac, donne in veste scollata, Pierrot, turchi, moschettieri. Quest'invasione mi atterrí al punto da non riuscire piú a dare spiegazioni.

Avevano creduto in una disgrazia, quelli, forse in un delitto, e non riuscivano a capire.

Dissi finalmente: – È... è... questa... questa donna che... che partorisce.

Allora, tutti a esaminarla, a dare il proprio parere. Particolarmente un cappuccino pretendeva d'intendersene, e voleva aiutare la natura.

Erano tutti ubriachi come zucche. Temetti che l'avrebbero uccisa; e mi precipitai giú per le scale, senza cappello, per chiamare un vecchio medico che abitava in una via vicina.

Quando tornai col dottore, tutto il casamento era in piedi; avevano riacceso il gas per le scale; gl'inquilini di ogni piano m'invadevano l'appartamento; quattro uomini vestiti in maschera, seduti a tavola, davano fondo al mio champagne e ai miei gamberi.

Alla mia vista, scoppiò un grido formidabile e una lattaia mi presentò in un asciugamano un orrendo pezzetto di carne, rugosa, grinzosa, che gemeva e miagolava come un gatto; mi disse: – È una bambina.

Il medico visitò la puerpera, e, dato che il parto era avvenuto subito dopo una cena, dichiarò incerto il suo stato; poi se ne andò annunciando che mi avrebbe mandato immediatamente un'infermiera e una balia.

Le due donne arrivarono un'ora dopo, portando un pacco di medicinali.

Passai la notte in una poltrona, troppo smarrito per riflettere alle conseguenze.

Appena giorno, tornò il medico. Trovò la puerpera in cattive condizioni.

Mi disse: – Vostra moglie, signore...

Lo interruppi: – Non è mia moglie.

Riprese: – La vostra amante, fa lo stesso –. Ed enumerò le cure che le erano necessarie, il vitto, le medicine.

Che fare? Mandare quella disgraziata all'ospedale? Tutta la casa, tutto il quartiere m'avrebbe considerato un mascalzone.

Me la tenni. Rimase nel mio letto per sei settimane.

E la bambina? La mandai a Poissy, da certi contadini. Mi costa ancora cinquanta franchi al mese. Avendo pagato in principio, eccomi costretto a pagare finché avrò vita.

E, tra poco, mi crederà suo padre.

Ma, per colmo di sventura, quando la ragazza fu guarita... mi amava... mi ama perdutamente, quella poveraccia!

– Ebbene?

– Ebbene, è diventata magra come un gatto da grondaia; e ho cacciato di casa quella carcassa che mi spia per la strada, si nasconde per vedermi passare, mi ferma la sera quando esco, per baciarmi la mano, insomma mi annoia al punto da farmi impazzire.

– Ecco perché non voglio piú saperne di cenoni.

26 dicembre 1882.

A CAVALLO

I poveretti vivevano penosamente con i modesti guadagni del marito. Dopo il loro matrimonio erano nati due bambini, e il disagio di prima era diventato una di quelle miserie nascoste, umili, vergognose, la miseria della famiglia nobile che vuole ad ogni costo mantenere il proprio rango.

Hector de Gribelin era stato educato in provincia, nel castello paterno, da un vecchio abate precettore. Non erano ricchi, ma vivacchiavano riuscendo a salvare le apparenze.

Poi, quando ebbe vent'anni, i genitori gli cercarono una sistemazione, e lui entrò, con lo stipendio di millecinquecento franchi, al ministero della Marina. Era naufragato su quello scoglio come tutti coloro che non sono stati preparati a tempo alla dura lotta per la vita, coloro che vedono l'esistenza attraverso una nuvola e ignorano le armi e le astuzie, coloro nei quali non sono state sviluppate, fin dall'infanzia, speciali attitudini, qualità particolari, quell'aspra energia nella lotta, tutti coloro ai quali non è stata messa in mano un'arma o un arnese.

I primi tre anni di ufficio furono orribili.

Aveva ritrovato qualche amico di famiglia, gente sorpassata e anche poco fortunata, che viveva nelle strade dei nobili, le tristi strade del faubourg Saint-Germain; e si era formato una cerchia di conoscenze.

Estranei alla vita moderna, umili e orgogliosi, quegli aristocratici bisognosi abitavano i piani superiori di case addormentate. Gli inquilini di quelle abitazioni erano titolati dal primo all'ultimo piano; ma il denaro sembrava scarso sia al primo che al sesto.

Gli eterni pregiudizi, la preoccupazione del rango, il desiderio di non decadere, assillavano quelle famiglie, un tempo brillanti, e ora rovinate dall'inattività degli uomini. In questo mondo, Hector de Gribelin incontrò una fanciulla, nobile e povera come lui, e la sposò.

In quattro anni ebbero due figli.

Per altri quattro anni, la famigliola, perseguitata dalla miseria, non conobbe altre distrazioni se non la passeggiata domenicale agli Champs-Elysées, e qualche serata a teatro, una o due ogni inverno, grazie ai biglietti di favore offerti da un collega.

Ma ecco che, verso primavera, il capufficio affidò al suo impiegato un lavoro straordinario, che gli fu compensato con una gratifica speciale di trecento franchi.

Portando a casa quel denaro Hector de Gribelin disse alla moglie:

— Mia cara Henriette, bisogna che ci offriamo qualcosa, per esempio una gita con i ragazzi.

E dopo una lunga discussione, decisero che sarebbero andati a mangiare in campagna.

— In fede mia, — esclamò Hector, — per una volta non ci verrà l'abitudine; noleggeremo un carrozzino per te i bambini e la domestica, e io prenderò un cavallo al maneggio. Mi farà bene.

E per tutta la settimana non si fece che parlare della gita progettata.

Tutte le sere, rincasando dall'ufficio, Hector prendeva il figliolo piú grande e se lo metteva a cavalcioni su una gamba e, facendolo saltellare a tutta forza, gli diceva:

— Ecco come galopperà il babbo domenica prossima, alla passeggiata.

E il monello, durante tutta la giornata, inforcava le sedie e le trascinava in giro per la stanza, gridando:

— Ecco babbo a cavallo!

E perfino la domestica guardava stupita il padrone, pensando che avrebbe accompagnato la carrozza a cavallo; e tutti i giorni, a tavola, lo stava a sentire parlare di equitazione, raccontare le gesta di un tempo, a casa del padre. Ah! Era stato a una buona scuola e, una volta la bestia tra le gambe, non aveva piú paura di nulla, di nulla!

E ripeteva alla moglie, fregandosi le mani:

— Se potessero darmi un animale un po' difficile, sarei contentissimo. Vedrai come cavalco, e, se vuoi, tornando dal Bois, passeremo per gli Champs-Elysées. E poiché faremo una bella figura, non mi dispiacerebbe incontrare qualcuno del ministero. Non ci vuole altro per farsi rispettare dai superiori.

Il giorno stabilito, la carrozza e il cavallo arrivarono contemporaneamente davanti al portone. Lui scese subito per esaminare la cavalcatura. Aveva fatto cucire delle staffe sotto i calzoni e agitava un frustino, comprato il giorno precedente.

Sollevò e palpò, una dopo l'altra, le zampe della bestia, le tastò il collo, le costole, i garetti, con un dito provò i fianchi, gli aprí la bocca, esaminò i denti, ne dichiarò l'età e, siccome tutta la famiglia stava scendendo, fece una specie di piccola lezione teorica e pratica sul cavallo in generale e su quello in particolare, che trovava di prim'ordine.

Quando tutti si furono ben sistemati nella carrozza, controllò le cinghie della sella; poi, sollevandosi su una staffa, ripiombò sull'animale, che cominciò a saltellare sotto il peso e per poco non disarcionò il cavaliere.

Hector, spaventato, cercava di calmarlo:

— Su, adagio, bello, adagio.

Poi, quando il cavallo ebbe riacquistato la calma e il cavaliere l'equilibrio, questi chiese:

— Siamo pronti?

Gli risposero in coro:

— Sí!

Allora, ordinò:

— In marcia!

E la cavalcata si mosse.

Tutti gli sguardi erano fissi su di lui. Trottava all'inglese, esagerando i sobbalzi. Appena ricadeva sulla sella, saltava su di nuovo, come se dovesse salire nello spazio. Spesso sembrava che stesse per abbattersi sulla criniera, e teneva gli occhi fissi davanti a sé, col volto contratto e le guance pallide.

Sua moglie, che teneva uno dei bambini sulle ginocchia, e la domestica che portava l'altro, ripetevano continuamente:

— Guardate il babbo, guardate il babbo!

E i due bambini, inebriati dal movimento, dall'allegria e dall'aria aperta, lanciavano grida acute. Il cavallo, spaventato da quei clamori, finí col lanciarsi al galoppo e, mentre il cavaliere si sforzava di fermarlo, il cappello gli rotolò per terra. Il cocchiere dovette scendere da cassetta per raccoglierlo e Hector, appena l'ebbe riavuto, disse da lontano alla moglie:

— Non far gridare i bambini a questo modo: il cavallo finirà col prendermi la mano!

Mangiarono sull'erba, nel bosco di Vésinet, con le provviste che avevano portato nei cesti.

Sebbene il cocchiere accudisse ai tre cavalli, Hector si alzava ogni momento per andare a vedere se al suo non mancava nulla, e lo carezzava sul collo, gli faceva mangiare pane, dolci, zucchero.

– È un forte trottatore, – dichiarò, – mi ha anche scosso un po'
in principio, ma hai visto che mi sono subito ripreso: ha riconosciuto il padrone e ora starà calmo.

Come era stato deciso, al ritorno passarono per gli Champs-
Elysées.

L'ampio viale formicolava di carrozze. E, ai lati, la gente che
passeggiava a piedi era cosí numerosa che si sarebbe detto che due
lunghi nastri neri si svolgessero dall'Arc de Triomphe fino a place
de la Concorde. Un torrente di sole cadeva su tutta quella gente e
faceva luccicare la vernice dei calessi, l'acciaio dei finimenti, i po-
mi degli sportelli.

La folla di persone, di carrozze e di animali pareva agitata da
un ardore di movimento, da un'ebbrezza di vita. E, in fondo, si in-
nalzava l'obelisco di una nuvola d'oro.

Appena oltrepassato l'Arc de Triomphe, il cavallo di Hector fu
preso d'un tratto da un rinnovato ardore e cominciò a correre per
le strade, al gran trotto, verso la scuderia, nonostante i tentativi
del suo cavaliere di placarlo.

La carrozza era lontana, ora, molto indietro; ed ecco che, davanti al palazzo dell'Industria, l'animale, vedendosi vicino a casa,
svoltò a destra e si lanciò al galoppo.

Una vecchia in grembiule stava attraversando con passo tranquillo la strada; si trovava proprio sulla traiettoria di Hector, che
sopraggiungeva di gran carriera. Non riuscendo a padroneggiare la
bestia lui si mise a gridare con quanto fiato aveva in gola:

– Ehi! Attenta! Laggiú! Ehi!

Forse la vecchia era sorda, perché continuò tranquillamente per
la sua strada finché, urtata dal pettorale del cavallo, lanciato come
una locomotiva, andò a ruzzolare dieci passi piú in là, con le gonne
in aria, dopo essere capitombolata tre volte.

Delle voci gridarono:

– Fermatelo!

Hector, sconvolto, si aggrappava alla criniera, urlando:

– Aiuto!

Un tremendo scossone lo fece passare come una palla sopra le
orecchie del corsiero, mandandolo a cadere tra le braccia di una
guardia municipale, che si era slanciata verso di lui.

In un attimo, un capannello di gente furibonda, gesticolante e
vociferante si formò intorno a lui. Piú di tutti pareva esasperato
un vecchio signore con una grande decorazione tonda e dei gran
baffi bianchi.

– Perdio, – ripeteva, – quando si è cosí maldestri, si resta a casa propria. Non si viene ad ammazzare la gente per la strada, quando non si è capaci di andare a cavallo.

Vennero avanti quattro uomini che portavano la vecchia. Pareva morta, gialla in viso, con la cuffietta di traverso, tutta grigia di polvere.

– Portate questa donna in una farmacia, – ordinò il vecchio signore, – e andiamo al commissariato.

Hector si incamminò tra i due agenti. Un terzo teneva la briglia del cavallo. Dietro veniva una folla di persone; e ad un tratto apparve il calessino. Sua moglie gli si slanciò incontro, la domestica non capiva piú nulla, i bambini piagnucolavano. Spiegò che sarebbe rincasato di lí a poco, che aveva gettato per terra una donna, che non era niente. E la famigliola, costernata, si allontanò.

Al commissariato, la spiegazione fu breve. Diede il suo nome, Hector de Gribelin, impiegato al ministero della Marina, e quindi si misero ad aspettare notizie dell'infortunata. Un agente, mandato a prendere notizie, ritornò dicendo che era rinvenuta ma che dichiarava di soffrire orrendamente dentro. Era una donna di servizio, aveva sessantacinque anni e si chiamava Madame Simon.

Quando seppe che non era morta, Hector si rinfrancò e promise di provvedere alle cure necessarie per la guarigione. Poi corse dal farmacista.

C'era una piccola folla che stazionava davanti alla porta; la povera donna, afflosciata, in una poltrona, gemeva, con le mani inerti e il viso privo di espressione. Due medici la stavano ancora visitando. Non c'era nulla di rotto, ma si temeva una lesione interna. Hector le chiese:

– Soffrite molto?

– Oh! sí.

– E dove?

– È come se avessi un fuoco nello stomaco.

Un medico si avvicinò:

– Signore, siete voi che avete provocato l'incidente?

– Sí, signore.

– Bisognerebbe mandare questa donna in clinica; ne conosco una dove la prenderebbero per sei franchi al giorno. Volete che me ne occupi io?

Hector, felicissimo, lo ringraziò e tornò a casa sollevato.

Sua moglie lo stava aspettando in lacrime: la calmò.

– Non è nulla, quella Madame Simon sta già meglio, fra tre

giorni non sentirà piú nulla; l'ho mandata in una clinica, non è nulla! Non è nulla!

Il giorno dopo, uscendo dall'ufficio, andò a prendere notizie di Madame Simon. La trovò che stava mangiando tutta soddisfatta un bel brodo grasso.

— E allora? — chiese.

La donna rispose:

— Oh! povero signorino mio, è sempre uguale. Mi sento quasi come se non ci fossi piú. Non sto per niente meglio.

Il medico disse che bisognava aspettare, perché potevano sopravvenire complicazioni.

Aspettò tre giorni, poi ritornò. La vecchia, che ora aveva il colorito chiaro e lo sguardo limpido, si mise a gemere appena lo vide.

— Non posso piú muovermi, signorino mio, non posso proprio. Ne avrò fino alla fine dei miei giorni.

Hector si sentí correre un brivido per tutte le ossa. Chiese informazioni al medico. Questi alzò le braccia:

— Che volete che vi dica. Quando cerchiamo di alzarla si mette ad urlare. Non possiamo nemmeno provare a spostare la poltrona, che si mette a strillare in modo straziante. Devo credere per forza a quello che lei mi dice, io non sono mica dentro di lei! Fino a quando non l'avrò vista camminare, non ho il diritto di sospettare che menta.

La vecchia stava a sentire, immobile e sorniona.

Passarono otto giorni; poi quindici, poi un mese. Madame Simon non abbandonava la sua poltrona. Mangiava dalla mattina alla sera, ingrassava, chiacchierava allegramente con le altre ammalate, pareva abituata all'immobilità, quasi fosse per lei il ben meritato riposo dopo aver passato cinquant'anni a salire e a scendere le scale, a rivoltare materassi, a portare il carbone da un piano all'altro, a spazzare e a spazzolare.

Hector, smarrito, veniva tutti i giorni; e ogni volta la trovava tranquilla e serena, che gli diceva:

— Non posso piú muovermi, mio povero signorino, non posso.

Tutte le sere Madame de Gribelin chiedeva, divorata dall'angoscia:

— E la Simon?

Ed ogni volta il marito rispondeva, abbattuto e disperato:

— Nulla di nuovo, assolutamente nulla!

Licenziarono la domestica, perché il suo salario pesava troppo sul bilancio. Fecero altre economie, e la gratifica se ne andò tutta quanta.

Allora Hector chiamò a consulto quattro medici illustri, che si riunirono attorno alla vecchia. Lei si lasciò visitare, palpare, tastare, guardandoli con occhi maliziosi.

– Bisogna farla camminare, – disse uno di essi.

Lei gridò:

– Non posso piú muovermi, miei buoni signori, non posso!

Allora essi la presero, la sollevarono, la trascinarono per qualche passo; ma la donna sfuggí loro di mano e si abbatté sul pavimento lanciando grida cosí orrende che la riportarono sulla sua poltrona con infinite precauzioni.

Pronunciarono una diagnosi prudente, concludendo che non poteva piú lavorare.

Quando Hector portò la notizia alla moglie, lei si lasciò cadere su una sedia, balbettando:

– Sarebbe meglio prenderla in casa, ci costerà meno.

Hector scattò:

– Qui, in casa, ci pensi?

Ma lei rispose, con le lacrime agli occhi, ormai rassegnata a tutto:

– Che vuoi farci, caro, non è colpa mia!...

14 gennaio 1883.

RISVEGLIO

Da tre anni che si era sposata, non aveva mai lasciato la valle di Ciré, dove il marito possedeva due filande. Viveva tranquilla, senza figli, felice in quella casa nascosta tra gli alberi, chiamata «il castello» dagli operai.

Monsieur Vasseur, molto piú anziano di lei, era buono. Lo amava; e nel suo cuore non era mai penetrato un pensiero colpevole. Sua madre veniva a passare tutte le estati a Ciré, poi, appena cominciavano a cadere le foglie, tornava a stabilirsi a Parigi.

Ogni autunno, Jeanne tossiva un poco. La stretta vallata, dove serpeggiava il fiume, restava coperta di foschia per cinque mesi: dapprima una nebbia leggera ondeggiava sui prati, rendendo tutti gli avvallamenti simili a un grande stagno da cui emergevano i tetti delle case; poi, quel bianco vapore saliva come una marea, avvolgendo tutto, trasformando la valle in un paese di fantasmi dove gli uomini scivolavano come ombre senza riconoscersi a dieci passi di distanza. Gli alberi, ammantati di bruma, si levavano coperti di muffa in mezzo a quella umidità.

Ma la gente che passava per i colli vicini, e tuffava gli occhi nella bianca fossa della vallata, vedeva sorgere al di sopra delle nebbie addensate a livello delle colline i due camini giganteschi degli stabilimenti di Monsieur Vasseur, che vomitavano giorno e notte attraverso il cielo due serpi di fumo nero.

Solo questo indicava che qualcuno viveva in quella buca, colma, all'aspetto, di una nube di ovatta.

Orbene, quell'anno, quando tornò l'ottobre, il medico consigliò alla giovane di andare a trascorrere l'inverno a Parigi, in casa della mamma: l'aria della vallata, disse, era ormai dannosa pei suoi polmoni.

Partí.

Nei primi mesi pensò di continuo alla casa abbandonata dove avevano messo radici le sue abitudini, di cui le erano cari i mobili consueti e l'andamento tranquillo. Poi avvezzandosi alla nuova vita, prese gusto alle feste, ai pranzi, alle serate, ai balli.

Aveva conservato fino allora le sue maniere di fanciulla, qualcosa d'indeciso e di addormentato, un passo un po' strascicato, un sorriso un poco stanco. Diventò vivace, allegra, sempre pronta per i piaceri mondani. Ebbe dei corteggiatori: si divertiva delle loro chiacchiere, scherzava con la loro galanteria, sicura di saper resistere, e un po' disgustata dell'amore da quanto ne aveva appreso nel matrimonio.

Il pensiero di abbandonare il suo corpo alle grossolane carezze di quegli esseri barbuti la faceva ridere di compassione e le dava quasi un brivido di repugnanza. Si domandava con meraviglia come potevano certe donne accettare quei contatti degradanti, cui già erano costrette dagli sposi legittimi. Quanto a lei, avrebbe amato piú teneramente suo marito se avessero vissuto come due amici, limitandosi ai casti baci che sono le carezze dell'anima.

Ma la divertivano un mondo i complimenti, i desideri apparsi negli occhi e non condivisi da lei, gli attacchi diretti, le dichiarazioni dette di sfuggita all'orecchio nel ritornare in salotto dopo la fine di un pranzo elegante, le parole sussurrate cosí a bassa voce che bisognava indovinarle, e che le lasciavano fredda la carne, il cuore tranquillo, pur solleticando la sua incosciente civetteria, accendendole in fondo all'anima una fiamma di soddisfazione, facendole schiudere le labbra, brillare lo sguardo, rabbrividire il suo animo di donna cui sono dovuti sentimenti di adorazione.

Le piacevano i colloqui sul cader della sera, all'angolo del caminetto, nel salotto già buio, quando l'uomo diventa insistente, balbetta, trema, cade in ginocchio. Per lei, era una gioia nuova e squisita sentire quella passione che non la sfiorava, dire no con la testa e con le labbra, ritirare le mani, e suonare freddamente il campanello per far portare le lampade, vedendo rialzarsi confuso e rabbioso, nel sentire arrivare il servitore, colui che tremava ai suoi piedi.

Aveva certe risate secche che agghiacciavano le parole roventi, parole dure che cadevano come un getto d'acqua sulle dichiarazioni piú ardite, intonazioni da spingere al suicidio chi l'avesse adorata perdutamente.

Due, soprattutto, la corteggiavano con ostinazione. Non si rassomigliavano affatto.

L'uno, Monsieur Paul Péronel, era un giovanottone mondano, galante e ardito, dalle facili avventure, che sapeva aspettare e scegliere il momento giusto.

L'altro, Monsieur d'Avencelle, fremeva avvicinandosi a lei, osava appena lasciar indovinare la sua tenerezza, ma la seguiva come l'ombra, esprimendo un disperato desiderio con gli sguardi smarriti e con l'assiduità della presenza.

Chiamava il primo «Capitan Fracassa», e il secondo «Agnello Fedele»; finí col fare di questo una specie di schiavo che la seguiva dovunque andasse; e lo comandava a bacchetta come un domestico.

Avrebbe molto riso se le avessero detto che stava per amarlo. Eppure lo amò, in uno strano modo.

Vedendoselo attorno di continuo, aveva preso l'abitudine della sua voce, dei suoi gesti, di tutto il suo modo di fare, come ci avvezziamo a quelli con cui viviamo di solito.

Spesso in sogno le appariva il viso di lui: lo rivedeva come nella vita, dolce, delicato, umilmente appassionato; e si svegliava ossessionata dal ricordo di quei sogni, credendo di udirlo ancora, di sentirselo vicino. E, una notte (forse aveva la febbre), si vide sola con lui, in un boschetto, seduti sull'erba tutti e due.

Le diceva cose squisite, stringendole le mani, baciandole. E lei sentiva il calore della sua pelle, l'anelito del suo respiro; come se fosse naturale, egli le carezzava i capelli.

Nel sogno siamo completamente diversi che nella vita. Si sentiva piena di tenerezza per quel ragazzo, di una tenerezza calma e profonda, felice di toccargli la fronte, di tenerselo tutto accanto a sé.

A poco a poco lui la prendeva tra le braccia, le baciava le guance e gli occhi senza che lei facesse un gesto per sfuggirgli, e le loro labbra s'incontravano. Lei si abbandonava.

Fu un attimo (la realtà non ha tali estasi), fu un attimo di felicità acutissima e sovrumana, ideale e carnale, da far impazzire, indimenticabile.

Si svegliò vibrante, smarrita, e non riuscí a riprender sonno, tanto si sentiva ossessionata, posseduta ancora da lui.

Quando lo rivide, ignaro del turbamento che aveva provocato, la donna si sentí arrossire; e mentre lui le parlava timidamente del suo amore, ricordava senza posa, senza riuscire a respingere quel pensiero, ricordava l'abbraccio delizioso del sogno.

Lo amò, lo amò di una strana tenerezza, raffinata e sensuale, fatta soprattutto del ricordo di quel sogno, sebbene temesse il compiersi del desiderio che le si era destato nell'anima.

Finalmente, egli se ne accorse. Ed ella gli raccontò tutto, perfino la paura che aveva dei suoi baci, facendogli giurare che l'avrebbe rispettata.

La rispettò. Passavano insieme lunghe ore di amore esaltato, in cui solo le anime si stringevano. E si separavano poi snervati, esausti, febbrili.

A volte, univano le labbra; e, chiudendo gli occhi, assaporavano quella carezza lunga, ma tuttavia casta.

Essa comprese di non poter resistere a lungo; e, poiché non voleva soccombere, scrisse al marito che desiderava tornare accanto a lui, per riprendere la sua vita tranquilla e solitaria.

Egli rispose con una lettera affettuosissima, in cui la esortava a non lasciare Parigi in pieno inverno, e a non esporsi a un cambiamento cosí improvviso e alle gelide nebbie della valle.

Si sentí perduta e piena d'indignazione contro quell'uomo fiducioso che non capiva, non immaginava le lotte del suo cuore.

Era un febbraio limpido e dolce; pur evitando ormai di trovarsi a lungo sola col suo «Agnello Fedele», accettava a volte di fare, con lui, una passeggiata in carrozza attorno al lago, sul tramonto.

Si sarebbe detto, quella sera, che tutte le linfe si ridestassero, tanto spirava tiepida l'aria. Il piccolo coupé andava a passo; scendeva la notte; si tenevano per mano, stretti l'uno all'altra. Ed ella pensava: «È finita, è finita, sono perduta», sentendo salire in sé il desiderio, il bisogno imperioso di quell'amplesso che aveva provato cosí completo in sogno. Ad ogni istante le loro bocche si cercavano, si congiungevano e si respingevano per ritrovarsi subito dopo.

Non osò riaccompagnarla fino a casa, la lasciò sulla porta, tutta turbata e sul punto di venir meno.

Monsieur Paul Péronel l'aspettava nel salottino non illuminato.

Toccandole la mano, la sentí che ardeva come di febbre. Prese a parlarle a mezza voce, tenero e galante, cullando quell'anima esausta con l'incanto delle parole d'amore. Essa ascoltava senza rispondere, pensando all'altro, credendo di udire l'altro e, in una specie di allucinazione, le pareva di sentirselo accanto. Non vedeva che lui, non ricordava l'esistenza di un altro uomo al mondo; e quando il suo orecchio trasaliva al suono di quelle tre sillabe: – Vi amo, – era lui, l'altro, a dirle, a baciarle le mani, era l'altro a stringersela al petto come poc'anzi nel coupé, l'altro che anche lei abbracciava, chiamandolo con tutto lo slancio del cuore, con l'ardore appassionato di tutto il suo corpo.

Quando si svegliò dal sogno, lanciò un grido di orrore.

In ginocchio accanto a lei, il Capitan Fracassa, la ringrazia-

va appassionatamente, coprendole di baci i capelli sciolti. Gridò:
– Andate via, andate via!

E giacché quegli non capiva e cercava di riafferrarla per la vita, si svincolò balbettando: – Siete un infame, vi odio, mi avete rubata, andatevene.

Si alzò sbalordito, prese il cappello e se ne andò.

L'indomani la signora se ne tornava in Val de Ciré. Il marito, sorpreso, le rimproverò quel colpo di testa. – Non potevo piú vivere senza di te, – gli disse.

La trovò mutata di carattere, piú triste di un tempo; e quando lo sposo le domandava: – Ma che hai? Mi sembri infelice. Cosa desideri? –, rispondeva: – Niente. Nella vita non c'è di buono che i sogni.

L'anno seguente, Agnello Fedele venne a visitarla.

Lo ricevette senza turbarsi, senza rimpianti, comprendendo all'improvviso di averlo amato soltanto in un sogno da cui Paul Péronel l'aveva svegliata brutalmente.

Ma il giovane, che l'adorava ancora, pensava tornandosene indietro: «Le donne sono davvero bizzarre, complicate e inesplicabili».

20 febbraio 1883.

L'UOMO-FEMMINA

Quante volte sentiamo dire: – Simpatico, quel tale, ma è una femmina, una femmina vera e propria –. S'intende parlare dell'uomo-femmina, la peste del nostro paese.

Perché lo siamo un po' tutti, in Francia, uomini-femmina, cioè mutevoli, lunatici, innocentemente perfidi, incoerenti nelle convinzioni e nella volontà, violenti e deboli come certe donne.

Ma il tipo piú irritante tra questi è certo il parigino frequentatore dei boulevards, la cui vernice d'intelligenza è piú notevole, e che accoglie in sé, esagerati dal temperamento, tutti i difetti e tutte le seduzioni di certe donnine.

La nostra Camera dei deputati ne è piena. Formano in essa il grande partito degli amabili opportunisti che potremmo chiamare «i seduttori». Sono quelli che governano con dolci parole e promesse ingannevoli, che sanno stringere mani in modo da conquistare cuori, dire «mio caro amico» in una certa maniera delicata alle persone che meno conoscono, cambiare parere senza neppure avvedersene, credere sinceramente nelle proprie opinioni da banderuola, lasciarsi ingannare come ingannano, non ricordare domani quanto affermano oggi.

Di questi uomini-femmina, ne sono piene le redazioni dei giornali e forse è qui che ne troviamo in maggior numero, ma è appunto qui che sono piú necessari. Bisogna fare eccezione per alcuni organi come i «Débats» o la «Gazette de France».

Certo, ogni buon giornalista deve esserlo un poco, e cioè agli ordini del pubblico, agile nel seguire incoscientemente le sfumature dell'opinione corrente, oscillante e mutevole, scettico e credulo, cattivo e devoto, millantatore e Prudhomme, entusiasta ed ironico, sempre convinto senza credere in nulla. Gli stranieri, i nostri anti-tipi, come diceva Madame Abel, gli inglesi tenaci e i pesanti tedeschi, ci guarderanno sino alla fine dei secoli con un certo stupore non esente da disprezzo. Ci accusano d'esser leggeri. Non si tratta di questo: siamo donnine. Ed ecco perché ci amano con tutti i nostri difetti, perché tornano a noi pur dicendone male; sono litigi da innamorati!...

L'uomo-femmina, come ne incontriamo in società, è cosí affascinante che vi conquista con una conversazione di cinque minuti. Il suo sorriso sembra fatto per voi; impossibile pensare che la sua voce non prenda in onor vostro intonazioni particolarmente gentili. Quando vi lascia, vi pare di conoscerlo da vent'anni. Vi sentite prontissimo a prestargli denaro, se ve ne chiede. Vi ha sedotto come una donna.

Se agisce con voi in modo non del tutto corretto, è cosí caro quando lo rivedete, che non riuscite a serbargli rancore. Chiede scusa? Si ha voglia di chiedergli perdono! Mente? Impossibile crederlo! Vi porta in giro all'infinito con promesse eternamente false? Gli siete grati delle sole promesse come se avesse rivoltato il mondo per farvi un piacere.

Quando ammira qualcosa, va in estasi con espressioni talmente sentite che le sue convinzioni vi toccano l'anima. Ha adorato Victor Hugo e oggi lo tratta da imbecille. Si sarebbe battuto per Zola, ma lo ha abbandonato per Barbey d'Aurevilly. E nella sua ammirazione, non ammette mezzi termini; e vi piglierebbe a schiaffi per una mezza parola, ma quando prende a disprezzare qualcuno, non conosce piú limiti nel suo sdegno e non accetta repliche.

Insomma, non capisce niente.

Sentite chiacchierare due di quelle signore: – Allora, sei arrabbiata con Julia? – Sfido, le ho mollato un ceffone in faccia. – Che ti aveva fatto? – Aveva detto a Pauline che faccio la fame tredici mesi su dodici. E Pauline l'ha ridetto a Gontran. Capisci? – Non abitavate insieme, a rue Clauzel? – Abbiamo abitato insieme, quattro anni fa, a rue Bréda; poi abbiamo litigato per un paio di calze: lei pretendeva che me le fossi messe – mica vero –, calze di seta che aveva comprato dalla Martin. Allora, giú botte! E cosí mi ha piantata. L'ho rivista sei mesi fa e mi ha chiesto di andare a stare da lei, perché aveva in affitto una baracca due volte troppo grande per lei.

Non sentiamo il resto, se ne può far senza.

Ma, la domenica dopo, recandoci a Saint-Germain, vediamo salire due donne sullo stesso vagone. Ne riconosciamo subito una, la nemica di Julia. – E l'altra?... L'altra è Julia!

E lí, moine, tenerezze, progetti. – Dimmi un po', Julia. – Sta' a sentire, Julia, ecc.

Le amicizie dell'uomo-femmina sono di questa natura. Per tre mesi non può staccarsi dal suo vecchio Jacques, il suo caro Jacques. Al mondo non c'è che Jacques. Solo lui è spiritoso, sensato, intel-

ligente. Solo lui è qualcuno in tutta Parigi. S'incontrano insieme
dovunque, pranzano insieme, vanno insieme a passeggio, e ogni
sera si riaccompagnano dieci volte dalla porta dell'uno a quella del-
l'altro senza riuscire a separarsi.

Tre mesi dopo, se cade il discorso su Jacques:

– Quello sí che è uno svergognato, una carogna, un malviven-
te. Ho imparato a conoscerlo, sí! – E disonesto, e maleducato, ecc.,
ecc.

Passano ancora tre mesi, ed eccoli abitare insieme; ma una mattina veniamo a sapere che si sono battuti a duello, e poi abbracciati piangendo sul terreno.

Del resto, sono i migliori amici del mondo: litigano a morte per
metà dell'anno, di volta in volta si calunniano e si adorano senza
limiti, si stringono la mano da spezzarsi le ossa, pronti a bucarsi la
pancia per una parola capita di traverso.

Infatti i rapporti tra gli uomini-femmine sono incerti, il loro
umore va a sbalzi, l'esaltazione è a sorpresa, la tenerezza pronta a
far voltafaccia, l'entusiasmo soggetto ad eclissi. Un giorno non
amano che voi, il giorno dopo vi guardano appena, perché hanno,
insomma, una natura, un fascino, un temperamento da puttanelle;
e tutti i loro sentimenti somigliano ad amori da puttanelle.

Trattano gli amici come le donnine allegre i loro cagnolini: il
cagnetto adorato che abbracciano perdutamente, nutrono di zucchero, fanno dormire sul cuscino del proprio letto; ma sono pronte, in un momento d'impazienza, a gettarlo dalla finestra, a farlo
roteare come una fionda tenendolo per la coda, a stringerlo tra le
braccia fino a soffocarlo, e a tuffarlo senza ragione in un secchio
d'acqua fredda.

E quale strano spettacolo, le tenerezze tra una di queste e uno
degli uomini di cui parlavamo! Lui la batte e lei lo graffia, si odia-
no, non si possono soffrire e non riescono a lasciarsi, agganciati l'u-
no all'altra da chi sa quali legami misteriosi. Lei lo inganna e lui lo
sa, singhiozza e perdona. Lui accetta il letto pagato da un altro e,
in buona fede, si crede irreprensibile. La disprezza e l'adora senza
pensare che lei avrebbe il diritto di rendergli il suo disprezzo. Sof-
frono tutti e due atrocemente uno per colpa dell'altra senza potersi dividere; dalla mattina alla sera si gettano in faccia secchi d'ingiurie e di rimproveri, di abominevoli accuse, poi, coi nervi a pezzi, vibrando di rabbia e di odio, si gettano uno nelle braccia dell'altra, confondendo le bocche frementi e quelle loro anime da sgualdrine.

Un uomo di tal genere è nello stesso tempo coraggioso e vile;

ha, piú d'ogni altro, un esaltato senso dell'onore, ma gli manca quello della semplice onestà, e, con l'aiuto delle circostanze, commetterà manchevolezze o infamie, senza rendersene conto affatto; perché obbedisce, senza discernimento, alle oscillazioni di una coscienza che sempre si lascia trascinare.

Ingannare un fornitore gli parrà cosa permessa e quasi d'obbligo. Per lui, è onorevole non pagare i debiti, a meno che non siano di gioco e cioè un tantino sospetti; imbroglierà la gente, in certe condizioni ammesse dalla buona società; se si troverà a corto di denaro, ne prenderà in prestito con ogni mezzo, senza farsi scrupolo d'ingannare un pochino chi glielo presta; ma, pieno di sincera indignazione, ucciderà con un colpo di spada chiunque lo sospetterà di non essere abbastanza delicato.

13 marzo 1883.

I GIOIELLI

Monsieur Lantin, dopo aver incontrato quella fanciulla ad una festa in casa del suo sottocapufficio, fu avvolto dall'amore come in una rete.

Era la figlia di un esattore di provincia, morto da parecchi anni. Era venuta a Parigi con la madre, che aveva preso a frequentare alcune famiglie borghesi del quartiere nella speranza di trovar marito alla giovane. Erano povere e dignitose, tranquille e dolci. La sua modesta bellezza aveva il fascino di un angelico pudore, e l'impercettibile sorriso che non lasciava mai le sue labbra sembrava un riflesso del cuore.

Tutti cantavano le sue lodi; coloro che la conoscevano non facevano altro che ripetere: – Fortunato chi se la piglierà. Non si potrebbe trovare una donna migliore.

Lantin, che era allora archivista capo al ministero degli Interni, con lo stipendio annuo di tremilacinquecento franchi, ne chiese la mano e la sposò.

Con lei fu straordinariamente felice. Lei amministrò la casa con una economia tanto accorta che pareva vivessero nel lusso. Non c'erano attenzioni, delicatezze, moine che ella non avesse per il marito; e tale era la forza della sua seduzione, che, dopo sei anni dal loro incontro, lui l'amava ancora piú dei primi giorni.

Le rimproverava soltanto due debolezze: quella del teatro e quella dei gioielli falsi.

Le sue amiche (conosceva alcune mogli di modesti funzionari) le procuravano continuamente dei palchi per le rappresentazioni in voga, e perfino per le prime; e per amore o per forza lei si trascinava dietro il marito che, dopo la giornata di lavoro, si stancava tremendamente a simili passatempi. Lui la supplicò allora di andarci con qualche signora di sua conoscenza che poi l'avrebbe potuta riaccompagnare a casa. Ci volle molto tempo prima che lei cedesse, perché trovava sconveniente questo modo di fare. Infine si decise per fargli piacere, e lui gliene fu gratissimo.

Ben presto questo suo gusto per il teatro fece nascere in lei il bisogno di adornarsi. I suoi vestiti rimasero sempre molto semplici, di buon gusto, sí, ma modesti; e la sua grazia dolce e irresistibile, umile e sorridente, pareva acquistare un nuovo sapore dalla semplicità dei suoi abiti; ma lei prese l'abitudine di mettersi alle orecchie due grosse pietre del Reno, che parevano diamanti, e di portare collane di perle false, braccialetti di similoro, pettini adorni di varie pietruzze di vetro che volevano sembrare pietre di valore.

Suo marito, un po' contrariato da quell'amore per gli orpelli, ripeteva spesso: — Mia cara, quando non si ha la possibilità di comprarsi dei gioielli veri, ci si adorna soltanto della propria bellezza e della propria grazia, che sono sempre i gioielli piú rari.

Ma lei sorrideva con dolcezza e rispondeva: — Che vuoi farci? Mi piacciono tanto. È il mio vizio. So bene che hai ragione; ma non posso cambiare. Mi sarebbe tanto piaciuto avere dei gioielli!

E faceva scorrere tra le sue dita le collane di perle, scintillare le sfaccettature dei cristalli intagliati, ripetendo: — Ma guarda, guarda come sono fatti bene! Si giurerebbe che sono veri!

Il marito dichiarava, sorridendo: — Hai dei gusti da zingara.

Qualche volta, la sera, quando rimanevano soli, seduti accanto al fuoco, lei portava sulla tavola dove prendevano il tè la scatola di marocchino dove teneva chiusa la sua «paccottiglia», come la chiamava Lantin, e si metteva ad esaminare quei gioielli finti con un'attenzione appassionata, come se assaporasse un godimento segreto e profondo; e voleva mettere per forza una collana al collo del marito, e poi rideva di tutto cuore, esclamando: — Come sei buffo! — e gli si gettava tra le braccia, baciandolo con passione.

Una notte d'inverno, dopo essere stata all'Opéra, rincasò tutta scossa da brividi. Il giorno dopo aveva la tosse. Otto giorni dopo moriva di una flussione di petto.

Per poco Lantin non la seguí nella tomba. La sua disperazione fu cosí tremenda che in un mese i capelli gli diventarono tutti bianchi. Piangeva da mattina a sera, con l'anima straziata da un dolore insopportabile; ossessionato dal ricordo, dal sorriso, dalla voce, da tutte le attrattive della morta.

Il tempo non placò il suo dolore. Spesso nelle ore di ufficio, mentre i colleghi facevano quattro chiacchiere sugli avvenimenti del giorno, all'improvviso gli si vedevano le gote gonfiarsi, il naso raggrinzirsi, gli occhi riempirsi di lacrime; faceva una smorfia paurosa e cominciava a singhiozzare.

Aveva serbato intatta la camera della sua compagna, dove si

chiudeva tutti i giorni per pensare a lei; e tutti i mobili, i vestiti persino, erano rimasti al loro posto, come si trovavano l'ultimo giorno.

Però la vita cominciava a farsi dura per lui. Il suo stipendio, che in mano alla moglie bastava a tutti i bisogni della casa, ora non bastava neanche a lui solo. E si chiedeva con stupore come lei avesse potuto destreggiarsi per fargli bere sempre vini squisiti e mangiare cibi delicati che ora non poteva piú procurarsi con le sue modeste risorse.

Fece dei debiti e corse dietro al denaro come tutte le persone ridotte a vivere di espedienti. Poi, una mattina, siccome si trovava senza un soldo e mancava una settimana alla fine del mese, pensò di vendere qualcosa; e gli venne subito in mente l'idea di disfarsi della «paccottiglia» della moglie, perché, in fondo al cuore, aveva serbato come una sorta di rancore per quelle «illusioni» che un tempo lo irritavano. Soltanto il vederli ogni giorno, gli sciupava un po' il ricordo della sua diletta.

Cercò a lungo nel mucchietto luccicante di false gioie che ella aveva lasciato, poiché fino agli ultimi giorni di vita aveva continuato ostinatamente a comprarne, portando a casa, quasi ogni sera, un oggetto nuovo; e si decise per una grande collana, che lei sembrava preferire, pensando che potesse valere sette o otto franchi, perché, per essere falso, era veramente un lavoro fatto con molta cura.

Se la mise in tasca e si avviò verso il ministero per i boulevards, cercando un gioielliere che gli ispirasse fiducia.

Alla fine ne vide uno ed entrò, vergognandosi un po' di mettere cosí in mostra la sua miseria e di cercar di vendere un oggetto di cosí scarso valore.

– Signore, – disse al gioielliere, – vorrei sapere quanto stimate questo oggetto.

L'uomo lo prese, lo esaminò, lo rigirò, lo soppesò, prese una lente di ingrandimento, chiamò il commesso e gli fece qualche osservazione sottovoce, rimise la collana sul banco e la guardò di lontano, per giudicarne meglio l'effetto.

Lantin era imbarazzato da tutte quelle cerimonie, e stava per aprire bocca e dire: «Oh! lo so bene che non ha nessun valore», quando il gioielliere disse:

– Questa collana vale da dodici a quindicimila franchi, ma non posso comprarla, se prima non me ne fate conoscere l'esatta provenienza.

Il vedovo spalancò gli occhi e rimase a bocca aperta. Alla fine balbettò: – Voi dite?... Ne siete sicuro? – L'altro fraintese il suo stupore, e ribatté in tono asciutto: — Potete andare da un altro e vedere se vi dànno di piú. Per me, vale al massimo quindicimila franchi. Tornate da me, se non trovate di meglio.

Lantin, completamente istupidito, si riprese la collana e se ne andò, obbedendo ad un confuso bisogno di rimanere solo e di riflettere.

Ma, appena fu in strada, gli venne voglia di ridere e pensò: «Che imbecille, che imbecille! Se però lo avessi preso in parola! Ecco un gioielliere che non è capace di distinguere la roba vera da quella falsa!»

Entrò in un'altra bottega all'inizio di rue de la Paix. L'orefice, appena vide il gioiello esclamò:

— Ah! perbacco! La conosco bene questa collana; viene dal mio negozio!

Molto turbato, Lantin chiese:

— Quanto vale?

— L'ho venduta per venticinquemila franchi, signore. Sono pronto a riprenderla per diciottomila, quando mi avrete detto, in obbedienza alle disposizioni di legge, come ne siete venuto in possesso —. Stavolta Lantin si sedette, folgorato dallo stupore. Disse: — Ma... ma... ma guardatela bene signore... fino a questo momento avevo creduto che... fosse... falsa...

Il gioielliere riprese: — Volete dirmi il vostro nome, signore?

— Certo. Mi chiamo Lantin, sono impiegato al ministero degli Interni, abito in rue des Martyrs, 16.

Il negoziante aprí i suoi registri, cercò e poi disse: — Questa collana è stata mandata, infatti, all'indirizzo di Madame Lantin, in rue des Martyrs 16, il 20 luglio 1876.

I due uomini si guardarono negli occhi, l'impiegato, smarrito per la sorpresa, l'orefice, sospettando di trovarsi di fronte ad un ladro.

— Volete lasciarmi quest'oggetto, soltanto per ventiquattro ore, — riprese l'orefice, — ve ne faccio una ricevuta?

Lantin balbettò: — Ma sí, sí, certo —. E uscí, ripiegando il foglietto e mettendoselo in tasca.

Attraversò la strada, la risalí, si accorse di aver sbagliato direzione, ridiscese alle Tuileries, passò sulla Senna, si accorse di aver sbagliato ancora e ritornò agli Champs-Elysées, senza avere in testa una idea chiara. Si sforzava di ragionare, di capire. Sua moglie non aveva potuto comprare un oggetto di simile valore! — No, di certo. — Ma allora si trattava di un regalo! Un regalo! Un regalo di chi? Perché?

Si era fermato, e rimaneva immobile in mezzo al viale. L'orrendo dubbio lo sfiorò. – Lei? – Allora anche gli altri gioielli erano altrettanti regali! Gli parve che la terra oscillasse; che un albero davanti a lui si abbattesse; tese le braccia e cadde privo di sensi.

Riprese conoscenza in una farmacia, dove lo avevano portato alcuni passanti. Si fece condurre a casa sua e vi si rinchiuse.

Pianse disperatamente fino a notte, mordendo un fazzoletto per non gridare. Poi si mise a letto, affranto dalla fatica e dal dolore e dormí di un sonno pesante.

Lo svegliò un raggio di sole e si alzò lentamente per andare al ministero. Dopo una simile scossa era penoso lavorare. Pensò allora che poteva scusarsi col capufficio e gli scrisse. Poi gli venne in mente che doveva ritornare dal gioielliere e diventò rosso per la vergogna. Rimase a lungo a riflettere. Ma non poteva lasciare la collana in mano a quell'uomo: si vestí e uscí.

Era bel tempo, il cielo azzurro si stendeva sulla città che pareva sorridere. Alcune persone bighellonavano davanti a lui con le mani in tasca. Vedendole passare, Lantin si disse: «Come si è felici quando si hanno soldi! Col denaro ci si può liberare anche dei dispiaceri, si va dove si vuole, si viaggia, ci si distrae! Oh! Se fossi ricco!»

Si accorse di aver fame, infatti non mangiava da due giorni. Ma aveva le tasche vuote e si ricordò della collana. Diciottomila franchi! Diciottomila franchi! Era una somma, quella!

Raggiunse rue de la Paix e si mise a passeggiare su e giú sul marciapiedi di fronte alla bottega. Diciottomila franchi! Venti volte, fu lí lí per entrare; ma la vergogna lo tratteneva ogni volta.

Ma aveva fame, molta fame, e nemmeno un soldo in tasca. Si decise all'improvviso, attraversò la strada di corsa, per non lasciarsi il tempo di riflettere, e si precipitò nella gioielleria.

L'orefice, appena lo vide, accorse premuroso, e gli offrí una sedia sorridendo con gentilezza. Arrivarono anche i commessi che guardavano in tralice Lantin, con dei lampi di gaiezza negli occhi e sulle labbra.

Il gioielliere disse: – Mi sono informato, e se siete sempre della stessa idea, sono pronto a pagarvi la somma che vi avevo proposto.

– Ma certamente, – balbettò l'impiegato.

L'orefice tirò fuori da un cassetto diciotto grandi biglietti, li contò, li porse a Lantin, il quale firmò una ricevuta e si mise in tasca il denaro con mano fremente.

Poi, mentre stava per uscire, si voltò verso il negoziante che continuava a sorridere e disse, abbassando gli occhi: – Ho... ho... degli altri gioielli, che mi vengono dalla stessa eredità. Sareste disposto ad acquistare anche quelli?

Il negoziante si inchinò: – Ma certo, signore –. Uno dei commessi uscí per ridere con comodo; un altro si soffiava rumorosamente il naso.

Lantin, impassibile, rosso e serio, disse: – Ve li porterò.

E prese una carrozza per andare a prendere i gioielli.

Quando, un'ora dopo, tornò al negozio, non aveva ancora mangiato. Si misero ad esaminare i gioielli, pezzo per pezzo, stimandoli. Quasi tutti provenivano da quel negozio.

Ora Lantin discuteva le offerte, si arrabbiava, esigeva che gli fossero mostrati i registri delle vendite e, a mano a mano che la somma si elevava, parlava a voce sempre piú alta.

I grossi orecchini di diamanti valevano ventimila franchi, i braccialetti trentacinquemila, le spille, gli anelli e i medaglioni sedicimila, una parure di smeraldi e zaffiri quattordicimila; un solitario sospeso ad una catena d'oro che formava collana quarantamila; il tutto raggiungeva la cifra di centonovantaseimila franchi.

Il negoziante disse con ironica bonomia: – Questa è una persona che spendeva in gioielli tutti i suoi risparmi.

– È un modo come un altro di investire il proprio denaro, – rispose gravemente Lantin. E se ne andò, dopo aver stabilito col gioielliere, che il giorno dopo ci sarebbe stata una controperizia.

Appena fu in strada, guardò la colonna Vendôme con la voglia di arrampicarvicisi, come se fosse stato l'albero della cuccagna. Si sentiva cosí leggero che avrebbe saltato a piè pari la statua dell'imperatore, arrampicata lassú nel cielo.

Andò a mangiare da Voisin e bevve vino da venti franchi la bottiglia.

Poi prese una carrozza e fece un giro al Bois. Guardava le altre vetture con un certo disprezzo, con una voglia matta di gridare ai passanti: «Anch'io sono ricco! Possiedo duecentomila franchi!»

Si ricordò del ministero. Ci si fece portare, entrò risolutamente dal capufficio e annunciò: – Signore, vengo a presentarvi le mie dimissioni. Ho ereditato trecentomila franchi –. Andò a salutare i suoi ex colleghi, confidando loro i suoi progetti di nuova vita, poi andò a mangiare al caffè inglese.

Poiché si trovò accanto un signore di aspetto distinto, non poté resistere alla smania di confidargli con un certo compiacimento, che aveva ereditato quattrocentomila franchi.

Per la prima volta in vita sua non si annoiò a teatro, e passò la notte con delle donnine allegre.

Sei mesi piú tardi, si risposava. La sua seconda moglie era onestissima, ma con un brutto carattere. Lo fece soffrire molto.

27 marzo 1883.

IL BAMBINO

Dopo aver giurato per molto tempo che non avrebbe mai preso moglie, Jacques Bourdillère cambiò parere all'improvviso. Avvenne da un momento all'altro, un'estate, ai bagni di mare.

Una mattina, mentre se ne stava disteso sulla sabbia, tutto intento a guardare le donne uscire dall'acqua, lo colpí la piccolezza e la grazia delicata d'un piedino. Avendo alzato gli occhi s'invaghí di tutta la persona. Non ne vedeva, d'altronde, se non le caviglie e la testa che emergeva da un accappatoio di flanella bianca, chiuso accuratamente. Dunque, fu dapprima preso a volo da una forma piena di grazia; poi, lo trattenne la malia di un animo dolce di fanciulla, semplice e buono, fresco come le guance e le labbra.

Presentato alla famiglia, piacque e presto s'innamorò come un pazzo. Quando scorgeva Berthe Lannis da lontano, sulla lunga spiaggia di sabbia gialla, lo percorreva un brivido. Accanto a lei diventava muto, incapace di parlare e perfino di pensare, con una specie di fermento nel cuore, di ronzio nelle orecchie, di tumulto nella mente. Era dunque questo l'amore?

Non lo sapeva, non ci capiva nulla, ma era comunque deciso a fare di quella bambina sua moglie.

I genitori esitarono a lungo, trattenuti dalla cattiva riputazione del giovane. Aveva un'amante, si diceva, una *vecchia amante*, una relazione antica e tenace, una di quelle catene che si credono spezzate e invece tengono legati per sempre.

Per di piú, amava per un tempo piú o meno lungo, tutte le donne che gli passavano a portata di labbra.

Ma Jacques mise giudizio e non acconsentí a rivedere nemmeno una volta quella che aveva vissuto a lungo con lui. Un amico si occupò di regolare per lei una pensione che le assicurasse l'esistenza. Jacques pagò, ma non volle piú sentire parlare di quella donna, pretendendo oramai d'ignorarne perfino il nome. Non apriva le lettere che lei gli scriveva. Ogni settimana, riconosceva la scrittura incerta dell'abbandonata; e, ogni settimana, preso da una collera

sempre crescente, strappava di colpo busta e foglietto, senza aprire, senza leggere un rigo, nemmeno un rigo, già sapendo i rimproveri e le lamentele che contenevano.

I genitori di Berthe, non credendo nella sua perseveranza, vollero che la prova durasse tutto l'inverno, e solo a primavera la richiesta di matrimonio fu accettata.

Gli sponsali ebbero luogo a Parigi, ai primi di maggio.

Era deciso che non avrebbero fatto il solito viaggio di nozze.
Dopo quattro salti in famiglia, una festicciola che non si sarebbe
protratta piú in là delle undici, per non far durare all'infinito le
fatiche di una lunga giornata di cerimonie, i giovani sposi avrebbero passata la prima notte nuziale nella casa paterna, e poi sarebbero partiti soli, l'indomani mattina, per la spiaggia cara ai loro cuori,
dove si erano conosciuti e amati.

Venuta la notte, mentre nel salone continuavano le danze, si
erano ritirati tutti e due in un salottino giapponese, dalle pareti
coperte di splendide sete, illuminato appena, quella sera, da una
grande lanterna colorata sospesa al soffitto come un uovo enorme.
Era una notte tiepida, calma, piena di odori primaverili, e dalla
finestra socchiusa entravano a volte aliti freschi, carezze d'aria che
sfioravano i volti.

Non dicevano nulla; si tenevano le mani, stringendosele forte
ogni tanto. Berthe se ne stava con lo sguardo nel vago, un poco
smarrita per il gran cambiamento avvenuto nella sua vita, ma sorridente, commossa, sul punto di piangere, e sul punto, spesso, di
svenire di gioia, credendo mutato il mondo intero da quello che le
avveniva, inquieta senza sapere perché, sentendosi tutta pervasa,
anima e corpo, da una indefinita e soave stanchezza.

Jacques la guardava ostinatamente, con un sorriso fisso. Voleva
parlare, non trovava niente, e restava lí, mettendo tutto il suo ardore nel premerle la mano. Di tanto in tanto mormorava: — Berthe! — e lei ogni volta alzava gli occhi su di lui con uno sguardo
tenero e dolce; si contemplavano un istante, poi lo sguardo di Berthe, penetrato, ammaliato da quello di lui, tornava ad abbassarsi.

Non trovavano nessun pensiero da scambiarsi. Li lasciavano
soli, ma a volte una coppia di ballerini, passando, gettava su loro
uno sguardo furtivo, come se fosse testimone discreta e confidente
di un mistero.

Si aperse una porta laterale ed entrò un domestico, portando
sopra un vassoio una lettera urgente consegnata in quel momento
da un fattorino. Jacques la prese tremante, colto da una paura vaga
e repentina, il presentimento misterioso delle sventure improvvise.

Guardò a lungo la busta, su cui non riconosceva la scrittura, senza osare di aprirla, desiderando follemente non leggere, non sapere; solo metterla in tasca, e dirsi: «A domani. Domani sarò lontano, che importa!» Ma lo tratteneva e lo spaventava una parola sottolineata, scritta in grande in un angolo: URGENTISSIMA. Domandò: – Permettete, cara? – Strappò la busta e lesse. Lesse quel foglio, impallidendo in modo da far spavento, lo percorse con uno sguardo, poi sembrò compitarlo sillaba per sillaba.

Quando sollevò il capo, mostrò un viso sconvolto. Disse esitante: – Piccola cara, è... è avvenuta una disgrazia, una disgrazia terribile al mio migliore amico. Ha bisogno di me subito... subito... per una questione di vita o di morte. Posso assentarmi per venti minuti? Tornerò al piú presto.

Tremante, sconvolta, essa balbettò: – Andate, amico mio! – non essendo ancora abbastanza donna per osare interrogarlo, per esigere di sapere. Egli scomparve. Rimase sola, mentre dal salone vicino le arrivavano i rumori del ballo.

Afferrato un cappello, il primo che gli capitò, e un soprabito qualsiasi, Jacques fece le scale correndo. Al momento di uscire sulla strada, si fermò ancora sotto il lume a gas dell'androne e rilesse la lettera.

Ecco quel che diceva:

«Egregio signore,

una certa Ravet, vostra amante di un tempo, a quanto pare, ha ora partorito un bambino e dichiara che è vostro. Sta per morire e invoca da voi una visita. Mi permetto di scrivervi per chiedervi se potete concedere un ultimo colloquio a questa donna, che mi sembra molto sventurata e degna di pietà.

Servitor vostro,   Dottor Bonnard».

Quando penetrò nella camera della morente, la trovò già in agonia. Sulle prime, non la riconobbe. Era assistita da un medico e da due infermiere; a terra, dovunque, secchi pieni di ghiaccio, biancheria inzuppata di sangue.

Il pavimento era inondato d'acqua; su un mobile ardevano due candele; dietro il letto, in una piccola culla di vimini, gridava il bambino, e, a ogni suo vagito, la madre, martoriata, tentava di muoversi, rabbrividendo sotto gl'impacchi gelati.

Sanguinava; perdeva tutto il sangue, ferita a morte, uccisa da quella nascita. Da lei, scorreva via la vita; e nonostante il ghiaccio e le cure, l'invincibile emorragia continuava, affrettando l'ora estrema.

Riconobbe Jacques e volle tendergli le braccia: non ci riuscí, tanto quelle erano deboli, ma sulle guance già livide cominciarono a scivolare le lacrime.

Jacques, caduto in ginocchio accanto al letto, afferrò una mano che pendeva e la baciò con frenesia; poi, a poco a poco, si accostò tutto vicino al magro viso che trasaliva al suo contatto. Una delle infermiere, in piedi, faceva luce con un candeliere, e il medico, in disparte, guardava dal fondo della camera.

Allora, con voce lontana, lei disse ansimando: — Sto per morire, amor mio; promettimi di restar qui sino alla fine. Oh! non lasciarmi adesso, non lasciarmi in quest'ultimo momento!

Jacques, singhiozzando, le baciava la fronte, i capelli. Mormorò: — Sta' tranquilla, rimango.

Per qualche minuto la donna restò senza poter parlare, tanto era oppressa e sfinita. Riprese: — È tuo, il piccino. Te lo giuro davanti a Dio, te lo giuro sulla mia anima, te lo giuro in punto di morte. Non ho amato altro uomo che te... Promettimi di non abbandonarlo —. Egli tentava ancora di prendere tra le braccia quel misero corpo lacerato, vuoto di sangue. Balbettò, reso folle dai rimorsi e dal dolore: — Te lo giuro, lo alleverò e gli vorrò bene. Non lo lascerò —. Allora la donna tentò di baciare Jacques. Troppo spossata per riuscire a sollevare il capo, sporgeva le labbra bianche nel desiderio di un bacio. Egli accostò la bocca, a cogliere quella pietosa e supplice carezza.

Un poco piú calma, mormorò con un filo di voce: — Portalo qui, che io veda se l'ami.

Jacques andò a prendere il bimbo.

Lo posò con cautela sul letto, tra loro due, e quell'esserino smise di piangere. Lei sussurrò: — Non ti muovere piú! — E lui non si mosse piú. Rimase là, stringendo nella sua calda mano quella mano scossa dai brividi dell'agonia, come poco prima aveva stretto una mano fremente, percorsa da brividi d'amore. Ogni tanto guardava l'orologio con un'occhiata furtiva, spiando le lancette che oltrepassavano la mezzanotte, poi l'una, poi le due.

Il medico se ne era andato. Le infermiere, dopo aver girato un po' per la stanza con passo leggero, ora sonnecchiavano su due sedie. Il bambino dormiva e anche la madre, con gli occhi chiusi, sembrava riposare.

D'un tratto, mentre una luce livida cominciava a filtrare tra le tende incrociate, ella tese le braccia con un gesto cosí improvviso e

violento che rischiò di gettare a terra il bambino. Le salí dal petto
una specie di rantolo; poi rimase supina, immobile, morta.

Le infermiere accorse dichiararono: – È finita.

Egli guardò un'ultima volta quella donna che aveva amata, poi
l'orologio a pendolo che segnava le quattro, e fuggí dimenticando
il pastrano, vestito da sera, col bambino tra le braccia.

Dopo che lui l'ebbe lasciata sola, la giovane sposa lo aveva atteso, piuttosto calma in principio, nel salottino giapponese. Poi,
non vedendolo tornare, era entrata nel salone, con aria indifferente
e serena, ma terribilmente preoccupata. Vedendola sola, la mamma le aveva domandato: – E dov'è tuo marito? – Aveva risposto:
– In camera; torna subito.

In capo a un'ora, interrogata da tutti, confessò la faccenda della
lettera e l'aspetto sconvolto di Jacques: temeva una disgrazia.

Aspettarono ancora. Gl'invitati se ne andarono e rimasero solo
i parenti prossimi. A mezzanotte, accompagnarono a coricarsi la
sposa scossa dai singhiozzi. La mamma e due zie, sedute ai lati
del letto, l'ascoltavano piangere, mute e desolate... Il padre era andato al commissariato per cercare di aver qualche notizia.

Alle cinque di mattina, scivolò dal corridoio un lieve rumore;
una porta si aprí e si richiuse con cautela; poi all'improvviso un
vagito, simile al miagolio di un gatto, corse per la casa silenziosa.

Tutte le donne si alzarono di scatto, e Berthe, per prima, si slanciò, respingendo la mamma e le zie, avvolta nella veste da camera.

Sulla soglia, Jacques, livido, ansimante, teneva un bambino tra
le braccia.

Le quattro donne lo guardarono sbigottite; ma Berthe, divenuta improvvisamente temeraria, col cuore stretto dall'angoscia, gli
corse incontro: – Che c'è, dimmi, che c'è?

Aveva l'aria di un pazzo; rispose con voce interrotta: – C'è...
c'è... che ho un figlio, e che la madre è morta ora... – E mostrava
tra le mani inesperte il marmocchio che urlava.

Senza dire una parola, Berthe prese il bambino, lo abbracciò, se
lo strinse al petto; poi, alzando verso il marito gli occhi pieni di
lacrime: – La madre è morta, dite? – Rispose: – Sí, improvvisamente... Tra le mie braccia... Avevo spezzato ogni legame da questa estate... Non ne sapevo nulla, io... è stato il medico a chiamarmi...

Allora Berthe sussurrò: – Ebbene, lo alleveremo noi questo
piccino.

18 settembre 1883.

UNA SERATA

Il dottor Saval, notaio a Vernon, amava appassionatamente la musica. Ancor giovane, già calvo, sempre rasato con cura, un po' grosso, come si conviene, con gli occhiali a molla sul naso invece del vecchio tipo a stanghetta, attivo, galante e allegro, passava a Vernon per un artista. Strimpellava il piano, suonava il violino, e dava serate musicali dedicate alle opere nuove.

Aveva anche quel che si chiama un filo di voce, proprio un filo, non piú di un filo, un sottilissimo filo; ma lo modulava con tanto gusto che i «Bravo! Benissimo! Straordinario! Stupendo!» sgorgavano da tutte le bocche non appena aveva bisbigliata l'ultima nota.

Era abbonato presso un editore di musica di Parigi, che gli inviava le novità, e lui, di tanto in tanto, mandava all'alta società del luogo bigliettini cosí concepiti:

«Siete pregati d'assistere, lunedí sera, in casa del notaio dottor Saval, alla prima audizione a Vernon della *Saïs* [1]».

Alcuni ufficiali che avevano una bella voce facevano il coro; cantavano pure due o tre signore locali. Il notaio fungeva da direttore d'orchestra, e con tanta sicurezza che un giorno il capobanda del centonovantesimo di linea aveva detto di lui, al caffè d'Europa:

– Oh! il dottor Saval è un vero maestro, peccato proprio che non abbia abbracciato la carriera delle arti.

Quando veniva fatto il suo nome in un salotto c'era sempre qualcuno che esclamava:

– Non è un dilettante, è un artista, un vero artista.

E due o tre persone ripetevano, con profonda convinzione:

– Oh! sí, un vero artista –; calcando molto sul «vero».

Ogni volta che in un gran teatro di Parigi veniva rappresentata un'opera nuova, il dottor Saval si metteva in viaggio.

Ora, l'anno scorso, secondo la sua abitudine, volle andare a

[1] [Opera di Marguerite Olagnier (1881)].

sentire l'*Enrico VIII* [1]. Prese quindi l'espresso che arriva a Parigi alle quattro e trenta, deciso a ripartire col treno della mezzanotte e trentacinque, per non dormire all'albergo. Aveva già indossato l'abito da sera, nero con cravatta bianca, che dissimulava sotto il soprabito col bavero rialzato.

Come mise piede in rue Amsterdam, si sentí tutto allegro. Si diceva:

«Decisamente l'aria di Parigi è diversa da tutte le altre. C'è un non so che di euforico, d'eccitante, d'inebriante, che mette addosso una voglia di saltare e di fare ben altro ancora. Appena arrivo qui, mi sembra di colpo d'aver bevuto una bottiglia di champagne. Come potrebbe essere bella la vita in questa città, in mezzo agli artisti! Beati gli eletti, i grandi uomini che godono della celebrità in una città come questa! Che bella vita la loro!»

E faceva progetti; avrebbe voluto conoscere qualcuno di quegli uomini celebri, per parlare di loro a Vernon, e ogni tanto, quando veniva a Parigi, trascorrere da loro una serata.

Ma ecco che gli venne un'idea. Aveva sentito parlare di certi piccoli caffè sui boulevards esterni, dove si riunivano pittori famosi, letterati, anche musicisti, e pian piano cominciò a salire verso Montmartre.

Aveva due ore davanti a sé. Voleva vedere. Passò davanti alle birrerie frequentate dagli ultimi bohèmes, guardando le facce, cercando d'indovinare gli artisti. Finalmente entrò al Rat-Mort, allettato dal nome.

Cinque o sei donne coi gomiti sui tavolini di marmo parlavano sottovoce delle loro beghe d'amore, dei litigi di Lucie con Hortense, delle furfanterie d'Octave. Erano donne mature, troppo grosse o troppo magre, stanche, logorate. Si capiva che dovevano essere quasi calve; e bevevano boccali di birra come uomini.

Il dottor Saval sedette lontano da loro, e attese, perché s'avvicinava l'ora dell'assenzio.

Di lí a poco un giovane alto venne a sedersi vicino a lui. La padrona lo chiamò «Monsieur Romantin». Il notaio trasalí. Era forse quel Romantin che aveva vinto una medaglia di prima classe all'ultima esposizione?

Il giovanotto, con un gesto, chiamò il cameriere:

– Servimi subito la cena, e poi porta al mio nuovo indirizzo, al 15 di boulevard de Clichy, trenta bottiglie di birra e il prosciutto che ho ordinato stamane. Inauguro il mio nuovo studio.

---

[1] [Opera di Saint-Saëns (1883)].

Il dottor Saval si fece servire subito la cena. Poi si tolse il soprabito, mostrando l'abito nero e la cravatta bianca.

Il suo vicino pareva non accorgersi di lui. Aveva preso un giornale, e leggeva. Il dottor Saval lo guardava con la coda dell'occhio, ardendo dal desiderio di parlargli.

Entrarono due giovanotti in abito di velluto rosso, e con due barbe appuntite, alla Enrico III. Sedettero di fronte a Romantin.

Il primo disse:

– È per stasera?

Romantin gli strinse la mano:

– Sicuro, vecchio mio, e ci saranno tutti: Bonnat, Guillemet, Gervex, Béraud, Hébert, Duez, Clairin, Jean-Paul Laurens [1]; sarà una festa straordinaria. E vedrete che donne! Tutte le attrici senza eccezione, tutte quelle che stasera non hanno niente da fare, ben inteso.

Il padrone del locale s'era avvicinato.

– Lo inaugurate spesso, il vostro studio?

Il pittore rispose:

– Lo credo bene! Ogni tre mesi, ad ogni scadenza dell'affitto.

Il dottor Saval non resistette piú, e disse con voce esitante:

– Mi dispiace disturbarvi, signore, ma ho sentito pronunciare il vostro nome, e sarei curioso di sapere se siete proprio il Romantin di cui ho tanto ammirato l'opera all'ultima esposizione.

L'artista rispose:

– Proprio lui in persona, signore.

Il notaio, allora, fece un bel complimento, rivelandosi uomo colto.

Il pittore, conquistato, rispose con molta gentilezza. Parlarono.

Romantin, tornando alla sua inaugurazione, descrisse tutte le magnificenze della festa.

Il dottor Saval l'interrogò sulle persone che avrebbe ricevuto, aggiungendo:

– Sarebbe una bella fortuna, per un forestiero, incontrare in una volta sola tante celebrità riunite in casa d'un artista del vostro valore.

Romantin, conquistato, rispose:

– Se vi fa piacere, venite pure.

Il dottor Saval accettò con entusiasmo, pensando:

«Avrò sempre tempo di vedere l'*Enrico VIII*».

---

[1] [Léon Bonnat, Jean-Baptiste-Antoine Guillemet, Henri Gervex, Jean Béraud, Ernest Hébert, Ernest-Ange Duez, Georges Clairin, Jean-Paul Laurens sono tutti piú o meno noti pittori del tempo].

Tutti e due avevano finito la cena. Il notaio volle pagare i due conti, per contraccambiare le gentilezze del vicino. Pagò anche le consumazioni dei giovanotti in velluto rosso; poi uscí insieme al pittore.

Si fermarono davanti a una casa molto lunga e bassa, il cui primo piano aveva l'aria di un'interminabile serra. Erano sei studi in fila, che davano tutti sul boulevard.

Romantin entrò per primo, salí le scale, aprí una porta, accese un fiammifero, poi una bugia.

Si trovarono in una vastissima stanza il cui mobilio consisteva in tre sedie, due cavalletti, e qualche schizzo appoggiato per terra, lungo i muri. Il dottor Saval, stupefatto, si fermò sulla porta.

Il pittore disse:

– Ecco, il posto c'è; ma bisogna preparare tutto.

Poi, esaminando la stanza alta e vuota, il cui soffitto si perdeva nell'oscurità, dichiarò:

– Si potrebbe sistemare bene, questo studio.

Ne fece il giro, esaminandolo con grande attenzione, poi soggiunse:

– Ho un'amante che avrebbe potuto aiutarci. Le donne sono straordinarie per drappeggiare le stoffe. Ma oggi l'ho mandata in campagna, per essere libero stasera. Non che m'annoi, ma non ha ombra di buone maniere; ne sarei rimasto imbarazzato con i miei invitati.

Rifletté qualche istante, poi aggiunse:

– È una buona ragazza, ma ha un caratterino. Se sapesse che stasera ricevo, mi caverebbe gli occhi.

Il dottor Saval restava immobile senza capire.

L'artista gli si avvicinò.

– Visto che vi ho invitato, aiutatemi a qualcosa.

Il notaio dichiarò:

– Disponete di me come credete. Sono a vostra disposizione.

Romantin si tolse la giacca.

– Bene, cittadino, all'opera. Cominciamo a pulire.

Andò dietro al cavalletto, che sosteneva una tela raffigurante un gatto, e prese una scopa molto consumata.

– Tenete, scopate mentre io mi occuperò della luce.

Il dottor Saval prese la scopa, la guardò e cominciò a scopare goffamente il pavimento sollevando un nugolo di polvere.

Romantin, indignato, lo fermò:

– Ma non sapete scopare, perbacco! Cosí, guardate me.

E cominciò a rotolare davanti a sé mucchi di sporcizia grigia, come se non avesse fatto altro tutta la vita; poi rese la scopa al notaio, che lo imitò.

Dopo cinque minuti, una tale nuvola di polvere empiva lo studio che Romantin chiese:

— Dove siete? Non vi vedo piú.

Monsieur Saval, che tossiva, s'avvicinò. Il pittore gli disse:

— Cosa inventereste per fare un lampadario?

L'altro, sbalordito, chiese:

— Quale lampadario?

— Ma il lampadario per illuminare, un lampadario con le bugie.

Il notaio non capiva. Rispose:

— Non so.

Il pittore si mise a far passi di danza facendo chioccare le dita.

— Be', io, invece, ho trovato, monsignore.

Poi aggiunse con piú calma:

— Immagino che avrete cinque franchi?

Il dottor Saval rispose:

— Certo.

L'artista riprese:

— Bene! andate a comprarmi cinque franchi di candele mentre io vado dal bottaio.

E spinse fuori il notaio senza cappotto. In capo a cinque minuti erano di ritorno, portando, l'uno le candele, l'altro un cerchio di botte. Poi Romantin scomparve in un armadio a muro, e ne trasse una ventina di bottiglie vuote, che attaccò in corona attorno al cerchio. Poi scese a prendere in prestito una scala dalla portinaia, dopo aver spiegato che si era ingraziato la vecchia facendo il ritratto al suo gatto, quello esposto sul cavalletto.

Quando ritornò con la scala chiese al dottor Saval:

— Siete agile?

L'altro, senza comprendere, rispose:

— Certo.

— Bene, salite lassú allora e attaccatemi questo lampadario all'anello del soffitto. Poi mettete una candela in ogni bottiglia e accendete. Vi dico che ho il genio dell'illuminazione. Ma levatevi quella giacca, perbacco! avete l'aria d'un cameriere.

Di colpo s'aprí la porta; apparve una donna, con gli occhi accesi, dritta sulla soglia.

Romantin la guardava con uno sguardo spaventato.

La donna attese qualche secondo, incrociò le braccia sul petto, poi con voce acuta, vibrante, esasperata:

— Ah! disgraziato, è cosí che mi pianti?

Romantin non rispose. L'altra continuò:

— Ah! farabutto. E facevi anche il premuroso mandandomi in campagna. Ma vedrai come te la concerò io, la tua festa. Sí, li riceverò io i tuoi amici...

S'animava:

— Gliele sbatterò in faccia le bottiglie e le candele...

Romantin, con voce dolce, pronunciò:

— Mathilde...

Ma la donna non l'ascoltava, andava avanti.

— Aspetta un po', bello mio, aspetta un po'!...

Romantin le si avvicinò, cercando di prenderle le mani:

— Mathilde.

Ma lei ormai era lanciata; andava avanti vuotando il sacco delle ingiurie e dei rimproveri, che le sgorgavano di bocca come un ruscello che trascini sozzure. Le parole precipitate parevano urtarsi per uscire. Balbettava, biascicava, farfugliava, poi ritrovava di colpo la voce per lanciare un'ingiuria, una bestemmia.

Lui le aveva preso le mani, senza ch'ella se ne fosse accorta; non pareva nemmeno vederlo, tanto era intenta a parlare, a sfogare quello che aveva sul cuore. E ad un tratto si mise a piangere. Le lacrime le colavano dagli occhi senza fermarle il flusso dei rimproveri. Ma le parole avevano preso un'intonazione stridula e falsa, una nota intrisa di lacrime, poi interrotta dai singhiozzi. Ricominciò ancora due o tre volte, subito fermata dai singulti, e infine tacque, in una crisi di lacrime.

Egli allora la strinse fra le braccia, la baciò sui capelli, intenerito lui pure.

— Mathilde, mia piccola Mathilde, ascoltami. Sii ragionevole. Lo sai, se do una festa, è per ringraziare quei signori per la medaglia dell'esposizione. Non posso ricevere donne, dovresti capirlo. Con gli artisti tutto è diverso che con gli altri.

Ella balbettò fra le lacrime:

— Perché non me l'hai detto?

Romantin rispose:

— Per non farti arrabbiare, per non darti un dispiacere. Ascolta, ora ti riaccompagno a casa. Sii ragionevole, stai tranquilla, aspettami a nanna e io tornerò non appena sarà finito.

Ella mormorò:

— Sí, ma non lo farai piú?

— No, te lo giuro.

Il pittore si volse verso il dottor Saval, che aveva finito d'appendere il lampadario:

– Amico mio, torno fra cinque minuti. Se qualcuno arrivasse in mia assenza, fate gli onori per me, vi prego.

E trascinò via Mathilde che s'asciugava gli occhi e si soffiava continuamente il naso.

Rimasto solo, il dottor Saval cercò di mettere un po' d'ordine. Poi accese le candele e attese.

Attese un quarto d'ora, mezz'ora, un'ora. Romantin non tornava. Poi, all'improvviso, sulle scale risuonò un baccano infernale, una canzone urlata in coro da venti bocche, e un passo cadenzato come quello d'un reggimento prussiano. I colpi regolari dei piedi scotevano la casa dalle fondamenta. La porta s'aprí, e apparve una folla. Uomini e donne in fila, tenendosi sotto braccio, a due a due, e battendo il tacco in cadenza, entrarono nello studio come un serpente che si snoda. Urlavano:

> Entrate nel mio locale.
> Soldati e bambinaie!...

Il dottor Saval, confuso, in abito da sera, rimase inchiodato sotto il lampadario. La processione lo scorse e gettò un urlo: – Un cameriere! un cameriere! – e gli girò attorno, chiudendolo in un cerchio urlante. Poi si presero per mano e danzarono come matti un girotondo.

Il notaio cercava di spiegarsi:
– Signori... Signori... Signore...
Ma nessuno l'ascoltava. Tutti giravano, saltavano, sbraitavano.
Finalmente la danza finí.
Il dottor Saval disse:
– Signori...
Un ragazzone biondo e barbuto fino al naso gli tolse la parola:
– Come vi chiamate, amico?
Il notaio, spaventato, disse:
– Sono il dottor Saval.
Una voce gridò:
– Vuoi dire Baptiste.
Una donna disse:
– Lasciatelo stare; lo farete arrabbiare, alla fine. È pagato per servirci e non per farsi prendere in giro.

Allora il dottor Saval s'accorse che ogni invitato portava qualche provvista. Chi reggeva una bottiglia, chi un pasticcino, questi un pane, quell'altro un prosciutto.

Il ragazzone biondo gli mise in mano un lunghissimo salame e gli ordinò:

— Tieni, prepara la tavola in quell'angolo laggiú. Metti le bottiglie a sinistra e le provviste a destra.

Saval, fuori di sé, gridò:

— Ma, signori, sono un notaio!

Vi fu un attimo di silenzio, poi una risata matta. Un signore sospettoso chiese:

— Come vi trovate qui?

Allora si spiegò, raccontò il suo progetto d'andare all'Opéra, la sua partenza da Vernon, il suo arrivo a Parigi, e tutta la sua serata.

Tutti si erano seduti attorno a lui per ascoltarlo; gli lanciavano frizzi, lo chiamavano Sheherazade.

Romantin non tornava. Arrivarono altri invitati. A tutti veniva presentato il dottor Saval perché ricominciasse la sua storia. Lui rifiutava, gli altri lo costringevano, tenendolo prigioniero su una delle tre sedie, fra due donne che gli versavano continuamente da bere. Lui beveva, rideva, parlava, cantava perfino. Volle ballare con la sedia, cadde.

Da quel momento non ricordò piú nulla. Gli parve, tuttavia, che lo spogliassero, che lo coricassero, e che lui avesse male al cuore.

Quando si svegliò, disteso in fondo ad un letto ribaltabile che non conosceva, era giorno fatto.

Una vecchia, con la scopa in mano, lo guardava furiosa. Alla fine, gli disse:

— Sei uno sporcaccione! uno sporcaccione! Come si fa a ridursi cosí!

Egli sedette, si sentí male. Chiese:

— Dove sono?

— Dove siete? Sporcaccione, siete sbronzo! Sloggiate, adesso, e alla svelta!

Saval volle alzarsi. Era nudo nel letto. Gli abiti erano scomparsi. Mormorò:

— Signora... io...!

Poi ricordò... Che fare? Chiese:

— Monsieur Romantin non è tornato?

La portinaia brontolò:

— Volete sloggiare sí o no? Che almeno Romantin non vi trovi piú qui!

Il dottore Saval dichiarò confuso:

— Non ho piú i miei abiti, me li hanno presi.

Dovette aspettare, spiegare il caso, avvertire gli amici, farsi dare in prestito del denaro per rivestirsi. Non riuscí a ripartire prima di sera.

E quando parla di musica, nel suo bel salotto di Vernon, egli afferma con decisione che la pittura è un'arte molto inferiore.

21 settembre 1883.

L'ODISSEA DI UNA DONNA DI STRADA

No, non si cancellerà mai il ricordo di quella sera. Per una mezz'ora, ho provato la sensazione sinistra di una difficoltà invincibile: quel brivido che ci coglie se scendiamo nei pozzi delle miniere. Ho toccato il fondo piú cupo della miseria umana; ho compreso che ad alcuni è negato vivere onestamente.

Era passata la mezzanotte. Andavo in fretta dal Vaudeville a rue Drouot, lungo il boulevard su cui correvano gli ombrelli aperti. Un pulviscolo d'acqua volteggiava, piú che non cadesse, velando i lampioni a gas, rattristando la via. Il marciapiede luceva bagnato, anzi vischioso. La gente camminava rapida, senza badare a nulla.

Le donne di strada, la gonna alzata, mostrando le gambe, lasciando intravedere una calza bianca nel chiarore smorto dell'illuminazione notturna, aspettavano nell'ombra delle porte, chiamando i passanti, oppure, avvicinandosi veloci, ardite, gli lanciavano nell'orecchio due parole oscure e stupide. Seguivano qualcuno per qualche secondo, stringendoglisi addosso, soffiandogli in faccia il fiato corrotto; poi, vedendo inutile ogni esortazione, lo lasciavano con un ruvido gesto di scontento e si rimettevano in cammino, dimenando i fianchi.

Continuavo per la mia strada, chiamato da tutte, tirato per la manica, molestato, e pieno di disgusto. D'un tratto ne vidi tre mettersi a correre come impazzite, gettando verso le altre poche rapide parole. E anche le altre si mettevano a correre, a fuggire, sollevando a due mani le gonne per andare piú in fretta. La polizia stava facendo quella sera una retata contro la prostituzione.

E all'improvviso sentii infilarsi un braccio sotto il mio braccio, mentre una voce disperata mi mormorava all'orecchio: — Salvatemi, signore, salvatemi, non mi lasciate.

Guardai la ragazza: sebbene già sfiorita, non mostrava vent'anni. Le dissi: — Resta pure con me —. E lei: — Oh, grazie.

Stavamo arrivando alla fila degli agenti che si aperse per lasciarci passare.

Voltai per via Drouot.

La mia compagna mi chiese: – Vieni a casa mia?

– No.

– Perché, no? Mi hai reso un grosso servizio e non lo dimenticherò mai.

Per liberarmene, risposi: – Perché sono ammogliato.

– E che fa?

– Su, figliuola, basta cosí. Ti ho cavata d'impiccio e ora lasciami in pace.

La via era scura e deserta, veramente sinistra. E quella donna che mi si stringeva al braccio rendeva ancora piú insopportabile la sensazione di tristezza che mi aveva invaso. Voleva baciarmi. Indietreggiai inorridito; e con voce dura:

– Via, non mi rompere... eh?

Fece quasi un gesto di rabbia, poi, all'improvviso, cominciò a singhiozzare. Rimasi sconvolto, commosso, senza comprendere.

– Ma su, che cos'hai?

Sussurrò tra le lacrime: – Tu sapessi, non è allegro, va'!

– Cosa?

– Questa vitaccia.

– Perché l'hai scelta?

– Ché, è colpa mia?

– E di chi, allora?

– So assai, io!

Preso da una sorta d'interesse per quella poveretta, le chiesi:

– Dimmi come è andata.

E lei mi raccontò la sua storia.

Quando avevo sedici anni, stavo a servizio a Yvetot, in casa di Monsieur Lerable, un commerciante in granaglie. Papà e mamma mi erano morti. Non avevo nessuno; lo vedevo che il padrone mi guardava in un modo strano e mi pizzicottava le guance, ma non stavo a farmi troppe domande. Come vanno certe cose lo sapevo, no? S'impara presto, in campagna; ma Monsieur Lerable era devoto e andava a messa tutte le domeniche. Non lo avrei mai creduto capace di questo, insomma!

Ed ecco che un giorno, in cucina, quello lí si vuole approfittare di me. Gli resisto, e lui va via.

Nella casa di fronte c'era un droghiere, Monsieur Dutan, che aveva un garzone di bottega proprio carino; tanto che mi lasciai abbindolare da lui. Succede a tutte, no? E cosí, la sera lasciavo la porta aperta, e quello mi veniva a trovare.

Ma ecco che una notte Monsieur Lerable sente rumore. Sale su, vede Antoine e lo vuole ammazzare. Successe una battaglia a seggiolate, a secchi d'acqua, tutto un putiferio. Io raccolsi i miei stracci e scappai per la strada. Eccomi fuori.

Avevo una paura, una paura... Mi vestii sotto l'arco di una porta. Poi presi a camminare sempre dritto davanti a me. Mi credevo che c'era scappato il morto, di sicuro, e che già mi stavano cercando i gendarmi. Arrivai sulla strada maestra, quella di Rouen. A Rouen, pensavo, potevo nascondermi bene.

Era già buio da non vedere i fossi, e sentivo abbaiare i cani dalle fattorie. Si sente di tutto, la notte? Uccelli che gridano come uno che stanno sgozzando, bestie che latrano, bestie che fischiano, e poi tante cose che è impossibile capire. Mi veniva la pelle d'oca. A ogni nuovo rumore mi facevo il segno della croce. Non se lo immagina nessuno come ci si sente dentro. Quando fu giorno, ecco che mi riprese la paura dei gendarmi e cominciai a correre. Poi mi calmai.

Avevo fame, malgrado tutto, e benché mi sentissi tutta sottosopra; ma non avevo niente in tasca, nemmeno un soldo, avevo dimenticato di prendere il mio denaro, tutto quello che possedevo su questa terra, diciotto franchi.

E cosí, continuo a camminare con la pancia che brontola. Faceva caldo, picchiava il sole. Passa mezzogiorno, e cammino ancora.

D'un tratto sento dietro di me dei cavalli. Mi volto: i gendarmi! Mi si rimescolò il sangue; credevo proprio di cadere; ma mi trattenni. Quelli mi raggiungono, mi guardano. E uno, il piú vecchio, mi fa:

— Buongiorno, signorina.

— Buongiorno signore.

— Dove andate di questo passo?

— A Rouen, vado, a servizio in un posto che m'hanno offerto.

— E ci andate cosí, a piedi?

— Già, proprio cosí.

Mi batteva il cuore, signore mio, tanto da non poter parlare. Pensavo: «Ecco che mi pigliano». E avevo una tal voglia di correre che mi tremavano le gambe. Ma mi avrebbero acciuffato subito, capite.

Il vecchio ricominciò a parlare: — Faremo la strada insieme fino a Barantin, signorina, visto che seguiamo lo stesso itinerario.

— Con piacere, signore.

Ed eccoci a chiacchierare. Cercavo di fare la spiritosa piú che potevo, tant'è vero che quelli hanno creduto cose che non eran vere. E cosí, mentre passavamo davanti a un bosco, il vecchio dice: – Signorina, non vorreste fare un riposino sul muschio?

Senza pensarci, rispondo: – A piacer vostro, signore.

Quello allora scende di cavallo, lo dà da tenere al collega ed eccoci avviati per il bosco, tutti e due.

Non potevo piú dire no. Che avreste fatto al mio posto? Prese quel che voleva; poi mi disse: – Non dobbiamo lasciar da parte il collega –. Andò a reggere i cavalli, mentre l'altro veniva a raggiungermi. Mi vergognavo che ne avrei pianto, signore. Ma non osavo resistere, lo capite.

E poi, eccoci di nuovo in cammino. Non parlavamo piú. Mi doleva troppo il cuore. E non riuscivo nemmeno a camminare, dalla fame che avevo. Tuttavia, in un villaggio, mi offersero un bicchier di vino che mi rimise in forze, per un po' di tempo. E poi si misero al trotto per non attraversare Barantin in mia compagnia. Allora, seduta nel fosso, piansi tutte le mie lacrime.

Prima di essere a Rouen camminai ancora per piú di tre ore. Quando arrivai, erano le sette di sera. Per prima cosa rimasi accecata da tutte quelle luci. E poi non sapevo dove riposarmi. Lungo le strade di campagna, ci sono i fossi e c'è l'erba dove ci si può perfino sdraiare per dormire. Ma in città, niente.

Le gambe mi rientravano nel corpo, e tutto mi girava intorno da credere che sarei caduta da un momento all'altro. E poi cominciò a piovere, una pioggerella sottile come stasera. Ho poca fortuna, io, quando piove. Guardavo tutte quelle case e pensavo: «C'è tanti letti e tanto pane là dentro, e a me non riuscirà di trovare nemmeno una crosta e un pagliericcio». Me ne andai per le strade dove stanno le donne che chiamano i passanti. In certi casi, signore mio, si fa quel che si può. Come loro, presi a invitare la gente. Ma non mi dava retta nessuno. Avrei voluto esser morta. Durò cosí fino a mezzanotte. Finalmente ecco un uomo che si ferma e mi domanda: – Dove abiti? – La necessità fa diventar furbi. Risposi: – Non posso portarvi a casa mia, perché abito con la mamma. Ma non c'è un'altra casa dove andare?

Allora lui: – Sei matta se credi che voglio spendere venti soldi per la camera.

Ci ripensa un po' e dice: – Be', vieni. Conosco un posticino tranquillo dove non ci disturberà nessuno.

Mi fece passare un ponte e camminare fino in fondo alla città, sino a un prato vicino al fiume. Non ce la facevo piú a tenergli dietro.

Mi fece sedere e poi si mise a fare quello per cui eravamo venuti. Ma la cosa andava per le lunghe e io ero cosí intontita dalla stanchezza che mi addormentai.

Senza darmi niente, se ne andò. Non me ne accorsi nemmeno. Pioveva, come vi ho detto. E da quel giorno ho i dolori per le ossa e non arrivo a guarire, perché tutta quella notte ho dormito nella mota.

Fui svegliata da due piedipiatti che mi portarono in questura e di là in prigione dove restai otto giorni, mentre quelli cercavano chi potevo essere e di dove venivo. Non volli dirlo per paura delle conseguenze.

Eppure arrivarono a saperlo e mi rilasciarono, dichiarandomi innocente.

Mi toccò ricominciare a cercar da mangiare. Cercai di trovarmi un posto, ma non mi riuscí perché venivo dalla prigione.

Allora mi ricordai di un vecchio giudice che mi aveva fatto l'occhietto mentre m'interrogava, proprio come il padrone a Yvetot. E lo andai a trovare. Non m'ero mica sbagliata. Quando me ne andai, mi diede cento soldi, dicendo: — Ne avrai altrettanto ogni volta; ma non venire piú spesso di due volte la settimana.

Sfido, alla sua età! Ma questo mi fece riflettere. Pensai tra me e me: «Coi giovani si scherza, ci si diverte: ma non c'è da scialare con loro, mentre coi vecchi è un'altra faccenda». E poi, avevo imparato a conoscerli, adesso, quegli scimmioni, quando fanno l'occhiolino e scuotono quella testolina che sembra finta.

Sapete quello che feci, signore? Mi vestii da servetta che viene dal mercato e andavo in giro per le vie cercando chi mi desse di che nutrirmi. Oh! li azzeccavo alla prima occhiata. Mi dicevo: «Eccone uno che morde all'amo».

Si avvicinava, e subito:

— Buongiorno, signorina.

— Buongiorno, signore.

— Dove state andando, cosí carina?

— Torno a casa, dai padroni.

— Abitano lontano, i padroni?

— Cosí cosí.

Non sapeva piú cosa dire. Ma io rallentavo il passo per lasciargli dire quel che occorreva.

Allora, qualche complimento a bassa voce, e poi mi chiedeva di andare da lui. Mi facevo pregare, capite, poi cedevo. In questo modo ne pescavo due o tre ogni mattina, e tutti i pomeriggi liberi. Fu il momento migliore della mia vita, quello. Almeno non mi facevo cattivo sangue.

Ma ecco. Non durò a lungo, la pacchia. Disgrazia volle che facessi la conoscenza di un riccone dell'alta società, un vecchio presidente che avrà avuto almeno settantacinque anni.

Una sera mi portò a cena in un ristorante dei dintorni. E poi, capite, non seppe moderarsi. Alla frutta, morí.

M'han dato tre mesi di prigione, visto che non ero sotto sorveglianza.

E cosí sono venuta a Parigi.

Oh! qui la vita è dura, signore. Non si mangia mica tutti i giorni. Siamo in troppe. Basta, pazienza; li abbiamo tutti i nostri guai, non è vero?

Tacque. Le camminavo al fianco, col cuore stretto. D'un tratto riprese a darmi del tu.

— Allora, vuoi venire da me, tesoro?

— No, te l'ho già detto.

— Va bene! arrivederci e grazie lo stesso; non me ne ho mica a male. Ma ti assicuro che hai torto.

E se ne andò, allontanandosi sotto la pioggia sottile come un velo. La vidi passare sotto un fanale a gas, poi scomparire nell'ombra. Povera ragazza!

25 settembre 1883.

CAVALIERE!

Vi sono delle persone che nascono con un istinto predominante, una vocazione o semplicemente un desiderio, sorto non appena cominciano a pensare e a parlare.

Fin dall'infanzia, Monsieur Sacrement aveva avuto soltanto una idea fissa: essere decorato! Da bambino portava la crocetta della Legion d'onore di zinco, come gli altri bambini portano l'elmetto, e, tutto fiero, andava a spasso per la strada, tenuto per mano dalla madre, gonfiando il piccolo petto ornato dal nastrino rosso e dalla stella di metallo.

Dopo studi mediocri fece fiasco al baccellierato, e poiché aveva quattrini e non aveva niente altro da fare, sposò una bella ragazza.

Andarono a vivere a Parigi, conducendo la vita dei ricchi borghesi, frequentando i loro pari, senza mescolarsi alla società, orgogliosi della conoscenza di un deputato, che sarebbe potuto diventar ministro, e amici di due capi divisione.

Ma quell'idea fissa, radicata nella mente di Monsieur Sacrement fin dai primi giorni di vita, non lo lasciava piú ed egli soffriva senza requie di non avere il diritto di portare sulla sua redingote un nastrino colorato.

La vista di ogni persona decorata, che gli capitava di incontrare sui boulevards, lo feriva profondamente. Li sbirciava con acuta gelosia. A volte, certi pomeriggi in cui non aveva nulla da fare, si metteva a contarli. Diceva tra sé: «Vediamo un po' quanti ne incontro dalla Madeleine a rue Drouot».

E camminava piano piano, scrutando gli abiti con occhio esperto, abituato a riconoscere da lontano il puntino rosso. Quando arrivava alla fine della passeggiata, era sempre stupito del loro numero: «Otto ufficiali e diciassette cavalieri! Accidenti! È stupido sprecare le croci in questo modo! Vediamo se al ritorno ne trovo altrettanti».

E tornava indietro a passi lenti, rammaricandosi se la folla fitta dei passanti disturbava le sue ricerche, facendogliene saltare qualcuno.

Conosceva i quartieri dove se ne trovavano di piú. Al Palais-Royal ce n'era in abbondanza. Il viale dell'Opéra non era all'altezza di rue de la Paix; la parte destra del boulevard era meglio frequentata della sinistra.

Pareva anche che preferissero certi caffè, certi teatri. Ogni volta che Sacrement vedeva un gruppetto di vecchi signori coi capelli bianchi, fermi in mezzo al marciapiede, che ostacolavano la circolazione, diceva tra sé: «Ecco degli ufficiali della Legion d'onore». E aveva voglia di salutarli.

Gli ufficiali (lo aveva notato spesso) avevano un portamento diverso dai semplici cavalieri. Il loro modo di tener alta la testa era diverso. Si sentiva che costoro godono ufficialmente di una maggiore considerazione, che la loro importanza è piú grande.

Talvolta Sacrement veniva afferrato da un accesso di rabbia contro tutte le persone decorate; le odiava come un socialista.

Allora, tornando a casa, eccitato dalla vista di tante croci, come un povero affamato che sia passato davanti a delle pizzicherie ben fornite, dichiarava con voce forte: – Insomma, quando ci libereremo di questo sporco governo! – La moglie, stupita, gli chiedeva: – Ma che ti prende, oggi?

E lui rispondeva: – Ho che sono indignato per le ingiustizie che vedo commettere dappertutto. Ah! Avevano ragione i comunardi!

Ma dopo cena usciva di nuovo e andava a guardare le botteghe di decorazioni. Esaminava tutti quegli emblemi di forme diverse, di vari colori. Avrebbe voluto possederli tutti, e durante una cerimonia pubblica, in un immenso salone pieno di gente, di popolo meravigliato, camminare alla testa di un corteo col petto scintillante e rigato dalle insegne, allineate l'una sopra l'altra, secondo il contorno del suo corpo, passare con gravità, col gibus sotto il braccio, risplendente come un astro, tra mormorii di ammirazione e di rispetto.

Ma purtroppo non aveva nessun titolo per essere decorato.

Si disse: «La Legion d'onore è veramente troppo per un uomo che non ricopre nessuna carica pubblica. Ma potrei cercare di farmi nominare ufficiale di Accademia!»

Ma non sapeva come fare. Ne parlò con sua moglie, che rimase esterrefatta.

– Ufficiale d'Accademia? Cosa hai fatto per esserlo?

Sacrement s'inalberò: – Ma perbacco cerca di capire quel che voglio dire! Sto proprio cercando quel che bisogna fare! A volte, sei proprio stupida!

Lei sorrise: – Certo, hai ragione. Ma io davvero non so.

Lui aveva un'idea: — Se tu ne parlassi all'onorevole Rosselin, potrebbe darmi degli eccellenti consigli. Capisci che io non ho il coraggio di trattare la questione direttamente con lui. È una faccenda delicata, e piuttosto difficile; ma se l'idea viene da te, tutto è piú naturale.

Madame Sacrement fece quel che le era stato chiesto. Rosselin promise di parlarne al ministro. Allora Sacrement cominciò a perseguitarlo. Alla fine, il deputato gli rispose che occorreva che facesse una domanda, elencando i suoi titoli.

I suoi titoli? Ecco il punto. Ma se non era nemmeno baccelliere.

Si mise tuttavia al lavoro e cominciò un opuscolo che trattava «Del diritto del popolo all'istruzione». Ma non poté finirlo per mancanza di idee.

Cercò argomenti piú facili e ne affrontò parecchi successivamente. Cominciò con: «L'istruzione dei fanciulli per mezzo degli occhi». Voleva che fossero creati, nei quartieri piú poveri, delle specie di teatrini gratuiti per bambini. I genitori avrebbero dovuto condurveli fin da piccini; e lí, per mezzo di una lanterna magica, essi avrebbero appreso nozioni di ogni genere: sarebbero stati dei veri e propri corsi. Lo sguardo avrebbe istruito il cervello, le immagini sarebbero rimaste impresse nella memoria, rendendo, per cosí dire, visibile la scienza.

Cosa c'era di piú semplice per insegnare la storia universale, la geografia, la storia naturale, la botanica, la zoologia, l'anatomia, ecc.?

Fece stampare l'opuscolo e ne mandò una copia ad ogni deputato, dieci ad ogni ministro, cinquanta al presidente della Repubblica, dieci a ciascuno dei giornali parigini, cinque ai giornali di provincia.

Poi trattò la questione delle biblioteche ambulanti, proponendo che lo stato facesse girare per le strade delle piccole carrozze piene di libri, simili alle carrette dei venditori di arance. Con un soldo di abbonamento, ogni abitante avrebbe avuto diritto a dieci volumi al mese in prestito.

«Il popolo, — affermava Monsieur Sacrement, — si scomoda soltanto per i suoi piaceri. Siccome esso non va verso l'istruzione, bisogna che l'istruzione vada verso di esso ecc...»

Ma questi scritti non suscitarono nessuna risonanza. Tuttavia egli inviò la sua domanda. Gli fu risposto che era stata presa nota, che la pratica andava avanti. Fu certo del successo e attese. Ma non venne nulla.

Allora si decise ad agire personalmente. Sollecitò un'udienza col ministro della Pubblica Istruzione, e fu ricevuto da un segretario giovanissimo e già grave, anzi importante, e che suonava, come se si trattasse di un pianoforte, su una tastiera di bottoncini bianchi per chiamare gli uscieri, i fattorini e gli impiegati subalterni. Questi disse al postulante che la sua pratica era sulla buona strada e gli consigliò di continuare i suoi lodevoli studi.

E Sacrement si rimise al lavoro.

L'onorevole Rosselin pareva ora interessarsi moltissimo al buon esito dell'affare e gli dava anche moltissimi consigli pratici, eccellenti. Anche lui, del resto, era decorato senza che si conoscessero bene i motivi che gli avevano procurato quel riconoscimento.

Indicò a Sacrement nuovi studi da intraprendere, lo presentò ad associazioni scientifiche che si occupavano di illuminare argomenti scientifici particolarmente oscuri, nell'intento di conquistare onori. Lo raccomandò persino al ministero.

Un bel giorno, il deputato, venuto a pranzo dal suo amico (da qualche mese mangiava spesso in casa Sacrement), gli disse sottovoce, stringendogli la mano: — Sono riuscito ad ottenere un gran favore per voi. Il comitato di studi storici vi incarica di una missione. Si tratta di ricerche da fare nelle varie biblioteche di Francia.

Sacrement si sentí mancare e non riuscí né a mangiare né a bere. Partí otto giorni dopo.

Andava da una città all'altra, studiando i cataloghi, frugando in soffitte zeppe di vecchi libri polverosi, tra l'odio dei bibliotecari.

Una sera che si trovava a Rouen, gli venne voglia di andare ad abbracciare la moglie, che non vedeva da una settimana; e prese il treno delle nove, che doveva portarlo a Parigi a mezzanotte.

Aveva la chiave. Entrò senza far rumore, fremendo di piacere, felice della sorpresa che stava per farle. Ma lei si era chiusa a chiave, che peccato! Allora gridò, attraverso l'uscio: — Jeanne, sono io!

Ella dovette prendersi un bello spavento, perché la udí saltare giú dal letto e parlare da sola, come in sogno. Poi corse al gabinetto di toletta, lo aprí, lo richiuse, attraversò parecchie volte la camera di corsa, a piedi nudi, facendo tremare i mobili e vibrare i vetri. Poi, alla fine, chiese: — Sei proprio tu, Alexandre?

Lui rispose: — Ma sí, sono io; apri dunque!

La porta si aprí e sua moglie gli si gettò al collo, balbettando: — Oh! che paura! Che sorpresa! Che gioia!

Allora Sacrement cominciò a spogliarsi, metodicamente, come faceva ogni cosa. Prese da una sedia il suo soprabito che aveva l'abitudine di appendere nell'ingresso. Ma restò di stucco. All'occhiello c'era un nastrino rosso!

– C'è... c'è... la decorazione su questo soprabito!... – balbettò.

Allora, la moglie gli balzò addosso, e gli strappò il soprabito dalle mani: – Ma no... ti sbagli... fammi vedere...

Ma Sacrement continuava a tenerlo per una manica e non lo mollava, ripetendo come inebetito: – Come... perché?... Spiegami... Di chi è questo soprabito?... Non è il mio, perché c'è il nastrino della Legion d'onore.

Lei cercava di strapparglielo, smarrita, balbettando: – Stammi a sentire... dammelo... non te lo posso dire... è un segreto... stammi a sentire.

Ma Sacrement si era adirato, impallidiva: – Voglio sapere come mai questo soprabito si trova qui. Non è il mio!

Allora, lei gli gridò in viso: – Sí, stai zitto, giurami... stammi a sentire... e va bene... sei stato decorato!

Sacrement provò una tale emozione, che lasciò il soprabito e cadde in una poltrona.

– Io sono... tu dici... sarei stato decorato?

– Sí, ma è un segreto, un gran segreto.

Aveva rinchiuso in un armadio il glorioso soprabito e ritornava, tremante e pallida, verso il marito. Continuò: – Sí, è un soprabito nuovo, che ti ho fatto fare io. Ma avevo giurato di non dirti nulla. La nomina sarà ufficiale soltanto tra un mese o sei settimane. Bisogna che la tua missione sia terminata. Non dovevi saperlo prima del tuo ritorno. È Rosselin che è riuscito a ottenere questo per te...

Sacrement, semisvenuto, balbettava: – Rosselin... Mi ha fatto decorare?... io decorato?... io... lui... Ah!... Dovette bere un bicchier d'acqua.

Per terra, c'era un cartoncino bianco, caduto da una tasca del soprabito. Sacrement lo raccolse, era un biglietto da visita: Lesse: «Rosselin – deputato».

– Lo vedi? – disse la moglie.

Sacrement si mise a piangere dalla gioia.

Otto giorni dopo, l'«Officiel» annunciava che Monsieur Sacrement era stato nominato cavaliere della Legion d'onore per meriti eccezionali.

13 novembre 1883.

UN SAGGIO

Al barone de Vaux

Blérot era il mio amico d'infanzia, il mio compagno piú caro; nessun segreto tra noi. Ci legava un'amicizia profonda dei cuori e delle menti, un'intimità fraterna, una fiducia assoluta l'uno nell'altro. Mi diceva ogni piú delicato pensiero, perfino quei piccoli scrupoli di coscienza che osiamo appena confessare a noi stessi. Io facevo altrettanto con lui.

Ero stato il confidente di tutti i suoi amori. Gli avevo confidato tutti i miei.

Quando mi annunciò che stava per ammogliarsi, ne fui ferito come da un tradimento. Sentii che era finito quell'affetto che ci univa, cosí cordiale e assoluto. C'era tra noi sua moglie. L'intimità del letto stabilisce tra due esseri, anche quand'hanno cessato di amarsi, una specie di complicità, un'alleanza misteriosa. Il marito e la moglie son come due soci discreti che non si fidano di nessuno. Ma quel legame che il bacio coniugale annoda cosí stretto, si scioglie all'improvviso il giorno che la moglie si prende un amante.

Ricordo come fosse ieri tutta la cerimonia del matrimonio di Blérot. Non avendo gran simpatia per questo genere di avvenimenti, non volli assistere al contratto di nozze; mi recai solo in municipio e in chiesa.

La moglie, che non conoscevo affatto, era una giovane alta e bionda, piuttosto sottile, graziosa, con occhi pallidi, capelli pallidi, colorito pallido, mani pallide. Camminava con un lieve movimento ondulato, come se la portasse una barca. Venendo avanti, sembrava fare una serie di lunghe riverenze graziose.

Blérot ne pareva molto innamorato. La guardava di continuo, sentivo fremere in lui un desiderio smodato di quella donna.

Dopo qualche giorno andai a trovarlo. Mi disse: — Non immagini come sono felice. L'amo pazzamente. Del resto lei è... lei è... — Non finí la frase, ma posandosi due dita sulle labbra, fece un gesto che significa: divina, squisita, perfetta, e molte altre cose.

Domandai ridendo: — A tal punto?

Rispose: – Tutto quello che puoi sognare!

Mi presentò. Fu incantevole, familiare quant'occorre; disse che la loro casa era la mia. Ma sentii che non era piú mio, lui, Blérot. La nostra intimità aveva subíto un taglio netto. Trovavamo a stento qualche cosa da dirci.

Me ne andai. Poi feci un viaggio in Oriente. Ritornai attraverso la Russia, la Germania, la Svezia, l'Olanda.

Non rimisi piede a Parigi che dopo diciotto mesi di assenza.

Il giorno dopo il mio arrivo, mentre girellavo sul boulevard per respirare di nuovo l'aria di Parigi, vidi venire verso di me un uomo pallidissimo, dalle guance incavate, che somigliava a Blérot quanto un tisico spolpato può somigliare a un ragazzone colorito e un po' obeso. Lo guardavo sorpreso, inquieto, domandandomi: «Ma è proprio lui?» quand'egli, nel vedermi, lanciò un grido, tendendomi le braccia. Spalancai le mie e ci abbracciammo in mezzo al boulevard.

Dopo essere andati piú volte su e giú da rue Drouot al Vaudeville, mentre stavo per separarmi da lui che mi sembrava già stanco morto per aver camminato, mi venne fatto di dirgli: – Non mi hai l'aria di sentirti bene: sei malato? – Rispose: – Sí, un po' indisposto.

Aveva l'aspetto di un uomo che sta per morire; e un'ondata di affetto mi salí dal cuore per quel vecchio amico tanto caro, il solo ch'io abbia mai avuto. Gli strinsi forte le mani.

– Ma che cos'hai? Soffri?

– No, un po' di stanchezza. Non è niente.

– Che dice il medico?

– Parla di anemia e mi ordina ferro e carne rossa.

Un sospetto mi attraversò la mente. Domandai:

– Sei felice?

– Sí, felicissimo.

– Completamente felice?

– Completamente.

– Tua moglie?...

– Squisita. L'amo piú che mai.

Mi accorsi che s'era fatto rosso e che sembrava imbarazzato come temesse altre domande. Lo presi per il braccio, lo spinsi in un caffè vicino, vuoto a quell'ora, lo feci sedere per forza e, con gli occhi negli occhi:

– Coraggio, vecchio René, dimmi la verità –. Balbettò: – Ma non ho niente da dirti.

Ripresi con voce ferma: – Non è vero. Sei malato, malato nell'anima, indubbiamente, se non osi rivelare a nessuno il tuo segreto. Hai qualche dispiacere che ti consuma. Ma a me devi dirlo! Forza, sto aspettando.

Arrossí di nuovo e balbettò, voltando la testa:

– È stupido!... ma sono... sono fottuto!...

Giacché taceva, ripresi io: – Su, coraggio, parla –. Allora, all'improvviso, come se avesse gettato fuori di sé un pensiero torturante e ancora inconfessato:

– Ebbene, è mia moglie che mi ammazza... Ecco!

Non capivo. – Ti rende infelice? Ti fa soffrire giorno e notte? Ma come? Perché?

Mormorò con debole voce, come se avesse confessato un delitto: – No... l'amo troppo.

Davanti a questa confessione improvvisa rimasi interdetto. Poi mi prese una gran voglia di ridere, e finalmente riuscii a dire:

– Ma mi sembra che tu... che tu potresti... amarla un po' meno.

Era ridiventato pallidissimo. Si decise infine a parlarmi a cuore aperto, come un tempo.

– No. Non posso. E muoio. Lo so. Muoio. Mi ammazzo. E ho paura. Certi giorni, come oggi, ho voglia di lasciarla, di partire per sempre, di andarmene in capo al mondo, per vivere, vivere a lungo. E poi, quando arriva la sera, torno a casa, un passetto dietro l'altro, con l'anima torturata. Salgo le scale lentamente. Suono alla porta. Lei è là, seduta in una poltrona. Mi dice: «Come arrivi tardi!» L'abbraccio. Poi ci mettiamo a tavola. Durante tutto il pranzo continuo a pensare: «Uscirò appena mangiato, prenderò il treno per un luogo qualsiasi». Ma quando torniamo in salotto, mi sento tanto stanco che non ho piú il coraggio di alzarmi. Rimango. E poi... e poi... Soccombo sempre...

Non potei vietarmi di sorridere ancora. Se ne accorse e riprese: – Ridi, tu; ma ti assicuro che è orribile.

– Perché, – gli dissi, – non avverti tua moglie? A meno che non sia un mostro, capirebbe.

Alzò le spalle. – Oh! fai presto a parlare, tu! Se non l'avverto, è perché conosco la sua natura. Non hai mai sentito dire di certe donne: «È al suo terzo marito»? Sí, non è vero? e non hai sorriso come poco fa. Eppure, era vero. Che farci? Non è colpa sua né mia. Mia moglie è cosí perché la natura l'ha fatta cosí. Caro mio, ha un temperamento da Messalina. Lo ignora, ma lo so ben io... e tanto peggio per me. Graziosa, dolce, tenera, trova naturali e moderate le folli carezze che mi sfiniscono, mi uccidono. Ha l'aria di una col-

legiale ingenua. Ed è ingenua davvero, povera bambina. Oh! Risoluzioni energiche, ne prendo ogni giorno. Capisci, dunque, che
sto morendo? Ma mi basta uno sguardo dei suoi occhi, uno di quegli sguardi in cui leggo il desiderio ardente delle labbra, perché subito io soccomba, dicendo a me stesso: «È l'ultima volta. Non ne
voglio piú di questi baci mortali». E poi, dopo di aver ceduto ancora, esco di casa come oggi, cammino davanti a me, pensando alla
morte; dicendomi che sono perduto, che la mia vita è alla fine. Ho
l'animo talmente colpito, talmente malato, che ieri sono andato a
fare un giro per il Père-Lachaise. Guardavo quelle tombe allineate
come i pezzi del domino, pensando: «Sarò qui, tra poco». Sono
tornato a casa deciso a dichiararmi malato, a fuggirla. Non mi è stato possibile. Oh! Tu non ne sai niente. Domanda a un fumatore
intossicato dalla nicotina se può rinunciare a quell'abitudine deliziosa e mortale. Risponderà di averlo tentato cento volte senza
riuscirci. E soggiungerà: «Pazienza, preferisco morirne». Sono
cosí anch'io. Chi resta afferrato nell'ingranaggio d'una simile passione o di un simile vizio, deve percorrerlo fino in fondo.

Si alzò tendendomi la mano. M'invadeva una collera furiosa,
un impeto d'odio contro quella donna, contro la donna, contro
quell'essere incosciente, delizioso, terribile. Mentre si riabbotto-
nava il pastrano per andarsene, gli gettai in faccia brutalmente:
– Ma, per Dio, dàlle qualche amante, piuttosto di lasciarti ammazzare cosí.

Senza rispondere, alzò di nuovo le spalle e si allontanò.

Restai sei mesi senza rivederlo. Mi aspettavo ogni mattina di
ricevere una partecipazione che m'invitasse ai suoi funerali. Ma,
obbedendo a un sentimento complicato, fatto di disprezzo per
quella donna e per lui, di collera, d'indignazione, di mille sensazioni diverse, non volevo rimettere piede in quella casa.

Una bella giornata di primavera, passeggiavo per gli Champs-
Elysées. Era uno di quei pomeriggi tiepidi che si smuovono dentro gioie segrete, facendoci brillare gli occhi e versando su di noi
una tumultuosa felicità di vivere. Qualcuno mi batté una spalla.
Mi voltai: era lui; era lui, magnifico, in ottima salute, roseo, grasso, panciuto.

Mi tese ambo le mani, sprizzante di gioia, e gridando: – Ec-
coti qui, dunque, traditore!

Lo guardavo, paralizzato dalla sorpresa: – Ma sí... Diavolo,
complimenti. Sei cambiato da sei mesi in qua.

Diventò scarlatto e riprese con un riso forzato: – Si fa quel che
si può.

Lo guardavo con un'ostinazione che lo metteva in un visibile imbarazzo. Feci: – Allora, sei... sei guarito?

Balbettò in fretta: – Sí, completamente. Grazie –. Poi, cambiando tono: – Che fortuna incontrarti, vecchio! Ehi! Ci rivedremo, adesso, e di frequente, spero?

Ma io non rinunciavo alla mia idea. Volevo sapere. Domandai: – Di' un po', non ti ricordi quella confidenza che mi hai fatta sei mesi fa... Allora..., allora..., adesso resisti?

Articolò farfugliando: – Facciamo che non ti abbia detto niente, e lasciami in pace. Ma sai, ti trovo e ti tengo. Vieni a pranzare da noi.

Mi prese una voglia matta di rivedere quella coppia tra le pareti domestiche, di comprendere. Accettai.

Due ore dopo, m'introduceva a casa sua.

La moglie mi accolse in modo cordialissimo. Aveva un'aria semplice, adorabilmente ingenua e signorile a un tempo, che dava piacere a vederla. Le lunghe mani, le gote, il collo erano di una bianchezza e di una finezza squisite; era una carne fine e nobile, carne di razza. E camminava ancora con un lungo ondeggiare da scialuppa come se ogni gamba, a ogni passo, si flettesse lievemente.

René la baciò in fronte, fraternamente, chiedendo: – Non è ancora venuto Lucien?

Rispose con voce chiara e leggera: – No, non ancora, carissimo. Lo sai che è sempre un po' in ritardo.

Squillò il campanello. Apparve un pezzo di giovanotto, molto bruno, con le guance villose e tutto l'aspetto di un ercole mondano. Ci presentarono l'uno all'altro. Si chiamava: Lucien Delabarre.

René e lui si strinsero la mano energicamente. E poi ci mettemmo a tavola.

Fu un pranzo delizioso, allegrissimo. René non cessava di parlarmi cordialmente, francamente, come un tempo. Era un continuo: – Sai, vecchio. Dimmi un po', vecchio. Senti, vecchio –. Poi esclamava d'un tratto: – Non t'immagini che piacere mi fa ritrovarti. Mi sembra di rinascere.

Io tenevo d'occhio la moglie e l'altro. Rimanevano perfettamente corretti. Mi sembrò tuttavia che una volta o due si scambiassero un'occhiata rapida e furtiva.

Appena finito il pranzo, René rivolto a sua moglie dichiarò: – Cara amica, ho ritrovato Pierre e me lo porto via; andiamo a chiacchierare come una volta, su e giú pel boulevard. Ci perdonerai questa scappata da scapoli. Ti lascio, del resto, Monsieur Delabarre.

La signora sorrise e mi disse porgendomi la mano: — Non lo trattenete troppo a lungo.

Ed eccoci a braccetto, per la strada. Allora, smanioso di sapere a tutti i costi: — Suvvia, cos'è successo? Dimmi?... — Ma m'interruppe bruscamente e col tono imbronciato di un uomo tranquillo che viene infastidito senza ragione, rispose: — Ah! insomma! vecchio mio, lasciami un po' in pace con le tue domande! — Soggiunse poi a mezza voce, quasi parlando a se stesso, con l'aria convinta di chi ha preso una risoluzione saggia: — Era troppo stupido lasciarsi crepare cosí, dopotutto.

Non insistei. Camminando svelti, prendemmo a chiacchierare, e lui d'un tratto, mi soffiò all'orecchio: — Di', se andassimo a trovare qualche donna?

Mi misi a ridere di cuore. — Come vuoi! Andiamo, vecchio.

4 dicembre 1883.

IL PROTETTORE

Non se la sarebbe mai sognata una simile fortuna! Figliolo di un usciere di provincia, Jean Marin era venuto, come tanti altri, a studiar legge al quartiere latino. Nelle varie birrerie che aveva via via bazzicato, era diventato amico di parecchi studenti chiacchieroni che sputavano sentenze sulla politica bevendo boccali di birra. Li ammirava moltissimo e li seguiva ostinatamente da un caffè all'altro, pagando anche per loro, se aveva soldi.

Poi diventò avvocato e sostenne varie cause che perse. Una mattina lesse sul giornale che uno dei suoi vecchi compagni era stato eletto deputato.

Tornò ad essere il suo cane fedele, l'amico che si occupa di tutte le faccende e le pratiche noiose o spiacevoli, che si manda a chiamare quando se ne ha bisogno e che non vi mette in soggezione. Per una combinazione parlamentare accadde che il deputato diventò ministro; e sei mesi dopo, Jean Marin era nominato consigliere di Stato.

Sul principio ebbe una crisi di orgoglio tale da perdere la testa. Girava per le strade per il piacere di mettersi in mostra come se la gente avesse potuto indovinare la sua posizione soltanto a guardarlo. Trovava modo di dire, in tutte le botteghe in cui entrava, dal giornalaio, persino ai cocchieri, a proposito delle cose piú insignificanti:

– Io che sono consigliere di Stato...

Poi sentí, naturalmente, come naturale conseguenza della sua dignità, per necessità professionale, per dovere di uomo potente e generoso, un imperioso bisogno di proteggere. Offriva il suo appoggio a tutti, in qualunque occasione, con inesauribile generosità. Se incontrava sui boulevards una faccia conosciuta, gli si faceva incontro con aria raggiante, gli afferrava le mani, s'informava della sua salute, poi, senza aspettare domande, dichiarava:

— Sapete, io sono consigliere di Stato, e sono a vostra completa disposizione. Se posso esservi utile in qualcosa, disponete di me senza cerimonie. Nella mia posizione si hanno le braccia lunghe.

E allora entrava in un caffè con l'amico incontrato per chiedere penna, inchiostro e un foglio di carta da lettere: — uno solo, cameriere, è per scrivere una lettera di raccomandazione.

E ne scriveva di lettere di raccomandazione, dieci, venti, cinquanta al giorno. Ne scriveva al caffè Americano, da Bignon, da Tortoni, alla Maison-Dorée, al caffè Riche, allo Helder, al caffè Inglese, al Napoletano, da per tutto, da per tutto. Scriveva a tutti i funzionari della Repubblica, dai pretori fino ai ministri. Ed era felice, completamente felice.

Una mattina, mentre stava uscendo di casa per andare al consiglio di Stato, cominciò a piovere. Rimase un momento incerto se prendere una carrozza, ma non ne prese, e si avviò a piedi per le strade.

L'acquazzone diventò violentissimo, allagava i marciapiedi, inondava la strada. Marin fu costretto a rifugiarsi sotto un portone. C'era già un vecchio sacerdote, un prete coi capelli bianchi. Prima di diventare consigliere di Stato, Marin non aveva simpatia per il clero. Ora, da quando un cardinale gli aveva chiesto gentilmente un parere su di un difficile affare, lo trattava con riguardo. L'acqua cadeva a catinelle, costringendo i due uomini a indietreggiare fino alla loggia del portiere per evitare gli schizzi di fango. Marin, che aveva sempre una smania di parlare per poter mettersi in mostra, disse:

— Che tempaccio, reverendo.

Il vecchio sacerdote si inchinò:

— Oh! sí! è veramente spiacevole, quando si viene a Parigi soltanto per pochi giorni.

— Ah, voi siete della provincia?

— Sí, sono qui solo di passaggio.

— Oh! è davvero molto noioso quando si devono passare soltanto pochi giorni nella capitale trovare cattivo tempo. Noialtri funzionari che stiamo qui tutto l'anno, non ci badiamo nemmeno.

Il prete non rispondeva. Guardava la strada dove pareva che la pioggia cadesse meno fitta. E improvvisamente, decidendosi, tirò su la sottana, come fanno le donne con le loro gonnelle quando devono attraversare i rigagnoli.

Marin, vedendo che stava per andarsene, gli gridò:

– Ma vi inzupperete tutto, reverendo! Aspettate ancora un momento, sta per spiovere.

Il vecchio si fermò indeciso, e disse:

– È che ho molta fretta. Ho un appuntamento urgente.

Marin pareva dispiaciuto:

– Ma vi inzupperete fino alle ossa. Posso chiedervi da che parte andate?

Il sacerdote pareva esitare, poi disse:

– Vado verso il Palais Royal.

– Allora, se me lo permettete, reverendo, vi offro il riparo del mio ombrello. Io vado al consiglio di Stato. Sono consigliere di Stato.

Il vecchio sacerdote alzò il capo, guardò Marin, e disse:

– Tante grazie, signore, accetto con piacere.

Marin lo prese sotto braccio e lo portò via. Lo guidava, lo sorvegliava, gli dava consigli:

– Attenzione a quel rigagnolo, reverendo. Soprattutto state attento alle ruote delle carrozze, certe volte vi inzaccherano da capo a piedi. Attento agli ombrelli della gente che passa. Non c'è niente di piú pericoloso per gli occhi che le punte delle stecche. Soprattutto le donne sono insopportabili; non fanno attenzione a niente e vi ficcano in faccia le punte degli ombrellini. E non si scansano per nessuno. Si direbbe che la città sia tutta loro. Si sentono padrone sul marciapiede e nella strada. Per conto mio, trovo che la loro educazione è stata molto trascurata.

E si mise a ridere.

Il sacerdote non rispondeva. Camminava, un po' curvo, badando bene a dove metteva i piedi, per non infangarsi le scarpe e la tonaca.

Marin continuò:

– Certamente, siete venuto a Parigi per distrarvi un po'?

Il vecchio rispose:

– No, è per un affare.

– Ah! ed è un affare importante? Potrei chiedervi di che si tratta? Se posso esservi utile, mi metto a vostra disposizione.

Il sacerdote pareva impacciato. Mormorò:

– Oh! si tratta di un affaruccio personale. Un piccolo dissidio col mio vescovo. Non è cosa che vi possa interessare. È una faccenda... di... di ordine interno... di... materia ecclesiastica.

Marin disse premurosamente:

— Ma è proprio il consiglio di Stato che regola queste faccende. In questo caso disponete di me.

— Sí, è proprio al consiglio di Stato che vado. Siete troppo buono. Devo incontrarmi con Monsieur Lerepère e con Monsieur Savon, e forse anche con Monsieur Petitpas.

Marin si fermò di scatto:

— Ma sono amici miei, reverendo, i miei migliori amici, ottimi colleghi, persone simpaticissime. Vi raccomanderò a tutti e tre, e caldamente. Contate su di me.

Il prete ringraziò, confuso, profondendosi in scuse, balbettando infinite benedizioni.

Marin era raggiante.

— Ah! reverendo, potete dire di aver avuto una bella fortuna! Vedrete, vedrete che grazie a me il vostro affare andrà liscio come l'olio.

Arrivarono al consiglio di Stato. Marin fece salire il sacerdote nel suo ufficio, gli offrí una sedia, lo sistemò comodamente accanto al fuoco, poi prese posto a sua volta davanti alla scrivania e si mise a scrivere:

«Mio caro collega, permettetemi di raccomandarvi caldamente un venerabile sacerdote, dei piú degni e dei piú meritevoli, Don...»

Si interruppe e chiese:

— Il vostro nome per favore?

— Don Ceinture.

Marin si rimise a scrivere:

«Don Ceinture, che ha bisogno del vostro appoggio per un affaruccio di cui vi parlerà lui stesso.

«Sono felice di questa occasione, che mi permette, mio caro collega...»

E finí con le frasi di rito.

Dopo aver scritto le tre lettere, le consegnò al suo protetto, che se ne andò, profondendosi in ringraziamenti.

Marin sbrigò il suo lavoro, tornò a casa, passò la giornata tranquillamente, dormí placidamente, si svegliò di ottimo umore e si fece portare i giornali.

Il primo che aprí era un giornale radicale. Lesse:

«Il nostro clero e i nostri funzionari.

«Non finiremo mai di registrare le malefatte del clero. Un prete, un certo Ceinture, reo confesso di cospirazione contro l'attuale governo, accusato di atti indegni che non vogliamo nemmeno menzionare, sospettato di essere un ex gesuita trasformatosi in semplice prete secolare, sospeso da un vescovo per motivi, a quanto pare, inconfessabili, e chiamato a Parigi per fornire spiegazioni sulla sua condotta, ha trovato un ardente difensore nel consigliere di Stato Marin, che non ha esitato a fornire a questo malfattore in tonaca le lettere di raccomandazione piú pressanti per tutti i funzionari della Repubblica suoi colleghi.

«Segnaliamo il comportamento inqualificabile di questo consigliere di Stato all'attenzione del ministro...»

Marin si alzò di scatto, si vestí, corse dal suo collega Petitpas che gli disse:

— Ah eccovi qui, ma siete pazzo a raccomandarmi quel vecchio cospiratore.

Marin, smarrito, balbettò:

— Ma no... vedete... sono stato ingannato... Pareva una persona tanto perbene... mi ha imbrogliato... mi ha indegnamente imbrogliato. Vi prego, fatelo condannare con severità, con molta severità... Lo metterò per iscritto... Ditemi a chi debbo scrivere per farlo condannare... Andrò dal procuratore generale e dall'arcivescovo di Parigi, sí, dall'arcivescovo...

E si sedette di scatto alla scrivania di Petitpas, scrisse:

«Monsignore, ho l'onore di portare a conoscenza di vostra Eminenza che sono stato vittima degli intrighi e delle menzogne di un certo don Ceinture, che ha ingannato la mia buona fede.

«Raggirato dalle proteste di questo sacerdote, ho potuto . . . .»

Quand'ebbe firmato e suggellato la lettera, si voltò verso il suo collega e esclamò:

— Vedete, caro amico? Che vi serva di lezione: non raccomandate mai nessuno.

5 febbraio 1884.

L'OMBRELLO

A Camille Oudinot

Madame Oreille era economa. Conosceva il valore del denaro e possedeva tutto un arsenale di severi principî sul modo di farlo moltiplicare. La sua domestica, certo, doveva fare una gran fatica per far la cresta sulla spesa; e Monsieur Oreille riusciva ad ottenere qualche spicciolo soltanto con estrema difficoltà. Eppure stavano bene, e non avevano figlioli; ma Madame Oreille provava un vero dolore a vedere gli scudi uscire di casa sua. Si sentiva straziare il cuore e ogni volta che doveva fare una spesa di una certa importanza, anche se indispensabile, ci dormiva male la notte.

Oreille ripeteva continuamente alla moglie:

– Dovresti essere di manica piú larga, tanto non ce la faremo mai a mangiarci la nostra rendita.

– Non si sa mai quel che può succedere, – rispondeva lei, – è meglio avere di piú che di meno.

Era una donnetta sulla quarantina, vivace, grinzosa, pulita e spesso di cattivo umore.

Suo marito si lamentava di continuo delle privazioni che lei gli faceva soffrire. E, di certe, ne soffriva in modo particolare, perché lo toccavano nella sua vanità.

Era archivista capo al ministero della Guerra e vi era rimasto solamente per obbedire alla moglie, che voleva accrescere le rendite inutilizzate della casa.

Per due anni, andò in ufficio con lo stesso ombrello rattoppato, che suscitava l'ilarità dei colleghi. Stanco alla fine dei loro scherzi, ingiunse a Madame Oreille di comprargli un ombrello nuovo. Lei gliene prese uno da otto franchi e cinquanta, articolo di propaganda nei grandi magazzini. Gli impiegati, vedendolo con quell'arnese, che aveva inondato Parigi in migliaia di esemplari, ricominciarono i loro scherzi, e Oreille ne soffrí orribilmente. L'ombrello non valeva nulla e dopo tre mesi fu fuori uso. Al ministero tutti ne risero, ci fecero persino una canzoncina, che si sentiva dalla mattina alla sera, dall'alto al basso dell'immenso edificio.

Oreille, esasperato, ordinò alla moglie di comprargli un altro ombrello di seta fine, da venti franchi, e di portargli la fattura come conferma della spesa.

Lei gliene comprò uno da diciotto franchi e, consegnandolo al marito, gli disse, tutta rossa di rabbia:

– Con questo devi tirare avanti per cinque anni, per lo meno.

Oreille, trionfante, ottenne un vero successo in ufficio.

Quando rincasò la sera, la moglie gettò un'occhiata inquieta all'ombrello e disse:

– Non dovresti lasciarlo cosí stretto dall'elastico, la seta si trincia. Ci devi stare bene attento, perché non te ne comprerò un altro tanto presto.

Lo prese, staccò l'anello, scrollò le pieghe. Ma rimase senza parole. Un buco rotondo, grosso come un soldo, le apparve nel bel mezzo dell'ombrello. Era una bruciatura di sigaro!

Balbettò:

– Che cos'è?

Il marito rispose tranquillamente, senza guardare:

– Chi? Cosa? Che dici?

La donna, strozzata dalla rabbia, non riusciva a parlare:

– Tu... tu... tu... hai bruciato... l'om... l'ombrello... Ma tu... sei... sei... matto!... Vuoi mandarci in rovina!...

Lui si voltò, sentendosi impallidire:

– Che dici?

– Dico che hai bruciato l'ombrello. Guarda!...

E scagliandosi verso di lui come se volesse picchiarlo, gli agitò violentemente sotto il naso l'ombrello con la piccola bruciatura rotonda.

Oreille rimase esterrefatto davanti a quel disastro e balbettava:

– Che cos'è? che cos'è?... Non ne so nulla io... Non ho fatto nulla... nulla... te lo giuro!... Che ne so io, cos'ha questo ombrello?...

La donna ora gridava:

– Scommetto che ti sei messo a fare il buffone con quest'ombrello in ufficio, avrai fatto il saltimbanco, l'avrai aperto per farlo vedere.

– L'ho aperto, – rispose lui, – una volta sola, per far vedere com'era bello, poi basta. Te lo giuro.

Ma la moglie pestava i piedi per la rabbia, e gli fece una di quelle scenate coniugali che rendono il focolare domestico piú temibile per un uomo pacifico di un campo di battaglia dove piovono i proiettili.

Lei fece una piccola toppa con un pezzetto di stoffa tagliato dall'altro ombrello vecchio, che era di un altro colore; e, il giorno seguente, Oreille andò in ufficio, tutto compunto ed umile, con l'ombrello rattoppato. Lo posò nell'armadio e non ci pensò piú, come non si pensa a un brutto ricordo.

Ma appena fu tornato a casa, la sera, la moglie gli strappò l'ombrello dalle mani, lo aprí per constatare in che condizioni era e rimase allibita davanti all'irreparabile disastro. Era tutto costellato da buchini, provocati evidentemente da bruciature, come se qualcuno ci avesse buttato sopra la cenere di una pipa accesa. Era rovinato, rovinato senza rimedio.

Lei contemplava quello scempio, senza dire una parola, troppo indignata perché un qualche suono le potesse uscire dalla strozza. Anche lui, di fronte a quello sfacelo, rimaneva inebetito, impaurito, sgomento.

Poi si guardarono; lui abbassò gli occhi e ricevette in pieno viso l'ombrello bucato, gettatogli dalla moglie, che, ritrovata la voce in un nuovo slancio d'ira, gli gridò:

— Ah! canaglia, canaglia! L'hai fatto apposta! Ma me la pagherai! Non avrai un altro ombrello...

E giú un'altra scenata. Finalmente, dopo un'ora di tempesta, Oreille poté spiegarsi. Giurò che non ci capiva nulla, che poteva essere soltanto frutto della cattiveria di qualcuno o di vendetta.

Il trillo del campanello di casa lo liberò. Era un amico che veniva a cena.

Madame Oreille gli sottopose il caso. Comprare un altro ombrello era assolutamente escluso: suo marito non avrebbe avuto mai piú ombrelli.

L'amico fece giustamente notare:

— Allora, signora, si rovinerà i vestiti, che valgono certamente di piú.

La donnetta, sempre furente, rispose:

— Allora si prenderà un ombrello andante di cucina, ma di seta, non gliene darò mai piú.

A questa prospettiva, Oreille si rivoltò:

— Allora darò le dimissioni! Ma non andrò al ministero con un ombrellaccio da quattro soldi!

— Fate ricoprire questo, — propose l'amico, — non costerà caro.

Madame Oreille, esasperata, balbettava:

— Ci vogliono per lo meno otto franchi, per farlo ricoprire. Otto franchi piú diciotto, fa ventisei! Ventisei franchi per un ombrello! Ma è una pazzia! Roba da matti!

L'amico, modesto borghesuccio, ebbe un'idea:

— Fatevelo pagare dall'Assicurazione. Le compagnie pagano i danni per gli oggetti bruciati, purché sia successo in casa.

A questo consiglio, la donnetta si calmò di colpo; poi, dopo un attimo di riflessione, disse al marito:

— Domani, prima di andare in ufficio, passerai dalla Maternelle per far constatare lo stato del tuo ombrello e te lo farai ripagare.

Oreille sussultò:

— Mai e poi mai. Vuol dire che saranno diciotto franchi buttati via, non moriremo mica per questo.

Il giorno dopo, uscí col bastone. Fortunatamente era bel tempo.

Rimasta sola a casa, Madame Oreille non riusciva a darsi pace per la perdita dei diciotto franchi. L'ombrello stava sulla tavola da pranzo, e lei gli girava intorno, senza riuscire a prendere una decisione.

Il pensiero dell'Assicurazione riaffiorava continuamente, ma nemmeno lei aveva il coraggio di affrontare gli sguardi ironici degli impiegati che l'avrebbero ricevuta, perché davanti alla gente era timida, arrossiva per un nonnulla e si sentiva impacciata soltanto a dover parlare con degli sconosciuti.

Ma il rimpianto dei diciotto franchi perduti, la faceva soffrire come una ferita. Non ci voleva piú pensare, ma il pensiero di quel danno tornava inesorabilmente e la martellava dolorosamente. Che fare? Le ore passavano; e lei non riusciva a decidersi. Ma, d'un tratto, come i vili che diventano spavaldi, prese la sua decisione:

— Ci andrò, e staremo a vedere!

Ma prima doveva preparare l'ombrello, in modo che il disastro fosse completo e la causa facilmente sostenibile. Prese un fiammifero sul caminetto e fece, tra le stecche, una bruciatura larga come una mano; poi arrotolò accuratamente i brandelli di seta, la fissò con l'elastico, si mise lo scialle e il cappellino, e si avviò frettolosamente verso rue de Rivoli, dove si trovava la società di Assicurazione.

Ma a mano a mano che si avvicinava, rallentava il passo. Che cosa avrebbe detto? Che cosa le avrebbero risposto?

Guardava i numeri delle case. Ne mancavano ancora ventotto. Benissimo! Aveva il tempo di riflettere. Camminava sempre piú piano. Ad un tratto trasalí. Ecco il portone sul quale brillava in lettere d'oro: «La Maternelle, Compagnia di Assicurazione contro l'incendio». Di già! Si fermò un istante, ansiosa, palpitante, vergognosa, passò oltre, tornò indietro, passò di nuovo, tornò ancora.

Alla fine, disse tra sé:

«Bisogna pure che ci vada. Meglio prima che poi».

Ma mentre penetrava nell'edificio, si accorse che il cuore le batteva forte.

Entrò e si trovò in una grande sala tutta circondata da sportelli, e ad ogni sportello si vedeva una testa d'uomo col corpo mascherato da una grata.

Vide un uomo che portava delle carte, lo fermò e, con una vocetta timida, gli chiese:

– Scusi, signore, a chi bisogna rivolgersi per il rimborso degli oggetti bruciati?

Quegli rispose, con voce sonora:

– Primo piano a sinistra, ufficio sinistri.

Questa parola la intimidí ancora di piú; e le venne voglia di scappar via, di non dire nulla, di sacrificare i suoi diciotto franchi. Ma al pensiero di quella somma, le tornò un po' di coraggio e salí, ansando, fermandosi ad ogni scalino.

Al primo piano vide una porta e bussò.

– Avanti! – gridò una voce chiara.

Entrò e si vide in una grande stanza nella quale tre signori decorati e solenni stavano parlando, in piedi.

– Cosa desiderate, signora? – le chiese uno di essi.

Non trovava piú le parole. Balbettò:

– Vengo... vengo... per... per... un sinistro.

Il signore le indicò gentilmente una sedia:

– Vogliate accomodarvi, tra un minuto sarò da voi.

E volgendosi verso gli altri due, riprese la conversazione:

– La società, signori, pensa che il suo impegno nei vostri confronti non dovrebbe superare i quattrocentomila franchi. Non possiamo accettare la vostra richiesta per i centomila franchi che vorreste farci pagare in piú. Del resto la perizia...

Uno dei due lo interruppe:

– Basta, signore, deciderà il tribunale. Non ci resta che ritirarci.

E uscirono, dopo un cerimonioso scambio di saluti.

Ah! se avesse avuto il coraggio di uscire con loro, lo avrebbe fatto, sarebbe scappata, lasciando perdere tutto! Ma poteva farlo? Il signore tornò e, inchinandosi:

– Che cosa posso fare per voi, signora?

Lei articolò a fatica:

– Vengo... per questo.

Il direttore chinò gli occhi, con ingenuo stupore, sull'oggetto che la donna gli porgeva.

La donna cercava di slacciare l'elastico, con mano tremante. Ci riuscí, dopo qualche sforzo, e aprí di scatto lo scheletro cencioso dell'ombrello.

L'uomo disse, con tono compassionevole:

– Mi pare ridotto molto male.

Lei disse, esitando:

– Mi è costato venti franchi.

Lui si stupí:

– Davvero! Tanto! È parecchio!

– Eh, sí, era un ottimo ombrello. L'ho portato, per farvi vedere in che stato era.

– Benissimo, vedo, benissimo; ma non capisco come ciò possa riguardarmi.

Madame Oreille si sentí inquieta. Forse quella società non ripagava gli oggetti piccoli, e aggiunse:

– Ma... è bruciato...

Il signore non negò:

– Lo vedo.

La donna rimase a bocca aperta, non sapendo piú cosa dire, poi capí che aveva dimenticato di aggiungere qualcosa, e disse precipitosamente:

– Sono Madame Oreille. Siamo assicurati alla Maternelle; e sono venuta a chiedere il rimborso del danno.

Temendo un rifiuto netto, si affrettò ad aggiungere:

– Chiedo soltanto che lo facciate ricoprire.

Il direttore, impacciato, dichiarò:

– Ma... signora... non vendiamo ombrelli noi. Non possiamo incaricarci di questo genere di riparazioni.

La donna aveva ripreso il controllo. Doveva lottare, ebbene, avrebbe lottato! Non aveva piú paura; disse:

– Chiedo soltanto il rimborso della riparazione. La farò eseguire io stessa.

Il direttore pareva confuso:

– Veramente, signora, è una sciocchezza. Nessuno ci ha mai chiesto un indennizzo per incidenti di cosí scarsa importanza. Capirete che non possiamo mica rimborsare fazzoletti, guanti, scarpe, ciabatte, scope, e tutti quei piccoli oggetti, che sono esposti, ogni giorno, al pericolo di bruciarsi.

Lei arrossí e si sentí invadere dalla collera:

– Ma, signore, nel dicembre scorso abbiamo avuto almeno cinquecento franchi di danno per un incendio nel camino, e Monsieur Oreille non ha chiesto nulla alla società. Perciò è giusto che questa volta mi venga ripagato l'ombrello!

Il direttore, fiutando la bugia, disse sorridendo:

– Dovrete ammettere, signora, che è veramente molto strano, che Monsieur Oreille non abbia reclamato nulla per un danno di cinquecento franchi, ed ora venga a chiedere la riparazione di cinque o sei franchi per un ombrello.

La donnina non si scompose e rispose:

– Chiedo scusa, signore, il danno di cinquecento franchi riguardava la borsa di Monsieur Oreille; mentre quello di diciotto franchi riguarda la borsa di Madame Oreille, e non è la stessa cosa.

Il direttore capí che non se ne sarebbe sbarazzato facilmente e che avrebbe perso tutta la giornata, e le chiese, rassegnato:

– Raccontatemi allora come è capitato l'incidente.

Lei presentí la vittoria e si mise a raccontare:

– Ecco signore: ho nell'ingresso un affare di bronzo dove si mettono i bastoni e gli ombrelli. L'altro giorno, dunque, tornando a casa, ci misi l'ombrello. Devo dirvi che proprio sopra c'è una mensoletta per tenerci candele e fiammiferi. Allungo il braccio e prendo quattro fiammiferi. Ne sfrego uno, fa cilecca. Ne sfrego un altro si accende e si spegne subito. Ne sfrego un terzo, fa lo stesso.

Il direttore la interruppe, per fare una battuta di spirito:

– Erano forse fiammiferi del governo?

Lei non capí e continuò:

– Forse. Fatto sta che il quarto prese fuoco e io accesi la candela; poi me ne andai in camera mia per mettermi a letto. Ma, dopo un quarto d'ora, mi sembrò di sentire puzza di bruciato. Io ho sempre paura del fuoco. Oh! se ci dovesse essere un incendio, non sarà certo per colpa mia! Soprattutto dopo quella storia del camino, di cui vi ho parlato, non vivo piú. Allora mi alzo, giro per la casa, cerco e fiuto dappertutto come un cane da caccia, e, alla fine, mi accorgo che il mio ombrello sta bruciando. Si vede che c'era cascato dentro un fiammifero. E guardate in che stato lo ha ridotto...

Il direttore si era rassegnato e chiese:

– A quanto credete che ammonti il danno?

Lei restò senza parole, e non osava stabilire una cifra. Poi disse, volendo fare la generosa:

– Fatelo accomodare voi; mi affido a voi.

Lui rifiutò:

– No, signora, non posso. Ditemi quel che chiedete.

– Ma... credo... che... Ecco, signore, io non ci voglio guadagnare... facciamo cosí: lo porterò da un ombrellaio che lo ricoprirà di seta buona, di quella buona, e vi porterà la fattura. Va bene cosí?

– Benissimo, signora, d'accordo. Ecco un biglietto per la cassa, che vi rimborserà la spesa.

E tese il foglio a Madame Oreille, la quale lo afferrò, si alzò e uscí ringraziando, ansiosa di ritrovarsi fuori, per paura che cambiasse idea.

Camminava con passo allegro, cercando una bottega di ombrelli dall'aspetto elegante. Quando ne ebbe trovata una di bell'aspetto, entrò e disse con voce sicura:

– Vorrei che mi faceste ricoprire quest'ombrello di seta, seta della migliore qualità. Metteteci quel che avete di meglio. Non bado al prezzo.

10 febbraio 1884.

LA COLLANA

Era una di quelle ragazze belle e seducenti, nate, come per un errore del destino, in una famiglia di impiegati. Non aveva nessuna speranza, nessuna possibilità di essere conosciuta, compresa, amata, sposata da un uomo ricco e raffinato; e lasciò che la dessero in moglie ad un impiegatuccio del ministero della Pubblica Istruzione.

Non potendo far lussi, si vestí con semplicità, ma fu infelice come se fosse degradata; poiché le donne non appartengono né a una casta né a una razza; bellezza, grazia, fascino, sostituiscono per loro nascita e famiglia. La naturale finezza, l'istintiva eleganza, la disinvoltura, sono l'unica gerarchia, e rendono le popolane uguali alle piú grandi dame.

Soffriva senza tregua, sentendosi fatta per tutte le delicatezze e tutti i lussi. Soffriva per la povertà del suo appartamento, per lo squallore delle pareti, per le sedie consumate e logore, per la bruttezza delle stoffe. Tutte queste cose delle quali un'altra donna della sua condizione non si sarebbe nemmeno accorta, la torturavano, la disgustavano, la irritavano. Nel vedere la piccola brettone che le sbrigava le faccende di casa, si risvegliavano in lei desolati rimpianti e vaghi, irrealizzabili, sogni. Pensava ad anticamere silenziose, ovattate da parati orientali, illuminate da grandi torce di bronzo, e ai due alti valletti in polpe che sonnecchiavano nelle loro ampie poltrone, intorpiditi dal pesante calore del calorifero. Pensava a grandi sale rivestite di sete antiche, a mobili pregiati, ricoperti di ninnoli preziosi, ai salottini civettuoli, profumati, fatti per la conversazione del pomeriggio con gli amici piú intimi, gli uomini piú noti e piú ricercati, coloro che tutte le donne invidiano e dei quali desidererebbero le attenzioni.

Quando si sedeva per desinare davanti ad una tavola tonda, coperta da una tovaglia di tre giorni prima, di fronte al marito che scoperchiava la zuppiera esclamando con aria beata: – Ah! che bella minestra!... Non c'è nulla di meglio!... – lei pensava a pranzi raffinati, a rilucenti argenterie, ad arazzi che popolano i muri di antichi personaggi e di strani uccelli in mezzo a foreste incantate;

pensava alle vivande squisite, servite in piatti meravigliosi, alle galanterie sussurrate ed ascoltate con un sorriso di sfinge, continuando a mangiare la carne rosata di una trota o un'ala di gallina faraona.

Non aveva bei vestiti, non aveva gioielli. Ed erano le sole cose che le piacessero, per le quali si sentiva nata. Avrebbe tanto desiderato piacere, essere invidiata, seducente, corteggiata.

Aveva una compagna ricca, un'amica di convento, che non andava piú a trovare, perché, tornando a casa, ne soffriva troppo. E piangeva per giornate intere di dolore, di rimpianto, di disperazione e di sconforto.

Una sera, suo marito tornò a casa tutto trionfante, tenendo in mano una grossa busta:

— Tieni, – disse, – ecco qualcosa per te.

Lei strappò vivacemente la busta e ne tirò fuori un cartoncino su cui era scritto:

«Il ministro della Pubblica Istruzione e Madame Ramponneau hanno l'onore di invitare Monsieur e Madame Loisel alla serata di gala che si svolgerà, lunedí 18 gennaio, nel palazzo del ministero».

Invece di essere contenta, come sperava suo marito, lei buttò con dispetto l'invito sulla tavola, mormorando:

— Che vuoi che me ne faccia?

— Ma, tesoro, pensavo che ne saresti stata contenta. Non vai mai in nessun posto e questa è una magnifica occasione! Ho dovuto faticar molto per ottenerlo, questo invito. Tutti lo vorrebbero, tutti si dànno da fare e non ce ne sono molti per gli impiegati. Ci sarà tutta la migliore società.

Lei lo fissava corrucciata, e disse con impazienza:

— E cosa vuoi che mi metta addosso, per andare in un posto simile?

Non ci aveva pensato; balbettò:

— Ma il vestito che ti metti per andare a teatro, mi sembra molto bello...

Tacque, stupito e confuso, vedendo che la moglie stava piangendo. Due lacrimoni le scendevano lentamente dagli angoli degli occhi verso gli angoli della bocca.

— Che hai? Che hai? – balbettò Loisel.

Con uno sforzo violento, Mathilde aveva dominato la sua pena e rispose con voce normale, asciugandosi le guance umide:

— Nulla. Soltanto che non ho vestiti e che a quella festa non ci posso andare. Da' l'invito a qualche collega che abbia la moglie messa un po' meglio di me.

Loisel era desolato. Disse:

— Via, Mathilde, quanto verrebbe a costare un vestito decente, che potrebbe servirti ancora in altre occasioni, qualcosa di molto semplice?

Lei rifletté qualche istante, facendo i calcoli, e pensando anche alla somma che avrebbe potuto chiedere senza provocare un rifiuto immediato e lo stupore spaventato dell'economo impiegatuccio.

Alla fine rispose, esitando:

— Non te lo so dire con esattezza, ma penso che potrei farcela con quattrocento franchi.

Lui impallidí un poco, perché aveva messo da parte proprio quella somma per comprarsi un fucile con cui andare a caccia l'estate seguente, nella pianura di Nanterre, insieme a degli amici che andavano lí, la domenica, a tirare alle allodole.

Ma rispose:

— Va bene. Ti do i quattrocento franchi. Ma cerca di farti fare un bel vestito.

Il giorno della festa si avvicinava e Madame Loisel sembrava triste, inquieta, preoccupata. Eppure il vestito era pronto. Il marito, una sera, le chiese:

— Che hai, Mathilde? Su, sono tre giorni che mi sembri un po' strana.

Lei rispose:

— Mi secca di non avere nemmeno un gioiello, una pietra, una cosa qualunque da mettermi addosso. Chissà come sembrerò misera! Quasi quasi, preferirei non andare a quella festa.

— Puoi mettere dei fiori freschi, — le disse il marito. — Sono elegantissimi in questa stagione. Con dieci franchi, potrai procurarti due o tre rose magnifiche.

Lei non pareva convinta:

— No... non c'è nulla di piú umiliante che apparir poveri in mezzo a donne ricche.

Ma il marito esclamò:

— Quanto sei sciocca! Vai dalla tua amica, Madame Forestier, e fatti prestare qualche gioiello. Siete abbastanza amiche per farlo.

Lei mandò un gridolino di gioia:

— È vero. Non ci avevo pensato!

L'indomani andò dalla sua amica e le raccontò in quale imbarazzo si trovava.

Madame Forestier andò verso l'armadio a specchio e ne tirò fuori un cofanetto, lo portò, lo aprí e disse a Madame Loisel:

– Scegli, mia cara.

Lei vide dei braccialetti, una collana di perle, una croce veneziana, oro e pietre di mirabile fattura. Si provava i gioielli davanti allo specchio, esitava, non sapeva decidersi a toglierseli, a rimetterli a posto. Chiedeva in continuazione:

– C'è dell'altro?

– Ma sí, cerca; non so cosa ti possa piacere.

Ad un tratto, Mathilde scoprí, in una scatola di raso nero, una collana di diamanti, magnifica; sentí il cuore batterle tumultuosamente di un desiderio smodato. Nel prenderla, le tremavano le mani. Se l'agganciò intorno alla gola, sopra il vestito accollato, e stette a rimirarsi in estasi.

Poi, chiese, esitante, piena di angoscia:

– Puoi prestarmi questa, questa soltanto?

– Ma sí, certo.

Mathilde saltò al collo dell'amica, la baciò con trasporto, e scappò via col suo tesoro.

Venne la sera della festa. Madame Loisel ebbe un enorme successo. Era la piú bella di tutte, elegante, graziosa, sorridente, raggiante di gioia. Tutti gli uomini la guardavano, chiedevano chi fosse, cercavano di esserle presentati. Tutti i segretari del gabinetto volevano ballare il valzer con lei. Il ministro la notò.

Lei ballava, inebriata, con slancio, stordita dal piacere, senza pensare a nulla, nel trionfo della sua bellezza, nella gloria del suo successo, in una specie di nuvola di felicità fatta di tutti quegli omaggi, dell'ammirazione, dei desideri risvegliati, della sua vittoria cosí completa e cosí cara al suo cuore di donna.

Andò via alle quattro del mattino. Suo marito, passata la mezzanotte, si era addormentato in un salottino con altri tre signori le cui mogli si divertivano moltissimo.

Lui le buttò sulle spalle il soprabito che aveva portato per l'uscita, un modesto soprabito di tutti i giorni, la cui povertà contrastava in maniera stridente con l'eleganza del vestito da ballo. Mathilde se ne rese conto e volle scappar via, per non essere vista dalle altre donne che si stringevano addosso le loro ricche pellicce.

Loisel cercava di trattenerla:

– Aspetta. Prenderai un malanno. Vado a chiamare una carrozza.

Ma lei non lo stava a sentire e scendeva rapidamente le scale. Per la strada, non c'erano carrozze; e si misero a cercarne una, chiamando i cocchieri che vedevano passare lontano.

Andarono verso la Senna, senza piú speranze, tremando per il freddo. Finalmente, trovarono sul lungo Senna una di quelle carrozzelle notturne che si vedono per le strade di Parigi soltanto di notte, come se si vergognassero di mettere in mostra la loro miseria durante il giorno.

Li ricondusse fino all'uscio di casa, in rue des Martyrs, e salirono tristemente le scale di casa. Era finito, pensava lei. E lui pensava che, alle dieci, avrebbe dovuto trovarsi al ministero.

Mathilde si levò il soprabito che le ricopriva le spalle, davanti allo specchio, per potersi ammirare ancora una volta in tutto il suo splendore. Ma lanciò un grido improvviso. Non aveva piú la collana al collo!

Suo marito, già mezzo spogliato, le chiese:

– Che c'è?

Mathilde si voltò verso di lui, fuori di sé:

– Ho... ho... ho perso la collana, la collana di Madame Forestier!

Lui si rizzò, smarrito:

– Cosa?... Come!... Non è possibile!...

E cercarono tra le pieghe del vestito, tra le pieghe del mantello, nelle tasche, dappertutto. Non la trovarono.

Il marito chiedeva:

– Sei sicura che l'avevi ancora quando siamo venuti via dal ballo?

– Sí, me la sono toccata nell'atrio del ministero.

– Ma se l'avessi persa per la strada, l'avremmo sentita cadere. Deve essere nella carrozza.

– Può darsi. Hai visto che numero aveva?

– No, e tu, tu non l'hai guardato?

– No.

Si fissarono atterriti. Alla fine Loisel si rivestí:

– Vado a rifare il tragitto che abbiamo percorso a piedi, – disse, – per vedere se la ritrovo.

E uscí. Lei rimase in abito da sera, senza avere la forza di andare a letto, accasciata su di una seggiola, stremata, e con la testa vuota.

Suo marito tornò verso le sette. Non aveva trovato nulla.

Andò alla Prefettura di polizia, ai giornali, per promettere una ricompensa, alla società delle carrozze, ovunque insomma un barlume di speranza lo sospingesse.

Mathilde aspettò tutto il giorno, nello stesso stato di prostrazione dinanzi a quel tremendo disastro.

Loisel tornò a casa la sera, col volto incavato, pallido; non aveva trovato nulla.

– Devi scrivere alla tua amica, – disse, – che ti si è rotto il fermaglio della collana e che l'hai mandata a riparare. Ci darà il tempo di provvedere.

Lei scrisse quel che il marito le dettò.

Dopo una settimana, avevano perso ogni speranza.

Loisel, che pareva invecchiato di cinque anni, disse:

– Dobbiamo pensare a comprare un'altra collana.

Il giorno dopo presero l'astuccio nel quale era riposta, e andarono dal gioielliere il cui nome era scritto nell'interno. Questi consultò i registri e disse:

– No, signora, questa collana non l'abbiamo venduta noi, soltanto l'astuccio è nostro.

Allora andarono da un gioielliere all'altro, cercando una collana simile a quella perduta, frugando nella loro memoria, febbricitanti tutti e due di dolore e di angoscia.

In una bottega del Palais Royal, trovarono una collana di diamanti che parve loro perfettamente identica a quella che cercavano. Costava quarantamila franchi. Gliel'avrebbero data per trentaseimila.

Pregarono il gioielliere di non venderla prima di tre giorni. E stabilirono che l'avrebbe ripresa a trentaquattromila, se la collana perduta fosse stata ritrovata entro la fine del mese di febbraio.

Loisel possedeva diciottomila franchi, lasciatigli dal padre. Il resto, lo avrebbe preso in prestito.

Andò a chiedere mille franchi in prestito da questo, cinquecento da un altro, cinque luigi qui tre luigi là. Firmò cambiali, prese impegni disastrosi, ebbe a che fare con gli usurai, con ogni specie di strozzini. Compromise tutto il resto della sua vita, rischiò la sua firma, senza sapere nemmeno se avrebbe potuto farle onore, e, angosciato dal pensiero dell'avvenire, della miseria che gli si sarebbe abbattuta addosso, dalla prospettiva delle privazioni fisiche e delle torture morali, andò a comprare la collana nuova, posando sul banco del gioielliere i trentaseimila franchi.

Quando Madame Loisel riportò la collana a Madame Forestier, questa le disse, con tono seccato:

— Avresti dovuto restituirmela prima, avrei potuto averne bisogno.

Non aprí l'astuccio, come Mathilde temeva. Se si fosse accorta della sostituzione, cosa avrebbe pensato? Cosa avrebbe detto? Avrebbe potuto prenderla per una ladra.

Madame Loisel conobbe l'orribile vita dei bisognosi. Vi si rassegnò subito, eroicamente. Bisognava pagare quel debito spaventoso: lo avrebbe pagato. Licenziarono la servetta, cambiarono casa e presero una soffitta sotto i tetti.

Conobbe i piú pesanti lavori di casa, le piú odiose fatiche della cucina. Rigovernò i piatti, rovinandosi le unghie rosate sulle stoviglie unte e sul fondo dei tegami. Lavò la biancheria sudicia, le camicie, gli stracci, stendendoli ad asciugare su una corda; tutte le mattine portava giú la spazzatura e portava su l'acqua, fermandosi ad ogni piano per riprendere fiato. E, vestita come una donna del popolo, andò dal fruttivendolo, dal droghiere, dal macellaio, col paniere sul braccio, tirando sui prezzi, sopportando ingiurie, pur di difendere, soldo a soldo, il suo miserabile denaro.

Tutti i mesi dovevano pagare cambiali, rinnovarne altre, guadagnar tempo.

Il marito lavorava di sera; rivedeva la contabilità di un commerciante, e spesso, di notte, faceva il copista a cinque soldi per pagina.

Questa vita durò dieci anni.

Dopo dieci anni, avevano restituito tutto, tutto, compresi gli interessi degli strozzini e l'insieme degli interessi composti.

Madame Loisel, ora, pareva una vecchia. Era diventata la donna forte, dura e rude delle famiglie povere. Spettinata, con le gonne di traverso, le mani rosse, parlava a voce alta, lavava i pavimenti buttandoci l'acqua col secchio. Ma qualche volta, quando suo marito era in ufficio, si sedeva davanti alla finestra e pensava a quella serata di tanto tempo fa, a quel ballo dove era stata tanto bella e tanto festeggiata.

Cosa sarebbe accaduto se non avesse perso la collana? Chissà!

Chissà? Come è strana la vita, e mutevole! Quanto poco ci vuole per rovinarvi o per salvarvi!

Una domenica era andata a fare una passeggiata agli Champs-Elysées per distrarsi dalle faccende della settimana; ad un tratto scorse una signora che stava passeggiando con un bambino. Era Madame Forestier, sempre giovane, sempre bella, sempre seducente.

Madame Loisel si sentí turbata. Le avrebbe rivolto la parola? Sí, certamente. E, ora che aveva pagato, le avrebbe detto tutto: perché no?

Le si avvicinò:

— Buongiorno, Jeanne!

L'altra non la riconosceva, meravigliandosi di sentirsi chiamata con tanta familiarità da una popolana. Balbettò:

— Ma... signora!... non so... Credo che vi siate sbagliata.

— No. Sono Mathilde Loisel!

L'amica lanciò un grido:

— Oh!... mia povera Mathilde, come sei cambiata!...

— Sí, ho passato dei giorni molto duri, da quando non ci siamo piú viste; e tante miserie... e per colpa tua!...

— Mia?... Per colpa mia?...

— Ti ricordi quella collana di diamanti che mi prestasti per andare alla festa al ministero?

— Sí. Ebbene?

— Ebbene, io l'ho persa.

— Come! Se me l'hai resa?

— Te ne ho comprata un'altra, proprio uguale. E sono dieci anni che stiamo pagando. Capirai che non è stato facile, per noi che non avevamo nulla... Ora però è finito, sono molto contenta.

— Dici che hai comprato una collana di diamanti per sostituire la mia?

— Sí, non te ne sei accorta, vero? Erano proprio uguali.

E sorrideva orgogliosa e ingenuamente felice.

Madame Forestier, molto commossa, le afferrò le mani:

— Oh! mia povera Mathilde! Ma la mia era falsa. Valeva al massimo cinquecento franchi!...

17 febbraio 1884.

INCONTRO

A Edouard Rod

Fu un caso, un vero caso. Il barone d'Etraille, stanco di restare in piedi, essendo aperti in quella sera di festa tutti gli appartamenti della principessa, entrò nella camera da letto deserta, quasi buia per chi veniva dai saloni illuminati.

Certo che la moglie non volesse andarsene prima dell'alba, cercava un luogo adatto per schiacciarvi un pisolino. Fin dalla porta gli apparve l'ampio letto azzurro a fiori d'oro, innalzato al centro della camera vasta, simile a un catafalco dove fosse sepolto l'amore: non era piú giovane, la principessa. Dietro il letto, una grande macchia chiara dava l'impressione di un lago visto da una finestra alta. Era lo specchio immenso, discreto, inquadrato da panneggi scuri, che a volte si lasciavano ricadere, ma spesso erano stati sollevati; e lo specchio sembrava rimirare il letto, il suo complice. Si sarebbe detto che serbasse ricordi, rimpianti, come quei castelli dove errano gli spettri dei morti, e che sulla sua superficie liscia e vuota si potessero veder passare le forme incantevoli dei fianchi nudi delle donne, e i dolci gesti delle braccia nell'atto di allacciarsi.

Sulla soglia di quella camera d'amore, il barone si era fermato, sorridendo un po' commosso. Ma all'improvviso, qualche cosa apparve nello specchio, come se i fantasmi evocati fossero sorti davanti a lui. Un uomo e una donna, seduti su un divano assai basso nascosto nell'ombra, si erano alzati in quel momento. E il lucido cristallo, riflettendone le immagini, glieli mostrava mentre, in piedi, si baciavano sulle labbra prima di separarsi.

Il barone riconobbe sua moglie e il marchese di Cervigné. Da uomo forte e padrone di sé, si volse e si allontanò; avrebbe aspettato l'alba per riaccompagnare la baronessa. Ma la voglia di dormire gli era passata.

Appena fu solo con lei, le disse:

– Signora, vi ho veduta poco fa nella camera della principessa di Raynes. Non ho bisogno di spiegarvi altro. Non mi piacciono i rimproveri, né la violenza, né il ridicolo. Volendo evitare ciò, ci separeremo senza far chiasso. Gli avvocati regoleranno la nostra situazione, seguendo i miei ordini. Non essendo piú sotto il mio tetto, potrete vivere a modo vostro, ma vi avverto che, se avrà luogo uno scandalo, poiché continuerete a portare il mio nome, sarò costretto a mostrarmi severo.

La moglie tentò di parlare; glielo impedí, salutò con un inchino ed entrò nel suo appartamento.

Piú che infelice, si sentiva meravigliato e triste. L'aveva amata molto, nei primi tempi del matrimonio. A poco a poco quell'ardore si era intiepidito, e adesso si permetteva spesso qualche capriccio, sia nel mondo del teatro sia nella buona società, pur continuando in certo modo a piacergli la baronessa.

Era giovanissima, appena ventiquattro anni, minuta, straordinariamente bionda, e magra, troppo magra: una bambola di Parigi, fine, viziata, elegante, civetta, abbastanza spiritosa, piú affascinante che bella. Parlando di lei, diceva al fratello in confidenza:
– Mia moglie è deliziosa, provocante, solo che... non vi lascia niente in mano. Somiglia a quelle coppe di champagne dove tutto è spuma. Quando arriviamo in fondo, è buono, certo, ma ce n'è troppo poco.

Camminava di lungo in largo per la camera, agitato e pensando a mille cose. Di tanto in tanto, lo sollevava una ventata di collera e lo assaliva una voglia brutale di spezzare le reni al marchese o di schiaffeggiarlo al circolo. Poi constatava quanto questo sarebbe stato di cattivo gusto, pensando che avrebbero riso di lui e non dell'altro e che quei trasporti d'ira gli venivano assai piú dalla vanità offesa che non dal cuore ferito. Si coricò, ma non gli riuscí di dormire.

Pochi giorni dopo si sparse per Parigi la voce che il barone e la baronessa d'Etraille si erano separati consensualmente per incompatibilità di carattere. Nessuno sospettò niente, nessuno mormorò, nessuno si stupí.

Il barone, tuttavia, per evitare incontri che gli sarebbero riusciti penosi, viaggiò per un anno, poi passò al mare l'estate seguente, l'autunno a caccia, e tornò a Parigi per l'inverno. Non vide la moglie nemmeno una volta.

Sapeva che non faceva parlare di sé. Per lo meno, aveva cura di salvare le apparenze. E lui non chiedeva di piú.

Si annoiò, fece un altro viaggio, poi restaurò il suo castello di Villebosc, il che gli richiese due anni, vi ricevette gli amici, il che lo occupò per almeno quindici mesi; alla fine, stanco di questo piacere ormai logoro, tornò nel suo palazzetto di rue de Lille, esattamente sei anni dopo la separazione.

Aveva adesso quarantacinque anni, parecchi capelli bianchi, un po' di pancia, e quella melanconia di chi è stato bello, amato, ricercato e si sente declinare di giorno in giorno.

Un mese dopo essere tornato a Parigi, prese freddo uscendo dal circolo, e cominciò a tossire. Il medico gli ordinò di andare a finire l'inverno a Nizza.

Quindi, un lunedí sera, partí con il rapido.

Arrivò alla stazione in ritardo, quando già il treno si metteva in moto. Trovò posto in uno scompartimento coupé, e vi salí. Sulla poltrona di fondo, si era già sistemata una persona talmente avviluppata in pellicce e mantelli che il barone non riuscí nemmeno a capire se fosse un uomo o una donna. Non vide altro che un lungo involto di vesti. Quand'ebbe capito che non poteva saperne di piú si sistemò a sua volta, calzò il berretto da viaggio, spiegò le coperte, vi si avvolse, si stese e si addormentò.

Non si svegliò che all'aurora e lanciò subito un'occhiata verso il compagno di viaggio. Non si era mosso per tutta la notte e ancora sembrava dormire profondamente.

Monsieur d'Etraille ne approfittò per fare un po' di toilette mattutina, spazzolarsi la barba e i capelli, ridare il suo aspetto consueto al volto che una nottata cambia tanto, ma tanto, quando raggiungiamo una certa età.

Disse un grande poeta:

Quand on est jeune on a des matins triomphants!

Finché si è giovani, abbiamo magnifici risvegli, con la pelle fresca, gli occhi lucenti, i capelli brillanti di linfa.

Per chi invecchia, il risveglio è spiacevole. Lo sguardo opaco, le guance gonfie e arrossate, la bocca amara, i capelli scomposti, la barba arruffata dànno alla faccia un aspetto vecchio, stanco, finito.

Il barone, aperto il nécessaire da viaggio, si ricompose la fisionomia con qualche colpo di spazzola. Poi attese.

Il treno fischiò, si fermò. Il vicino fece un movimento. Certo si stava svegliando. Poi la macchina si avviò di nuovo, mentre un raggio di sole, entrando nel vagone, cadeva proprio attraversando il corpo del dormiente, che si mosse di nuovo, spinse due o tre volte la testa in fuori come un pulcino che esce dal guscio, e mostrò il volto tranquillamente.

Era una donna giovane e bionda, freschissima, molto bella e piuttosto grassa. Si mise a sedere.

Il barone la guardava stupito. Non sapeva piú cosa credere. Perché in verità avrebbe giurato che era... che era sua moglie, ma sua moglie straordinariamente cambiata... tutto a suo vantaggio, ingrassata, oh! ingrassata quanto lui, ma meglio.

Lo guardò tranquillamente, non mostrò di riconoscerlo, e si liberò placidamente delle stoffe che l'avvolgevano.

Aveva la composta calma di una donna sicura di sé, l'audacia insolente del risveglio di chi, sentendosi nel pieno della bellezza, sa di avere un aspetto giovane e fresco.

Davvero perdeva la testa, il barone.

Era sua moglie? O un'altra che le somigliava come una sorella? Non la vedeva da sei anni ed era possibile sbagliare.

La donna sbadigliò. Riconobbe quel gesto. Ma quella si volse di nuovo verso di lui, lo percorse, lo coprí con uno sguardo tranquillo, indifferente, uno sguardo che nulla sa, poi prese a osservare la campagna.

Rimase smarrito, orribilmente perplesso. Attese, spiandola di sguincio, ostinatamente.

Ma sí, era sua moglie, perbacco! Come poteva esitare? Non ce n'erano due con quel nasino lí! Gli tornavano a mente mille ricordi, ricordi di carezze, di minuti particolari di quel corpo, un neo su di un fianco, un altro sul dorso, simmetrico al primo. Come li aveva baciati spesso! Si sentiva invadere dall'antica ebbrezza, ritrovando l'odore di quella pelle, rivedendo il sorriso di quando gli gettava le braccia sulle spalle, le intonazioni dolci della sua voce, tutte le moine graziose.

Ma era tanto mutata e imbellita da esser lei e non esser piú lei. La trovava piú matura, piú completa, piú donna, piú seducente, piú desiderabile, adorabilmente desiderabile.

Dunque questa estranea, questa sconosciuta incontrata per caso in un treno, era sua, gli apparteneva per legge. Non aveva che da dire: «Io voglio».

E un tempo egli le aveva dormito tra le braccia, vivendo nel suo amore. La ritrovava adesso tanto cambiata da riconoscerla appena. Era un'altra e nello stesso tempo era lei: era un'altra, nata, formata, cresciuta da quando l'aveva lasciata; ma era anche quella che aveva posseduta, di cui ritrovava gli atteggiamenti modificati, gli antichi lineamenti piú formati, il sorriso meno lezioso, i gesti piú sicuri. Due donne in una, entro cui si fondevano una parte di novità ignorata e una parte di amato ricordo. Qualcosa di strano, conturbante, eccitante, una specie di mistero d'amore su cui ondeggiava una confusione deliziosa. Era insomma sua moglie in un corpo nuovo, in una nuova carne che le sue labbra non avevano percorsa mai.

E pensava che, infatti, tutto cambia dentro di noi in sei anni. Solo il contorno resta riconoscibile, e a volte scompare anch'esso.

Il sangue, i capelli, la pelle, tutto ricomincia, tutto si rinnova. E quando rimaniamo a lungo senza vederci, è un altro essere tutto differente quello che ritroviamo, sebbene sia il medesimo e porti il medesimo nome.

Ed anche il cuore può variare, le idee modificarsi, rinnovarsi, tanto che in quarant'anni di vita possiamo, grazie a lente e costanti trasformazioni, diventare quattro o cinque esseri assolutamente nuovi e differenti.

Pensava, turbato fin nel profondo dell'anima. All'improvviso gli tornò il ricordo della sera in cui l'aveva sorpresa nella camera della principessa. Non lo agitò alcun furore. Quella che aveva sotto gli occhi non era la stessa donna, la pupattola magra e vivace d'un tempo.

Che avrebbe fatto? Come parlarle? Che cosa dirle? E lei, lo aveva riconosciuto?

Il treno si fermò di nuovo. Si alzò e s'inchinò dicendo: – Berthe, non avete bisogno di nulla? Potrei portarvi...

Lo guardò dalla testa ai piedi e rispose, senza meraviglia, senza confusione, senza collera, con placida indifferenza: – No – di nulla – grazie.

Scese a fare quattro passi sul marciapiede per scuotersi, quasi per riprendere i sensi dopo una caduta. E adesso che gli restava da fare? Salire in un altro scompartimento? Sarebbe parsa una fuga. Mostrarsi galante, premuroso? Avrebbe avuto l'aria di chiedere perdono. Parlare da padrone? Non teneva a mostrarsi villano e, d'altra parte, non ne aveva piú il diritto.

Risalí e riprese il posto di prima.

Anche la signora, durante la sua assenza, si era acconciata in fretta e adesso era adagiata nella poltrona, impassibile e radiosa.

Si volse verso di lei e le disse: – Cara Berthe, giacché un caso assai singolare ci rimette uno di fronte all'altra dopo sei anni di separazione, una separazione priva di violenza, vogliamo proprio continuare a guardarci come due nemici irreconciliabili? Siamo chiusi qui soli. Per il peggio o per il meglio. Non ho intenzione di andarmene. Quindi non è preferibile conversare come... come... due... amici, fino al termine di questo viaggio?

Rispose tranquilla: – Come volete.

Si arenò, non sapendo cosa dire. Poi, fattosi coraggio, si avvicinò sedendosi sulla poltrona centrale, e con voce galante: — E sia, vedo che bisogna farvi la corte. Del resto è un piacere, perché mi sembrate incantevole. Non immaginate quanto ha guadagnato in sei anni la vostra bellezza. Non c'è donna che mi abbia dato la sensazione deliziosa che ho provata poco fa, vedendovi sbucare da quelle pellicce. Davvero: non lo avrei creduto possibile, un tale cambiamento.

E lei, senza muovere la testa e senza guardarlo: — Non posso dire altrettanto, avete perduto molto, voi...

Arrossí, confuso e turbato, poi con un sorriso di rassegnazione: — Siete crudele.

Si volse verso di lui: — Perché? Non faccio che constatare. Non avrete mica intenzione di offrirmi il vostro amore, vero? Quindi è del tutto indifferente che vi trovi bene o male. Ma vedo che questo argomento vi è penoso. Parliamo d'altro. Che avete fatto da quando non ci vediamo?

Balbettò smarrito: — Io? ho viaggiato, sono andato a caccia, sono invecchiato, come vedete. E voi?

Dichiarò serenamente: — Io ho salvato le apparenze, come avevate prescritto.

Gli salí alle labbra una parola brutale. Non la disse, ma prendendo una mano della moglie, gliela baciò: — Ve ne ringrazio.

Rimase sorpresa. Era forte davvero, lui, e sempre padrone di sé.

Egli riprese: — Giacché avete acconsentito alla mia prima domanda, volete che adesso chiacchieriamo senza asprezza?

Fece un piccolo gesto sprezzante: — Asprezza? Ma io non ne ho. Mi siete completamente estraneo. Cerco solo di rianimare una conversazione difficile.

Continuava a guardarla, affascinato a dispetto della rudezza di lei, sentendosi invadere dal desiderio, un desiderio brutale, irresistibile, un desiderio da padrone.

Capendo di averlo ferito ma sempre piú accanita, l'altra gli chiese: — Qual è adesso la vostra età? Vi credevo piú giovane di quanto sembrate.

Impallidí: — Ho quarantacinque anni —. Poi soggiunse: — Dimenticavo di domandarvi notizie della principessa di Raynes. Continuate a vederla?

Gli lanciò uno sguardo d'odio: — Sí, spesso. Sta benissimo — grazie.

E rimasero fianco a fianco, col cuore in tumulto, l'anima irritata. Di punto in bianco il barone dichiarò: — Cara Berthe, ho cambiato parere. Siete mia moglie, e pretendo che torniate a casa oggi stesso. Trovo che avete guadagnato in bellezza e in carattere, e vi riprendo. Sono vostro marito, ne ho il diritto.

Stupefatta, lo guardò negli occhi per leggervi cosa pensava davvero. Aveva una faccia impassibile, impenetrabile e risoluta.

Rispose: – Dolentissima, ma ho altri impegni.

Sorrise: – Peggio per voi. La legge mi dà la forza. Ne farò uso.

Stavano arrivando a Marsiglia; il treno fischiava rallentando la marcia. La baronessa si alzò, arrotolò le coperte con gesti sicuri, poi, rivolta al marito: – Caro Raymond, non abusate di un incontro che ho preparato io stessa. Seguendo i vostri consigli, ho voluto prendere una precauzione, per non aver nulla a temere né da voi né dalla gente, qualunque cosa accada. Voi andate a Nizza, non è vero?

– Andrò dove andrete voi.

– Niente affatto. Ascoltatemi e state certo che mi lascerete in pace. Tra un istante, sul marciapiede della stazione, vedrete la principessa di Raynes e la contessa Henriot che mi aspettano coi loro mariti. Ho voluto che ci vedessero insieme, voi e me, e sapessero che abbiamo passata la notte soli, in questo scompartimento. Non temete. La cosa sembrerà cosí sorprendente, che queste signore la racconteranno dovunque.

– Vi dicevo poc'anzi che, seguendo in tutto e per tutto le vostre raccomandazioni, ho avuto cura di salvar le apparenze. Quanto al resto, eravamo d'accordo, vero? Ebbene, ho tenuto a questo incontro appunto per continuare su questa linea. Mi avete ordinato di evitare lo scandalo, lo evito, caro mio..., perché ho paura..., ho paura...

Aspettò che il treno fosse completamente fermo, poi, mentre un gruppo di amici si slanciava ad aprire lo sportello, terminò:

– Ho paura di essere incinta.

La principessa tendeva le braccia per abbracciarla. Indicandole il barone che, istupidito dalla meraviglia, cercava di capire la verità, la baronessa le disse:

– Ma via, non riconoscete Raymond? Infatti è molto cambiato. Ha acconsentito ad accompagnarmi per non lasciarmi viaggiare sola. Facciamo di tanto in tanto qualche piccola fuga, cosí, da buoni amici che non possono vivere insieme. Ci lasceremo qui, del resto. Ne ha già abbastanza di me.

Gli tese la mano che il marito strinse macchinalmente. Poi saltò giú, in mezzo agli amici che l'aspettavano.

Il barone richiuse bruscamente lo sportello, troppo sconvolto per dire una parola o per prendere una risoluzione. Udiva la voce della moglie e le sue allegre risate che si allontanavano.

Non la rivide piú.

Aveva mentito? Diceva la verità? Non lo seppe mai.

11 marzo 1884.

LA PADRONA

Al dottor Baraduc

Abitavo allora, – disse Georges Kervelen, – a rue des Saints-Pères, in camera mobiliata.

Quando i miei genitori decisero di mandarmi a studiar legge a Parigi, avvennero lunghe discussioni per sistemare ogni cosa. Mi era stato fissato un assegno di duemilacinquecento franchi, ma la mia povera mamma fu presa da una paura che espose a mio padre: – Se gli capitasse di spendere malamente tutti i quattrini senza nutrirsi abbastanza, ne patirebbe la sua salute. Sono capaci di tutto, questi ragazzi.

E cosí fu deciso di trovarmi una pensione, una pensione modesta e comoda, e la mia famiglia ne avrebbe pagato direttamente il prezzo, ogni mese.

Non avevo mai lasciato Quimper. Desideravo tutto ciò che si desidera a quell'età e intendevo vivere allegramente, in ogni maniera.

Certi vicini, cui chiesero consiglio i miei, indicarono una compaesana, Madame Kergaran, che accoglieva pensionanti. Mio padre trattò quindi per lettera con questa rispettabile signora, e una sera le arrivai in casa con la mia valigia.

Madame Kergaran aveva circa quarant'anni. Era una donna forte, fortissima, parlava con una voce da capitano istruttore e decideva ogni questione con una parola netta e definitiva. La casa, strettissima, con una sola porta su ogni pianerottolo, sembrava una scala di finestre, o anche una fetta di casa infilata tra altre due come in un sandwich.

La padrona abitava al primo piano con la domestica; al secondo c'era la cucina e la sala da pranzo; al terzo e al quarto alloggiavano quattro pensionanti brettoni. Io ebbi per me le due stanze del quinto.

Una scaletta nera, avvitandosi come un cavatappi, saliva alle mie stanze sotto il tetto. Tutti i giorni, senza fermarsi mai, Madame Kergaran andava su e giú per questa spirale, affaccendata in

quell'alloggio a cassetti come un capitano sulla sua nave. Entrava
dieci volte di seguito in ogni appartamento, sorvegliava tutto con
incredibile frastuono di parole, guardava se i letti erano rifatti bene, se i vestiti erano spazzolati, se il servizio non lasciava a desiderare. Insomma aveva cura dei suoi pensionanti come una madre,
meglio di una madre.

Feci presto conoscenza con i quattro compaesani. Due di loro
studiavano medicina, e gli altri due legge, ma subivano tutti il gio-
go dispotico della padrona. Avevano paura di lei come un ladruncolo di frutta della guardia campestre.

Quanto a me, ribelle per natura, mi sentii subito invadere da
un desiderio di indipendenza. Cominciai col dichiarare di voler
tornare a casa all'ora che mi sarebbe piaciuto, mentre Madame
Kergaran aveva fissato l'ultimo limite a mezzanotte. A questa pretesa, mi piantò addosso gli occhi chiarissimi per qualche secondo;
poi dichiarò:

– Non è possibile. Non posso tollerare che Annette debba svegliarsi durante la notte. Non avete niente da fare fuori casa, dopo
una cert'ora.

Risposi con fermezza: – Secondo la legge, signora, avete l'obbligo di aprirmi a qualsiasi ora. Se rifiutate, lo farò constatare dalle
guardie e andrò a dormire in albergo a spese vostre, come ne ho il
diritto. Sarete quindi costretta ad aprirmi o a darmi lo sfratto. O la
porta o... addio. Scegliete.

Ponendo tali condizioni, le ridevo sul naso. Dopo un'ultima
esclamazione di stupore, volle parlamentare, ma io mi mostrai in-
trattabile e lei cedette. Fu convenuto che mi avrebbe dato una
chiave di casa, ma alla condizione formale che nessuno ne sapesse
niente.

L'energia dimostrata ebbe su lei un effetto salutare e mi trattò
ormai con evidenti segni di favore. Aveva per me attenzioni, piccole premure, gesti delicati e perfino una certa tenerezza ruvida
che non mi dispiaceva affatto. Qualche volta, in un momento di
allegria, l'abbracciavo di sorpresa proprio per meritarmi il ceffone
che si affrettava a darmi. Quando arrivavo ad abbassare il capo
abbastanza presto, la mano di lei, ormai preso lo slancio, mi passava sopra rapida come una palla e, mentre io scappavo ridendo come un matto, lei gridava: – Ah! canaglia! Me la pagherete!

Eravamo diventati amici.

Ma ecco che, per la strada, feci conoscenza con una ragazzina,
una commessa di negozio.

Sapete cosa sono queste passioncelle parigine. Un giorno, andando a lezione, incontriamo una bella ragazza senza cappello che passeggia a braccetto con un'amica, prima di tornare al lavoro. Gli occhi s'incontrano e sentiamo quella piccola scossa che ci dà lo sguardo di certe donne. Son una delle cose piú incantevoli della vita, quelle rapide simpatie fisiche che fioriscono per un incontro, quella seduzione lieve e delicata che subiamo d'un tratto sfiorando una creatura nata per piacerci e per essere amata da noi. L'ameremo poco o molto, che importa? La natura vuole che anch'essa corrisponda al segreto desiderio d'amore sbocciato in voi. Fin dalla prima volta che scorgete quel viso, quella bocca, quei capelli, quel sorriso, sentite entrare in voi il loro fascino con una gioia dolce e deliziosa, siete tutto pervaso da un beato benessere, e l'improvviso destarsi di una tenerezza ancora confusa vi spinge verso la sconosciuta. Sembra che in lei vi sia un richiamo cui dovete rispondere, una forza di attrazione che vi stimola; e vi par di conoscerla da tanto tempo, di averla già veduta, di sapere a cosa pensa.

L'indomani, alla medesima ora, passiamo per la stessa strada. Eccola di nuovo. E cosí il giorno appresso, e un altro giorno ancora. Finalmente ci parliamo. E la passioncella segue il suo corso, regolare come una malattia.

Dunque, in capo a tre settimane, ero arrivato con Emma a quel punto che precede la resa. E questa sarebbe forse avvenuta anche piú presto, se avessi saputo in quale luogo provocarla. La mia amichetta viveva in famiglia e rifiutava con straordinaria energia di varcare la soglia di un albergo. Mi rompevo la testa per trovare un mezzo, un pretesto, un'occasione. Presi alla fine una decisione disperata, e decisi di farla salire nella mia camera, di sera, verso le undici, con la scusa di una tazza di tè. Madame Kergaran andava sempre a letto alle dieci. Quindi potevo, grazie alla chiave, salire silenziosamente senza che nessuno si accorgesse di nulla. Trascorsa un'ora o due, saremmo usciti nello stesso modo.

Emma, dopo essersi fatta un po' pregare, accettò l'invito.

Passai una cattiva giornata. Non mi sentivo tranquillo. Temevo complicazioni, disastri, un terribile scandalo. Venne la sera. Uscii ed entrai in una birreria dove, per farmi coraggio, bevvi due caffè e quattro o cinque bicchierini. Poi andai a fare un giro per boulevard Saint-Michel. Sentii suonare le dieci, le dieci e mezza. E mi diressi lentamente verso il luogo dell'appuntamento. Emma era già lí ad aspettarmi; mi prese il braccio con tenera grazia, ed eccoci avviati pian pianino verso il mio alloggio. Via via che mi avvicinavo alla porta, cresceva in me l'angoscia. Pensavo: «Purché Madame Kergaran sia già a letto».

A Emma dissi due o tre volte: — Soprattutto, non fare rumore per le scale.

Si mise a ridere: — Tanta paura di essere sentito?

— No, ma non voglio svegliare un mio vicino che è ammalato.

Ecco rue des Saints-Pères. Mi avvicino a casa con l'apprensione di quando ci rechiamo dal dentista. Tutte le finestre sono buie. Dormono tutti di sicuro. Respiro. Apro la porta con precauzioni da ladro. Faccio entrare la ragazza, richiudo, e salgo le scale in punta di piedi, trattenendo il respiro, e accendendo un fiammifero dopo l'altro perché la compagna non abbia a fare un passo falso.

Passando davanti alla camera della padrona, mi sento battere il cuore a colpi precipitosi. Finalmente, eccoci al secondo piano, poi al terzo, poi al quinto. Entra a casa mia. Vittoria!

Tuttavia, non osavo parlare che sottovoce e mi tolsi le scarpe per non fare rumore. Il tè, preparato su un fornelletto a spirito, lo prendemmo sull'angolo del cassettone. Poi divenni insistente... insistente..., e a poco a poco, come per gioco, toglievo a una a una le vesti della mia amica, che cedeva resistendo, rossa, confusa, ritardando ancora l'istante fatale e incantevole.

Non aveva piú, in fede mia, che una sottanina bianca, quando la porta si aperse di colpo e apparve Madame Kergaran, con una candela in mano, vestita esattamente quanto Emma.

Balzai subito lontano da lei e rimasi in piedi, sgomento, guardando le due donne che si squadravano a vicenda. Cosa sarebbe avvenuto?

Con un tono altero che non le conoscevo la padrona pronunciò: — Non voglio ragazze di strada in casa mia, Monsieur Kervelen.

Balbettai: — Ma, Madame Kergaran, la signorina è semplicemente un'amica. Veniva a prendere una tazza di tè.

E quella donna imponente: — Non ci si spoglia in camicia per prendere una tazza di tè. Fate uscire immediatamente questa persona.

Emma, costernata, già cominciava a piangere, nascondendosi la faccia con la sottana. Io, perduta la testa, non sapevo che dire né cosa fare. La padrona soggiunse con irresistibile tono di autorità: — Aiutate la signorina a rivestirsi e accompagnatela subito fuori.

Non potevo certo far altro e, raccolto il vestito acciambellato sul pavimento come un pallone sgonfiato, lo infilai alla ragazza dalla testa e mi sforzai di agganciarlo, assestarlo con infinita difficoltà. Lei mi aiutava, continuando a piangere, smarrita, affrettandosi, facendo ogni sorta di sbagli, affannandosi invano a ritrovare i lacci e le asole; e Madame Kergaran, impassibile, ritta in piedi con la candela in mano c'illuminava in una posa severa da giustiziere.

Intanto Emma con gesti precipitosi, si rivestiva disperata, annodava, appuntava spilli, allacciava, riagganciava con furia, premuta da un bisogno imperioso di fuggire. E senza neppure abbottonarsi gli stivaletti, passò correndo davanti alla padrona e si slanciò per le scale. Mezzo spogliato anch'io, la seguivo in ciabatte ripetendo: – Signorina, sentite, signorina.

Capivo benissimo di dover dire qualcosa, ma non trovavo niente. La raggiunsi proprio davanti alla porta sulla strada, e volli prenderle il braccio, ma mi respinse violentemente, balbettando con voce bassa e nervosa: – Lasciatemi.... lasciatemi, non mi toccate.

E scappò per la strada richiudendosi dietro la porta.

Mi voltai. Madame Kergaran era rimasta sul pianerottolo del primo piano; risalii i gradini lentamente, aspettandomi tutto, pronto a tutto.

La camera della padrona era aperta, ed essa mi fece entrare pronunciando con tono severo: – Devo parlarvi, Monsieur Kervelen.

Le passai davanti a testa bassa. Posò il candeliere sul caminetto, poi, incrociando le braccia sul petto possente, coperto appena da una sottile camiciola bianca:

– Questa poi, Monsieur Kervelen! prendete dunque la mia pensione per una casa pubblica?

Tutto umiliato mormorai: – Ma no, Madame Kergaran. Via, non dovete arrabbiarvi; sapete com'è un giovanotto.

Rispose: – So che non voglio donnacce nella mia pensione. So che farò rispettare il mio tetto e la reputazione della mia casa, capite? So che...

Parlò almeno per venti minuti, accumulando ragioni su ragioni e indignazioni su indignazioni, schiacciandomi sotto l'onorabilità della sua *casa*, lardellandomi di pungenti rimproveri.

Io (l'uomo è un animale), invece di ascoltarla, la guardavo. Non sentivo piú una parola,... nemmeno una. Aveva un petto superbo, quel pezzo di donna, saldo, bianco, carnoso, forse un po' grosso, ma stuzzicante da far venire i brividi per la schiena. Non avrei mai dubitato davvero che ci fosse di quella roba sotto l'abito di lana della padrona. Cosí poco vestita, sembrava ringiovanita di dieci anni. Ed ecco che mi sentivo buffo... Come dire?... tutto sottosopra. Mi ritrovavo all'improvviso davanti a lei nella situazione... interrotta un quarto d'ora prima nella mia camera.

E, dietro di lei, laggiú, nell'alcova, guardavo il suo letto. Era socchiuso, schiacciato, e indicava, con la buca scavata nel lenzuolo, come pesava il corpo che vi si era coricato. E mi veniva in mente che si doveva stare assai bene e al caldo, lí dentro, molto piú che in qualsiasi altro letto. Perché piú al caldo? Non saprei dirlo, forse per l'opulenza delle carni che vi si erano riposate.

Che cosa può turbare e affascinare piú di un letto sfatto? Quello m'inebriava, da lontano, mi faceva correre un fremito sulla pelle.

La padrona continuava a parlare, ma adesso con dolcezza, come un'amica un po' rude ma benevola che chieda solo di perdonare.

Balbettai: – Vediamo un po'... vediamo... Madame Kergaran... vediamo... – E mentre lei taceva aspettando una mia risposta, l'afferrai tra le braccia e cominciai a baciarla, ma a baciarla come un affamato, come un uomo che da tanto aspetta quel momento.

Senza arrabbiarsi troppo, lei si dibatteva, tirava indietro la testa ripetendo macchinalmente, come al solito: – Oh! questa canaglia... canaglia... ca...

Non poté finire la parola; con uno sforzo l'avevo sollevata e la portavo via, stretta contro di me. Diventiamo incredibilmente vigorosi, credete, in certi momenti!

Incontrai la sponda del letto, vi caddi su senza lasciare la presa...

Ci si stava davvero bene e al caldo in quel letto.

Un'ora dopo, essendosi spenta la candela, la padrona si alzò per accenderne un'altra. E mentre tornava a scivolare al mio fianco, infilando sotto il lenzuolo la gamba robusta e ben tornita, ripeté con voce carezzevole, soddisfatta, riconoscente, forse: – Oh! questa canaglia!... questa canaglia!...

1° aprile 1884.

L'EREDITÀ

A Catulle Mendès

I.

Non erano ancora le dieci, e gli impiegati, provenienti da tutti gli angoli di Parigi, arrivavano a fiotti sotto il grande portone del ministero della Marina: si avvicinava infatti il Capodanno, periodo di zelo e di promozioni. Uno scalpiccio frettoloso riempiva il vasto edificio, tortuoso come un labirinto e solcato da inestricabili corridoi, bucati da innumerevoli porte che davano accesso agli uffici.

Ognuno si infilava nel proprio reparto, stringeva la mano al collega arrivato prima di lui, si toglieva la giacca per infilarsi quella da lavoro e sedeva alla sua scrivania, dove mucchi di carte lo attendevano. Poi tutti andavano a chiedere notizie negli uffici vicini. Ci si informava, prima di tutto, se il capo era già arrivato, se era di buon umore, se la corrispondenza del giorno era molta.

L'archivista di prima classe, Monsieur César Cachelin, un ex sottufficiale della fanteria di marina, diventato archivista capo, grazie all'anzianità di servizio, registrava su di un grosso protocollo tutti i fogli che gli consegnava l'usciere del gabinetto. Di fronte a lui il copista Savon, un vecchio rimbambito, famoso in tutto il ministero per le sue disgrazie coniugali, trascriveva lentamente un dispaccio del capo, ed era tutto intento al suo lavoro, seduto di traverso, con gli occhi sbiechi, in una posizione rigida di copista meticoloso.

Cachelin, un omone coi capelli bianchi e corti che gli si rizzavano a spazzola sul cranio, parlava, continuando a sbrigare il quotidiano lavoro: — Trentadue dispacci da Tolone. Quel porto ce ne dà quanto gli altri quattro messi insieme —. Poi rivolse a Savon la domanda di tutte le mattine: — Be', caro Savon, come sta la signora?

Il vecchio, senza interrompere il suo lavoro, rispose: — Eppure lo sapete, Monsieur Cachelin, che questo è un argomento molto penoso per me.

L'archivista si mise a ridere, come rideva tutti i giorni, sentendo quella stessa risposta.

La porta si aprí ed entrò Monsieur Maze. Era un bel giovanotto
bruno, vestito con esagerata eleganza, che si reputava degradato lí
dentro, stimandosi al di sopra della sua posizione, sia per il fisico
che per i modi. Portava dei grossi anelli, una grossa catena d'orologio, un monocolo per figura (se lo toglieva quando doveva lavorare), e muoveva spesso le mani per mettere in mostra i polsini
guarniti di grossi gemelli luccicanti.

Chiese dalla soglia: – Molto lavoro, oggi? – Cachelin rispose:
– È sempre Tolone che ci dà da fare. Si vede che si avvicina il Capodanno: laggiú fanno gli zelanti.

Ma un altro impiegato, spiritoso e faceto, Monsieur Pitolet,
comparve a sua volta e chiese, ridendo: – E perché, forse noi non
facciamo gli zelanti?

Poi, tirando fuori l'orologio, esclamò: – Mancano sette minuti
alle dieci, ed eccoci tutti ai nostri posti! Caspita! E non lo chiamate zelo questo? Scommetto anche che sua signoria Monsieur Lesable è arrivato alle nove, insieme al nostro illustre capo.

L'archivista smise di scrivere, si mise la penna dietro l'orecchio
e, appoggiando i gomiti sul tavolo: – Oh! quello lí, se non riesce,
non sarà certo per mancanza di zelo!

Pitolet, sedendosi sull'angolo dello scrittoio, e dondolando la
gamba, rispose: – Ma riuscirà, caro Cachelin, riuscirà, potete esserne certo. Volete scommettere venti franchi contro un soldo,
che, entro una decina d'anni, diventerà capufficio?

Maze, che si stava arrotolando una sigaretta, riscaldandosi le
gambe davanti al fuoco, esclamò: – Accidenti! Io preferirei rimanere a duemila e quattro tutta la vita, piuttosto che sfiancarmi come lui!

Pitolet piroettò sui tacchi e, in tono ironico: – Il che, mio caro,
non vi impedisce di essere qui, oggi, 20 dicembre, prima delle dieci.

Ma l'altro alzò le spalle con aria indifferente: – Perdiana! Non
voglio nemmeno che tutti mi passino sui piedi! Visto che voi venite qui a veder spuntar l'alba, mi tocca fare altrettanto, pur biasi-
mando la vostra sollecitudine. Ma ce n'è di differenza da questo a
chiamare il capo «caro maestro», come fa Lesable, e andarsene alle
sei e mezza, e portarsi il lavoro a casa. D'altronde io sono un uomo
di mondo, e ho altri impegni, che mi portano via tempo.

Cachelin aveva smesso di protocollare e se ne stava soprapen-
siero, con lo sguardo fisso nel vuoto. Alla fine chiese: – Credete
che quest'anno avrà un'altra promozione?

Pitolet esclamò: — L'avrà di certo, e magari dieci invece di una. Non è un volpone per nulla.

E si parlò dell'eterno problema delle promozioni e delle gratifiche, che, da un mese, ossessionava quel popoloso alveare di burocrati, dal piano terra fino al tetto.

Si calcolavano le possibilità, ci si indignava in anticipo, prevedendo delle ingiustizie. Si ricominciavano le stesse discussioni senza fine del giorno avanti che sarebbero ricominciate, invariabilmente, il giorno seguente con le stesse ragioni, gli stessi argomenti e le stesse parole.

Entrò un nuovo commesso, piccolino, pallido, di aspetto malaticcio, Boissel, che viveva come in un romanzo di Alexandre Dumas père. Tutto, per lui, diventava un'avventura straordinaria, e ogni mattina raccontava a Pitolet, suo compagno, gli strani incontri della sera precedente, i drammi immaginari che accadevano nel suo palazzo, le grida udite per le strade che gli avevano fatto aprire la finestra alle tre e venti del mattino. Non c'era giorno che non avesse separato contendenti, fermato cavalli imbizzarriti, salvato donne in pericolo, e, benché fosse di una debolezza fisica da far pietà, si vantava senza tregua, con tono strascicato e convinto, delle gesta compiute con la forza del suo braccio poderoso.

Appena capí che stavano parlando di Lesable, dichiarò: — Uno di questi giorni gli dirò il fatto suo a quel moccioso; e se mai mi dovesse passare avanti, gli darò una tale strapazzata da fargli passare la voglia di ricominciare!

Maze, sempre fumando, sghignazzò: — Fareste bene, — disse, — a cominciare da oggi, perché si sa da fonte certa che sarete messo da parte quest'anno per cedere il posto a Lesable.

Boissel alzò la mano: — Vi giuro che se...

La porta si aprí ancora una volta e un giovanotto di piccola statura, con le fedine da ufficiale di marina o da avvocato, con un colletto rigido molto alto, che parlava precipitosamente, come se non avesse mai il tempo di finire tutto quel che aveva da dire, entrò con aria preoccupata, e frettolosa. Distribuí delle strette di mano, da uomo che non ha tempo da perdere, e, avvicinandosi all'archivista: — Caro Cachelin, vorreste darmi l'incartamento Chapelou, spago per corde, Tolone, A.T.V. 1875?

L'impiegato si alzò, prese una scatola sopra la sua testa, ne tirò fuori un fascio di fogli chiusi in una cartellina azzurra e, nel consegnarglielo, disse: — Ecco, Monsieur Lesable. Sapete che ieri il capo ha tolto tre dispacci da questo incartamento?

— Sí. Li ho io, grazie.

E il giovanotto uscí a passi frettolosi.

Appena fu andato via, Maze dichiarò: – Eh! Quante arie, si direbbe che sia già capo!

Pitolet replicò: – Pazienza! Pazienza! Lo sarà prima di noi tutti!

Cachelin non aveva ripreso a scrivere. Si sarebbe detto che un pensiero fisso lo assillasse. Chiese ancora: – Ha un bell'avvenire, quel giovanotto?

Maze mormorò, con tono di disprezzo: – Per quelli che giudicano il ministero una carriera – sí. – Per gli altri – è poco.

Pitolet lo interruppe: – Avete forse l'intenzione di diventare ambasciatore, voi?

L'altro ebbe un gesto di impazienza: – Non si tratta di me. Io me ne infischio! Ciò non toglie che la posizione di capufficio non sarà mai gran cosa in società!

Savon, il copista, non aveva smesso di scrivere. Ma, da qualche istante, intingeva continuamente il pennino nel calamaio, poi lo ripuliva ostinatamente sulla spugnetta umida che era intorno allo scodellino, senza riuscire a scrivere una sola parola. Il liquido nero scivolava lungo la punta di metallo e ricadeva in chiazze rotonde sul foglio. Il brav'uomo, smarrito e afflitto, guardava la copia che gli toccava ricominciare, come tante altre da qualche tempo, e disse con voce bassa e triste:

– Ecco dell'altro inchiostro adulterato.

Una risata violenta scaturí da tutte le bocche. Cachelin scuoteva la tavola col suo pancione; Maze si piegava in due, come se volesse entrare all'indietro nel caminetto; Pitolet pestava i piedi, tossiva, scuoteva la mano destra, come se fosse bagnata, e persino Boissel stava soffocando, lui che di solito prendeva le cose piú sul tragico che sul comico.

Ma Savon, asciugando finalmente il pennino con un lembo della giacca, aggiunse: – Non c'è niente da ridere, sono costretto a rifare il lavoro due o tre volte.

Tirò fuori un altro foglio dalla cartella, vi inserí la falsariga all'interno, e ricominciò l'intestazione: «Signor ministro e caro collega...» Il pennino ora teneva l'inchiostro e tracciava le lettere con chiarezza. Il vecchio riprese la sua posizione sbilenca e continuò a copiare.

Gli altri non avevano smesso di ridere. Soffocavano. Ormai erano sei mesi che facevano lo stesso scherzo al pover'uomo, che non si accorgeva di nulla. Versavano qualche goccia d'olio sulla spugnetta umida che serviva a ripulire i pennini. Di modo che l'acciaio, unto, non prendeva piú l'inchiostro; e il copista passava delle ore a meravigliarsi e ad affliggersi, consumava scatole di pennini e bottiglie di inchiostro e, alla fine, dichiarava che le forniture dell'ufficio erano veramente difettose.

Allora la burla era diventata un'ossessione, un supplizio. Mettevano polvere da sparo nel tabacco del povero vecchio, versavano droghe nella caraffa d'acqua da cui beveva un bicchiere di tanto in tanto, e gli avevano fatto credere che, dopo la Comune, la maggior parte degli oggetti di uso corrente erano stati cosí adulterati dai socialisti, per screditare il governo, provocando una rivoluzione.

E per questo lui aveva finito per nutrire un odio implacabile contro gli anarchici, che credeva di vedere in agguato ovunque, nascosti dappertutto. Aveva una misteriosa paura di un individuo sconosciuto, invisibile e temibile.

Ma nel corridoio risuonò una brusca scampanellata. La conoscevano bene la scampanellata rabbiosa del capo, Monsieur Torchebeuf, e tutti si precipitarono verso la porta per tornare al loro posto.

Cachelin si rimise a registrare, poi posò di nuovo la penna e, prendendosi il capo tra le mani, si mise a riflettere.

Stava maturando un'idea che lo tormentava da qualche tempo. Ex sottufficiale di fanteria di marina, riformato per via di tre ferite, riportate una nel Senegal e due in Cocincina, e entrato al ministero per eccezionale concessione, aveva dovuto ingoiare tanti bocconi amari e sopportare tante miserie, sgarbi e dispiaceri nella sua lunga carriera di subordinato di infimo ordine, per cui considerava l'autorità, l'autorità ufficiale, come la piú bella cosa del mondo. Un capufficio gli pareva un essere eccezionale, che vivesse in una sfera superiore; e gli impiegati dei quali sentiva dire: «È un furbacchione, arriverà presto», gli parevano di una razza diversa dalla sua.

Aveva, quindi, per il collega Lesable un'enorme considerazione, che confinava con la venerazione, e nutriva il segreto desiderio, l'ostinato desiderio di fargli sposare la figlia.

La ragazza sarebbe stata ricca un giorno, molto ricca. Tutto il ministero lo sapeva: infatti la sorella di lui, Mademoiselle Cachelin, possedeva un milione, un milione netto, liquido e solido, messo insieme, si diceva, con l'amore, ma purificato da una tardiva devozione.

La zitella, che aveva condotto una vita galante, si era ritirata con cinquecentomila franchi, che, in diciotto anni, aveva piú che raddoppiato, grazie a una feroce economia, e ad abitudini di vita meno che modeste. Da molto tempo abitava col fratello, che era rimasto vedovo con una bambina, Coralie, ma contribuiva in misura minima alle spese di casa, conservando e accumulando il suo denaro, e ripetendo continuamente a Cachelin: – Non ti devi preoccupare, tanto è per tua figlia, ma sposala presto, poiché io voglio vedere i miei nipoti. Lei mi darà la gioia di abbracciare un bambino del nostro sangue.

La cosa era nota negli uffici dell'amministrazione, e i pretendenti non mancavano. Si diceva che lo stesso Maze, il bel Maze, il leone dell'ufficio, gironzolasse attorno a Monsieur Cachelin, con scopi evidenti. Ma l'ex sergente, un volpone che non per nulla aveva girato mezzo mondo e conosceva bene la vita, voleva un giovane d'avvenire, un giovane che sarebbe diventato capo e che avrebbe riversato una certa considerazione su di lui, César, il vecchio sottufficiale. Lesable faceva proprio al caso suo, e, da molto tempo, studiava il modo di tirarselo in casa.

All'improvviso, si raddrizzò fregandosi le mani. Aveva trovato.

Conosceva il debole di ognuno. Lesable si poteva prendere soltanto dalla parte della vanità, della vanità professionale. Sarebbe andato a chiedergli la sua protezione, come si fa con i senatori, con i deputati o con i personaggi importanti.

Erano cinque anni che Cachelin non aveva piú avuto promozioni, ed era sicuro di ottenerla quell'anno. Avrebbe fatto finta di credere di doverlo a Lesable e l'avrebbe invitato a pranzo per ringraziarlo.

Appena concepito il progetto, lo mise in atto. Staccò dall'armadio la giacca buona, levandosi quella da lavoro, e prese tutte le pratiche registrate che riguardavano il servizio del suo collega, si avviò verso l'ufficio che l'impiegato occupava da solo, per concessione speciale, in riconoscimento del suo zelo e dell'importanza dei suoi compiti.

Il giovanotto stava scrivendo, seduto ad una gran tavola, in mezzo a fascicoli aperti e a fogli sparsi, numerati con l'inchiostro rosso o turchino.

Appena vide l'archivista, gli chiese, con un tono familiare nel quale traspariva una certa considerazione: – E allora, mio caro, mi portate parecchio lavoro?

– Sí, non c'è male. E poi, vorrei parlarvi.

– Sedetevi, amico mio, sono tutto orecchi.

Cachelin si sedette, si schiarí la gola, tossicchiò, assunse un'espressione intimidita e, con voce malferma: – Ecco perché sono qui, Monsieur Lesable. Non voglio farla lunga, parlerò chiaro e tondo. Sarò franco come un vecchio soldato. Sono venuto a chiedervi un favore.

— Quale?

— In due parole. Mi occorre la promozione quest'anno. Non ho nessuno che mi protegga, io, ed ho pensato a voi.

Lesable arrossí, un po' stupito, contento, pieno di orgogliosa confusione. Tuttavia rispose:

— Ma io non sono nulla qui, amico mio, sono molto meno di voi che fra poco sarete archivista capo. Non posso nulla. Pensate che...

Cachelin gli tolse la parola, con una ruvidezza rispettosa: — Via, via. Il capo vi sta a sentire: e se gli dite una buona parola per me, la cosa è fatta. Pensate che, fra diciotto mesi, avrò diritto alla pensione, e se non ottengo la promozione il 1º gennaio, saranno cinquecento franchi di meno. So bene che si dice: «Cachelin non ha bisogno, sua sorella ha un milione». Questo è vero, mia sorella ha un milione, ma lei pensa a moltiplicarlo il suo milione, e a me non dà nulla. È per mia figlia, anche questo è vero, ma una cosa è mia figlia e un'altra io. Bel costrutto ci ricaverei io, se mia figlia e mio genero avessero cavalli e carrozza, e io non avessi niente da mettere sotto i denti. Capite la mia situazione, vero?

Lesable assentí col capo: — È giusto, giustissimo, quel che dite. Vostro genero potrebbe anche mancare nei vostri riguardi. E poi è sempre meglio non dovere nulla a nessuno. Insomma, vi prometto di fare il possibile, parlerò col capo, gli esporrò il caso, insisterò, se necessario. Potete contare su di me!

Cachelin si alzò, prese le mani del collega, le strinse scuotendole militarmente; e balbettò: — Grazie, grazie, vi assicuro che se mai mi si presentasse l'occasione... Se potrò mai un giorno... — Non terminò la frase, non trovando le parole per concludere il discorso e se ne andò facendo risuonare nel corridoio il suo passo cadenzato di vecchio soldato.

Ma sentí di lontano uno scampanellio rabbioso, e si mise a correre, poiché aveva riconosciuto quel suono. Era il capo, Monsieur Torchebeuf, che chiamava il suo archivista.

Otto giorni dopo, Cachelin trovò sulla scrivania una lettera sigillata, che conteneva questa comunicazione:

«Caro collega, sono felice di annunciarvi che il ministero, su proposta del nostro direttore e del nostro capo, ha firmato ieri la vostra nomina ad archivista capo. Ne riceverete domani la comunicazione ufficiale. Ma, fino a quel momento, non sapete nulla, d'accordo?

Cordialmente   Lesable».

César corse immediatamente nell'ufficio del giovane collega, lo ringraziò, si scusò, gli offrí tutta la sua devozione, si confuse in profferte di gratitudine.

Infatti, il giorno dopo, si seppe che i signori Lesable e Cachelin avevano ottenuto entrambi una promozione. Gli altri impiegati avrebbero atteso un anno piú propizio: intanto ottenevano, come compenso, una gratifica che variava da centocinquanta a trecento franchi.

Boissel dichiarò che una di quelle sere avrebbe aspettato Lesable all'angolo della strada, a mezzanotte, e gli avrebbe somministrato tante di quelle botte da lasciarlo lí secco. Gli altri impiegati non fecero commenti.

Il lunedí seguente Cachelin, appena arrivato in ufficio, si recò dal suo protettore, entrò con aria solenne e, con tono cerimonioso: – Spero che vorrete farmi l'onore di venire a cena da noi, in occasione dell'Epifania. Scegliete voi stesso il giorno.

Il giovanotto alzò il capo, un po' sorpreso, e piantò gli occhi in faccia al collega; poi rispose, senza levargli gli occhi di dosso per leggere ben chiaro nel suo pensiero: – Ma, mio caro... il fatto è che... il fatto è che da un po' di tempo ho tutte le serate impegnate.

Cachelin insisté con bonarietà: – Via, non contrariateci con un rifiuto dopo il favore che ci avete fatto. Ve ne prego, a nome della mia famiglia e mio.

Lesable, perplesso, esitava. Aveva capito, ma non sapeva cosa rispondere, perché non aveva avuto il tempo di riflettere e di valutare il pro e il contro. Infine pensò: «Non mi impegno a nulla andando a cena»; e accettò con aria soddisfatta, scegliendo il sabato successivo. Sorridendo, aggiunse: – Per non dovermi alzare troppo presto il giorno dopo.

II.

Cachelin abitava in fondo a rue Rochechouart, al quinto piano, in un appartamentino con terrazza, dalla quale si vedeva tutta Parigi. Aveva tre camere, una per la sorella, una per la figlia, una per lui; la stanza da pranzo serviva da salotto.

In previsione della cena, fu agitato per tutta la settimana. La lista dei piatti fu discussa a lungo per combinare un pranzo che fosse, al tempo stesso, borghese e raffinato. Alla fine decisero cosí: un brodo ristretto con le uova, antipasto misto, gamberetti e salame, un astaco, un bel pollo, pisellini in scatola, pasticcio di fegato d'oca, insalata, gelato e frutta.

Il pasticcio di fegato fu comprato dal pizzicagnolo accanto, con la raccomandazione che fosse di prima qualità. Il vasetto venne a costare tre franchi e cinquanta. Per il vino, Cachelin si rivolse al vinaio dell'angolo, che gli forniva a litro la rossa bevanda che consumava di solito a tavola. Non volle andare in un negozio importante, perché fece questo ragionamento: «I piccoli rivenditori hanno poche occasioni di vendere il vino di qualità. Allora lo tengono in cantina per molto tempo e perciò diventa eccellente».

Il sabato rincasò presto, per assicurarsi che fosse tutto pronto. La domestica, che venne ad aprirgli, era piú rossa di un pomodoro, perché, per paura di non fare a tempo, aveva acceso il fornello fin da mezzogiorno ed era stata tutto il giorno ad arrostirsi la faccia; e poi era in grande agitazione.

Cachelin entrò nella stanza da pranzo per controllare ogni cosa. In mezzo alla piccola stanza, la tavola rotonda era come una gran macchia bianca sotto la forte luce della lampada coperta da un paralume verde.

Accanto ai quattro piatti, su cui erano posti i tovaglioli piegati a mitra da Mademoiselle Cachelin, la zia, erano disposte le posate di metallo bianco e, davanti, due bicchieri, uno grande e uno piccolo. Cachelin trovò che l'insieme non soddisfaceva l'occhio e chiamò: – Charlotte!

Si aprí la porta di sinistra e comparve una vecchia, piuttosto bassa. Di dieci anni piú anziana del fratello, aveva un viso stretto, incorniciato da riccioli di capelli bianchi fatti con i diavolini. Aveva una vocetta sottile, che pareva troppo debole anche per il suo corpicino ricurvo, e camminava con passo un po' strascicato, con movimenti stanchi e intorpiditi.

Quand'era giovane, dicevano di lei: – Che graziosa creatura!

Ora era un'esile vecchietta, molto pulita per antica abitudine, autoritaria, testarda, di mentalità ristretta, meticolosa e facilmente irritabile. Era diventata molto pia e pareva avesse completamente dimenticato le avventure dei tempi passati.

– Che vuoi? – chiese.

Cachelin rispose: – Mi pare che due bicchieri soli non facciano un grande effetto. Se dovessimo per caso offrire dello champagne... Tanto non mi costerebbe mai piú di tre o quattro franchi, e si potrebbero subito mettere in tavola le coppe. La stanza cambierebbe completamente aspetto.

Mademoiselle Charlotte rispose: – Non vedo proprio l'utilità di questa spesa. Ma siccome, alla fin fine, sei tu che paghi, la cosa non mi riguarda.

Cachelin esitava, cercando di convincere se stesso: – Ti assicuro che farebbe un altro effetto. E poi, con la ciambella dei Re Magi, darà maggiore animazione –. Quest'argomento finí col convincerlo. Prese il cappello e ridiscese le scale, poi tornò dopo cinque minuti con una bottiglia su cui c'era una larga etichetta, ornata da grandi stemmi con la scritta: «Gran spumante di Champagne del conte di Chatel-Rénovau».

– L'ho pagato soltanto tre franchi e pare che sia squisito, – affermò Cachelin.

Prese lui stesso le coppe dalla credenza e le dispose davanti ai convitati.

Si aprí la porta di destra. Entrò la figlia. Era alta, grassoccia e rosea, una bella ragazza di razza solida, coi capelli castani e gli occhi azzurri. Un vestito semplice le disegnava la vita rotonda e morbida; aveva una voce forte, quasi da uomo, con quelle note gravi che fanno vibrare i nervi. – Oh! Mio Dio! Lo champagne! – esclamò, – che bellezza! – e batteva le mani come una bambina.

Suo padre le disse: – Soprattutto, cerca di essere gentile con quel signore, che mi ha reso tanti favori.

Lei scoppiò in una risata sonora, che significava: «Lo so».

Suonò il campanello dell'ingresso, si udirono porte aprirsi e richiudersi. Comparve Lesable. Indossava una marsina nera con la cravatta bianca e i guanti bianchi. Fece un certo effetto. Cachelin gli si era precipitato incontro, confuso e incantato: – Ma, mio caro, siamo tra noi, vedete che io sono in giacchetta.

Il giovanotto rispose: – Lo so, me lo avevate detto, ma la sera ho l'abitudine di uscire sempre in marsina –. Salutava, con il gibus sotto il braccio, aveva un fiore all'occhiello. César fece le presentazioni: – Mia sorella, Mademoiselle Charlotte; mia figlia Coralie, che noi in casa chiamiamo Cora.

Ognuno si inchinò. Cachelin continuò: – Non abbiamo salotto. È un po' scomodo, ma ci si abitua –. Lesable replicò: – Ma è delizioso.

Lo liberarono del cappello che lui invece voleva tenere. E cominciò subito a sfilarsi i guanti.

Si erano seduti; e lo guardavano da lontano, attraverso la tavola, e nessuno parlava piú. Cachelin chiese: – Il capo è rimasto fino a tardi? Io me ne sono venuto via presto per dare una mano alle signore.

Lesable rispose con tono disinvolto: – No, siamo usciti insieme perché dovevamo parlare della tela impermeabile di Brest. È una faccenda molto complicata che ci darà molto da fare.

Cachelin si credette in dovere di mettere al corrente sua sorella e, rivolgendosi a lei: — Tutte le faccende complicate in ufficio, le sbriga Monsieur Lesable. Si può dire che sia l'alter ego del capo.

La zitella s'inchinò cortesemente, dichiarando: — Oh, lo so che il signore ha grandi capacità.

Entrò la domestica, spingendo la porta col ginocchio, e tenendo alta tra le mani una grossa zuppiera. Allora «il padrone di casa» gridò: — Su, a tavola! Mettetevi lí, Monsieur Lesable, tra mia sorella e mia figlia. Non credo che abbiate paura delle signore —. E la cena cominciò.

Lesable faceva il galante con un'arietta di sufficienza, quasi di condiscendenza, e sbirciava di sottecchi la ragazza, meravigliandosi della sua freschezza e di quell'aria di salute florida e appetitosa. Mademoiselle Cachelin, conoscendo le intenzioni del fratello, si dava da fare mostrandosi cortese e gentile, e sosteneva una conversazione banale che si appigliava ai piú ordinari luoghi comuni. Cachelin, raggiante, parlava a voce alta, scherzava, versava il vino comprato un'ora prima dal vinaio della cantonata, dicendo: — Un bicchiere di questo borgognino, Monsieur Lesable; non vi dico che sia un gran vino, ma è buono, è invecchiato in cantina e non è sofisticato; quanto a questo, ne rispondo. Ce lo mandano certi nostri amici, che sono di laggiú.

La ragazza non diceva nulla, un po' rossa, un po' intimidita, imbarazzata dalla vicinanza di quel giovane, del quale immaginava i pensieri.

Quando comparve l'astaco, César esclamò: — Ecco un personaggio con il quale farei volentieri conoscenza —. Lesable, sorridendo, raccontò che uno scrittore aveva chiamato l'astaco «il cardinale dei mari», senza sapere che quel crostaceo, prima di essere cotto, era nero. Cachelin si mise a ridere di cuore, ripetendo: — Ah! ah! ah! Questa è proprio buona! — Ma Mademoiselle Charlotte, indignata, si arrabbiò: — Non capisco proprio come si possa fare un simile paragone. Quel signore là non aveva il senso dell'opportunità. Io capisco, ammetto tutti gli scherzi, tutti, ma non mi va che si metta in ridicolo il clero in mia presenza.

Il giovanotto, che voleva riuscir gradito alla zitella, approfittò dell'occasione per far professione di fede cattolica. Parlò delle persone di cattivo gusto che trattano con leggerezza le grandi verità. E concluse: — Io rispetto e venero la religione dei miei padri, ci sono stato educato e ci rimarrò fino alla morte.

Cachelin non rideva piú. Faceva delle pallottoline di pane, mormorando: – È giusto, è giusto –. Poi abbandonò quell'argomento, che lo annoiava e, per la naturale inclinazione di tutti quelli che fanno ogni giorno lo stesso lavoro, chiese: – Chissà quanto se l'è presa il bel Maze per non aver ottenuto la promozione, vero?

Lesable sorrise: – Che volete? A ciascuno secondo il suo comportamento! – E si misero a parlare del ministero, cosa che appassionava tutti, perché le due donne conoscevano gli impiegati quasi quanto lo stesso Cachelin, a forza di sentir parlare di loro tutte le sere. Mademoiselle Charlotte si interessava molto a Boissel, per via delle avventure che raccontava e del suo spirito romanzesco; e Mademoiselle Cora si interessava, in segreto, al bel Maze. D'altronde, esse non li avevano mai visti.

Lesable parlava dei colleghi con tono di superiorità, come avrebbe potuto fare un ministro che giudichi il suo personale.

Tutti lo ascoltavano. – Maze non è privo di meriti e di qualità; ma quando si vuole arrivare bisogna lavorare piú di quanto faccia lui. Gli piace il bel mondo, i divertimenti. Tutte cose che distraggono. Non andrà mai lontano, e sarà colpa sua. Forse potrà diventare sottocapo, grazie agli appoggi che ha, ma niente di piú. Quanto a Pitolet, bisogna riconoscere che scrive bene, ha un'innegabile eleganza di stile, ma manca di sostanza. In lui tutto è superficiale. È un ragazzo che non potrebbe essere messo alla direzione di un reparto importante, ma potrebbe essere utilizzato da un superiore intelligente che gli scodellasse la pappa.

Mademoiselle Charlotte chiese: – E Boissel?

Lesable alzò le spalle: – Un povero diavolo, un povero diavolo. Non vede nulla nelle esatte proporzioni. Inventa certe storie da far dormire in piedi, per noi è una nullità.

Cachelin si mise a ridere e dichiarò: – Il migliore è Savon –. E tutti risero.

Poi parlarono dei teatri e delle rappresentazioni dell'anno. Lesable giudicò la letteratura drammatica con la stessa autorità, classificando gli autori con precisione, stabilendone i pregi e i difetti, con la sicurezza abituale degli uomini che si ritengono infallibili e universali.

Avevano finito l'arrosto. César scopriva il vasetto di pasticcio di fegato con delicate precauzioni, che lasciavano indovinare la bontà del contenuto. Disse: – Non so se questo sarà riuscito bene. Ma di solito sono squisiti. Ce li manda un nostro cugino, che abita a Strasburgo.

E ognuno mangiò, con rispettosa lentezza, il contenuto del vasetto di terracotta gialla.

Quando comparve il gelato, fu un disastro. Era una salsa, un brodo, un liquido biancastro, che ondeggiava nella compostiera. La servetta aveva pregato il garzone del pasticciere, che era venuto alle sette, di toglierlo lui stesso dalla forma, per paura di non saperlo fare.

Cachelin, disperato, voleva farne venire dell'altro, poi si calmò, pensando al dolce dei Re Magi, che divise con aria misteriosa come se vi fosse racchiuso un segreto di prim'ordine. Ognuno fissava lo sguardo sul simbolico dolce e lo fecero passare raccomandando di prenderne una fetta ad occhi chiusi.

A chi sarebbe toccata la fava? Tutti sorridevano scioccamente. Lesable lanciò un piccolo «Ah!» di stupore e mostrò tra il pollice e l'indice un grosso fagiolo bianco, ancora ricoperto di pasta. Cachelin applaudí, poi gridò: – Scegliete la regina! Scegliete la regina!

Nella mente del re vi fu un momento di esitazione. Non avrebbe compiuto un atto di buona politica, scegliendo Charlotte? Ne sarebbe stata lusingata, vinta, conquistata! Poi pensò che, a dir il vero, era per Mademoiselle Cora che era stato invitato, e che sarebbe passato per uno sciocco scegliendo la zia. Si voltò allora verso la giovane vicina, e presentandole la fava regina: – Signorina, volete permettermi di offrirvela? – E si guardarono in faccia per la prima volta. Lei disse: – Grazie, signore! – e ricevette il pegno della sua regalità.

Lui pensava: «È proprio carina, questa ragazza! Ha degli occhi magnifici. Ed è ben fatta, perbacco!»

Una detonazione fece sobbalzare le due donne: Cachelin aveva stappato lo spumante, che sgorgava impetuoso dalla bottiglia, colando sulla tovaglia. I bicchieri furono riempiti di spuma e l'anfitrione dichiarò: – È di buona qualità, si vede! – Ma mentre Lesable si accingeva a bere per evitare che il bicchiere traboccasse, Cachelin esclamò: – Il re beve! Il re beve! Il re beve! – E Mademoiselle Charlotte, anche lei tutta eccitata, chiocciò con la sua vocetta acuta: – Il re beve! Il re beve!

Lesable vuotò il bicchiere con sicurezza, e posandolo sulla tavola, disse: – Vedete come sono disinvolto, – poi, rivolgendosi a Mademoiselle Cora: – Tocca a voi, signorina!

Lei volle bere; ma poiché tutti gli altri si erano messi a gridare: – La regina beve! La regina beve! – arrossí, si mise a ridere e posò la coppa dinanzi a sé.

La fine della cena fu piena di allegria, il re si dimostrava premuroso e galante con la regina. Poi, dopo che ebbero bevuto i liquori, Cachelin annunciò: – Ora facciamo sparecchiare per avere del posto. Se non piove, possiamo passare qualche minuto in terrazza –. Ci teneva a mostrare la vista, benché fosse notte.

Aprirono la vetrata. Entrò un soffio di aria umida. C'era un certo tepore fuori, come in aprile; e tutti salirono il gradino che separava la stanza da pranzo dal largo balcone. Si vedeva soltanto una vaga luminosità stagnante sull'immensa città, simile a quelle aureole di luce che si mettono attorno alla testa dei santi. Qua e là il chiarore sembrava piú vivo, e Cachelin cominciò a spiegare: – Guardate, laggiú, è l'Eden che brilla a quel modo. Ecco la linea dei boulevards. Guardate come si distinguono bene! Di giorno, la vista di qui è splendida. Viaggiate quanto vi pare, non troverete niente di meglio.

Lesable si era appoggiato con i gomiti alla ringhiera di ferro, accanto a Cora che guardava nel vuoto, muta, distratta, presa all'improvviso da quel malinconico languore che talvolta intorpidisce l'anima. Mademoiselle Charlotte tornò dentro, per paura dell'umidità. Cachelin continuò a parlare, col braccio teso, indicando gli Invalides, il Trocadéro, l'Arc de Triomphe de l'Etoile.

Lesable chiese sottovoce: – E a voi, Mademoiselle Cora, piace guardare Parigi di quassú?

Lei sussultò leggermente, come se l'avesse svegliata e rispose: – A me?... sí, di notte soprattutto. Penso a quel che succede qui sotto, dinanzi a noi. Quanta gente felice e quanta infelice in tutte quelle case! Se si potesse vedere tutto, quante cose si imparerebbero!

Lesable si era accostato a lei, fino a che i loro gomiti e le spalle si toccarono: – Al chiaro di luna, deve essere meraviglioso!

– Ah, sí! – sussurrò lei. – Pare un'incisione di Gustave Doré. Come sarebbe bello poter passeggiare a lungo sui tetti.

Allora lui le fece molte domande sui suoi gusti, sogni e svaghi. E lei rispondeva senza imbarazzo, con disinvoltura, da ragazza riflessiva e assennata, senza grilli per la testa. Lesable pensava che avesse molto buon senso e che sarebbe stato veramente piacevole poter passare il braccio intorno a quel vitino rotondo e sodo, baciare a lungo, con piccoli baci lenti, come si beve a sorsi una deliziosa acquavite, quella guancia fresca, accanto all'orecchio, illuminato dal riflesso del lume. Si sentiva attirato, turbato dalla sensazione della donna cosí vicina, dalla sete di quella carne matura e vergine, e dalla delicata seduzione della fanciulla. Gli pareva che sa-

rebbe rimasto lí per ore e ore, notti intere, settimane, sempre, gomito a gomito con lei, sentendosela vicina, penetrato dal fascino di
quel contatto. E qualcosa che somigliava a un sentimento poetico
faceva palpitare il suo cuore al cospetto della grande Parigi, che si
stendeva ai suoi piedi, illuminata, vivendo la sua vita notturna, la
sua vita di piaceri e di dissolutezze. Gli pareva di dominare l'enorme città, di librarsi su di essa, e sentiva che sarebbe stato delizioso
affacciarsi ogni sera a quel balcone, accanto a una donna, e amarsi,
baciarsi, abbracciarsi, sopra l'ampia città, sopra tutti gli amori che
essa racchiudeva, sopra le soddisfazioni volgari, sopra i desideri
comuni, vicini alle stelle.

Ci sono delle sere in cui anche gli animi meno esaltati si mettono a sognare, come se spuntassero loro le ali. Forse, era un pochino
brillo.

Cachelin, che si era allontanato per andare a prendere la pipa,
ritornò, accendendola. — So che non fumate, — disse, — perciò non
vi offro sigarette. Non c'è niente di meglio che una fumatina quassú. Io, se dovessi abitare ai piani piú bassi, non potrei viverci. Potremmo farlo, poiché la casa appartiene a mia sorella, come le due
di fianco, quella di sinistra e quella di destra. Ne ricava una buona
rendita. Non le sono costate molto, allora, queste case —. E voltandosi verso la stanza, gridò: — Charlotte, quanto li hai pagati questi
terreni?

La voce acuta della zitella si mise a parlare. Lesable sentiva soltanto dei brandelli di frasi. — ...Nel milleottocentosessantatre...
trentacinque franchi... costruito piú tardi... le tre case... un banchiere... rivenduto almeno a cinquecentomila franchi...

Parlava del suo patrimonio con lo stesso compiacimento di un
vecchio soldato che racconti le sue campagne. Enumerava gli acquisti, le offerte e le proposte che le erano state fatte in seguito, i
sovrapprezzi, ecc.

Lesable, interessatissimo, si voltò, appoggiandosi con la schiena alla ringhiera della terrazza. Ma siccome riusciva ad afferrare
soltanto frasi staccate della spiegazione, abbandonò di colpo la giovane vicina e rientrò per sentire tutto; e sedutosi accanto a Mademoiselle Charlotte, si trattenne a parlare a lungo con lei del probabile aumento delle pigioni e sulle possibilità di rendita del denaro ben investito, in titoli e in immobili.

Se ne andò verso mezzanotte, promettendo di ritornare.

Un mese dopo, in tutto il ministero non si faceva altro che parlare del matrimonio di Jacques-Léopold Lesable con Mademoiselle
Céleste-Coralie Cachelin.

III.

La giovane coppia si stabilí sullo stesso pianerottolo di Cachelin e di Mademoiselle Charlotte, in un appartamento identico al loro, dal quale avevano sfrattato l'inquilino.

Ma Lesable era agitato e preoccupato: la zia non aveva voluto garantire l'eredità a Cora con un atto definitivo. Aveva tuttavia consentito a giurare «davanti a Dio», di aver fatto testamento e di averlo depositato dal notaio Belhomme. Aveva promesso, inoltre, che tutto il suo patrimonio sarebbe andato alla nipote, ad una sola condizione. Sollecitata a rivelare quale fosse questa condizione, rifiutò di dare spiegazioni, ma giurò ancora, con un sorrisetto benevolo, che era una condizione facile da adempiere.

Di fronte alle spiegazioni e alla testardaggine della vecchia bigotta, Lesable credette opportuno non insistere e, siccome la ragazza gli piaceva molto, il desiderio trionfò delle incertezze ed egli si arrese ai tenaci sforzi di Cachelin.

Ora era felice, anche se sempre tormentato dal dubbio. E amava la moglie che non aveva affatto deluso le sue aspettative. Le sue giornate trascorrevano tranquille e monotone. Si era abituato d'altronde in poche settimane alla sua nuova condizione di uomo sposato, pur continuando a dimostrarsi il perfetto impiegato di sempre.

Passò un anno. Arrivò il Capodanno. Con sua grande sorpresa, non ebbe la promozione sulla quale contava. Soltanto Maze e Pitolet salirono di grado, e Boissel dichiarò in confidenza a Cachelin che si riprometteva di dare una scarica di botte ai due colleghi, una di quelle sere, uscendo, davanti al portone, al cospetto di tutti. Non ne fece nulla.

Per otto giorni, Lesable non riuscí a dormire per il dolore di non essere stato promosso nonostante il suo zelo. Lavorava pur sempre come un cane; sostituiva continuamente il sottocapo, Monsieur Rabot, che era malato per nove mesi all'anno nell'ospedale di Val-de-Grâce; arrivava in ufficio tutte le mattine alle otto e trenta, andava via la sera alle sei e trenta. Che cosa potevano volere di piú? Se non gli riconoscevano un simile lavoro e un simile sforzo, avrebbe fatto come gli altri, ecco tutto. Ad ognuno secondo il merito. Come mai Monsieur Torchebeuf, che lo trattava come un figlio, aveva potuto sacrificarlo? Voleva vederci chiaro. Sarebbe andato dal capo per avere una spiegazione.

Un lunedí mattina, prima dell'arrivo dei colleghi, bussò alla porta di quel potentato.

Una voce stridula gridò: – Avanti! – Entrò.

Seduto ad un'enorme tavola coperta di scartoffie, piccino piccino, con un testone che pareva posato sulla cartella, Monsieur Torchebeuf stava scrivendo. Vedendo il suo impiegato preferito, gli disse: – Buongiorno Lesable, come va?

Il giovane rispose: – Buongiorno, benissimo, e voi?

Il capo smise di scrivere e fece ruotare la poltrona. Il suo corpo esile, gracile, secco, stretto in una redingote nera di taglio severo, pareva del tutto sproporzionato al gran seggiolone con lo schienale di cuoio. Una rosetta da ufficiale della Legion d'onore, enorme, vistosa, risplendente, e cento volte troppo larga per la persona che la portava, brillava come un carbone acceso sul petto stretto, schiacciato sotto un cranio considerevole, quasi che l'individuo si fosse sviluppato a cupola, come i funghi.

Aveva le mascelle appuntite, le guance infossate, gli occhi sporgenti, la fronte smisurata, coperta da capelli bianchi, buttati all'indietro.

Monsieur Torchebeuf disse: – Sedetevi, amico mio, e ditemi cosa è che vi conduce qui.

Trattava tutti gli altri impiegati con rudezza militare, considerandosi come un capitano a bordo della sua nave, poiché il ministero rappresentava per lui un grande bastimento, la nave ammiraglia di tutte le flotte francesi.

Lesable, un po' turbato, un po' pallido, balbettò: – Caro commendatore, vorrei chiedervi se ho mancato in qualcosa.

– Ma no, mio caro, perché mi fate una simile domanda?

– È che sono rimasto un po' sorpreso di non aver avuto la promozione quest'anno, come gli anni passati. Permettetemi di spiegarmi fino in fondo, caro commendatore, e di chiedervi scusa della mia audacia. So di aver ricevuto da voi favori eccezionali e insperate agevolazioni, ma permettetemi anche di farvi notare che il mio lavoro, in ufficio, corrisponde all'incirca a quello di quattro impiegati normali, e che faccio un orario almeno doppio del loro. So che, in generale, la promozione viene concessa ogni due o tre anni. Ma se si mettessero sulla bilancia, da una parte il risultato delle mie fatiche in lavoro e dall'altra il compenso che ne ricevo, si vedrebbe come le prime siano assai superiori al secondo!

Si era preparato con cura il suo discorsetto, che gli pareva eccellente.

Monsieur Torchebeuf, sorpreso, cercava cosa rispondere. Alla fine pronunciò con tono un po' freddino: – Per quanto non sia ammissibile, per principio, discutere queste cose tra capo e impiegato, voglio rispondervi per questa volta, tenuto conto dei vostri servigi, veramente meritevoli.

– Vi ho proposto, come negli anni precedenti, per la promozione. Ma il direttore ha scartato il vostro nome, basandosi sul fatto che il vostro matrimonio vi garantisce un bell'avvenire: non solo il benessere, ma la ricchezza, alla quale non potranno mai arrivare i vostri modesti colleghi. Non è forse giusto tener conto, in certa misura, della situazione di ognuno? Voi diventerete ricco, molto ricco, trecento franchi di piú all'anno non saranno niente per voi, mentre questo piccolo aumento conterà molto per la tasca degli altri. Ecco, caro amico, il motivo per cui siete rimasto indietro quest'anno.

Lesable, confuso e irritato, se ne andò.

Quella sera a cena fu rude e scontroso con la moglie. Lei di solito si mostrava allegra e di umore abbastanza costante, ma era caparbia, e non c'era verso che cedesse, quando s'era messa in testa una cosa. Lesable non sentiva piú per lei l'attrattiva sensuale dei primi giorni e, benché la desiderasse sempre vivamente, perché era fresca e graziosa, provava, certe volte, quella disillusione cosí vicina alla nausea, che provoca ben presto la vita in comune. Mille particolari volgari o grotteschi dell'esistenza, gli abbigliamenti trasandati del mattino, la vestaglia di lana ordinaria, vecchia, consumata, l'accappatoio scolorito, perché non erano ricchi, ed anche il vedere troppo da vicino le faccende di casa, della loro povera casa, offuscavano il lustro del matrimonio, facevano appassire quel poetico fiore che seduce da lontano i fidanzati.

C'era poi la zia Charlotte che riusciva a rendergli anche piú sgradevole la vita di casa. Era sempre tra i piedi, si immischiava di ogni cosa, voleva dirigere tutto a modo suo, faceva osservazioni su tutto e siccome avevano una gran paura di offenderla, la sopportavano con rassegnazione, ma anche con una rabbia crescente e nascosta.

Gironzolava per la casa col suo passo strascicato di vecchia; e la sua vocetta stridula non smetteva mai di ripetere: – Dovreste far questo, dovreste far quest'altro.

Quando i due sposi si trovavano soli, Lesable esasperato esclamava: – Tua zia diventa insopportabile. Non ne voglio piú sapere. Capisci? Non ce la faccio piú –. E Cora rispondeva tranquillamente: – Cosa vuoi che faccia, io?

Allora lui si arrabbiava: – Una famiglia simile è un inferno.

Lei replicava, sempre calma: – Va bene, i parenti sono un inferno, ma l'eredità è buona, non è vero? Non fare lo stupido, allora. Hai tanto interesse quanto ne ho io a trattar bene zia Charlotte.

Lui non rispondeva, non sapendo cosa dire.

La zia ora aveva cominciato a tormentarli senza tregua con l'idea fissa di un bambino. Spingeva Lesable negli angoli e gli soffiava in viso: – Nipote mio, voglio che siate padre prima che io muoia. Voglio vedere il mio erede. Non vorrete farmi credere che Cora è donna da non far figli. Basta guardarla. Quando ci si sposa, nipote mio, è per avere una famiglia, per mettere al mondo dei figlioli. La Santa Chiesa non approva i matrimoni sterili. So che non siete ricchi, e che un bambino richiede delle spese. Ma quando non ci sarò piú, non vi mancherà nulla. Voglio un piccolo Lesable, lo voglio, capite!

Ma poiché dopo quindici mesi di matrimonio, il suo desiderio non si era ancora realizzato, cominciò ad avere dei dubbi e diventò ossessiva; sottovoce dava consigli a Cora, consigli pratici, da donna che ha avuto esperienza di molte cose, un tempo, e sa ancora ricordarsene al momento opportuno.

Ma una mattina non poté alzarsi, poiché si sentiva male. Siccome non era stata mai malata, Cachelin agitatissimo andò a bussare alla porta del genero: – Correte subito a chiamare il dottor Barbette, e dite al capo che oggi non andrò in ufficio, vista la circostanza.

Lesable passò una giornata di angosce, non riusciva a lavorare, a protocollare, a studiare le pratiche. Torchebeuf, stupito, gli disse: – Oggi siete distratto, Monsieur Lesable –. E Lesable, turbato, rispose: – Sono stanco, molto stanco, caro commendatore, ho passato tutta la notte accanto alla zia, che sta molto male.

Ma il capo disse freddamente: – Dal momento che Monsieur Cachelin è rimasto con lei ad assisterla, dovrebbe bastare. Non intendo che il mio ufficio vada a rotoli per gli affari personali dei miei impiegati.

Lesable s'era piazzato l'orologio davanti, sulla tavola, ed aspettava le cinque con impazienza febbrile. Appena sentí suonare l'orologio del grande cortile, scappò via, lasciando per la prima volta l'ufficio all'ora regolamentare.

Era cosí inquieto ed agitato che prese persino una carrozza per tornare a casa; e salí le scale di corsa.

Venne ad aprire la donna di servizio; Lesable, balbettò: – Come sta?

— Il dottore dice che è molto giú.

Lui sentí il cuore battergli forte, e rimase molto turbato: — Ah, davvero?

Stava per morire, forse?

Non aveva il coraggio ora di entrare nella camera della malata, e fece chiamare Cachelin che stava al suo capezzale.

Il suocero comparve immediatamente, aprendo la porta con precauzione. Era in vestaglia e papalina, come nelle tranquille serate che passava accanto al fuoco, e mormorò a voce bassa: — Sta male, molto male. Sono quattro ore che ha perso conoscenza. Gli hanno persino dato i sacramenti nel pomeriggio.

Allora Lesable si sentí le gambe deboli deboli, e si mise a sedere:

— Dov'è mia moglie?

— È con lei.

— Cos'ha detto di preciso il medico?

— Dice che è un attacco. Può riprendersi, ma può anche morire stanotte.

— Avete bisogno di me? Se non posso essere utile, preferirei non entrare. Mi farebbe molta pena rivederla in quello stato.

— No, andate pure a casa vostra. Se ci fosse qualcosa di nuovo, vi farò chiamare subito.

Lesable entrò a casa sua. L'appartamento gli parve mutato, piú grande, piú luminoso. Ma poiché non riusciva a star fermo, andò sulla terrazza.

Erano gli ultimi giorni di luglio, e il gran sole che stava per scomparire dietro le due torri del Trocadéro, riversava una pioggia di fiamme sull'immenso popolo dei tetti.

Il cielo era di un rosso acceso in basso, piú in alto prendeva delle sfumature d'oro pallido, poi si tingeva di giallo, di verde, di un verde leggero intriso di luce, poi diventava azzurro, di un azzurro puro e fresco allo zenit, al di sopra del capo.

Le rondini passavano come frecce, appena visibili, disegnando sullo sfondo vermiglio del cielo il profilo curvo e fuggevole delle loro ali. E, sulla folla immensa delle case, sulla campagna lontana, si librava una nube rosata, un vapore infuocato, nel quale salivano, come in un'apoteosi, le guglie dei campanili, tutte le snelle cime dei monumenti. L'Arc de Triomphe de l'Etoile si stagliava, enorme e nero, sull'incendio dell'orizzonte e la cupola degli Invalides pareva un altro sole caduto dal firmamento sul dorso di un edificio.

Lesable si aggrappava con le mani alla ringhiera di ferro, beveva l'aria, come si beve il vino, aveva voglia di saltare, di gridare, di fare gesti violenti, tanto si sentiva invaso da una gioia profonda e trionfante. La vita gli appariva radiosa, l'avvenire colmo di felicità. Cosa avrebbe fatto? Si mise a fantasticare.

Un rumore dietro di lui lo fece trasalire. Era sua moglie. Aveva gli occhi rossi, le guance un po' gonfie, l'aria stanca. Gli porse la fronte, perché la baciasse, poi disse: — Si va a cenare dal babbo, per starle vicino. La domestica rimarrà con lei, mentre noi mangiamo.

Lui la seguí nell'appartamento accanto.

Cachelin era già a tavola e stava aspettando la figlia e il genero. Un pollo freddo, un'insalata di patate e una fruttiera di fragole erano posati sulla credenza e la minestra fumava nelle scodelle.

Si sedettero. Cachelin disse: — Ecco due giornate che non vorrei mi capitassero spesso. Non sono allegre —. Parlava con un tono di voce indifferente e un'ombra di soddisfazione sul viso. Cominciò a mangiare con grandissimo appetito, trovò il pollo squisito e l'insalata di patate proprio rinfrescante.

Invece Lesable si sentiva lo stomaco chiuso ed era inquieto; mangiava appena, con l'orecchio teso verso la camera accanto, silenziosa come se non ci fosse nessuno. Neanche Cora aveva fame: commossa e lacrimosa, si asciugava ogni tanto gli occhi con la cocca del tovagliolo.

Cachelin chiese: — Che ha detto il capo?

Lesable gli diede i particolari, che il suocero, incontentabile, gli faceva ripetere, insistendo per sapere tutto, come se fosse stato assente dal ministero per un anno.

— Deve aver fatto un certo effetto, quando si è saputo che era malata! — E pensava al suo ritorno glorioso, dopo la morte della sorella, e alla faccia dei suoi colleghi; tuttavia, come rispondendo alla voce di un segreto rimorso, esclamò: — Non è che le auguri del male a quella povera donna! Dio sa se vorrei che me la conservasse a lungo, ma certo farà un certo effetto. Savon si scorderà della Comune.

Stavano per cominciare a mangiare le fragole quando la porta della malata si aprí. Il turbamento dei commensali fu tale che si ritrovarono di colpo tutti e tre in piedi, sgomenti. E comparve la servetta, con la sua solita aria placida e ebete. Disse tranquillamente: — Non respira piú.

Cachelin buttò il tovagliolo sul piatto, e si precipitò come un pazzo; Cora lo seguí, col cuore in tumulto; Lesable rimase in piedi, spiando da lontano la macchia chiara del letto, debolmente illuminata dal giorno che finiva. Vedeva la schiena del suocero, chino sul letto, immobile, fermo ad esaminare, e d'improvviso sentí la sua voce che gli parve venire da lontano, da molto lontano, dall'altro capo del mondo, come le voci che si sentono nei sogni e dicono cose straordinarie. Diceva: – È finita! Non si sente piú nulla –. Lesable vide sua moglie cadere in ginocchio, con la fronte sulle lenzuola, singhiozzante. Allora si decise ad entrare, e poiché Cachelin si era rialzato, poté vedere, sul candore del guanciale, il volto della zia Charlotte, con gli occhi chiusi, le guance incavate, cosí rigida, cosí pallida da sembrare una figura di cera.

Chiese angosciato: – È finita?

Cachelin, che stava contemplando anche lui la sorella, si voltò verso di lui e si guardarono. Rispose: – Sí, – sforzandosi di atteggiare il viso ad una espressione desolata, ma i due uomini si erano capiti con una occhiata e, senza sapere perché, si strinsero meccanicamente la mano, come per ringraziarsi vicendevolmente di quel che avevano fatto l'uno per l'altro.

Poi, senza perdere tempo, si occuparono alacremente di tutte le faccende che impone un decesso.

Lesable si incaricò di andare dal dottore e di fare, in tutta fretta, le commissioni piú urgenti.

Prese il cappello e scese le scale di corsa, smanioso di trovarsi in istrada, di essere solo, di pensare, di respirare, di godersi in solitudine la propria felicità.

Quando ebbe finito le commissioni, invece di tornare a casa, andò sui boulevards spinto dal desiderio di vedere gente, di mescolarsi al movimento, all'animazione, alla vita felice della sera. Aveva voglia di gridare ai passanti: «Ho cinquantamila franchi di rendita!», e camminava con le mani in tasca, fermandosi davanti alle vetrine per ammirare le belle stoffe, i gioielli, i mobili di lusso, con questo pensiero felice: «Ora potrò comprarmi queste cose».

Passò d'un tratto dinanzi ad una impresa di pompe funebri e un pensiero inatteso lo sfiorò: «E se non fosse morta? Se si fossero sbagliati?»

E tornò verso casa a passo piú svelto, con quel dubbio che gli girava per il capo.

Appena rientrato, chiese: – È venuto il dottore?

Cachelin rispose: – Sí. Ha constatato il decesso, e si incaricherà lui stesso della dichiarazione.

Tornarono nella camera della morta. Cora continuava a piangere, seduta in una poltrona. Piangeva piano, senza sforzo, quasi senza dolore ora, con la facilità alle lacrime che hanno le donne.

Quando si trovarono tutti e tre nella stanza, Cachelin disse a voce bassa: — Ora che la domestica è andata a letto, possiamo guardare se c'è qualcosa nascosto nei mobili.

E i due uomini si misero all'opera. Vuotavano i cassetti, frugavano nelle tasche, spiegavano i piú piccoli pezzi di carta. A mezzanotte, non avevano trovato nulla di interessante. Cora si era assopita e russava un po', con regolarità. César chiese: — Rimarremo qui tutta la notte? — Lesable, perplesso, pensava che sarebbe stato piú conveniente. Allora il suocero decise: — In tal caso, — disse, — portiamo delle poltrone —; e andarono a prendere le altre due seggiole imbottite che erano nella camera dei due giovani sposi.

Un'ora dopo, tutti e tre dormivano, russando ciascuno in modo diverso, davanti al cadavere gelido nella sua eterna immobilità.

Si svegliarono all'alba, quando la servetta entrò in camera. Subito Cachelin, fregandosi gli occhi, confessò: — Mi sono un po' assopito, da una mezz'oretta.

Ma Lesable, che aveva immediatamente ripreso la padronanza di se stesso, dichiarò: — Me ne sono accorto, difatti, io non ho dormito nemmeno un secondo, avevo solamente chiuso gli occhi per riposarli.

Cora andò a casa sua.

Allora Lesable chiese con apparente indifferenza: — Quando credete che potremo andare dal notaio a prendere conoscenza del testamento?

— Ma... anche questa mattina, se volete.

— È necessario che venga anche Cora con noi?

— Forse è meglio, visto che, in fondo, è lei l'erede.

— In questo caso, vado ad avvertirla di prepararsi.

E Lesable uscí col suo passo svelto.

Lo studio del notaio Belhomme aveva appena aperto quando si presentarono Cachelin, Lesable e sua moglie, in lutto stretto, con dei visi addolorati.

Il notaio li ricevette subito, li fece sedere. Cachelin prese la parola: — Signor notaio, voi mi conoscete: sono il fratello di Mademoiselle Charlotte Cachelin. Questi sono mia figlia e mio genero. La mia povera sorella è morta ieri; domani la seppelliremo. Dato che voi siete il depositario del testamento, siamo venuti a chiedervi se non ha lasciato qualche disposizione relativa alla sepoltura o se avete qualche comunicazione da farci.

Il notaio aprí un cassetto, prese una busta, la lacerò, ne tirò fuori un foglio, e disse: — Ecco, signore, una copia del testamento che potrete conoscere subito.

– L'altra copia autentica, eguale e precisa, deve rimanere nelle mie mani –. E lesse:

«Io sottoscritta, Victorine Charlotte Cachelin, esprimo qui le mie ultime volontà:

Lascio tutto il mio patrimonio, che ammonta a un milione e centoventimila franchi circa, ai figli che nasceranno dal matrimonio di mia nipote Céleste-Coralie Cachelin, col godimento del reddito ai genitori fino alla maggiore età del primogenito dei discendenti.

Le disposizioni che seguono regolano la quota che spetta ad ogni figlio, e la parte che spetta ai genitori fino alla fine dei loro giorni.

Nel caso in cui la mia morte si verificasse prima che mia nipote abbia avuto un erede, tutto il mio patrimonio rimarrà nelle mani del notaio, per tre anni, affinché la mia volontà, sopra espressa, possa essere eseguita, se un figlio nascesse in questo periodo.

Ma nel caso in cui il cielo non concedesse a Coralie un discendente entro i tre anni che seguiranno la mia morte, il mio patrimonio sarà distribuito, a cura del notaio, ai poveri e agli istituti di beneficenza qui sotto elencati».

Seguiva una serie interminabile di nomi di comunità, di cifre, di ordini e di raccomandazioni.

Poi il notaio Belhomme consegnò cortesemente il documento a Cachelin, intontito per lo stupore.

Pensò di dover aggiungere qualche spiegazione: – Mademoiselle Cachelin, – disse, – quando mi fece l'onore di parlarmi per la prima volta della sua intenzione di far testamento in questo senso, mi espresse il suo ardente desiderio di vedere un erede del suo sangue. A tutte le mie obiezioni, rispose con la piú decisa conferma della sua volontà, basata d'altronde su un sentimento religioso, perché pensava che ogni unione sterile fosse un segno della maledizione celeste. Non sono riuscito a modificare minimamente le sue intenzioni. Credetemi: me ne dispiace molto –. Quindi aggiunse, sorridendo a Coralie: – Non ho dubbi che il *desideratum* della defunta sarà presto realizzato.

E i tre congiunti se ne andarono, troppo sbigottiti per poter pensare a qualcosa.

Si diressero verso casa, camminando vicini, senza dire una parola, vergognosi e furenti, come se si fossero derubati a vicenda. Persino il dolore di Cora era svanito di colpo: l'ingratitudine della zia la dispensava dal piangerla. Alla fine, Lesable, con le labbra pallide e serrate in una contrazione di rabbia, disse al suocero:

– Datemi dunque quel testamento, lo voglio conoscere *de visu* –.
Cachelin gli tese il foglio, e il giovane si mise a leggere. Si era fermato sul marciapiede e, urtato dai passanti, rimase lí a scrutare quelle parole col suo occhio penetrante e esperto. Gli altri due lo aspettavano, due passi piú in là, sempre in silenzio.

Alla fine Lesable restituí il testamento, dichiarando: – Non c'è niente da fare, ci ha bellamente gabbati!

Cachelin, irritato dal crollo delle sue speranze, rispose: – Spettava a voi fare un figliolo, perdio! Eppure lo sapevate che lo desiderava da tanto tempo!

Lesable alzò le spalle, senza rispondere.

Rincasando, trovarono una folla di persone ad aspettarli, tutti quelli il cui mestiere ha a che fare con la morte. Lesable si ritirò nel suo appartamento, poiché non voleva piú occuparsi di nulla, César bistrattò tutti quanti, urlando che lo lasciassero in pace, che voleva farla finita al piú presto con tutta quella storia, e che ci mettevano troppo a levargli di torno la salma.

Cora, rinchiusa nella sua camera, non si faceva sentire. Un'ora dopo, Cachelin andò a bussare alla porta del genero: – Caro Léopold, – disse, – vengo a sottoporvi qualche idea, perché bisogna che ci mettiamo d'accordo. Penserei di fare, nonostante tutto, un funerale come si deve, per non destare sospetti al ministero. Ci metteremo d'accordo per le spese. D'altronde, nulla è perduto. Non è mica tanto che siete sposati, e dovreste essere veramente disgraziati per non avere figlioli. Ci proverete, ecco tutto. Pensiamo alle cose piú urgenti. Vi incaricate voi di passare al ministero, tra poco? Io scriverò gli indirizzi delle partecipazioni.

Lesable dovette riconoscere a malincuore che il suocero aveva ragione, e si sedettero, uno di fronte all'altro, ai due capi della lunga tavola per scrivere gli indirizzi dei biglietti listati di nero.

Dopo mangiarono. Cora ricomparve, indifferente, come se tutte quelle cose non la riguardassero, e mangiò molto, perché la sera prima non aveva toccato cibo.

Appena il pasto fu finito, ritornò in camera sua. Lesable uscí per andare al ministero, e Cachelin si sistemò sulla terrazza a cavalcioni di una sedia, per fumare la pipa. Il pesante sole della giornata estiva cadeva a picco sulla moltitudine dei tetti, e su alcuni di essi i lucernari brillavano come fuoco, sprizzando raggi abbaglianti.

E Cachelin, in maniche di camicia, sbattendo le palpebre sotto quella pioggia di luce, guardava le colline verdi, oltre la grande città, in fondo in fondo, al di là della periferia polverosa. Pensava che la Senna scorreva ampia, tranquilla e fresca ai piedi delle colline coperte di alberi, e che si sarebbe stati molto meglio sotto il verde, bocconi sull'erba, proprio in riva al fiume, a sputare nell'acqua, piuttosto che sull'asfalto scottante della terrazza. E si sentiva oppresso da una specie di malessere, dal pensiero tormentoso, dalla dolorosa sensazione del loro disastro, di quella disgrazia inattesa, tanto piú amara e brutale, quanto piú la speranza era stata viva e prolungata; e esclamò a voce alta, come accade quando la mente è profondamente turbata e sconvolta, in preda all'ossessione di un'idea fissa: — Sporca carogna!

Dietro di sé, nella stanza, sentiva i movimenti degli impiegati delle pompe funebri e il rumore incessante del martello che inchiodava la bara. Dopo la visita al notaio non aveva piú rivisto sua sorella.

Ma, a poco a poco, il tepore, l'allegria, l'incanto luminoso di quella bella giornata estiva, gli penetrarono nella carne e nello spirito, e pensò che non c'era poi tanto da disperarsi. Perché mai sua figlia non avrebbe dovuto avere figlioli? Non erano nemmeno due anni che era sposata! Suo genero pareva robusto, ben fatto e in buona salute, anche se era un po' piccolino. Avrebbero avuto un figlio, per tutti i diavoli! E poi, d'altronde, era indispensabile!

Lesable era entrato furtivamente al ministero ed era sgattaiolato nel suo ufficio. Trovò sulla tavola un foglio con queste parole: «Il capo vi aspetta». Dapprima fece un gesto di impazienza, ribellandosi al despotismo che tornava a piombargli sulle spalle, poi si sentí spronato da un violento desiderio di arrivare, di riuscire. Anche lui sarebbe diventato capo, e presto; sarebbe salito piú in alto ancora.

Senza nemmeno levarsi il soprabito, andò da Torchebeuf. Si presentò con una di quelle facce afflitte che si assumono nelle occasioni tristi, anzi con qualcosa di piú, con l'impronta di una sofferenza vera e profonda, l'involontario abbattimento che imprimono sul volto le gravi avversità.

Il testone del capo, sempre chino sul foglio, si sollevò, e Torchebeuf chiese con tono brusco: — Per tutta la mattina ho avuto bisogno di voi, perché non siete venuto? — Lesable rispose: — Caro commendatore, abbiamo avuto la sventura di perdere mia zia, Mademoiselle Cachelin, ed anzi venivo anche a pregarvi di assistere al trasporto che avrà luogo domani.

Il volto di Torchebeuf si era subito rasserenato. Rispose con una sfumatura di deferenza: — In questo caso, caro amico, è un'altra cosa. Vi ringrazio e vi lascio in libertà, perché dovrete avere molto da fare.

Ma Lesable ci teneva a mostrare il suo zelo: – Grazie, caro commendatore, è tutto fatto, e conto di rimanere qui fino all'ora regolamentare.

E tornò nella sua stanza.

La notizia si era diffusa, e i colleghi venivano da tutti gli uffici per fargli le congratulazioni piuttosto che le condoglianze, ed anche per vedere come si comportava. Lui accoglieva le parole e gli sguardi con una maschera rassegnata, da vero attore, e con un tatto che stupiva: – Si sorveglia benissimo, – dicevano alcuni. Gli altri aggiungevano: – Non vuol dir niente, in cuor suo deve essere esultante.

Maze, piú sfacciato di tutti, gli chiese, con aria disinvolta di uomo di mondo: – Avete saputo con precisione l'ammontare del patrimonio?

Lesable rispose con tono di completo disinteresse: – No, non esattamente. Il testamento parla di un milione e duecentomila circa. Lo so perché il notaio ha dovuto comunicarci subito alcune clausole relative ai funerali.

Tutti credevano che Lesable non sarebbe rimasto al ministero. Con sessantamila lire di rendita, non si continua a scribacchiare pratiche. Si è qualcuno, si può aspirare a quel che piú piace. Taluni pensavano che mirasse al consiglio di Stato, altri credevano che pensasse a diventare deputato. Il capo aspettava le sue dimissioni per trasmetterle al direttore.

Tutto il ministero andò ai funerali che furono giudicati meschini. Ma correva voce: «È stata Mademoiselle Cachelin che li ha voluti cosí, era nel testamento».

L'indomani Cachelin riprese servizio e Lesable tornò anche lui, dopo un'indisposizione di una settimana, un po' pallido, ma assiduo e zelante come sempre. Si sarebbe detto che non fosse accaduto nulla nella loro vita. Fu notato però che fumavano ostentatamente grossi sigari, che parlavano delle rendite, delle ferrovie, di grosse cifre, da uomini che possiedono dei titoli in tasca; e si seppe, dopo qualche tempo, che avevano preso in affitto una villa nei dintorni di Parigi, per la fine dell'estate.

Pensarono: «Sono avari come la vecchia; ce l'hanno nel sangue, chi s'assomiglia si piglia, ognuno fa quel che gli pare, è vero, ma è assurdo rimanere al ministero con tutti quei soldi».

Dopo un po' di tempo, non ci pensarono piú. Ormai li avevano catalogati e giudicati.

IV.

Seguendo i funerali della zia Charlotte, Lesable non fece altro che pensare al milione, e, roso da una rabbia tanto piú violenta quanto piú doveva rimaner nascosta, ce l'aveva con tutti per la sua deplorabile disavventura.

Si chiedeva anche: «Perché non ho avuto figli in questi due anni di matrimonio?» E al timore di vedere la sua unione restar sterile, gli si stringeva il cuore.

Allora, come il ragazzetto che guarda in cima all'albero della cuccagna alto e rilucente la pentola da conquistare, e che si ripromette di arrivarci a forza di energia e di volontà, di avere la resistenza e la tenacia che occorrono, Lesable prese la disperata decisione di diventare padre. Lo sono tanti altri, perché non lo sarebbe stato anche lui? Forse era stato negligente, trascurato, non conosceva qualcosa, per via della sua completa indifferenza. Siccome non aveva mai provato il grandissimo desiderio di lasciare un erede, non si era mai messo d'impegno per ottenere quel risultato. D'ora in poi, avrebbe fatto sforzi accaniti; non avrebbe trascurato nulla, e sarebbe riuscito, poiché voleva cosí.

Ma appena tornato a casa, provò un certo malessere, e dovette mettersi a letto. La delusione era stata troppo forte, ne risentiva le conseguenze.

Il medico disse che la cosa era abbastanza seria, e gli prescrisse riposo assoluto, e disse che, anche in seguito, avrebbe dovuto avere molte precauzioni. Temeva una febbre cerebrale.

Tuttavia Lesable si poté alzare dopo otto giorni, e riprese il servizio al ministero.

Ma giudicandosi ancora sofferente, non si arrischiava ancora ad avvicinarsi al letto coniugale. Era esitante e timoroso, come un generale che sta per dar battaglia, una battaglia dalla quale dipendeva il suo avvenire. E ogni sera, rimandava alla sera dopo, sperando in una di quelle ore di salute, di benessere e di energia, in cui ci si sente capaci di tutto. Si tastava il polso ogni momento e, trovandolo ora troppo debole, ora troppo agitato, prendeva tonici, mangiava carne cruda, faceva, prima di rincasare, lunghe passeggiate tonificanti.

Ma non si sentiva ancora a posto come avrebbe voluto, e gli venne l'idea di andare a passare la fine dell'estate nei dintorni di Parigi. Si convinse che l'aria aperta della campagna avrebbe senz'altro avuto un potere straordinario sul suo organismo. In uno

stato come il suo, la campagna produce effetti meravigliosi, decisi-
vi. Si confortò, con la certezza del successo vicino, e non faceva che
ripetere al suocero, con voce piena di sottintesi: – Quando saremo
in campagna, mi sentirò meglio e andrà tutto bene.

Questa sola parola, «campagna», gli pareva avesse un misterioso significato.

Presero dunque in affitto una casetta nel paesino di Bezons e
andarono a starci tutti e tre. I due uomini partivano a piedi tutte le
mattine attraverso la pianura per andare alla stazione di Colombes,
e ritornavano a piedi tutte le sere.

Cora, felice di vivere cosí sulla riva del placido fiume, andava a
sedersi sulle sponde, coglieva fiori, riportava a casa grossi mazzi di
erbe sottili, bionde e tremolanti.

Ogni sera, tutti e tre passeggiavano sulla riva fino alla chiusa
della Morue, e entravano a bere una bottiglia di birra alla trattoria
dei Tilleuls. L'acqua del fiume, frenata dalla lunga fila di pali, penetrava tra le connessure, schizzava, ribolliva, schiumava, per un
tratto di circa cento metri; e il rombo della cascata faceva fremere
il terreno, mentre una sottile nebbiolina, un vapore umido, galleg-
giava nell'aria, si alzava dalla cascata come un fumo leggero, diffondendo intorno un'odore di acqua sbattuta e un sapore di fango
rimosso.

Scendeva la notte. Laggiú, di fronte, un gran chiarore indicava
Parigi, e faceva ripetere ogni sera a Cachelin: – Eh! Che città però! – Di tanto in tanto, sul ponte di ferro che taglia l'estremità del-
l'isola, passava un treno facendo un rumore di tuono, e spariva
rapidamente o a destra o a sinistra, verso Parigi o verso il mare.

Ritornavano a passi lenti, guardando alzarsi la luna, sedendosi
sul ciglio di un fossato per ammirare a lungo la sua luce morbida e
gialla che pareva scorrere insieme con l'acqua, marezzata di fiamme dalle increspature della corrente. I rospi lanciavano il loro grido metallico e breve. I richiami degli uccelli notturni correvano
nell'aria; e talvolta una grossa ombra silenziosa scivolava sul fiume, turbandone il corso luminoso e tranquillo. Era una barca di
pescatori di frodo che buttavano all'improvviso il giacchio e lo ri-
tiravano senza rumore sulla barca, raccogliendo nell'ampia rete
oscura i ghiozzi lucidi e frementi, come un tesoro tratto dal fondo
dell'acqua, un tesoro vivo di pesci d'argento.

Cora, commossa, si appoggiava teneramente al braccio del marito, del quale aveva intuito i propositi, benché non avessero parlato di nulla. Era per loro come un nuovo periodo di fidanzamento,
una nuova attesa dell'abbraccio amoroso. Talvolta, egli le faceva

una furtiva carezza sotto l'orecchio, all'attaccatura della nuca, in quel punto delizioso di carne tenera dove si arriccia una fine peluria. Lei rispondeva stringendogli la mano; si desideravano, eppure si negavano ancora l'uno all'altra, sollecitati e trattenuti da una volontà piú energica, dal fantasma del milione.

Cachelin, tranquillizzato dalla fiducia che sentiva aleggiargli intorno, viveva felice, beveva e mangiava a tutto spiano, e si sentiva nascere dentro, al crepuscolo, vampate di poesia, quella goffa commozione che prende le persone piú grossolane dinanzi a certe visioni campestri: una pioggia di luce tra le fronde, un tramonto sulle alture lontane, con riflessi di porpora sul fiume. E dichiarava: — Io, davanti a queste cose, credo in Dio. Mi sento stringere qui, — e indicava la bocca dello stomaco, — e mi sento tutto sottosopra, tutto strano. Mi sembra che mi abbiano tuffato in un bagno, che mi fa venir voglia di piangere.

Frattanto Lesable migliorava, e si sentiva preso all'improvviso da impulsi che non conosceva piú, dal bisogno di correre come un puledro, di rotolarsi nell'erba, di lanciare grida di gioia.

Pensò che l'ora fosse venuta. Fu una vera notte di nozze.

Poi vi fu una luna di miele piena di carezze e di speranze.

Poi si accorsero che i loro tentativi restavano infruttuosi e che la loro speranza era vana.

Fu una disperazione, un disastro. Ma Lesable non si scoraggiò, e volle ostinarsi a costo di sforzi sovrumani. Sua moglie, agitata dallo stesso desiderio e invasa dalla stessa paura, e anche piú robusta di lui, si prestava di buon grado ai suoi tentativi, eccitava i suoi abbracci, teneva desto senza tregua il suo ardore che veniva meno.

Verso i primi di ottobre tornarono a Parigi.

La vita diventava dura per loro. Si scambiavano ora frasi sgarbate; e Cachelin, che intuiva l'accaduto, li bersagliava con frizzi da caserma, velenosi e grossolani.

E un pensiero insistente li perseguitava, li rodeva, eccitava il loro reciproco rancore: l'inafferrabile eredità. Cora ora parlava con arroganza e bistrattava suo marito. Lo trattava come un ragazzino, un moccioso, un uomo da nulla. E Cachelin non faceva che ripetere ad ogni pasto: — Io, se fossi stato ricco, ne avrei avuti tanti di figlioli... Quando si è poveri, bisogna saper essere ragionevoli —. E, rivolgendosi alla figliola, aggiungeva: — Tu, tu devi essere come me, ma ecco... — E lanciava al genero un'occhiata significativa accompagnata da una sprezzante spallucciata.

Lesable non rispondeva, comportandosi da uomo superiore capitato in una famiglia di zoticoni. Al ministero gli dicevano che aveva una brutta cera. Perfino il capo, un giorno, gli chiese: — Ma vi sentite proprio bene? Mi sembrate un po' cambiato.

Lui rispose: — Ma no, caro commendatore. Forse sono un po' stanco: ho lavorato molto in questi ultimi tempi, come avete potuto constatare.

Faceva assegnamento sulla promozione di fine d'anno, ed aveva ripreso, con questa speranza, la sua vita laboriosa di impiegato modello.

Ebbe soltanto una gratifica insignificante, inferiore a tutte le altre. Il suocero Cachelin non ebbe nulla.

Lesable, profondamente ferito, andò di nuovo dal capo, e, per la prima volta, lo chiamò «signore». — A che mi serve dunque, signore, lavorare come lavoro, se non ne devo raccogliere alcun frutto?

Il testone di Torchebeuf sembrò impermalito: — Vi ho già detto, Monsieur Lesable, che non avrei piú ammesso discussioni di questo genere tra noi. Vi ripeto ancora che ritengo poco conveniente e fuori luogo il vostro reclamo, considerata la vostra ricchezza attuale, in confronto alla povertà dei vostri colleghi...

Lesable non riuscí a trattenersi: — Ma io non ho un soldo, signore! Nostra zia ha lasciato tutto il suo patrimonio al primo figlio che sarebbe nato dal nostro matrimonio. Viviamo, mio suocero ed io, col nostro stipendio.

Il capo, sorpreso, ribatté: — Se oggi non avete un soldo, in ogni caso sarete ricco domani, quanto prima. Dunque, è lo stesso.

E Lesable si ritirò, piú atterrito e prostrato da quella mancata promozione, che dalla irraggiungibile eredità.

Qualche giorno dopo Cachelin era appena entrato in ufficio, quando arrivarono il bel Maze, con un sorrisetto sulle labbra, Pitolet, con gli occhi lucidi, poi Boissel, che spinse la porta e venne avanti con aria eccitata, sogghignando e lanciando agli altri sguardi di complicità. Savon continuava a fare le sue copie con la pipa di terracotta all'angolo della bocca, appollaiato sul suo seggiolone con i piedi sulla sbarra, come i bambini.

Nessuno parlava. Pareva che aspettassero qualcosa, e Cachelin protocollava le pratiche, annunciando ad alta voce, come era sua abitudine: — Tolone, forniture di gavette da ufficiali per il *Richelieu*. — Lorient: scafandri per il *Desaix*. — Brest: prove su tela da vela di provenienza inglese.

Comparve Lesable. Ora veniva tutte le mattine a prendersi le pratiche di sua competenza, perché il suocero non si curava piú di fargliele portare dal fattorino.

Mentre lui frugava tra i fogli sparpagliati sullo scrittoio dell'archivista, Maze lo guardava di sottecchi, fregandosi le mani, e Pitolet, arrotolandosi una sigaretta, sorrideva a fior di labbra, tradendo un'allegria che era incapace di trattenere. Si voltò verso il copista: – Dite un po', Savon, avete imparato molte cose nella vostra vita?

Il vecchio, intuendo che volevano ancora burlarsi di lui e parlargli della moglie, non rispose.

Pitolet continuò: – Avrete certo scoperto il segreto per fare dei figli, poiché ne avete avuti parecchi?

Il buonuomo alzò il capo: – Eppure, lo sapete, Monsieur Pitolet, che non mi piace scherzare su questo argomento. Ho avuto la disgrazia di sposare una donna indegna. Appena ho acquisito le prove della sua infedeltà, mi sono separato da lei.

Maze chiese, con tono indifferente, serio serio: – L'avete avuta molte volte la prova, non è vero?

Savon rispose con gravità: – Sí, signore.

Pitolet riprese la parola: – Ciò non toglie che siate padre di molti bambini, tre o quattro, mi hanno detto?

Il buonuomo diventò di brace e balbettò: – Voi cercate di ferirmi, Monsieur Pitolet, ma non ci riuscirete. Mia moglie ha avuto, è vero, tre bambini. Ho motivo di credere che il primo sia mio, ma non riconosco gli altri due.

Pitolet continuò: – Lo dicono tutti, infatti, che il primo è vostro. Questo basta. È una bella cosa avere un figlio, proprio molto bella. Vedete, scommetto che Lesable sarebbe contentissimo di averne uno anche lui, uno solo, come voi.

Cachelin aveva smesso di protocollare. Non rideva, benché Savon fosse il suo bersaglio preferito e avesse esaurito su di lui la serie delle battute e delle canzonature indecenti, prendendo spunto dalle sue disgrazie coniugali.

Lesable aveva riunito le sue carte, ma sentendo che lo stavano attaccando, voleva rimanere, trattenuto dall'orgoglio, confuso e irritato, cercando di capire chi avesse potuto rivelare loro il segreto. Poi si ricordò di ciò che aveva detto al capo, e capí subito che avrebbe dovuto dimostrare immediatamente una grande energia se non voleva diventare lo zimbello di tutto il ministero.

Boissel andava su e giú, continuando a sogghignare, poi rifece la voce roca degli strilloni e muggí: – Il segreto per fare i figli, dieci centesimi, due soldi! Chiedete il segreto per fare i figli, rivelato da Monsieur Savon, con molti orrendi particolari!

Tutti scoppiarono a ridere fuorché Lesable e il suocero. Pitolet allora, rivolgendosi all'archivista: – Che avete mai, Cachelin? Non riconosco la vostra abituale allegria. Si direbbe che non troviate buffo che Savon abbia avuto un figlio da sua moglie. Io lo trovo molto divertente, divertentissimo. Non tutti saprebbero fare altrettanto!

Lesable si era rimesso a sfogliare delle carte, faceva finta di leggere e di non sentire nulla; ma era diventato pallidissimo.

Boissel riprese con la stessa voce da strillone: – Come possono fare gli eredi per entrare in possesso delle eredità, dieci centesimi, due soldi, comprate!

Allora Maze, che riteneva di cattivo gusto quelle spiritosaggini e che ce l'aveva personalmente con Lesable poiché gli aveva tolto tutte le speranze di ricchezza che nutriva segretamente, gli chiese direttamente: – Che avete dunque, Lesable? siete molto pallido.

Lesable alzò il capo e guardò fisso in faccia il collega. Esitò un istante, con le labbra tremanti, cercando una risposta tagliente e spiritosa, ma poiché non trovava nulla che gli piacesse, rispose: – Non ho nulla, mi meraviglio soltanto di vedervi sprecare tanto spirito.

Maze, sempre con le spalle rivolte verso il fuoco e sollevando con le due mani le falde della redingote, continuò ridendo: – Si fa quel che si può, caro mio. Siamo come voi, non sempre riusciamo...

Un'esplosione di risate lo interruppe. Savon, sbalordito, aveva confusamente capito che non ce l'avevano con lui, che non si prendevano piú gioco di lui, e se ne stava a bocca aperta, con la penna in aria. Cachelin aspettava, pronto a prendere a pugni il primo che gli fosse capitato a tiro.

Lesable balbettò: – Non capisco. In cosa non sarei riuscito?

Il bel Maze lasciò ricadere le falde della finanziera, si arricciò i baffi, e con tono grazioso: – So che di solito riuscite in tutto quello che fate. Dunque, ho sbagliato a parlare di voi. D'altronde, si parlava dei figli di Savon e non dei vostri, poiché voi non ne avete. Ora, siccome voi riuscite sempre in tutte le vostre imprese, se non avete figli, è evidente che è perché non ne avete voluti.

Lesable chiese bruscamente: – Ma di che vi immischiate voi?

Di fronte a questo tono provocatorio anche Maze alzò la voce: – Dite un po', che vi piglia? Cercate di essere educato, o avrete a che fare con me!

Ma Lesable tremava di collera, e perdendo la bussola: – Monsieur Maze, io non sono, come voi, né un fatuo, né un bellimbusto. E vi prego di non rivolgermi mai piú la parola d'ora in avanti. Io non mi curo né di voi né dei vostri pari –. E lanciava un'occhiata di sfida a Pitolet e a Boissel.

Maze aveva subito capito che la vera forza risiede nella calma e nell'ironia; ma, ferito nella sua vanità, volle colpire al cuore il nemico, e perciò continuò con un tono di protezione, con un tono di benevolo consigliere, e con gli occhi furenti: – Caro Lesable, state passando i limiti. Capisco d'altro canto il vostro disappunto: è increscioso perdere una fortuna e perderla per cosí poco, per una cosa cosí facile, cosí semplice... Sentite, se volete, vi renderò io questo servigio, per nulla, da buon collega. È questione di cinque minuti...

Non aveva ancora finito di parlare che gli arrivò in pieno petto il calamaio di Savon, lanciatogli da Lesable. Un fiotto di inchiostro gli coprí la faccia, trasformandolo in un negro con sorprendente rapidità. Egli scattò, roteando degli occhi bianchi, con la mano alzata per colpire. Ma Cachelin coprí il genero, afferrò per la cintola il gran Maze e, spingendolo, scrollandolo, caricandolo di botte, lo ributtò contro il muro. Maze si liberò con uno sforzo violento, aprí la porta e gridò ai due uomini: – Vi farò avere mie notizie –. E scomparve.

Pitolet e Boissel lo seguirono. Boissel giustificò la sua moderazione, affermando che aveva avuto paura di ammazzare qualcuno se avesse preso parte alla lotta.

Appena rientrato nel suo ufficio, Maze cercò di pulirsi, ma non ci riuscí; era tinto con un inchiostro violetto che si diceva indelebile e incancellabile. Rimaneva davanti allo specchio, furente e disperato, si fregava rabbiosamente il viso con l'asciugamano arrotolato a tappo; ottenne soltanto un nero piú carico, venato di rosso per via del sangue che affluiva sotto pelle.

Boissel e Pitolet l'avevano seguito e gli davano consigli. Secondo il primo, avrebbe dovuto lavarsi il viso con olio d'oliva puro, secondo l'altro, ci voleva l'ammoniaca. Mandarono il fattorino dal farmacista per chiedere consiglio. Questi tornò con una pietra pomice e del liquido giallo. Non ottennero nessun risultato.

Maze si sedette scoraggiato e dichiarò: – Ora, bisogna mettere a posto la questione d'onore. Volete farmi da testimoni e andare a chiedere a Monsieur Lesable che mi faccia le sue scuse, oppure che si batta con le armi?

Entrambi accettarono e si misero a discutere sul procedimento da seguire. Non avevano nessuna idea di quelle faccende, ma non volevano confessarlo e, preoccupati di apparire corretti, emettevano pareri timidi e contrastanti. Decisero di consultare un capitano di fregata, distaccato al ministero per dirigere il servizio del carbone. Ne sapeva quanto loro. Dopo aver riflettuto, consigliò di andare da Lesable e di pregarlo di metterli in contatto con due suoi amici.

Si stavano avviando verso l'ufficio del collega, quando Boissel si fermò di colpo: – Non dovremmo avere dei guanti?

Pitolet esitò un istante: – Sí, forse –. Ma per procurarsi i guanti, dovevano uscire, e il capo non scherzava. Mandarono dunque il fattorino a prenderne un assortimento da un venditore. Furono a lungo perplessi sulla scelta del colore. Boissel li avrebbe voluti neri; Pitolet riteneva quella tinta inadatta alla circostanza. Li scelsero violetti.

Vedendo entrare i due uomini, solenni e inguantati, Lesable alzò la testa e chiese con asprezza: – Che volete?

Pitolet rispose: – Signore, siamo stati incaricati dal nostro amico Maze di chiedervi delle scuse, oppure una riparazione con le armi, a causa delle vie di fatto a cui vi siete abbandonato contro di lui.

Ma l'ira di Lesable non era ancora sbollita: – Come! – gridò, – mi insulta e viene ancora a provocarmi? Ditegli che lo disprezzo, che disprezzo tutto quanto può dire o può fare!

Boissel, tragico, fece un passo avanti: – Ci costringerete, signore, a pubblicare sui giornali un processo verbale che sarà molto spiacevole per voi.

Pitolet, furbo, aggiunse: – E che potrà nuocere gravemente al vostro onore e alle future promozioni.

Lesable li guardava annientato. Cosa fare? Pensò di guadagnar tempo: – Signori, avrete la mia risposta tra dieci minuti. Vorreste aspettarla nell'ufficio di Monsieur Pitolet?

Appena fu solo, si guardò intorno come per cercare consiglio, protezione.

Un duello! Stava per battersi in duello!

Era turbato, impaurito, da uomo pacifico che non ha mai pensato ad una simile eventualità, che non si è mai preparato a un simile rischio, a simili emozioni, che non ha fortificato il suo coraggio in previsione di un cosí eccezionale avvenimento. Fece per alzarsi, e ricadde a sedere, con il cuore che gli batteva a precipizio e le gambe che gli si piegavano. La sua collera e il suo ardire erano svaniti di colpo. Ma il pensiero del giudizio del ministero e del chiasso che la faccenda avrebbe suscitato in tutti gli uffici, risvegliò il suo orgoglio vacillante e, non sapendo cosa decidere, si recò dal capo per chiedergli consiglio.

Torchebeuf rimase sorpreso e perplesso. Non vedeva la necessità di uno scontro armato e pensava che il lavoro ne avrebbe sofferto. Ripeteva: – Non so che dirvi. È una questione d'onore che non mi riguarda. Volete che vi scriva due parole per il comandante Bouc? È una persona pratica di queste cose e vi potrà guidare e consigliare.

Lesable accettò e andò dal comandante, che acconsentí anche di far da testimonio, e prese un sottocapo come secondo.

Boissel e Pitolet li stavano aspettando, sempre inguantati. Avevano preso in prestito due sedie nell'ufficio accanto, per averne quattro.

Si salutarono con gravità e si sedettero. Pitolet cominciò a parlare ed espose la situazione. Il comandante, dopo averlo ascoltato, rispose: – È un affare serio, ma non mi pare irreparabile; sono le intenzioni che contano –. Era un vecchio marinaio, un furbacchione che ci si divertiva.

E cominciò una lunga discussione, durante la quale si elaborarono una dopo l'altro quattro stesure di lettere, poiché le scuse dovevano essere reciproche. Se Monsieur Maze riconosceva di non aver avuto la precisa intenzione di offendere Monsieur Lesable, costui si sarebbe premurato di ammettere di aver avuto torto nel tirargli il calamaio e si sarebbe scusato della sua sconsiderata violenza.

E i quattro mandatari tornarono dai loro primi.

Maze, seduto ora dinanzi alla sua tavola, agitato dal pensiero del duello possibile, anche se sperava di vedere cedere il suo avversario, si guardava prima l'una poi l'altra guancia in uno di quegli specchietti rotondi di metallo, che tutti gli impiegati nascondono nel loro tiretto, per accomodarsi la sera, prima di andar via, la barba, i capelli e il nodo della cravatta.

Lesse le lettere che gli venivano presentate e dichiarò con visibile soddisfazione: – Mi sembra molto dignitoso. Sono disposto a firmare.

Lesable, da parte sua, aveva accettato senza discutere il testo redatto dai suoi secondi, dichiarando: – Dal momento che è questo il vostro parere, non posso che inchinarmi e sottostare.

E i quattro plenipotenziari si riunirono di nuovo. Si scambiarono le lettere, si salutarono con gravità e, chiuso l'incidente, si separarono.

Una straordinaria emozione regnava in tutti gli uffici. Gli impiegati andavano a chiedere notizie, passavano da una stanza all'altra, si fermavano nei corridoi.

Quando seppero che l'affare era stato chiuso, fu una delusione generale. Qualcuno disse: — Ma questo non serve a dare un figlio a Lesable —. La frase fece il giro del ministero. Un impiegato ci ricavò una strofetta.

Ma quando pareva che tutto fosse finito, Boissel fece sorgere una difficoltà: quale doveva essere il comportamento dei due avversari, quando si sarebbero trovati faccia a faccia? Si sarebbero salutati? Avrebbero fatto finta di non conoscersi? Decisero di farli incontrare, come per caso, nell'ufficio del capo, davanti al quale si sarebbero scambiati poche parole di cortesia.

La cerimonia avvenne subito; e Maze, dopo aver chiamato una carrozza, se ne tornò a casa per cercare di pulirsi la pelle.

Lesable e Cachelin tornarono a casa insieme, senza parlarsi, arrabbiati l'uno con l'altro, come se quanto era accaduto fosse colpa di uno di loro. Appena arrivato a casa, Lesable scagliò con violenza il cappello sul cassettone e gridò alla moglie:

— Ne ho abbastanza, io! Adesso mi tocca anche fare duelli per te!

Lei lo guardò sorpresa, già irritata:

— Un duello? Perché?

— Perché Maze mi ha insultato chiamando in causa te.

Lei gli si avvicinò: — A proposito di me? Come?

Lui si era seduto rabbiosamente in una poltrona. Riprese: — Mi ha insultato... Non c'è bisogno che ti dica altro.

Ma Cora voleva sapere: — Voglio che tu mi ripeta quel che ti ha detto sul mio conto!

Lesable arrossí, poi balbettò: — Mi ha detto... mi ha detto... È a proposito della tua sterilità.

Lei sussultò, poi s'infuriò e la brutalità paterna ebbe il sopravvento sulla sua natura di donna, sbottò: — Io... io sono sterile, io? Che cosa ne sa quel villano? Sterile con te, sí, perché tu non sei un uomo! Ma chiunque altro avessi sposato, chiunque altro, non importa chi, li avrebbe avuti i figli! Ah! ti consiglio di parlare! Mi costa caro aver sposato una pasta frolla come te!... E cos'hai risposto a quel disgraziato?...

Lesable, spaventato di fronte a quella tempesta, balbettò: — Io l'ho... l'ho schiaffeggiato.

La moglie lo guardò stupita: — E cos'ha fatto lui?

— Mi ha mandato i testimoni, nient'altro.

Lei ora si interessava alla faccenda, attratta, come tutte le donne, dalle storie drammatiche, e chiese improvvisamente addolcita, e provando una certa stima per quell'uomo che stava per rischiare la vita per lei: – Quando vi batterete?

Lui rispose tranquillamente: – Non ci battiamo; la cosa è stata sistemata dai testimoni. Maze mi ha fatto le sue scuse.

Lei lo squadrò indignata e colma di disprezzo: – Ah! Mi hanno insultato in tua presenza e tu hai lasciato dire, e tu non ti batti! Non ti mancava altro che essere vigliacco!

Lui si ribellò: – Ti ordino di tacere. So meglio di te ciò che riguarda il mio onore. D'altra parte, ecco la lettera di Monsieur Maze. Leggitela e vedrai!

Lei prese il foglio, gli diede una scorsa, indovinò tutto, e sogghignando: – Anche tu hai scritto una lettera? Avete avuto paura l'uno dell'altro. Oh! Quanto sono vigliacchi gli uomini! Se fossimo al vostro posto, noialtre!... Insomma, in questa faccenda sono io che sono stata insultata, io, tua moglie, e tu ti contenti di questo? Non mi meraviglio piú, se non sei capace di avere un figlio: tutto torna. Sei altrettanto... moscio con le donne quanto lo sei con gli uomini! Ah! Mi sono presa un bel damerino!

Aveva assunto improvvisamente la voce e i gesti di Cachelin, dei gesti volgari da caserma e accenti da uomo.

Ritta dinanzi a lui, con i pugni sui fianchi, alta, forte, vigorosa, col petto in fuori, il viso rosso, la voce profonda e vibrante, le guance fresche di bella ragazza colorite dal sangue che vi era affluito, guardava, seduto di fronte a lei, quell'ometto pallido, un po' calvo, sbarbato, con le corte basette da avvocato. Aveva voglia di strozzarlo, di schiacciarlo.

E ripeté: – Non sei buono a nulla, a nulla! Anche nell'impiego lasci che tutti ti passino davanti!

La porta si aprí e comparve Cachelin, attirato dalle grida. Chiese: – Che c'è?

Lei si voltò: – Sto dicendo il fatto suo a quel fantoccio!

E Lesable, alzando gli occhi, si accorse della loro rassomiglianza. Gli parve che un velo si levasse, per farglieli vedere come erano, padre e figlia, dello stesso sangue, della stessa razza, volgare e grossolana. Si vide perduto, condannato a vivere tra quei due, sempre.

Cachelin dichiarò: – Se solo si potesse divorziare. Non è piacevole avere sposato un cappone!

Lesable si rizzò con un balzo, tremante di collera, fuori di sé per quell'insulto. Si avvicinò al suocero, balbettando: – Fuori di qui!... Uscite! Siete a casa mia, capite?... Vi caccio fuori!... – E afferrò sul cassettone una bottiglia piena d'acqua minerale, brandendola come una clava.

Cachelin, impaurito, uscí rinculando e mormorando: – Cosa gli piglia adesso?

Ma la collera di Lesable non si placò; era troppo. Si rivolse alla moglie, che continuava a guardarlo un po' stupita della sua violenza, e gridò, dopo aver posato la bottiglia sul mobile: – Quanto a te... quanto a te... – Ma, non trovando nulla da dire, non avendo nessun argomento a portata di mano, le rimaneva di fronte, col viso sconvolto e la voce mutata.

Lei si mise a ridere.

Quella risata era un altro insulto che fece impazzire Lesable, che si scagliò su di lei, la afferrò per il collo con la mano sinistra, mentre la schiaffeggiava furiosamente con la destra. Lei indietreggiava, smarrita, senza fiato. Incontrò il letto e vi si abbatté riversa. Lui non la lasciava e continuava a colpirla. All'improvviso si rialzò, ansante, spossato, affranto, e, vergognandosi della propria brutalità, balbettò: – Ecco... ecco... ecco cos'è...

Ma lei non si muoveva, come se l'avesse ammazzata. Rimaneva supina, sulla sponda del letto, col viso nascosto tra le mani. Lui le si avvicinò, imbarazzato, chiedendosi cosa sarebbe successo, e aspettando che si scoprisse il volto per vedere cosa aveva. Dopo qualche minuto, sentendo crescere la sua angoscia, mormorò: – Cora, senti, Cora! – Lei non rispose e non si mosse. Cosa aveva? Che faceva? Cosa avrebbe fatto, soprattutto?

Una volta passata la rabbia, caduta di colpo cosí come gli era venuta, Lesable si sentiva un essere indegno, quasi un criminale. Aveva picchiato una donna, sua moglie, lui, l'uomo tranquillo, l'uomo saggio e freddo, l'uomo ben educato e ragionevole. E col sopraggiungere della reazione, si sentí commosso, aveva voglia di chiedere perdono, di buttarsi in ginocchio e di baciare quella guancia, battuta e arrossata. Toccò, piano piano, con la punta delle dita, una di quelle mani che coprivano quel volto invisibile. Sembrava che lei non sentisse nulla. La sfiorò, carezzandola, come si fa con un cane frustato. Lei non se ne accorse. Allora egli disse: – Cora, ho avuto torto, ascolta, Cora –. Pareva morta. Allora tentò di sollevare quella mano. La staccò facilmente e vide un occhio aperto, che lo guardava, fisso, inquietante e sconcertante.

Riprese: – Senti, Cora, mi sono lasciato trasportare dalla collera. È stato tuo padre che mi ha esasperato. Non si insulta un uomo a quel modo.

Lei non rispose, come se non sentisse. Egli non sapeva piú cosa dire, né cosa fare. La baciò sotto l'orecchio e, alzandosi, vide una lacrima nell'occhio, una lacrimona, che, staccandosi, rotolò rapidamente sulla guancia; e la palpebra sbatteva, chiudendosi ad ogni battito.

Fu preso da una gran pena, afferrato dalla commozione: aprí le braccia, si distese sulla moglie, scostò l'altra mano con le labbra e, coprendole il volto di baci, la supplicava: – Mia povera Cora, perdonami, perdonami.

Lei continuava a piangere, in silenzio, senza singhiozzi, come si piange per un profondo dolore.

Lui la teneva stretta a sé, la carezzava, le sussurrava all'orecchio tutte le frasi tenere che riusciva a trovare. Ma lei rimaneva inerte. Tuttavia smise di piangere. Rimasero a lungo cosí, distesi e abbracciati.

Calava la notte. La stanza si riempiva d'ombra; e quando fu tutta buia, lui si fece ardito, e sollecitò il suo perdono in modo tale da ravvivare le loro speranze.

Quando si rialzarono, aveva riacquistato la voce e l'aspetto abituali, come se niente fosse accaduto. Lei, invece, pareva intenerita, parlava con voce piú dolce del solito, guardava suo marito con occhi sottomessi, quasi carezzevoli, come se quella inaspettata punizione le avesse disteso i nervi e ammorbidito il cuore. Lesable disse tranquillamente: – Tuo padre deve annoiarsi solo a casa sua; dovresti proprio andare a chiamarlo. E poi sarà ora di cena –. Cora uscí.

Erano le sette, infatti, e la servetta venne ad annunciare che la minestra era a tavola; poi ricomparve Cachelin, calmo e sorridente, con la figlia. Si misero a tavola e, quella sera, chiacchierarono con piú cordialità di quanto non facessero da molto tempo, come se fosse successo qualcosa di lieto per tutti.

V.

Ma le loro speranze, sempre alimentate e sempre rinnovate, non approdavano mai a nulla. Di mese in mese, l'attesa, sempre delusa, malgrado la perseveranza di Lesable e la buona volontà della sua compagna, li metteva in uno stato di angoscia febbrile. Non facevano che rimproverarsi a vicenda l'insuccesso, e lo sposo disperato, dimagrito, stanco, soffriva soprattutto per la grossolanità di Cachelin, che non lo chiamava piú, nella loro intimità armata, che «Signor Gallo», senza dubbio in ricordo di quel giorno che aveva rischiato di ricevere una bottiglia in faccia, per aver pronunciato la parola Cappone.

Padre e figlia, istintivamente uniti, resi rabbiosi dal pensiero incessante di quel grosso patrimonio, cosí vicino e inafferrabile, non sapevano cosa inventare per umiliare e torturare quell'impotente, che era la causa della loro disgrazia.

Tutti i giorni, quando si mettevano a tavola, Cora ripeteva: – Non c'è gran che per la cena. Sarebbe altrimenti se fossimo ricchi. Non è colpa mia.

Quando Lesable usciva per andare in ufficio, lei gli gridava dalla camera: – Prendi l'ombrello, per non ritornarmi sudicio come una ruota di omnibus. Dopo tutto non è colpa mia se ti tocca ancora fare lo scribacchino.

Quando usciva lei, non mancava mai di esclamare: – E dire che se avessi sposato un altro uomo, avrei una carrozza mia.

Ci pensava in ogni momento, in ogni occasione, e pungeva il marito con un rimprovero, lo sferzava con un'ingiuria, gli buttava addosso tutta la colpa, lo faceva solo responsabile della perdita di tutto quel denaro, che poteva essere suo.

Una sera, finalmente, lui perse di nuovo la pazienza e gridò: – Ma per tutti i santi! La vuoi finire una buona volta? Prima di tutto, è colpa tua, solo tua, se non abbiamo figli, perché io ne ho uno... io...

Mentiva, preferendo qualsiasi cosa all'eterno rimprovero e alla vergogna di sembrare impotente.

Lei lo guardò, prima con stupore, cercando la verità nei suoi occhi, poi capí ed esclamò con sommo disprezzo: – Tu hai un figlio?... Tu?

Lui rispose sfrontatamente: – Sí, un figlio naturale, a Asnières.

Lei rispose con tranquillità: – Andremo a trovarlo domani, perché voglio vedere come è fatto.

Ma lui diventò rosso fino alle orecchie, balbettando: – Come vuoi.

Il giorno dopo, Cora si alzò alle sette, e allo stupore del marito rispose: – Ma non andiamo a trovare tuo figlio? Me l'hai promesso ieri sera. Per caso non ce l'hai piú oggi?

Lui balzò dal letto: – Non è mio figlio che andiamo a trovare, ma un medico, che ti dirà il fatto tuo.

Lei rispose, da donna sicura di sé: – Non chiedo di meglio.

Cachelin si incaricò di annunciare al ministero che il genero era indisposto e i coniugi Lesable, informati da un medico che abitava nelle vicinanze, all'una precisa suonavano alla porta del dottore

Lefilleul, autore di parecchie opere sull'igiene della procreazione.

Entrarono in un salotto bianco decorato d'oro, mal arredato, che pareva spoglio e disabitato, nonostante ci fossero molte sedie. Si sedettero. Lesable si sentiva smarrito, tremante e aveva anche vergogna. Venne il loro turno e entrarono in una specie di ufficio dove furono ricevuti da un uomo grasso, basso, cerimonioso e freddo.

Il dottore attese che gli spiegassero il motivo della visita; ma Lesable non ne aveva il coraggio, rosso fino alle orecchie. Sua moglie allora si decise, e disse, con voce tranquilla, da persona pronta a tutto pur di raggiungere il suo scopo: — Siamo venuti qui perché non abbiamo figli. C'è di mezzo una grossa fortuna. Tutto dipende da questo.

La visita durò a lungo e fu minuziosa e imbarazzante. Ma Cora non pareva imbarazzata, e si prestava all'esame attento del medico da donna animata e sostenuta da un interesse piú alto.

Dopo aver studiato per quasi un'ora i due sposi, il dottore non si pronunciò.

— Non trovo nulla, nulla di anormale, — disse, — e nulla di particolare. Il caso, d'altronde, è abbastanza frequente. Accade ai corpi come ai caratteri. Quando vediamo tante unioni infelici per incompatibilità di carattere, non c'è da stupirsi quando se ne vedono altre sterili per incompatibilità fisica. La signora mi sembra particolarmente ben formata e adatta alla procreazione. Il signore, dal canto suo, pur presentando una conformazione regolarissima, mi sembra indebolito, forse anche a cagione del suo desiderio eccessivo di diventare padre. Mi permettete di auscultarvi?

Lesable, turbato, si levò il panciotto e il dottore tenne a lungo l'orecchio poggiato sul torace e sul dorso dell'impiegato, poi lo palpò dallo stomaco al collo e dalle reni fino alla nuca.

Trovò un lieve disturbo al primo tono del cuore ed anche una minaccia ai polmoni.

— Dovete curarvi, signore, dovete curarvi attentamente. È anemia, esaurimento, nient'altro. Sono inconvenienti insignificanti, per ora, ma che potrebbero, in poco tempo, diventare incurabili.

Lesable, pallido per la paura, gli chiese una cura. Il dottore gli prescrisse una dieta complicata: ferro, carni rosse, brodo durante il giorno, movimento, riposo e vita di campagna durante l'estate. Quindi il dottore diede loro dei consigli per quando Lesable si sarebbe rimesso. Suggerí anche delle pratiche, che avevano dato spesso risultati efficaci, in casi analoghi.

La visita costò quaranta franchi.

Quando furono per la strada, Cora, invasa da una collera sorda al pensiero del futuro, esclamò: – Eccomi servita a dovere!

Lui non rispose. Camminava divorato dalla paura, pensando e ripensando ad ogni parola del medico. E se l'avesse ingannato? Non l'aveva forse visto condannato? Ora non pensava piú all'eredità e al figlio! Si trattava della sua vita!

Gli pareva di sentirsi un fischio nei polmoni, e gli pareva che il cuore gli battesse a precipizio. Mentre attraversavano le Tuileries, ebbe un capogiro e volle sedersi. La moglie, furibonda, rimase in piedi accanto a lui, per umiliarlo, e lo guardava dall'alto in basso con sprezzante commiserazione. Lesable respirava con fatica, esagerando l'affanno provocato dallo spavento, e, con le dita della mano sinistra sul polso destro, contava le pulsazioni dell'arteria.

Cora gli chiese, battendo i piedi spazientita: – Hai finito con tutte quelle storie? Quando ci muoviamo? – Lui si alzò, come una vittima, e si rimise in cammino senza aprir bocca.

Quando Cachelin seppe il risultato della visita, non frenò la sua rabbia. Urlava: – Siamo conciati bene, davvero bene! – E lanciava occhiate feroci al genero, come se volesse divorarlo.

Lesable non ascoltava, non sentiva, non pensava piú che alla sua salute, alla sua vita in pericolo. Potevano urlare quanto volevano, padre e figlia, non erano nella sua pelle, e lui alla pelle ci teneva.

A tavola davanti al suo posto erano sempre allineate delle boccettine, e lui, ad ogni pasto, si versava le dosi, mentre sua moglie sorrideva e il suocero rideva a gola spiegata. Si guardava nello specchio ogni momento, si metteva la mano sul cuore per studiarne i battiti, e si fece fare il letto in uno stanzino buio che serviva da ripostiglio, perché non voleva piú trovarsi in contatto carnale con Cora.

Adesso provava per lei un odio pieno di paura, un misto di disprezzo e di ripugnanza. Tutte le donne gli apparivano come mostri, animali pericolosi, che hanno la missione di uccidere gli uomini e pensava al testamento della zia Charlotte soltanto come a un pericolo che aveva corso e che avrebbe potuto essergli fatale.

Altri mesi trascorsero. Mancava soltanto un anno allo scadere del termine fatale.

Cachelin aveva appeso nella sala da pranzo un grosso calendario, dal quale cancellava ogni mattina un giorno, e tra l'esasperazione della propria impotenza, la disperazione di sentirsi sfuggire di giorno in giorno quella fortuna, la rabbia di pensare che gli sarebbe toccato di continuare a faticare e a sgobbare in ufficio, e vivere poi con la pensione di duemila franchi fino alla morte, si sentiva spinto ad una brutalità di linguaggio, che per un nonnulla, avrebbe potuto degenerare in atti violenti.

Non poteva piú guardare Lesable senza sentirsi fremere dentro un bisogno furioso di picchiarlo, di schiacciarlo, di calpestarlo. Lo odiava di un odio senza limiti. Ogni volta che lo vedeva aprire la porta e entrare gli pareva che gli entrasse un ladro in casa, un ladro che l'aveva spogliato di un bene sacro, di un'eredità di famiglia. Lo odiava piú di un nemico mortale e al tempo stesso lo disprezzava per la sua debolezza e soprattutto per la sua vigliaccheria, da quando aveva rinunciato a perseverare nella comune speranza temendo per la sua salute.

Lesable, infatti, viveva separato dalla moglie piú di quanto non lo sarebbe stato se nessun legame lo avesse mai unito a lei. Non le si avvicinava piú, non la toccava piú, evitava persino il suo sguardo, per vergogna e per paura.

Cachelin chiedeva ogni giorno alla figlia: — E allora, tuo marito si è deciso?

Lei rispondeva: — No, papà.

E tutte le sere, a tavola, si svolgevano scene penose. Cachelin non faceva che ripetere: — Quando un uomo non è un uomo, farebbe meglio a crepare, per lasciare il posto ad un altro.

E Cora aggiungeva: — Ci sono delle persone che sono proprio inutili e fatte per dare fastidio. Non riesco a capire cosa ci stiano a fare sulla terra, dal momento che sono di peso a tutti.

Lesable mandava giú le sue medicine e non rispondeva. Un bel giorno, infine, il suocero gli gridò: — Sentitemi bene, voi, se non vi decidete a cambiar modi ora che state meglio, lo so io cosa farà mia figlia!...

Il genero alzò gli occhi, presentendo un nuovo insulto, interrogandolo con lo sguardo. Cachelin continuò: — Si prenderà un altro uomo al posto vostro, perbacco! E vi potete considerar fortunato se non lo ha ancora fatto! Quando ci si è sposati con un incapace come voi, tutto è permesso!

Lesable rispose, livido: — Non sarò certo io ad impedirle di seguire i vostri saggi consigli!

Cora aveva abbassato gli occhi. E Cachelin, sentendo vagamente che l'aveva detta troppo grossa, rimase un po' male.

VI.

Al ministero pareva che i due uomini vivessero abbastanza di
buon accordo. Tra di loro si era stabilito una specie di tacito patto
per nascondere ai colleghi le battaglie familiari. Si chiamavano «caro Cachelin», «caro Lesable», e fingevano persino di ridere insieme, di essere felici e contenti, soddisfatti della loro vita comune.

Lesable e Maze, dal canto loro, si comportavano l'uno nei confronti dell'altro con la cerimoniosa cortesia degli avversari che per
poco non si sono battuti. Il mancato duello, di cui avevano provato il brivido, aveva suscitato in loro una gentilezza esagerata, una
maggiore stima, e forse, un confuso, segreto desiderio di riconci-
liazione, nato dall'oscuro timore di nuove complicazioni. Il loro
comportamento di uomini di mondo che hanno avuto una questione d'onore, veniva osservato e approvato.

Si salutavano da lontano con una severa sostenutezza, scappel-
landosi con molta dignità.

Non si rivolgevano la parola, perché nessuno dei due voleva né
osava farlo per primo.

Ma un giorno Lesable, chiamato d'urgenza dal capo, si mise a
correre per mostrare il suo zelo e, alla svolta del corridoio, andò a
sbattere in pieno contro la pancia di un impiegato che arrivava dalla direzione opposta. Era Maze. Si tirarono entrambi indietro, e
Lesable chiese con una sollecitudine tra confusa e cortese: – Non
vi ho mica fatto male, signore?

L'altro rispose: – Per nulla, signore.

Da quel momento, ritennero conveniente scambiare qualche
parola, incontrandosi. Ne nacque una gara di gentilezze e di premure, che finí col creare tra i due una certa familiarità, seguita poi
da una intimità temperata dal ritegno, l'intimità delle persone tra
le quali c'è stato un equivoco, che ancora trattiene i loro slanci per
una sorta di timorosa esitazione; ma, a poco a poco, a furia di gentilezze e di visite ricambiate da una stanza all'altra, finirono col diventare amici.

Ora chiacchieravano spesso insieme quando andavano a prendere informazioni nella stanza dell'archivista. Lesable aveva abbandonato la sua boria e le sue arie di impiegato sicuro del proprio
avvenire, e Maze aveva rinunciato alle sue arie di uomo di mondo.
Cachelin prendeva parte alla conversazione e pareva interessato al
nascere della loro amicizia. Talvolta, dopo che il bell'impiegato se
n'era andato, col busto eretto, sfiorando con la fronte l'architrave

della porta, mormorava, guardando suo genero: – Quello sí che è ben piantato!

Ma una mattina, mentre erano lí tutti e quattro, perché Savon non lasciava mai il suo protocollo, la sedia del copista, segata probabilmente da qualche spiritoso, crollò, sfasciandosi sotto di lui; e il brav'uomo rotolò sul pavimento, lanciando un grido di spavento.

Gli altri tre accorsero. L'archivista incolpò del complotto i comunisti e Maze volle vedere per forza dove s'era fatto male. Lui e Cachelin volevano persino spogliare il vecchio per fasciarlo, dicevano. Ma lui resisteva disperatamente, gridando che non si era fatto nulla.

Quando l'allegria fu passata, Cachelin esclamò improvvisamente: – Sentite un po', Monsieur Maze, ora che andiamo cosí d'accordo, dovreste venire a cena da noi, domenica. Ne saremmo tutti molto contenti, mio genero, io, e mia figlia che vi conosce bene di nome, poiché si parla spesso dell'ufficio. D'accordo, vero?

Lesable, con un tono un po' piú freddo, uní le sue preghiere a quelle del suocero: – Venite, ci farete veramente piacere.

Maze esitava, imbarazzato e sorridente, al ricordo di tutte le chiacchiere che si facevano.

Cachelin insisteva: – Via, siamo intesi?

– Va bene, sí, accetto.

Quando Cachelin, rincasando, disse a Cora: – Sai che Monsieur Maze viene a cena da noi, domenica prossima? – Cora, un po' sorpresa, mormorò: – Monsieur Maze? Ma guarda!

E arrossí fino ai capelli, senza sapere perché. Aveva cosí spesso sentito parlare di lui, dei suoi modi, dei suoi successi, poiché al ministero aveva fama di essere intraprendente e irresistibile con le donne che, da molto tempo, le era venuta voglia di conoscerlo.

Cachelin aggiunse, fregandosi le mani: – Vedrai, è un giovanotto in gamba e un bel ragazzo. È alto come un corazziere e non rassomiglia certo a tuo marito!

Lei non rispose nulla, confusa, come se si fosse potuto indovinare che aveva pensato spesso a lui.

La cena fu preparata con le stesse cure con cui un tempo era stata preparata quella di Lesable. Cachelin discuteva sulle vivande, voleva che riuscisse bene, e come se un'inconfessata fiducia, ancora incerta, gli fosse nata nel cuore, sembrava piú allegro, come tranquillizzato da un presentimento segreto e sicuro.

Per tutta la giornata della domenica, sorvegliò i preparativi con grande agitazione, mentre Lesable sbrigava un lavoro urgente, portato la sera prima dall'ufficio. Si era nella prima settimana di novembre e si avvicinava il Capodanno.

Alle sette arrivò Maze, di ottimo umore. Entrò come a casa sua e offrí, con un complimento, un mazzo di rose a Cora. Le disse, con il tono disinvolto delle persone di mondo: — Mi sembra, signora, di conoscervi già, di avervi conosciuta da bambina, perché sono tanti anni ormai che vostro padre mi parla di voi.

Cachelin, vedendo i fiori, esclamò:

— Questa sí che è una cosa fine! — E sua figlia si ricordò che Lesable non ne aveva portati il giorno che era venuto per conoscerla. Il bell'impiegato aveva l'aria felice, rideva allegramente, come chi va per la prima volta a trovare vecchi amici e lanciava a Cora dei complimenti discreti che la facevano arrossire.

Maze la trovò molto desiderabile. Lei lo giudicò molto attraente. Quando se ne fu andato, Cachelin dichiarò: — Che tipo simpatico, eh! E che briccone deve essere! Dicono che riesca ad accalappiare e abbindolare tutte le donne!

Cora, meno espansiva, confessò tuttavia che lo aveva trovato «simpatico e meno posatore di quanto pensasse».

Lesable, che sembrava meno stanco e meno triste del solito, riconobbe che, specialmente nei primi tempi, non lo aveva capito bene.

Maze tornò dapprima di rado, poi piú spesso. Era simpatico a tutti. Lo spingevano a venire, lo trattavano bene. Cora gli preparava i piatti che gli piacevano di piú. E l'intimità dei tre uomini divenne ben presto cosí stretta che stavano sempre assieme. Il nuovo amico portava la famiglia a teatro, nei palchi che otteneva dai giornali.

Rincasavano a piedi, di notte, per le strade piene di gente, fino alla porta dei Lesable. Maze e Cora camminavano avanti, con lo stesso passo, fianco a fianco, muovendosi con lo stesso movimento, con lo stesso ritmo, come due esseri creati per procedere accanto nella vita. Parlavano sottovoce, perché si intendevano a meraviglia, ridendo con una risata soffocata, e ogni tanto la giovane donna si girava per dare un'occhiata dietro, al padre e al marito.

Cachelin se li covava con sguardi benevoli, e spesso, senza pensare che stava parlando col genero, diceva: — Sono proprio una bella coppia, non c'è che dire, fa piacere vederli insieme —. Lesable rispondeva tranquillamente: — Hanno quasi la stessa altezza, — e felice di sentire che il cuore gli batteva meno precipitosamente, che aveva meno affanno quando camminava svelto, che si sentiva molto meglio, piú forte, lasciava svanire a poco a poco il risentimento contro il suocero, che d'altronde, da qualche tempo, aveva smesso di lanciargli le sue frecciate velenose e acide.

A Capodanno Lesable ottenne la promozione. Ne provò una tale gioia che, rincasando, baciò la moglie per la prima volta dopo sei mesi. Cora parve interdetta, imbarazzata, come se avesse fatto una cosa sconveniente; e lanciò un'occhiata a Maze che era venuto per presentarle, in occasione del primo gennaio, i suoi omaggi e i suoi auguri. Anche lui parve imbarazzato e si voltò verso la finestra, come per non vedere.

Ma Cachelin, ben presto, tornò ad essere irritabile e cattivo, e ricominciò a tormentare il genero con le sue frecciate. Talvolta se la prendeva anche con Maze, come se ce l'avesse anche con lui per la catastrofe sospesa su di loro, che si avvicinava ogni giorno di piú.

Soltanto Cora sembrava tranquillissima, felicissima, serenissima, raggiante. Pareva che avesse dimenticato la minacciosa e cosí vicina scadenza.

Arrivò marzo. Ogni speranza pareva perduta, perché col venti luglio si sarebbero compiuti i tre anni dalla morte della zia Charlotte.

Una precoce primavera faceva rifiorire la terra; e Maze propose agli amici di fare una passeggiata in riva alla Senna, una domenica, per cogliere violette nei cespugli.

Presero il treno la mattina di buon'ora, e scesero a Maisons-Laffitte. Un brivido invernale correva ancora tra i rami spogli, ma l'erba, rinverdita e lucente, era già costellata di fiori bianchi e azzurri; e gli alberi da frutta, sulle colline, sembravano inghirlandati di rose, con le loro braccia scarne coperte di gemme schiuse.

La Senna, gonfia, scorreva triste e fangosa per le piogge recenti, tra le rive corrose dalle piene invernali; e tutta la campagna inzuppata d'acqua pareva che uscisse da un bagno, ed esalava un dolce sapore di umidità, nel tepore dei primi giorni di sole.

Si smarrirono nel parco. Cachelin, cupo in volto, batteva col bastone le zolle di terra, piú avvilito del solito, pensando con maggior amarezza quel giorno alla loro disgrazia, che presto sarebbe stata definitiva. Lesable, anche lui mesto e immusonito, temeva di bagnarsi i piedi nell'erba, mentre sua moglie e Maze coglievano fiori per farne un mazzetto. Cora, da qualche giorno, pareva sofferente, patita e pallida.

Si sentí subito stanca e volle tornare indietro per mangiare. Trovarono una piccola trattoria a ridosso di un vecchio mulino cadente; e fu subito servito loro il pranzo tradizionale dei parigini in gita, sotto il pergolato, sulla tavola di legno ricoperta da due tovaglie e vicinissima al fiume.

Avevano sgranocchiato ghiozzi fritti, mangiato la carne di bue con patatine, e si stavano passando l'insalatiera colma di foglie verdi, quando Cora si alzò di colpo e si mise a correre verso la riva, tenendosi con tutte e due le mani il tovagliolo sulla bocca.

– Che cos'ha? – chiese Lesable preoccupato. Maze arrossí, imbarazzato, e balbettò: – Ma... non so... stava cosí bene poco fa!... – Cachelin rimase sbalordito con la forchetta in aria, su cui era ancora infilata una foglia di insalata.

Si alzò, cercando sua figlia con gli occhi. Sporgendosi, la vide con la testa poggiata contro un albero, che si sentiva male. Un rapido sospetto lo sfiorò, gli troncò le gambe e lo fece ricadere sulla sedia. Lanciava occhiate sbigottite ai due uomini, che ora parevano tutti e due confusi. Li guardava, con lo sguardo ansioso, e non aveva piú il coraggio di parlare, pazzo d'angoscia e di speranza.

Passò un quarto d'ora in un silenzio profondo. Cora ricomparve, un po' pallida, camminando a fatica. Nessuno le fece domande precise ma pareva che avessero indovinato un avvenimento felice, ma difficile a dirsi, e che bruciassero dalla voglia di saperlo e insieme lo temessero. Soltanto Cachelin le chiese: – Va meglio? – Lei rispose: – Sí, grazie, non era nulla. Ma torniamo presto a casa, ho un po' di emicrania.

E al ritorno, prese il braccio di suo marito come per far capire qualcosa di misterioso, che non osava ancora confessare.

Si separarono alla stazione di Saint-Lazare. Maze, col pretesto di un impegno di cui si ricordava solo allora, se ne andò dopo i saluti e le strette di mano.

Cachelin, appena fu solo con la figlia e il genero, chiese: – Che ti sei sentita a pranzo?

Cora dapprima non rispose, poi, dopo una breve esitazione, disse: – Non era nulla, un po' di nausea.

Camminava con passo illanguidito, con un sorriso sulle labbra. Lesable si sentiva a disagio, impacciato, con la mente sconvolta, piena di idee confuse, contraddittorie, brame di lusso, collera sorda, vergogna inconfessabile, vile gelosia, e faceva come quei dormiglioni che al mattino chiudono gli occhi per non vedere il raggio di sole che filtra tra le tende e che taglia il loro letto con una vivida striscia di luce.

Non appena fu a casa parlò di un lavoro da terminare e andò a chiudersi nella sua camera.

Allora Cachelin posò le mani sulle spalle della figliola e le chiese: – Sei incinta, vero?

Lei balbettò: – Sí, credo di sí. Da un paio di mesi.

Non aveva ancora finito di parlare che lui si era messo a saltare per la gioia; poi cominciò a ballarle intorno un cancan, vecchio ricordo dei suoi anni di caserma. Sollevava la gamba, saltava, nonostante la pancia, facendo traballare tutto l'appartamento. I mobili oscillavano, i bicchieri tintinnavano nella credenza, il lampadario dondolava e vibrava come la lanterna di una nave.

Poi prese tra le sue braccia la figlia adorata e la baciò freneticamente; poi, dandole un affettuoso colpetto sul ventre: – Ah! ci siamo finalmente! L'hai detto a tuo marito?

Lei mormorò, improvvisamente intimorita: – No... non ancora... io... io... aspettavo...

Ma Cachelin esclamò: – Va bene, va bene. Ti vergogni? Aspetta che vado a dirglielo io!

E si precipitò di corsa nella stanza del genero. Vedendolo entrare, Lesable, che non stava facendo nulla, si alzò. Ma l'altro non gli lasciò il tempo di raccapezzarsi: – Sapete che vostra moglie è incinta?

Lo sposo, interdetto, perdeva la bussola, e le guance gli si imporporarono:

– Come? Cosa? Cora? Voi dite?

– Dico che è incinta, capite? Questa sí che è una bella fortuna!

E trasportato dalla sua gioia, gli prese le mani, gliele strinse, gliele scrollò come per congratularsi, per ringraziarlo; e ripeteva: – Ah! Finalmente, ci siamo! Bene! Bene! Ma pensate, abbiamo la fortuna in pugno! – E non reggendo piú, se lo strinse tra le braccia.

Gridava: – Piú di un milione, pensate, piú di un milione! – Ricominciò a ballare, poi, all'improvviso: – Ma venite dunque, vi sta aspettando: venite a darle un bacio almeno! – e prendendolo per la vita lo spinse avanti, proiettandolo come una palla nella stanza dove Cora, inquieta, era rimasta in piedi ad ascoltare.

Appena vide suo marito, indietreggiò, soffocata da un'improvvisa emozione. Lui le stava di fronte, pallido e tormentato. Pareva un giudice e lei una colpevole.

Infine le disse: – Pare che tu sia incinta? – Lei balbettò con voce tremante: – Cosí pare.

Ma Cachelin li afferrò tutti e due per il collo e li appiccicò l'uno all'altra, naso contro naso, gridando: – Ma datevi un bacio dunque, per tutti i santi! Ne vale la pena!

E quando li ebbe lasciati, esclamò, traboccante di una gioia folle: – Insomma, è partita vinta. Ora sentite un po', Lesable, compreremo subito una proprietà in campagna. Là almeno potrete rimettervi completamente.

A questa idea, Lesable trasalí. Il suocero continuò: – Inviteremo Monsieur Torchebeuf con la consorte, e dato che il sottocapo sta per andare a riposo, voi potrete prendere il suo posto. È un inizio.

Lesable vedeva le cose mano a mano che Cachelin le diceva; si vedeva ricevere il capo davanti ad una bella villetta bianca, in riva al fiume. Indossava una giacchetta di traliccio bianca e portava un panama in capo.

Questa speranza gli insinuava nel cuore qualcosa di dolce, di tiepido e di soave che pareva mescolarsi a lui farlo diventare leggero e già piú in gamba.

Sorrise, senza rispondere ancora.

Cachelin, ebbro di speranze, trasportato dai suoi sogni, continuava: – Chissà? Potremmo anche diventare influenti in paese. Forse voi diventerete deputato. In ogni caso, potremo frequentare la buona società del luogo, e permetterci lussi e dolcezze. Avrete un cavallino e un calessino per andare tutti i giorni alla stazione.

Immagini di lusso, di eleganza e di benessere si risvegliavano nella mente di Lesable. Il pensiero che avrebbe guidato lui stesso un bel carrozzino come quello dei ricchi dei quali aveva tanto spesso invidiato la sorte, rese completa la sua soddisfazione. Non poté trattenersi dal dire: – Ah! Queste sí che sono belle cose!

Cora, vedendo che ormai era vinto, sorrideva anche lei, intenerita, commossa e riconoscente; e Cachelin, che non vedeva piú nessun ostacolo, esclamò:

– Andiamo a cena in trattoria, perbacco! Dobbiamo offrirci una bisboccia!

Al ritorno erano un po' brilli tutti e tre e Lesable, che vedeva doppio e aveva le idee confuse, non riuscí a ritrovare il suo stanzino buio. Forse per disattenzione, forse per dimenticanza, si coricò nel letto ancora vuoto dove stava per infilarsi sua moglie. Per tutta la notte gli parve che il letto oscillasse come una nave, beccheggiasse, rullasse, si capovolgesse. Sentí anche un po' di mal di mare.

Quando si svegliò fu molto sorpreso di trovarsi Cora tra le braccia.

Lei aprí gli occhi, gli sorrise e lo baciò con uno slancio inatteso e spontaneo, pieno di gratitudine e di affetto. Poi gli disse con quella voce dolce che hanno le donne quando fanno le moine: – Sii buono, oggi non andare al ministero. Ormai non hai piú bisogno di essere cosí scrupoloso, poiché stiamo per diventare molto ricchi. Potremmo andare un'altra volta in campagna, noi due, noi due soli.

Lesable si sentiva riposato, pieno di quel languido benessere che segue l'indolenzimento delle feste e intorpidito dal calore del letto. Aveva una gran voglia di rimanere lí, a lungo, di non fare piú nulla, soltanto di vivere tranquillo nelle mollezze. Un bisogno di ozio, sconosciuto e potente, gli paralizzava la mente, gli pervadeva il corpo. E un pensiero continuo, imprecisato, felice, gli vagava nella mente: «Sarebbe diventato ricco, indipendente».

Ma fu all'improvviso assalito da un timore e chiese sottovoce, come se temesse che i muri potessero sentire le sue parole: – Ma sei proprio sicura di essere incinta?

Lei lo rassicurò subito: – Oh! sí, puoi esserne certo. Non mi sono sbagliata!

Ma lui, ancora un po' inquieto, cominciò a tastarla pian piano. Percorse con la mano il ventre gonfio. Dichiarò: – Sí, è vero, ma non partorirai prima del termine. Forse ci contesteranno il diritto.

Questa supposizione fece andare in collera Cora. – Ah! no! certo, non si sarebbero messi a fare storie dopo tante sofferenze, pene, sforzi, ah! no! – Si era messa a sedere, fuori di sé per l'indignazione: – Andiamo immediatamente dal notaio, – disse.

Ma lui ritenne opportuno procurarsi prima un certificato medico. Perciò tornarono dal dottor Lefilleul.

Questi li riconobbe immediatamente e chiese: – Ebbene, ci siete riusciti?

Arrossirono tutti e due fino alle orecchie, e Cora balbettò un po' confusa: – Credo di sí, dottore.

Il medico si fregava le mani: – Me lo aspettavo, me lo aspettavo. L'espediente che vi ho consigliato non fallisce mai, a meno che non ci sia l'incapacità totale di uno dei coniugi.

Dopo aver esaminato la giovane donna, dichiarò: – Ci siamo, complimenti!

E scrisse su di un foglio: «Io sottoscritto, dottore in medicina della Facoltà di Parigi, certifico che Madame Coralie Lesable, nata Cachelin, presenta tutti i sintomi di una gravidanza che data di tre mesi circa».

Poi, rivolgendosi a Lesable: – E voi? Questi polmoni? Questo cuore? – Lo auscultò e lo trovò perfettamente guarito.

Se ne andarono felici e contenti, a braccetto, con passo leggero. Ma per la strada Léopold ebbe un'idea: – Forse faresti bene a metterti uno o due panni intorno alla vita, prima di andare dal notaio, cosí si vedrà subito e sarà tanto meglio... Non potrà credere che si voglia guadagnar tempo.

Tornarono a casa e fu lui stesso a spogliare la moglie per dispor-

re una rotondità ingannatrice. Dieci volte di seguito cambiò di posto i panni e, allontanandosi di qualche passo, ne giudicava l'effetto, cercando di ottenere una verosimiglianza perfetta.

Quando fu soddisfatto del risultato uscirono di nuovo e, per la
strada, lui pareva fiero di portare a spasso quel ventre prominente
che attestava la sua virilità.

Il notaio li accolse con benevolenza. Poi ascoltò le loro spiegazioni, diede una scorsa al certificato e, poiché Lesable insisteva,
disse: – Del resto basta guardarla! – e lanciò un'occhiata convinta
alla vita ispessita e gonfia della giovane donna.

Aspettavano ansiosi; il legale dichiarò: – Benissimo, che il
bambino sia nato o nascituro, il bambino esiste, vive. Per cui so-
prassederemo all'esecuzione del testamento fino a che la signora
non avrà partorito.

Uscendo dallo studio si baciarono sulla scala, tanta era la loro
gioia.

VII.

Dopo la felice scoperta, i tre congiunti vivevano in un accordo
perfetto. Erano di umore gaio, costante e placido. Cachelin aveva
ritrovato la giovialità di una volta, e Cora era piena di premure per
suo marito. Anche Lesable pareva un altro uomo, sempre contento
e cordiale come mai lo era stato.

Maze veniva piú di rado, e ora pareva a disagio nella famiglia;
lo accoglievano sempre bene, ma con un po' di freddezza, poiché la
felicità è egoista e fa a meno degli estranei.

Lo stesso Cachelin pareva provasse una certa ostilità nascosta
verso il bel giovane, che qualche mese prima aveva accolto con tante premure in casa. Fu lui che annunciò all'amico la gravidanza di
Coralie. Glielo disse bruscamente: – Sapete, mia figlia è incinta!

Maze, fingendosi sorpreso, rispose: – Ah! be'! chissà come sarete contenti!

– Perdiana! – esclamò Cachelin, notando che il suo collega non
pareva per nulla soddisfatto. Agli uomini non piace vedere in quelle condizioni, sia per colpa loro o no, le donne delle quali sono i
fedeli.

Ciononostante, Maze continuava ad andare a casa loro tutte le
domeniche. Ma passare quelle serate insieme diventava sempre piú
faticoso, anche se tra loro non c'era stato nessuno screzio; e quello
strano imbarazzo aumentava di settimana in settimana. E una bella

sera, appena Maze se ne fu andato, Cachelin dichiarò furioso: — Comincio ad averne abbastanza di quello lí!

— Il fatto è che non ci si guadagna a conoscerlo bene, — rispose Lesable. Cora aveva abbassato gli occhi. Non espresse il suo parere. Ogni volta che si trovava davanti al bel Maze, pareva imbarazzata, mentre lui, da parte sua, pareva quasi vergognoso quando le era accanto; non la guardava piú sorridendo come una volta, non offriva piú biglietti per il teatro e sembrava sopportare come un inevitabile fardello quella intimità, una volta cosí schietta.

Ma un giovedí, all'ora di cena, quando suo marito tornò dall'ufficio, Cora gli baciò i favoriti con piú moine del solito, e gli sussurrò all'orecchio:

— Non mi sgriderai mica?

— Perché?

— Sai... Poco fa è venuto a trovarmi Monsieur Maze. E io, dato che non voglio che si chiacchieri sul mio conto, l'ho pregato di non venire mai piú qui quando tu non ci sei. Mi è parso un po' seccato!

Lesable, sorpreso, chiese:

— E allora, cosa ha detto?

— Oh! Non ha detto gran che, ma non mi è piaciuto lo stesso, e l'ho pregato di non venire proprio piú. Ora, siccome siete stati tu e papà a portarlo qui, e io non ci sono entrata affatto, temevo di farti dispiacere mettendolo alla porta.

Lesable si sentí invadere da una gioia riconoscente:

— Hai fatto bene, benissimo. Anzi, te ne ringrazio.

Allo scopo di chiarire bene i rapporti tra i due uomini, che lei aveva già stabilito, aggiunse: — In ufficio farai finta di non sapere nulla e lo tratterai come in passato; soltanto, non verrà piú qui.

E Lesable, stringendo teneramente la moglie tra le braccia, la coprí di baci sugli occhi e sulle guance, ripetendo: — Sei un angelo... sei un angelo...! — E sentiva contro il suo, il ventre di Cora col bambino già cresciuto.

VIII.

Fino alla fine della gravidanza non successe nulla di nuovo.

Negli ultimi giorni di settembre, Cora diede alla luce una bambina. La chiamarono Désirée, ma poiché volevano fare un battesimo solenne, decisero di rimandarlo all'estate successiva, nella villa che avrebbero comprato.

La scelsero ad Asnières, sull'altura che domina la Senna.

Durante l'inverno erano successe cose importanti. Appena entrato in possesso dell'eredità, Cachelin aveva chiesto la pensione che gli fu immediatamente liquidata, e aveva lasciato l'ufficio. Passava le ore di ozio a ritagliare con una sottile sega meccanica i coperchi delle scatole di sigari. Ne faceva casse da orologi, cofanetti, portavasi, ogni sorta di strani aggeggi. L'ispirazione gli era venuta vedendo un artigiano ambulante sul viale dell'Opéra, che lavorava a quel modo su delle placche di legno, ed ora si era appassionato a quel lavoro. E bisognava che tutti ammirassero ogni giorno i suoi nuovi disegni, sapientemente complicati e insieme puerili.

Lui stesso, in ammirazione dinanzi alla sua opera, esclamava continuamente: – È incredibile quel che si riesce a fare!

Il sottocapo Rabot finalmente era morto, e Lesable ne faceva le veci, pur non essendo titolare, poiché non aveva la necessaria anzianità di grado dopo la sua ultima promozione.

Cora aveva capito, indovinato, intuito quali sono i mutamenti che la ricchezza impone, ed era diventata un'altra donna, piú riservata, piú elegante.

Per il Capodanno, fece una visita alla consorte del capo, un donnone rimasto provinciale dopo trentacinque anni di vita a Parigi, e seppe pregarla con tanta grazia e con tanta seduzione di far da madrina alla sua figlioletta, che Madame Torchebeuf accettò. Padrino, fu il nonno Cachelin.

La cerimonia si svolse in una sfolgorante domenica di giugno. Erano stati invitati tutti gli impiegati dell'ufficio, eccetto il bel Maze, che non si vedeva piú.

Alle nove Lesable stava aspettando davanti alla stazione il treno di Parigi, mentre uno staffiere in livrea, coi grossi bottoni dorati, teneva per la briglia un florido cavallino, attaccato ad un calessino nuovo fiammante.

La locomotiva fischiò di lontano, poi comparve, trascinandosi dietro un rosario di carrozze, dalle quali sgorgò un'ondata di viaggiatori.

Torchebeuf uscí da una carrozza di prima classe insieme alla moglie, tutta sgargiante, mentre Pitolet e Boissel vennero fuori da un vagone di seconda. Non si erano arrischiati ad invitare Savon, ma si erano messi d'accordo per incontrarlo, casualmente, nel pomeriggio, e portarlo a cena col consenso del capo.

Lesable si slanciò verso il superiore, che veniva avanti piccolissimo col suo soprabito infiorato dalla grossa decorazione simile ad una rosa rossa spampanata. Il testone spropositato, sormontato da un cappello a tesa larga, schiacciava il suo corpo mingherlino, facendolo rassomigliare ad un fenomeno da baraccone; la moglie, se si fosse alzata appena sulla punta dei piedi, avrebbe potuto facilmente guardare al di sopra della sua testa.

Léopold, raggiante, si inchinava, ringraziava. Li fece salire sul calesse, poi correndo verso i due colleghi rimasti indietro per modestia, strinse loro la mano, scusandosi di non poter portare anche loro nella vettura, troppo piccola: — Camminate lungo il fiume e arriverete dinanzi alla mia porta: Villa Désirée, la quarta dopo la svolta. Spicciatevi.

Salí in carrozza, afferrò le redini e partí, mentre lo staffiere balzava agilmente sul seggiolino posteriore.

La cerimonia si svolse nel migliore dei modi. Poi tornarono alla villa per il pranzo. Ogni invitato trovò sotto il tovagliolo un regalo proporzionato alla sua importanza. La madrina ebbe un braccialetto d'oro massiccio, suo marito una spilla da cravatta con rubini, Boissel un portafogli di cuoio di Russia e Pitolet una superba pipa di schiuma. Era Désirée che offriva quei doni ai suoi nuovi amici.

Madame Torchebeuf, rossa di confusione e di gioia, si mise al braccio il cerchio risplendente, e il capo, poiché aveva un'esile cravattina nera che non poteva reggere la spilla, se l'appuntò sul risvolto della redingote, al di sotto della Legion d'onore, come un'altra decorazione di ordine minore.

Dalla finestra si vedeva un lungo nastro d'acqua che saliva verso Suresnes, lungo le rive alberate. Il sole cadeva a picco sull'acqua trasformandola in un fiume di fuoco. L'inizio del pranzo fu austero, reso serio dalla presenza di Monsieur e Madame Torchebeuf. Ma a poco a poco venne il buonumore. Cachelin lanciava delle spiritosaggini pepate e pesanti che sentiva di potersi permettere perché era ricco; e tutti risero.

Se le avessero dette Pitolet o Boissel sarebbero senz'altro parse sconvenienti.

Alla frutta, fecero portare la bambina, e ogni convitato la baciò. Affogata in una spuma di merletti, la bimba guardava tutta quella gente con i suoi occhi azzurri, torbidi e senza pensiero, e muoveva un po' la testolina paffuta, nella quale pareva cominciasse a svegliarsi un principio di attenzione.

Pitolet, tra il brusio delle voci, sussurrò all'orecchio di Boissel che gli era accanto: — Pare proprio una Mazettina!

Il giorno seguente la battuta fece il giro del ministero.

Frattanto erano suonate le due; furono serviti i liquori, e Cachelin propose di visitare la proprietà e di andare poi a fare un giro in riva alla Senna.

I convitati, in processione, girarono da una stanza all'altra, dalla cantina fino alla soffitta, poi si divisero in due gruppi per la passeggiata.

Cachelin, che si sentiva un po' a disagio con le signore, trascinò Boissel e Pitolet nei caffè lungo il fiume; mentre le signore Torchebeuf e Lesable, con i loro mariti, sarebbero passate sulla riva opposta, non potendo delle signore perbene mescolarsi alla folla scamiciata della domenica.

Camminavano piano piano sulla strada alzaia, seguite dai due uomini che parlavano gravemente di affari d'ufficio.

Sul fiume passavano le canoe, spinte a gran colpi di remi da giovanottoni dalle braccia nude, che mostravano il gioco dei muscoli sotto la pelle abbronzata. Le donne canottiere, distese sulle pelli di animali nere o bianche, manovravano il timone, intorpidite dal sole, tenendo aperti sulle loro teste, simili a enormi fiori galleggianti sull'acqua, ombrelli di seta rossa, gialla o turchina. Da una barca all'altra, correvano grida, richiami e insulti; e un brusio lontano di voci umane, continuo e confuso, rivelava, laggiú, la folla brulicante dei giorni festivi.

File immobili di pescatori con la lenza se ne stavano lungo tutto il fiume, mentre i bagnanti seminudi, in piedi su pesanti barconi da pesca, si tuffavano a capofitto, risalivano sulle barche per poi rituffarsi in acqua.

Madame Torchebeuf guardava stupita. Cora le disse: – È cosí tutte le domeniche. Sciupano questo posto, che è meraviglioso.

Un canotto stava venendo avanti, adagio adagio. Due donne vogavano, portando due giovanottoni, sdraiati sul fondo. Una di loro gridò verso la riva: – Ohè! Ohè! Ho un uomo da vendere, costa poco, lo volete?

Cora, voltandosi dall'altra parte con disprezzo, prese il braccio della sua ospite: – Non possiamo neanche restar qui, andiamocene! Che ignobili creature!

E tornarono indietro. Torchebeuf stava dicendo a Lesable: – D'accordo per il primo gennaio. Il direttore me l'ha formalmente promesso.

– Non so come ringraziarvi, caro commendatore, – rispondeva Lesable.

Tornando a casa, trovarono Cachelin, Pitolet e Boissel, che ridevano a crepapelle, portando quasi di peso Savon, incontrato sulla riva con una donnina, dicevano per scherzo.

Il vecchio, sbigottito, protestava: – Non è vero, no, non è vero! Non sta bene dire cose simili, Monsieur Cachelin, non sta bene!

E Cachelin, soffocando, gridava: – Ah! vecchio burlone! La chiamavi: «Piumina d'oca adorata». Ah! sei nelle nostre mani, vecchio libertino!

Anche le signore si misero a ridere, tanto il brav'uomo pareva smarrito.

Cachelin riprese: – Se Monsieur Torchebeuf lo permette, lo terremo prigioniero, per punirlo, e lo faremo cenare con noi.

Il capo acconsentí con benevolenza. E continuarono a ridere alle spalle della dama abbandonata dal vecchio, che continuava a protestare, addolorato per il brutto scherzo.

Fino a sera, fu il pretesto di inesauribili battute di spirito, che si spinsero anche parecchio avanti.

Cora e Madame Torchebeuf, sedute sotto la tenda della terrazza, ammiravano i riflessi del tramonto. Il sole gettava sulle foglie una polvere di porpora. Neppure un soffio d'aria smuoveva i rami, una pace serena e infinita scendeva dal cielo fiammeggiante e tranquillo.

Passava ancora qualche barca, piú lenta, che tornava all'approdo.

Cora chiese: – Pare che quel povero Savon abbia sposato una donnaccia, è vero?

Madame Torchebeuf, che era al corrente di tutte le cose dell'ufficio, rispose: – Sí, un'orfana troppo giovane, che l'ha tradito con un pessimo soggetto e che poi se n'è scappata con lui –. Quindi la grossa signora soggiunse:

– Dico che era un pessimo soggetto, ma non ne so nulla. Molti dicono che si volevano bene davvero. In ogni caso, Savon non è certo un bell'uomo.

Madame Lesable rispose con dignità: – Non è una buona scusa. Il pover'uomo è proprio da compatire. Anche il nostro vicino, Monsieur Barbon, si trova nella stessa condizione. Sua moglie si è infatuata di una specie di pittore che veniva a passare qui tutte le estati, e se n'è scappata con lui all'estero. Non capisco come una donna possa cadere cosí in basso. A mio avviso, ci dovrebbe essere un castigo speciale per queste miserabili che portano il disonore nella famiglia.

In fondo al viale comparve la balia che portava Désirée, avvolta nei suoi merletti. La bimba veniva verso le due signore, tutta rosea nella nuvola d'oro rosso della sera. Guardava il cielo infuocato con lo stesso sguardo vacuo, stupito e incerto che posava sulle persone. Tutti gli uomini che stavano chiacchierando lí accanto si avvicinarono; e Cachelin, afferrando la nipotina, la sollevò sulle brac-

cia, come se avesse voluto portarla al firmamento. Ella si stagliava
sullo sfondo lucente dell'orizzonte, con il suo lungo vestito bianco
che arrivava fino a terra.

— Ecco, — esclamò il nonno, — non c'è nulla di meglio al mondo,
non vi pare, Savon?

Il vecchio non rispose, non aveva nulla da dire o forse pensava
a troppe cose.

Un domestico aprí la vetrata sulla terrazza, annunciando:

— La signora è servita!

15 marzo - 26 aprile 1884.

RICORDO

Quanti ricordi di gioventú mi tornano in mente sotto la dolce carezza del primo sole! È quella un'età in cui tutto è bello, allegro, affascinante, inebriante. E come sono deliziosi i ricordi delle passate primavere!

Vi ricordate, vecchi amici, fratelli miei, quegli anni di felicità in cui la vita era esultanza e allegria? Vi ricordate quelle giornate di vagabondaggio nei dintorni di Parigi, la nostra radiosa povertà, le nostre passeggiate nei boschi rinverditi, le ubriacature d'aria pura nelle osterie sulle rive della Senna, le nostre avventure d'amore cosí banali e deliziose?

Voglio raccontare una di quelle avventure. Risale a dodici anni fa e mi pare già vecchia, cosí vecchia, che è come se fosse accaduta all'altro capo della mia vita, prima della svolta, quella brutta svolta dalla quale ho improvvisamente scorto la fine del viaggio.

Avevo allora venticinque anni ed ero giunto da poco a Parigi, ero impiegato in un ministero, e le domeniche mi sembravano feste straordinarie, cariche di una felicità esuberante, benché non accadesse mai nulla di straordinario.

Oggi è domenica tutti i giorni. Ma rimpiango il tempo in cui ne avevo soltanto una alla settimana. Quant'era bello! Avevo sei franchi da spendere!

Quella mattina mi svegliai presto, con quella sensazione di libertà che gli impiegati conoscono cosí bene, quella sensazione di liberazione, di riposo, di tranquillità, di indipendenza.

Spalancai la finestra. Era una giornata splendida. Il cielo turchino si stendeva sulla città, pieno di sole e di rondini.

Mi vestii alla svelta e uscii. Volevo passare una giornata nei boschi a respirare l'aria pura della campagna; perché sono di origine campagnola e sono cresciuto in mezzo alle erbe e agli alberi.

Parigi si destava, allegra, nel caldo e nella luce. Le facciate delle case risplendevano; i canarini delle portinaie si sgolavano nelle loro gabbie; c'era per le strade un'allegria che illuminava i volti, faceva sorridere ogni cosa, come una sorta di misteriosa felicità delle creature e delle cose sotto il limpido sole nascente.

Raggiunsi la Senna, per prendere l'*Hirondelle*, che mi avrebbe portato a Saint-Cloud.

Quanto mi piaceva aspettare il vaporino sulla banchina! Mi pareva di dover andare in capo al mondo, verso paesi nuovi e meravigliosi. Lo vedevo comparire, quel vaporino, in fondo in fondo, sotto l'arcata del secondo ponte, minuscolo col suo pennacchio di fumo, poi piú grosso, piú grosso, sempre piú grosso: ed esso prendeva nella mia fantasia le dimensioni di un piroscafo.

Accostava e io salivo.

Era già carico di gente vestita a festa, in abiti vistosi e sgarganti, con nastri sfolgoranti e grossi faccioni scarlatti. Mi mettevo proprio avanti, in piedi, e guardavo fuggir via le banchine, gli alberi, le case, i ponti. E, improvvisamente, vedevo il grande viadotto del Point-du-Jour che sbarrava il fiume. Parigi finiva, cominciava la campagna; e dietro la duplice fila di archi, la Senna si allargava all'improvviso, come se le avessero ridato spazio e libertà, e diventava d'un tratto il bel fiume placido che scorre attraverso le pianure ai piedi delle colline boscose, tra i campi, sfiorando le foreste.

Dopo essere passata tra due isole, l'*Hirondelle* seguí la curva di un verde pendio punteggiato da casette bianche. Una voce annunciò: – Bas-Meudon, – un poco piú oltre: – Sèvres, – ed ancora piú oltre: – Saint-Cloud.

Scesi e percorsi di buon passo la strada che, attraverso la piccola cittadina, conduce al bosco. Mi ero portato una carta dei dintorni di Parigi per non smarrirmi per i sentieri che si intersecano in ogni direzione in quelle piccole foreste, meta delle passeggiate dei parigini.

Appena fui all'ombra, studiai l'itinerario che mi parve d'altronde di una assoluta semplicità. Dovevo voltare a destra, poi a sinistra, poi ancora a sinistra e sarei arrivato a Versailles a sera, per l'ora di cena.

E cominciai a camminare piano piano, sotto le foglie nuove, bevendo quell'aria che ha il sapore e il profumo delle gemme e delle linfe. Camminavo piano piano, senza pensare piú alle scartoffie dell'ufficio, al capo, ai colleghi, alle pratiche, e pensando invece alle cose felici, che certo mi sarebbero capitate, e al vago ignoto avvenire. Mi tornavano alla mente mille ricordi d'infanzia, risvegliati in me dagli effluvi della campagna, e camminavo impregnato, avvolto dal profumo delizioso, vivo e palpitante dei boschi, nel tepore del gran sole di giugno.

Talvolta mi sedevo per guardare, lungo una scarpata, ogni specie di fiorellini dei quali conoscevo il nome da molto tempo. Li riconoscevo uno per uno come se fossero stati proprio quegli stessi fiori che vedevo una volta al mio paese. Erano gialli, rossi, violetti, sottili, graziosi, arrampicati su lunghi steli o incollati per terra. Insetti di ogni colore e di ogni forma, tozzi, esili, di fattura straordinaria, mostri orrendi e minuscoli che si arrampicavano faticosamente sui fili d'erba che si piegavano sotto il loro peso.

Poi dormii per qualche ora in un fossato e mi rimisi in cammino fresco e rinfrancato da quel sonno.

Mi si aprí davanti un magnifico viale il cui fogliame, un po' rado ancora lasciava piovere ovunque sul terreno gocce di sole, che illuminavano candide margherite. Il viale si stendeva interminabilmente, deserto e calmo. Soltanto un grosso calabrone solitario lo percorreva, fermandosi di tanto in tanto per succhiare un fiore, che si curvava sotto di lui, e distaccandosene quasi subito per andare a posarsi piú lontano. Il suo corpo enorme pareva di velluto bruno striato di giallo, sorretto da due ali trasparenti e smisuratamente piccole.

Ma d'un tratto scorsi in fondo al viale due persone, un uomo e una donna, che venivano verso di me. Seccato di essere disturbato nella mia tranquilla passeggiata, stavo per infilarmi nel bosco, quando mi parve che mi chiamassero. La donna infatti agitava l'ombrellino e l'uomo, in maniche di camicia, con la giacca sul braccio, alzava l'altro in un gesto di disperazione.

Andai loro incontro. Camminavano svelti, molto rossi tutti e due; lei a passettini affrettati, lui a grosse falcate. Sul loro volto traspariva il malumore e la stanchezza.

La donna mi chiese subito:

— Potete dirci dove ci troviamo? Quell'imbecille di mio marito ci ha fatto perdere, pretendendo di conoscere perfettamente la zona.

Risposi con sicurezza:

— Ma state andando verso Saint-Cloud e volgete le spalle a Versailles.

La donna lanciò al suo uomo un'occhiata compassionevole e irritata:

— Come? Volgiamo le spalle a Versailles! Ma se è proprio lí che vogliamo essere per la cena!

– Ci sto andando anch'io, signora.

Lei ripeté parecchie volte, alzando le spalle:

– Mio Dio, mio Dio, mio Dio! – con quel tono di supremo disprezzo con cui le donne esprimono la loro esasperazione.

Era giovanissima, graziosa, moretta, con un'ombra di peluria sulle labbra.

Lui, il marito, sudava e si asciugava la fronte. Era una coppia di piccoli borghesi parigini, certamente. L'uomo pareva sfinito, spossato e afflitto.

Mormorò:

– Ma, tesoro... sei stata tu...

Lei non lo lasciò finire:

– Ah! Sono io!... Ora è colpa mia! Sono io che son voluta partire senza chiedere informazioni, con la scusa che sarei sempre riuscita ad orientarmi? Sono io che ho voluto svoltare a destra, in cima alla collina, affermando che riconoscevo la strada? Sono io che sono stata attenta a Cachou?...

Non aveva ancora finito di parlare che il marito, come colto da un attacco di pazzia, lanciò un grido penetrante, un lungo grido selvaggio, che non si potrebbe scrivere in nessuna lingua, ma che somigliava a: tiiitiiit.

La giovane donna non parve né stupita né colpita e continuò:

– Ma insomma, c'è della gente cosí scema che pretende sempre di saper tutto. Di' un po', sono io che ho preso l'anno passato il treno di Dieppe invece di quello di Le Havre, di', sono stata io? Sono io che ho scommesso che Monsieur Letourneur abitava in rue des Martyrs?... Ed ero io che non volevo credere che Céleste era una ladra?...

E continuava con furia, con una sorprendente velocità di parola, accumulando le accuse piú svariate, piú inattese, piú schiaccianti, ispirate da tutte le situazioni della vita familiare, rimproverando al marito azioni, idee, atteggiamenti, propositi, tentativi, sforzi, tutta la sua vita, dal giorno del matrimonio fino a quel momento.

Lui cercava di fermarla, di calmarla, e balbettava:

– Ma tesoro... è inutile... davanti al signore... Stiamo dando spettacolo... Sono cose che al signore non interessano...

E volgeva gli occhi imploranti verso la boscaglia, come se volesse sondarne la profondità misteriosa e tranquilla, per lanciarvisi dentro, scappare, nascondersi a tutti gli sguardi; e di tanto in tanto, lanciava un nuovo grido, un tiiitiiit prolungato, acutissimo. Credetti che fosse una malattia, un tic nervoso.

La giovane donna, volgendosi improvvisamente verso di me, e mutando tono con una rapidità singolare, disse:

— Se il signore lo permettesse, potremmo fare la strada insieme per non perderci di nuovo e correre il rischio di passare la notte nel bosco.

Mi inchinai; lei mi prese sottobraccio e cominciò a parlare di mille cose, di se stessa, della sua vita, della sua famiglia, del suo commercio. Facevano i guantai in rue Saint-Lazare.

Il marito camminava accanto a lei, continuando a lanciare occhiate da pazzo tra il folto degli alberi, e gridando «tiiitiiit» continuamente.

Alla fine gli chiesi:

— Ma perché gridate cosí?

Lui rispose con aria costernata e sgomenta:

— Ho perduto il mio povero cane.

— Come? Avete perduto il cane?

— Sí, aveva appena un anno. Non era mai uscito dalla bottega. Ho voluto portarlo a fare una passeggiata nei boschi. Non aveva mai visto né erba né foglie; è diventato come matto. Si è messo a correre abbaiando ed è sparito nel bosco. Bisogna dire che aveva avuto anche molta paura del treno e, forse, questo lo ha fatto impazzire. L'ho chiamato, l'ho chiamato, ma non si è piú visto. Morirà di fame là dentro.

La giovane donna, senza voltarsi verso il marito, disse:

— Se gli avessi lasciato il guinzaglio non sarebbe successo nulla. Quando uno è bestia come te, non tiene il cane.

Lui mormorò timidamente:

— Ma... tesoro... sei tu...

Lei si fermò di colpo; e guardandolo negli occhi come se avesse voluto cavarglieli, ricominciò a buttargli in faccia un'infinità di rimproveri.

Calava la sera. Il velo di nebbia che ricopre la campagna al crepuscolo si stendeva lentamente; e un che di poetico fluttuava nell'aria, suscitato da quella singolare sensazione di freschezza che riempie i boschi all'avvicinarsi della notte.

All'improvviso, il giovanotto si fermò, tastandosi febbrilmente il corpo.

— Oh! Ho paura di!...

Lei lo guardava:

— Ebbene, che c'è ora?

— Non mi sono accorto che tenevo la giacca sul braccio.

— E allora?

– Ho perduto il portafogli... c'erano tutti i soldi dentro.

Lei cominciò a fremere di rabbia e, soffocata dall'indignazione, gridò:

– Non ci mancava che questa. Quanto sei stupido! Ma quanto sei stupido! Ma guarda se è possibile avere sposato un idiota simile! Ebbene, vallo subito a cercare, e fa' in modo di trovarlo! Io vado a Versailles col signore. Non ho nessuna voglia di dormire nel bosco.

– Sí tesoro, – rispose lui con dolcezza, – e dove vi ritrovo?

Mi avevano raccomandato una trattoria e gliela indicai.

Il marito tornò indietro, chino verso il suolo, scrutandolo ansiosamente e continuando a gridare «tiiitiiit» ad ogni passo.

Tardò molto a scomparire. L'ombra sempre piú fitta lo avvolgeva, in fondo al viale. Ben presto la sua sagoma scomparve, ma si sentí a lungo il suo «tiiit, tiiit, tiiit» lamentoso, e sempre piú acuto via via che la notte si faceva piú buia.

Camminavo con passo vivace e allegro nel dolce languore del crepuscolo, con quella donnina sconosciuta che si appoggiava al mio braccio.

Cercavo inutilmente delle frasi galanti, e rimanevo zitto, turbato, rapito.

All'improvviso ci trovammo su uno stradone che tagliava il viale. A destra, in una valletta, vidi una città. Che paese era mai?

Passava un uomo. Lo chiesi a lui, rispose:

– Bougival.

Rimasi interdetto:

– Come, Bougival? Ne siete sicuro?

– Certo, sono di qui.

La donnina rideva come una matta. Le proposi di prendere una carrozza per raggiungere Versailles. Lei rispose:

– No, no. Mi sto divertendo troppo, e poi ho troppa fame. Del resto sono tranquilla. Mio marito se la caverà sempre, lui. Per me, è tanto di guadagnato essermelo levato di torno per qualche ora.

Entrammo in una trattoria in riva al fiume, e io ebbi il coraggio di prendere una saletta riservata.

La donna si prese una solennissima sbornia, cantò, bevve champagne, fece tante follie... e anche la piú grande di tutte.

Fu il mio primo adulterio!

20 maggio 1884.

LA DOTE

Nessuno si stupí del matrimonio di Monsieur Simon Lebrument con Mademoiselle Jeanne Cordier. Monsieur Lebrument aveva appena comprato lo studio del notaio Papillon; beninteso servivano i soldi per pagarlo, e Mademoiselle Jeanne Cordier aveva proprio trecentomila franchi liquidi in biglietti di banca e titoli al portatore.

Monsieur Lebrument era un bel giovanotto, dai modi eleganti, notarili, provinciali se si vuole, ma pur sempre eleganti, il che è raro a Boutigny-le-Rebours.

Mademoiselle Cordier era fresca e aggraziata, d'una grazia un po' impacciata, di una freschezza un po' goffa, ma era insomma una bella figliola attraente e desiderabile.

La cerimonia degli sponsali mise sossopra tutta Boutigny.

Furono molto ammirati gli sposi, che andarono a nascondere la loro felicità nel domicilio coniugale, poiché avevano deciso di fare soltanto un viaggetto a Parigi dopo qualche giorno di intimità.

Furono davvero incantevoli quei giorni di solitudine. Lebrument seppe agire, nei suoi primi rapporti con la moglie, con un'abilità, una delicatezza, una tempestività notevoli. Aveva adottato questo motto: «Chi sa aspettare coglie il frutto maturo». Seppe essere energico e al tempo stesso paziente. Il successo fu rapido e completo.

In capo a quattro giorni Madame Lebrument adorava suo marito. Non poteva piú stare senza di lui, doveva averlo tutto il giorno accanto a sé per accarezzarlo, abbracciarlo, tormentargli la barba, il naso, eccetera. Gli si sedeva sulle ginocchia e diceva, prendendolo per le orecchie: – Apri la bocca e chiudi gli occhi –. Lui apriva la bocca con fiducia, chiudeva gli occhi a metà, e riceveva un bel bacione tenero, lungo lungo, che gli faceva correre dei gran brividi lungo la schiena. Dal canto suo nemmeno lui aveva abbastanza carezze, labbra, mani, o abbastanza di tutta la sua persona per festeggiare sua moglie dalla mattina alla sera e dalla sera alla mattina.

Trascorsa la prima settimana, Lebrument disse alla giovane compagna:

– Se vuoi, partiamo per Parigi martedí prossimo. Faremo come gli innamorati che non sono ancora sposati, andremo a mangiare fuori, andremo a teatro, nei caffè concerto, dappertutto, dappertutto.

Jeanne saltava dalla gioia:

– Oh sí! Oh sí! Andiamoci il piú presto possibile!

Lui riprese:

– Poi, siccome non bisogna dimenticare nulla, ricorda a tuo padre di tener pronta la dote: la porteremo con noi e, profittando dell'occasione, pagheremo il notaio Papillon.

Lei disse:

– Glielo dirò domattina.

Lebrument se la prese tra le braccia per ricominciare quel tenero giochetto che a lei piaceva tanto da otto giorni.

Il martedí successivo, il suocero e la suocera accompagnarono alla stazione la figlia e il genero che partivano per la capitale.

Il suocero diceva:

– Vi assicuro che è un'imprudenza portarsi dietro una somma simile –. E il giovane notaio sorrideva.

– Non vi preoccupate, caro suocero, sono abituato. Capirete, con la mia professione, mi capita a volte di avere addosso quasi un milione. In questo modo, almeno, eviteremo un mucchio di formalità e un mucchio di ritardi. Non vi preoccupate di nulla.

Il capotreno gridava:

– I viaggiatori per Parigi, in carrozza!

Si precipitarono in una carrozza dove c'erano due vecchie signore.

Lebrument sussurrò all'orecchio della moglie:

– È seccante, non potrò fumare.

Lei rispose sottovoce:

– Secca anche a me, ma non per il tuo sigaro.

Il treno fischiò e partí. Il viaggio durò un'ora, durante la quale non dissero gran che, perché le due vecchie signore non dormivano affatto.

Appena furono nell'atrio della stazione Saint-Lazare, Lebrument disse alla moglie:

– Se vuoi, cara, andremo prima a mangiare sul boulevard, poi torneremo piano piano a prendere i bagagli per portarli all'albergo.

Lei accettò subito.

– Sí, sí, andiamo a mangiare al ristorante. È lontano?

– Sí, un po', – rispose lui, – ma prenderemo l'omnibus.

Lei si stupí:

– Perché non prendiamo una carrozza?

Lebrument la sgridò sorridendo:

– È cosí che fai economia? Una carrozza per cinque minuti di strada, sei soldi al minuto. Non vuoi proprio fare a meno di nulla.

– È vero, – rispose lei, un po' confusa.

Passava un grosso omnibus al trotto dei suoi tre cavalli. Lebrument gridò:

– Cocchiere, ehi, cocchiere!

La pesante vettura si fermò. Il giovane notaio, spingendo avanti la moglie, le disse rapidamente:

– Sali dentro, io mi arrampico su per fumare almeno una sigaretta prima di mangiare.

Lei non ebbe il tempo di rispondere; il conducente, che l'aveva afferrata per un braccio per aiutarla a salire il predellino, la scaraventò nella vettura, e lei andò a finire, smarrita, su di un sedile, guardando con stupore dal vetro di dietro i piedi del marito che si arrampicava sull'imperiale.

Rimase immobile, tra un vecchio signore che puzzava di pipa e una vecchia signora che aveva addosso odore di cane.

Tutti gli altri passeggeri, allineati e silenziosi – un garzone di droghiere, un'operaia, un sergente di fanteria, un signore con gli occhiali d'oro che aveva in testa un tubino dalle falde enormi e rialzate come grondaie, due signore dall'aria altezzosa e stizzosa che parevano dire con il loro atteggiamento: «Ci troviamo qui, ma valiamo qualcosa di piú», due suore, una ragazza senza cappello e un becchino – parevano una collezione di caricature, un museo grottesco, una serie di deformazioni del volto umano, simili a quelle file di comici fantocci che nelle fiere si buttano giú con le palle.

Gli scossoni della vettura sballottavano un po' le loro teste, le scuotevano, facendo tremolare la pelle flaccida delle guance, e le vibrazioni delle ruote li intontivano, sicché parevano idioti e addormentati.

La giovane donna rimaneva inerte.

«Perché non è venuto con me?» si chiedeva, oppressa da una vaga tristezza. Avrebbe, dopo tutto, potuto fare a meno di quella sigaretta.

Le suore fecero segno di fermare, e uscirono una dietro l'altra, diffondendo un odore insipido di vecchie sottane.

La vettura ripartí, si fermò un'altra volta. Salí una cuoca rossa e trafelata. Si sedette, posandosi sulle ginocchia il cesto della spesa. Un forte odore di rigovernatura di piatti si diffuse nell'omnibus.

«È più lontano di quel che credessi», pensava Jeanne.

Il becchino scese e fu sostituito da un cocchiere che puzzava di stalla. La ragazza senza cappello ebbe per successore un fattorino, i cui piedi esalavano il profumo delle sue corse.

La moglie del notaio si sentiva a disagio, nauseata, ed aveva voglia di piangere senza sapere perché.

Scesero altre persone, altre ancora ne salirono. L'omnibus continuava la sua corsa per le strade interminabili, si arrestava alle fermate, si rimetteva in moto.

«Come è lontano! – si diceva Jeanne. – Purché non si sia distratto o addormentato! In questi giorni si è stancato molto».

A poco a poco i viaggiatori scesero tutti. Lei rimase sola sola. Il conducente gridò:

– Vaugirard!

Poiché la giovane non si muoveva, ripeté:

– Vaugirard!

Jeanne lo guardò, comprendendo che si rivolgeva a lei, visto che non c'era rimasto più nessuno. L'uomo disse per la terza volta:

– Vaugirard!

Allora lei chiese:

– Dove siamo?

L'uomo rispose burbero:

– Siamo a Vaugirard, perbacco, son venti volte che lo grido.

– È lontano il boulevard? – disse lei.

– Quale boulevard?

– Il boulevard des Italiens.

– È un bel pezzo che è passato.

– Ah sí, volete avvertire mio marito?

– Vostro marito? E dov'è?

– Ma, sull'imperiale.

– Sull'imperiale? Ma è parecchio che non c'è più nessuno!

La donna fece un gesto di terrore.

– Come? È salito con me. Non è possibile! Guardate meglio, ci deve essere!

Il conducente diventò villano:

– Su, piccola, basta con le chiacchiere, un uomo perduto dieci trovati. Sgombrate, basta. Ne troverete un altro per la strada.

Con le lacrime agli occhi, lei insisté:

– Ma, signore, vi sbagliate, vi assicuro che vi sbagliate. Aveva una grossa cartella sottobraccio.

Il conducente si mise a ridere:

— Una cartella?... Ah, sí, è sceso alla Madeleine. Fa lo stesso, vi ha proprio piantato; ah! ah! ah!...

La vettura si era fermata. Lei scese e, senza volerlo, guardò, con un movimento istintivo degli occhi, sul tetto dell'omnibus. Era deserto.

Allora si mise a piangere e, a voce alta, senza pensare che potevano sentirla o vederla, esclamò:

— Che sarà di me?

Il controllore dell'omnibus si avvicinò:

— Che cosa c'è?

Il conducente rispose con tono beffardo:

— Una signora che lo sposo ha piantato per strada.

L'altro continuò:

— Va bene, non è nulla, occupatevi del vostro lavoro.

E girò sui tacchi.

Allora Jeanne cominciò a camminare, dritta davanti a sé, troppo sgomenta e troppo sconvolta per capire che cosa fosse accaduto. Dove sarebbe andata? Cosa avrebbe fatto? E a lui, che cosa era successo? Com'era potuto avvenire un simile errore, una simile dimenticanza, un simile equivoco, una distrazione cosí incredibile?

Aveva due franchi in tasca. A chi rivolgersi? Di colpo si ricordò del cugino Barral, vicecapufficio al ministero della Marina.

Aveva giusto quanto bastava a pagare la corsa: si fece portare a casa sua. Lo incontrò che stava uscendo per andare al ministero. Portava, come Lebrument, una grossa cartella sotto il braccio.

Lei si slanciò fuori della carrozza, gridando:

— Henry!

Lui si fermò sbalordito:

— Jeanne?... qui, sola?... Che fate... da dove venite?...

Lei balbettò, con gli occhi pieni di lacrime:

— Poco fa s'è perduto mio marito!

— Perduto? E dove?

— Sull'omnibus.

— Su un omnibus?... Oh!...

E lei gli raccontò, piangendo, l'accaduto.

Barral ascoltava, meditando. Chiese:

— Stamani, aveva la testa a posto?

— Sí.

– Bene. Aveva molti soldi con sé?

– Sí, portava la mia dote.

– La vostra dote?... Tutta?

– Tutta... Per pagare il suo studio stamattina.

– Ebbene, cara cugina, vostro marito a quest'ora se la sta svignando verso il Belgio.

La donna non riusciva ancora a capire. Balbettava:

– ...Dite... che mio marito...?

– Dico che vostro marito s'è arraffato tutto il vostro denaro... ecco tutto.

Lei restava ritta, soffocata, mormorando:

– Ma allora è... è un miserabile!

Poi, sentendosi venir meno per l'emozione, si abbatté sul panciotto del cugino.

Poiché la gente si fermava a guardare, questi la spinse dolcemente verso l'ingresso di casa sua e, sorreggendola per la vita, le fece salire le scale, e mentre la domestica interdetta apriva la porta, le ordinò:

– Sophie, correte al ristorante a ordinare un pranzo per due persone. Oggi non andrò al ministero.

9 settembre 1884.

IL LASCITO

Monsieur e Madame Serbois finivano di far colazione, uno di fronte all'altro, con aria cupa.

Madame Serbois, una biondina dagli occhi celesti, dai gesti teneri, mangiava lentamente senza alzare il capo, come oppressa da un pensiero triste e insistente.

Serbois, alto, forte, con le fedine e un'aria da ministro o d'agente d'affari, sembrava nervoso e preoccupato.

Disse infine, come parlando a se stesso:

– Davvero, mi stupisce molto!

E la moglie: – Che cosa, caro?

– Che Vaudrec non ci abbia lasciato niente.

Madame Serbois arrossí; arrossí all'improvviso come se un velo rosa le si fosse steso d'un tratto sulla pelle salendo dal collo alla fronte; disse:

– Forse c'è un testamento dal notaio. Non possiamo ancora saperlo.

In verità aveva l'aria di sapere; Serbois rifletté: – Sí, può darsi. Perché, in fin dei conti, quel ragazzo era il migliore amico di noi due. Stava sempre per casa, un giorno sí e un giorno no pranzava da noi; so benissimo che ti faceva molti regali e questo era un modo come un altro per ripagarci dell'ospitalità; ma insomma, quando si hanno amici come noi, si pensa a loro anche nel testamento. Sono certo che io, se mi fossi ammalato, avrei fatto qualcosa per lui, benché tu sia la mia erede legittima.

Madame Serbois abbassò gli occhi. E, mentre il marito tagliava il pollo, si soffiò il naso come piangendo.

Serbois riprese: – Basta, è possibile che dal notaio ci sia un testamento con un piccolo lascito per noi. Non che io tenga a grandi cose, ma a un ricordo, solo a un segno dell'affetto che aveva per noi.

Allora la moglie con voce esitante: – Se vuoi, andremo dopo colazione dal notaio Lamaneur, cosí sapremo che cosa pensare.

Monsieur Serbois dichiarò: – Non domando di meglio.

Ed essendosi legato un tovagliolo intorno al collo per non macchiare di salsa il vestito, aveva l'aria di un decapitato capace ancora di parlare tra le due belle fedine che spiccavano nere sul bianco della salvietta e della faccia da maggiordomo di gran casa.

Quando entrarono nello studio del notaio Lamaneur, un lieve movimento corse tra gli scrivani e, non appena Serbois stimò opportuno dare il proprio nome, sebbene perfettamente noto, il primo impiegato si alzò con accentuata premura, mentre il secondo sorrideva.

Cosí i due sposi furono introdotti nella stanza del principale.

Era un ometto tutto tondo, tondo da ogni parte. La testa sembrava una palla inchiodata su un'altra palla mossa da due gambette, cosí corte da somigliare anch'esse a due palle.

S'inchinò, indicò due sedie e disse, indirizzando a Madame Serbois un lievissimo cenno d'intesa:

– Stavo appunto per scrivervi pregandovi di passare qui a studio allo scopo di rendervi noto il testamento di Monsieur Vaudrec, che vi concerne.

Monsieur Serbois non seppe trattenersi dall'esclamare: – Ah! me lo ero immaginato.

Il notaio soggiunse:

– Vi darò lettura del documento che d'altronde è assai breve.

Prese dal tavolo un foglio e lesse ad alta voce:

«Io sottoscritto, Paul-Emile-Cyprien, sano di corpo e di mente, esprimo qui le mie ultime volontà.

Poiché la morte può cogliermi in qualsiasi momento, voglio prendere, prevedendo prossimo il suo arrivo, la precauzione di scrivere questo testamento che resterà depositato nello studio del notaio Lamaneur.

Non avendo eredi diretti, lascio tutto il mio patrimonio, composto di valori di Borsa, per quattrocentomila franchi, e di beni fondiari per circa seicentomila franchi, a Madame Claire-Hortense Serbois, senza alcun carico o condizione. La prego di accettare questo dono di un amico morto come prova di un affetto devoto, profondo e rispettoso.

Scritto a Parigi, il 15 giugno 1883.   Firmato: Vaudrec».

Madame Serbois aveva abbassato la testa e rimaneva immobile, mentre il marito sgranava gli occhi stupiti, che andavano dal notaio alla moglie.

Dopo un momento di silenzio, il notaio riprese:

— Ben s'intende, signore, che la signora non può accettare questa eredità senza il vostro consenso.

Monsieur Serbois si alzò in piedi: — Chiedo il tempo di riflettere, — disse.

Il notaio, che sorrideva non senza una certa malizia, s'inchinò: — Comprendo lo scrupolo che può farvi esitare, caro signore; la gente dà a volte giudizi malevoli. Volete tornar qui, domani, alla medesima ora, per darmi una risposta?

E Monsieur Serbois, inchinandosi: — Sí, signore, a domani.

Salutò cerimoniosamente, offerse il braccio alla moglie piú rossa d'una peonia, e ancora con gli occhi fissi ostinatamente a terra; poi uscí con un'aria tanto imponente che gli scrivani rimasero senza fiato.

Appena furono tornati a casa, Monsieur Serbois, chiusa la porta, dichiarò seccamente:

— Tu sei stata l'amante di Vaudrec.

La moglie che si stava togliendo il cappello, si voltò sobbalzando.

— Io? Oh!

— Sí, tu!... nessuno lascia a una donna tutta la propria sostanza, se non...

Era diventata pallidissima, mentre con le mani un poco tremati cercava di annodare i lunghi nastri per evitare che strisciassero a terra.

Dopo un momento di riflessione, cominciò a dire: — Ma via... sei pazzo... pazzo..., non speravi tu stesso, poco fa, che... che... ti avesse lasciato qualcosa?

— Sí, poteva lasciare qualcosa... a me,... a me, capisci, ma non a te...

Lo guardò negli occhi in modo profondo e singolare, come per cercarvi qualche cosa, come per scoprirvi quell'ignoto dell'Essere che non riusciamo mai a penetrare, ma appena a indovinare in qualche rapido attimo, negli istanti di incuranza, d'abbandono o di disattenzione che sono come porte lasciate socchiuse sull'interno misterioso dell'anima; poi disse lentamente:

– Mi sembra tuttavia che... se... che la gente avrebbe trovato almeno altrettanto strano un lascito di tale importanza fatto da lui... a te.

Lui, bruscamente, con la vivacità di un uomo leso nelle sue aspettative, domandò:

– E perché?

– Perché... – volse altrove lo sguardo, come presa da un imbarazzo, poi tacque.

Il marito cominciò a camminare a gran passi. Dichiarò:

– Non puoi accettare questo lascito.

Rispose indifferente:

– Va bene. Allora non vale la pena di aspettare fino a domani; possiamo avvertire subito Monsieur Lamaneur.

Serbois le si fermò di fronte, e restarono per qualche istante con gli occhi negli occhi, vicinissimi, cercando di vedere, di sapere, di comprendersi, scoprirsi, sondarsi fino in fondo alla mente, in una di quelle interrogazioni ardenti e mute di due esseri che, pur vivendo insieme, continuano ad ignorarsi, ma si sospettano a vicenda, si fiutano, si spiano senza tregua.

Poi bruscamente egli le mormorò sul viso, a voce bassa:

– Via, confessa che sei stata l'amante di Vaudrec.

Essa alzò le spalle: – Sei matto?... Vaudrec mi amava, credo, ma non mi ha mai avuta... mai.

Batté il piede: – Non è possibile; menti.

E lei tranquilla: – Eppure, è proprio cosí.

L'altro riprese a camminare, poi, fermandosi di nuovo: – Allora, spiegami perché ti lascia tutti i suoi beni, a te...

Rispose incurante: – Semplicissimo. Come dicevi poco fa, eravamo noi i suoi soli amici, viveva a casa nostra come a casa sua, e al momento di far testamento è a noi che ha pensato. Poi, per galanteria, ha messo sul documento il mio nome; perché il mio nome gli è venuto sotto la penna, naturalmente, allo stesso modo che offriva a me i suoi regali, e non a te, vero? Aveva l'abitudine di portarmi dei fiori, di donarmi ogni mese, il cinque, un gingillo, perché ci eravamo conosciuti un cinque di giugno. Lo sai benissimo. A te, non regalava quasi mai nulla, non ci pensava. Si offrono doni alle mogli, non ai mariti; ebbene, il suo ultimo dono lo ha offerto a me, e non a te: niente di piú semplice.

Era cosí tranquilla, cosí naturale che Serbois esitava.

Riprese: – È lo stesso. Farebbe un brutto effetto. Tutti crederebbero quella cosa. Non possiamo accettare.

– Ebbene, non accettiamo, caro. Sarà un milione di meno nelle nostre tasche, ecco tutto.

Si mise a parlare, come pensando a voce alta, senza rivolgersi direttamente alla moglie.

– Già, un milione – è impossibile – perderemmo la reputazione – tanto peggio – avrebbe dovuto lasciarne una metà a me – cosí era tutto a posto.

Sedette con le gambe incrociate e prese a stiracchiarsi le fedine, come faceva nelle ore di grande meditazione.

Madame Serbois, aperto il cestino da lavoro, ne trasse fuori un piccolo ricamo e, mettendosi a lavorare:

– Io non ci tengo, – disse. – Spetta a te rifletterci.

Rimase a lungo senza rispondere; poi con voce esitante:

– Ecco, forse ci sarebbe un mezzo: dovresti cedermi mezza eredità con una donazione tra vivi. Non abbiamo figli: puoi farlo. In questo modo, chiuderemo la bocca alla gente.

La moglie disse gravemente: – Non vedo bene come ciò le chiuderà la bocca.

S'infuriò all'improvviso: – Si vede che sei una stupida. Diremo di avere ereditato metà per uno; e sarà vero. Non abbiamo bisogno di spiegare che il testamento era a nome tuo.

Lo guardò ancora con uno sguardo che lo trapassava da parte a parte: – Come vuoi; sono pronta.

Allora Serbois si alzò in piedi e riprese ad andare avanti e indietro. Sembrava di nuovo esitare, ma aveva un viso raggiante: – No... forse è meglio rinunciare del tutto... è piú dignitoso.... eppure... in questo modo nessuno avrebbe nulla da dire... Le persone piú scrupolose sarebbero costrette a inchinarsi... Sí, questo accomoda tutto...

Si fermò davanti alla moglie: – Ebbene, se vuoi, tesoruccio, tornerò da solo dal notaio Lamaneur per consultarlo e spiegargli la cosa. Gli dirò che tu preferisci fare cosí, per convenienza, perché nessuno possa sparlare. Dal momento che accetto la metà di questo lascito, è evidentissimo che sono sicuro del fatto mio e che, al corrente della situazione, la giudico assolutamente chiara ed onesta. È come se ti dicessi: «Accetta anche tu, cara moglie, poiché accetto io, tuo marito». Diversamente, non sarebbe dignitoso.

Madame Serbois disse semplicemente: – Come vuoi.

L'altro riprese, parlando adesso con eloquenza sovrabbondante: – Sí, dividendo l'eredità, la cosa trova una facile spiegazione: siamo gli eredi di un amico che non ha voluto far differenza tra noi due, che non ha voluto aver l'aria di dire: «preferisco l'uno o l'altro dopo la mia morte, come l'ho preferito in vita». E sta' pur certa che, se ci avesse pensato, avrebbe agito cosí. Come hai detto benissimo, era a te che offriva sempre qualche regalo; ed è a te che ha voluto lasciare un ultimo ricordo...

La moglie lo interruppe con una sfumatura d'impazienza. – Va bene. Ho capito. Non hai bisogno di tante spiegazioni. Va' subito dal notaio.

Lui balbettò, arrossendo, improvvisamente confuso: – Hai ragione. Vado.

Prese il cappello e avvicinandosi a lei, sporse le labbra per baciarla, mormorando:

– A presto, carissima.

Essa gli porse la fronte e vi ricevette un grosso bacio, mentre le folte fedine le solleticavano le guance.

Poi uscí con aria raggiante.

Madame Serbois, lasciando cadere il ricamo, si mise a piangere.

23 settembre 1884.

BOMBARD

Simon Bombard la trovava spesso crudele, la vita! Era nato con un'attitudine incredibile a far niente e con un desiderio smodato di non contrariare questa vocazione. Ogni sforzo morale o fisico, ogni gesto compiuto per uno scopo determinato gli pareva al di sopra delle sue forze. Appena sentiva parlare di una faccenda seria, diventava distratto, tanto la sua mente era incapace di tensione o anche solo di attenzione.

Figlio di un merciaio di Caen, non aveva avuto pensieri, come dicevano in famiglia, fino all'età di venticinque anni.

Ma, essendo i suoi sempre piú prossimi a fallire che a far fortuna, era assai spesso a corto di quattrini e ne soffriva terribilmente.

Grande e grosso, bel ragazzo, con fedine rosse alla normanna, il colorito florido, gli occhi celesti, stupidi e allegri, la pancia già un po' sporgente, vestiva con un'eleganza chiassosa da provinciale in festa. Rideva, gridava, gesticolava a dritto e a rovescio, ostentando un buonumore tempestoso e una sfacciataggine da commesso viaggiatore. Considerava la vita come fatta unicamente per gozzovigliare e scherzare; e non appena gli toccava porre un freno alla sua gioia chiassosa, cadeva in una specie di sonnolenza inebetita, essendo perfino incapace di sentirsi triste.

Tormentato dal bisogno di denaro, soleva ripetere una frase divenuta celebre tra i suoi conoscenti:

– Per diecimila franchi di rendita, mi metterei a fare il boia.

Passava ogni anno quindici giorni a Trouville e questo lo chiamava «far la stagione».

S'insediava in casa di certi cugini che gli prestavano una camera e, dal giorno dell'arrivo a quello della partenza, passeggiava sulle tavole che vanno lungo la grande spiaggia sabbiosa.

Camminava con passo sicuro, tenendo le mani in tasca o dietro la schiena, sempre vestito di abiti ampi, panciotti chiari, cravatte vistose, col cappello sulle ventitre e un sigaro da un soldo all'angolo della bocca.

Camminava sfiorando le donne eleganti, squadrando gli uomini col fare di un bravaccio sempre pronto a «una scarica di legna-
te», e cercando... cercando... perché infatti cercava.

Cercava moglie, contando sul proprio aspetto fisico. Si era
detto:

«Che diavolo, nel mucchio delle donne che vengono qui, finirò
ben per trovare quella che mi conviene!» E cercava col fiuto di
un can da caccia, un fiuto da normanno, sicuro di riconoscere a prima vista colei che lo avrebbe reso ricco.

Un lunedí mattina mormorò:
– Guarda – guarda – guarda.

Era una giornata splendida, una di quelle giornate gialle e azzurre del mese di luglio in cui sembra che piova caldo. L'ampia
spiaggia coperta di gente, di vestiti eleganti, di colori, pareva un
giardino di donne; e le barche da pesca dalle vele brune, quasi immobili sull'acqua turchina che le rifletteva rovesciate, sembravano
dormire sotto il gran sole delle dieci. Restavano là, di fronte alla
piattaforma di legno, alcune molto vicine, altre piú lontane, altre
lontanissime, senza muoversi, come accasciate da una pigrizia da
giornata estiva, troppo indolenti per raggiungere l'alto mare e perfino per entrare in porto. E, laggiú, si scorgeva vagamente, nella
bruma, la costa di Le Havre sulla cui estremità spiccavano due
punti bianchi, i fari di Sainte-Adresse.

Bombard aveva detto a se stesso:
– Guarda, guarda, guarda! – incontrandola per la terza volta e
sentendosi addosso il suo sguardo, uno sguardo da donna matura,
esperta e ardita, pronta ad offrirsi.

Lo aveva certo già notato nei giorni precedenti, perché sembrava anche lei in cerca di qualcuno. Era un'inglese piuttosto alta,
un poco magra, l'inglese audace, di cui i viaggi e le circostanze hanno quasi fatto un uomo. Niente male, del resto, con un passetto
vibrante, vestita semplicemente, con sobrietà, ma pettinata in modo buffo, come si pettinano tutte le inglesi. Gli occhi erano abbastanza belli, sporgenti gli zigomi, i denti troppo lunghi e sempre
in mostra.

Quando arrivò vicino al porto, Bombard tornò indietro, per
vedere se l'incontrava un'altra volta. La incontrò e le lanciò un'occhiata assassina, una occhiata che diceva: «Son qua».

Ma come fare a parlarle?

Tornò indietro per la quinta volta, e la donna, vedendolo venirle incontro di nuovo, si lasciò cadere l'ombrellino.

Lui si slanciò a raccoglierlo e, presentandoglielo:

— Permettete, signora...

— Aôh, voi essere molto gracious.

Si guardarono in faccia e non sapevano piú cosa dirsi. L'inglese si era fatta rossa.

Allora lui, diventando ardito, dichiarò:

— Fa proprio bel tempo.

L'altra mormorò:

— Aôh, delicious!

E rimasero là, uno di fronte all'altra, imbarazzati, ma senza pensare di andarsene, nessuno dei due. Fu lei a trovare l'audacia di domandare:

— Essere voi per gran tempo in questo paese?

Le rispose sorridendo:

— Oh! sí, fin quando avrò voglia.

Poi, di punto in bianco, le propose:

— Volete venire fino al molo? È molto carino in queste belle giornate!

Rispose semplicemente:

— Io volere.

E si avviarono fianco a fianco, lei col suo passetto rigido e asciutto, lui con l'andatura ondeggiante di un tacchino che fa la ruota.

Tre mesi dopo, i maggiori commercianti di Caen ricevettero, una mattina, una grande lettera bianca dov'era scritto:

«Monsieur e Madame Prosper Bombard hanno l'onore di partecipare il matrimonio di Monsieur Simon Bombard, loro figlio, con Madame Kate vedova Robertson».

E, sull'altra facciata:

«Madame Kate vedova Robertson ha l'onore di partecipare il suo matrimonio con Monsieur Simon Bombard».

Si stabilirono a Parigi.

La sostanza della vedova si elevava a quindicimila franchi di rendita garantiti. Simon voleva quattrocento franchi al mese per le sue spese personali. Gli toccò dimostrare che la sua tenerezza meritava tale sacrificio. Lo dimostrò facilmente e ottenne quanto chiedeva.

Pei primi tempi andò tutto bene. Madame Bombard giovane non era piú giovane affatto, e la sua freschezza aveva subito qualche attacco; ma aveva una maniera di esigere le cose che non c'era modo di rifiutargliele.

Diceva col suo accento inglese volitivo e grave un: — Oh! Simon noi andare dormire, — che faceva andare Simon verso il letto, come un cane cui il padrone abbia ordinato «a cuccia». E sapeva volere in tutto, di giorno come di notte, in modo da forzare ogni resistenza.

Non si arrabbiava; non faceva scenate; non gridava mai; non aveva mai l'aria irritata o ferita, e nemmeno un po' impermalita. Sapeva parlare, ecco tutto; e parlava al momento giusto, con un tono che non ammetteva repliche.

Piú di una volta Simon fu sul punto di esitare; ma davanti ai desideri imperiosi e brevi di quella strana donna, finiva sempre per cedere.

Tuttavia, trovando monotoni e magri i baci coniugali, e avendo nelle tasche di che offrirsene migliori, presto se ne pagò a sazietà, ma prendendo mille precauzioni.

Madame Bombard se ne accorse e lui non seppe mai come; gli annunciò una sera di aver preso in affitto una casa a Mantes, dove avrebbero abitato d'allora in poi.

L'esistenza divenne piú dura. Cercò diverse distrazioni che non arrivavano affatto a compensare il bisogno di conquiste femminili racchiuso nel suo cuore.

Andò a pesca con l'amo, imparò a distinguere i fondali che piacciono al ghiozzo e quelli preferiti dal carpione o dalla lasca, le rive che predilige il fragolino e le diverse esche che tentano i vari pesci.

Ma vedendo il suo galleggiante tremolare seguendo la corrente, l'ossessionavano altre visioni.

Diventò amico del capufficio della sottoprefettura e del capitano della gendarmeria; e la sera giuocava con loro a whist al caffè del Commercio, ma il suo sguardo triste spogliava la regina di fiori o la donna di quadri, mentre il problema della mancanza di gambe in queste figure a due teste imbrogliava e appannava le immagini che gli sbocciavano in mente.

Allora concepí un piano, un vero piano da normanno astuto. Fece assumere da sua moglie una domestica che gli conveniva:

non già una bella figliuola, una civetta infiocchettata, ma una ragazzona, rossa e traccagnotta, che non poteva destare sospetti e che aveva già preparata al suo programma.

Gli fu procurata in confidenza dal direttore del dazio, un amico complice e compiacente che la garantiva sotto ogni riguardo. E Madame Bombard accettò fiduciosa il tesoro che le veniva presentato.

Simon fu felice, ma felice con precauzione, con timore, con incredibili difficoltà.

Non sfuggiva alla sorveglianza inquieta della moglie, se non per brevi istanti, qua e là, senza respiro.

A forza di cercare un trucco, uno stratagemma, ne trovò uno che ebbe pieno successo.

Madame Bombard, non avendo niente da fare, si coricava assai presto, mentre Bombard che giuocava a whist al caffè del Commercio, tornava a casa ogni sera alle nove e mezza precise. Pensò di farsi aspettare da Victorine nel corridoio di casa, sui gradini del vestibolo, nell'oscurità.

Disponeva al massimo di cinque minuti, perché temeva sempre una sorpresa; ma, in fin dei conti, cinque minuti di tanto in tanto bastavano al suo ardore; poi, essendo generoso nei suoi piaceri, faceva passare un luigi nella mano della serva, che risaliva rapidamente nella cameretta sotto il tetto.

E rideva, trionfava da solo e, mentre pescava alborelle, confidava a voce alta come il barbiere di re Mida ai giunchi del fiume:

– Buggerata in pieno, la padrona.

E certo la gioia di buggerare in pieno Madame Bombard lo rimunerava di quanto aveva d'imperfetto e d'incompleto quella conquista a pagamento.

Ora, una sera, trovò come al solito Victorine che lo aspettava sui gradini, ma sembrandogli più vispa, più animata delle altre volte, s'intrattenne nel corridoio forse dieci minuti.

Quando entrò nella camera coniugale, Madame Bombard non c'era. Si sentí correre per la schiena un gran brivido di freddo, e cadde su di una sedia, torturato dall'angoscia.

Quando la vide apparire con una candela accesa in mano, le domandò tremante:

– Eri uscita?

Rispose tranquillamente:

— Sono stata in cucina per bere un bicchier d'acqua.

Si sforzò di calmare ogni sospetto che la moglie potesse avere; ma sembrava serena, felice, fiduciosa; e Bombard si rassicurò.

Quando l'indomani entrarono in sala da pranzo, Victorine si chinò a posare sulla tavola un piatto di cotolette.

Mentre si rialzava, Madame Bombard le porse un luigi che teneva delicatamente tra le dita, dicendole col suo accento calmo e serio:

— Ecco venti franchi, figlia mia. Io privare voi, ieri sera. Adesso restituire.

E la ragazza interdetta, prese la moneta d'oro guardandola con espressione stupida, mentre Bombard, sgomento, spalancava sulla moglie due occhi enormi.

28 ottobre 1884.

L'ARMADIO

Dopo cena si cominciò a parlare di donnine. Di cos'altro volete che si parli tra uomini?

Uno di noi disse:

– To', proprio a questo proposito mi è capitato uno strano caso.

E cominciò a narrare.

Una sera dello scorso inverno fui preso all'improvviso da una di quelle stanchezze sconsolate e opprimenti che di tanto in tanto vi afferrano l'anima e il corpo. Ero in casa mia, solo, e sentii che se fossi rimasto cosí mi sarebbe venuta una spaventosa crisi di tristezza, di quelle tristezze che devono condurre al suicidio, se si ripetono spesso.

Indossai il soprabito, e uscii senza la minima idea di ciò che avrei fatto. Discesi fino ai boulevards; mi diedi a vagare lungo i caffè semideserti, a causa della pioggia. Cadeva una di quelle piogge sottili che inzuppano lo spirito come gli abiti; non una di quelle belle piogge dirotte che s'abbattono a rovesci e spingono i passanti affannosi sotto i portoni delle case, ma di quelle cosí fini che non si sentono le gocce, cosí umide che vi fan cadere addosso insistentemente impercettibili goccioline, e in breve ricoprono gli abiti d'una spuma d'acqua gelata e penetrante.

Che fare? Andavo, venivo, cercando dove passare due ore, e scoprendo per la prima volta che a Parigi non esiste un luogo di distrazione per la sera. Infine mi decisi ad entrare alle Folies-Bergère, divertente mercato di donne.

Nella gran sala c'era poca gente. Il lungo ridotto, a forma di ferro di cavallo, conteneva solo persone di poco conto, la cui razza comune si manifestava nell'andatura, nel vestiario, nel taglio dei capelli e della barba, nel cappello, nel colorito. A stento si scorgeva di tanto in tanto un uomo che si potesse presumere lavato, perfettamente lavato, e il cui abbigliamento avesse un po' di stile. Quanto alle donne, eran sempre le stesse, quelle squallide donne che conoscete, brutte, stanche, cadenti, con quel loro passo del mestiere, con quell'aria di stupido disdegno ch'esse assumono, non so perché.

Pensavo che in realtà nessuna di quelle creature sformate, piú obese che grasse, gonfie qui e magre là, col ventre da canonico e le gambe da trampoliere sbilenco, valesse il luigi che ottengono a fatica dopo averne chiesti cinque.

Ma all'improvviso ne scorsi una piccola che mi parve graziosa, non giovanissima, ma fresca, piacevole, provocante. La fermai, e stupidamente, senza riflettere, stabilii il prezzo per la notte. Non volevo tornare a casa solo, completamente solo; preferivo la compagnia e l'abbraccio di quella prostituta.

E la seguii. Abitava in una grande, grandissima casa nella rue des Martyrs. La luce a gas sulle scale era già spenta. Salii lentamente, accendendo di tanto in tanto un fiammifero, inciampando negli scalini, barcollante e scontento, dietro la gonna di cui udivo il fruscio davanti a me.

Si fermò al quarto piano, e dopo aver richiuso la porta dietro di noi mi chiese:

— Allora, rimani fino a domani?

— Ma sí. Siamo già d'accordo, mi pare.

— Va bene, tesoro, era solo per sapere. Aspettami qui un minuto, torno subito.

E mi lasciò al buio. Sentii che chiudeva due porte, poi mi sembrò che parlasse. Fui sorpreso, inquieto. Mi balenò l'idea d'un protettore. Ma ho spalle e pugni solidi. «Ce la vedremo», pensai.

Ascoltai con l'orecchio e lo spirito tesi. Si sentiva qualcuno muoversi, camminare, adagio, con grande precauzione. Poi venne aperta un'altra porta, e mi sembrò che parlassero ancora, ma a voce bassa.

La donna tornò, portando un lume acceso.

— Puoi entrare, – disse.

Questo darmi del tu era una presa di possesso. Entrai, e dopo aver attraversato una sala da pranzo dov'era evidente che nessuno mangiava mai, penetrai nella classica camera da prostituta, la camera ammobiliata con tende di reps e il piumino di seta rossa chiazzato di macchie sospette.

Ella riprese:

— Mettiti a tuo agio, tesoro.

Ispezionai inquieto la stanza, ma non vidi nulla di sospetto.

Ella si svestí cosí in fretta che si trovò a letto prima che io mi fossi tolto il cappotto. Si mise a ridere:

– Be', che hai? Sei diventato una statua di sale? Su, spicciati.
La imitai e la raggiunsi.

Cinque minuti dopo avevo una voglia matta di rivestirmi e di
andarmene. Ma quella stanchezza opprimente che mi aveva colto a
casa mi tratteneva, mi toglieva la forza di muovermi, e malgrado
il disgusto che provavo rimasi in quel letto pubblico. Il fascino
sensuale che avevo creduto di vedere in quella creatura, là sotto le
luci del teatro, era scomparso fra le mie braccia, e contro di me,
carne a carne, non avevo altro che una donna volgare, uguale a
tutte, il cui bacio indifferente e compiacente aveva un fondo di
sapore d'aglio.

Cominciai a parlarle.

– È molto che abiti qui? – le chiesi.

– Sono stati sei mesi il quindici gennaio.

– Dov'eri prima?

– In rue Clauzel. Ma la portinaia m'ha dato dei fastidi e me ne
sono andata.

E cominciò a raccontarmi una interminabile storia d'una portinaia che aveva fatto dei pettegolezzi su di lei.

Ma, all'improvviso, udii qualcuno muoversi accanto a noi. Dapprima fu come un sospiro, poi un fruscio leggero, ma distinto, come se qualcuno si fosse mosso sopra una sedia.

Bruscamente m'alzai a sedere sul letto, e chiesi:

– Che cos'è questo rumore?

Ella rispose con sicurezza e tranquillità.

– Non ti inquietare, tesoro, è la vicina. La parete è cosí sottile
che si sente tutto come se fosse qui. Queste luride baracche son
fatte di cartone.

La mia pigrizia era cosí forte che mi risprofondai sotto le coperte. E ricominciammo a discorrere. Assillato dalla sciocca curiosità che spinge tutti gli uomini a interrogare queste creature sulla
loro prima avventura, a voler alzare il velo sul loro primo fallo, come per trovare in loro una traccia lontana d'innocenza, forse per
amarle nel fuggevole ricordo, evocato da una parola sincera, del
loro candore e pudore d'un tempo, la incalzavo di domande sui
suoi primi amanti.

Sapevo che avrebbe mentito. Che importa? Fra tante menzogne forse avrei scoperto qualcosa di sicuro e di commovente.

– Via, dimmi chi era.

– Un canottiere, tesoro.

– Ah! raccontami. Dove eravate?

– Ad Argenteuil.

— Che cosa facevi?

— La cameriera in un ristorante.

— Quale ristorante?

— Il Marin d'eau douce. Lo conosci?

— Perbacco, da Bonanfan.

— Sí, quello.

— E in che modo t'ha fatto la corte, questo canottiere?

— Mentre gli facevo il letto. Mi ha presa per forza.

Ma bruscamente ricordai la teoria d'un mio amico medico, un medico osservatore e filosofo, che prestando continuamente servizio in un grande ospedale ha rapporti quotidiani con ragazze madri e donne pubbliche, con tutte le vergogne e le miserie delle donne, quelle povere donne divenute preda del maschio ozioso provvisto di denaro.

— Sempre, — mi diceva costui, — sempre una giovane è corrotta da un uomo della sua classe e della sua condizione. Posseggo interi volumi d'osservazioni su questo argomento. Si accusano i ricchi di cogliere il fiore dell'innocenza delle fanciulle del popolo. Non è vero. I ricchi pagano il mazzo già colto! Ne colgono anch'essi, ma nella seconda fioritura; mai nella prima.

Allora mi volsi verso la mia compagna e mi misi a ridere.

— La conosco, sai, la tua storia. Non è il canottiere che ti ha conosciuto per primo.

— Oh! sí, tesoro, te lo giuro.

— Menti, mia cara.

— Oh! no, te l'assicuro!

— Tu menti. Via, dimmi tutto.

Pareva esitare, stupita.

Ripresi:

— Sono uno stregone, mia bella figliuola, sono un sonnambulo. Se non mi dici la verità, ti addormenterò e la saprò.

Ebbe paura, essendo stupida come tutte le sue simili. Balbettò:

— Come l'hai indovinato?

Ripresi:

— Via, parla.

— Oh! la prima volta, non fu quasi nulla. C'era la festa del paese. Avevano fatto venire un cuoco speciale, Monsieur Alexandre. Appena arrivato, cominciò a fare il suo comodo nel ristorante. Comandava a tutti, al padrone, alla padrona, come se fosse stato un re... Era un gran bell'uomo che non stava mai fermo davanti al fornello. Gridava sempre: «Presto, il burro, le uova, il madera».

E bisognava portargli tutto subito, di corsa, altrimenti s'arrabbiava e ve ne diceva tante da farvi arrossire fin sotto le vesti.

— Al termine della giornata si mise a fumare la pipa davanti
alla porta. Mentre gli passavo accanto con una pila di piatti, mi
disse: «Via, bimba, ci vieni fino alla riva del fiume a mostrarmi il
paese?» Ci andai, come una sciocca; e appena giunti sulla riva, mi
prese cosí in fretta che non capii nemmeno quel che facesse. Poi
partí col treno delle nove. Non l'ho piú rivisto.

Chiesi:

— È tutto?

Balbettò:

— Oh! credo proprio che sia suo Florentin.

— Chi è Florentin?

— Il mio piccolo.

— Ah! benissimo. E al canottiere hai fatto credere che era lui
il padre, vero?

— Ma certo!

— Era ricco, il canottiere?

— Sí, m'ha lasciato una rendita di trecento franchi intestati a
Florentin.

Cominciavo a divertirmi. Ripresi:

— Molto bene, figliuola, benissimo. Siete tutte meno sciocche
di quel che sembrate, in fin dei conti. E che età ha Florentin, ora?

— Giusto dodici anni, — rispose. — Farà la prima comunione a
primavera.

— Bene bene. E da allora fai coscienziosamente il tuo mestiere.

Sospirò, rassegnata.

— Si fa quel che si può...

Ma un gran rumore, proveniente dalla camera stessa, mi fece
balzare dal letto: il rumore d'un corpo che cade e si rialza anna-
spando contro il muro.

Avevo afferrato il lume e mi guardavo attorno, spaventato e in-
furiato. Anche lei si era alzata, cercando di trattenermi, di fermarmi mormorando:

— Non è nulla, tesoro, te l'assicuro, non è nulla.

Ma io avevo scoperto da quale parte era venuto quello strano
rumore. Andai dritto verso una porta nascosta dietro la testata del
letto, l'aprii bruscamente... e scorsi, tremante, gli occhi sbarrati
e accesi dallo spavento, un povero ragazzo pallido e magro seduto
accanto a una grande sedia di paglia, da cui era caduto.

Appena mi vide scoppiò a piangere, e aprendo le braccia verso
la madre:

– Non è stata colpa mia, mamma, non è stata colpa mia. Mi sono addormentato e sono caduto. Non sgridarmi, non è stata colpa mia.

Mi volsi verso la donna e chiesi:

– Che significa tutto ciò?

Ella sembrava confusa e desolata. Con voce rotta, articolò:

– Che vuoi? Non guadagno mica abbastanza per metterlo in collegio, io! Devo ben tenermelo, e non posso pagare una camera in piú, perdinci. Quando non ho nessuno dorme con me. Quando vengono per un'ora o due, può ben rimanere nell'armadio, e se ne sta tranquillo; capisce. Ma quando uno rimane tutta la notte, come te, gli si stanca la schiena a dormire sopra una sedia, povero ragazzo... Non è colpa sua... Vorrei vedere te... dormire tutta la notte su una sedia... Vedresti che bel divertimento...

S'arrabbiava, s'animava, gridava.

Il fanciullo piangeva sempre. Quel povero fanciullo sparuto e timido, sí, era proprio il fanciullo dell'armadio, dell'armadio freddo e buio, quel fanciullo che di tanto in tanto tornava a riprendere un po' di calore nel letto rimasto un istante vuoto.

Anch'io avevo voglia di piangere.

E tornai a dormire a casa mia.

16 dicembre 1884.

MONGILET

In ufficio Mongilet era considerato un tipo. Era un vecchio impiegato bonaccione che era uscito da Parigi soltanto una volta in vita sua.

Erano gli ultimi giorni di luglio e ognuno di noi, la domenica, andava a rotolarsi sull'erba o a tuffarsi nell'acqua nelle campagne dei dintorni. Asnières, Argenteuil, Chatou, Buogival, Maisons, Poissy avevano i loro assidui e i loro fanatici. Si discutevano appassionatamente i meriti e i vantaggi offerti da tutti questi luoghi celebri e deliziosi per gli impiegati parigini.

Mongilet dichiarava:

– Mucchio di montoni di Panurge![1]. È bella, la vostra campagna!

Gli chiedevamo:

– Ma voi, Mongilet, non fate mai una gita?

– Chiedo scusa. Io di gite ne faccio in omnibus. Dopo aver ben mangiato, senza affrettarmi, dal vinaio qui sotto, preparo il mio itinerario con una pianta di Parigi e l'orario delle linee e delle coincidenze. Poi mi arrampico sull'imperiale, apro l'ombrello e via di corsa. Oh! ne vedo di cose io! e piú di voi, sapete? Cambio quartiere. È come se facessi un viaggio attraverso il mondo, tanto la gente è diversa da una strada all'altra. Conosco la mia Parigi meglio di chiunque altro. E poi, non c'è nulla di piú divertente dei mezzanini. Quel che si può vedere là dentro, con una sola occhiata, è inimmaginabile! Si indovinano le scenate familiari soltanto a vedere il muso di un uomo che grida; ci si diverte da matti passando davanti ai barbieri, che piantano in asso la faccia insaponata del cliente per guardare nella strada. Si fa l'occhiolino alle modiste, soltanto l'occhiolino, per scherzo, perché non si ha il tempo di scendere. Ah! Quante se ne vedono di cose!

---

[1] [«Moutons de Panurge» sono, in francese, coloro che seguono ciecamente l'esempio degli altri. L'espressione trae origine dal cap. VIII, libro IV, di *Gargantua et Pantagruel* di Rabelais].

– Questo sí che è teatro, di quello buono, vero, il teatro della natura, visto al trotto di due cavalli. Perbacco, non cambierei le mie gite in omnibus con le vostre stupide gite nei boschi!

Gli proponevano:

– Provateci, Mongilet, venite una sola volta in campagna per provare.

– Ci sono stato, – rispondeva lui, – una volta, venti anni fa, e non mi ci prenderanno piú.

– Raccontateci cosa successe, Mongilet.

– Volentieri. Ecco come andò: avete conosciuto Boivin, il vecchio commesso-redattore che chiamavamo Boileau?

– Sí, certo.

– Era il mio compagno d'ufficio. Quel briccone aveva una casa a Colombes e mi invitava sempre ad andare a passarci una domenica. Mi diceva:

– Ma vieni, Maculotte, – mi chiamava Maculotte per burla. – Vedrai che bella passeggiata faremo!

Io mi lasciai abbindolare come uno sciocco, e partii una mattina col treno delle otto. Arrivo in una specie di cittadina, un paesotto, dove non si vede nulla, e finisco col trovare in fondo a un vicoletto, tra due muri, una vecchia porta di legno con un picchiotto di ferro.

Picchiai. Attesi a lungo, poi mi fu aperto. Cosa mi aprí? A prima vista non lo capii: una donna o una scimmia? Era vecchia, brutta, avvolta in vecchi stracci, pareva sporca e cattiva. Aveva tra i capelli piume di volatile e pareva che mi volesse divorare.

Chiese:

– Cosa desiderate?

– Monsieur Boivin.

– Cosa volete da Monsieur Boivin?

Mi sentii a disagio di fronte all'interrogatorio di quella furia. Balbettai:

– Ma... mi sta aspettando.

– Ah! siete voi che venite per il pranzo? – continuò lei.

Io balbettai un «sí» tremante.

Allora, voltandosi verso la casa, gridò con voce rabbiosa:

– Boivin, ecco il tuo uomo!

Era la moglie del mio amico. Il piccolo Boivin comparve subito sulla soglia di una specie di baracca di gesso coperta di zinco che rassomigliava a una stufetta. Aveva un paio di calzoni di traliccio bianco pieni di macchie e un panama sudicio in capo.

Dopo avermi stretto le mani mi condusse in quello che chiamava il suo giardino: in fondo ad un altro vicoletto, chiuso da muri enormi, c'era un quadratino di terra grande quanto un fazzoletto, circondato da case cosí alte che il sole vi penetrava soltanto per due o tre ore al giorno. Viole, garofani, ravanelli, alcuni rosai, agonizzavano in fondo a quel pozzo senz'aria e riscaldato come un forno dal riverbero dei tetti.

– Non ho alberi, – diceva Boivin, – ma i muri dei vicini li sostituiscono. C'è ombra come in un bosco.

Poi mi prese per un bottone della giacca e mi disse sottovoce:

– Mi vuoi fare un piacere? Hai visto la padrona? Non è molto compiacente, vero? Oggi, poiché ti ho invitato, mi ha dato della roba pulita; ma se la macchio, è finita; contavo sul tuo aiuto per innaffiare le piante.

Mi prestai. Mi tolsi la giacca, mi rimboccai le maniche e cominciai a spingere, con tutte le forze, una specie di pompa che fischiava, soffiava, rantolava come un tubercolotico per lasciar scorrere un filo d'acqua simile allo zampillo di una fontana Wallace. Ci vollero dieci minuti per riempire un innaffiatoio. Io ero in un bagno di sudore. Boivin mi guidava:

– Ecco, – in questa pianta; – ancora un po'. – Basta; – quest'altra.

L'innaffiatoio, bucato, gocciolava, e i miei piedi ricevevano piú acqua dei fiori. L'orlo dei miei pantaloni, inzuppato, s'impregnava di fango. Venti volte ricominciai, e mi bagnai i piedi, e sudai, facendo gemere il volante della pompa. E quando volevo fermarmi estenuato, Boivin, supplichevole, mi tirava per il braccio:

– Ancora un innaffiatoio, – uno solo, – e poi è finito.

Per ringraziarmi mi fece dono di una rosa; ma appena me la infilai all'occhiello, si sfogliò completamente, lasciandomi come decorazione una peretta verdastra, dura come una pietra. Ne fui stupito ma non dissi nulla.

La voce lontana di Madame Boivin si fece sentire:

– Insomma, vi decidete a venire? Quando vi si dice che è pronto!

Ci avviammo verso la stufetta.

Se il giardino si trovava all'ombra, la casa, invece, era in pieno sole, e la seconda stufa dello Hammam deve essere certo meno calda della stanza da pranzo del mio compagno.

Accanto a tre piatti incollati su una tavola di legno giallo, c'erano delle posate di stagno mal lavate. Nel mezzo, un vassoio di terracotta conteneva un pezzo di manzo lesso, riscaldato con un contorno di patate. Ci mettemmo a mangiare.

Una grande caraffa piena d'acqua, leggermente tinta di rosso, richiamò la mia attenzione. Boivin, confuso, disse alla moglie:

— Dimmi cara, per l'occasione non potresti darci del vino puro?

Lei lo squadrò irosamente:

— Perché vi ubriachiate tutti e due, vero? e mi restiate a schiamazzare in casa tutta la giornata? Grazie mille della bella occasione!

Lui tacque. Dopo la carne, portò un altro piatto di patate cucinate col lardo. Quando anche questo altro piatto fu terminato, sempre in silenzio, lei dichiarò:

— È tutto, ora filate!

Boivin la guardava, stupito:

— Ma il piccione... il piccione che stavi spennando stamattina?

Lei si posò le mani sui fianchi:

— Forse non vi è bastato? Portare della gente, non è una buona ragione per divorare tutto quel che c'è in casa. E che mangerò io, stasera?

Ci alzammo. Boivin mi sussurrò all'orecchio:

— Aspettami un minuto e filiamo.

Poi passò nella cucina dove era rientrata sua moglie e io sentii:

— Tesoro, dammi venti soldi.

— Cosa vuoi farci con venti soldi?

— Ma non si sa mai cosa può capitare. È sempre bene avere qualche soldo in tasca.

Lei urlò perché io la sentissi:

— No, non te li do! Visto che quell'uomo ha mangiato a casa tua, il meno che possa fare è pagarti le spesucce della giornata!

Boivin tornò a prendermi. E io, poiché volevo essere educato, mi inchinai davanti alla padrona di casa, balbettando:

— Signora... ringraziamenti... gentile accoglienza...

Lei rispose:

— Sta bene! Ma non riportatemelo ubriaco, perché avrete a che fare con me, sappiatelo!

Uscimmo.

Dovemmo attraversare una pianura spoglia come una tavola, in pieno sole. Volli raccogliere una piantina lungo la strada e lanciai un grido di dolore. La mano mi doleva spaventosamente. Le chiamano ortiche quelle erbe. E poi c'era dappertutto un fetore di letame che faceva rivoltare lo stomaco.

Boivin mi diceva:

— Un po' di pazienza, tra poco arriviamo alla riva del fiume.

Arrivammo infatti sulla riva del fiume. Là c'era puzza di melma e di acqua sporca, e picchiava un tale sole sull'acqua che ne avevo gli occhi abbacinati.

Pregai Boivin di entrare in qualche trattoria. Mi fece entrare in un bugigattolo pieno di gente, una taverna per marinai d'acqua dolce. Mi diceva:

– Non ha un bell'aspetto, ma ci si sta molto bene.

Avevo fame. Feci portare una frittata. Ma ecco che fin dal secondo bicchiere di vino quel disgraziato di Boivin perse completamente la testa, e io capii perché sua moglie gli dava soltanto vino annacquato.

Cominciò a concionare, si alzò, fece alcune smargiassate, si intromise in una rissa tra due ubriachi che si picchiavano, e saremmo stati accoppati tutti e due senza l'intervento del padrone.

Lo trascinai via, sorreggendolo come si sorreggono gli ubriachi, fino al primo cespuglio dove lo feci distendere. Mi distesi anch'io al suo fianco. E pare che mi sia addormentato.

Certo dovemmo dormire a lungo perché quando mi svegliai era notte. Boivin russava al mio fianco. Lo scossi. Si alzò, ma era ancora ubriaco, un po' meno però.

E ci incamminammo, nelle tenebre, attraverso la pianura. Boivin affermava di riuscire a ritrovare la strada. Mi fece voltare a sinistra, poi a destra, poi di nuovo a sinistra. Non si vedeva né cielo né terra, e ci trovammo sperduti in mezzo a una foresta di paletti che ci arrivavano all'altezza del naso. Pare che fosse una vigna con i suoi pali di sostegno. Non c'era una luce all'orizzonte. Circolammo per un bel po' là dentro, forse un'ora o due, girando, vacillando, stendendo le braccia, fuori di noi, senza riuscire a trovare l'uscita, perché, probabilmente, dovevamo tornare sempre sui nostri passi.

Alla fine Boivin cadde su di un piolo che gli ferí la guancia, e senza scomporsi rimase seduto per terra, lanciando a squarciagola degli «A me!» prolungati e rimbombanti, mentre io gridavo: – Aiuto! – con tutte le mie forze, accendendo qualche fiammifero, per orientare e illuminare i soccorritori e farmi coraggio.

Alla fine, un contadino che tornava a casa in ritardo ci sentí e ci rimise sulla buona strada.

Condussi Boivin fino a casa. Ma mentre stavo per lasciarlo sulla soglia del suo giardino, la porta si aprí improvvisamente e comparve la moglie, con una candela in mano. Mi fece una paura terribile.

Poi, appena vide il marito, che probabilmente stava aspettando dal calar del giorno, urlò slanciandosi contro di me:

– Ah! canaglia! Sapevo che lo avreste riportato ubriaco!

Quanto a me, me ne scappai correndo fino alla stazione, e poiché pensavo che la furia mi stesse inseguendo, mi chiusi nei gabinetti, poiché il treno sarebbe passato soltanto una mezz'ora piú tardi. Ecco perché non mi sono mai ammogliato, e perché non esco mai fuori di Parigi.

24 febbraio 1885.

IL SISTEMA DI ROGER

Passeggiavo per il boulevard con Roger, quando non so qual venditore ambulante gridò verso di noi:

— Domandate il sistema per sbarazzarsi della suocera!

Mi fermai su due piedi dicendo all'amico:

— Questo grido mi fa venire in mente una domanda che voglio farti da molto tempo. Cos'è quel «sistema di Roger» di cui parla sempre tua moglie? Ci scherza su in modo cosí buffo e cosí pieno di sottintesi, da farmi pensare a una pozione di cantaridi di cui tu abbia il segreto. Ogni volta che qualcuno nomina davanti a lei un giovanotto stanco, spossato, sfinito, si volta verso di te e ti dice ridendo:

— «Bisognerebbe consigliargli il sistema di Roger». E il piú bello è che tu ti fai rosso tutte le volte.

Roger rispose:

Ne ho ben ragione, e se mia moglie immaginasse davvero di cosa parla, starebbe zitta, te lo assicuro io. Sai bene che ho sposato una vedova di cui ero molto innamorato. Ha sempre avuto la parola libera, mia moglie, e prima di farne la mia compagna legittima, avevo spesso con lei di quelle conversazioni un po' pepate, permesse del resto alle vedove, che hanno ancora il gusto del pepe in bocca. Le piacevano molto le storielle allegre, gli aneddoti salaci, ma... *omnia munda mundis!* I peccati di lingua non sono gravi, in certi casi; essendo lei ardita ed io un poco timido, si divertiva spesso, prima che ci sposassimo, a mettermi in imbarazzo con domande o scherzi cui non mi era facile rispondere. D'altronde, è stato forse questo temperamento ardito a farmi innamorare di lei. Sí, quanto a essere innamorato, lo ero proprio dalla testa ai piedi, anima e corpo, e lei lo sapeva, la briccona.

Decidemmo di non fare né cerimonia nuziale né viaggio. Dopo la benedizione in chiesa, avremmo offerto una colazione ai testimoni, poi, fatta una passeggiata in coupé noi due soli, saremmo tornati per il pranzo nella mia casa di rue du Helder.

Dunque, congedati i testimoni, eccoci salire in carrozza; e dico al cocchiere di portarci al Bois de Boulogne. Era la fine di giugno: un tempo meraviglioso.

Appena fummo soli nel coupé, lei si mise a ridere.

— Caro Roger, — mi disse, — è venuto il momento di essere galante. Vediamo come ve la cavate.

Aggredito cosí, mi trovai immediatamente paralizzato. Le baciavo la mano, le ripetevo: — Vi amo —. Per due volte mi azzardai a baciarle la nuca, ma m'imbarazzavano i passanti. E quella non faceva che ripetere con un'arietta buffa e provocante: — E poi... e poi... — Quell'«E poi» mi dava ai nervi e mi desolava. Non era in un coupé, al Bois de Boulogne, di pieno giorno, che avrei potuto... capisci.

Essa, vedendo il mio imbarazzo, se ne divertiva e ripeteva di tanto in tanto:

— Temo di essere cascata male. M'ispirate gravi inquietudini.

E cominciavo ad averne anch'io gravi inquietudini su me stesso. Quando m'intimidiscono, non son piú buono a nulla.

Durante il pranzo, fu deliziosa. Ed io, per riprendere coraggio, mandai a dormire il domestico che mi metteva in imbarazzo. Oh! non che fossimo sconvenienti, ma, sai come sono stupidi gl'innamorati, bevevamo nello stesso bicchiere, mangiavamo nello stesso piatto e con la stessa forchetta, ci divertivamo a sgranocchiare lunghi biscotti dai due capi, finché le nostre labbra non s'incontravano a mezzo.

Mi disse:

— Vorrei un po' di champagne.

Avevo dimenticato la bottiglia sulla credenza. La presi, strappai i legami e spinsi il tappo per farlo saltar via. Non saltò. Gabrielle mormorò con un sorriso:

— Cattivo presagio.

Spingevo col pollice la testa rigonfia del sughero, l'inclinavo a destra, l'inclinavo a sinistra, ma invano, e d'un tratto il turacciolo si spezzò rasente il vetro.

Gabrielle sospirò:

— Povero Roger mio.

Presi un cavatappi che avvitai nella parte di tappo rimasta nel collo della bottiglia. Mi fu poi impossibile strapparlo! Mi toccò richiamare Prosper. Adesso mia moglie rideva di cuore e ripeteva:

— Ah be'... ah be'... Vedo di poter contare su voi.

Era mezza brilla.

Dopo il caffè, lo fu a tre quarti.

Giacché per una vedova il primo accesso al letto coniugale non esige tutte le materne cerimonie necessarie per una fanciulla, Gabrielle andò tranquillamente nella sua camera, dicendomi:

— Restate a fumarvi il sigaro per un quarto d'ora.

Quando la raggiunsi, non mi fidavo di me, lo confesso. Mi sentivo nervoso, turbato, a disagio.

Presi il mio posto di sposo. Lei non diceva niente. Mi guardava col sorriso sulle labbra e il desiderio evidente di prendermi in giro. Quell'ironia, in un momento simile, finí di sconvolgermi e, lo confesso, mi tagliò... braccia e gambe.

Quando Gabrielle si accorse del mio... imbarazzo, non fece nulla per darmi coraggio, anzi al contrario. Mi domandò con un'arietta indifferente:

— Avete ogni giorno altrettanto spirito?

Non seppi fare a meno di rispondere:

— Sentite, siete insopportabile.

Allora si rimise a ridere, ma a ridere in maniera smodata, sconveniente, esasperante.

È vero tuttavia che stavo facendo una meschina figura e che avevo certo un'aria molto stupida.

Ogni tanto, tra due crisi di pazze risate, riusciva a dire soffocando:

— Suvvia – coraggio – un po' di energia – po... povero amico.

Poi riprendeva a ridere cosí pazzamente che addirittura gridava.

Alla fine, mi sentii talmente nervoso e cosí irritato contro me stesso e contro di lei, da capire che, a meno di andarmene, l'avrei picchiata.

Saltai da letto, mi vestii di furia e con rabbia, senza dire una parola.

Si era calmata all'improvviso e, comprendendo quanto ero irritato, domandò:

— Che fate? Dove andate?

Senza rispondere, scesi per la strada. Avevo voglia di ammazzare qualcuno, di vendicarmi, di fare una pazzia. Andavo a gran passi dritto davanti a me, quando all'improvviso mi venne in mente l'idea di recarmi da quelle signore.

Chi sa? sarebbe stata una prova, un esperimento, forse un allenamento? In ogni caso, una vendetta! E se un giorno mia moglie mi avesse ingannato, sarebbe toccato a lei prima che a me.

Non esitai. Conoscevo una casa ospitale poco lontana, e vi entrai di corsa, come fan quelli che si gettano in acqua per vedere se sanno ancora nuotare.

Nuotavo, e nuotavo benissimo. Vi rimasi a lungo, assaporando quella vendetta segreta e raffinata. Poi mi ritrovai per la strada nell'ora fresca in cui sta per finire la notte. Adesso mi sentivo calmo e sicuro di me, contento, tranquillo, e pronto, mi sembrava, a qualsiasi prodezza.

Allora tornai lentamente a casa; apersi piano la porta della camera.

Gabrielle leggeva, con un gomito appoggiato al cuscino. Alzò la testa e domandò timidamente:

– Siete qui? Che vi è accaduto?

Non risposi. Mi spogliai con sicura calma. E ripresi da padrone trionfante il posto che avevo disertato come un fuggiasco.

Rimase stupita, e convinta che avessi impiegato qualche segreto misterioso.

E adesso, in ogni occasione, parla del sistema di Roger come parlerebbe di un infallibile procedimento scientifico.

Ahimè! sono passati dieci anni, e oggi la stessa prova non avrebbe grande probabilità di successo, almeno per me.

Ma se hai qualche amico che teme le emozioni di una notte nuziale, insegnagli il mio stratagemma, assicurandogli che, da venti a trentacinque anni, non c'è miglior sistema «per sciogliere le stringhe», come avrebbe detto Messer de Brantôme.

3 marzo 1885.

Nel nostro mestiere capita spesso di ricevere lettere; non c'è cronista che non abbia comunicato al pubblico qualche missiva di questi ignoti corrispondenti.

Imiterò il loro esempio.

Oh! ve ne sono d'ogni sorta, di queste lettere. Alcune ti lusingano, altre ti lapidano. Oggi sei l'unico grand'uomo, l'unico intelligente, l'unico genio e l'unico artista della stampa contemporanea, domani non sei piú che un vile individuo, un innominabile buffone, degno tutt'al piú del bagno penale. Per meritare questi elogi o queste ingiurie basta condividere o non condividere l'opinione di un lettore sulla questione del divorzio, o dell'imposta proporzionale. Capita spesso che sul medesimo argomento riceviamo nello stesso tempo le piú calde felicitazioni o i biasimi piú violenti; di modo che è molto difficile, in fin dei conti, formarsi un'opinione su se stessi.

A volte sono lettere di venti parole, e a volte sono di dieci pagine. Allora basta leggerne dieci righe per comprenderne il valore e il tenore e gettarle nel cestino, cimitero delle vecchie scartoffie.

Ma a volte succede che un'epistola ci dia molto da riflettere: come questa che mi faccio un caso di coscienza di comunicare al pubblico.

Coscienza non è forse il termine esatto, e di certo la mia corrispondente (è una donna che mi scrive) non considera la mia molto severa. Anzi, rivelando che mi si affidano simili incarichi, do prova d'una mancanza di senso morale che probabilmente mi verrà rimproverata.

Mi sono anche chiesto, con una certa inquietudine, perché fossi stato scelto proprio io fra tanti altri; perché mi si giudicasse il piú adatto a rendere il servizio sollecitato, e come mai si potesse credere che non mi sarei rifiutato.

Poi ho pensato che in verità la natura leggera dei miei scritti aveva potuto influenzare il giudizio titubante d'una donna, e ho messo il caso sul conto della letteratura.

Ma prima di trascrivere qui alcuni brani, tutti i brani essenziali della lettera che mi è stata indirizzata, è necessario prevenire i miei lettori che non mi sto prendendo gioco di loro, che questa lettera l'ho ricevuta, veramente ricevuta, per posta, con un francobollo sulla busta che portava il mio nome, e che era firmata, sí, firmata, e in modo del tutto leggibile.

Non sto cercando di divertire o di ingannare delle menti ingenue. Mi faccio interprete, poco scrupoloso, lo ripeto, del desiderio d'una donna.

Ecco il documento:

«Signore,

ho esitato a lungo prima di scrivervi: non osavo confidarmi interamente a voi. Eppure sono certa che siete buono, generoso, ma quello che ho da dirvi è cosí strano... Infine ho vinto il mio ultimo timore, come doveva accadere. Dinanzi alla sfortuna, sempre crescente, davanti alla miseria nera, non c'è timidezza che tenga. La sventura, come il pericolo, dà coraggio anche ai meno audaci.

Soprattutto non crediate, scorrendo questa lettera, che io sia un po' matta o anche soltanto esaltata. Sono in pieno possesso delle mie facoltà, ve l'assicuro. Quanto al mio carattere, non solo non è stravagante, ma è, al contrario, serio e molto prosaico, se posso esprimermi cosí. Per porre termine alla mia pena, vedo solo un mezzo, e lo tento. Non è del tutto giusto e naturale?

Ecco dunque di che si tratta: nonostante la mia povertà sono onesta e appartengo a una famiglia onesta. Sono ancora giovane (ho appena compiuto ventidue anni) e ve lo confesso francamente, signore, desidererei maritarmi, e al piú presto.

Non che la vita di ragazza mi pesi, tutt'altro. Ma se ascoltate un po' le mie ragioni vedrete che non ho del tutto torto di voler rinunciare alla mia libertà.

La nostra famiglia si compone di . . . .».

Qui seguono tristissimi particolari sulla sua vita intima. La precisione stessa di questi particolari m'impedisce di trascriverli, perché se cadessero sotto gli occhi dei genitori della mia corrispondente, basterebbero forse a farla riconoscere da loro. Del resto, tutto ciò che dice è molto doloroso e molto verosimile. Continuo a citare.

«Se fossi sola non mi lamenterei, troverei sempre da guadagnarmi la vita; ho bisogno di tanto poco per me personalmente. Ma non sono sola; devo pensare alla mia famiglia.

. . . .

L'anno scorso ho conosciuto una ragazza, un'orfana povera in canna, che si è fatta sposare da un vecchio milionario.

Io non approvo la condotta di quella giovane. Aveva diciannove anni, era molto carina, e inoltre era amata da un simpatico giovanotto, un giornalista che anche lei amava, credo.

Costei, io la biasimo e la compiango insieme; senza esservi costretta, ha sacrificato la felicità alla ricchezza.

Quanto a me, io non ho felicità da sacrificare (nessuno m'ha mai amata); perciò sarei ben felice d'incontrare un uomo che volesse prendersi cura di me e, naturalmente, della mia famiglia.

Se quest'uomo è vecchio e brutto, poco importa, io chiedo una cosa sola, che sia ricco. In cambio del suo denaro gli offro la mia giovinezza e la mia fedeltà, forse anche la mia riconoscenza, se è buono.

Signore, ho pensato che vedendo molte persone, voi dovreste conoscere un buon numero di celibi. Se fra questi ne trovate uno che non sappia come usare la sua fortuna e che non sia un nemico troppo accanito del matrimonio, parlategli, per favore, di me. Prendendomi in moglie farà anche una buona azione, come se premiasse le fanciulle virtuose o fondasse ospedali per cani e gatti.

Vi prego, signore, fatemi il favore che vi chiedo, raccomandatemi a tutti i vecchi scapoli di vostra conoscenza e dite a colui che sarà abbastanza pazzo o abbastanza generoso da volermi sposare (ohimè! ho tanta paura di restare zitella) ditegli di rivolgersi alla signorina...

. . . .».

La firma è in tutte lettere. Inoltre mi prega di non essere indiscreto, affinché i genitori ignorino sempre il suo passo.

Ecco!

Nessuna fotografia era unita alla lettera, scritta su carta ordinaria, comune. La scrittura è molto fine, molto nitida, sicura, diritta, mirabilmente regolare, una calligrafia da maestra di scuola e da donna risoluta.

Dopo aver ricevuto questa singolare istanza, come dicono gli uomini d'affari, per prima cosa ho pensato: «Certo, come mistificazione è piuttosto divertente!» Con ogni probabilità, infatti, si tratta di una mistificazione. Ma di chi? Forse di un amico, o di un nemico che gradirebbe sapere quanto intendo prelevare, a titolo di commissione, sulla fortuna del fidanzato. – A meno ch'io non preferisca esigere la senseria sul capitale della ragazza?

Hanno pensato che avrei risposto subito, ed è sempre utile avere in tasca documenti di questa natura. È vero che attribuisco a questo amico o a questo nemico sconosciuto una ben misera idea della mia delicatezza. Ma bisogna convincersi, per principio, che gli altri ci giudicano sempre peggiori o migliori di come siamo. Costui mi giudica peggiore, – ecco tutto.

Però deve avermi giudicato anche molto imbecille. Di fronte a questa riflessione mi sono venuti dei dubbi!!! Ma sul serio credeva ch'io sarei caduto in un tranello cosí grossolano? Sperava che le chiedessi un appuntamento, forse? Ma allora perché non usare la vecchia formula che è sempre la migliore?

«Signore, siete il piú grande scrittore del secolo. Non so dirvi l'ammirazione frenetica che provo per il vostro genio! Come vorrei vedervi! toccarvi le mani! guardarvi negli occhi! Dite, lo volete? Ho vent'anni, sono bella! Rispondete fermo posta all'ufficio della Madeleine.

L. N.».

Per quanto uno sia corazzato, non resiste davanti a queste cose, mentre può esitare davanti a una formula nuova, bizzarra, sospetta come quella usata in questo caso.

Allora la lettera misteriosa viene forse da una donna? Ma perché rivolgersi a me? Non ho un'agenzia matrimoniale, non conosco piú scapoli d'un altro; non credo nemmeno d'aver la fama di soccorritore delle vergini in difficoltà!

Allora... Sí... Allora... Forse la mia corrispondente sconosciuta ha dato alla parola «maritarmi» un senso molto piú ampio di quello che generalmente la borghesia le attribuisce. Cosí si spiegherebbe tutto, infatti. Ma, sacripante! è un incarico ben poco onorevole! I mediatori di questo genere hanno un nome speciale! È davvero duro pensare che i lettori abbiano una simile opinione dei cronisti che li interessano!

Una ragazza o una giovane donna si trova in una situazione delicata, cerca un marito o un amante, non sa a chi rivolgersi; quando, all'improvviso, le viene un'idea: «To'! scriverò al mio cronista preferito, me lo troverà lui; deve conoscere tante persone». E mentalmente aggiunge: «Quella gente ha cosí pochi scrupoli!»

Aspettatevi dunque, cari colleghi, di ricevere uno di questi giorni, una lettera del seguente tenore:

«Signore, avrei bisogno di conoscere una levatrice discreta che non tenga troppo a mettere al mondo solo bambini vivi. Ho pensato che fra le vostre numerose relazioni...»

Ebbene! no, signorina, se devo leggere fra le righe della vostra lettera, non posso incaricarmi di questa commissione, e i miei mezzi personali non mi permettono neppure di venire direttamente in aiuto dalla vostra famiglia.

Ma è anche possibile che questa povera ragazza abbia scritto la lettera con tutta sincerità! Che spinta dalla miseria, non sapendo piú che fare, perdendo la testa, non vedendo nessuno che potesse aiutarla, si sia detta: «Forse quel giornalista è un brav'uomo che comprenderà la mia situazione e mi tenderà una mano».

Le donne hanno anime cosí complicate, riflessioni cosí inattese, mezzi cosí inverosimili, slanci cosí spontanei! Le radici dei loro intrighi sono a volte cosí profonde, e a volte cosí semplici le loro macchinazioni che ci disorientano con la loro ingenuità. Certo, è possibile, possibilissimo che quella giovane, dopo aver letto qualche articolo dove sembriamo uomini di gran cuore, si sia detta: «Ecco il mio salvatore».

E proprio quest'ipotesi ho in definitiva preso per buona. Non è la piú verosimile, ma è la piú generosa.

Ho dunque tentato di soccorrere la mia singolare corrispondente, e ho rivolto la stessa domanda a tutti i celibi del mio ambiente.

– Non vorreste forse ammogliarvi? Conosco una giovane che farebbe al caso vostro.

E tutti hanno risposto: – Ha una bella dote?

Allora mi sono rivolto ai piú vecchi, ai piú brutti, ai deformi. Tutti assumevano subito una cert'aria indifferente e mormoravano con un sorriso: – È ricca?

Fu allora che mi venne l'idea,

... Speranza suprema, e supremo pensiero...,

come avrebbe detto Victor Hugo, d'un pubblico appello ai vecchi scapoli.

Non nomino la ragazza: nulla può farla riconoscere; resto dunque assolutamente discreto, e le trasmetterò, senza aprirle, le proposte sigillate che mi saranno indirizzate per lei.

Vediamo, signori, c'è uno fra voi che si senta un cuore veramente generoso? Poco importa se è gobbo, storto o ottuagenario!

Per finire, non posso far di meglio che citare la frase stessa della mia corrispondente... «In cambio del suo denaro gli offro la mia giovinezza e la mia fedeltà, forse anche la mia riconoscenza, se è buono... Prendendomi in moglie farà anche una buona azione, come se premiasse le fanciulle virtuose o fondasse ospedali per cani e gatti...»

Avanti, signori!

12 giugno 1885.

IMPRUDENZA

Prima del matrimonio, si erano amati castamente, tra le stelle. Era prima avvenuto un incontro incantevole su una spiaggia dell'oceano. L'aveva trovata deliziosa, quella fanciulla rosea che passava coi suoi ombrellini chiari e i vestitini freschi, sul grande orizzonte marino. L'aveva amata, fragile e bionda, in quella cornice di onde azzurre e d'immenso cielo. E confondeva la tenerezza che suscitava in lui quella donna appena sbocciata, con la commozione vaga e possente che gli risvegliava nell'anima, nel cuore e nelle vene l'aria viva e salata e quell'ampio paesaggio tutto di mare e di sole.

E lei lo aveva amato perché lui le faceva la corte, ed era giovane, abbastanza ricco, gentile e delicato. Lo aveva amato perché è naturale per le ragazze amare i giovanotti che dicono loro tenere parole.

Cosí, per tre mesi, avevano vissuto fianco a fianco, con gli occhi negli occhi, le mani nelle mani. Il buongiorno che si scambiavano, la mattina, prima del bagno, nella frescura del nuovo giorno, e l'addio della sera, sulla sabbia, nel tepore della notte calma, mormorati piano, con un fil di voce, avevano già un sapore di baci, sebbene le loro labbra non si fossero mai sfiorate.

Appena addormentati sognavano l'uno dell'altra, pensavano l'uno all'altra appena svegli, e, senza dirselo ancora, si chiamavano e si desideravano con tutta l'anima e con tutto il corpo.

Dopo il matrimonio, si erano adorati sulla terra. Era stata dapprima una specie di bramosia sensuale e instancabile; poi una tenerezza esaltata fatta di poesia palpabile, di carezze già raffinate, d'invenzioni graziose e licenziosette. Tutti i loro sguardi significavano qualcosa d'impuro, ogni loro gesto bastava ad evocare la calda intimità delle notti.

Adesso, senza confessarselo, forse senza comprenderlo ancora, cominciavano a stancarsi l'uno dell'altra. Si volevano bene; ma non avevano piú nulla da rivelarsi, nulla da fare che non avessero già fatto spesso, nulla da insegnarsi a vicenda, nemmeno una nuova parola d'amore, uno slancio imprevisto, un'intonazione che rendesse piú ardente il verbo già noto, ripetuto tante volte.

Si sforzavano tuttavia di riaccendere la fiamma languente dei primi amplessi. Inventavano ogni giorno tenere astuzie, monellerie ingenue o complicate, tutto un susseguirsi di tentativi disperati per fare rinascere nei loro cuori l'ardore inestinguibile dei primi giorni, e nelle vene la vampa del mese nuziale.

Di tanto in tanto, a forza di sferzare il desiderio, ritrovavano un'ora di entusiasmo fittizio cui subito faceva seguito una stanchezza disgustata.

Avevano provato i chiari di luna, le passeggiate sotto il fogliame nella dolcezza della sera, la poesia delle sponde bagnate dalla nebbia, l'eccitazione delle feste popolari.

Bene, una mattina, Henriette disse a Paul:

— Vogliamo andare a cena, questa sera, in un locale notturno?

— Ma sí, tesoro.

— In un locale assai noto.

— Ma sí.

La guardava, interrogandola con gli occhi, accorgendosi che pensava a qualcosa, ma non voleva dirla.

Henriette riprese:

— Sai, in un localetto... come spiegartelo?... in un localetto galante... uno di quei posticini dove si dànno appuntamento...

Paul sorrise: — Sí, capisco: nel salottino riservato di un caffè di lusso?

— Proprio cosí. Ma un gran caffè dove tu sia conosciuto, dove tu abbia pranzato... no.. cenato... insomma sai... insomma... vorrei... no, non avrò mai il coraggio di dirtelo...

— Dillo, tesoro. Che c'è di male, tra noi? Non siamo piú al tempo dei segretucci.

— No, non oso.

— Via, non fare l'innocentina. Dillo!

— Ebbene... ebbene... vorrei che mi credessero la tua amante... ecco... e i giovanotti che non ti sanno ammogliato, mi guardassero come la tua amante, e tu pure... mi credessi la tua amante, per un'ora, in quel luogo, dove hai certo tanti ricordi... Ecco!... E lo crederei anch'io di essere la tua amante... commetterei una grave colpa... ti tradirei... con te... Ecco!... È molto brutto... Non mi fare arrossire... Sento che divento rossa... Non immagini come... come mi sentirei... turbata cenando cosí con te, in un locale poco per bene... in un salottino privato dove fanno l'amore tutte le sere... tutte le sere... È orribile... Sono rossa come un papavero. Non mi guardare...

Lui rideva, divertendosi molto, e rispose:

— Sí, andremo questa sera in un posto elegante dove mi conoscono.

Verso le sette di sera, salivano le scale di un grande caffè del boulevard, lui, sorridente, con l'aria vittoriosa, lei, timida, velata, felice. Appena furono entrati nel salottino arredato da quattro poltrone e un largo divano di velluto rosso, il maggiordomo in frac entrò per presentare la lista delle vivande. Paul la porse alla moglie.

— Che cosa scegli?

— Ma non lo so, io, quel che si mangia qui.

Lui allora, togliendosi il cappotto che consegnò al cameriere, lesse la litania dei piatti. Poi decretò:

— Pranzo robusto: zuppa di gamberi, pollo alla diavola, lombo di lepre, astaco all'americana, insalata fresca con molte spezie, dolce e frutta. Da bere, champagne.

Il maggiordomo sorrideva guardando la signora. Riprese la lista, mormorando:

— Monsieur Paul vuole tisana o champagne?

— Champagne, molto secco.

Henriette fu felice di udire che quell'uomo sapeva il nome del marito.

Seduti uno accanto all'altra sul divano, cominciarono a mangiare, al chiarore di dieci candele riflesse in un grande specchio offuscato da migliaia di nomi tracciati col diamante, che gettavano sul cristallo lucente quasi un'immensa tela di ragno.

Henriette beveva un bicchiere dietro l'altro per animarsi, sebbene già si sentisse stordita fin dalle prime coppe. Paul, eccitato dai ricordi, baciava ogni momento la mano della moglie. Gli brillavano gli occhi.

Si sentiva stranamente turbata da quel luogo sospetto, la donna: agitata, contenta, un tantino infangata, ma vibrante. Due camerieri gravi, muti, avvezzi a veder tutto e a dimenticare tutto, a entrare solo quand'era necessario, e a uscire nei momenti di effusione, andavano e venivano rapidi e silenziosi.

Verso la metà del pranzo, Henriette era brilla, completamente brilla, e Paul, messo in allegria, le premeva forte il ginocchio. Chiacchierava lei, adesso, ardita, con le guance rosse, lo sguardo lucente e languido.

— Su, vediamo, Paul, confessati, vorrei sapere tutto, sai?

— Ma che cosa, amor mio?

— Non oso dirtelo.

— Dillo ugualmente...

— Hai avuto molte amanti... tante... prima di me?

Un poco perplesso, esitava, non sapendo se nascondere le sue avventure amorose o vantarsene.

Essa riprese:

— Oh! dimmelo, te ne prego, ne hai avute molte?

— Ma qualcheduna.

— Quante?

— Non lo so, io... Chi le sa queste cose?

— Non le hai contate?

— Ma no.

— Oh! allora ne hai avute tante?

— Ma sí.

— Quante? dimmelo pressappoco... solo pressappoco.

— Ma non lo so affatto, tesoro. Ci sono anni che ne ho avute molte, e altri che ne ho avute meno.

— Quante per anno, di'?

— A volte venti o trenta, a volte solo quattro o cinque.

— Oh! fa piú di cento, in tutto.

— Ma sí, all'incirca.

— Oh! com'è disgustoso!

— Perché mai, disgustoso?

— Ma perché è disgustoso, a pensarci... tutte quelle donne... nude... e sempre... sempre la stessa cosa... Oh! è disgustoso davvero... piú di cento donne!

Urtato dal fatto che la moglie si mostrasse cosí nauseata, prese quell'aria di superiorità di cui si valgono gli uomini per far capire alle donne di aver detto una sciocchezza:

— Questa poi è buffa davvero! se è disgustoso avere cento donne, è altrettanto disgustoso averne una.

— Oh no, niente affatto!

— Perché, no?

— Perché una donna è una relazione, è un amore che vi lega a lei, mentre cento donne, è sudiciume, è vizio. Non capisco come un uomo possa strofinarsi a tutte quelle donnacce che sono sporche...

— Ma no, sono pulitissime.

— Non possono essere pulite facendo il mestiere che fanno.

— Ma, al contrario, è proprio a causa del loro mestiere che sono pulite.

— Eh via! vergogna! Quando pensi che il giorno prima facevano la stessa cosa con un altro! È ignobile!

— Non piú ignobile di bere in questa coppa dove ha bevuto chissà chi, stamani, e che, sta' pur certa, è stata lavata meno bene di...

— Oh! taci, sei ripugnante!

— Ma, allora, perché mi domandi se ho avuto delle amanti?

— Dimmi un po', queste amanti, erano tutte donnacce... Tutte e cento?

— Ma no, ma no...

— E che rob'erano, allora?

— Ma attrici... piccole operaie e... qualche signora per bene...

— Quante signore?

— Sei.

— Solo sei?

— Sí.

— Erano belle?

— Ma certo.

— Piú belle delle donnacce?

— No.

— Quali preferivi, tu, quelle là o le signore per bene?

— Quelle là.

— Oh! sei sporco! E perché?

— Perché non apprezzo i dilettanti.

— Che orrore! Sei abominevole, sai? E dimmi, ti divertiva passare cosí dall'una all'altra?

— Ma certo.

— Molto?

— Molto.

— Ma che cosa ti divertiva? Non si somigliano tutte?

— Ma no...

— Ah! Le donne non si somigliano...

— Nemmeno per sogno.

— In nulla?

— In nulla.

— Che cosa strana! E che hanno di differente?

— Ma... tutto.

— Il corpo?

— Certo... il corpo.

— Il corpo tutto intero?

— Il corpo tutto intero.

— E poi, che altro?

– Ma, il modo di... abbracciare, di parlare, di dire le minime cose.

– Ah! Ed è molto divertente cambiare?

– Sicuro!

– E anche gli uomini sono differenti?

– Questo non lo so.

– Non lo sai?

– No.

– Certamente, sono differenti.

– Sí... è probabile...

Restò pensosa, con la coppa di champagne in mano. Era piena, la bevve in un sorso; poi, la posò sulla tavola e, gettando le braccia al collo del marito, gli mormorò nella bocca:

– Oh! tesoro, come ti amo!...

La strinse forte a sé, con furore... Un cameriere che stava entrando, indietreggiò, chiudendo la porta, e il servizio rimase interrotto per circa cinque minuti.

Quando riapparve il maggiordomo, grave e dignitoso, portando la frutta, Henriette teneva di nuovo tra le dita un bicchiere pieno, e, guardando in fondo al liquido giallo e trasparente, come per scorgervi cose sconosciute e sognate, mormorava con voce pensosa:

– Oh! sí! Eppure dev'essere divertente!

15 settembre 1885.

SALVA

Entrò come una palla che spacca un vetro, la giovane marchesa di Rennedon, e si mise a ridere prima ancora di parlare, a ridere da farsi venire le lacrime agli occhi, come aveva fatto il mese scorso, annunciando all'amica di avere tradito il marchese per vendicarsi, solo per vendicarsi, e solo una volta, perché era davvero troppo stupido e troppo geloso.

La giovane baronessa, gettato sul divano il libro che stava leggendo, guardava Annette tutta incuriosita, già ridendo anche lei. Infine domandò:

— Che altro hai combinato?

— Oh... cara mia... cara mia... È troppo buffo... troppo buffo... figurati... sono salva!... salva!... salva!

— Come, salva!

— Sí, salva!

— Da cosa?

— Da mio marito, carissima, salva! Liberata! libera! libera! libera!

— Come libera? In che modo?

— In che modo? Il divorzio! Ho in mano il divorzio!

— Hai divorziato?

— No, ancora no, come sei sciocca! Non si divorzia in tre ore! Ma ho le prove... le prove che mi tradisce... un flagrante reato... pensa!... un flagrante reato... l'ho in pugno...

— Oh! ma dimmelo, allora! T'ingannava?

— Sí... cioè no... sí e no... non saprei. Basta, ho le prove, e questo è l'essenziale.

— Come hai fatto?

— Come ho fatto?... Ecco! Oh! sono stata brava, ma brava sul serio. Da tre mesi, era diventato odioso, odiosissimo, brutale, villano, dispotico, ignobile insomma. Mi son detta: «Cosí non può durare, mi ci vuole il divorzio! Ma come?» Non era facile. Ho cercato di farmi picchiare da lui. Non ha voluto. Mi seccava dalla mattina alla sera, mi costringeva a uscire quando non ne avevo voglia, a restare a casa quando avevo vòglia di pranzare fuori, mi rendeva la vita insopportabile da un capo all'altro della settimana; ma non mi picchiava.

— Allora ho cercato d'informarmi se aveva un'amante. Sí, ne aveva una, ma per andarla a trovare prendeva mille precauzioni. Impossibile beccarli insieme. E cosí... indovina che ho fatto?

— Non l'indovino.

— Oh! Non ci riusciresti mai. Ho pregato mio fratello di procurarmi una fotografia di quella poco di buono.

— Dell'amante di tuo marito?

— Già. È costato a Jacques quindici luigi, il prezzo di una serata, dalle sette a mezzanotte, pranzo compreso, a tre luigi l'ora. E ha ottenuto la fotografia per soprammercato.

— Mi pare che avrebbe potuto averla a meno, usando un trucco qualsiasi e senza... senza... senza essere obbligato a prendere anche l'originale.

— Oh! è molto carina. Non gli dispiaceva mica, a Jacques. E poi, avevo bisogno di particolari, particolari sul suo fisico: statura, petto, colorito, insomma mille cose.

— Non capisco.

— Vedrai. Quando ho saputo tutto quello che volevo, mi sono recata da un... come dire... da un uomo d'affari... sai... di quelli che fanno affari d'ogni sorta... d'ogni natura... un agente di... di... pubblicità... uno di quelli... insomma, hai capito.

— Sí, all'incirca. E che gli hai detto?

— Gli ho mostrato la fotografia di Clarisse (si chiama Clarisse) e gli ho detto: «Signore, mi occorre una cameriera che rassomigli a questa donna. La voglio bella, elegante, fine, pulita. La pagherò quanto occorre. Se mi costerà diecimila franchi, pazienza! Non ne avrò bisogno per piú di tre mesi».

— Aveva l'aria molto stupita, quel tipo. Mi chiese: «La signora la vuole irreprensibile?»

— Balbettai arrossendo: «Ma sí, quanto a onestà».

— Riprese: «... e... quanto a moralità...» Non osai rispondere. Feci soltanto un segno col capo che voleva dire: no. Poi, comprendendo d'un tratto che quello era preso da un orribile sospetto, esclamai tutta smarrita: «Oh, signore... è per mio marito... che mi tradisce... mi tradisce fuori casa... e voglio... voglio che mi tradisca a casa mia... capite... per poterlo sorprendere...»

— Allora quell'uomo si mise a ridere, e capii dal suo sguardo che mi aveva reso la sua stima. Anzi, mi trovava una donna in gamba. Scommetterei che in quel momento aveva voglia di stringermi la mano.

– Disse: «Tra otto giorni, signora, avrò quello che fa per voi. E, se sarà necessario, potremo cambiar di soggetto. Rispondo io del successo. Mi pagherete solo a faccenda conclusa. Dunque questo è il ritratto dell'amante di vostro marito?»

– «Sí, signore».

– «Bella donna, una falsa magra. E quale profumo?»

– Non capivo; ripetei: «Come, quale profumo?»

– Sorrise: «Certo, signora; il profumo è essenziale per sedurre un uomo, perché gli dà ricordi incoscienti che lo dispongono all'azione; il profumo induce l'animo a confusioni oscure, lo turba, lo snerva, rammentandogli i piaceri goduti. Bisognerebbe inoltre cercar di sapere che cosa mangia di solito vostro marito quando pranza con questa signora. Potreste servirgli i medesimi piatti, la sera che lo pizzicherete. Oh! lo abbiamo in pugno, signora, lo abbiamo in pugno».

– Me ne andai tutta soddisfatta; avevo trovato un uomo veramente in gamba.

– Tre giorni dopo, mi vidi arrivare a casa una ragazza bruna, bellissima, con un'aria modesta e insieme ardita, un'aria singolare da donna di facili costumi. Con me fu molto educata. Non sapendo bene chi era, la chiamai «signorina»; ma lei mi disse: «Oh! la signora può chiamarmi semplicemente Rose». Cominciammo a discorrere.

– «Ebbene, Rose, già sapete perché venite qui?»

– «Me lo immagino, signora».

– «Benissimo, ragazza mia..., e non vi... secca troppo?»

– «Oh! è già l'ottavo divorzio che faccio, signora; ci sono abituata».

– «Quand'è cosí, perfetto. Vi ci vorrà molto tempo per riuscire?»

– «Ma, signora, tutto dipende dal temperamento di Monsieur».

– «Lo vedrete tra poco, figliuola; ma vi avverto che non è bello affatto».

– «Non fa niente, signora. Ne ho già separati di bruttissimi. Ma devo chiedere alla signora se si è già informata quanto al profumo».

– «Sí, mia brava Rose, – verbena».

– «Tanto meglio, signora, è un profumo che mi piace molto! La signora può dirmi anche se l'amante di Monsieur porta biancheria di seta?»

– «No, figliuola: batista con merletti».

– «Oh! allora è una persona come si deve. La biancheria di seta comincia a diventare volgare».

– «Quello che dite è esattissimo».

– «Bene, signora, vado a prendere servizio».

– E infatti cominciò a sfaccendare, come se non avesse fatto mai altro in vita sua.

– Un'ora dopo, tornò a casa mio marito. Rose non alzò gli occhi su di lui, ma fu lui ad alzarli su di lei. Odorava già di verbena a un miglio lontano. Dopo cinque minuti, la ragazza uscí dalla stanza.

– E lui subito:

– «Chi è quella ragazza?»

– «Ma... la mia nuova cameriera».

– «Dove l'avete trovata?»

– «Me l'ha data la baronessa di Grangerie con le migliori informazioni».

– «Ah! è abbastanza carina!»

– «Vi pare?»

– «Be'... per una cameriera...»

– Ero al settimo cielo. Sentivo che già mordeva all'amo.

– Quella stessa sera, Rose mi diceva: «Ora posso promettere alla signora che la cosa non durerà piú di quindici giorni. Monsieur è facile!»

– «Ah! ci avete già provato?»

– «Non ancora; ma si vede alla prima occhiata. Ha già voglia di abbracciarmi quando mi passa vicino».

– «Non vi ha detto niente?»

– «Nossignora; mi ha solo domandato come mi chiamo... per sentire il suono della mia voce».

– «Benissimo, mia brava Rose. Fate piú presto che potete».

– «State tranquilla, signora. Non resisterò che il tempo necessario per non svalutarmi».

– In capo a otto giorni, mio marito non usciva piú. Tutto il pomeriggio lo vedevo girare per casa; ancor piú significativo in questa faccenda era che non m'impediva piú di uscire. Me ne stavo fuori tutto il giorno... per... per lasciarlo libero.

– Il nono giorno, mentre mi aiutava a spogliarmi, Rose mi disse con aria timida:

– «Siamo pronti, signora, già da questa mattina».

– Rimasi un po' sorpresa, direi quasi emozionata, non della

cosa, ma di come me l'aveva detta. Balbettai: «E... e... è andata bene?»

— «Oh! benissimo, signora. Già da tre giorni m'incalzava, ma non volevo andare troppo presto. La signora m'indicherà il momento in cui desidera coglierci in flagrante».

— «Sí, ragazza mia. Ecco!... facciamo giovedí».

— «Vada per giovedí, signora. Fino a quel giorno non concederò nulla a Monsieur per tenerlo sulla brace».

— «Siete sicura di farcela?»

— «Certo, signora, sicurissima. Terrò in caldo Monsieur in modo che sia cotto a puntino nel momento che la signora vorrà indicarmi».

— «Facciamo per le cinque, mia brava Rose».

— «Vada per le cinque, signora; e dove?»

— «Ma... in camera mia».

— «Perfetto: nella camera della signora».

— Allora, tesoro, lo capisci quello che ho fatto. Sono andata a chiamare prima di tutto papà e mammà, e poi mio zio d'Orvelin, il presidente, e poi Monsieur Raplet, il giudice amico di mio marito. E, senza avvertirli di quello che avrei mostrato, li ho fatti entrare tutti in punta di piedi fino alla porta della mia camera. Ho aspettato che fossero le cinque, le cinque in punto... Oh! come mi batteva il cuore. Avevo fatto salire anche il portiere, per avere un testimonio in piú! E poi... poi, nell'istante in cui l'orologio a pendolo comincia a suonare, pan, spalanco la porta quant'è larga... Ah! ah! ah! erano sul piú bello... sul piú bello... cara mia... Oh! che faccia! tu avessi visto che faccia! E si è voltato, quell'imbecille! Ah! com'era buffo... Ridevo, io, ridevo... E papà che si è arrabbiato, e voleva bastonare mio marito... E il portiere, un buon servitore, lo aiutava a rivestirsi... gli abbottonava le bretelle... Che spasso! Quanto a Rose, perfetta! assolutamente perfetta... Piangeva... piangeva benissimo. È una ragazza preziosa... Se mai ne avessi bisogno, non dimenticarla!

— E ora eccomi qui... Sono venuta subito a raccontarti tutto... subito. Sono libera. Evviva il divorzio!...

E si mise a ballare in mezzo al salotto, mentre la baronessa, tutta imbronciata, mormorava:

— Perché non hai invitato anche me a vedere la scena?

22 dicembre 1885.

VIAGGIO DI SALUTE

Monsieur Panard era un uomo prudente che nella vita aveva paura di tutto. Aveva paura delle tegole, delle cadute, delle carrozze, dei treni, di tutti i possibili accidenti, ma soprattutto delle malattie.

Aveva capito, con finissimo intuito, quanto la nostra vita sia continuamente minacciata da tutto quel che ci circonda. La vista di uno scalino gli faceva subito pensare alle storte, alle braccia e alle gambe rotte, un vetro, alle orribili ferite da vetro, un gatto, a occhi dilaniati; e viveva con prudenza meticolosa, una completa e paziente prudenza, fatta di riflessione.

Diceva alla moglie, una brava donna che si prestava alle sue manie: — Pensa, mia cara, quanto poco basta per storpiare o distruggere un uomo. È spaventoso pensarci. Si esce in buona salute; si attraversa una strada; arriva una carrozza e ti passa sopra; oppure ti fermi per cinque minuti sotto un portone a parlare con un amico; e non senti una leggera corrente d'aria che ti scivola lungo la schiena, e ti becchi una flussione di petto. E non c'è piú niente da fare. Basta questo. Sei bell'e spacciato.

Sui giornali si interessava in modo particolare all'articolo *Salute Pubblica*; conosceva la cifra media dei decessi in tempi ordinari, secondo le stagioni, l'andamento e i capricci delle epidemie, i loro sintomi, la loro probabile durata, il modo di prevenirle, di arrestarle, di curarle. Possedeva una biblioteca medica di tutte le opere relative ai trattamenti messi alla portata del pubblico da medici pratici e divulgatori.

Aveva creduto a Raspail[1], all'omeopatia, alla medicina dosimetrica, alla metalloterapia, all'elettricità, al massaggio, a tutti i sistemi che sono ritenuti infallibili, per sei mesi, contro ogni male. Ora aveva perduto un po' della sua fiducia, e pensava saggiamente che il miglior sistema per evitare le malattie consiste nel fuggirle.

---

[1] [François-Vincent Raspail (1794-1878) attribuiva ai parassiti la causa di diverse malattie].

Ora, all'inizio dello scorso inverno, Monsieur Panard apprese dal giornale che Parigi era colpita da una leggera epidemia di febbre tifoidea; si sentí subito invadere dall'inquietudine, che, in breve tempo, divenne ossessione. Ogni mattina comprava due o tre giornali per fare una media delle loro notizie contraddittorie; e ben presto si convinse che proprio il suo quartiere era il piú colpito.

Allora andò a chiedere consiglio al suo medico. Cosa doveva fare? restare o andarsene? Dalle risposte evasive del dottore, Monsieur Panard dedusse che c'era pericolo, e si decise per la partenza. Tornò a casa per discuterne con la moglie. Dove sarebbero andati?

– Pensi, mia cara, che Pau faccia al caso nostro? – chiedeva.

Lei aveva voglia di vedere Nizza e rispose:

– Dicono che ci faccia piuttosto freddo, data la vicinanza dei Pirenei. Cannes deve essere piú sana, visto che ci vanno i principi di Orléans.

Questo ragionamento convinse il marito il quale, tuttavia, esitava ancora un po':

– Sí, ma son due anni che nel Mediterraneo c'è il colera.

– Ah! mio caro, ma non c'è mai durante l'inverno! Pensa che il mondo intero si dà appuntamento su quella costa.

– Quest'è vero. In ogni caso, porta i disinfettanti e abbi cura di far completare la mia farmacia da viaggio.

Partirono un lunedí mattina. Arrivati alla stazione, la signora Panard consegnò al marito la sua valigia personale:

– Tieni, – disse, – ecco tutto il necessario per la salute, bene in ordine.

– Grazie, mia cara.

E salirono in treno.

Dopo aver letto molti trattati sulle stazioni climatiche del Mediterraneo, scritti da medici di ogni città del litorale, ognuno dei quali esaltava la sua a detrimento dell'altra, Monsieur Panard, che era stato tormentato da non poche perplessità, si era finalmente deciso per Saint-Raphaël, per la semplice ragione che aveva visto, tra i nomi dei principali proprietari, quelli di diversi professori della facoltà di medicina di Parigi.

Se loro abitavano lí, era segno evidente che il paese era sano.

Scese dunque a Saint-Raphaël e si recò immediatamente nell'albergo di cui aveva letto il nome sulla guida Sarty, una specie di Conty delle stazioni invernali di quella costa.

Ma già lo assalivano nuove preoccupazioni. Cosa c'era di meno sicuro di un albergo, soprattutto in un paese frequentato dai tisici?

Quanti malati, e quali malati, hanno dormito su quei materassi, tra quelle coperte, su quei guanciali, lasciando tra le lane, le piume e le tele mille germi invisibili, usciti dalla loro pelle, dal fiato, dalle febbri? Come avrebbe potuto coricarsi in quei letti sospetti, dormire con l'incubo di un uomo, che qualche giorno prima era agonizzante sul medesimo giaciglio?

Allora ebbe un'idea brillante. Avrebbe chiesto una camera a nord, proprio a nord, senza sole, sicuro che nessun malato avrebbe potuto abitarvi.

Gli aprirono un grande appartamento glaciale, che lui, alla prima occhiata, giudicò offrire ogni sicurezza, tanto gli pareva freddo e inabitabile.

Vi fece accendere il fuoco. Poi vi furono portati i bagagli.

Andava su e giú, a passi rapidi, un po' preoccupato all'idea di un possibile raffreddore, e diceva alla moglie:

— Vedi, mia cara, il guaio di questi paesi è quello di dover abitare in stanze fredde e raramente occupate. Vi si possono prendere dei dolori. Vuoi avere la cortesia di disfare i bauli?

Lei aveva infatti cominciato ad aprire i bauli e a riempire gli armadi e i cassettoni quando Monsieur Panard si fermò di botto e cominciò ad annusare con forza, come un cane che scopre la selvaggina.

All'improvviso, turbato e impaurito, disse:

— Ma c'è odore... c'è odore di malato qui!... c'è puzzo di medicina... sono sicuro che c'è puzzo di medicina... certo, c'è stato un... un... un... tisico in questa stanza. Dimmi, cara, non lo senti anche tu?

Madame Panard annusò a sua volta. Rispose:

— Sí, c'è odore... c'è odore... non capisco che odore sia, ma insomma è odore di medicinale.

Il marito si gettò sul campanello, suonò; e quando comparve il cameriere:

— Per favore, fate venire immediatamente il padrone.

Il padrone arrivò quasi subito inchinandosi col sorriso sulle labbra.

Panard, guardandolo fisso negli occhi, gli disse bruscamente:

— Chi è stato l'ultimo forestiero che ha dormito qui?

L'albergatore, dapprima sorpreso, cercava di indovinare l'intenzione, il pensiero o il sospetto del cliente, poi, siccome doveva rispondere, e siccome in quella camera non aveva dormito piú nessuno da parecchi mesi, disse:

— Il conte de la Roche-Limonière.

– Ah! un francese!

– No signore, un... un... un belga.

– Ah! e stava bene in salute?

– Sí, cioè no, soffriva molto quando è arrivato qui, ma è partito completamente guarito.

– Ah! e di che soffriva?

– Di dolori.

– Che dolori?

– Dolori... dolori di fegato.

– Benissimo, signore, vi ringrazio. Contavo di fermarmi per un po' di tempo qui, ma ho cambiato idea; partirò immediatamente, con Madame Panard.

– Ma... signore...

– È inutile, signore. Partiremo. Mandateci il conto: carrozza, camera e servizio.

Il padrone, sgomento, si ritirò, mentre Panard diceva alla moglie:

– Eh, mia cara, l'ho smascherato? Hai visto come esitava?... dolori... dolori... dolori di fegato... Te li raccomando, i dolori di fegato!

Monsieur e Madame Panard arrivarono a Cannes a notte fatta, cenarono e andarono a letto immediatamente.

Ma si erano appena coricati che Panard esclamò:

– Eh! lo senti stavolta l'odore?... Ma... è acido fenico mia cara... questo appartamento è stato disinfettato...

E balzò fuori dal letto, si rivestí alla svelta, e siccome era troppo tardi per chiamare qualcuno, prese immediatamente la decisione di passare la notte in una poltrona. Madame Panard, malgrado le sollecitazioni del marito, non volle imitarlo e rimase tra le coltri, dove dormí beatamente, mentre lui brontolava con la schiena spezzata:

– Che paese! Che orribile paese! Non ci sono che malati in tutti gli alberghi!

All'alba, mandò a chiamare il padrone.

– Chi è stato l'ultimo viaggiatore che ha abitato in questo appartamento?

– Il granduca di Baden e Magdeburgo signore, un cugino dell'imperatore di... di... di Russia.

– Ah! e stava bene in salute?

– Benissimo, signore.

— Proprio bene?

— Proprio bene.

— Basta cosí, signor albergatore; la signora e io partiamo per Nizza a mezzogiorno.

— Come volete, signore.

E il direttore, furioso, si ritirò, mentre Panard diceva alla moglie:

— Eh! che imbroglione! non vuole nemmeno confessare che il suo viaggiatore era malato, malato! Ah! sí! malato! Dico di piú: sono sicuro che c'è morto quello lí! Di', lo senti l'acido fenico?

— Sí, mio caro!

— Che farabutti questi albergatori! Neppure malato il suo maccabeo! Che mascalzoni!

Presero il treno dell'una e mezza. L'odore li seguí nel vagone. Panard, preoccupatissimo, mormorava: — Si sente sempre quell'odore. Si deve trattare di una misura di igiene generale nel paese. Probabilmente ci innaffiano le strade, i pavimenti, i vagoni con l'acqua fenicata per ordine dei medici e del municipio.

Ma quando furono nell'albergo di Nizza, l'odore diventò intollerabile.

Panard, atterrito, errava per la camera aprendo i cassetti, ispezionando gli angoli oscuri, cercando in fondo ai mobili. Nell'armadio a specchio scoprí un vecchio giornale, vi gettò per caso un'occhiata, e lesse: «Le malevoli voci che erano corse sullo stato sanitario della nostra città sono prive di fondamento. Nessun caso di colera è stato segnalato a Nizza né nei dintorni...»

Fece un salto, gridando:

— Moglie mia... moglie mia... è il colera... il colera... il colera... ne ero sicuro. Non disfare i bagagli... Torniamo a Parigi, subito... subito...

Un'ora dopo, riprendevano il rapido, avvolti da un puzzo asfissiante di fenolo.

Appena a casa, Panard giudicò opportuno prendere qualche goccia di un forte anticolerico e aprí la valigia che conteneva le medicine. Ne uscí fuori un vapore soffocante. Si era rotta la boccetta di acido fenico e il liquido, uscito fuori, aveva bruciato tutto quel che c'era dentro.

Allora la moglie, scoppiando a ridere come una pazza, esclamò:

— Ah!... Ah!... Ah!... caro mio... eccolo... eccolo... il tuo colera!...

18 aprile 1886.

MISERIA UMANA

Jean d'Espars si animava:
— Lasciatemi in pace con la vostra felicità da talpe, la vostra felicità da imbecilli soddisfatti del fuoco d'una fascina, d'un bicchiere di vino vecchio o d'una femmina con cui strofinarsi. Io vi dico che la miseria umana mi sconvolge, che la vedo ovunque, con occhio acuto; e che la trovo dove voi non vedete nulla, voi che camminate per la strada col pensiero alla festa di stasera o alla festa di domani.

Ecco per esempio, l'altro giorno, all'avenue de l'Opéra, in mezzo a una folla allegra e turbolenta inebriata dal sole di maggio, ho visto ad un tratto passare una persona, un essere indefinibile, una vecchia piegata in due, vestita di stracci che furono abiti, con un cappello di paglia nero, spoglio dei suoi antichi ornamenti, nastri e fiori, scomparsi ormai da chissà quanto tempo. Camminava trascinando i piedi cosí penosamente da sentirmi nel cuore, al pari di lei, il dolore di ogni suo passo. Si appoggiava a due bastoni. Passava senza veder nessuno, indifferente a tutto, al frastuono, alla gente, alle carrozze, al sole! Dove andava? In quale tugurio? Portava qualcosa in quel cartoccio che pendeva da uno spago? Che cosa? del pane? sí, senza dubbio. Certo nessuno, nemmeno un vicino aveva potuto o voluto fare quella commissione per lei, ed ella s'era avventurata da sola, in quell'orribile viaggio dalla sua soffitta fino al fornaio. Due ore di strada, almeno, per andare e tornare. E che strada dolorosa! Che *via crucis* piú spaventosa di quella di Cristo! Alzai gli occhi verso i tetti di quelle immense case. Andava lassú! Quando sarebbe giunta? Quante soste ansanti sui gradini per quelle scalette buie e tortuose?

Tutti si voltavano per guardarla! La sua gonna, quello straccio di gonna che le strusciava sul marciapiede, restava appesa per miracolo a quel corpo decrepito. E dentro quel corpo c'era un pensiero! Un pensiero? No, ma una sofferenza spaventosa, incessante, ossessionante. Oh! la miseria dei vecchi senza pane, dei vecchi senza speranza, senza figli, senza denaro, senz'altro che la morte davanti a loro, ma ci pensate? Ci pensate ai vecchi affamati delle soffitte? Pensate alle lacrime di quegli occhi spenti, che un tempo furono brillanti, commossi e gioiosi?

Tacque alcuni secondi, poi riprese:

Tutta la mia «gioia di vivere», per usare le parole d'uno fra i piú forti e profondi romanzieri del nostro paese, Emile Zola, che ha visto, capito e raccontato come nessun altro la miseria degli infimi, tutta la mia gioia di vivere è sparita, se n'è andata di colpo, l'autunno di tre anni fa, durante una partita di caccia in Normandia.

Pioveva; io camminavo solo, nella pianura, fra i campi arati da poco, ricoperti di mota grassa che cedeva e scivolava sotto i piedi. Di tanto in tanto una pernice, sorpresa, nascosta contro una zolla di terra, volava via pesantemente sotto la pioggia. Il colpo della mia fucilata, attutito dalla cortina d'acqua che cadeva dal cielo, schioccava appena come una frustata, e l'animale grigio s'abbatteva con le penne insanguinate.

Mi sentivo triste fino alle lacrime, avrei pianto come le nubi che piangevano sul mondo e su di me, intriso di tristezza fino al cuore, oppresso di stanchezza da non sollevare piú le gambe impantanate nell'argilla; e stavo per rincasare, quando in mezzo ai campi scorsi il calesse del dottore che procedeva per una scorciatoia.

La vettura nera e bassa, con la tonda cappotta alzata, e trainata dal suo cavallo bruno, passava come un presagio di morte, errante nella campagna in quel giorno sinistro. All'improvviso si fermò; apparve la testa del medico che gridò:

– Ehi! Monsieur d'Espars?

Andai verso di lui. Mi disse: – Avete paura delle malattie?

– No.

– Volete aiutarmi a curare una difterica? Sono solo, e bisognerebbe tenerla mentre le toglierò le false membrane dalla gola.

– Vengo con voi, – gli dissi. E salii nella sua vettura.

Mi raccontò quanto segue:

L'angina, la spaventosa angina che strangola tanti infelici, era penetrata nella fattoria dei Martinet, una famiglia di povera gente.

Il padre e il figlio erano morti all'inizio della settimana. Ora anche la madre e la figlia se ne stavano andando.

Una vicina che le curava, sentendosi di colpo indisposta, aveva preso la fuga proprio il giorno prima, lasciando la porta aperta e le due malate abbandonate sui loro giacigli di paglia, senza nulla da bere, sole, completamente sole, rantolanti, soffocanti, agonizzanti, sole, da ventiquattr'ore!

Il medico aveva appena ripulito la gola alla madre, e l'aveva fatta bere; ma la bambina, sconvolta dal dolore e dall'angoscia di soffocare, aveva nascosto la testa nel pagliericcio – senza consentire a lasciarsi toccare.

Il medico, abituato a queste miserie, ripeteva con voce triste e rassegnata: – Non posso mica stare tutto il giorno dai miei malati. Cristo! queste stringono il cuore. Quando penso che sono rimaste ventiquattr'ore senza bere. Il vento spingeva la pioggia fino al loro giaciglio. Tutti i polli s'erano riparati nel camino.

Stavamo arrivando alla fattoria. Il medico legò il cavallo al ramo d'un melo, davanti alla porta; ed entrammo.

Un odore acre di malattia e d'umidità, di febbre e di muffa, d'ospedale e di cantina ci afferrò alla gola. Faceva freddo, un freddo da palude, in quella casa senza fuoco, senza vita, grigia e sinistra. L'orologio s'era fermato; la pioggia cadeva dal grande camino dove i polli avevano sparpagliato la cenere, e in un angolo buio s'udiva un rumore rauco e frequente di mantice. Era la bambina che respirava.

La madre giaceva in una specie di grande cassone di legno, il letto dei contadini, e, nascosta da vecchie coperte e da vecchi stracci, pareva tranquilla. Volse un poco la testa verso di noi.

Il medico le chiese: – Avete una candela?

Con voce bassa, affaticata, rispose: – Nella credenza –. Il dottore prese il lume e mi condusse in fondo alla stanza, verso il lettuccio della bambina.

Ansante, con le gote scarne, gli occhi lucidi, i capelli scarmigliati, era impressionante. Nel collo, magro e teso, dei buchi profondi si formavano ad ogni respiro. Distesa sulla schiena, stringeva con tutt'e due le mani gli stracci che la ricoprivano; e non appena ci vide volse la faccia per nascondersi nel pagliericcio.

La presi per le spalle, e il dottore, dopo averla costretta a mostrare la gola, ne strappò una grande pelle biancastra, che mi parve secca come cuoio.

Subito respirò meglio, e bevve un poco. La madre, appoggiata a un gomito, ci guardava. Balbettò:

– È fatto?

– Sí, è fatto.

– Che, resteremo ancora sole?

Una paura, una tremenda paura le faceva fremere la voce, paura di quell'isolamento, di quell'abbandono, delle tenebre e della morte che sentiva cosí vicina.

Risposi: – No, buona donna. Aspetterò che Monsieur Pavillon vi mandi l'infermiera –. E volgendomi al dottore:

– Mandate comare Mauduit. La pagherò io.

– Benissimo. Ve la mando subito.

Mi strinse la mano, uscí; e udii il calesse che se ne andava sulla strada umida.

Rimasi solo con le due moribonde.

Il mio cane Paf si era accucciato davanti al camino nero, e mi fece pensare che un po' di fuoco sarebbe stato utile a tutti. Uscii in cerca di legna e di paglia; e presto una grande fiamma illuminò fino in fondo alla stanza il letto della bimba, che ricominciava ad ansare.

Mi sedetti, allungando le gambe verso il focolare.

La pioggia batteva sui vetri, il vento scoteva il tetto; udivo il respiro breve, duro, sibilante delle due donne, e quello del cane che sospirava di piacere, acciambellatosi davanti al camino luminoso.

La vita! la vita! che cos'era? Quelle due miserabili che avevano sempre dormito sulla paglia, mangiato pane nero, lavorato come bestie, sofferto tutte le miserie della terra, stavano per morire! Che avevano fatto? Il padre era morto, il figlio era morto. Eppure questi miserabili passavano per della brava gente amata e stimata, gente semplice e onesta!

Guardavo le mie scarpe che fumavano e il cane che dormiva, e mi penetrava una gioia sconosciuta, profonda e vergognosa, al paragonar la mia sorte a quella di quei forzati!

La bimba ricominciò a rantolare, e ad un tratto quel respiro rauco mi divenne intollerabile; mi straziava come una lima di cui ogni colpo mi mordeva il cuore.

Le andai vicino:

– Vuoi bere? – chiesi.

Scosse la testa per dire di sí, e io le versai nella bocca un po' d'acqua che non poté inghiottire.

La madre, piú calma, s'era voltata per guardare la figlia; ed ecco che all'improvviso mi sentii sfiorato da una paura sinistra, una paura che mi corse sulla pelle come al contatto di un mostro invisibile. Dov'ero? Non lo sapevo piú! Sognavo? Che incubo m'aveva preso?

È vero che accadono cose simili? Si può morire cosí? E guardavo negli angoli scuri di quel tugurio come se mi fossi aspettato di vedere, rannicchiata in un angolo buio, una figura orrenda, innominabile, paurosa. Colei che spia la vita degli uomini e li uccide, li consuma, li schiaccia, li strangola; che ama il sangue rosso, gli occhi accesi di febbre, le rughe e l'avvizzimento, i capelli bianchi e la decomposizione.

Il fuoco s'andava spegnendo. Vi gettai dell'altra legna e mi ci scaldai la schiena, tanto avevo freddo alle reni.

Io almeno speravo di morire in una bella camera, con i medici attorno al letto, e le medicine sul comodino!

E quelle donne erano rimaste sole ventiquattr'ore in quella capanna senza fuoco! senz'altro da bere che acqua, e rantolando sulla paglia!...

Ad un tratto udii il trotto d'un cavallo e il rumore di una carrozza; e l'infermiera entrò, tranquilla, contenta d'aver trovato un lavoro, senza stupore davanti a quella miseria.

Le lasciai del denaro e scappai col mio cane; scappai come un malfattore, correndo sotto la pioggia, credendo di sentire sempre il sibilo di quelle due gole, correndo verso la mia casa calda dove m'attendevano i domestici per una buona cena.

8 giugno 1886.

. . . .

Ero partito per fuggire la festa, la festa odiosa e chiassosa, la festa con petardi e bandiere, che squarcia le orecchie e acceca gli occhi.

Starmene solo, completamente solo, per qualche giorno, è una delle cose migliori ch'io conosca. Non sentire ripetere da nessuno le sciocchezze che sappiamo da tanto tempo, non vedere nessuna faccia nota di cui prevediamo i pensieri dalla sola espressione degli occhi, di cui indoviniamo le parole, di cui già ci aspettiamo le battute, le riflessioni e le opinioni, è per l'anima una specie di bagno fresco e calmante, un bagno di silenzio, d'isolamento e di riposo.

Perché dire dove stavo andando? Che importa! seguivo a piedi la riva di un fiume, e scorgevo in lontananza i tre campanili di una chiesa antica che dominava una cittaduzza dove sarei arrivato tra non molto. L'erba giovane, lucente, l'erba della primavera, spuntava sulla sponda in declivio fino all'acqua, e l'acqua scorreva viva e limpida, in quel letto verde e splendente, un'acqua gioiosa che sembrava correre come una bestia imbizzarrita su un prato.

Di tanto in tanto, una canna lunga e sottile, inclinata verso il fiume, indicava un pescatore nascosto in un cespuglio.

Chi erano mai quegli uomini che il desiderio di prendere all'estremità di un filo un pesciolino grosso come un fuscello tratteneva per giornate intere, dall'aurora al crepuscolo, sotto il sole o sotto la pioggia, accoccolati ai piedi d'un salice, col cuore palpitante, l'animo agitato, l'occhio fisso su di un turacciolo?

Quegli uomini? Tra loro c'erano artisti, grandi artisti, e operai, borghesi, scrittori, pittori, che una stessa passione dominante, irresistibile, lega alle sponde dei ruscelli e dei fiumi piú solidamente di quanto l'amore leghi un uomo ai passi di una donna.

Dimenticano tutto, proprio tutto, casa, famiglia, figli, affari, preoccupazioni, per guardare nel risucchio quel piccolo galleggiante che oscilla. Mai l'occhio ardente di un innamorato ha cercato il segreto nascosto nello sguardo dell'amata con l'angoscia e la tenacia, con cui l'occhio del pescatore cerca d'indovinare quale pesce ha mordicchiato l'esca nell'acqua profonda.

Cantate dunque la passione, poeti! Eccola! o misteri dei cuori umani, mistero insondabile dei legami, mistero degl'inesplicabili amori, mistero dei gusti seminati in noi dalla natura incomprensibile, chi mai riuscirà a penetrarvi?

È possibile che uomini d'ingegno tornino durante tutta la vita a passare giorni e giorni, dalla mattina alla sera, a desiderare con tutta l'anima, con tutta la forza delle loro speranze, di raccogliere dal fondo dell'acqua, con una punta d'acciaio, un pesciolino minuscolo, che forse non prenderanno mai!

Cantate dunque la passione, poeti!

Appoggiata alla balaustra d'una terrazza che dominava il fiume, stava pensosa una donna. Dove andava il suo fantasticare? Verso l'impossibile, verso una speranza irrealizzabile, o verso qualche gioia volgare già goduta?

Che cosa è piú incantevole di una donna che sogna? Tutta la poesia del mondo è là, nell'ignoto della sua mente. La guardavo. Ella non mi vedeva. Era felice o triste? Pensava al passato o all'avvenire? Sul suo capo le rondini disegnavano brusche giravolte e ampie curve veloci.

Era felice o triste? Non potei indovinarlo.

Scorgevo la città e i campanili della chiesa, via via piú grandi. Poco dopo distinsi le bandiere. Stavo dunque per ritrovarmi nella festa. Pazienza! Almeno, in quella città non conoscevo nessuno.

Dormii in un albergo. Già all'aurora fui svegliato da colpi di cannone. Col pretesto di celebrare la libertà, c'è chi turba il sonno della gente, qualunque sia l'opinione altrui. I monelli risposero all'artiglieria ufficiale facendo scoppiare petardi per la strada. Mi toccò alzarmi.

Uscii. La città era già in piena eccitazione. I borghesi venivano sulla porta di casa e guardavano le bandiere con un'aria beata. Ridevano, si erano alzati per far festa, dopotutto!

Il popolo era in festa! Perché? Lo sapeva? No. Gli avevano annunciato che sarebbe stato in festa, ed era in festa, quel popolo. Era contento, era pieno di gioia. Fino a sera, sarebbe rimasto cosí, in allegria, per ordine delle autorità, e domani avrebbe smesso.

O bestialità! Bestialità! Bestialità umana dalle facce innumerevoli, dalle innumerevoli metamorfosi, dagl'innumerevoli aspetti! In tutta la Francia il popolo faceva baldoria con bandiere e polvere da sparo. Perché questa gioia nazionale? Per celebrare la ricchezza pubblica all'indomani di un nuovo prestito? Per festeggiare la consacrazione della libertà il giorno stesso che appare, piú minacciosa delle tirannidi imperiali o regali, la tirannide repubblicana?...

Errai per le vie fino all'ora in cui la gioia popolare divenne intollerabile. Le società di canto corale muggivano, crepitavano i fuochi artificiali, la folla si agitava vociferando. E ogni scoppio di risa esprimeva la stessa soddisfazione stupida.

Mi trovai per caso davanti alla chiesa di cui, il giorno prima, avevo visto da lontano le due torri. Vi entrai. Era vuota, alta, fredda, morta. In fondo al coro oscuro, brillava, come un punto d'oro, la lampada del tabernacolo. Mi sedetti in quel riposo gelido.

Mi giungevano dall'esterno, cosí lontane che sembravano venire da un altro mondo, le detonazioni dei razzi e i clamori della moltitudine. E presi a guardare un'immensa vetrata che riversava nel tempio addormentato una luce densa e violacea. Anche quella rappresentava un popolo, il popolo di un altro secolo celebrante una festa d'un tempo, certo quella di un santo. I piccoli uomini di vetro, vestiti stranamente, salivano in processione lungo l'alta finestra antica. Portavano stendardi, un'urna, croci, ceri, e le bocche aperte annunciavano canti. Alcuni danzavano levando le braccia e le gambe. Dunque a tutte le tappe della storia del mondo, l'eterna folla compie i medesimi atti. Un tempo festeggiavano Dio, oggi celebrano la Repubblica. Tale è la fede degli uomini!

Pensavo a mille cose, a quelle cose oscure che, dal fondo della mente, salgono un giorno alla superficie, e non sappiamo perché. E mi dicevo che le chiese hanno qualcosa di buono, il giorno in cui nessuno ci canta dentro.

Entrava qualcuno con passo rapido e leggero. Voltai il capo. Era una donna! Svelta, velata, a fronte bassa, andò fino alla cancellata del coro. Non avendomi veduto, nascosto com'ero da un pilastro, si credeva sola, completamente sola. Si nascose il viso tra le mani e udii che piangeva.

Piangeva le lacrime brucianti dei grandi dolori. Come doveva soffrire, la misera, per piangere cosí! Piangeva per un figlio morente? Per un amore perduto?

Attraverso i muri della chiesa, mi arrivava attenuato il suono di una fanfara chiassosa; ma tutto il fragore del popolo che si abbandonava alla gioia mi sembrava solo un rumore insignificante accanto ai piccoli singhiozzi che passavano attraverso le dita sottili di quella donna.

Ah! povero, povero cuore, come sentivo quella tua pena sconosciuta! Cosa è piú triste al mondo che sentir piangere una donna?

Pensai all'improvviso: «È la stessa che ho veduta sognare ieri, sul suo terrazzo». Non potevo piú dubitarne, era lei! Che cosa era avvenuto, da ieri, in quell'anima? Quanto aveva sofferto; quale ondata di dolore l'aveva sommersa?

Ieri, aspettava. Che cosa? Una lettera? Una lettera che le diceva «addio» – oppure aveva letto negli occhi di un uomo, chino sul letto di un malato, che ogni speranza era perduta? Come piangeva! Ah! Tutte le grida di gioia, tutte le risate che udrò fino alla morte non cancelleranno mai dal mio orecchio quei sospiri di sofferenza umana.

E pensavo, prossimo anch'io a singhiozzare, tanto è possente il contagio delle lacrime: «Se un giorno chiuderanno le chiese, dove mai andranno a piangere le donne?»

20 luglio 1886.

Roger de Tourneville, circondato dai suoi amici, parlava, a cavalcioni su una sedia, con un sigaro in mano, e ogni tanto aspirava e mandava fuori una nuvoletta di fumo.

...Eravamo a tavola quando portarono la lettera. Papà l'aprí. Lo conoscete papà, che crede di reggere l'interinato del re, in Francia. Io lo chiamo Don Chisciotte perché per dodici anni ha combattuto contro il mulino a vento della Repubblica, senza sapere di preciso se era in nome dei Borbone o in nome degli Orléans. Oggi tiene la lancia solo in nome degli Orléans, perché ci sono solo loro. Comunque, papà si crede il primo gentiluomo di Francia, il piú noto, il piú influente, il capo del partito; e siccome è senatore a vita, considera tutti i troni delle monarchie vicine poco sicuri.

Quanto alla mamma, è l'anima di papà, è l'anima della monarchia e della religione, il braccio destro di Dio in terra, e il flagello dei malpensanti.

Dunque, portarono una lettera mentre eravamo a tavola. Papà l'aprí e la lesse; poi guardò la mamma e le disse: — Tuo fratello è in articulo mortis —. Mamma impallidí. A casa non si parlava quasi mai dello zio. Io non lo conoscevo affatto. Sapevo solo, perché era notorio, che aveva condotto, e ancora conduceva, una vita dissipata. Dopo essersi mangiato il patrimonio con un numero incalcolabile di donne, aveva conservato solo due amanti con le quali viveva in un appartamentino, in rue des Martyrs.

Già pari di Francia, già colonnello di cavalleria, non credeva, dicevano, né a Dio né al diavolo. Perciò, dubitando della vita futura, aveva abusato in tutti i modi possibili di quella presente; e era diventato la piaga aperta del cuore della mamma.

Questa disse: — Datemi la lettera, Paul.

Quando ebbe finito di leggerla, la volli anch'io. La lettera diceva:

«Signor conte, giudico doveroso comunicare che il vostro cognato marchese di Fumerol sta per morire. Forse vorrete prendere dei provvedimenti, e non dimenticare che io vi ho avvertito.

Vostra devotissima,

Mélani».

Papà mormorò: – Bisogna fare qualcosa. Nella mia posizione, ho il dovere di vegliare sugli ultimi momenti di vostro fratello.

Mamma riprese: – Mando a chiamare don Poivron per chiedergli consiglio. Poi andrò a trovare mio fratello insieme a lui e a Roger. Voi, Paul, restate qui. Non dovete compromettervi. Una donna può e deve fare cose come queste. Ma per un uomo politico nella vostra posizione, è diverso. Un avversario avrebbe buon gioco a servirsi contro di voi della vostra azione piú lodevole.

– Avete ragione, – disse mio padre. – Seguite pure la vostra ispirazione, mia cara.

Un quarto d'ora dopo, don Poivron entrava in salotto, e la situazione veniva esposta, analizzata, discussa sotto tutti gli aspetti.

Se il marchese di Fumerol, uno dei gran nomi di Francia, moriva senza i conforti della religione, il colpo sarebbe stato certo terribile per la nobiltà in generale e per il conte di Tourneville in particolare. I liberi pensatori avrebbero gongolato. Certi giornalacci avrebbero cantato vittoria per sei mesi; il nome di mia madre sarebbe stato trascinato nel fango e nella prosa della stampa socialista; quello di mio padre insudiciato. Non si poteva permettere una cosa simile.

Fu quindi immediatamente decisa una crociata che sarebbe stata condotta da don Poivron, un piccolo prete grasso e pulito, vagamente profumato, il vero vicario di chiesa elegante in un quartiere nobile e ricco.

Fu preparato il landò ed eccoci tutti e tre, mamma, il parroco e io, diretti a somministrare i sacramenti allo zio.

Avevamo deciso che prima di tutto avremmo visto Madame Mélanie, autrice della lettera, che doveva essere la portiera o la domestica dello zio.

Davanti a una casa di sette piani io scesi per primo a esplorare, ed entrai in un corridoio scuro nel quale faticai non poco per trovare il nero buco del portiere. Questi mi squadrò diffidente.

Chiesi: – Madame Mélanie, per favore?

– Non la conosco!

— Ma, ho ricevuto una lettera da lei.

— Può darsi, ma io non la conosco. Sta cercando una mantenuta?

— No, probabilmente una domestica. Mi ha scritto per un posto.

— Una domestica?... Una domestica?... Magari è quella del marchese. Andate a vedere, quinto a sinistra.

Dal momento che non chiedevo di una mantenuta, era diventato piú gentile e venne fino al corridoio. Era un uomo alto e magro con basette bianche, un'aria da sacrestano e gesti maestosi.

Mi arrampicai correndo per la lunga scala a chiocciola lurida della quale non osavo toccare la balaustrata e andai a picchiare tre colpi discreti alla porta di sinistra del quinto piano.

La porta si aprí subito; e una donna sporca, enorme, mi apparve davanti, a sbarrare l'ingresso con le braccia aperte che si appoggiavano ai due montanti.

Brontolò: — Che cosa cercate?

— Siete Madame Mélanie?

— Sí.

— Sono il visconte di Tourneville.

— Ah, bene! Entrate.

— Sí, ma... mamma è di sotto insieme a un prete.

— Ah, bene... Andate a prenderli. Ma state attento al portiere.

Scesi e risalii con la mamma, seguita dal prete. Mi sembrò di sentire altri passi dietro di noi.

Appena fummo nella cucina, Mélanie ci offrí delle sedie e ci sedemmo tutti e quattro per decidere.

— È molto giú? — chiese mamma.

— Eh sí, signora, non ne ha piú per molto.

— Sembra disposto a ricevere la visita di un prete?

— Oh!... non credo.

— Posso vederlo?

— Ma... sí... signora... solo... solo... le signorine sono con lui.

— Quali signorine?

— Ma... ma... insomma le sue amiche.

— Ah!

Mamma era diventata tutta rossa.

Don Poivron aveva abbassato gli occhi.

La cosa cominciava a divertirmi e dissi:

— Se entrassi io per primo? Vedrò come mi riceve e forse riuscirò a preparare il suo cuore.

La mamma, non vedendoci ombra di malizia, rispose:

— Sí, figlio mio.

Ma da qualche parte si aprí una porta e una voce, una voce di donna gridò:

– Mélanie!

La corpulenta domestica si lanciò, rispose:

– Serve qualcosa, Mademoiselle Claire?

– La frittata, subito.

– Un minuto, signorina.

E tornando verso di noi, spiegò quella chiamata:

– È una frittata al formaggio che mi hanno ordinato per le due come colazione.

E subito ruppe le uova in un'insalatiera e si mise a sbatterle con vigore.

Io uscii sulle scale e tirai il campanello per annunciare il mio arrivo ufficiale.

Mélanie mi aprí, mi fece sedere in un'anticamera, andò a dire allo zio che ero io, poi tornò per pregarmi di entrare.

Il prete si nascose dietro alla porta per comparire al primo cenno.

Certo, fui sorpreso vedendo lo zio. Era molto bello, molto solenne, molto elegante, quel vecchio viveur.

Seduto, quasi sdraiato in una grande poltrona, con le gambe avvolte in una coperta, le mani, lunghe mani pallide, abbandonate sui braccioli, aspettava la morte con una dignità biblica. La barba bianca gli cadeva sul petto, e i capelli, pure candidi, la raggiungevano sulle guance.

In piedi, dietro la sua poltrona, come per difenderlo contro di me, due donne giovani, due grasse donnine, mi guardavano con occhi sfrontati di sgualdrine. In sottana e vestaglia, braccia nude, capelli neri appuntati alla meglio sulla nuca, ciabatte orientali ricamate d'oro che lasciavano vedere le caviglie e le calze di seta, parevano, vicino a quel moribondo, due figure immorali di un quadro simbolico. Tra la poltrona e il letto, un tavolino con la tovaglia, due piatti, due bicchieri, due forchette e due coltelli, aspettava la frittata al formaggio ordinata poco prima a Mélanie.

Lo zio disse con voce fioca, ansimante, ma chiara:

– Buongiorno, figliolo. È tardi per venirmi a trovare. La nostra conoscenza non durerà a lungo.

Balbettai: – Zio, non è colpa mia...

Lui rispose: – No. Lo so. È colpa di tuo padre e di tua madre piú che tua... Come stanno?

– Non c'è male, grazie. Quando hanno saputo che eravate malato, mi hanno mandato a prendere vostre notizie.

– Ah! Perché non sono venuti di persona?

Alzai gli occhi verso le due donnine, e dissi piano:

– Non è colpa loro se non hanno potuto venire, zio. Sarebbe difficile per il babbo, e impossibile per la mamma entrare qui...

Il vecchio non rispose, ma alzò la mano verso la mia. Presi quella mano pallida e fredda e la tenni nella mia.

La porta si aprí: entrò Mélanie con la frittata e la posò sul tavolo. Allora le due donne si sedettero ai loro posti e si misero a mangiare senza distogliere gli occhi da me.

Io dissi: – Zio, sarebbe una grande gioia per la mamma abbracciarvi.

Lui mormorò: – Anch'io... vorrei... – Tacque. Non trovavo niente da proporgli, e si sentiva ormai solo il rumore delle forchette sulla porcellana e il vago movimento delle bocche dedite alla masticazione.

A questo punto il prete, che stava ascoltando dietro la porta, vedendo il nostro imbarazzo e credendo vinta la partita, ritenne giunto il momento d'intervenire, e si fece vedere.

Lo zio fu talmente stupefatto per quell'apparizione che prima di tutto rimase immobile; poi aprí la bocca come se avesse voluto mangiarsi il prete; e infine gridò con voce forte, profonda, infuriata:

– Che venite a fare qui?

Il prete, abituato alle situazioni difficili, continuava a venire avanti, mormorando:

– Vengo a nome di vostra sorella, signor marchese; è lei che mi manda... Lei sarebbe cosí felice, signor marchese...

Ma il marchese non lo ascoltava. Con una mano alzata indicava la porta con un gesto tragico e altero, e diceva, esasperato, ansante:

– Fuori di qui... fuori di qui... ladri d'anime... Fuori di qui, violentatori di coscienze... Fuori di qui, voi che forzate le porte dei moribondi!

Il prete indietreggiava, e pure io indietreggiavo verso la porta, battendo in ritirata con il mio clero; e, vendicate, le due donne si erano alzate, lasciando la loro frittata metà intatta e si erano messe ai due lati della poltrona dello zio, appoggiandogli le mani sulle braccia per calmarlo, per proteggerlo dagli attacchi criminali della Famiglia e della Religione.

Il prete e io raggiungemmo la mamma in cucina. E di nuovo Mélanie ci offerse da sedere.

– Lo sapevo che non sarebbe andata tanto liscia, – diceva. – Bisogna trovare qualcos'altro, altrimenti quello ci sfugge.

E si cominciò a discutere. La mamma aveva un'idea; il prete ne sosteneva un'altra e io una terza.

Parlavamo a bassa voce forse da una mezz'ora, quando un gran fracasso di mobili smossi e di grida emesse dallo zio, ancora piú veementi e terribili della prima volta, ci fece balzare su tutti e quattro.

Attraverso le porte e le pareti sentivamo: – Fuori... fuori... villani... zotici... fuori furfanti... fuori... fuori.

Mélanie si precipitò, poi tornò subito per chiamarmi in aiuto. Accorsi. Di fronte allo zio sconvolto dall'ira, quasi in piedi e vociferante, due uomini, uno dietro l'altro, sembravano aspettare che morisse di collera.

Dalla lunga redingote ridicola, dalle lunghe scarpe inglesi, dall'aria di maestro di scuola disoccupato, dal colletto duro e dalla cravatta bianca, dai capelli lisci, dal viso umile di falso prete di una religione bastarda, riconobbi subito nel primo un pastore protestante.

Il secondo era il portiere dello stabile, di fede riformata, che ci aveva seguiti, aveva assistito alla nostra disfatta, ed era corso a chiamare il suo prete, nella speranza che a questi arridesse una sorte migliore.

Lo zio pareva folle di rabbia. Se la vista del prete cattolico, del prete dei suoi antenati, aveva irritato il marchese di Fumerol diventato libero pensatore, la comparsa del ministro del culto del suo portiere lo gettava proprio fuori di lui.

Presi i due uomini per le braccia e li buttai fuori cosí bruscamente che si abbracciarono con violenza due volte di seguito, varcando la doppia porta che conduceva alle scale.

A mia volta scomparvi e tornai in cucina, nostro quartier generale, per consigliarmi con mia madre e col prete.

Ma Mélanie, tutta spaventata, ritornò gemente: – Sta morendo... sta morendo... venite presto... sta morendo...

Mia madre si slanciò. Lo zio era caduto per terra, lungo disteso sul parquet, e non si muoveva piú. Credo proprio che fosse già morto.

Allora la mamma fu magnifica! Si avanzò dritta verso le due donne inginocchiate vicino al corpo, nel tentativo di sollevarlo. E indicando loro la porta con un'autorità, una dignità, una maestà cui non si poteva resistere, profferí:

– Adesso, tocca a voi uscire.

E quelle uscirono, senza protestare, senza una parola. Devo aggiungere che anch'io ero pronto a metterle fuori con la stessa foga che avevo dimostrato col pastore e col portiere.

Allora don Poivron amministrò i sacramenti allo zio con tutte le preghiere d'uso, e gli rimise i suoi peccati.

Mamma singhiozzava, prosternata vicino al fratello.

A un tratto gridò:

– Mi ha riconosciuto. Mi ha stretto la mano. Sono sicura che mi ha riconosciuto!!!... e che mi ha ringraziato, oh, Dio mio! che gioia!

Povera mamma! Se avesse capito o indovinato a chi e a che cosa era rivolto quel ringraziamento!

Lo zio fu disteso sul letto. Stavolta era morto davvero.

– Signora, – disse Mélanie, – non abbiamo lenzuola per seppellirlo. Tutta la biancheria appartiene alle signorine.

Io guardavo la frittata che quelle non avevano finito di mangiare, e avevo voglia di piangere e di ridere nello stesso tempo. Ci sono dei momenti strani e delle sensazioni strane, a volte, nella vita!

Poi abbiamo fatto allo zio funerali magnifici, con cinque discorsi sulla tomba. Il senatore barone di Croisselles ha dimostrato, con parole elevate, che Dio trionfa sempre delle anime di razza che si sono momentaneamente smarrite. Tutti gli iscritti al partito monarchico e cattolico seguivano il feretro con un entusiasmo di trionfatori, parlando di quella bella morte, dopo una vita un po' agitata.

Il visconte Roger ora taceva. Intorno a lui ridevano. Qualcuno disse: – Bah, è la storia di tutte le conversioni *in extremis*.

5 ottobre 1886.

Ho ricevuto la seguente lettera. Pensando che molti lettori potranno trarne profitto, mi affretto a renderla nota.

Parigi, 15 novembre 1886.

Caro signore,

Trattate spesso, sia in racconti sia in cronache, argomenti che hanno rapporto con la cosiddetta «morale corrente». Mi permetto di esporvi alcune mie riflessioni che potrebbero, mi sembra, darvi lo spunto per un articolo.

Non avendo preso moglie, sono uno scapolo, e anche un po' ingenuo, a quanto pare. Ma immagino che molti uomini, la maggior parte degli uomini, sono ingenui allo stesso modo. Essendo sempre o quasi sempre in buona fede, mal riesco a distinguere le astuzie naturali dei miei simili, e vado dritto davanti a me con gli occhi aperti, senza guardare abbastanza quel che si nasconde dietro alle cose e dietro agli atteggiamenti.

Generalmente, siamo avvezzi quasi tutti a prendere per realtà le apparenze e a vedere la gente quale ci si offre; sono in pochi a possedere quel fiuto che fa indovinare ad alcuni la natura reale e nascosta degli altri. Da ciò, da questa ottica particolare e convenzionale applicata alla vita, risulta che passiamo come talpe in mezzo a quanto succede; non crediamo mai a quello che è, ma a quello che sembra essere; appena la realtà ci si mostra dietro un velo, la dichiariamo inverosimile, e classifichiamo tra le eccezioni quanto offende la nostra morale idealista, senza renderci conto che l'insieme di queste eccezioni forma quasi la totalità dei casi; ne risulta cosí che i buoni creduloni, come me, sono ingannati da tutti, e principalmente dalle donne, che se ne intendono.

Sono partito da lontano per venire al fatto che m'interessa.

Ho un'amante, una donna maritata. Come tanti altri, immagi-

navo naturalmente di essermi imbattuto in un'eccezione, in una
creatura infelice, che tradiva il marito per la prima volta. Le avevo
fatto, o meglio credevo di averle fatto la corte a lungo, di averla
vinta a forza di premure e di amore, di aver trionfato grazie alla
mia perseveranza. In realtà, prima di arrivare a conquistarla, m'e-
ro servito di mille precauzioni, mille accorgimenti, mille delicati
ritardi.

Ma ecco quello che mi è capitato la settimana scorsa.

Restando assente il marito per qualche giorno, mi chiese d'in-
vitarla a cena a casa mia, come tra scapoli, e di servire a tavola io
stesso, per evitare perfino la presenza di un domestico. Da quattro
o cinque mesi la perseguitava un'idea fissa: voleva ubriacarsi, ma
ubriacarsi completamente, senza aver nulla da temere, senza dover
tornare a casa, parlare alla cameriera, camminare davanti a testimoni. Aveva spesso raggiunto quel che chiamava un «lieto turbamento» senza andare piú in là, e lo trovava delizioso. Si era dunque ripromessa di ubriacarsi una volta, una volta sola, ma bene.
Raccontò a casa che andava a passare ventiquattr'ore presso certi
amici, vicino a Parigi, e arrivò da me, a ora di cena.

Naturalmente, una donna non deve ubriacarsi che con champagne in ghiaccio. Ne bevve una grande coppa a digiuno e, prima
delle ostriche, cominciava a divagare.

Una cena fredda era già pronta su un tavolo alle mie spalle. Per
prendere vivande e piatti, mi bastava allungare il braccio e, bene
o male, me la cavavo pur ascoltandola chiacchierare.

Beveva un bicchiere dietro l'altro, perseguitata da quell'idea
fissa. Cominciò a farmi confidenze banali e interminabili sulle sue
sensazioni di quand'era fanciulla. Parlava, parlava, con lo sguardo
un po' vago e la lingua sciolta; e le sue lievi idee si srotolavano interminabilmente, come quelle striscioline di carta azzurra dei tele-
grafisti, che fanno caminare da sola la bobina e sembrano allun-
garsi all'infinito, accompagnate dal ticchettio dell'apparecchio elet-
trico che va coprendole di parole sconosciute.

Mi domandava di tanto in tanto:

– Sono ubriaca?

– No, non ancora.

E tornava a bere.

Lo fu assai presto: non ubriaca da perdere i sensi, ma brilla
davvero, a quanto mi parve.

Alle confidenze sulle emozioni verginali, tennero dietro confidenze piú intime sul marito. Me ne fece di complete, imbarazzanti
anche a sentirle, ripetendomi cento volte questo pretesto: – A te,

posso dirti tutto... A chi potrei dir tutto, se non a te? – Venni cosí a sapere tutte le manie e i gusti piú segreti del marito.

Mi domandava esigendo il mio consenso: – È poco scocciante?... di', non è scocciante?... Credi, mi ha proprio rotte le scatole... eh?... Perciò, la prima volta che ti ho visto, mi son detta: Caspita, mi piace, quel tipo lí, lo prenderò per amante. E allora tu mi hai fatto la corte.

Credo che feci una faccia assai buffa, perché se ne accorse benché fosse brilla. E cominciò a ridere fragorosamente: – Ah!... stupidone, ne hai prese di precauzioni... ma quando ci fate la corte, scemotto mio... è perché lo vogliamo... E allora dovete sbrigarvi, altrimenti ci fate aspettare... Bisogna essere proprio sciocchi per non capirlo, solo da come vi si guarda, che diciamo: «Sí». Ah credi pure che ti ho aspettato, giuggiolone! Non sapevo piú come fare, io, a farti capire che avevo fretta... Ah! be', sí... fiori... versi... complimenti... ancora fiori... e poi niente... nient'altro... Stavo per lasciarti andare, bello mio, tanto la facevi lunga prima di deciderti. E dire che una metà degli uomini son come te, mentre l'altra metà... Ah... ah... ah... – Quella risata mi fece correre un brivido per la schiena. Balbettai: – L'altra metà... allora, l'altra metà?...

Continuava a bere, con lo sguardo reso languido dal vino chiaro, spinta da quel bisogno di dire la verità che prende a volte gli ubriachi.

Riprese: – Ah! l'altra metà fa presto... troppo presto... ma, siamo giusti, son loro ad avere ragione. Ci sono giorni che non gli va bene, ma anche giorni in cui la loro furia gli frutta, e come!

– Caro mio... tu sapessi... che cosa buffa... due uomini!... Vedi, quelli timidi, come te, non immaginerebbero mai come sono gli altri... e cosa fanno... subito... appena si trovano soli con noi... Sono proprio sfacciati!... Si prendono qualche schiaffo... è vero... ma che gliene importa... sanno benissimo che non andremo mai a raccontarlo. Ci conoscono bene, loro...

La guardavo con occhi da Inquisitore e con una voglia matta di farla parlare, di sapere tutto. Quante volte me l'ero fatta, questa domanda: «Come si comportano gli altri uomini con le donne, con le nostre donne?» Capivo benissimo, solo a vedere in un salotto, in pubblico, due uomini parlare alla medesima donna, che quei due, trovandosi soli con lei, uno dopo l'altro, avrebbero preso un contegno del tutto differente, pur conoscendola allo stesso grado. S'indovina a prima vista che certuni, dotati dalla natura per sedurre, o soltanto meno impacciati, piú arditi di noi, arrivano, i un'ora di conversazione con una donna che gli piace, a un punt d'intimità che noi non raggiungiamo in un anno. Ebbene, quegli uomini là, i seduttori, gl'intraprendenti, sanno avere, quando se ne presenta l'occasione, certe audace di mani e di labbra che a noi, i tremolanti, sembrerebbero oltraggi odiosi, ma che forse le donne considerano solo come una sfrontatezza perdonabile, o come omaggi non del tutto decenti alla loro irresistibile grazia.

Quindi le domandai: – Certi uomini sono davvero sconvenienti, non è vero?

Si rovesciò sulla sedia per ridere piú a suo agio, ma con una risata nervosa, malata, una di quelle risate che si tramutano in crisi isteriche; poi, calmatasi un poco, riprese: – Ah! ah! bello mio, sconvenienti?.. puoi ben dire che osano tutto... subito... tutto... capisci... e anche tante altre cose...

Mi sentii sconcertato come davanti alla rivelazione di una verità mostruosa.

– E permettete questo, voi altre?...

– No... non permettiamo... tiriamo schiaffi... ma ci divertiamo lo stesso... Sono molto piú divertenti di voi, quelli là!... E poi, con loro c'è sempre da aver paura, non siamo mai tranquille... ed è delizioso avere paura... paura di questo, soprattutto. Bisogna sorvegliarli di continuo... è come battersi a duello... Guardiamo in quegli occhi a che punto è il loro pensiero, e dove vanno le loro mani. Sono dei mascalzoni, se vuoi, ma ci amano meglio di voialtri!...

M'invadeva una sensazione strana e imprevista. Sebbene celibe e risoluto a restar tale, davanti a quella confidenza impudente mi sentii d'un tratto l'anima d'un marito. Mi sentii l'amico, l'alleato, il fratello di tutti quegli uomini fiduciosi che vengono, se non derubati, almeno defraudati da tutti questi rapinatori di bei seni.

E oggi obbedisco appunto a questo strano sentimento scrivendovi, caro signore, e pregandovi di lanciare in mia vece un grido di allarme verso il grande esercito degli sposi tranquilli.

Mi restava tuttavia qualche dubbio, dato che forse quella donna, pur essendo ubriaca, mentiva.

Le chiesi: – Come mai non le raccontate mai a nessuno, queste avventure, voi donne?

Mi guardò con una pietà profonda e cosí sincera che la credetti, istante, tornata lucida per lo stupore.

Noi... Ma come sei stupido, bello mio! Ma chi di noi va a e di una cosa simile?... Ah! ah! ah! Che forse il tuo domesti- racconta i suoi piccoli profitti, la cresta sulla spesa, e gli altri? questa è la nostra cresta sulla spesa. Il marito non deve la- finché non ci spingiamo piú in là. Ma come sei sciocco!...

Parlare di questo, sarebbe mettere in allarme tutti gl'ingenui! Come sei sciocco!... E poi, che male c'è, dal momento che non cediamo!

Domandai ancora, tutto confuso:

– Allora, ti hanno baciata spesso?

Rispose con un tono di profondo disprezzo per l'uomo capace di metterlo in dubbio: – Perdinci... Ma tutte le donne sono state baciate spesso... Prova con chi ti pare, tanto per vedere, stupidone. Guarda, abbraccia la signora X..., è giovanissima, onestissima... Abbraccia, amico, abbraccia... e tocca... vedrai... vedrai... Ah! ah! ah!...

. . . .

All'improvviso lanciò il bicchiere pieno contro il lampadario. Lo champagne ricadde in pioggia, spense tre candele, macchiò le tende, inondò il tavolo, mentre schegge di cristallo si spargevano per la sala da pranzo. Cercò poi di afferrare la bottiglia per fare altrettanto; glielo impedii; allora si mise a urlare con voce acutissima, ... e, come avevo previsto... sopraggiunse la crisi isterica...

. . . .

Pochi giorni dopo, quando non pensavo già piú a quella confessione di una donna ubriaca, mi trovai per caso in un ricevimento con quella Madame X... che la mia amante mi aveva consigliato di abbracciare. Abita nel mio stesso quartiere e, poiché quella sera era sola, le offersi di riaccompagnarla fino al suo portone. Accettò.

Appena fummo in carrozza, mi dissi: «Coraggio, bisogna tentare». Ma non osavo. Non sapevo come cominciare, di dove prender le mosse.

Poi all'improvviso mi venne l'ardire disperato dei vili. Le dissi:

– Come eravate bella, questa sera.

Rispose ridendo:

– Era dunque un'eccezione, questa sera, se lo notate per la prima volta.

Rimasi già senza sapere come rispondere. Non c'è dubbio, la guerra galante non è fatta per me. Tuttavia, dopo un po' di riflessione, riuscii a trovare:

– No, ma non ho mai osato dirvelo.

E lei, meravigliata:

– Perché?

– Perché è... un po' difficile.

– Difficile dire a una donna che è bella? Ma di dove venite? Bi-

sogna dirlo sempre... anche se lo pensate solo a mezzo... perché ci
fa sempre piacere, sentirvelo dire.

Mi sentii d'un tratto animato da un'audacia fantastica e, affer-
randola per la vita, cercai la sua bocca con le labbra.

Probabilmente tremavo, e non le sembravo certo cosí terribile.
E di sicuro combinai ed eseguii molto male quel gesto, perché la signora altro non fece che voltare la testa per evitare il contatto, dicendo: – Oh! ma no... è troppo... è troppo... Andate troppo per le
spicce... attento alla mia acconciatura... Non si abbraccia una donna pettinata come me!...

Ero tornato al mio posto, smarrito, desolato da quella sconfitta.
Ma già la carrozza si fermava davanti alla porta di lei. Scese, mi tese la mano e, con la voce piú graziosa: – Grazie di avermi riaccom-
pagnata, caro signore,... e non dimenticate il mio consiglio.

L'ho rivista tre giorni dopo. Si era scordata di tutto.

E io, illustre signore, penso di continuo agli altri... agli altri... a
quelli che sanno fare i conti con le pettinature e cogliere ogni occasione...

. . . .

Affido questa lettera, senza aggiungervi nulla, alle riflessioni
delle lettrici e dei lettori, siano o non siano sposati.

23 novembre 1886.

LA BARONESSA

– Là, potrai vedere oggetti interessanti, – mi disse il mio amico Boisrené, – accompagnami.

Mi condusse cosí al primo piano di una bella casa, in una grande via di Parigi. Fummo ricevuti da un uomo molto distinto, dai modi perfetti, che ci fece girare di stanza in stanza, mostrandoci oggetti rari e dicendocene il prezzo con tono negligente. Le grosse somme, dieci, venti, cinquantamila franchi, gli uscivano dalle labbra con tanta grazia e facilità da non lasciare alcun dubbio che nella cassaforte di quel mercante gentiluomo fossero racchiusi dei milioni.

Da molto tempo lo conoscevo di fama. Molto abile, molto duttile, intelligentissimo, serviva da intermediario per ogni sorta di transazioni. In rapporto d'affari con tutti i collezionisti di Parigi, come con quelli d'Europa e d'America – e sapendone i gusti e le preferenze del momento –, li avvertiva con un biglietto o con un telegramma, se abitavano in qualche città lontana, non appena veniva a conoscenza di un oggetto che potesse interessarli.

Persone della migliore società ricorrevano a lui nelle ore d'imbarazzo, sia per disporre di denaro al gioco, sia per pagare un debito, sia per vendere un quadro, un gioiello di famiglia, un arazzo, o magari un cavallo o una proprietà, quando si trovavano in crisi.

Era noto che non rifiutava mai i suoi servigi, se poteva prevedere un guadagno.

Boisrené sembrava in intimità con questo strano mercante. Avevano certo trattato insieme piú di un affare. Quanto a me, guardavo quel tipo con grande interesse.

Era alto, sottile, calvo, molto elegante. La sua voce dolce, insinuante, aveva un fascino particolare, un fascino tentatore, che dava agli oggetti un valore tutto speciale. Quando aveva un gingillo tra le dita, lo girava, lo rigirava, guardandolo con tanta abilità, fi-

LA BARONESSA

nezza, eleganza e simpatia, da farlo sembrare piú bello come per incanto, trasformato dal tocco e dallo sguardo di lui. E veniva stimato immediatamente piú caro che prima d'esser passato dalla vetrina nelle sue mani.

– E il vostro Cristo, – domandò Boisrené, – quel bellissimo Cristo del Rinascimento che mi avete mostrato l'anno scorso?

Sorridendo il mercante rispose:

– Venduto; e in un modo assai strano. Questa sí che è una storia degna di Parigi! Volete che ve la racconti?

– Ma certo.

– Conoscete la baronessa Samoris?

– Sí e no. L'ho vista una volta sola, ma so cos'è!

– Lo sapete fino in fondo?

– Credo.

– Volete dirmelo, perché io veda se non vi sbagliate?

– Volentieri. Madame Samoris è una signora di mondo che ha una figlia, senza che nessuno ne abbia mai conosciuto il marito. In ogni modo, se non un marito, ha di sicuro qualche amante, ma con grande discrezione, tanto da essere ricevuta in una certa società tollerante o cieca.

– Frequenta la chiesa, si accosta ai sacramenti con devozione, in modo che la gente lo sappia, e non si compromette mai. Spera che la figlia farà un bel matrimonio. Dico bene?

– Sí, ma devo completare le vostre informazioni: è una mantenuta che si fa rispettare dai suoi amanti piú che se non ci andasse a letto. È un raro merito, questo; perché, in tal modo, può ottenere da un uomo tutto ciò che vuole. Il prescelto – prescelto senza immaginarselo – le fa la corte a lungo, la desidera timoroso, la sollecita pudicamente, la ottiene con stupore, la possiede rispettandola. Non si accorge nemmeno di pagarla, tanto grande è il suo tatto; e mantiene le reciproche relazioni su un tal tono di riservatezza, di dignità, di perfetta educazione, che chi esce dal suo letto schiaffeggerebbe chiunque osasse avanzare un sospetto sulla virtú della sua amante. E tutto con la maggior buona fede possibile.

A piú riprese, ho avuto occasione di rendere qualche servigio a questa donna: non ha segreti per me.

Ebbene, ai primi di gennaio, è venuta a trovarmi per chiedermi prestito di trentamila franchi. Naturalmente, non glieli ho dati; desiderando aiutarla in qualche modo, l'ho pregata di espormi modo piú completo la sua situazione, per vedere cosa potevo per lei.

Mi disse come stavan le cose, con un linguaggio talmente cauto che non mi avrebbe descritto con maggior delicatezza la prima comunione della sua figlioletta. Compresi comunque che i tempi erano duri e che la signora era rimasta senza un soldo.

La crisi commerciale, le inquietudini politiche che l'attuale governo sembra compiacersi di far durare a lungo, le voci di guerra, il generale imbarazzo aveva reso il denaro esitante a uscir fuori perfino dalle mani degl'innamorati. E poi, come poteva una donna onesta come lei concedersi al primo venuto?

Le occorreva un uomo di mondo, della migliore società, che consolidasse la sua reputazione, pur provvedendo ai bisogni quotidiani. Uno scapestrato, anche se ricchissimo, l'avrebbe compromessa senza rimedio, rendendo problematico il matrimonio della figlia. Tanto meno poteva ricorrere alle agenzie galanti, agl'intermediari disonorevoli che avrebbero potuto, per qualche tempo, cavarla d'impaccio.

E intanto le toccava sostenere l'andamento consueto della casa, continuare a dar grandi ricevimenti per non perdere la speranza di trovare, nel numero dei visitatori, l'amico discreto e distinto che aspettava e che avrebbe prescelto.

Io le feci osservare che avevo poche probabilità di veder tornare indietro quei trentamila franchi; perché, quando lei se li fosse mangiati, avrebbe dovuto ottenerne, tutti in una volta, almeno sessantamila per restituirmene la metà.

Ascoltandomi, sembrava desolata. E non sapevo che cosa inventare, quando un'idea, un'idea veramente geniale, mi attraversò la mente.

Avevo acquistato da poco quel Cristo del Rinascimento che vi ho mostrato, un pezzo mirabile, il piú bello, in quello stile, che abbia mai veduto.

– Cara amica, – le dissi, – farò subito portare a casa vostra questo magnifico avorio. Starà a voi immaginare una storia ingegnosa commovente, poetica, tutto quel che vorrete, per giustificare il desiderio di disfarvene. Bene inteso, è un ricordo di famiglia, ereditato da vostro padre.

– Io vi manderò qualche possibile acquirente e ne accompagnerò altri io stesso. Il resto riguarda voi. Il giorno prima, v'informerò con un biglietto sulla loro situazione finanziaria. Vale circa quantamila franchi, questo avorio; ma lo lascerò a trentamila. La differenza sarà vostra.

Per qualche istante rimase a riflettere, assorta; poi rispose: – Sí forse è una buona idea. Vi ringrazio molto.

Il giorno dopo le feci portare a casa il Cristo, e la sera stessa le mandai il barone di Saint-Hospital.

Per tre mesi le indirizzai dei clienti, quanto ho di meglio e di piú solido nelle mie relazioni di affari. Ma non sentivo piú parlare di lei.

Cosí, tanto per vedere, avendo ricevuto la visita di uno straniero che parlava assai male francese, mi decisi ad accompagnarlo io stesso a casa della Samoris.

Fummo ricevuti da un cameriere tutto in nero che ci fece passare in un bel salotto, scuro, arredato con gusto; e qui restammo qualche minuto in attesa. Presto comparve la baronessa, incantevole, e, dopo i convenevoli, c'invitò a sedere; appena le ebbi spiegato il motivo della visita, suonò il campanello.

Ricomparve il cameriere.

– Andate a vedere, – gli disse, – se Mademoiselle Isabelle può fare entrare nella cappella questi signori.

La giovinetta portò la risposta lei stessa. Aveva quindici anni, aspetto dolce e modesto, tutta la freschezza della gioventú.

Volle farci da guida nella sua cappella.

Era una specie di pio salottino dove ardeva una lampada davanti al Cristo, al mio Cristo, adagiato su un cuscino di velluto nero: una messa in scena squisita e abilissima.

La fanciulla si fece il segno della croce, poi ci disse: – Guardate, signori. Non è bello?

Presi l'oggetto tra le mani, lo esaminai, e lo dichiarai di gran pregio. Lo esaminò anche lo straniero, ma sembrava interessarsi assai piú delle due donne che del Cristo.

C'era un buon odore, in quella casa, odore d'incenso, di fiori, di profumi lussuosi. Ci si stava bene. Era davvero una dimora confortevole che invitava a restare.

Ritornati in salotto, accennai con delicato riserbo alla questione del prezzo. Madame Samoris, abbassando gli occhi, chiese cinquantamila franchi.

Poi, rivolta al cliente, soggiunse: – Se desiderate rivederlo, signore, non esco mai prima delle tre; sono in casa ogni giorno.

Per la strada, lo straniero mi domandò qualche particolare sulla giovinetta, confessandomi di averla trovata squisita. Ma non sentii piú parlare né di lui né di lei.

Passarono altri tre mesi.

Una mattina, appena quindici giorni fa, la Samoris arrivò a casa mia in ora di colazione e, mettendomi un portafoglio tra le ma-

ni: – Caro, siete un angelo. Ecco cinquantamila franchi; lo compro io il vostro Cristo, e lo pago ventimila franchi piú del prezzo convenuto, a condizione che continuiate sempre... sempre... a mandarmi clienti... perché è ancora da vendere... il mio Cristo...

. . . .

17 maggio 1887.

Il signore che fa visite, portando in giro per i salotti, dalle quattro alle sette, il suo sorriso e la sua conversazione, ritrova immancabilmente, quasi ogni giorno, le stesse facce sulle stesse poltrone e gli stessi discorsi nelle stesse bocche.

È uso andarsi a trovare, pur non avendo nulla da dirsi. In salotto, le donne aspettano altre donne, e uomini, che entrano, salutano, baciano mani, prendono una sedia, enunciano quella che credono un'idea, già enunciata da loro nella casa precedente, pronti a enunciarla ancora nella prossima; poi si alzano e vanno a ricominciare altrove questa esibizione cortese della loro faccia e della loro scemenza.

Le persone della buona società appartengono a una razza particolare, notevole soprattutto per una totale ignoranza e per una mirabile facilità a parlare di tutto con aria intelligente.

Di tutto! Senti parlare di tutto, in un salotto! Uomini che non hanno mai letto se non il giornale, imparato soltanto l'alfabeto, tenuto a mente nient'altro che l'almanacco Gotha; donne, vagamente informate attraverso le confidenze pseudoscientifiche degli scienziati da salotto, giudicano, discutono, apprezzano, risolvono, senza imbarazzo, senza esitazioni, senza scrupoli, le questioni piú ardue, piú profonde, piú inquietanti, piú misteriose.

Nulla è piú buffo e piú spassoso che un giro di visite – uno solo – ogni tre mesi. C'è sempre un argomento del giorno che tutti sanno a memoria, perché non si parla d'altro, in ogni luogo. Essendo necessario che esistano pareri differenti, si sono formate due opinioni o piuttosto due campi. Ogni partito ha i propri argomenti noti e confutati anticipatamente; e la battaglia s'impegna in ogni casa, nello stesso modo, a ogni rinnovarsi dei visitatori.

Gli avvenimenti politici, le commedie e i romanzi nuovi, la cronaca mondana di natura scandalosa, questi gli alimenti piú consueti della conversazione contemporanea.

Fin quando sentiamo parlare di avvenimenti politici e di avventure amorose, possiamo ascoltare senza ribellarci, dato che tali argomenti sono alla portata delle menti incolte e pretenziose di gente piú preoccupata del corpo che dello spirito.

Ma quando udiamo esprimere giudizi su tutte le altre questioni dovrebbe farci urlare d'indignazione e scalpitare dal disgusto, se la cortesia non imponesse il dovere di ascoltare con un sorriso e di rispondere con indifferenza.

Gli scandali Limouzin e compagni sono esauriti, *La Souris* sembra condannata; non tutti sono d'accordo sulla *Tosca*; *La Terre* è decisamente all'indice, e non sta peggio per questo; ma sorgono ancora discussioni intorno a *Mensonges*[1].

Sulle prime le donne hanno lanciato alte grida, si sono arrabbiate deplorando la strada in cui sembra impegnarsi Paul Bourget. Ma ecco che il mondo letterario, unito all'altro da qualche legame, ha dichiarato con un grido unanime e senza esitare che si trattava di un libro bellissimo; e cosí tutte le belle signore, alquanto maltrattate in questo romanzo, a poco a poco si sono rassegnate, e grazie alla loro mutevole sincerità, hanno finito con l'ammirarlo senza riserve.

E poi si tratta di adulterio, il che le appassiona sempre.

In un salotto, dunque, la discussione si aggirava su parecchi punti interessanti e non ancora messi in chiaro. Essendo di moda le indiscrezioni e lo spionaggio letterario, mi permetterò, per una volta, d'imitare tali conversazioni poco delicate, pur coprendo di un velo i nomi, per dare agli altri il buon esempio.

Le cinque; già sono accese le lampade; attorno a un tavolino da tè, due donne giovani e belle discorrono con tre signori molto corretti. Si tratta delle signore A... e B..., e dei signori C..., D..., E...

Ecco ciò che dicono:

MADAME A. – Quello che c'è d'inammissibile è il vecchio servitore di rue du Mont-Thabor.

MONSIEUR C. – Quale vecchio servitore?

MADAME A. – Non avete notato questo, voi? E gli uomini pretendono di essere osservatori! Sappiate dunque, carissimo, che chi si occupa del servizio nell'appartamento dove il barone Desforges riceve Madame Moraines è un domestico maschio. Ebbene, una

---

[1] [*La Souris* è una commedia di Edouard Pailleron, *Tosca* è il dramma di Sardou; *La Terre* e *Mensonges* sono romanzi rispettivamente di Zola e di Paul Bourget. Tutte queste opere sono del 1887].

donna non acconsentirebbe mai a questo! Mai e poi mai. Pensate dunque a tutti i particolari... intimi... No, è assurdo.

MONSIEUR D. — Mi sembra tuttavia che sarebbe altrettanto imbarazzante una domestica.

MADAME B. — Oh! No!

MONSIEUR C. — Questione d'abitudine. Le donne, a quanto pare, sono avvezze a peccare davanti alle altre donne. Non le mette in imbarazzo. Mentre invece...

MADAME A. — Come siete volgare! Non ne capite nulla di queste cose. Eppure è semplicissimo. Non è vero, cara, che siete del mio parere?

MADAME B. — Oh! assolutamente.

MONSIEUR C. — Tuttavia... scusate..., mi fiderei molto piú della discrezione di un uomo che di quella di una donna.

MADAME A. — Non parliamo di discrezione..., ma di tatto...

MONSIEUR E. — Quanto a me, quello che piú mi stupisce è che il marito non sospetti nulla.

MONSIEUR C. — Caro mio, siamo qui in tre uomini ammogliati, e non sospettiamo nulla nemmeno noi!

MONSIEUR D. — Ah! Ah! Ah! Col vostro permesso, ho la pretesa di non essere tradito.

MONSIEUR C. — Sono convinto anch'io di non esserlo; eppure ignoro totalmente quello che fa mia moglie in questo istante, e lo stesso avviene per la vostra e per quella di E... Non è vero?

MONSIEUR E. — La mia è dalla sarta.

MONSIEUR D. — La mia, dal medico.

MONSIEUR C. — Lo credete. Chi ve lo dimostra? Ve l'hanno detto, ma immaginate che vi avvertirebbero di una visita fatta a un amante? Quando domandate a ora di pranzo: «Dove siete stata oggi, cara?», cosa volete che vi risponda, se ha passato il pomeriggio a rendervi... ridicolo... Vi dirà dunque con serenità: «Sono rimasta due ore dalla sarta... o tre ore dal medico... C'era un sacco di gente». E vi cita nomi, vi racconta particolari interessanti e precisi, che vi divertono, che vi fanno ridere. Del resto, è di ottimo umore e ciò vi rende allegro e ve la fa trovare piú incantevole che mai...

MONSIEUR D. — Spiritoso, il paradosso, ma non dimostra niente.

MONSIEUR C. — Prendete il caso di Madame Moraines e di Vincy, caso frequente ed esposto in modo mirabile. Una donna vede un uomo che le piace e, sapendo che nulla è piú compromettente di quanto precede la resa, precipita gli eventi e si concede subito. Qual è il marito che crederà la propria moglie capace di gettarsi, senza passione preliminare, tra le braccia di un signore, a lui quasi sconosciuto?

MONSIEUR E. – Oh! è un caso estremamente raro. Li conosciamo benissimo, noi, quelli che gironzolano intorno alle nostre mogli.

MONSIEUR C. – Mai abbastanza, caro mio, prova ne è che i mariti dalla rivoltella in pugno sono presi per ciechi o per becchi compiacenti fino al giorno in cui sgozzano i colpevoli.

MADAME A. (*sorridendo*) – Oh! Non ce n'è mica piú tanti di mariti che fracassano i vetri.

MONSIEUR E. – Sí. Sí, invece! Io, se fossi ingannato, li ammazzerei l'uno e l'altra senza esitare.

MADAME A. – Dite cosí finché siete sicuri della fedeltà della moglie, e poi, e poi... Sentite, ne ho conosciuto uno che, avvisato da una lettera anonima, torna a casa proprio al momento in cui... Basta, sente rumore, vede l'appartamento in disordine e, deciso a sterminare il colpevole, si slancia, con una candela in mano, verso l'armadio ai piedi del letto. È vuoto. Lo richiude gridando: «In questo, niente», e apre un armadio vicino. Vuoto anche quello. Esasperato, sbatte lo sportello vociferando: «Niente nemmeno in questo». Si precipita verso un terzo armadio nell'angolo del caminetto, e vi vede dentro un capitano dei dragoni, dritto in piedi con la sciabola in pugno. Allora lo richiude ancora piú in fretta, e dà due giri di chiave dichiarando con voce calma: «Niente in nessun posto. Mi ero sbagliato».

MONSIEUR C. (*ridendo*) – È buffa, ma è una storiella.

MADAME A. – No, caro mio. Spesso un uomo è feroce a parole finché crede che lei sia una moglie saggia. Dice, pensa, sí, pensa sinceramente che ucciderà, senza esitare. Ma il giorno della scoperta, rimane accasciato... esitante... pesa le conseguenze... e richiude l'armadio dicendo: «Niente in nessun posto, mi ero sbagliato».

MADAME B. – Non avete mai pensato al destino delle lettere d'amore?

MONSIEUR C. – Sí, vengono restituite quando i due si lasciano.

MADAME B. – Ma le altre?

MONSIEUR C. – Quali altre?

MADAME B. – Una mia amica, morta recentemente, ne serbava certo parecchie e di svariata provenienza. Possiamo esser certi che il marito le ha trovate... e... piange la moglie piú che mai sulla spalla degli amici di lei.

MONSIEUR C. – Oh! A decesso avvenuto, possiamo essere indulgenti.

MADAME A. — Io, non ho mai tradito mio marito, eppure lo sa Iddio quanto è brutto!

MADAME B. — Allora... come fate, cara?

MADAME A. — Buon Dio! quando mi abbraccia, chiudo gli occhi e penso... a qualcun altro.

29 novembre 1887.

DIVORZIO

Bontran, il celebre avvocato parigino, quello che da dieci anni tratta ed ottiene tutte le separazioni tra coniugi male assortiti, aperse la porta dello studio e si fece da parte per lasciar passare il nuovo cliente.

Questi era un omaccione dal colorito rossastro, i folti favoriti biondi, un tipo panciuto, sanguigno e vigoroso. S'inchinò:

– Accomodatevi, – disse l'avvocato.

Il cliente sedette e, dopo aver tossito:

– Vengo a chiedervi, avvocato, di assistermi in una causa di divorzio.

– Parlate, signore, vi ascolto.

– Avvocato, sono un notaio a riposo.

– Di già!

– Di già: ho trentasette anni.

– Continuate.

– Avvocato, ho fatto un matrimonio disgraziato, molto disgraziato.

– Non siete il solo.

– Lo so, e compiango gli altri; ma il mio caso è davvero speciale e le accuse che rivolgo a mia moglie hanno una natura molto particolare. Ma comincio dall'inizio. Mi sono sposato in modo assai strano. Credete alle idee pericolose?

– Che intendete, con queste?

– Credete che certe idee siano dannose per la mente come il veleno per il corpo?

– Ma sí, può darsi.

– È sicuro. Vi sono idee che ci entrano dentro, ci rodono e, se non sappiamo resistere, ci uccidono, ci fanno impazzire. Son come la fillossera, per le anime. Se abbiamo la disgrazia di permettere a uno di tali pensieri d'insinuarsi in noi, se non ci accorgiamo dal primo momento che si tratta di un invasore, di un padrone, di un tiranno, capace di estendersi di ora in ora, giorno per giorno, di ritornare senza tregua, d'installarsi, scacciando ogni preoccupazione consueta, assorbendo tutta la nostra attenzione, mutando l'ottica del nostro giudizio, siamo perduti.

— E questo è quanto mi è avvenuto, avvocato.

Come ho già detto, ero notaio a Rouen, e mi trovavo un po' a corto di quattrini, non proprio povero, ma quasi, annoiato da preoccupazioni finanziarie, costretto a un'economia d'ogni istante, obbligato a limitarmi in ogni piacere, sí, proprio in tutti! ed è penoso, alla mia età.

Come notaio, leggevo attentamente le inserzioni dell'ultima pagina dei giornali, le offerte e le domande, la piccola posta, ecc. ecc.; e mi era avvenuto piú volte, con questo mezzo, di procurare a qualche cliente un matrimonio vantaggioso.

Un giorno, m'imbatto in questo annuncio:

«Signorina graziosa, educata, onesta, sposerebbe uomo distinto. Dote due milioni e cinquecentomila franchi netti. Agenzie escluse».

Proprio quel giorno, pranzavo con due amici: un avvocato e il proprietario di una filanda. Non so come, la conversazione andò a cadere sui matrimoni, e parlai, ridendo, della signorina dai due milioni e cinquecentomila franchi.

Il filandiere fa: — Che razza di donne saranno queste?

Ma l'avvocato aveva visto matrimoni eccellenti conclusi in tali condizioni, e ce ne diede i particolari; poi, rivolto a me, soggiunse:

— Perché diavolo non vedi proprio per te di che si tratta? Perdiana, ti leverebbero dagl'impicci, due milioni e cinquecentomila franchi.

Ci mettemmo a ridere tutti e tre e parlammo d'altro.

Un'ora dopo, ci salutammo.

Faceva freddo quella notte. E poi abitavo in una vecchia casa, una di quelle vecchie case di provincia che sembrano fungaie. Appena posai una mano sulla ringhiera di ferro delle scale, mi percorse il braccio un brivido gelido e, stendendo l'altro per trovare il muro, nell'incontrarlo m'invase un secondo brivido ancora piú umido; tutti e due mi si congiunsero sul petto, riempiendomi di malumore, di tristezza, di angoscia.

— Perdinci, li avessi davvero, quei due milioni e cinquecentomila franchi!

Era lugubre, la mia camera, una camera da scapolo provinciale, rassettata da una domestica che provvedeva anche alla cucina. La vedete di qui, quella camera! Un lettone senza cortine, un armadio, un cassettone, una toilette, niente fuoco. Vestiti sulle sedie, carte per terra. Mi misi a canticchiare su un motivo da caffè-concerto, dato che a volte frequento quei locali:

> Deux millions,
> Deux millions
>   Sont bons
> Avec cinq cent mille
> Et femme gentille.

In realtà, alla moglie non ci avevo ancora pensato, ma ci pensai d'un tratto nell'infilarmi a letto. Anzi, ci pensai cosí bene che tardai a prender sonno.

L'indomani, aprendo gli occhi prima di giorno, mi ricordai che alle otto dovevo trovarmi a Darnétal per un affare importante. Mi toccava dunque alzarmi alle sei e faceva un freddo da lupi. Per Dio! Quei due milioni e cinquecentomila franchi!

Verso le dieci, tornai a studio. Era appestato da un odore di stufa arroventata, di vecchie cartacce procedurali – non c'è nulla che puzzi di piú – e da un tanfo di scrivani – stivali, redingotes, camicie, capelli e pelle, pelle d'inverno poco lavata – il tutto riscaldato a diciotto gradi.

Come ogni giorno, feci colazione con una cotoletta bruciacchiata e un pezzetto di formaggio. Poi ripresi il lavoro.

A questo punto, pensai seriamente alla signorina dai due milioni e cinquecentomila franchi. Chi era? Perché non cercar di saperlo?

Basta, avvocato, per farla breve: durante quindici giorni, mi girò per la mente quell'idea, ossessionandomi, torturandomi. Tutti i fastidi, tutte le piccole miserie, di cui avevo patito senza farci gran caso fino a quel momento, mi pungevano adesso come spilli, e ognuna di quelle sofferenze meschine mi faceva pensare immediatamente alla signorina dai due milioni e cinquecentomila franchi.

Arrivai a immaginarne tutta la storia. Quando desideriamo una cosa, caro avvocato, ce la figuriamo sempre come la speriamo.

Non era certo troppo naturale che una signorina di buona famiglia, con una dote tanto vistosa, cercasse marito attraverso i giornali. Ma poteva anche darsi che la ragazza fosse onesta e sventurata.

Anzitutto, quel capitale di due milioni e cinquecentomila franchi non mi aveva abbagliato come una somma fantastica. Siamo avvezzi, noi altri che leggiamo tutte le offerte di questa specie, a proposte di matrimonio accompagnate da sei, otto, dieci o perfino dodici milioni. La cifra di dodici milioni è anzi abbastanza comune. Piace. So bene che non crediamo affatto alla realtà di simili promesse. Tuttavia, ci fanno penetrare nello spirito di tali numeri fantasmagorici, rendendo fino a un certo punto verosimili, per la nostra disattenta credulità, le somme prodigiose che rappresentano e disponendoci a considerare una dote di due milioni e cinquecentomila franchi come assolutamente possibile e morale.

Dunque, una ragazza, figlia naturale di un arricchito e di una cameriera, divenuta improvvisamente erede del padre, aveva appreso nello stesso istante la macchia della propria nascita e, per non doverla rivelare all'uomo che l'avrebbe amata, faceva appello agli sconosciuti con un mezzo molto usato che comportava di per sé quasi una confessione della tara originaria.

La mia supposizione era stupida, e tuttavia insistevo a crederla esatta. Noi notai non dovremmo mai leggere romanzi; ed io ne ho letti, caro avvocato.

Scrissi dunque, come notaio, a nome di un cliente *X*, e rimasi in attesa.

Cinque giorni dopo, mentre lavoravo nello studio, il primo scrivano venne ad annunciarmi:

— Mademoiselle Chantefrise.

— Fatela passare.

Apparve allora una donna sulla trentina, bene in carne, bruna, dall'aria molto imbarazzata.

— Accomodatevi, signorina.

Si mise a sedere mormorando:

— Sono io, signor notaio.

— Ma, signorina, non ho l'onore di conoscervi.

— Quella cui avete scritto.

— Per un matrimonio?

— Sissignore.

— Ah, benissimo!

— Sono venuta io stessa, perché le cose si fanno meglio di persona.

— Sono del vostro parere, signorina. Dunque, desiderate maritarvi?

— Sissignore.

— Avete famiglia?

Esitò e balbettò chinando gli occhi:

— No... Mia madre... e mio padre.. sono morti.

Trasalii — dunque, avevo indovinato —, e mi si destò in cuore all'improvviso una viva simpatia per la povera creatura. Per risparmiare la sua sensibilità, non insistei su quel punto e ripresi:

— Il vostro capitale è netto?

Questa volta, rispose senza esitare:

— Oh! sí, signor notaio.

La guardavo con grande attenzione e, a dire il vero, non mi dispiaceva affatto, sebbene un po' matura, piú matura di quanto avessi pensato. Era ben fatta, un pezzo di ragazza; tutto sommato, un bel tocco di donna. E mi venne l'idea di recitare una piccola commedia sentimentale, d'innamorarmene, di soppiantare il cliente immaginario, ma non prima di essermi accertato che la dote non fosse illusoria. Presi a parlarle di questo cliente, dipingendolo come un uomo triste, molto rispettabile, un po' malato.

Reagí con vivacità: — Oh! signor notaio, a me piace la gente che sta in buona salute.

— D'altronde lo vedrete, signorina, ma non prima di tre o quattro giorni, perché ieri è partito per l'Inghilterra.

— Oh! che cosa noiosa, — fece lei.

— Buon Dio! Sí e no. Avete fretta di ritornare al paese?

— No, niente affatto.

— Allora, restate qui. Farò del mio meglio per aiutarvi a passare il tempo.

— Siete troppo gentile, signore.

— Alloggiate in albergo?

Mi fece il nome del migliore albergo di Rouen.

— Ebbene, signorina, volete permettere al vostro futuro... notaio d'invitarvi a pranzo, questa sera?

Parve esitare, inquieta, indecisa; finalmente rispose:

— Grazie, signore.

— Verrò a prendervi in albergo alle sette.

— Va bene.

— Allora, a questa sera, signorina?

— Sí, signore.

E la riaccompagnai fino alla porta.

Alle sette ero da lei. Si era messa in ghingheri per me, e mi accolse in modo assai civettuolo.

La condussi a pranzo in un locale dov'ero conosciuto, e ordinai piatti di quelli... conturbanti.

Un'ora dopo eravamo grandi amici e mi raccontava la sua storia. Figlia di una gran dama sedotta da un gentiluomo, era stata allevata in una casa di contadini. Adesso era ricca, perché aveva ereditato grandi somme dal padre e dalla madre, di cui non mi avrebbe mai svelato i nomi, mai. Inutile domandare, inutile supplicarla, non li avrebbe detti. Tenendo ben poco a saperli, la interrogai sulle sue sostanze. Ne parlò subito da donna pratica, sicura di sé, esperta di cifre, titoli, rendite, investimenti. La sua competenza in materia mi diede subito una grande fiducia in lei e, sebbene con riservatezza, divenni galante, mostrandole chiaramente che, come donna, mi piaceva.

Mostrò di gradire, non senza grazia, la mia corte. Le offersi una bottiglia di champagne e ne bevvi anch'io, il che mi turbò un poco la mente. Sentii allora in modo chiaro che stavo per diventare intraprendente, e ne ebbi paura, paura per me, paura per lei, paura che, un tantino eccitata, non soccombesse. Per calmarmi, ricominciai a parlarle della dote, che occorreva stabilire con precisione, dato che il mio cliente era un uomo d'affari.

Rispose disinvolta: — Oh lo so. Ho portato con me tutte le prove.

— Qui a Rouen?
— Certo, a Rouen.
— Le avete in albergo?
— Ma sí.
— Potete mostrarmele?
— Ma sí.
— Questa sera?
— Ma certo!

Ciò mi salvava in ogni maniera. Pagai il conto ed eccoci nella sua camera.

Aveva davvero portato tutti i suoi titoli. Non potevo dubitarne, li avevo in mano, li palpavo, li leggevo. Questo mi mise in cuore una gioia tale che fui subito preso da un desiderio violento di abbracciarla. Intendiamoci, un desiderio casto, il desiderio di un uomo contento. E, in fede mia, la baciai. Una volta... due volte... dieci volte... tanto che... con l'aiuto dello champagne... soccombetti... o meglio... no... soccombette lei.

Ah! Signor avvocato, come ci rimasi male, dopo... e lei poi! Piangeva come una fontana supplicandomi di non tradirla, di non rovinarla. Promisi tutto ciò che volle e me ne andai in uno stato d'animo spaventoso.

Che fare? Avevo abusato della mia cliente. Poco male, se avessi avuto là pronto un cliente per lei, ma non lo avevo. Ero io, il cliente, il cliente ingenuo, il cliente tradito, tradito da se stesso. Che situazione! Potevo lasciar tutto in asso, è vero. Ma la dote, la bella dote, la buona dote, palpabile, sicura! E poi avevo il diritto di piantarla, povera ragazza, dopo averne approfittato in quel modo? Ma quali inquietudini, in seguito!

Quanta poca sicurezza mi avrebbe offerto una donna che cedeva cosí facilmente!

Passai la notte tra terribili indecisioni, torturato dai rimorsi, straziato da mille timori, sballottato da tutti gli scrupoli. Ma, al mattino, mi si schiarí la mente. Mi vestii con cura e, alle undici in punto, mi presentai nell'albergo dove alloggiava la donna.

Vedendomi, arrossí fino agli occhi.

Le dissi:

– Signorina, per riparare i nostri torti, posso fare una cosa sola. Chiedo la vostra mano.

Balbettando rispose:

– Eccovela.

La sposai.

Per sei mesi, tutto andò bene.

Ceduto lo studio notarile, vivevo di rendita, e non avevo un solo rimprovero da rivolgere a mia moglie, nemmeno uno.

Tuttavia mi accorsi pian piano che ogni tanto usciva di casa per molto tempo. Ciò avveniva a giorni fissi, una settimana di martedí, una settimana di venerdí. Credendomi tradito, la seguii.

Era un martedí. Uscí a piedi verso l'una, scese per rue de la République, voltò a destra, per la via che costeggia il palazzo arcivescovile, prese per rue Grand-Pont fino alla Senna, percorse il Lungo Senna fino al Pont de Pierre, attraversò il fiume. A partire da quel momento, sembrò inquieta, si voltava spesso, spiava tutti i passanti.

Essendomi travestito da carbonaio, non mi riconobbe.

Entrò finalmente nella stazione sulla sinistra del fiume: non avevo piú dubbi, il suo amante sarebbe arrivato col treno dell'una e quarantacinque.

Nascosto dietro un furgone, aspettai. Un fischio... il flusso dei viaggiatori... Eccola farsi avanti, slanciarsi, prendere tra le braccia una bambina di tre anni accompagnata da una grossa contadina, e baciarla con passione. Poi si volta, scorge un altro bambino, piú piccolo, non so se maschio o femmina, portato in collo da un'altra donna di campagna, gli si getta incontro, lo stringe con ardore, e si avvia, scortata dai due pupi e dalle due bambinaie, verso la lunga passeggiata ombrosa e deserta di Cours-la-Reine.

Tornai a casa sconvolto, con l'animo oppresso, capendo e non capendo, senza il coraggio d'indovinare.

Quando mia moglie rincasò per il pranzo, mi slanciai verso di lei, urlando:

– Chi sono quei bambini?

– Quali bambini?

– Quelli che aspettavate al treno di Saint-Sever?

Gettò un grido altissimo e svenne. Quando riprese i sensi, mi confessò, in un diluvio di lacrime, di averne quattro. Sí, avvocato, due per il martedí, due bimbe, e due per il venerdí, due maschietti.

Ed era quella – che vergogna! – era quella l'origine della sua ricchezza. – I quattro padri!... Aveva accumulato la dote.

– E adesso, avvocato, che mi consigliate di fare?

L'avvocato rispose gravemente:

– Riconoscere i vostri figli, signore.

21 febbraio 1888.

UN RITRATTO

– Ecco lí Monsieur Milial! – disse qualcuno accanto a me.

Guardai l'uomo che indicavano, perché già da tempo avevo voglia di conoscere quel Don Giovanni.

Non era piú giovane. I capelli grigi, di un grigio opaco, somigliavano un poco a quei berretti di pelo che gli uomini portano sul capo in certi paesi del Nord, e anche la barba, sottile, piuttosto lunga, ricadente sul petto, aveva l'aria di una pelliccia. Chiacchierava con una donna, chino verso di lei, parlando a bassa voce, guardandola con uno sguardo dolce, pieno di omaggi e di carezze.

Conoscevo la sua vita, o almeno quel che se ne sapeva. Era stato amato follemente, molte volte; e il suo nome si era trovato immischiato in molti drammi. Si parlava di lui come di un uomo molto seducente, quasi irresistibile. Quando interrogavo le donne che piú lo elogiavano, per sapere donde gli veniva tanto potere, dopo aver cercato un poco, rispondevano sempre:

– Non so... è affascinante.

Certo, non era bello. Non aveva affatto quell'eleganza di cui immaginiamo dotati i conquistatori di cuori femminili. Mi chiedevo, con interesse, dove stesse nascosta la sua seduzione. Nello spirito? Nessuno mi aveva mai citato sue frasi spiritose né celebrata la sua intelligenza... Nello sguardo?... Può darsi... O nella voce?... La voce di certe persone ha grazie sensuali irresistibili, un sapore di cose squisite da mangiare. Fa venir fame a sentirla, e il suono delle parole penetra allora in noi come una ghiottoneria.

Domandai a un amico che passava:

– Conosci Monsieur Milial?

– Sí.

– Allora, presentaci.

Un minuto dopo, scambiata una stretta di mano, restammo a chiacchierare là dov'eravamo. Ciò che diceva era giusto, piacevole a udirsi, pur non avendo in sé nulla di straordinario. La voce era davvero bella, dolce, carezzevole, musicale; ma ne avevo udite piú avvincenti e piú intense. L'ascoltavo con piacere, come si guarda scorrere una bella fonte. Per seguirlo, non era necessario star con la mente tesa, nessun senso riposto sovreccitava la curiosità, nessun'aspettativa teneva sveglio l'interesse. Era piuttosto una conversazione riposante, che non accendeva in noi né un vivo desiderio di ribattere contraddicendo, né un'approvazione entusiasta.

Del resto, rispondergli era facile quanto ascoltarlo. Appena aveva finito di parlare, la risposta veniva alle labbra da sola, e le frasi andavano verso di lui come se quanto aveva detto le facesse uscire dalla bocca naturalmente.

Mi colpí subito questo. Lo conoscevo da un quarto d'ora, e già mi sembrava un vecchio amico e che di lui tutto mi fosse familiare da molto tempo: il volto, i gesti, la voce, le idee.

Dopo pochi minuti di conversazione, già mi sembrava penetrato nella mia intimità. Tutte le porte erano aperte tra noi, e forse, se me lo avesse chiesto, gli avrei fatto quelle confidenze su me stesso che di solito non si affidano che a vecchi compagni.

C'era sicuramente un mistero. Quelle barriere chiuse tra tutti gli esseri, che il tempo schiude a una a una, quando lentamente la simpatia, i gusti simili, una medesima cultura intellettuale e le relazioni continue ne hanno tolto i lucchetti, non sembravano esistere tra lui e me, né, senza dubbio, tra lui e tutti quelli, uomini o donne, che il caso poneva sulla sua strada.

In capo a una mezz'ora, ci separammo promettendoci di rivederci spesso e, dopo avermi invitato a colazione per due giorni dopo, mi diede il suo indirizzo.

Avendo dimenticato l'ora, arrivai troppo presto; non era ancora tornato a casa. Un domestico corretto e muto mi fece passare in un bel salotto un po' buio, intimo, raccolto. Mi ci sentii a mio agio, come a casa mia. Quante volte ho notato l'influenza di un appartamento sul carattere e sulla mentalità! Vi sono stanze dove ci si sente sempre stupidi; altre invece ci riempiono di brio. Alcune, benché luminose, bianche e dorate, mettono tristezza; altre rallegrano, sebbene le loro pareti siano coperte di stoffe dai colori calmi. Come il cuore, anche l'occhio prova ripugnanze e tenerezze che impone segretamente, furtivamente, al nostro umore. L'armonia dei mobili, delle pareti, lo stile di un ambiente agiscono immediatamente sulla nostra natura intellettuale, come l'aria dei boschi, del mare o dei monti modifica la nostra natura fisica.

Mi misi a sedere su un divano sepolto dai cuscini, e subito mi sentii sorretto, portato, molleggiato da quei sacchetti di piume ricoperti di seta, come se su quel mobile già fossero stati segnati in anticipo il posto e la forma del mio corpo.

Poi mi guardai attorno. Nella stanza, nulla di chiassoso; dovunque belle cose discrete, mobili semplici e rari, tendaggi orientali che non sembravano venire dal Louvre, ma dall'interno di un harem, e, di fronte a me, un ritratto di donna. Di media grandezza, raffigurava la testa, il busto, e le mani che reggevano un libro. Era una donna giovane, senza cappello, pettinata coi capelli lisci sulle orecchie, e sorrideva con un po' di tristezza. Forse perché aveva il capo scoperto, o forse per un'aria di grande naturalezza, ma non mi era mai parso che un ritratto femminile si sentisse a casa sua come quello tra quelle pareti. Quanti ne ho visti finora hanno quasi tutti un tono artefatto, sia che la signora abbia un vestito di gran gala, una pettinatura seducente, e l'aria di sapersi in posa, prima davanti al pittore e poi davanti a tutti quelli che la guarderanno, sia che una vestaglia scelta opportunamente l'avvolga in un atteggiamento languido.

Alcune stanno in piedi, maestose nella loro bellezza, con un'aria altera che forse non hanno conservata a lungo nella vita quotidiana. Altre fanno moine, pur nell'immobilità della tela; e tutte hanno una cosa da nulla, un fiore o un gioiello, una piega del vestito o del labbro che sentiamo messa lí per il pittore, per l'effetto. Abbiano sulla testa un cappello, un merletto, o soltanto i capelli, s'indovina che qualcosa in loro non è completamente naturale. Che cosa? Lo ignoriamo, perché non le abbiamo mai conosciute, ma lo sentiamo. Sembrano in visita in qualche luogo, in casa di gente cui vogliono piacere, cui vogliono mostrarsi in modo da far piú figura; e hanno studiato un atteggiamento, ora modesto, ora altero.

Che dire di quella che vedevo? Era in casa sua ed era sola. Sí, sola, perché sorrideva come chi sorride pensando in solitudine a qualche cosa di triste e di dolce, e non come chi si sa guardata. Era talmente sola e a casa sua, che faceva il vuoto in tutto quel grande appartamento, un vuoto assoluto. Lo abitava, lo empiva, lo animava da sola; potevano entrarci in tanti, e tutti parlare, ridere, perfino cantare; lei vi sarebbe rimasta sempre sola, con un sorriso solitario, e, da sola, lo avrebbe reso vivo, col suo sguardo di ritratto.

Anche quello sguardo era unico. Cadeva dritto su di me, carezzevole e fisso, senza vedermi. Tutti i ritratti sanno di essere contemplati, e rispondono con gli occhi, occhi che vedono, pensano, ci seguono senza lasciarci, da quando entriamo a quando usciamo dall'appartamento in cui soggiornano.

Quello non mi vedeva, non vedeva nulla, benché il suo sguardo fosse puntato dritto su me. Ricordai il verso sorprendente di Baudelaire:

> Et tes yeux attirants comme ceux d'un portrait [1].

Mi attiravano, infatti, in modo irresistibile, gettavano in me un turbamento strano, possente, nuovo, quegli occhi dipinti, che avevano vissuto, o che vivevano ancora, forse. Oh! quale fascino infinito ed estenuante come una brezza che passa, ammaliante come un pallido cielo di crepuscolo lilla, rosa, celeste, e un poco melanconico come la notte che sta per scendere, usciva da quella cornice scura, e da quegli occhi impenetrabili. Quegli occhi, quegli occhi creati con qualche pennellata, nascondevano in loro il mistero di quel che sembra esistere e non esiste, di ciò che può apparire nello sguardo di una donna, di quello che fa germogliare in noi l'amore.

La porta si aperse. Entrò Milial. Chiese scusa di essere in ritardo. Chiesi scusa di essere in anticipo. Poi domandai:

– È indiscreto chiedere chi è quella donna?

Rispose:

– È mia madre, morta giovanissima.

E compresi allora donde veniva la inesplicabile seduzione di quell'uomo!

29 ottobre 1888.

---

[1] [«E i tuoi occhi che attirano come quelli di un ritratto»].

LA MASCHERA

Quella sera, all'Elysée-Montmartre, c'era un ballo in costume in occasione della Mezza Quaresima. La folla entrava nel corridoio illuminato che conduce alla sala da ballo come l'acqua nella paratoia d'una chiusa. Il formidabile richiamo dell'orchestra, fragoroso come un uragano di musica, sfondava i muri e il tetto, si diffondeva nel quartiere, suscitando nelle vie e fino in fondo alle case vicine quell'irresistibile desiderio di saltare, d'accalorarsi, di divertirsi che sonnecchia in fondo all'animale umano.

E i frequentatori del locale affluivano dai quattro angoli di Parigi, gente d'ogni classe, che ama il piacere grossolano e chiassoso, un po' smodato, e con un pizzico di depravazione. Erano impiegati, sfruttatori, sgualdrine d'ogni categoria, dall'abito di volgare cotone alla più fine batista, ricche, vecchie e ingioiellate, o povere sedicenni piene di voglia di far festa, di darsi agli uomini, di spendere denaro. Uomini eleganti in abito nero in cerca di carni fresche, di primizie deflorate, ma appetitose, vagavano in mezzo a quella folla accaldata, cercavano, parevano fiutare, mentre le maschere sembravano agitate soprattutto dal desiderio di divertirsi. Già alcune quadriglie famose richiamavano attorno ai loro sgambettamenti una fitta corona di pubblico. La siepe ondeggiante, la marea agitata di uomini e di donne che circondava i quattro ballerini si attorcigliava attorno a loro come un serpente, ora più vicina, ora più lontana a seconda dei movimenti dei danzatori. Le due donne, le cui cosce parevano attaccate al corpo da molle di gomma, facevano con le gambe dei movimenti incredibili. Le lanciavano in aria con tanto vigore da sembrare che s'involassero verso le nubi, poi di colpo le divaricavano come se si fossero aperte fino a mezzo il ventre, facendone scivolare una in avanti, l'altra indietro, toccando il suolo col loro centro in una rapida spaccata, ripugnante e grottesca.

I cavalieri saltavano, intrecciavano i piedi, s'agitavano, movevano e sollevavano le braccia come moncherini d'ali senza penne, e sotto le maschere s'indovinava il loro respiro affannoso.

Uno di loro, che aveva preso parte alla quadriglia piú famosa per sostituire una celebrità assente, il bel «Bada al ragazzo», e si sforzava di tener testa all'infaticabile «Lisca di vitello», eseguiva dei bizzarri assolo che suscitavano l'ilarità e l'ironia del pubblico.

Era magro, vestito con affettazione, e aveva sul viso una bella maschera verniciata, una maschera con due mustacchi biondi arricciati, sormontata da una parrucca a boccoli.

Aveva l'aria d'un manichino di cera del museo Grévin, d'una strana e fantastica caricatura del bel giovane nelle illustrazioni di moda, e ballava con un impegno coscienzioso, ma goffo, e con uno slancio comico. Accanto agli altri, nel tentativo d'imitare i loro sgambetti, pareva arrugginito, rattrappito, pesante come un botolo che giochi con dei levrieri. Incitamenti ironici lo incoraggiavano. E lui, ebbro d'ardore, sgambettava con tale frenesia che all'improvviso, trascinato da uno slancio impetuoso, batté la testa contro il cordone formato dal pubblico, che cedette per farlo passare e poi si richiuse attorno al corpo inerte, e prono, del danzatore inanimato.

Alcuni uomini lo sollevarono, lo trasportarono via. Tutti gridavano: – Un medico –. Si presentò un signore giovane, molto elegante, in abito nero con grosse perle sulla camicia da ballo. – Sono professore di medicina, – disse con voce modesta. Gli fecero largo, ed egli raggiunse in una stanzetta piena di cartelle, come l'ufficio d'un impresario, il ballerino ancora svenuto. Lo stavano adagiando su delle sedie. Il dottore cercò per prima cosa di togliergli la maschera, ma s'accorse ch'era attaccata in modo complicato con una quantità di sottilissimi fili di metallo, che la legavano abilmente agli orli della parrucca, racchiudendo tutta la testa in una solida legatura di cui bisognava conoscere il segreto. Anche il collo era imprigionato in una finta pelle che continuava oltre il mento, e questa pelle di guanto, del colore della carne, era attaccata al collo della camicia.

Bisognò tagliare tutto ciò con una grossa forbice; e quando il medico ebbe fatto in quell'insieme sorprendente un taglio che andava dalla spalla fino alla tempia, riuscendo a socchiuder la corazza, scoprí il vecchio volto d'un uomo logoro, pallido, magro e rugoso. Lo stupore di coloro che avevano trasportato la giovane maschera ricciuta fu tale che nessuno rise, nessuno fiatò.

Guardavano quel triste viso dagli occhi chiusi, sdraiato sulle sedie di paglia, con i capelli brizzolati in disordine, che ricadevano lunghi sulla fronte, e una corta barba sulle guance e sul mento; e

accanto a quel povero viso, la piccola, graziosa maschera verniciata, quella fresca maschera che sorrideva ancora.

Dopo essere rimasto a lungo senza conoscenza, l'uomo tornò in
sé, ma pareva ancora cosí debole, cosí malato, che il medico temeva qualche pericolosa complicazione.

— Dove abitate? — chiese.

Il vecchio ballerino parve cercare nella memoria, poi ricordò,
e disse il nome d'una via che nessuno conosceva. Dovettero quindi
chiedergli altre informazioni sul quartiere. Rispose con grande fatica, con una lentezza e un'indecisione che rivelavano il turbamento della sua mente.

Il medico aggiunse:

— Vi riaccompagnerò a casa io stesso.

S'era impadronita di lui una gran curiosità di sapere chi fosse
quello strano pagliaccio, di vedere dove alloggiasse quel fenomeno
di saltatore.

E poco dopo una vettura di piazza li condusse tutti e due oltre
le colline di Montmartre.

Era un'alta casa di misero aspetto, con una scala viscida, una di
quelle case sempre incompiute, crivellate di finestre, isolate in mezzo a due terreni vuoti, sudici tuguri dove abita una folla di esseri
cenciosi e miserabili.

Il dottore, aggrappato alla ringhiera, a quella stecca di legno
che saliva a spirale e su cui la mano restava incollata, sorresse fino
al quarto piano il vecchio ancora stordito che andava riprendendo
le forze.

La porta a cui bussò s'aprí e apparve una donna, anche lei vecchia, pulita, con una candida cuffia da notte che incorniciava un
volto ossuto, dai lineamenti marcati, uno di quei volti buoni e ru-
di di mogli d'operai laboriose e fedeli. Esclamò:

— Mio Dio! che cosa è successo?

Quando in poche parole le fu spiegata la cosa, si rassicurò, e
rassicurò anche il dottore, raccontandogli che simili incidenti erano già capitati altre volte.

— Bisogna metterlo a letto, signore, nient'altro. Dormirà, e domani sarà passato.

Il dottore rispose:

— Ma non può nemmeno parlare.

— Oh! non è niente, avrà bevuto un po', nient'altro. Non ha
cenato per essere agile, e poi ha bevuto due bicchierini d'assenzio
per tenersi su. L'assenzio, vedete, gli fa bene alle gambe, ma gli ta-

glia la mente e la parola. Non è cosa per la sua età ballare cosí. No davvero, ma non c'è modo di farlo ragionare!

Il medico, sorpreso, insistette:

— Ma perché balla in quel modo, vecchio com'è?

La donna alzò le spalle, rossa per la collera che a poco a poco l'eccitava.

— Ah! sí, perché! Diciamolo pure, per essere creduto giovane sotto la maschera, perché le donne lo prendano ancora per un bellimbusto e gli dicano porcherie in un orecchio, per strusciarsi alla loro pelle, la loro sudicia pelle puzzolente, piena di cipria e di pomate... Ah! che roba! Bella vita la mia, signore, da quarant'anni che va avanti cosí... Ma bisogna proprio metterlo a letto, altrimenti si ammalerà. Vi dispiacerebbe aiutarmi? Quando è in queste condizioni, non ce la faccio, da sola.

Il vecchio se ne stava seduto sul letto, con un'aria da ubriaco, e i lunghi capelli bianchi ricadenti sul viso.

La sua compagna lo guardava con occhi pieni di tenerezza e di collera. E riprese:

— Guardatelo, non ha una bella testa per la sua età? che bisogno c'è di ridursi come un pagliaccio per essere creduto giovane? Fa proprio pietà! È vero che ha una bella testa, signore? Aspettate: ve lo faccio vedere prima di coricarlo.

Andò a un tavolo dov'erano il catino, la brocca, il sapone, il pettine e la spazzola. Prese la spazzola, poi tornò verso il letto, e sollevando la capigliatura arruffata dell'ubriacone gli rifece in pochi secondi un viso da modello per pittori, con grandi riccioli ricadenti sulle spalle. Poi, arretrando un poco per contemplarlo meglio:

— Non è bello, forse, per la sua età?

— Molto, — affermò il dottore che cominciava a divertirsi.

La donna proseguí:

— E se l'aveste conosciuto quando aveva venticinque anni! Ma bisogna metterlo a letto, se no l'assenzio gli mette il ventre sottosopra. Per piacere, signore, vi dispiacerebbe tirargli quella manica?... piú in alto... cosí... bene... i calzoni ora... aspettate, gli levo prima le scarpe... bene. — Adesso, sostenetelo in piedi mentre preparo il letto... ecco... coricatelo... e se pensate che poi si scosti per farmi un po' di posto, vi sbagliate. Mi devo trovare il mio angolo come posso, io. A lui non interessa. Ah! porcaccione!

Appena si sentí disteso fra le lenzuola, quel bel tipo chiuse gli occhi, poi li riaprí, li richiuse di nuovo e tutto il suo viso soddisfatto mostrò un'energica volontà di dormire.

Il dottore, esaminandolo con sempre maggiore interesse, chiese:

— Cosí va a fare il giovanotto nei balli in costume?

— In tutti, signore, e mi torna a casa al mattino in uno stato che non si può immaginare. Vedete, è il rimpianto che lo conduce là e che gli fa mettere una faccia di cartone sopra la sua. Sí, il rimpianto di non essere piú com'era, e di non avere piú il successo d'una volta!

Egli dormiva, ora, e cominciava a russare. La donna lo guardava con aria impietosita, e soggiunse:

— Ah! se ne ha avuti di successi, quell'uomo! Piú di quanti potreste immaginare, signore, piú di tutti i bei gran signori, e di tutti i tenori, e di tutti i generali.

— Davvero? Ma che faceva?

— Oh! vi meravigliate perché non l'avete conosciuto ai suoi tempi migliori. Anch'io l'ho incontrato in una festa da ballo, perché le ha sempre frequentate. Mi sono attaccata a lui al solo vederlo, ma attaccata come un pesce all'amo. Era carino, signore, ma carino da far piangere a guardarlo. Bruno come un corvo, e ricciuto, con due occhi neri grandi come finestre. Ah! sí, era proprio un bel ragazzo. Quella sera stessa mi condusse con sé, e non l'ho piú lasciato, mai, nemmeno per un giorno, nonostante tutto! Oh! quante me n'ha fatte passare!

Il dottore chiese:

— Siete sposati?

La donna rispose semplicemente:

— Sí, signore... altrimenti m'avrebbe piantata come le altre. Gli ho fatto da moglie e da serva, tutto, tutto ciò che ha voluto... e quanto m'ha fatto piangere... quante lacrime che gli ho nascoste! Perché mi raccontava le sue avventure, a me... a me... signore... senza capire il male che mi faceva...

— Ma che mestiere faceva, insomma?

— Già... ho dimenticato di dirvelo. Era primo garzone da Martel, ma un primo garzone come non ne aveva mai avuti... un artista da dieci franchi all'ora, in media...

— Martel?... chi è, Martel?

— Il parrucchiere, signore, il gran parrucchiere dell'Opéra che aveva tutta la clientela delle attrici. Sí, tutte le attrici piú in voga si facevano pettinare da Ambroise e gli davano delle mance tali che lui si è fatto una fortuna. Ah! signore, tutte le donne sono uguali, tutte. Se si incapricciano di un uomo, se lo pagano. È cosí facile... ma fa tanto male venirlo a sapere. E lui mi diceva tutto...

non poteva tacere... no, non poteva. Son cose che fan tanto piacere agli uomini! e forse ancora piú piacere a dirle che a farle.

Quando lo vedevo tornare a casa, la sera, un po' pallido, con
l'aria contenta, l'occhio lucido, mi dicevo: «Un'altra. Sono sicura
che ne ha trovata un'altra». Allora avevo voglia d'interrogarlo,
una voglia che mi bruciava, e insieme la voglia di non sapere, d'impedirgli di parlare se avesse cominciato. E ci guardavamo.

Sapevo che non avrebbe taciuto, che sarebbe tornato sull'argomento. Lo sentivo dalla sua aria allegra, dalla sua voglia di ridere
per farmi capire. – Oggi me n'è capitata una bella, Madeleine –. Io
facevo finta di non capire, di non indovinare; e apparecchiavo la
tavola; portavo la minestra; e gli sedevo di fronte.

In quei momenti, signore, era come se con una pietra m'avessero frantumata nel corpo tutta l'amicizia che provavo per lui. Son
cose molto dolorose, sapete. Ma lui non se ne accorgeva, non capiva. Aveva bisogno di raccontare a qualcuno, di vantarsi, di far vedere quanto era amato... e non aveva che me a cui dirlo... capite...
solo me... Allora... dovevo pure ascoltarlo e mandar giú quel veleno.

Cominciava a mangiare la minestra e intanto diceva:
– Un'altra, Madeleine.

Io pensavo: «Ci risiamo, mio Dio, che uomo! Dovevo proprio
incontrarlo io!»

Allora si sfogava: – Ancora un'altra, e per di piú in gamba... –
Ed era un'attricetta del Vaudeville o delle Variétés, o anche quelle celebri, le piú famose del teatro. Mi diceva i loro nomi, me ne
descriveva la casa, tutto, tutto, sí, tutto, signore... Particolari che
mi straziavano il cuore. E insisteva, ricominciava dal principio alla
fine, cosí contento ch'io facevo finta di ridere per non farlo arrabbiare.

Forse, qualche volta non erano vere! Quelle sere, faceva mostra d'essere stanco, di volersi coricare subito dopo cena. Cenava-
mo alle undici, signore, perché non rincasava mai prima, per via
delle acconciature da sera.

Quando aveva finito con la sua avventura, fumava qualche sigaretta passeggiando per la camera, ed era cosí bello, con i baffi e i
capelli ricci, che io pensavo: «Eppure è vero quello che racconta.
Se vado pazza io per quell'uomo, perché le altre non dovrebbero
perdere la testa per lui?» Ah! quante volte sono stata per piangere, per gridare, per scappare e gettarmi dalla finestra, mentre spa-
recchiavo la tavola e lui continuava a fumare. Poi lui sbadigliava,

spalancando la bocca, per farmi vedere quanto era stanco, e prima di mettersi a letto diceva due o tre volte: – Dio, come dormirò bene stanotte!

Non gli serbo rancore, perché non sapeva quanto mi facesse soffrire. No, non poteva saperlo! Amava vantarsi delle donne come un pavone fa la ruota. Era arrivato a pensare che tutte lo guardassero e lo volessero.

Quando cominciò a invecchiare fu duro, per lui.

Oh! signore, quando ho visto il suo primo capello bianco mi sentii mancare il fiato, ma poi ne ebbi una gioia – una gioia cattiva – ma cosí grande, cosí grande!!! Mi sono detta: «È la fine... la fine...» Mi parve di stare per uscire di prigione. Finalmente l'avrei avuto per me, per me sola, quando le altre non l'avessero voluto piú.

Accadde una mattina, mentre eravamo a letto. – Lui dormiva ancora, ed io mi chinai su di lui per svegliarlo con un bacio, quando gli scorsi fra i riccioli, sulla tempia, un filo sottile che brillava come l'argento. Che sorpresa! Non l'avrei creduto possibile! Dapprima pensai di strapparglielo perché lui non lo vedesse! ma, osservandolo bene, m'accorsi che ne aveva un altro piú sopra. Capelli bianchi! Avrebbe avuto i capelli bianchi! Il cuore mi batteva forte ed ero tutta sudata; ma in fondo, ne ero ben contenta!

È brutto, lo so, ma quella mattina feci le faccende di casa col cuore leggero, senza svegliarlo; e quando finalmente aprí gli occhi da sé, gli dissi:

– Sai che cosa ho scoperto mentre dormivi?

– No.

– Ho scoperto che hai dei capelli bianchi.

Ebbe un sussulto di dispetto che lo fece balzare a sedere, come se gli avessi fatto il solletico, e con voce malevola mi disse:

– Non è vero!

– Sí, sulla tempia sinistra. Ce ne sono quattro.

Saltò dal letto per correre allo specchio.

Non li trovava. Allora gli indicai il primo, il piú basso, quello ricciuto, e gli dissi:

– Non c'è da stupirsene con la vita che fai. Da qui a due anni sarai finito.

Ebbene, signore, avevo detto la verità, due anni dopo era irriconoscibile. Come cambia in fretta, un uomo! Era ancora un bel ragazzo, ma perdeva la sua freschezza, e le donne non lo ricercavano piú. Ah! che brutta vita ho fatto in quegli anni! com'era crudele con me! Non era mai contento di niente, di niente! Lasciò il suo mestiere per occuparsi di cappelli, e perdette del denaro. Poi volle fare l'attore senza riuscirci, e infine si diede a frequentare i balli pubblici. Fortunatamente, ha avuto il buon senso di conservare un po' di denaro, con cui oggi viviamo. Ci basta, ma non è molto! E pensare che in un certo periodo aveva un patrimonio.

Ora voi vedete quel che fa. L'ha preso una specie di frenesia. Vuol essere giovane, vuol ballare con le donne che sanno di profumo e di pomata. Povero caro vecchio!

Commossa fino alle lacrime, guardava il vecchio marito che russava. Poi, avvicinatasi a lui in punta di piedi, gli diede un bacio sui capelli. Il medico s'era alzato e si disponeva ad andarsene, non trovando nulla da dire di fronte a quella coppia bizzarra.

Allora, mentre stava per uscire, ella chiese:

— Vorreste darmi il vostro indirizzo? Se dovesse essere una cosa piú seria, vi chiamerei.

10 maggio 1889.

I.

Una buona coppia i Bondel, sebbene un po' battagliera. Litigavano spesso, per futili motivi, e poi facevano pace.

Vecchio commerciante ritiratosi dagli affari dopo di avere ammassato di che vivere secondo i suoi semplici gusti, Bondel aveva preso in affitto una casetta a Saint-Germain ed era andato ad abitarvi con la moglie.

Era un uomo calmo, le cui idee, comodamente sedute, non si alzavano volentieri. Aveva una certa istruzione, leggeva giornali benpensanti, pur apprezzando qualche battuta grassoccia. Dotato di ragione, di logica, di quel buon senso pratico che è la qualità principale dell'industrioso borghese di Francia, pensava poco, ma con sicurezza, e non prendeva una decisione se non dopo riflessioni che il suo istinto gli rivelava infallibili.

Era un uomo di media statura, dai capelli grigiastri, la fisionomia distinta.

La moglie, piena di qualità serie, aveva tuttavia qualche difetto. Facile all'ira, di modi tanto franchi da rasentare la violenza, invincibilmente testarda, serbava in cuore, contro certe persone, rancori inestinguibili. Graziosa un tempo, ma diventata ormai troppo grossa, troppo florida, passava ancora, in quel quartiere di Saint-Germain, per una bella donna, era il ritratto della salute con un'aria poco accomodante.

I loro dissensi cominciavano quasi sempre a colazione, durante qualche discussione di nessuna importanza; poi, fino a sera, spesso fino all'indomani, restavano arrabbiati tutti e due. Quella vita cosí semplice, cosí limitata, rendeva grave qualsiasi lieve preoccupazione, e ogni argomento di conversazione diventava per loro un argomento di lite. Non avveniva cosí un tempo, quando si occupavano di affari che associavano i loro pensieri, stringevano insieme i loro cuori chiudendoli e trattenendoli nella stessa rete dell'interesse comune.

Ma a Saint-Germain vedevano meno gente. Avevano dovuto

far nuove conoscenze, crearsi, in un ambiente estraneo, una nuova esistenza completamente vuota di occupazioni. Allora, la monotonia di quelle ore sempre uguali li aveva un poco inaspriti uno contro l'altra; e non vedevano ancora affacciarsi quella serena felicità che avevano aspettata e sperata insieme all'agiatezza.

Una mattina di giugno, si erano appena seduti a tavola quando Bondel domandò:

– Conosci quei due che abitano nella casetta rossa in fondo a rue du Berceau?

Forse Madame Bondel si era alzata di cattivo umore. Rispose:

– Sí e no; li conosco, ma non tengo a conoscerli.

– E perché? Hanno un aspetto molto gentile.

– Perché...

– Stamani ho incontrato il marito sulla spianata e abbiamo fatto un giretto insieme.

Comprendendo che c'era burrasca in aria, si affrettò a soggiungere:

– È stato lui ad avvicinarsi e a parlarmi per primo.

La moglie lo guardava con aria scontenta. Fece:

– Avresti fatto meglio ad evitarlo.

– Ma perché mai?

– Corrono pettegolezzi su quei due.

– Quali pettegolezzi?

– Quali? Santo Dio, pettegolezzi come se ne fanno tanti.

Monsieur Bondel ebbe il torto di replicare un po' vivacemente:

– Cara mia, sai benissimo che ho orrore dei pettegolezzi. Mi basta che ne facciano su qualcuno per rendermelo simpatico. Quanto a quelle persone, le trovo a postissimo, io.

E lei, rabbiosa:

– Anche la moglie, forse?

– Sí, buon Dio, benché l'abbia vista appena.

E la discussione continuò, sempre piú accanita, piú velenosa, senza cambiare soggetto per mancanza di altri argomenti.

Madame Bondel si ostinava a non dire quali chiacchiere correvano sui vicini, lasciando fraintendere brutte cose senza precisarle. Bondel alzava le spalle e sogghignava, esasperando la moglie, che alla fine gridò:

– Ebbene! quel tuo signore è un cornuto, ecco!

Il marito rispose senza impressionarsi:

– Non vedo in che modo questo fatto tocchi la onorabilità di un uomo.

Sembrò stupefatta:

– Come, non vedi?... non vedi?... questa è grossa davvero...
non vedi? Ma è uno scandalo pubblico; è screditato, un marito
becco!

Egli replicò:

– Ah! questo no! un uomo sarebbe screditato perché lo tradiscono, screditato perché lo derubano?... Ah! ma no! Te lo concedo
per la moglie, ma per lui...

Diventò una furia.

– Per lui come per lei. Sono screditati, è una vergogna pubblica.

Bondel domandò calmissimo:

– Tanto per cominciare, è proprio vero? Chi può affermare una
cosa simile finché non si tratta di flagrante delitto?

Madame Bondel si agitava sulla sedia.

– Come? Chi può affermare? Ma tutti! tutti! salta agli occhi,
una cosa simile. Lo sanno tutti, lo dicono tutti. Non ci son dubbi.
È notorio. Persino le pietre lo sanno.

Lui ridacchiava:

– Hanno anche creduto per tanto tempo che il sole girasse intorno alla terra e mille altre cose non meno notorie, eppure erano
false. Quell'uomo adora sua moglie; ne parla con tenerezza, con
venerazione. Non è vero.

Lei biascicò scalpitando:

– E per di piú non lo sa, quell'imbecille, quel cretino, quell'uomo senza onore!

Bondel non si arrabbiava; continuava a ragionare:

– Scusa. Quel signore non è uno stupido. Anzi, mi è sembrato
molto intelligente e molto fine; e non mi farai credere che una persona di spirito non si accorga di una faccenda simile in casa sua,
quando i vicini, che sono altrove, non ignorano nessun particolare
su questo adulterio; perché, manco a dirlo, non ne ignorano nemmeno uno...

Madame Bondel fu presa da un accesso di allegria rabbiosa che
irritò i nervi del consorte.

– Ah! ah! ah! tutti uguali, i mariti, tutti dal primo all'ultimo!
E non ce n'è uno al mondo che se ne accorga, a meno di metterglie-
lo sotto il naso.

La discussione stava deviando. La signora partí lancia in resta
contro l'accecamento dei mariti ingannati di cui lui dubitava, mentre lei l'asseriva con toni di disprezzo talmente personali che finí
col farlo arrabbiare davvero.

Si scatenò allora un litigio furioso in cui la moglie prese partito
per le donne, e il marito la difesa degli uomini.

Monsieur Bondel fu tanto fatuo da dichiarare:

– Ebbene, quanto a me, ti giuro che se fossi stato tradito, me ne sarei accorto, e anche subito. E te ne avrei fatto passare la voglia in un modo tale che ci sarebbero voluti parecchi medici per rimetterti in piedi.

Allora lei, trasportata dalla collera, gli gridò in faccia:

– Tu? tu! Ma sei un imbecille come gli altri, capisci?

Quegli affermò di nuovo:

– Ti giuro proprio di no.

L'altra si lasciò sfuggire una risata cosí impertinente, che il marito si sentí battere il cuore e un brivido corrergli per la pelle.

Per la terza volta, asserí:

– Me ne sarei accorto, io.

La moglie si alzò, continuando a ridere nello stesso modo.

– No, questo è troppo, – disse.

E uscí sbattendo la porta.

II.

Bondel rimase solo e molto a disagio. Quella risata insolente, provocatoria, lo aveva colpito come uno di quei pungiglioni di mosca velenosa di cui non sentiamo sulle prime la puntura, ma il cui bruciore si desta poco dopo e diventa intollerabile.

Uscí, camminò, fantasticò. La solitudine di quella nuova vita lo spingeva a pensare cose tristi, a veder tutto nero. D'un tratto gli si parò davanti il vicino che aveva incontrato nella mattinata. Si strinsero la mano e cominciarono a discorrere. Dopo aver toccato diversi argomenti, vennero a parlare delle loro mogli. Tanto l'uno che l'altro sembravano avere qualcosa da confidarsi, qualcosa d'inesprimibile, di vago, di penoso proprio sulla natura delle compagne della loro vita: le mogli.

Il vicino diceva:

– Ci sarebbe da credere davvero che a volte abbiano contro il marito una specie di ostilità particolare, per il solo fatto che è loro marito. Io, l'amo, mia moglie. L'amo molto, l'apprezzo e la rispetto; ebbene, talvolta ha l'aria di mostrare piú fiducia e piú abbandono ai nostri amici che a me.

Bondel pensò subito: «Ci siamo, mia moglie aveva ragione».

Quando ebbe lasciato quell'uomo, ricominciò a pensare. Si sentiva nella mente un miscuglio confuso di pensieri contraddittori, una specie di doloroso ribollire, e ancora gli risuonava nelle orecchie quel riso impertinente, esasperato, che sembrava dire: «Ma è successo a te come agli altri, imbecille!» Era certo una bravata, una di quelle impudenti bravate da donna che osa tutto, rischia tutto pur di ferire, di umiliare l'uomo contro cui è irritata.

Dunque anche quel povero signore era probabilmente un marito ingannato, come tanti altri. Gli aveva detto con tristezza: – Talvolta ha l'aria di mostrare piú fiducia e di confidarsi piú volentieri ai nostri amici che a me –. Ecco dunque come un marito – quell'essere cieco e sentimentale che la legge chiama marito – formulava le proprie osservazioni sulle attenzioni particolari della moglie per un altro uomo. Tutto qui. Non aveva visto nulla di piú. Era simile agli altri... Agli altri!

E poi, come aveva riso in modo strano, – Anche tu... anche tu... –, la moglie, quella sua, di Bondel... Quanto sono pazze e imprudenti queste creature che possono insinuarti nel cuore simili sospetti per il solo piacere di lanciare una sfida!

Percorreva col pensiero la loro vita in comune, cercando tra tante vecchie relazioni se sua moglie avesse dimostrato a qualcuno piú confidenza e piú abbandono che non a lui. Non aveva mai sospettato di nessuno, tanto era sempre stato tranquillo, sicuro di lei, fiducioso.

Ma sí, essa aveva avuto un amico, un amico intimo, che per quasi un anno era venuto a pranzo da loro tre volte la settimana, Tancret, quel buon Tancret, quel bravo Tancret, cui lui, Bondel, voleva bene come a un fratello e che aveva continuato a vedere di nascosto da quando la moglie, chissà perché, aveva litigato con quel caro ragazzo.

Si fermò per riflettere, esaminando il passato con inquietudine. Poi sorse in lui una rivolta contro se stesso, contro la vergognosa insinuazione di quell'io diffidente, geloso, cattivo che tutti abbiamo in noi. Si biasimò, si accusò, s'ingiuriò, pur ricordando ogni visita e ogni gesto di quell'amico tanto apprezzato dalla moglie e poi cacciato di casa senza una ragione seria. Ma subito gli tornarono in mente altri ricordi di simili rotture dovute al carattere vendicativo di Madame Bondel che non perdonava la piú lieve offesa. Allora rise sinceramente di se stesso e di quell'angoscia iniziale che gli aveva stretto il cuore; e ricordando la faccia piena d'odio che faceva la moglie quando lui, tornando a casa la sera le diceva: – Ho incontrato quel bravo Tancret, mi ha chiesto tue notizie, – si rassicurò completamente.

Essa gli rispondeva ogni volta: – Quando rivedrai quel signore, puoi anche dirgli che lo dispenso dall'occuparsi di me –. Oh!

con che aria irritata, con che aria feroce pronunciava quelle parole. Come faceva capire che non lo perdonava, che non lo avrebbe perdonato mai... E aveva potuto sospettare, sia pure per un secondo?... Dio, che sciocchezza!

Eppure... perché si era arrabbiata cosí? Non aveva mai raccontato il motivo preciso del litigio, né la ragione del suo risentimento. Gli serbava rancore: e come! Forse che... Ma no... ma no... E Bondel dichiarò in cuor suo che pensando simili cose avviliva se stesso.

Sí, indubbiamente si avviliva, ma non poteva vietarsi di pensare a questo e si domandò con terrore se quell'idea, penetrata in lui, non vi sarebbe rimasta e se già non si era insinuata nel suo animo la larva di un lungo tormento. Conosceva se stesso: era capace di ruminarla, quell'idea, come un tempo ruminava le operazioni commerciali, per giorni e notti, pesando il pro e il contro, interminabilmente.

Già si agitava, camminava piú svelto, perdeva la calma. Nulla possiamo contro l'Idea. È inafferrabile: impossibile scacciarla, impossibile ucciderla.

E all'improvviso nacque in lui un progetto, ardito, tanto ardito che sulle prime dubitò se lo avrebbe eseguito.

Ogni volta che incontrava Tancret, questi chiedeva notizie di Madame Bondel; e Bondel rispondeva: – È ancora un po' irritata. Niente altro –. Dio... era stato abbastanza marito, anche lui!... Forse!...

Avrebbe dunque preso il treno per Parigi, per recarsi da Tancret e ricondurlo a casa con lui quella sera stessa, affermandogli che l'oscuro rancore della moglie si era dissipato. Sí, ma che faccia avrebbe fatto Madame Bondel!... che scenata!... che furia!... che scandalo!... Poco male! poco male! Si sarebbe almeno vendicato di quella risata e, vedendoli all'improvviso uno di fronte all'altra, avrebbe ben saputo cogliere sui loro volti l'emozione della verità.

III.

Corse subito alla stazione, prese il biglietto, salí in un vagone, e quando si sentí trascinato dal treno che percorreva la discesa del Pecq, ebbe quasi paura e lo prese quasi la vertigine davanti a ciò che stava per osare. Per non piegarsi, indietreggiare, ritornare da solo, si sforzò di non pensarci, distrarsi con altri pensieri, eseguire quanto aveva deciso con determinazione cieca, e, per stordirsi la mente, canterellò fino a Parigi motivi di operette e di caffè concerto.

Appena si vide sui marciapiedi che lo avrebbero condotto fino alla via dove abitava Tancret, lo prese una gran voglia di fermarsi. Perse tempo davanti a qualche negozio, notando il prezzo di certi oggetti, interessandosi agli articoli nuovi, indugiò perfino a bere un bicchiere di birra, cosa contraria alle sue abitudini, e nell'avvicinarsi alla casa dell'amico, desiderò ardentemente di non trovarcelo.

Ma Tancret era solo in casa, e leggeva. Si alzò stupito esclamando:

— Ah! Bondel! Che fortuna!

E Bondel, imbarazzato:

— Sí, carissimo, dovendo venire a Parigi per qualche commissione, sono salito a salutarvi.

— Siete gentile, proprio gentile! Tanto piú che avevate un po' persa l'abitudine di venire a casa mia.

— Che volete? A nostro dispetto, subiamo le influenze altrui; e siccome mia moglie aveva l'aria di avercela con voi...

— Diavolo... aveva l'aria?... Ha fatto di peggio, mettendomi alla porta.

— Ma perché? Non ne ho mai saputo nulla, io.

— Oh! a proposito di niente... una sciocchezza... una discussione in cui non mi sono trovato d'accordo con lei.

— Ma su quale argomento, questa discussione?

— Su una signora che forse conoscete di nome; Madame Boutin, una mia amica.

— Ah, veramente?... Ebbene credo che non vi serbi piú rancore, mia moglie: stamani mi ha parlato di voi in termini assai amichevoli.

Tancret trasalí e sembrò talmente stupito che per qualche istante non trovò niente da dire. Finalmente riprese:

— Vi ha parlato di me... in termini amichevoli...

— Ma sí.

— Ne siete sicuro?

— Perbacco!... non sto mica sognando.

— E poi?

— E poi... giacché venivo a Parigi, ho pensato di farvi piacere venendovelo a dire.

— Ma certo... Ma certo...

Bondel parve esitare, poi, dopo una breve pausa:

— Mi era perfino venuta un'idea... originale.

– Quale idea?

– Ricondurvi con me per pranzare a casa.

A questa proposta Tancret, prudente per natura, sembrò preoccupato.

– Oh! vi pare?... è possibile?... non ci metteremo... in qualche impiccio?...

– Ma no... ma no...

– Perché... sapete... è piuttosto astiosa, Madame Bondel.

– Lo so, ma vi assicuro che non ve ne vuole piú. Anzi, sono convinto che le farà molto piacere rivedervi cosí, all'improvviso.

– Davvero?

– Davvero.

– Ebbene! andiamo, carissimo. Da parte mia, ne sono felice. Sapete, mi dispiaceva moltissimo, quel malinteso.

E si avviarono a braccetto verso la gare Saint-Lazare.

Lungo la strada, non si parlarono. Sembravano perduti tutti e due in profonde fantasticherie. Nel vagone, seduti l'uno di fronte all'altro, si guardavano in silenzio, accorgendosi a vicenda di essere pallidi.

Poi, discesi dal treno, si ripresero sotto braccio, come per unirsi contro un comune pericolo. Dopo qualche minuto, si fermarono, tutti e due un po' ansimanti, davanti alla casa dei Bondel.

Bondel, fatto passare l'amico, lo seguí nel salotto e, chiamata la domestica, domandò: – La signora è in casa?

– Sissignore.

– Per favore, pregatela di scendere subito.

– Sissignore.

E attesero, crollati su due poltrone, presi adesso dallo stesso desiderio di scappare al piú presto, prima che apparisse l'alta figura temuta.

Un passo ben noto, un passo sicuro, discese la scala. Una mano toccò la porta, e gli occhi dei due uomini videro girare la maniglia di ottone. Poi la porta si spalancò e nel suo vano apparve Madame Bondel che, prima di entrare, si fermò a guardare dalla soglia.

Vide, dunque, arrossí, fremette, indietreggiò di mezzo passo, poi rimase immobile, col sangue alla testa, appoggiando le mani agli stipiti.

Tancret, ormai pallido come sul punto di venir meno, si era alzato, lasciando cadere il cappello, che rotolò sul pavimento. Balbettava:

– Dio mio... signora... sono io... ho creduto... ho osato... Mi addolorava talmente...

E poiché ella non rispondeva, soggiunse:
– Mi perdonate... finalmente?
Allora, trascinata da un impulso improvviso, la donna gli andò incontro tendendogli le mani; e quando Tancret ebbe prese, strette, trattenute quelle due mani tra le sue, con una vocina commossa, tremante, morente, che il marito non le conosceva affatto, sussurrò:
– Ah! caro amico mio, quanto mi fa piacere!
E Bondel, che li contemplava, si sentí gelare dalla testa ai piedi, come se lo avessero immerso in un bagno freddo.

13 luglio 1889.

ALEXANDRE

Quel giorno, alle quattro, come tutti i giorni, Alexandre spinse davanti alla porta della casetta dove abitavano i Maramballe la carrozzella a tre ruote in cui, per ordine del medico, portava a passeggio, fino alle sei, la padrona vecchia ed invalida.

Sistemato il leggero veicolo contro il gradino, proprio nel punto dove poteva farvi salire piú facilmente la grossa signora, rientrò nell'appartamento e subito si udí dall'interno una voce furiosa, una voce roca da vecchio soldato, che urlava bestemmie; era quella del padrone, ex capitano di fanteria a riposo, Joseph Maramballe.

Ecco quindi un frastuono di porte sbattute con violenza, un fracasso di sedie rovesciate, un rumore di passi agitati; poi, silenzio; dopo qualche istante, sulla soglia della porta di strada, riapparve Alexandre, sostenendo con tutte le forze Madame Maramballe, già sfinita per aver fatto le scale. Quando, non senza fatica, l'ebbe situata sulla poltrona a rotelle, Alexandre passò alle sue spalle, prese la sbarra ricurva che serviva a spingere il veicolo, e s'incamminò cosí verso la riva del fiume.

In questo modo, attraversavano ogni giorno la cittadina, in mezzo a saluti rispettosi che forse s'indirizzavano al servitore quanto alla padrona, perché, se lei era benvoluta e stimata da tutti, anche lui, vecchio soldato dalla barba bianca, un barbone da patriarca, passava per il modello di tutti i domestici.

Il sole di luglio picchiava ferocemente sulla via, soffocando le case basse sotto una luce triste a forza d'essere cruda ed ardente. Sui marciapiedi, lungo la linea d'ombra dei muri, dormiva qualche cane, e Alexandre, ansimando un poco, affrettava il passo per arrivare piú presto al viale che conduce al fiume.

Madame Maramballe già sonnecchiava sotto l'ombrellino bianco il cui puntale, mal sostenuto, andava talora ad appoggiarsi sulla faccia impassibile del vecchio soldato.

Quand'ebbero raggiunto il Viale dei Tigli la signora, sveglia-

tasi completamente all'ombra degli alberi, disse con voce benevola:

– Camminate piú lento, povero figliolo, vi ammazzerete con
questo caldo.

Nel suo ingenuo egoismo, non pensava affatto, la brava signora, che, se adesso desiderava di andare meno presto, era proprio
perché aveva raggiunto il riparo del fogliame.

Accanto a quella strada, all'ombra di vecchi tigli tagliati a volta, la Navette scorreva in un letto tortuoso tra due siepi di salici.
I gorgoglii dei mulinelli, dei salti di roccia in roccia, delle svolte
improvvise della corrente spargevano lungo tutta quella passeggiata una dolce canzone d'acqua e la frescura dell'aria umida.

Dopo di aver respirato e assaporato a lungo il molle fascino di
quel luogo, Madame Maramballe mormorò:

– Be', ora va meglio. Ma si era proprio svegliato di traverso,
stamani.

Rispose Alexandre:

– Eh, già, signora.

Da trentacinque anni era a servizio di quella coppia, come ordinanza dell'ufficiale dapprima, poi da semplice domestico che non
vuole lasciare i padroni; e già da sei anni, ogni pomeriggio, spingeva la carrozzina della signora per gli stretti sentieri intorno alla
città.

Da quel lungo servizio devoto, poi da quel quotidiano colloquio, era nata tra loro una specie di familiarità, affettuosa in lei,
in lui deferente.

Parlavano degli affari di casa come avviene tra eguali. Il loro
principale argomento di conversazione e d'inquietudine era d'altronde il cattivo carattere del capitano, inasprito da una carriera
iniziatasi brillantemente, poi trascorsa senza promozioni e conclusa senza gloria.

Madame Maramballe riprese:

– Sí, per essersi svegliato di traverso, si era proprio svegliato
di traverso. Gli succede troppo spesso, da quando ha lasciato il
servizio.

E Alexandre, con un sospiro, completò il pensiero della padrona:

– Oh! la signora può ben dire che gli succede tutti i giorni, e
che gli succedeva anche prima di aver lasciato l'esercito.

– Questo è vero. Ma non ha avuto fortuna, pover'uomo. Ha
cominciato la carriera con un atto di coraggio che gli ha valso d'essere decorato a vent'anni, e poi non è potuto arrivare piú su di ca-

pitano, mentre all'inizio contava di andare in pensione almeno come colonnello.

– La signora potrebbe anche dire che dopo tutto è colpa sua. Se non fosse stato dolce come uno scudiscio, i suoi superiori lo avrebbero apprezzato e protetto di piú. Non serve a niente fare il duro, bisogna piacere alla gente per essere benvisto. Se ci tratta cosí noi due, colpa nostra che ci piace restare con lui; ma per gli altri è differente.

Madame Maramballe rifletteva. Oh! Già da anni e anni pensava ogni giorno alle brutalità del marito che aveva sposato un tempo – tanto tempo fa! – perché era un bell'ufficiale, decorato giovanissimo, e con un grande avvenire, dicevano. Come ci si sbaglia nella vita!

Mormorò:

– Fermiamoci un poco, povero Alexandre, e riposatevi sulla vostra panchina.

Era una panchina di legno mezzo marcio, messa lí alla svolta di un viale per i passeggiatori domenicali. Ogni volta che andavano da quella parte, Alexandre era solito riprender fiato per qualche minuto su quel sedile.

Si sedette e prendendo tra le mani, con un gesto consueto e pieno di orgoglio, la bella barba bianca aperta a ventaglio, la strinse, poi la fece scivolare tra le dita chiuse fino alla punta, che trattenne per qualche istante sulla cavità dello stomaco, come per fissarvela e constatare una volta di piú la lunghezza di quella vegetazione.

Madame Maramballe riprese:

– Io, l'ho sposato; è giusto e naturale che sopporti le sue ingiustizie; ma quel che non capisco è come lo abbiate sopportato anche voi, mio bravo Alexandre!

Il vecchio, facendo un gesto vago con le spalle, disse soltanto:

– Oh! io... signora...

L'altra soggiunse:

– Davvero. Ci ho pensato spesso. Quando l'ho sposato, eravate la sua ordinanza e non potevate far altro che sopportarlo. Ma poi, perché siete rimasto con noi che vi paghiamo tanto poco e vi trattiamo cosí male, mentre avreste potuto fare come tutti: trovare un'occupazione, prendere moglie, avere dei figli, creare una famiglia?

Ripeté:

– Oh! io, signora... È differente –. Poi tacque; ma sí tirava la barba come avesse suonato una campana che gli risuonava dentro, come avesse cercato di strapparsela, e girava gli occhi sgomento come un uomo soffocato dall'imbarazzo.

Madame Maramballe seguiva il suo pensiero.

— Non siete un contadino, voi. Avete avuto un'educazione...

L'altro la interruppe con fierezza:

— Avevo studiato per diventare geometra agrimensore, signora.

— Ma allora, perché siete rimasto con noi, a rovinarvi l'esistenza?

Balbettò:

— Cosí! È andata cosí! Colpa del mio carattere.

— Come, del vostro carattere?

— Sí, quando mi affeziono, mi affeziono ed è finita.

Lei si mise a ridere:

— Via, non mi vorrete far credere che il buon trattamento e la dolcezza di Maramballe vi hanno legato a lui per la vita.

Lui si agitava sul sedile — era evidente che aveva perduta la testa — e borbottò tra i lunghi peli dei baffi:

— Mica per lui, per voi!

La vecchia signora, che aveva un viso assai dolce, incorniciato, tra la fronte e il cappellino, da una nivea schiera di boccoletti arricciati con cura ogni giorno e lucenti come piume di cigno, si scosse nella poltrona a rotelle e contemplò il domestico con occhi molto stupiti.

— Per me, povero Alexandre? Ma come?

Egli si mise a guardare in aria, poi di fianco, poi nel vago, girando il capo come fanno i timidi costretti a confessare un segreto di cui si vergognano. Poi, col coraggio di un soldato che riceve l'ordine di esporsi sulla linea del fuoco, dichiarò:

— Proprio cosí. La prima volta che ho portato alla signorina una lettera del tenente e la signorina mi ha dato venti soldi sorridendomi, fu deciso cosí, per me.

Comprendendo male, essa insisteva:

— Vediamo un po', spiegatevi meglio.

Allora, con lo spavento di un miserabile che confessa un delitto sapendo di perdersi, disse d'un fiato:

— Ho avuto un sentimento per voi, signora. Ecco!

Essa non rispose, smise di guardarlo e chinò il capo, pensosa. Era buona, retta, piena di dolcezza, di ragione e di sensibilità.

Rifletté in un secondo all'immensa devozione di quel povero essere che aveva rinunciato a tutto pur di viverle al fianco, senza dire nulla. Ed ebbe voglia di piangere.

Poi con un volto grave, ma non irato:

— Torniamo a casa, — disse.

Lui si alzò e, tornato dietro alla carrozzina, si rimise a spingerla.

Mentre si avvicinavano al paese, scorsero in mezzo alla strada il capitano Maramballe che veniva verso di loro.

Appena li ebbe raggiunti, domandò alla moglie col visibile desiderio di litigare:

— Che c'è da pranzo?

— Un pollastro con fagiolini per contorno.

Andò su tutte le furie.

— Pollo, ancora pollo, sempre pollo, per Dio! Non ne posso piú, io, del tuo pollo. Non hai nemmeno un'idea in testa, che mi fai mangiare tutti i giorni la stessa roba?

La moglie rispose rassegnata:

— Ma, caro, lo sai che te l'ha ordinato il medico. È quanto c'è di meglio per il tuo stomaco. Se non avessi lo stomaco malato, ti darei da mangiare tante cose che non oso servirti.

Quello, allora, si piantò esasperato davanti ad Alexandre.

— È colpa di questo bestione se ho lo stomaco malato. Son trentacinque anni che m'avvelena con la sua sporca cucina.

All'improvviso, Madame Maramballe girò il capo quasi completamente, per vedere il vecchio domestico. Allora i loro occhi s'incontrarono e si dissero «Grazie», con un solo sguardo.

12 settembre 1889.

Ricordo d'un canottiere

Ci disse:
Ne ho viste di cose buffe e di buffe ragazze in quei giorni lontani quand'ero canottiere. Quante volte ho avuto voglia di scrivere un libricino intitolato *Sulla Senna*, per raccontare quella vita tutta di audacia e di spensieratezza, di allegria e di povertà, di baldorie robuste e chiassose: la mia, tra i vent'anni e i trenta.

Ero un impiegato senza un soldo: e adesso sono un uomo arrivato che può buttar via somme importanti per il capriccio d'un secondo. Avevo in cuore mille desideri modesti e irrealizzabili che mi colorivano l'esistenza di tutte le attese immaginarie. Oggi, non so davvero quale fantasia potrebbe farmi alzare dalla poltrona dove sonnecchio. Com'era semplice, e buono, e difficile vivere cosí, tra l'ufficio di Parigi e il fiume nei pressi di Argenteuil. Per dieci anni, la mia grande passione, unica, esclusiva, fu la Senna. Ah! il bel fiume calmo, vario e maleodorante, pieno di miraggi e d'immondizia! L'ho amato tanto, credo, perché è stato lui a darmi il senso della vita. Ah! le passeggiate lungo le sponde fiorite, le mie amiche ranocchie che sognavano, col ventre al fresco, su una foglia di ninfea, e i gigli d'acqua civettuoli e fragili, tra le alte erbe sottili che all'improvviso, dietro un salice, quando un martin pescatore fuggiva davanti ai miei passi come una fiamma azzurra, mi aprivano sotto gli occhi una pagina d'album giapponese! Tutto questo l'ho amato guardandolo, con un amore istintivo, che si spandeva in tutto il mio essere, mentre mi pervadeva una gioia spontanea e profonda.

Come altri rammentano tenere notti, in me vive il ricordo di albe nella bruma mattutina, di ondeggianti, erranti vapori, pallidi come morte prima dell'aurora, poi, al primo raggio di sole che sfiora i prati, soffusi di rosa da rapirti il cuore; e ho ricordi di luna, quando l'acqua fremente e frusciante diventava tutta d'argento, in un chiarore che faceva fiorire i sogni.

Simbolo dell'eterna illusione, questo nasceva per me dall'acqua quasi stagnante che trasportava verso il mare tutte le lordure di Parigi.

E che vita allegra con i compagni! Eravamo in cinque, tutta una brigata, oggi persone serie; ed essendo poveri tutti e cinque, avevamo fondato, in un'orrida bettola di Argenteuil, una indescrivibile colonia che disponeva in tutto di un dormitorio comune, dove ho passato, di sicuro, le serate piú pazze della mia esistenza. Non ci curavamo d'altro che di spassarcela e di vogare, perché per noi, ad eccezione d'un solo, il remo era un culto. Mi rammento di avventure cosí singolari, di scherzi talmente inverosimili, inventati da quei cinque malandrini, che oggi non potrebbe crederci nessuno. Nessuno vive piú cosí, neppure sulla Senna, perché è morta nelle anime d'oggi quella fantasia furiosa che ci scatenava.

In cinque, possedevamo un solo battello, acquistato a fatica, su cui abbiamo riso come non rideremo mai piú. Era una larga yole un po' pesante, ma solida, spaziosa e comoda. Non starò a farvi il ritratto di tutti noi. Ce n'era uno bassetto, furbissimo, che chiamavamo Telegramma; uno alto, dall'aria selvaggia, occhi grigi e capelli neri, soprannominato Tomahawk; un altro, spiritoso e pigro, detto Picchiatello, il solo che non toccasse mai un remo con la scusa che avrebbe fatto rovesciare la barca; uno sottile, elegante, curato nella persona, chiamato «Occhiosolo» in ricordo di un romanzo uscito allora di Cladel [1], e perché portava il monocolo; e infine io stesso, ribattezzato Joseph Prunier. Vivevamo in perfetto accordo, col solo rammarico di non disporre d'una timoniera. In un canotto, è indispensabile una donna. Indispensabile per tenere svegli il cuore e la mente; e poi, la sua presenza rianima, distrae, diverte, aggiunge un po' di pepe, ed è anche decorativa, con un ombrellino rosso che scivola lungo le verdi sponde. Ma per noi cinque, che non somigliavamo a nessuno, non ci voleva una timoniera come le altre. Occorreva qualcosa d'imprevisto, di buffo, di pronto a tutto, di quasi introvabile, insomma. Ne avevamo provate molte senza successo, ragazze che stavano al timone, non vere timoniere, canottiere imbecilli che preferivano sempre il vinello che inebria all'acqua che scorre trascinando le yole. Ce le tenevamo una domenica, poi le congedavamo disgustati.

Ed ecco che, un sabato sera, Occhiosolo condusse tra noi una donnina esile, vispa, saltellante, spaccona e piena di buffoneria, quella che fa le veci di vero spirito negli sbarazzini d'ambo i sessi sbocciati per le vie di Parigi. Era graziosa, non bella, una donnina

---

[1] [Si allude a N'a qu'un œil (1882), di Léon Cladel].

appena abbozzata, una di quelle figurine che i pittori tratteggiano con pochi segni di lapis sulla tovaglia d'un tavolino di caffè, tra un bicchierino di acquavite e una sigaretta. A volte, la natura le disegna cosí anche lei.

La prima sera, ci stupí, ci divertí, e non ci permise di farcene un'idea, tanto era inattesa. Piombata in quel nido di uomini pronti a ogni pazzia, diventò presto padrona della situazione e l'indomani ci aveva bell'e conquistati.

Del resto, era davvero un po' matta anche lei, nata con un bicchiere di assenzio nella pancia, forse bevuto dalla madre al momento di partorirla; e da allora era rimasta brilla in permanenza, perché la sua balia, diceva lei, si rinvigoriva il sangue a forza di ratafià; e lei stessa non chiamava mai altrimenti che «la mia sacra famiglia» tutte le bottiglie allineate dietro il banco dei vinai.

Non so chi di noi la ribattezzò «Mosca», né perché le fu dato questo nome; ma le stava benissimo e le rimase. E la nostra yole, che si chiamava *Foglia Rovesciata*, ogni settimana fece navigare sulla Senna, tra Asnières e Maisons-Laffitte, cinque giovanotti allegri e robusti, con al timone, sotto un parasole di carta dipinta, una personcina vivace e scervellata, che ci trattava come schiavi incaricati di portarla a passeggio sul fiume, amata da tutti noi.

Sí, l'amavamo molto tutti quanti, da principio per mille ragioni, in seguito per una sola. A poppa della nostra imbarcazione, era come un mulinello di parole, un continuo ciarlare al vento che scorreva sull'acqua. Chiacchierava senza posa, col fruscio leggero e ininterrotto delle banderuole che girano con la brezza; e diceva storditamente le cose piú inaspettate, piú ridicole, piú incredibili. In quella mente, di cui tutte le parti sembravano disparate come cenci d'ogni genere e d'ogni colore, non già cuciti insieme, ma soltanto imbastiti alla meglio, trovavi piú fantasia che in una favola, e spirito salace, e impudicizia, impudenza, comicità, e aria, tanta aria, e un paesaggio sempre vario come in un viaggio in pallone.

Le rivolgevamo mille domande per provocare risposte pescate chissà dove. Quella con cui la punzecchiavamo piú spesso era questa:

– Perché ti chiamano Mosca?

Scopriva ogni volta ragioni talmente inverosimili che per il gran ridere smettevamo di remare.

Ci piaceva anche come donna; e Picchiatello, che non remava mai e se ne restava tutto il santo giorno seduto accanto a lei sul sedile del timoniere, rispose una volta alla solita domanda: – Perché ti chiamano Mosca?

– Perché è una piccola cantaride.

Sí, una piccola cantaride ronzante e eccitante, non la classica cantaride velenosa, brillante e dalle larghe elitre, ma una piccola cantaride dalle ali rossastre che cominciava a turbare stranamente l'intero equipaggio della *Foglia Rovesciata*.

E quanti stupidi scherzi su quella foglia dove si era fermata la nostra Mosca.

Dall'arrivo di Mosca in poi, Occhiosolo aveva assunto sul battello un ruolo preponderante, superiore, quello di un signore che ha una donna, di fronte ad altri quattro che non ne hanno. A volte abusava di tale privilegio al punto di esasperarci, abbracciando Mosca in nostra presenza, prendendosela sulle ginocchia a fine pranzo e con molte altre prerogative umilianti quanto irritanti.

Nel dormitorio comune, li avevamo isolati per mezzo di una tenda.

Ma ben presto mi accorsi che nei nostri cervelli di solitari si svolgeva questo ragionamento: «Perché, in virtú di quale legge straordinaria, di quale principio inaccettabile, Mosca, che non sembrava legata da nessun pregiudizio, doveva restar fedele al suo amante, mentre le donne della migliore società tradiscono i loro mariti?»

Era un ragionamento che non faceva una grinza. E ci mettemmo poco ad esserne convinti. Avremmo solo dovuto farlo prima per non aver da rimpiangere il tempo perduto. Mosca ingannò Occhiosolo con tutto l'equipaggio della *Foglia Rovesciata*.

Lo ingannò senza far la difficile, senza opporre resistenza, appena uno di noi la invitava.

Certo le persone pudiche s'indigneranno molto! Ma perché? Qual è la cortigiana in voga che non ha una dozzina di amanti, e quale di questi amanti è tanto stupido da ignorarlo? Non è di moda avere una propria serata presso una donna celebre e ben quotata, come si dànno serate in abbonamento all'Opéra, al Théâtre Français o all'Odéon, da quando vi rappresentano i semiclassici? Certi si mettono in dieci per mantenere una donnina allegra, che non sa piú come dividere il proprio tempo, come altri possiedono in dieci un cavallo da corsa, montato da un solo fantino, vera immagine dell'amante del cuore.

Per delicatezza, lasciavamo Mosca a Occhiosolo dal sabato sera al lunedí mattina. I giorni di navigazione spettavano a lui. Lo ingannavamo solo durante la settimana, a Parigi, lontano dalla Senna; il che, per canottieri come noi, quasi non era tradire.

La situazione aveva questo di particolare: i quattro ladruncoli dei favori di Mosca non ignoravano affatto questa spartizione; anzi ne parlavano tra loro, e perfino con lei, con allusioni velate che la facevano ridere molto. Solamente Occhiosolo sembrava all'oscuro di tutto; e questa posizione speciale faceva nascere tra lui e noi una specie d'imbarazzo, sembrava metterlo in disparte, isolarlo, innalzare una barriera attraverso la nostra vecchia, fiduciosa intimità. Gli attribuivamo una parte difficile, un po' ridicola: la parte dell'amante ingannato, quasi del marito.

E sapendolo molto intelligente, dotato di una speciale facoltà di canzonare senza averne l'aria, ci domandavamo qualche volta, con una certa inquietudine, se non sospettava qualcosa.

Ebbe cura d'informarcene, in modo piuttosto spiacevole. Recandoci a colazione a Bougival, vogavamo con vigore, quando Picchiatello, che proprio quella mattina aveva un aspetto trionfale da uomo soddisfatto e, seduto a fianco della timoniera, sembrava, a parer nostro, stringersi a lei un po' troppo sfacciatamente, fermò la voga gridando: – Stop!

Gli otto remi uscirono dall'acqua.

Allora quello, rivolgendosi alla vicina, domandò:

– Perché ti chiamano Mosca?

Prima che la ragazza avesse potuto rispondere, la voce di Occhiosolo, seduto a prua, articolò seccamente:

– Perché si posa su tutte le carogne.

Si fece un grande silenzio, e nacque un generale imbarazzo, cui seguí una certa voglia di ridere. Perfino Mosca rimase interdetta.

Allora Picchiatello comandò:

– Voga tutto.

La yole si rimise in cammino.

L'incidente era chiuso: splendeva la luce.

Questo piccolo fatto non mutò in nulla le nostre abitudini; anzi servi a ristabilire i rapporti cordiali tra noi e Occhiosolo che ridiventò il proprietario rispettato di Mosca dal sabato sera al lunedí mattina; e col riconoscimento bene affermato di tale superiorità, si chiuse l'era delle domande sul nome di Mosca. Ci accontentammo da allora in poi del ruolo secondario di amici riconoscenti e riguardosi che approfittavano discretamente dei giorni feriali, senza che mai sorgesse tra noi qualche contestazione.

Tutto andò bene per circa tre mesi. Ma ecco che d'un tratto Mosca prese di fronte a tutti noi un atteggiamento strano: era meno allegra, nervosa, inquieta, quasi irritabile. Le domandavamo di continuo:

– Ma che hai?

Rispondeva:

— Niente, ho. Lasciami in pace.

La rivelazione ci venne da Occhiosolo, un sabato sera. Ci eravamo messi da poco a tavola nella piccola sala da pranzo che il nostro oste Barbichon ci riservava nella sua bettola, e, finita la minestra, aspettavamo il fritto di pesce, quando Occhiosolo, che sembrava pensieroso anche lui, presa la mano di Mosca, cosí ci parlò:

— Cari amici, — disse, — devo farvi una comunicazione della massima gravità, la quale probabilmente susciterà lunghe discussioni. D'altronde avremo tempo di parlarne tra un piatto e l'altro.

— Questa povera Mosca mi ha annunciato una notizia disastrosa, incaricandomi nello stesso tempo di parteciparla a voi tutti.

— È incinta.

— Due sole cose da dirvi:

— Non è il momento di abbandonarla ed è vietata la ricerca della paternità.

Vi fu un momento di stupore; sotto l'impressione di un vero disastro, ci guardavamo l'un l'altro, con una gran voglia di accusarci a vicenda. Ma qual era il colpevole? Già! Quale? Non avevo sentito mai come in quel momento la perfidia di quella beffa crudele della natura che non permette mai a un uomo di sapere con certezza se è il padre della propria creatura.

Poi, a poco a poco, venne invece a confortarci una specie di consolazione, nata da un sentimento confuso di solidarietà.

Tomahawk, che era di poche parole, formulò questo inizio di schiarita dicendo:

— Bah, meglio cosí: l'unione fa la forza.

Portati da uno sguattero, fecero il loro ingresso i ghiozzi fritti. Non ci gettammo sul piatto come sempre; per quanto sia, eravamo turbati.

Occhiosolo riprese:

— In questa circostanza, Mosca ha avuto la delicatezza di farmi una confessione completa. Amici, siamo tutti ugualmente colpevoli. Diamoci la mano e adottiamo il bambino.

La decisione fu presa all'unanimità. Col braccio teso verso il piatto del pesce fritto, giurammo.

Allora, sentendosi improvvisamente salva, liberata dal peso dell'orribile preoccupazione che tormentava da un mese quella mendicante d'amore graziosa e squilibrata, Mosca esclamò:

— Oh! Amici! amici miei! Siete generosi... generosi... sí... che bravi ragazzi!... Grazie a tutti! — E, per la prima volta, pianse davanti a noi.

Ormai, sulla barca, parlavamo del bambino come se fosse già nato; e ognuno di noi s'interessava, con sollecitudine e compartecipazione eccessiva, allo sviluppo lento e regolare del ventre della nostra timoniera.

Interrompevamo di vogare per chiedere:

— Mosca?

— Presente! — rispondeva lei.

— Maschio o femmina?

— Maschio.

— Che farà da grande?

Allora lei dava la stura all'immaginazione nel modo piú fantasioso. Erano racconti interminabili, invenzioni mirabolanti, dal giorno della nascita fino al trionfo finale. Fu tutto, quel piccino, nel sogno ingenuo, appassionato e commovente di quella straordinaria piccola creatura che ora viveva casta tra noi cinque, chiamandoci i suoi «cinque papà». Lo vide, ce lo descrisse marinaio, scopritore di un nuovo mondo piú grande dell'America, generale che rendeva alla Francia l'Alsazia e la Lorena, imperatore e fondatore di una dinastia di sovrani generosi e saggi che davano alla nostra patria una felicità definitiva, sapiente, che svelava il segreto della fabbricazione dell'oro e poi quello della vita eterna, aeronauta che inventava il mezzo per visitare gli astri, facendo degli spazi infiniti una immensa passeggiata per gli uomini, e realizzandone i sogni piú imprevisti e piú magnifici.

Dio, come fu cara e divertente, povera piccola, sino alla fine dell'estate!

E il venti settembre quel sogno scoppiò come una bolla di sapone. Tornando dall'aver fatto colazione a Maisons-Laffitte, passavamo davanti a Saint-Germain, quando Mosca, avendo sete, ci chiese di fermarci al Pecq.

Da qualche tempo, diventava pesante, e ne era molto imbarazzata. Non poteva piú sgambettare come un tempo, saltare dal battello sulla riva, secondo la sua abitudine. Tentava ancora di farlo, malgrado i nostri urlacci e i nostri sforzi; e molte volte, se non avessimo teso le braccia per afferrarla, sarebbe caduta.

Quel giorno, fece l'imprudenza di saltar dalla yole prima che questa fosse ferma, per una di quelle bravate che a volte costano la vita agli atleti malati o stanchi.

Proprio al momento che stavamo per approdare, senza che potessimo prevedere o evitare il suo gesto, si alzò e, preso lo slancio, tentò di saltare sulla banchina.

Troppo debole, toccò solo con la punta del piede l'orlo di pietra, scivolò, urtò con tutto il ventre contro lo spigolo acuto, e con un urlo scomparve in acqua.

Ci tuffammo tutti e cinque insieme, per riafferrare un povero essere quasi svenuto, pallido come la morte, e già in preda a dolori atroci.

Dovemmo trasportarla al piú presto nell'osteria piú vicina e far chiamare un medico.

Per dieci ore, sopportò con un coraggio eroico orribili torture. E tutti noi le stavamo intorno, desolati, frementi d'angoscia e di paura. Partorí un bambino già morto; e per qualche giorno ancora, avemmo gravi timori per la sua vita.

Finalmente, il medico ci disse una mattina: – Credo che sia fuori pericolo. È d'acciaio, questa ragazza –. Ed entrammo insieme nella camera, col cuore pieno di gioia.

Parlando a nome di tutti, Occhiosolo le disse:

– Sei salva, Moschina, siamo tanto contenti.

Allora, per la seconda volta, pianse in nostra presenza, e con gli occhi velati dalle lacrime, balbettò:

– Ah! Se sapeste... se sapeste... Che dolore... che dolore... non mi consolerò mai.

– Di che, Moschina?

– Di averlo ucciso, perché l'ho ucciso! Oh! senza volerlo! che dolore!

Singhiozzava. Le stavamo attorno, commossi, senza sapere che dirle.

Riprese:

– Lo avete visto, voi?

Tutti a una voce, rispondemmo:

– Sí.

– Era un maschio, vero?

– Sí.

– Bello, non è vero?

Esitammo molto; ma Telegramma, il meno scrupoloso, si decise ad affermare:

– Bellissimo.

Ebbe torto, perché lei cominciò a gemere, quasi ad urlare dalla disperazione.

Allora Occhiosolo, che forse l'amava piú di tutti, ebbe per calmarla un'idea geniale, e baciandole gli occhi offuscati dal pianto:

– Consolati, Moschina, consolati; te ne faremo un altro.

Il senso comico che aveva nelle midolla si risvegliò d'un tratto, e mezza convinta, mezza burlona, ancora tutta in lacrime e col cuore stretto dalla gran pena, domandò, guardandoci tutti:

— Proprio vero?

E noi rispondemmo insieme:

— Proprio vero.

7 febbraio 1890.

L'INUTILE BELLEZZA

I.

La carrozza elegantissima, trainata da due superbi cavalli neri, aspettava davanti alla gradinata del palazzo. Era la fine di giugno, verso le cinque e mezza del pomeriggio, e tra i tetti che circondavano il cortile d'onore, il cielo appariva pieno di luce, di calore, di allegria.

La contessa di Mascaret apparve in cima alla breve gradinata proprio nel momento in cui il marito, che rincasava, arrivò sotto il portone carrozzabile. Si fermò qualche istante a guardare la moglie e impallidí un poco. Era assai bella, snella, distinta, con un lungo viso ovale dal colorito di avorio dorato, grandi occhi grigi, capelli neri; e salí in carrozza senza guardarlo, senza nemmeno mostrare di averlo veduto, con un portamento cosí eccezionale, cosí di razza che l'infame gelosia da cui il marito era divorato da tanto tempo gli morse di nuovo il cuore. Le si avvicinò e salutandola:

— Andate a passeggio?

Essa lasciò passare quattro parole dalle labbra sdegnose:

— Lo vedete voi stesso!

— Al Bois de Boulogne?

— È probabile.

— Mi sarebbe permesso di accompagnarvi?

— La carrozza vi appartiene.

Senza meravigliarsi affatto del tono di quelle risposte, il conte salí e si sedette accanto alla moglie, poi ordinò:

— Al Bois.

Lo staffiere salí in serpa vicino al cocchiere; e i cavalli, com'era loro abitudine, scalpitarono salutando con la testa, fino a quando ebbero girato l'angolo del palazzo.

I due sposi restavano fianco a fianco senza parlare. Il marito cercava come iniziare la conversazione, ma la moglie conservava un'espressione cosí ostinatamente dura, che gliene mancava il coraggio.

Alla fine, lasciò scivolare senza parere la mano verso la mano inguantata della contessa e la toccò come per caso, ma il gesto di lei nel ritrarre il braccio fu cosí vivace e pieno di ripugnanza ch'egli rimase intimidito, a dispetto delle sue abitudini autoritarie e dispotiche.

Allora mormorò:

– Gabrielle!

E lei, senza girare il capo:

– Che volete?

– Vi trovo adorabile.

Senza rispondergli nulla, la contessa restava adagiata nella carrozza con un aspetto da regina irata.

Ora salivano lungo gli Champs-Elysées, verso l'Arc de Triomphe de l'Etoile. L'immenso monumento, in fondo al lungo viale, apriva nel cielo rosso il suo ampio arco. Il sole sembrava calare su di lui, disseminando l'orizzonte di un polverio di fuoco.

E il fiume delle vetture, spruzzate da riflessi sugli ottoni, le argentature e i cristalli dei finimenti e delle lanterne, scorreva in duplice corrente verso il bosco e verso la città.

Il conte di Mascaret riprese:

– Mia cara Gabrielle.

Allora, non reggendo piú, la moglie replicò con voce esasperata:

– Oh! lasciatemi in pace, vi prego. Non sono nemmeno piú libera di stare sola nella mia carrozza, adesso.

L'altro, fingendo di non avere udito, continuò:

– Non siete mai stata bella come oggi.

La pazienza di lei era certo agli estremi, perché replicò con una collera che non riusciva a controllare:

– Fate malissimo ad accorgervene, perché vi giuro che non sarò mai piú vostra.

Rimase certo stupito, sconvolto, ma, tornando a prevalere in lui la violenza abituale, le gettò un: – Come sarebbe a dire? – atto a rivelare piú il padrone brutale che l'uomo innamorato.

Ella ripeté a voce bassa, sebbene, nel rumore assordante delle ruote, i domestici non potessero udire:

– Ah! come sarebbe a dire? come sarebbe a dire? Dunque, vi ritrovo tal quale! Volete che ve lo dica?

– Sí.

– Che vi dica tutto?

– Sí.

– Tutto quello che ho in cuore da quando sono vittima del vostro feroce egoismo?

Si era fatto rosso per lo stupore e per l'irritazione. Grugní a denti stretti:

— Sí, dite!

Era di alta statura, con le spalle larghe, una gran barba rossastra, un bell'uomo, un gentiluomo, un uomo di mondo, che aveva fama di marito perfetto e di padre eccellente.

Per la prima volta da quando erano usciti dal palazzo, essa si volse verso di lui e lo guardò bene in faccia:

— Ah! state per udire cose spiacevoli, ma sappiate che sono pronta a tutto, affronterò tutto; non ho paura di nulla, e oggi di voi meno che di ogni altro.

Anche lui la guardava negli occhi e già lo scuoteva la rabbia. Mormorò:

— Siete pazza!

— No, ma non voglio piú essere vittima dell'odioso supplizio delle maternità che m'imponete da undici anni! voglio finalmente vivere come una donna di mondo; ne ho il diritto, tutte ne abbiamo il diritto.

Ridiventando improvvisamente pallido, il conte balbettò:

— Non capisco.

— Sí, capite benissimo. Ho partorito da tre mesi il mio ultimo nato, e giacché sono ancora bellissima e, a dispetto dei vostri sforzi, quasi indeformabile, come avete constatato poco fa vedendomi sulla scalinata, pensate che è ormai tempo di farmi ridiventare incinta.

— Ma avete perso la ragione!

— No. Ho trent'anni e sette figli; ci siamo sposati da undici anni e sperate di andare avanti cosí per altri dieci anni, dopo di che smetterete di essere geloso.

Le afferrò un braccio e stringendolo:

— Non vi permetterò a lungo di parlarmi cosí.

— E io vi parlerò fino in fondo, fin quando avrò finito quel che vi devo dire, e se cercherete d'impedirmelo, alzerò tanto la voce da farmi udire dai due domestici che siedono qui davanti. Solo per questo vi ho lasciato salire accanto a me, per avere questi due testimoni che vi costringeranno ad ascoltarmi e a contenervi. Ascoltatemi. Mi siete sempre stato odioso, signore, e ve l'ho sempre fatto capire, perché non vi ho mai mentito. Mi avete sposata contro la mia volontà, spingendo i miei genitori quasi in miseria a cedermi a voi, perché siete molto ricco. Ed essi mi costrinsero a ciò, facendomi piangere.

— Mi compraste, dunque, e appena fui in vostro potere, appena cominciai a diventare per voi una compagna pronta ad affezionarsi,

a dimenticare i vostri metodi intimidatori e coercitivi per ricordare soltanto che dovevo essere una sposa devota ed amarvi quanto
m'era possibile, diventaste geloso, voi, come nessun uomo lo è stato mai, di una gelosia da spione, bassa, ignobile, degradante per
voi, insultante per me. Ero vostra moglie appena da otto mesi,
quando avete preso a sospettarmi d'ogni perfidia, e a farmelo capire. Che vergogna! E non potendo impedirmi di essere bella e di
piacere, di essere chiamata nei salotti e anche nei giornali una delle
donne piú avvenenti di Parigi, avete cercato d'inventare qualcosa
per allontanare da me ogni galante ammiratore, e vi è venuta l'idea
abominevole di farmi passare la vita in una perpetua gravidanza,
cosí da ispirare disgusto a qualsiasi uomo. Oh! non potete negar-
lo! Per molto tempo non compresi, poi ho indovinato. Ve ne siete
vantato perfino davanti a vostra sorella, che mi vuol bene, lei, ed
è rimasta indignata di una simile grossolanità da villano.

— Ah! ricordatevi le nostre lotte, le porte sfondate, le serratu-
re forzate! A quale esistenza mi avete condannata da undici anni
in qua, l'esistenza d'una giumenta da riproduzione, chiusa in una
stazione di monta! Poi, appena ero incinta, vi disgustavate di me
anche voi e per lunghi mesi non vi vedevo piú. Mi mandavate in
campagna, nel castello di famiglia, ai prati, al verde, per fabbrica-
re il bambino. E quando riapparivo, fresca e bella, indistruttibile,
ancora seducente, ancora circondata di omaggi e piena di speranza
che finalmente mi fosse dato vivere un poco come una donna giovane e ricca del nostro mondo, voi, riafferrato dalla gelosia, rico-
minciavate a perseguitarmi con l'infame, odioso desiderio di cui
soffrite in questo momento, al mio fianco. E non è desiderio di
possedermi — non mi sarei mai rifiutata a voi — è desiderio di ren-
dermi deforme.

— È accaduta inoltre una cosa esecrabile e tanto misteriosa che
prima di capirla mi è occorso molto tempo (ma a forza di vedervi
agire e pensare son diventata astuta): vi siete legato ai vostri figli
in grazia della sicurezza che vi davano mentre li portavo nel ventre. L'amore che avete per loro è fatto dell'avversione che nutriva-
te per me, di tutti i vostri ignobili timori momentaneamente pla-
cati, e della gioia di vedermi ingrossare.

— Ah! quante volte l'ho sentita in voi, questa gioia, ve l'ho letta negli occhi, l'ho indovinata. Quei figli, li amate come vittorie,
non come sangue vostro. Sono vittorie su di me, sulla mia giovinezza, sulla mia bellezza, sul mio fascino, sui complimenti che mi
venivano rivolti, e su quelli che, senza indirizzarmeli direttamente,
erano sussurrati al mio passaggio. E, di quei figli, ne andavate fiero;

vi pavoneggiavate accanto a loro, li portavate a passeggio in break al Bois de Boulogne, sugli asinelli a Montmorency; li conducevate alle diurne teatrali per farvi vedere in mezzo a loro, per sentir dire: «Che buon padre», e perché la gente lo ripetesse...

Il marito l'aveva presa per un polso con selvaggia brutalità, e glielo stringeva cosí forte che fu costretta a tacere, mentre un lamento di dolore le sfuggiva dal petto.

E lui a bassa voce:

— Li amo i miei figli, capite? Quanto mi avete confessato ora è vergognoso da parte di una madre. Sono il padrone... il vostro padrone... posso esigere da voi ciò che voglio, quando voglio... ho la legge... dalla mia parte.

Cercava di schiacciarle le dita premendole come in una tenaglia nel grosso pugno muscoloso. Livida di dolore, la moglie si sforzava inutilmente di togliere la mano da quella morsa che la stritolava; e la sofferenza la faceva ansimare, strappandole lacrime dagli occhi.

— Vedete che sono il padrone, — le disse, — e che sono il piú forte.

Poi, allentò un poco la stretta. Allora lei:

— Mi credete religiosa?

Balbettò sorpreso:

— Ma sí.

— Pensate che io creda in Dio?

— Ma sí.

— Che sarei capace di mentire facendovi un giuramento davanti a un altare dove è racchiuso il corpo di Cristo?

— No certo.

— Ebbene, accompagnatemi in una chiesa.

— A far cosa?

— Lo vedrete. Volete?

— Sí, se ci tenete.

La contessa alzò la voce chiamando:

— Philippe.

Il cocchiere, piegando un poco il collo, senza lasciare con gli occhi i cavalli, sembrò volgere soltanto l'orecchio verso la padrona, che ordinò:

— Portateci alla chiesa di Saint-Philippe-du-Roule.

E la carrozza, già vicina alla porta del Bois de Boulogne, tornò indietro verso la città.

Durante questo nuovo tragitto, moglie e marito non scambiarono piú una parola. Poi, quando la vettura si fu fermata dinanzi

all'entrata del tempio, Madame Mascaret, saltata a terra, vi penetrò, seguita a pochi passi di distanza dal conte.

Senza indugiare andò fino alla cancellata del coro, e cadendo in
ginocchio contro una sedia, si nascose il volto tra le mani e pregò.
Pregò a lungo, e il marito, in piedi dietro di lei, si accorse infine che
piangeva. Piangeva in silenzio, come piangono le donne quando le
strazia un grande dolore. Per tutto il suo corpo, correva una specie di fremito che terminava in un piccolo singhiozzo, nascosto,
soffocato dalle dita.

Ma il conte di Mascaret, giudicando che la situazione si prolungava troppo, le toccò una spalla.

Quel contatto la scosse come una bruciatura e, alzatasi, lo guardò con gli occhi negli occhi.

— Quello che ho da dirvi, è questo. Non ho paura di nulla; farete ciò che vorrete. Potete uccidermi, se ne avete voglia. Uno dei
miei figliuoli non è vostro. Lo giuro davanti a Dio che qui mi ascolta. Era l'unica vendetta che potessi prendermi contro di voi, contro la vostra odiosa tirannia di maschio, contro i lavori forzati della maternità cui mi avete condannata. Chi fu il mio amante? Non
lo saprete mai! Sospetterete di tutti, ma non riuscirete a scoprirlo.
Mi sono data a lui senza amore, senza piacere, solo per tradirvi. E
mi ha resa madre anche lui. Qual è suo figlio? non lo saprete mai.
Ne ho sette: cercate! Contavo di dirvelo piú tardi, molto piú tardi,
perché ci vendichiamo di un uomo tradendolo, solo quando lo sa.
Mi avete costretta a confessarlo oggi; ho finito.

Fuggí attraverso la chiesa, verso la porta aperta, aspettandosi
di sentire dietro di sé il passo rapido del marito sfidato, e di afflo-
sciarsi sul pavimento, schiacciata dal pugno di lui.

Ma non intese nulla e raggiunse la carrozza. Vi salí con un salto, contratta dall'angoscia, ansimante per la paura, e gridò al cocchiere:

— A palazzo.

I cavalli partirono di gran trotto.

II.

Chiusa nella sua camera, la contessa di Mascaret aspettava l'o-
ra del pranzo, come un condannato a morte attende l'ora del supplizio. Che avrebbe fatto, lui? Era tornato a casa? Dispotico, furioso, pronto a ogni violenza, che aveva meditato, che preparava, quali risoluzioni stava per prendere? Nessun rumore in tutto il palazzo, e la donna guardava ogni momento le lancette dell'orologio

a pendolo. La cameriera era venuta per la toilette serale, poi se n'era andata.

Suonarono le otto, e, quasi subito, due colpi furono bussati alla porta.

— Avanti.

Comparve il maggiordomo a dire:

— La signora contessa è servita.

— È tornato il conte?

— Sí, signora contessa; il signor conte è già in sala da pranzo.

Per qualche secondo, pensò di armarsi del piccolo revolver che aveva acquistato poco tempo prima, in previsione del dramma che preparava in cuor suo. Ma pensò che sarebbero stati presenti tutti i bambini; e non prese con sé che un flaconcino di sali.

Quando entrò nella sala, il marito aspettava in piedi, accanto al proprio posto. Scambiato un lieve saluto, si sedettero. Alla loro volta, sedettero anche i figli. I tre maschi, con il precettore, l'abate Marin, a destra della madre; le tre bambine, con la governante inglese, Miss Smith, alla sua sinistra. Solo l'ultimo nato, di tre mesi, restava in camera con la balia.

Le tre piccine, la maggiore aveva dieci anni, biondissime nei vestitini celesti adorni di merlettini bianchi, somigliavano a bambole squisite. Già graziose tutte e tre, promettevano di diventar belle come la mamma.

I tre maschietti, due castani, e il maggiore, che aveva nove anni, già bruno, sembravano preannunciare uomini vigorosi, di statura alta e larghi di spalle. L'intera famiglia sembrava proprio dello stesso sangue, forte e vivace.

L'abate pronunciò il benedicite, com'era uso quando non c'erano invitati, dato che, in presenza di estranei, i bambini non erano ammessi a tavola. Poi, ebbe inizio il pranzo.

La contessa, col cuore stretto da un'emozione che non aveva prevista, restava con gli occhi bassi, mentre il conte esaminava ora i tre ragazzi, ora le tre bambine, con occhi che passavano incerti da una testa all'altra, turbati dall'angoscia. D'un tratto, posando davanti a sé il suo bicchiere a calice, lo spezzò, e il vino si sparse sulla tovaglia. Al rumore leggero provocato da questo incidente, la contessa fece un sobbalzo che la sollevò dalla sedia. Per la prima volta, si guardarono. Allora, di momento in momento, loro malgrado, e sebbene una contrazione nervosa li sconvolgesse anima e corpo ogni volta che le loro pupille s'incontravano, non cessarono piú d'incrociare gli sguardi come canne di pistole.

L'abate, sentendo nell'aria un senso d'imbarazzo di cui non ca-

piva la causa, tentò di far germogliare una conversazione; ma seminava argomenti senza che dai suoi inutili tentativi sbocciasse
un'idea, nascesse una parola.

Per tatto femminile, la contessa, obbedendo ai propri istinti di
donna di mondo, tentò due o tre volte di rispondergli: invano. Lo
scompiglio che le regnava nell'animo le impediva di trovar le parole; e la sua stessa voce, nel silenzio della grande sala dove risuo-
navano solo i piccoli urti dell'argenteria e dei cristalli, le faceva
quasi paura.

All'improvviso il marito, sporgendosi verso di lei, le disse:

— In questo luogo, in mezzo ai vostri figli, mi giurate che quanto mi avete detto poc'anzi era sincero?

L'odio fermentato nelle sue vene insorse d'un tratto e, rispondendo a quella domanda con la stessa energia con cui sosteneva lo
sguardo del marito, la donna alzò ambo le mani, la destra verso i
bambini, la sinistra verso le bambine, e con accento fermo, risoluto, senza un'incrinatura:

— Sulla testa dei miei figli, giuro di avervi detto la verità.

Egli si alzò e, gettato il tovagliolo sul tavolo con gesto esasperato, si voltò lanciando la sedia contro il muro, poi uscí senza aggiungere una parola.

Allora lei, mandando un grosso sospiro come dopo una prima
vittoria, pronunciò con voce calma:

— Non vi spaventate, piccini; il vostro papà ha avuto poco fa
un grande dolore. E ancora ne soffre molto. Tra qualche giorno,
tutto sarà passato.

E poi, conversò con l'abate; chiacchierò con Miss Smith; ebbe
per tutti i suoi bimbi parole tenere, piccole attenzioni, e quelle dolci moine di mamma che dilatano i piccoli cuori.

Finito il pranzo, passò nel salotto con tutta la figliolanza. Fece
chiacchierare i piú grandi, raccontò fiabe ai piú piccoli e, quando
fu ora di andar tutti a letto, li baciò a lungo, poi, dopo averli man-
dati a dormire, si ritirò in camera.

Attese, perché non dubitava che sarebbe venuto. Allora, lontana dai bimbi, si decise a difendere la propria esistenza di essere
umano come aveva difeso la propria vita di donna di mondo; e nascose nella tasca del vestito il piccolo revolver già carico che aveva
comprato pochi giorni prima.

Le ore passavano, suonavano le ore. Tutti i rumori della casa si
spensero. Solo le carrozze di piazza facevano ancora salire dalla
strada il loro vago rumore, dolce e lontano, attraverso le tende e le
tappezzerie che ricoprivano le pareti.

Aspettava energica e nervosa, senza paura di lui, adesso, pronta a tutto e quasi trionfante, perché aveva trovato per il marito un supplizio di ogni istante e per tutta la vita.

Ma i primi bagliori del giorno s'insinuarono tra le frange in fondo ai cortinaggi, senza che lui fosse entrato nella camera. Allora comprese con stupore che non sarebbe venuto. Chiusa a chiave la porta e spinto il paletto di sicurezza che vi aveva fatto applicare, si mise finalmente a letto e vi rimase, con gli occhi aperti, meditando, senza piú capire, senza riuscire a immaginare che cosa avrebbe fatto il marito.

La cameriera, portandole il tè, le consegnò una lettera di lui. Le annunciava che stava per intraprendere un viaggio piuttosto lungo, avvertendola, nel post-scriptum, che il notaio le avrebbe fornito le somme necessarie per tutte le spese.

III.

Fu all'Opéra, tra un atto e l'altro di *Roberto il Diavolo*. Dalla platea, gli uomini in piedi, col cappello in testa, il gilè aperto largamente sulla camicia bianca in cui brillavano l'oro e le pietre dei bottoni, guardavano i palchi pieni di donne scollate, imbrillantate, ingioiellate, sbocciate in quella serra luminosa dove la bellezza dei volti e lo splendore delle spalle sembravano fiorire per la gioia degli sguardi in mezzo alla musica e alle voci umane.

Due amici, volgendo le spalle all'orchestra, chiacchieravano puntando il binocolo verso tutta quella galleria di eleganza, quell'esposizione di grazia vera o falsa, di gioielli, di lusso e di pretensione che si allargava in cerchio attorno al grande teatro.

Uno dei due, Roger de Salins, disse all'amico, Bernard Grandin:

— Guarda un po' com'è ancora bella la contessa di Mascaret.

L'altro puntò anche lui il binocolo verso un palco di fronte, e scorse una donna alta dall'aspetto ancora giovanissimo, la cui bellezza splendente sembrava richiamare gli sguardi da ogni angolo della sala. Il colorito pallido, dai riflessi d'avorio, le conferiva una bellezza da statua, mentre tra i capelli neri come la notte un sottile diadema in forma d'arcobaleno, tempestato di diamanti, brillava come una via lattea.

Quando l'ebbe contemplata per qualche istante, Bernard Grandin rispose con accento scherzoso ma profondamente convinto:

– Lo credo anch'io che è bella!

– Quanti anni avrà, adesso?

– Aspetta. Posso dirtelo con esattezza. La conosco fin dall'infanzia; ho assistito al suo primo ingresso in società quand'era una giovinetta. Adesso, avrà... avrà... trenta... trentasei anni.

– Com'è possibile?

– Ne sono sicuro.

– Ne mostra venticinque.

– Ha avuto sette figli.

– Incredibile!

– Sono anzi vivi tutti e sette ed è un'ottima madre. Frequento di tanto in tanto quella casa che è molto piacevole, calma, moralissima. Costituisce l'esempio, abbastanza eccezionale, di una buona famiglia in mezzo alla nostra società.

– Che stranezza! E non si è mai detto niente su di lei?

– Mai.

– Ma, il marito? È un tipo singolare, non è vero?

– Sí e no. C'è forse stato tra loro un piccolo dramma, uno di quei drammucci familiari, di cui la gente sospetta, non riesce a conoscerli bene, ma li indovina a un dipresso.

– Che dramma?

– Non ne so nulla, io. Mascaret è oggi un gran vitaiolo, dopo essere stato uno sposo perfetto. Finché è rimasto un buon marito, ha avuto un carattere orribile, ombroso e scorbutico. Da quando fa la bella vita, è diventato assai differente, ma si direbbe che abbia una preoccupazione, un dispiacere, un qualche verme roditore, e sta invecchiando molto, lui.

Allora i due amici filosofarono per qualche minuto sulle pene segrete, inconoscibili, che qualche differenza di carattere, o forse un'antipatia fisica, inosservata dapprima, può far nascere in una famiglia.

Roger de Salins, pur continuando a guardare col binocolo Madame de Mascaret, riprese:

– Ti pare comprensibile che quella donna abbia avuto sette figli?

– Li ha avuti, e in soli undici anni. Dopo di che, ha chiuso, a trent'anni, il suo periodo riproduttivo, per entrare nel brillante periodo rappresentativo, che non sembra prossimo alla fine.

– Povere donne!

– Perché le compiangi?

– Perché? Ah! caro mio, pensa un po'! Undici anni di gravidanze per una donna come quella! che inferno! È come sacrificare tutta la bellezza, tutta la giovinezza, ogni speranza di successo, ogni ideale poetico di vita brillante, a quell'esecrabile legge della riproduzione che fa di una donna normale una semplice macchina per partorire nuovi esseri.

– Che vuoi? È la natura!

– Sí, ma io ti dico che la natura è la nostra nemica, e che bisogna lottare di continuo contro di lei, perché non ci riporti senza tregua verso la bestia. Quello che v'è di pulito, di grazioso, di elegante, d'ideale sulla terra, non è stato Dio a porvelo, ma l'uomo, il cervello umano. Siamo stati noi a introdurre nella creazione, cantandola, interpretandola, ammirandola da poeti, idealizzandola da artisti, spiegandola da scienziati – che possono sbagliare ma trovano ragioni ingegnose dei fenomeni –, un poco di grazia, di bellezza, di fascino ignorato e di mistero. Dio si è limitato a creare esseri grossolani, pieni di germi d'ogni malattia, esseri che, dopo qualche anno di sviluppo bestiale, invecchiano nelle infermità, con tutte le brutture e le impotenze della decrepitezza umana. Li ha fatti, si direbbe, solo perché si riproducano sconciamente e poi muoiano, come gl'insetti effimeri delle sere d'estate. Insisto: per riprodursi sconciamente. Che cosa è infatti piú ignobile, piú ripugnante dell'atto osceno e ridicolo della riproduzione, contro cui provano e proveranno eternamente disgusto tutte le anime delicate? Perché tutti gli organi inventati da quel creatore economo e malevolo servono a due scopi, perché non ne ha scelti altri che non fossero sporchi e lordi per affidare loro quella missione sacra, la piú nobile e la piú esaltante delle funzioni umane? La bocca che nutre il corpo con alimenti materiali, diffonde anche la parola e il pensiero. La carne si ristora per suo mezzo, nel tempo stesso che viene trasmessa l'idea. L'odorato che procura ai polmoni l'aria vitale, è ancor esso a offrire al cervello tutti i profumi del mondo: l'odore dei fiori, dei boschi, degli alberi, del mare. L'orecchio che ci fa comunicare coi nostri simili, ci ha anche permesso d'inventare la musica, di creare sogni, felicità, infinito, grazie ai suoni! Ma sembra che il Creatore, di soppiatto e cinicamente, abbia voluto vietare per sempre all'uomo di nobilitare, abbellire, idealizzare il suo incontro con la donna. Tuttavia l'uomo ha trovato l'amore – una discreta risposta a quel Dio beffardo – e l'ha cosí bene adornato di poesia e di letteratura, che spesso la donna dimentica a quali contatti è costretta. Quelli di noi che non sono capaci d'illudersi esaltandosi con l'arte, hanno inventato il vizio e le sue perversioni, ed anche questo è un modo di beffare Dio e di rendere omaggio, un omaggio impudico, alla bellezza.

– Ma gli esseri normali fanno figli come bestie accoppiate dalla legge.

– Guarda quella donna! non è orribile pensare che quel gioiello, quella perla, nata per esser bella, ammirata, festeggiata e adorata, ha passato undici anni della sua vita a dare eredi al conte di Mascaret?

E Bernard Grandin ridendo:

– C'è molto di vero in quello che dici; ma pochi ti comprenderebbero.

Salins si animava:

– Sai come concepisco Dio, – disse: – un mostruoso organo creatore sconosciuto da noi, che semina per lo spazio miliardi di mondi, come un pesce unico spargerebbe uova nel mare. Crea perché tale è la sua funzione di Dio; ma ignora quello che fa, stupidamente prolifico, incosciente delle combinazioni d'ogni sorta prodotte dai suoi germi sparpagliati. Il pensiero umano è un felice piccolo incidente dovuto a un caso di tali fecondazioni, un incidente locale, passeggero, imprevisto, condannato a scomparire con la terra, e a riprodursi forse qua o là, con le nuove combinazioni di un eterno ricominciare. Al piccolo incidente dell'intelligenza dobbiamo di trovarci assai male in un mondo che non è fatto per noi, non era stato preparato per accogliere, albergare, nutrire e appagare esseri pensanti, e gli dobbiamo anche di dover lottare senza tregua, se siamo davvero civili e raffinati, contro ciò che chiamiamo ancora disegni della Provvidenza.

Grandin, che lo ascoltava con attenzione, conoscendo da lunga data gli scoppi sorprendenti della sua fantasia, gli domandò:

– E cosí tu credi che il pensiero umano sia un prodotto spontaneo del cieco partorire divino?

– Perdinci! una funzione fortuita dei centri nervosi del nostro cervello, simile alle imprevedibili reazioni chimiche dovute a nuove combinazioni, simile anche all'elettricità prodotta da accostamenti o soffregamenti inattesi, simile insomma a tutti i fenomeni generati dal fermentare infinito e fecondo della materia che vive.

– Ma, caro, ne appare la prova lampante a chiunque si guardi attorno. Se il pensiero umano, voluto da un creatore cosciente, fosse stato destinato a essere qual è divenuto, cosí differente dal pensiero e dalla rassegnazione animali, e cioè esigente, indagatore, agitato, tormentato, forse il mondo creato per accogliere l'essere che siamo noi oggi sarebbe stato questo scomodo recinto per poveri animali, questo campo d'insalata, quest'orto selvatico, roccioso e sferico, dove la vostra Provvidenza improvvidente ci aveva condannati a vivere nudi, nelle grotte o sotto gli alberi, nutrendoci della carne massacrata degli animali, fratelli nostri, o di erbaggi crudi spuntati sotto il sole e sotto la pioggia?

— Basta riflettere un istante per capire che questo mondo non fu fatto per creature simili a noi. Il pensiero schiuso e sviluppato da un miracolo delle cellule nervose, pur destinato a restar sempre confuso, ignorante e impotente, fa di noi tutti, gl'intelligenti, eterni e miserevoli esuli su questa terra.

— Contemplala, questa terra, quale Dio l'ha data a chi vi abita. Non è visibilmente e unicamente predisposta, coperta di piante e di alberi, a profitto degli animali? Che cosa vi è per noi? Nulla. E per loro, tutto: caverne, alberi, verdure, sorgenti, e cioè il rifugio, il cibo, la bevanda. Perciò le persone dai gusti difficili, come son io, non riescono mai a trovarcisi bene. Solo quelli che più si avvicinano ai bruti si sentono contenti e soddisfatti. Ma gli altri, i poeti, i delicati, i sognatori, i ricercati, gl'inquieti: ah! povera gente!

— Mangio cavoli e carote, perdinci, cipolle, rape, ravanelli, perché ci hanno costretti ad abituarci a questi cibi, perfino a prenderci gusto, e perché non spunta altro, ma è un pasto da conigli e da capre, come l'erba e il trifoglio sono nutrimento da cavalli e da mucche. Quando guardo un campo di grano maturo, non ho dubbio che quelle spighe siano germinate dal suolo per i becchi dei passeri o delle allodole, ma non per la mia bocca. Masticando pane, derubo gli uccelli, come derubo la faina e la volpe quando mangio pollame. La quaglia, il piccione, la pernice, non sono le prede naturali dello sparviero? l'agnello, il capriolo, il bue, non sono destinati ai grandi carnivori, piuttosto che carni ingrassate per esserci servite arrosolate con tartufi tratti dalla terra proprio per noi, dai porci?

— Ma, caro mio, le bestie non hanno da far nulla per vivere quaggiú. Stanno a casa loro, alloggiate e nutrite, devono solo brucare, andare a caccia o mangiarsi tra loro secondo il proprio istinto, perché Dio non ha mai immaginato la dolcezza e i costumi pacifici; solo ha previsto la morte di esseri accaniti a distruggersi e a divorarsi.

— E noi? Ah! ah! ce n'è voluto di lavoro, sforzo, pazienza, inventiva, industriosità, immaginazione, talento e genio per rendere pressappoco abitabile questo suolo di radici e di pietre. Ma pensa a quanto abbiamo fatto a dispetto della natura, contro la natura, per sistemarci in maniera mediocre, appena decente, scarsamente comoda, di rado elegante, indegna di noi.

— E piú siamo civili, intelligenti, raffinati, piú dobbiamo vincere e domare l'istinto bestiale che rappresenta in noi la volontà di Dio.

— Pensa che ci è toccato creare la civiltà, tutta la civiltà, che comprende tante e poi tante cose, dai calzini al telefono. Pensa a quello che vedi ogni giorno, a tutto quel che ci serve in mille maniere.

— Per migliorare la nostra sorte di bruti, abbiamo scoperto e fabbricato di tutto, a cominciare dalle case, e poi cibi squisiti, salse, dolciumi, pasticcini, bevande, liquori, stoffe, vestiti, acconciature, letti, divani, carrozze, ferrovie, macchine innumerevoli; e per di piú, abbiamo trovato le scienze e le arti, la scrittura e i versi. Sí, abbiamo creato le arti, la poesia, la musica, la pittura. Viene da noi tutto l'ideale, ed anche tutto il desiderio di piacere, l'abbigliamento delle donne e il talento degli uomini, che hanno finito col fare, direi quasi, bella mostra di sé ai nostri occhi, rendendo cosí meno nuda, meno monotona e meno dura l'esistenza di semplici riproduttori in vista di cui la divina provvidenza ci aveva animati.

— Guarda questo teatro: non vedi qui dentro un mondo umano creato da noi, non previsto dai Destini eterni, ignorato da Loro, comprensibile solo per le nostre menti, una distrazione piacevole, sensuale, intelligente, inventata a profitto e per opera della bestiola scontenta e agitata che è l'uomo?

— Guarda quella donna, Madame de Mascaret. Dio l'aveva fatta per vivere in una grotta, nuda, o avvolta in pelli di animali. Non è meglio cosí com'è? Ma, a proposito, sai dirmi perché e come quel selvaggio del marito, avendo accanto a sé una simile compagna, e soprattutto dopo essere stato tanto zotico da renderla madre sette volte, l'ha lasciata da un momento all'altro per correre dietro alle sgualdrine?

Rispose Grandin:

— Eh! caro mio, l'unica ragione probabile è questa: si sarà accorto che gli costava troppo caro, coricarsi ogni notte nel letto coniugale. È arrivato, per economia domestica, agli stessi principî su cui tu basi la tua filosofia.

I tre colpi annunciavano l'inizio dell'ultimo atto. I due amici si voltarono, si tolsero il cappello e si rimisero a sedere.

IV.

Nella carrozza chiusa che li riportava a casa dopo la rappresentazione all'Opéra, il conte e la contessa di Mascaret, seduti fianco a fianco, tacevano. Ma ecco il marito dire d'un tratto alla moglie:

— Gabrielle!

— Che volete da me?

— Non vi pare che sia durato abbastanza?

— Che cosa?

— L'orribile supplizio cui mi condannate da sei anni.

— Spiacente, non posso farci nulla.

— Ditemi quale, una buona volta.

— Mai.

— Pensate che non posso piú vedere i miei figliuoli, sentirmeli attorno, senza che quel dubbio mi laceri il cuore. Ditemi quale, e vi giuro che perdonerò e lo tratterò come gli altri.

— Non ne ho il diritto.

— Ma non vedete che non posso piú sopportare questa vita? sopportare questo pensiero che mi rode l'anima, questa domanda che mi rivolgo senza tregua, che mi tortura ogni volta che li guardo? Mi sento impazzire.

La donna domandò:

— Avete dunque sofferto molto?

— In modo spaventoso. Avrei forse accettato, altrimenti, l'orrore di vivere al vostro fianco, e l'orrore, ancora piú grande, di sentire, sapere che in mezzo a loro ce n'è uno, non posso sapere quale, che m'impedisce di amare gli altri?

Ed essa di nuovo:

— Allora, avete davvero sofferto molto?

Rispose con voce rattenuta e dolorosa:

— Ma se ve lo ripeto ogni giorno che per me è un supplizio intollerabile! Sarei tornato, altrimenti? Sarei rimasto in questa casa, accanto a voi e accanto a loro, se non li amassi, i miei figli? Ah! La vostra condotta verso di me è stata abominevole. Solo per questi figli, il mio cuore conosce la tenerezza; lo sapete. Sono per loro un padre di antico stampo, come fui per voi un marito da famiglia antica, perché rimango, io, un uomo istintivo, un uomo della natura, un uomo d'altri tempi. Sí, lo confesso, mi avete reso atrocemente geloso, perché siete una donna d'altra razza, con un'anima diversa, con bisogni differenti. Ah! le cose che mi avete dette, non le dimenticherò mai. A partir da quel giorno, d'altronde, non mi sono piú curato di voi. Se non vi ho uccisa, è solo perché non avrei piú avuto un mezzo sulla terra per scoprire un giorno quale dei nostri... dei vostri figli non è mio. Ho atteso, ma soffrendo piú di quanto non riuscireste a credere, perché non oso piú amarli, salvo forse i due primi; non oso piú guardarli, chiamarli, baciarli, non posso piú prenderne uno sulle ginocchia senza chiedermi: «Non sarà questo?» Da sei anni in qua, sono con voi corretto, perfino mite e compiacente. Ditemi la verità e vi giuro che non farò niente di male.

Nell'ombra della vettura, gli parve di capire che la moglie era commossa e, intuendo che avrebbe finalmente parlato:

– Ve ne prego, – disse, – ve ne supplico...

Essa mormorò:

– Forse sono stata piú colpevole di quanto credete. Ma non potevo, non potevo piú continuare quella vita odiosa di donna gravida. Per scacciarvi dal mio letto, non avevo che un mezzo: ho mentito davanti a Dio, e ho mentito alzando la mano sul capo dei miei bambini, perché non vi ho mai tradito.

Il marito le afferrò il braccio nell'ombra e, stringendolo come nel giorno terribile della passeggiata al Bois de Boulogne, balbettò:

– È vero?

– È vero.

Ma lui, straziato dall'angoscia, riprese:

– Ah! sto per ricadere in nuovi dubbi che non avranno mai fine. Quando avete mentito, allora o adesso? Come credervi, ormai? Come credere a una donna, dopo di questo? Non saprò mai quello che devo pensare. Preferirei avervi sentito dire: «È Jacques, o è Jeanne».

La carrozza entrava nel cortile del palazzo. Quando fu ferma davanti alla gradinata, il conte, disceso per primo, offerse come sempre il braccio alla moglie per salire gli scalini.

Poi, appena raggiunto il primo piano:

– Posso parlarvi ancora per qualche minuto? – domandò.

– Sí, certamente.

Entrarono in un salottino, dove un cameriere, un po' sorpreso, accese i candelabri.

Poi, quando rimasero soli, il conte riprese:

– Come sapere la verità? Mille volte vi ho supplicata di parlare: siete rimasta muta, impenetrabile, inflessibile, inesorabile; ed ecco che oggi venite a confessarmi di avere mentito. Per sei anni avete potuto lasciarmi credere una cosa simile! No, è oggi che mentite, non so perché, per pietà di me, forse.

Rispose con aria sincera e convinta:

– Ma, senza di ciò, avrei avuto ancora quattro figli, negli ultimi sei anni.

Esclamò il marito:

– Come può parlare cosí una madre?

– Ah! – disse lei, – non mi sento affatto madre di figli che non sono nati, mi basta essere la mamma di quelli che ho, e amarli con tutto il cuore. Io sono, tutte noi siamo donne di un mondo civilizzato, signore. Non siamo piú, e ci rifiutiamo di essere, solo femmine atte a ripopolare la terra.

Si alzò; ma lui le prese le mani.

– Una parola, soltanto una parola, Gabrielle. Ditemi la verità!

– L'ho detta adesso: non vi ho mai tradito.

La guardava bene in faccia, cosí bella, con quegli occhi grigi come gelidi cieli. Nella chioma oscura, in quella notte fonda di capelli neri, brillava il diadema tempestato di diamanti, simili a una via lattea. Allora sentí all'improvviso, sentí per una specie d'intuizione, che quella creatura non era piú soltanto una donna destinata a perpetuare la razza, ma il prodotto bizzarro e misterioso di tutti i nostri desideri complicati, accumulati in noi attraverso i secoli, che, stornati dal loro scopo primitivo e divino, vagano verso una bellezza mistica, intravista e inafferrabile. Fioriscono cosí, alcune di loro, unicamente per i nostri sogni, adorne di tutta la poesia, il lusso ideale, la gioia di piacere, il fascino estetico che la civiltà ha aggiunto alla donna, a quella statua di carne capace di accendere febbri sensuali, ma anche immateriali appetiti.

In piedi davanti a lei, lo sposo restava stupito di quella scoperta tardiva e oscura, intravedendo confusamente la causa dell'antica gelosia, e comprendendo tutto assai male.

Disse infine:

– Vi credo. Sento che in questo istante non mentite; e, in verità, prima di questa sera, mi era sempre sembrato che mentiste.

Ella gli tese la mano:

– Allora, siamo amici?

Il marito prese quella mano e la baciò, rispondendo:

– Amici. Grazie, Gabrielle.

Poi uscí, continuando a guardarla, stupito che fosse ancora tanto bella, e sentendosi nascere nell'animo un sentimento strano, piú temibile, forse, dell'antico, semplice amore.

2-7 aprile 1890.

Indice

Le sigle tra parentesi indicano i traduttori dei singoli racconti: Viviana Cento, Ornella Galdenzi, Clara Lusignoli, Gioia Zannino Angiolillo.

Racconti di vita parigina

Stampato nel giugno 1996 per conto della Casa editrice Einaudi
presso Milanostampa s.p.a., Farigliano (Cuneo)

C.L. 14232

Einaudi Tascabili